그리움이 우리를 보듬어 올 때

그리움이 우리를 보듬어 올 때

초판 제1쇄 발행 2009. 12. 10.
초판 제2쇄 발행 2010. 5. 10.

지은이   이규희
펴낸이   김경희
펴낸곳   ㈜ 지식산업사
　　　　본사 • 경기도 파주시 교하읍 문발리 520-12
　　　　　　전화 (031)955-4226 • 4227 팩스 (031)955-4228
　　　　서울사무소 • 서울시 종로구 통의동 35-18
　　　　　　전화 (02)734-1978 팩스 (02)720-7900
　　　　인터넷한글문패   지식산업사
　　　　인터넷영문문패   www.jisik.co.kr
　　　　전자우편   jsp@jisik.co.kr
　　　　등록번호   1-363
　　　　등록날짜   1969. 5. 8.

책값은 뒤표지에 있습니다.

ISBN 978-89-423-7053-5 03810

이 책을 읽고 지은이에게 문의하고자 하는 이는
지식산업사 전자우편으로 연락 바랍니다.

그리움이 우리를 보듬어 올 때

이규희 장편소설

지식산업사

차례

1. 생나무가 찢겨 나가듯   7

2. 백합나무 아래서   28

3. 뱀의 똬리   58

4. 오갈피 감주   79

5. 상 처   104

6. 이 한 목숨 바쳐서라도   120

7. 폭포 낙수식   142

8. 약혼녀   167

9. 간장빛 속옷   193

10. 유 린   221

11. 꽉꽉한 시간들   243

12. 불 씨 267

13. 단풍에 물들어 296

14. 살구꽃 필 때 329

15. 살아있음의 소리 356

16. 지구상의 모든 금을 합친 것보다 더 귀한 것 388

17. 활화산 418

18. 원상회복 450

해설▌소멸의 추적과 나무의 시간 ● 서정자(문학평론가) 466

작가의 말 478

1. 생나무가 찢겨 나가듯

푸르게 서 있는 온전한 나무가 생으로 찢겨지는 듯한 느낌에 명지는 후두둑 몸을 뒤채며 눈을 떴다. 그건 육체적이든 정신적이든 좋은 기분이 못 되었다. 순우와의 포옹 뒤끝은 언제나 그런 기분이어서, '언젠가는 뿌리째 완전히 분리되어 버릴 날이 오겠지' 하는 어렴풋한 비애를 감당하게 되곤 했다.

방정맞은 버릇이라고 할지 모르지만 그것이 우리 삶의 미래니까. 포옹 뒤끝이 생으로 나무가 찢겨지며 분리되는 느낌으로 오는 것은 분리되기 이전의 온전한 합일을 증명하는 것이 될지도 모른다는 닭살스러운 생각을 할 때도 더러는 있지만. 명지는 남자와 끌어안고 있지 않았다. 옆자리에서 깊이 잠든 순우의 숨결 소리가 고르게 들려오고 있었다.

바깥에서 번져 드는 유황 외등의 간접조명으로 방 안은 편안하면서 부드러웠다. 우윳빛 커튼. 환상처럼 부욤한 시야로 이불을 차버리고, 어린아이 모양 네 활개를 벌리고 곤하게 자고 있는 순우의 모습은 천진스러웠다.

오 월도 중순을 넘어서고 있어서인지 차버린 이불 같은 것에 신경 쓸 필요는 없었다. 쫓기는 출근을 하지 않아도 되는 주말이어서 명지는 참 모처럼의 휴식이구나 하는 생각과, 방금 자신이 맛본 생나무 찢겨지는 느낌은 꿈이었구나 하는 다행스러움을 거의 동시에 느끼면서, 별 이상한 꿈도 다 있지 하고 무심히 잠을 다시 청하려 눈을 감았다.

그때였다. 느닷없이 초인종 소리가 났다. 고요했던 집안의 공기가 얇은 유리처럼 순간에 박살나듯 떨었다. 막 잠의 점막 속으로 빨려 들려던 명지는 다시 눈을 떴다. 환청일까? 한숨 자고 난 느낌으로 자정을 넘어선 시각일 텐데 싶어, 초인종 소리는 실감으로 오지 않았다. 이웃집에서 난 소리일지도 모른다는 추측과, 누가 술김에 잘못 누를 수도 있다는 짐작을 해보면서, 그 생생한 초인종 소리를 문질러 지우며 그냥 스르르 눈을 감으려 할 때, 초인종은 다시 울려왔다. 앞서보다 더 선명하게, 더 다급하게, 더 여러 번. 초인종 소리를 부인하려던 그녀의 이런저런 구실을 두들겨 으깨버리기라도 하듯이.

명지는 벌떡 일어났다. 불길한 예감이 살촉처럼 꽂혀왔다. 그 불길한 예감 때문인지 그녀는 선뜻 반응을 보내지 못하고 멈칫거렸다. 한번 잠들면 업어 가도 모르는 평소의 체질대로 순우는 여전히 네 활개를 편 채 잘 자고 있었다. 생방송으로 나가는 아침 여덟 시 뉴스쇼를 진행하는 앵커인 순우는 주말을 빼고는 늘 새벽 세 시에 출근을 해야 하는 사람이었다. 기어이, 세 번째 초인종 소리가 아주 방정맞게, 무척 위압적으로 이어질 때, 온몸에 오싹하는 전율 같은 걸 느끼며 명지는 허둥지둥 방문을 열고 거실로 나섰다. 현관 앞에는 이미 잠귀 밝은 칠순의 시어머니 강봉자 여사가 나가 있었다.

"문 열지 마세요, 어머니!"

명지가 달려가며 다급하게 외쳤으나 헛일이었다.

"얘야, 이순우를 찾는데?"

"어머니! 어머니⋯⋯."

명지가 숨넘어가듯 만류했으나 현관문은 이미 털썩 무너진 뒤였다. 그런 경우, 문이 열렸다기보다 무너진 거라고 표현할 수밖에 없었다. 문을 통해 진입한 것이 탱크였기 때문에. 시커먼 덩어리가 폭발하듯 집 안으로 돌진하는 기세가 그랬다. 지축을 뒤흔드는 듯한 파괴적 울림과 공포조차 용납 않는 그 막무가내의 강권은 도저히 그것이 숨을 쉬는 생물체의 덩어리라고는 상상도 할 수 없는 일이었다. 얼룩무늬 복장들이 마치 달아나는 눈앞의 적군을 사로잡듯 허약한 합판 마루 위를 쏜살같은 동작으로 짓이길 때, 그 무참한 광경 속엔 피도 물도 들어 있지 않았다. 군홧발은 쇠붙이 같았다. 추호의 망설임이 없는 그 쇠붙이의 치밀한 작동 앞에 삼십 평대 아파트는 순식간에 성냥갑처럼 뭉개져 버리는 듯했다.

강봉자 여사는 현관 바닥에 쓰러져 있었고, 명지는 벽 모서리

아래에 뒹굴어져 있었다. 잠깐 혼절이라도 한 것일까? 감히 그 무쇠 중장비들 앞을 가로막고 서서,

"도대체 어디서들 오셨죠?"

하고 큰소리로 물은 것밖엔, 명지는 혼미했다. 큰소리라고 했지만, 경악과 분노에 질려 목소리가 목구멍 속으로 되기어 들어가는 느낌이었다. 그 철통같은 위세 앞엔 추풍낙엽이 따로 없었다.

명지가 일어나 섰을 때 강봉자 여사도 현관 바닥을 짚고 간신히 몸을 추스르고 있었다. 내실로 몰려 들어가는 침입자들을 헤집고 명지는 안으로 들어가 보려 기를 쓰며 소리를 쳤다.

"무슨 일인가요?"

그러나 상급자인 듯한 인물을 중심으로 십여 명의 무리들은 일사천리의 행동이 있을 뿐 누구 하나 그녀에게로 주의를 기울여주는 치는 없었다. 순우는 어느새 점퍼 차림으로 앞세워져 문지방을 넘고 있었다. 아직 잠도 덜 깬 듯 그 특유의 무구한 얼굴엔 당황한 기색도 없이 침착해 보였지만, 아래로 늘어뜨려진 손목엔 수갑이 번쩍였다. 그 완강한 형구(形具)에 옥죄인 남편의 손목이 유달리 뽀얗게 눈에 들어온 순간, 명지의 목소리는 비명처럼 튀었다.

"무슨 혐의죠? 영장을 보여주세요!"

명지는 부들부들 떨었다. 영장 같은 소리하고 있네 싶은 비아냥의 표정이 그들의 우악진 얼굴에 잠시 스쳤을 뿐, 명지의 질문엔 역시 아무런 반응도 돌아오지 않았다. 아들의 모습을 본 강봉자 여사가 달려들면서 울부짖었다.

"이게 무슨 짓들이야. 죄 없는 사람을……."

아들을 향해 손을 뻗치던 강봉자 여사는 그들의 완력에 제지되었고, 그녀는 그만 뒤로 나가 자빠졌다. 그들은 일사불란한 동작으로 그녀를 소파 위로 옮겼다. 명지가 물을 따라다가 입술을 적시자, 강봉자 여사는 한숨을 쉬며 눈을 떴다. 명지는 물컵을 탁자 위에 내려놓고, 현관을 나서는 순우에게로 달려 나갔다. 엘리베이터 안에서 순우는 명지에게 담담한 표정으로 말했다.

"걱정하지 마."

명지는 아무 말도 하지 못했다. 약한 모습이 드러날까 봐 어금니를 사려 물고만 있었다.

이제 막 개발이 시작되어 허허벌판에 들어선 아파트 단지의 너른 마당은 평소보다 더 쥐죽은 듯 고요하게 엎드려 있었다.

"내일 아침까지 그 어디에도 전화를 걸거나, 연락을 취해선 안 됩니다. 우리의 업무는 그 누구에게도 방해받을 수 없다는 걸 명심하시오."

저들이 마지막으로 엄포를 놓은 말에 여지없이 굳어져 버리는 자신을 명지는 어찌할 수 없었다. 대기해 놓은 검은 승용차에 순우를 밀어넣고 장한들이 양 옆으로 조여 앉으며, 마지막 화면처럼 그들은 사라졌다.

명지의 시야는 하얬다. 무슨 혐의인지, 어디로 압송되는 건지, 아무것도 아는 게 없었다. 두 손을 펴 보았다. 손을 펼 수 있다는 거, 고작 이것이 지금 나에게 주어진 자유라는 거냐 싶어지자 숨이 콱 막혀 왔다. 그 자리에 쓰러져 버릴 것만 같았다. 그러나 그녀는 쓰러지지 않았다. 그럴 수는 없었다. 이대로, 이대로는 안 된다. 어떻게든, 어떻게 해서든 찾아내야지, 이렇게 문문하게 사람을 놓칠 수야 없지. 악에 받쳐 어쩔 바를 몰라 하면서도, 소란 속에 들려온 합수라는 생소한 낱말과 차 번호판을 뇌파에 입력시키려 명지는 애를 썼다. 그녀의 머릿속은 헷갈리었다. 달갑지 않은 인물이 그 사이를 비집고 떠오른 때문이었다. 당혹감에 그녀는 이를 옥물었다. 용천뱅이들 같으니라구……. 그건 그녀가 내뱉을 수 있는 최악의 욕설이어서 자기 입으로 해놓고도 등골을 타고 찌르르 내려가는 반응을 잠시 기다려야 했다.

바로 어제도 엄마는 전화 뒤끝에, 걔들은 잘 지내냐? 세라년들 말이다, 하고 물어와서 건성 넘겨버렸지만, 발을 끊은 지 아마 십 년, 아니 이십 년도 훨씬 넘었지 싶었다. 그 시대에 용천뱅이들을 천형에 걸렸다고 한 건, 불치병이기도 했지만 부모처자 친인척 권속과 영원히 격리되어야 했던 쪽에 그 의미의 무게가 더 실려 있지 않았을까 하는 생각을 해보며, 멀쩡한 것들이 가족의 연을 싹둑 끊어 버릴 수도 있다는 상상을 해본 적이 없는 명지로서는 홧김에 불쑥불쑥 터져 나오는 뇌까림이라 할까. 설마, 이 일이 그것들에게까지야…… 실세 중의 실세라는 군나부랭이라긴 하지만…… 군, 경, 중앙정보부, 그 세 부서가 합해져 무시무시하게 막강해졌다는 합동수사본부의 약칭인 합수를 다시 입안에서 굴려보며, 체포조가 하필 그 가운데 가장 악명 높다는 군이라는 사실이 그녀를 더 안절부절 못하게 했다. 군도 군 나름, 그 뼈도 못 추린다는 ○○○로 갔다면…….

이를 옥물게 한 달갑지 않은 인물이 다급하게 떠오른 것도 그 때문이었다. 싸늘한 밤바람 속에 그녀는 집으로 향하다가 방향을 바꾸었다. 경비 초소에 당도해서야 비로소 자신이 잠옷 차림이라는 사실을 깨닫고 손으로 앞가슴을 가리며 동전 한닢을 빌렸다. 그녀는 집과는 반대 방향의 공중전화 쪽으로 있는 힘을 다해 몸을 날렸다. 잔류치들이 따라와 등덜미를 휘어잡을 것만 같았다.

잘 다듬어져 윤기가 차르르한 잔디밭, 성글게 박힌, 얼크러져 흐르는 물살 문양의 갯돌을 밟으며 세라는 정원 한복판으로 걸어 나갔다. 활짝 핀 모란꽃 무더기 앞에서 그녀는 걸음을 멈추었다. 싱그러운 미풍이 목덜미를 간질이며 지나갔다. 엷은 시폰 스카프라도 감기는 듯, 분홍 모란 꽃잎이 하늘거렸다. 세라는 허리를 구부려 그 하늘거리는 모란 꽃잎에 살짝 뺨을 대었다. 방금 간질이고 지나간 미풍의 그것보다 더 말로 표현할 수 없는 감미로움이 가슴속을 녹일 듯 파고들어왔다. 세라는 그 자리에 그냥 주저앉았다. 온 천지가 그냥 자기 집인 듯 아늑하고 포근했다.

"에끼 모란꽃 같은 년, 에미년 살성을 닮아놔서, 쯧쯧쯧……."
엄하기로 소문난 할머니는 그 고운 모란꽃을 닮았다 하면서도 세라의 호칭에 으레 딱지처럼 붙던 '년'자를 달았다. 명지의 이름은 닮을까 봐 벌벌 떤 나머지 '아가'라고 부르면서. 꿈속일망정 단 한 번이라도 듣고 싶었던 한 맺힌 그 정겨운 호칭……. 그날 세라를 향한 할머니의 눈길은 그 어느 때보다 곱지 못했다. 첩년인 주제에, 그래도 은근히 기대를 걸었던 손자도 못 낳아 주고, 줄줄이 계집애만 쏟아놓고는 줄행랑을 쳐버린 세라 생모를 할머니는 기를 쓰고 혐오했다. 그런 할머니의 기세는 차마 입술에 올리진 않아도 표정으로 보아 가문에 먹칠이 될 불미스런 사연이 숨어 있음을 아무리 어린 나이일지라도 짐작하게 하는 거였다. 그러나 지체가 있어 행세깨나 하는 만큼 자존심이 강하고 도도해서 어른들의 입술은 무거웠다. 그 무렵 어른들의 표정이 마치 비밀결사대처럼 굳어질 때, 어린 세라는 땅속에라도 파고들어가고 싶을 만큼 위축되었다. 이래저래 박힌 미운털로 해서 불행했던 어린 날을 모란꽃에서까지 마치 가시에 찔리듯 그녀는 아프게 회상했다.

앞이 터진 바로 그 모란꽃빛 홈웨어가 바람에 제멋대로 휘날렸다. 나부끼는 신록들도 마냥 햇살을 흩뿌렸다. 부를 상징이라도 하듯 굵직굵직한 집들이 화려하게 들어선 동네에 시원스럽게 터를 깔고 앉은 이만한 저택이면 이제 되지 않았을까. 비스듬한 경사의 정원은 그것만으로도 호사의 극치가 되련만, 국유지 산자락에 잇대어져, 수만 평 숲 속의 요람처럼 그윽했다. 세라는 손으로 턱을 괴고 골똘한 생각에 빠졌다. 이제 명지 언니를, 아니 명지를 잊어도 되지 않을까. 고약한 할머니 때문에 간발의 차이로 꼬박 명지 언니라고 부르는 것만도 억울한데, 헤어진 지도 아득하건만 혼자 있는 마당에도 명지 언니라고 입에 붙은 대로 부르고 있는 자신이 한심하게 생각되었다. 화가 나기도 했다. 태기는 분명히 자기 쪽이 먼저라고 하지 않던가.

손이 귀한 집에 삼 년이 넘도록 새댁의 배가 불러오지 않으니 대소가의 어른들이 모여 합의하에 맞아들인 소실이 바로 생모였고, 씨받이 소실답게 금세 토악질을 하여 어른들을 안심시켰다고 했다. 한데 무슨 시샘이 그리 강하던지, 그 뒤를 이어 본실의 입에서도 토악질이 시작되었다는 것이 아닌가. 본실과 소실, 두 각시들이 서로 다투어 경쟁이라도 하듯 배가 불러오더니, 마침내 앞산만한 배를 안고 돌아다니는 몰골들이란 동네 안에 구경거리였다고 했다. 하나 해산은 토악질을 요란하게 먼저 한 소실을 제치고 본실이 앞섰다니 그 무슨 운명의 장난일까. 그것도 겨우 십여 분, 그 좁쌀알 같은 간지러운 차이 때문에 명지와 세라의 서열이 달라진 거였다. 할머니 할아버지는 본실과 그 본실의 소생인 명지만 애지중지하고, 아버지까지도 겉보기엔 그쪽에 기울어진 편인 듯만 싶었으니 세라 쪽은 자연히 찬밥 신세가 되었다.

이상하게도 본실은 그 한 번으로 해산이 마감되고, 터울이 늦기는 해도 계속 이어져서, 아들만 낳으면 입지가 하루아침에 뒤바뀌리라는 찬란한 꿈을 안고 와신상담 끈질기게 기다렸던 생모는 거듭되는 실패를 더는 견디지 못하고 어느 날 무성한 소문의 꼬리를 달고 가출해 버려, 그녀의 야망과 인내의 결과물인 세라 자매들의 처지는 더욱 천덕꾸러기가 될 수밖에 없었다. 그 위에 한술 더 떠서, 명지는 총명하기 이를 데 없어, 어른들에게 재롱과 기쁨을 날마다 한 아름씩 안겨 주었으나, 자기는 그와 반대로 시시각각 눈살 찌푸릴 일만 저지르지 않았던가.

세라도 변명의 여지는 있었다. 집안의 잡일이라는 잡일은 모조리 그녀들의 몫인데, 그것만으로도 어린 나이에 너무 벅찼다. 느긋한 터울의 세인, 세진 두 동생을 데리고 진종일 일을 해도 끝이 없었다. 아궁이에 불도 때고, 걸레질도 치고, 나무새도 다듬어 씻고, 동네에 잔심부름도 나가고……. 한 가지 일이 끝나면 다음 일이 기다리고, 다음 일이 끝나면 또 그 다음 일이 대령해 있고……. 그런 지겨운 하루하루다 보니 어린 것들이 자연스레 동작이 굼떠지고 한눈도 팔게 되었다. 대가는 꾸지람과 회초리로 돌아왔다.

명지는 아침에 눈만 뜨면 책상 앞으로 달려갔고, 할아버지 할머니, 아버지 둘레에서만 맴돌았다. 아니, 명지가 있는 곳이면 으레 할아버지든 할머니든 아버지든, 혹은 세 분이 다 만면에 미소를 지으며 그 애를 향한 해바라기가 되어 있게 마련이었다. 집안에 웃음이란 웃음은 모두 명지가 만들어 내는 것이나 다름없었다.

세라는 명지가 한없이 부러웠다. 점점 자라면서는 부럽다 못해 미웠다. 아주 성장해서는 미움도 지쳐, 그냥 싫었다. 지지리도 공부 못하는 자기를 기를 쓰고 아버지는 삼류 대학에 입학시켜 주었다. 세라는 친구 서너 명과 육사에 놀러갔다가 한 장교를 만나 곧바로 결혼을 해 버렸다, 동생들을 다 데리고. 남편 박석규는 승승장구 진급을 했다. 퇴역으로 잠시 좌절했으나, 곧 시운이 좋아 세칭 신군부 핵심세력과 손을 잡았다. 그는 이 모든 운세가 자신의 몸에 박혀 있는 북두칠성 덕분이라고 득의만면해 했다. 인중에서부터 시작해 턱밑과 목, 가슴팍에까지 흩어져 있는 작은 점들은 오래전부터 그가 그렇다고 우겨오는 때문인지 억지로 연결해 보자면 국자 모양 비슷한 형체가 되는 듯도 싶었다. 슬하에 일남일녀를 두었으니, 이제 세상에 아쉬운 것이 무엇인가.

세라는 모란꽃 그늘에 앉아서 할머니의 말대로 그 자신 한 송이 모란꽃인 듯 머리칼을 날리며 봄이 흐드러진 정원을 바라보았다. 세금을 줄이기 위해 이리저리 구획을 만들어 야트막하게 돌아간 담장들도 설치미술처럼 보기 좋았다. 그 담장들의 어느 둘레에는 개나리가 줄지어 심어져, 꽃은 졌지만 새순의 연둣빛이 곱고, 어느 둘레에는 산당화가 한창 새빨갰고, 또 어느 둘레에는 우리 자생화인 아기도라지가 땅에 깔리어 보랏빛을 뿜고 있었다. 아름드리 노거수 은행나무도 군데군데 커다란 기구(氣球)인 양 서 있어, 둥싯둥싯 언제라도 하늘을 향해 날 것만 같은 모양새가 환상적이기까지 했다. 그뿐인가. 산기슭에서 내려오는 개울은 일 년 내내 졸졸졸 물이 흐르고, 그 언저리에는 습기를 좋아하는 물봉숭아, 창포, 여뀌, 수양버들 따위가 야생 그대로 얼크러져 있다. 마음만 먹으면 언제라도 종아리를 걷어붙이고 가재나 우렁이나 송사리를 잡을 수도 있는 거였다.

설치미술처럼 구획된 나지막한 담장 안에는 으레 건물이 한 채씩 들어 있어, 모두 네 채의 건물이 세라가 앉아 있는 지점에서 한눈에 바라다보였다. 물론 방금 세라가 걸어 나온 본채가 가장 중심부에 대저택다운 풍모로 버티고 있고, 그 오른쪽 비탈 아래 개울을 건너서 한참 떨어진 산 속에 숨어 지붕만 보이는 아담한 양옥은 아들에게 줄 요량이나, 아들이 아직 학생이므로 그쪽 후원의 호젓함도 덜 겸 임시로 세를 넣었다. 출입문은 당연히 반대편에 따로 있게 마련이어서 서로가 전혀 신경 쓸 일은 없었다. 본채의 왼쪽에 거창한 정문이 있고, 그 정문에 잇대어서 경비실과 경비원의 살림집이 아담했다. 그 뒤켠 훨씬 거리를 둔 언덕 위로 자그마한 한옥이 보였다. 하도 앙증맞아 옛 양반댁 후원의 초당 같다 하여 그들은 그 집을 초당이라 불렀다. 그 초당에는 국영기업체 사장인 남편의 심복 비서가 기거하고 있었다. 본채를 제외한 나머지 건물들은 모두 남의 이름을 빌려서 분할등기 했으므로 호화주택에 걸릴 염려는 없었다.

이제 이 정도면 된 거 아닌가. 옷으로 치자면 청바지식, 편의주의적인 주택이라고 할 수밖에 없는 아파트에, 그것도 오두막집 같은 평수에서 복작거리며 살고 있는 명지와는 비교도 안 되는 위치에 온 게 아닌가 말이다. 세라는 혼자 배시시 웃었다. 마흔 줄의 끝자락을 놓지 않으려 매달리는 안타까운 나이지만, 그럴 때의 그녀는 십 년도 더 젊어 뵈었다.

"흥, 그 정도 떠받들림을 받고도 공부 못할 사람이 어딨어?"

세라는 큰어머니(명지 엄마)만 요리조리 따라다녀야 했던 천덕꾸러기 세 자매 시절을 떠올리며 콧방귀를 뀌었다. 자고 일어나면 다시 잠자리에 들 때까지 일에서 헤어나지 못하던 큰어머니의 만만한 보조자가 바로 자기들이 아니었던가. 말이 좋아 보조자지 솥종고래기 같은 씨종과 다를 게 무어였나. 학교에서 돌아오면 고래고래 소리 질러 부르는 큰어머니의 서슬에 숙제도 제대로 못하던 터에, 그래도 낙제만은 한 번도 안 했으니 잘한 것 아니냐는 배짱 좋은 자기변명도 신흥귀족 반열의 졸부가 되면서 만들어진 거였다. 현실적으로 그리울 것이 없는 이즘 들어서 왜 더 자꾸 불우했던 어린 시절이 떠오르는지, 그 시절만 생각하면 가슴이 답답해지며 부글부글 심사가 끓어올랐다. 이만하면 이제 마음이 개운해질 법도 한데……. 우리 세상이 왔다고들 하고 우리가 마음만 먹으면 못 할 것이 없다고도 하는데야…….

티브이 화면에 나와서 뉴스쇼를 진행하는 순우의 모습이 눈앞으로 어른거려왔다. 순우는 좋은 인상에 명석함이 보태져 신뢰를 넘어 우아함까지 풍기는 이 시대 최고의 앵커였다. 매스컴의 위력도 크겠으나 화면의 순우만 대하면 잘 정돈된 책상 앞에서 공주님처럼 옆도 안 보고 도사려 앉은 명지가 떠오르고, 그와 동시에 자신은 부엌에서 얼어터진 손으로 아궁이에 불을 지피고 부뚜막을 닦느라 쩔쩔매던 구박데기의 초라한 몰골이 되어 버리는 거였다. 그럴 적엔 호화 대저택의 위력이 한순간에 무너져갔다. 아직도 끝나지 않은 건가.

"다녀왔습니다, 사모님."

싱그러우면서도 정중한 목소리에 세라는 눈길을 들어 올렸다. 그녀는 벌떡 일어나 섰다. 초당에서 기거하는 남편의 비서 정지운이 대문을 들어서며 인사를 해 온 거였다.

"벌써 퇴근인가요? 사장님은?"

정지운이 대체로 남편과 행동을 같이하는 편이라 그가 혼자만 나타날 때 그녀가 으레 묻는 정해진 순서 같은 질문이었다.

"사장님은 중요한 회합이 있으시답니다."

군에서 제대한 지 얼마 안 되는 그는 거의 군대식으로 몸을 곧게 세우며 역시 판에 박은 듯한 대답이 나왔다. 세라는 눈이 부신 듯 손을 이마에 얹었다. 정지운의 잘 생긴 용모나 젊음에 대한 반사작용인지도 몰랐다.

명지는 엉덩이를 붙이고 잠시도 앉아보질 못하고 집안을 그저 뱅뱅 돌고만 있었다. 눈이 퀭 들어가고 입안이 바짝바짝 말라들었다. 무슨 소식이든 있겠지 싶었던 막연한 기대는 그야말로 그냥 막연했다. 다른 데는 몰라도 그래도 순우의 회사에서는 무어라 단 한마디라도 연락은 오려니 했다. 알 수 없으면 없다는 전화나마 넣어주려니…….

천 년 같은 하루가 지나고 또 지나갔다. 언론사의 위력을 너무 믿은 걸까. 물에 빠진 사람 지푸라기 거머쥐듯 경비원에게 빌린 단 한닢의 동전으로 공중전화에 매달려 순우의 직장 전화번호를 돌렸고, 숨넘어가는 소리로 사정을 다 알리지 않았나 말이다. 마침 그 전화를 받은 사람은 명지도 알고 있는 순우의 후배 기자였다.

"방금 일어난 일입니까? 영장도 없었다구요? 잘 알겠습니다. 너무 걱정 마십시오."

송수화기를 놓는 그녀의 손이 부들부들 떨고 있었다. 그것이 자신의 손이라고 깨달은 명지는 참담한 심정이었다. 가슴속에서 누군가가 두 방망이질을 하는 듯 심장이 무섭게 뛰었다. 명지는 정신을 바짝 차려 집을 향해 달렸다. 후배 기자의 위로 말 때문인지 그래도 한시름 놓이는 듯도 싶었다. 순우의 시국관이 너무 날카로워 마음의 준비가 아주 없었던 건 아니었다. 간혹 언론인이 남산(중앙정보부)에 소환되는 사건이 일어날 때마다 남의 일 같지 않아서 조마조마했지만, 당하고 보니 마음의 준비라는 것이 별 것 아니었다. 다가올 위기에 대한 공포감, 그런 정도에 불과했다고 할까……. 집에서는 또 무슨 일이 벌어지고 있는지, 특히 가족끼리 모여 함께 있으라던 지휘관의 말이 걸려 왔다. 왜 그리 오래 있다 오느냐고 다도침을 당할까 겁도 났다.

시어머니 강봉자 여사는 두 발을 구르며 통곡을 하고 있었다. 자기가 현관문을 따 준 때문에 아들이 화를 입었다고. 순우와 명지 사이의 하나뿐인 딸 은애가 일어나서 할머니를 천연스럽게 다독이고 있었다. 은애는 좀 더 일찍 일어나 아빠가 떠나는 모습을 보지 못한 걸 안타까워하고 있었다. 명지는 은애가 차라리 보지 않은 것이 더 다행이라 여겼다. 그야말로 하늘을 향해 한 점 부끄러움도 없을, 티 없이 깨끗한 순우에게 그 섬뜩한 수갑을 채우다니, 명지는 은애가 그런 꼴을 보아서는 절대 안 된다는 생각이었다. 그러나 은애는 명지가 생각하는 것처럼 어린애가 아니었다. 아빠의 뒤를 잇겠다고 대학 신방과에 다니고 있는 은애는 이미 모든 사태를 간파한 듯 입술을 꼭 다물고 냉철한 표정을 짓고 있었다.

잔류치들 가운데에서 제일 애송이 하나가 외부와의 내통을 차단한답시고 아예 의자를 전화기 앞에 갖다 착 붙여놓고 앉아 감시를 하고 있었고, 나머지 너덧 명은 집안을 발칵 뒤집어 구석구석, 속속들이, 마치 미세먼지까지도 모아 현미경을 들이댈 듯 공포 분위기를 조성하고 있었다. 날이 새면 더는 머물 수 없다는 도깨비들처럼 번하게 동이 터올 무렵에서야 그들은 순우의 휴대용 라디오와 수첩, 서적 등등, 큼직한 종이상자로 수북이 챙겨 들고 사라졌다. 그들의 행동거지로 봐서는 순우가 굉장한 이적행위를 했거나, 그런 조직의 대단한 거물이라도 되는 듯했다.

밖에서 신문을 들고 들어오며 은애가 긴장된 소리로 말했다.

"엄마, 비상계엄 전국확대래."

"뭐라구?"

"그 동안 빠졌던 제주도를 마저 포함시킨 것뿐이지만, 성격은 엄청난 차이래, 쿠데타 선포!"

명지의 얼굴은 창백해졌다. 얼어붙은 정국이 기어이 본색을 드러내는구나 하는 절망감에 눈앞이 아찔해 왔다. 이제부터는 총과 칼이 법이고 질서가 되겠구나…… 순우의 일이 아주 힘들어지겠다는 불길한 생각과 함께 달갑지 않은 그 군나부랭이의 존재를 그녀는 어쩔 수 없이 무거운 마음으로 다시 떠올렸다. 아니꼬웠다. 진짜 용천뱅이기나 하면…….

"조심하세요."

싱그러우면서도 정감이 흐르는 그 목소리에 혼란스러움을 느끼며 세라는 그만 그 자리에 덜컥 주질러 앉고 말았다. 초당 뜰에서 내려다보고 있던 정지운이 날렵하게 뛰쳐 내려와 그녀를 부축했다. 세라는 정지운의 품에 안기다시피 자기도 모르게 몸을 맡기었다. 그럴래서가 아니라, 정지운의 두툼하면서도 따스운 손길이 얇은 홈웨어 사이로 와 닿는 순간 온몸에 힘이 싹 빠져 나간 때문이었다. 세라는 자신이 초당 앞에 당도해 있다는 사실에 크게 놀랐다. 이렇게 된 건 순전히 산당화 때문이라고 책임을 전가했다. 출렁이는 홈웨어 언저리에 닝닝 거리며 맴도는 벌들의 행선지를 쫓다보니 피를 토해 놓은 듯 새빨간 산당화 무더기였다. 아찔했다. 너무나 고혹적인 그 빛깔에 도취해 몸이 휘영청 흔들리며 중심을 잃었으니까. 의도적인 건 아니었어. 그러나 전혀 아니라고 할 수는 없다고 그녀는 끝을 흐렸다. 세라는 정지운에게 의지해 초당의 툇마루에 걸터앉았다.

"어디 다치신 데라도……."

정지운이 엉거주춤한 자세로 세라를 들여다보며 조심스럽게 물었다.

"아뇨, 아뇨……."

세라는 손을 내저으며 머리를 흔들었다.

"사모님, 그래도 잔디밭이어서 다행이셨습니다."

세라도 같은 생각이어서 고개를 끄덕였다.

"잠깐만 기다려 주십시오. 제가 따끈하게 차 한 잔 드리겠습니다."

갑자기 어린 소녀라도 된 것처럼 세라는 입을 열지 못하고 또 머리만 끄덕였다. 쑥스럽기도 하고 미안한 마음이 들기도 해서였다.

새하얀 셔츠에 청바지 차림의 정지운은 정장을 했을 때보다 훨씬 더 발랄하고 멋져 보였다. 가느다란 금테 안경이 그를 섬세하면서도 이지적인 느낌마저 들게 했다. 그가 주방으로 걸어가 주전자를 얹고 가스레인지에 불을 넣는 모습도 보기 좋았다. 마치 영화를 감상하듯 세라는 정지운의 동작을 빠짐없이 바라보았다. 서른을 조금 넘었을까 말까 한 그는 갑자기 들이닥친 사모님 앞에서도 조금도 당황하지 않았다. 남쪽의 소도시 출신이라더니 객지생활을 오래 해서인가 주방 일에도 꽤나 익숙하구나 하는 생각을 하며, 이곳에까지 온 게 벌들 탓이라 돌렸지만 실은 진작부터 초당 쪽에 관심이 쏠려 있던 자신의 본심을 세라는 속으로 인정했다.

그러자, 가슴 한 구석이 무엇엔가 짓눌리듯 뻐근해 왔다. 그러면서 희미한 기억의 저 아득한 갈피에 생모의 초췌한 모습이 떠올라왔다. 어린 날 시골에서 귓결로 들어야 했던 생모에 대한 불미스런 풍문이 수치스러웠을망정 아프게 피부로 느껴져 온 건 처음이었다.

그만 일어서야겠다고 세라가 마음먹었을 때, 정지운이 소반을 들고 세라 앞으로 와 마주 앉았다. 소반 위에는 찻잔 두 개와 방금 끓인 물주전자가 놓여 있었다. 주전자 뚜껑이 조심스레 열리자 뜨거운 김이 피어올랐다. 물이 적당히 식을 동안 두 사람은 잠시 말을 잃었다. 움직이는 것은 피어오르는 수증기뿐. 문득 세라가 다소 들뜬 목소리로 말했다.

"아, 참 재밌네요. 밑에서부터 위로 오르는 김이 거꾸로 위에서부터 아래로 내린다고 생각하면서 바라보니까."

"상상력이 기발하십니다. 모든 것을 다 일단 거꾸로 생각해 볼 필요가 있다고 누군가가 말했죠, 아마."

정지운이 손바닥으로 무릎까지 치는 걸 보면 꽤나 신기하다 싶은 모양이었다. 그 생각 자체를 두고인지, 그렇게 생각하는 사람에 대해서인지는 모르겠지만. 잠시 골똘한 표정이던 세라가 피어오르는 수증기를 손가락으로 가리키며 소리를 쳤다.

"맞다, 바로 이거야, 폭포……."

그렇게 외치는 그녀의 얼굴은 방금 피어나는 꽃송이처럼 생동했다. 정지운은 그런 그녀의 모습을 놀라운 기색으로 바라보며 반문했다.

"폭포라뇨?"

"음, 폭포요, 폭포를 만드는 거야."

고개를 끄덕이는 세라의 자태는 거만할 정도로 득의만면이었다.

"도대체 어디에다가요?"

"뻔하죠."

"아아, 혹시 저쪽 계곡에요?"

"역시 빠르시네요."

그새 주전자의 수증기가 희미하게 사그러들었다. 정지운이 조심스럽게 주전자를 찻잔에 대어 기울였다. 이미 넣어진 찻잎이 동동 떠오르며 물은 연연한 색깔을 띠어갔다.

"차 빛깔이 아주 곱네요, 꼭 저 새로 나오는 이파리들처럼……."

정지운은 새삼 정원 쪽을 내려다보았다. 멀리 울타리 가에 서너 그루 서 있는 미루나무 언저리에 녹찻물 같은 아지랑이가 아른거렸다.

"다행입니다. 귀하신 분이 오신 거 알고 물이 온도를 잘 맞추어 준 모양입니다."

두 사람은 서로가 기분 좋을 말만 골라 비위를 맞추며 차를 마셨다. 세라의 잔이 비워지기 무섭게, 정지운은 다시 주전자를 기울였다. 미루나무 언저리의 아지랑이가 그대로 하얀 잔에 와 고이는 듯했다.

"정원이 넓기만 하지, 왠지 허전하다 싶었는데, 좋은 생각 떠오르게 해 줘서 고마워요."

사실, 요즘 권력의 핵심으로 부상하는 실세들이 집 안에 인공폭포를 만드는 게 유행처럼 번지고 있는 경향이어서 세라도 관심을 갖고 있던 터라 충동적인 것처럼 즉각 결정을 해 버린 거였다.

"장마가 오기 전에 어서 서둘러야 할 텐데……. 사장님은 뭐가 그리 바쁘신지……."

"비상계엄 전국확대 때문에, 아마……."

정지운의 음성이 그 말을 하면서 다소 팽팽해졌다.

"시국이 어떻게 된대요?"

"대학에 휴교령이 내려지고 정치활동이 중지되었습니다만, 사장님의 입지는 더 탄탄대로이실 겁니다."

"원래 학생들이 데모를 하두 해대니……."

다소 불안을 느꼈던 세라는 비로소 얼굴에 긴장을 풀며 혼잣말처럼 중얼거렸다. 남매를 다 미국으로 유학 보내 버린 그녀는 시끄러운 이 나라보다 진작 선진국을 택하게 한 것이 이 시점에서 보면 참 잘한 일이구나 싶었다. 걱정할 것이 없는 세라는 어서 인공폭포나 만들어야겠다는 일념만이 머리에 가득했다. 세라가 자리를 털고 일어섰을 때, 정지운이 따라 일어서며 고개를 갸웃 틀었다.

"한데 사모님, 수량이 좀…… 폭포를 만들기에는……."

세라는 별걸 다 걱정한다는 투로 웃으며 대꾸하는 거였다.

"뜻이 있으면 길이 있는 법이에요. 시간이 괜찮으면 나랑 이 길로 내친 김에 현장답사나 가실까요?"

"네, 그러겠습니다."

대답은 그렇게 하면서도 정지운은 속으로 투덜거렸다.

'아주 급행열차시네, 이 어수선한 정국에 못 말릴 일이군.'

초당을 앞서 나서던 세라는 문득 발걸음을 멈췄다. 대문에서 본 채로 들어가는 비탈길을 오르는 막내 세진을 발견한 때문이었다. 웬일인지 무겁게 쳐져 힘이 다 빠져 보였다. 불러도 듣지 못하는 듯. 항상 시간이 없다며 후당탕 뛰쳐나가고, 묻는 말에도 단답만 던질 뿐 재차 질문을 허용치 않는, 행동거지가 선명한 데다 일로 매진하는 품이 마음에 들어 세라가 은근히 기대를 걸고 있는 동생인데……. 꽤 거리가 떨어진 편이긴 하지만 정지운이 인사말을 보내도 세진은 역시 무반응이다.

"세진씨는 늘 무엇엔가 골몰해 있는 모습이에요."

세라는 후견인답게 안쓰러워하는 표정으로 대답했다.

"저도 배우면서, 남을 가르치자니 안 그렇겠어요."

세진은 들릴 듯 말 듯, 아주 조이듯 억제된 흐느낌을 쥐고 있었다. 깊은 밤, 잊을 만하면 들려오곤 하던 그 소리는 숨털스침 같아서 일어나 확인하려 하면 더는 잡히지 않았다. 중첩된 시험 준비로 산더미 같은 고된 잠에 짓눌린 채, 터질 듯한 요의에 몽유병자처럼 더듬어 방문을 열었다가, 그만 정신이 번쩍 들며 뒤로 물러섰던 간밤의 기억. 어둠 속에 떨어져 번지는 먹물처럼 흐느적이던 실루엣. 가슴이 덜컹 내려앉았다. 그게 왜 하필 옆방에 걸리어 있는 걸까. 가냘픈 세인의 모습이 떠오르자 그녀는 머리를 저었다. 들고 있는 그릇처럼 자기가 알고 있는 세상을 그만 땅바닥에 떨어 뜨려 버릴 것 같은 불안에 세진은 어쩔 바를 몰랐다.

2. 백합나무 아래서

고층 아파트의 높이를 따라잡을 듯이 까마득한 키에 풍성한 연
둣빛 잎사귀가 훈풍에 너풀거리는 백합나무 아래서 명지는 넋 빠
진 듯 일어날 줄을 몰랐다. 나무에는 마침 어린아이 주먹만한 꽃
들이 장난감처럼 주렁주렁 걸리어 한껏 낭만적이었다. 백합나무
의 매력을 자신이 최초로 발견해 내기라도 한 양 이맘때면 신바람
이 났던 그녀였다. 잎사귀 사이로 부서져 내리는 조각 햇살을 즐
기며 가족들과 퍼져 있기도 하고, 때로는 아지랑이 아롱거리는
풀밭에 하얀 식탁보를 깔고 점심을 들기도 하며, 카메라를 들이대
어 그런 순간들을 포착하기도 했다. 오 월에 그 나무 아래서 찍은
사진은 사람의 얼굴조차 연둣빛으로 박혀 나왔다.

하지만 그런 것들이 오 월의 다가 아니었다. 오뉴 월 된서리는

혹독했다. '서울의 봄'이라고 오랜 세월동안 뭇사람들의 가슴 속에서 답답하게 갇혀만 있던 염원의 씨앗들이 바야흐로 일제히 대합창처럼 새싹을 세상 밖으로 뾰조록이 밀어내려 할 때, 그 무참한 된서리는 내려졌다. '서울의 봄'을 위해 운동한 사람은 물론, 그것이 다가오는 발자국 소리를 기다려온 사람, 심지어 그런 부류의 사람들에게 암암리에 호감을 가졌던 사람들까지도 일시에 어둠 속으로 매몰되었다.

명지는 답답한 가슴을 쓸어내리며 생각했다. 순우는 그 중 어느 부류에 속할까. 끌어다 붙이려 들면 해당 안 되는 곳이 없을 것 같았다. 그러나 그 밤 자정에 강제연행 된 사람들은 야당과 재야 운동권의 수뇌부를 비롯 쟁쟁한 거물급들인데, 순우가 거기에 왜 끼었는지 명지는 알 길이 없었다. 언론계 간부로서는 유일하다는 데에 더욱 의아스러웠다. 의혹을 더 증폭시키는 건 대서특필 되어 나온 신문의 구금자들 명단에 이순우라는 이름이 올라 있지 않다는 점이었다. 불법 강제연행을 해놓고도 그런 사실이 없는 듯이 시치미를 떼다니……. 평소 뉴스쇼에서 귀를 좀 거슬렸다 해서 영장도 없이 한밤중에 개인의 침실을 그토록 무자비하게 짓밟을 수 있는 걸까.

체포조의 잔여부대까지 다 물러간 뒤에 집안을 치워나가다가 문득 침실의 홑청에 박힌 발자국을 보는 순간 명지는 치를 떨었다. 화석이 된 공룡의 발자국만큼이나 크고 위압적이었다. 홑청이 하얗기 때문에 더 유난히 요지부동으로 드러난 그것은 잔혹하고 난폭했다. 명지는 빗자루를 잡은 채 몸을 웅크리다가 그만 엎으러졌다. 몸서리쳐지는 그 발자국에 짓밟힌 홑청이 바로 자신의 알몸뚱이로 느껴져 그녀는 비명을 지를 뻔했다. 그런 그녀에겐 좋아했던 백합나무조차 아무런 위안이 되지 못했다. 눈앞의 풍경이 부실수록 그녀의 내면은 오히려 더 오그라들었으니까. 왜 이토록 숨이 차 오는지, 가슴이 모래부대처럼 무거워 왔다. 집안 구석구석을 쓸어내도 쓸어내도 끝없는 군홧발의 터럭이 장마철 침수처럼 내 몸속에까지 빈틈없이 차 온 걸까.

순우가 두 손 묶이어 시야에서 사라진 순간 숨이 콱 막혀 버린 이후로 그녀는 시도 때도 없이 호흡곤란증에 빠져 허덕이는 거였다. 방금도 슈퍼에서 찬거리를 사들고 오다가 호흡이 버거워 장바구니를 놓고 정신 나간 여자처럼 퍼질러 앉아버린 거였다. 소식을 듣자 놀라서 뛰어온 시누이 희우의 말이 귀에서 지워지지 않았다. "아무리 부부지간이라도 알 수 없는 거야, 이건 순 간첩 잡는 식이었잖아." 친누이까지도 순우의 결백을 의심하는 빛이었다. 그녀의 머릿속에서는 요 며칠 새 일어난 사건들이 필름처럼 돌아가며 재현되었다. 아니, 재현이 아니라, 그냥 현재진행형이었다. 깊은 산속의 고요처럼 곤하게 잠들어 있던 그들의 아늑한 보금자리가 직격탄을 맞은 듯 깨져버린 그 자정은 그녀에겐 과거가 아니었다. 그 어쩔 바를 몰랐던 충격과 공포의 현장에 명지는 아직 붙들려 있으니까.

그런 심리상태로 그 계단을 오르기란 얼마나 힘든 일이었던가. 초를 다투는 기자생활에 순우가 신발창이 닳아빠지도록 드나들었을 계단이란 걸 새삼 떠올리자 그녀의 발걸음은 더 더딜 수밖에 없었다. 더욱이 그 언론사는 완전무장한 군 탱크에 의해 철통같이 봉쇄되어 있는 상황이었다. 탱크 위의 착검한 장병들은 그들의 총부리 끝 칼날만큼이나 날카로웠다. 마치 전시를 방불케 하는 그들의 기세에 주눅 든 행인들은 어깨를 펴지 못하는 건 물론 시선을 어디에 두어야 할지 쩔쩔매는 모양새들이었다. 그토록 황당한 공포 분위기의 언론사 정문의 검문을 통과하며 명지는 등골에 식은땀까지 났다. 당연히 그녀의 발길은 집총한 장병에 의해 제지되었다. 명지가 얼떨결에 목구멍으로 되기어 들어가는 소리로 얼버무린 국장 이름이 주효한 모양이었다. 즉시 인터폰으로 정확하게 확인한 뒤에야 앞길이 틔워졌으니까. 미리 국장과 전화로 약속해 두기를 얼마나 잘한 일인가.

순우의 소속부서는 오 층 건물의 삼 층에 있었다. 명지는 엘리베이터 앞을 지나쳐 일부러 계단을 택했다. 회사에 거는 기대가 유일한 것인 때문에, 그만큼 그들을 만난다는 사실이 그녀는 다급하면서도 두려웠다. 한 계단, 또 한 계단, 계단과 계단 사이가 십 리쯤 멀었으면 싶었다. 도중에 마냥 서 있기도 했다. 캄캄한 어둠 속으로 위험을 무릅쓰고 달려가 공중전화를 잡고 상황보고를 했던 그 급박한 순간을 떠올리며 명지는 거기에 대한 결과를 비로소 들으러 가는 중이었다. 나름대로 어떤 조치쯤 취해 놓았겠지 하는 것과, 최소한 순우가 가 있는 장소 정도는 알게 되겠지 하는 기대감을 꼭 쥐고 있었으나, 벌써 며칠이 지났건만 별 반응이 없는 걸 보면 언론사라고 뾰족한 대책이 있는 것도 아닌 듯한 불안…… 역시 속수무책이라면 하는 실망감이 그녀의 다리에 힘을 뺐다. 명지는

손으로 벽을 짚어가며 그 계단을 천천히, 아주 천천히 가쁜 숨을
몰아쉬며 올라갔다.

　박석규는 평소에 비하면 그다지 늦지 않은 시간대에 귀가를 했
다. 세라는 티브이 드라마에 푹 빠져 있었으므로 남편이 거실에
들어서도 꼼짝하지 않았다. 특별히 쏠리는 취미랄 것이 없고 보
니, 화면에 시간을 많이 바치는 셈이었다. 부엌 아줌마가 둘이나
되어 무료할 때도 많았지만 이제는 달랐다. 살아 움직이는 폭포라
는 걸 제 손으로 한번 만들어 본다는 생각만으로도 그녀의 가슴은
이미 그 폭포의 물에 젖어 있는 듯만 싶었다.
　"그저, 연속극이라면 사족을 못 쓰시는군, 쯧쯧쯧……."
　박석규가 다소 경멸하는 투로 한마디 던지고 혀를 찰 때서야
세라는 놀라며 소파에서 일어섰다.
　"아니, 웬일이우? 이렇게 일찍……."
　"더 좀 늦게 올 걸 그랬나?"
　박석규는 조금 전의 어투와는 달리, 너스레를 떨었다. 그 사이로
세라의 바로 아래 동생 세인이 얼굴을 비쭉 들이밀어왔다.
　"언니, 나 왔어."
　"아, 형부랑 같이?"
　세라가 물었으나, 세인은 벌써 등을 돌린 채 사라졌다.
　"요 앞에서 우연히 만났다구."
　박석규가 어물어물 대답을 대신했다. 자그마한 키에 살집이 좋
은 그의 얼굴엔 개기름이 번지르르 했다. 남편이 실제 나이보다

훨씬 지긋해 보인다고 세라는 늘상 생각했던 대로 다시 느끼며 고개를 끄덕였다. 그러나 뒤로 떡 벌어진 어깨와 곧은 자세는 군 지휘관이었던 왕년의 관록을 그대로 유지하고 있을 뿐만 아니라, 현재의 지위에서 오는 당당함이 더해져 어떤 위압감까지 최대한 풍기는 인물이었다. 그럼에도 그 위압감이 딱딱하다고 느낄 새 없이 농담도 잘 늘어놓아 웬만해서는 본색을 드러내지 않았다. 그들 부부는 비교적 편안한 관계라고 할까. 나이를 먹을수록 서로가 상대에게 관대해져 가는 듯싶었다.

"두 사람은 우연히 만나기도 잘하네."

이 층의 자기 방으로 오르는 세인의 발걸음 소리를 들으며 세라는 남편이 세인과 회사에서부터 함께 왔으려니 했다가, 집 근처에서 우연히 만났다며 같이 들어온 것이 그러고 보니 한두 번이 아닌 듯해 던진 말이었다.

"글쎄나 말이지."

박석규는 심드렁하게 받아넘기며 윗도리를 벗어 세라에게 건네었다.

"나두 좀 그렇게 우연히 만나봤음 좋겠네."

세라는 공식적인 모임 말고는 남편과 다녀본 기억이 아득해서 진짜 부러운 듯이 눈을 살짝 흘겨 보이기까지 했다. 그러자 박석규는 두 팔을 활짝 벌리며 세라 쪽으로 다가왔다.

"날마다 저의 종착역은 아줌만 걸입쇼."

그는 습관대로 능청스레 아내를 아줌마라 부르며 슬그머니 끌어안는 거였다. 세라는 별 감흥도 없이 안겼다가 풀려났다. 가족이 되어 근 반생을 함께 살다보니 감흥이란 말은 너무나 새삼스러울 뿐이었다. 그저 남편에 대해서는 언제나 미안함과 감사의 마음이 반반으로 깔리어 믿음직스럽게 의지해 올 따름이라 할까. 두 여동생을 데리고 결혼하여, 그 애들이 서른을 넘어 마흔을 향해 가고 있는 이날까지 그 뒷바라지를 남편이 전담해 오다시피 했으니…….

세인은 남편의 회사에 사무직으로 일하면서 동료 노총각과 약혼을 한 처지였다. 세인이 버들가지 같아서 나이에 비해 아직 매력 있다고 하지만, 아무래도 사장인 형부의 배경이 그 약혼에 작용한 게 없지 않으리라는 생각에 세라는 마음속으로 박석규에 대한 위력을 새삼 실감하였다. 남편뿐 아니라, 이 시대의 요직은 거의 남편의 친구들이나 선후배가 차지하고 있는 데다, 그 사모님들은 세라와 형님 아우하고 지내는 한가족 같은 유대라, 과연 살기 좋은 우리 세상이 왔구나 싶어 그녀는 어깨에 힘이 주어졌다. 사모님들과는 너나없이 모두가 남편들이 군복무 할 때 앞치마 두르고 전방 부대를 골골이 누비며, 위문도 하고 봉사도 하면서 다져진 정분이라 혈맹관계처럼 죽어도 같이 죽고, 살아도 같이 살 만큼 아주 찐득한 사이였다.

오늘의 출세는 남편들이 잘나기도 했지만, 마누라들의 노고도 한몫 했다는 자부심을 그녀들은 톡톡히 갖고 있었다. 군인 사모님치고 상관들 집 파출부 안 한 사람 있으면 한 번 나와 보라고 세라는 소리치고 싶었다. 모르면 몰라도 그 답은 아마 적막뿐일 거라고 세라는 자신했다. 앞으로 나올 수 있는 사람은 단 한 사람도 없을 것이기 때문이었다. 그들은 별을 따야 하는 숙명을 타고난 무리들이었다. 무슨 짓을 해서라도. 물구나무를 서거나, 그 어떤 용트림을 치던 간에, 별을 따 먹어야 생명이 유지되는 별종들이었다. 구만리장천에서 반짝이고 있는 진짜 별을 따야 한다면 차라리 얼마나 다행일까. 진짜 별도 아니면서, 진짜 별을 따는 것만큼이나 어려운 그 별을 따기 위해 그들은 못 할 짓이 없는 거였다. 자존심 따위는 이미 내동댕이친 지 오래여서 차라리 편했다. 죽으라면 죽는 시늉이라도 해내기가. 세라도 물론 파출부 아니라 씨종 노릇이라도 기회가 온 것만이 고마워서 감지덕지 뛰었다. 할 수 있는 일이라면 무슨 짓이라도 해낼 것 같았다. 그러나, 박석규는 끝이 났다. 여의주를 물지 못했다. 하늘에 올라보려 발버둥 치다 처참하게 떨어져 천 길 만 길 검푸른 못 속에 배를 깔고 죽은 듯이 엎드려 있어야 할 이무기처럼 스스로를 책망하며 쓴물만 삼켜야 할 그였다.

한데 전화위복이라 할까, 시운을 잘 탔다고 할까, 별을 딴 이상으로, 아니, 별 위의 별자리에 등극을 한 셈이었다. 그토록 애착이 많았던 군복은 벗었지만, 군 장성들을 때에 따라서는 주무를 수도 있는 지위를 그는 거머쥔 것이다. 세칭 복마전이라고 하는 권좌인 중요 거대 국영기업체의 사장이 된 건 차치하고, 새 정권의 손꼽히는 실세로 떠오른 때문에, 그 자신은 별을 따지 못했지만 처제 세인의 결혼식장에는 번쩍거리는 별들이 서로 다투어 줄을 설 만큼 우글거렸다.

삼엄한 비상계엄 전국확대 속에 암암리에 정권 인수 준비를 착

착 해 나가고 있는 신군부 핵심부와 줄이 닿아 있다고 해서인지, 세인의 결혼식은 성대했다. 아버지 대리로 박석규의 팔을 끼고 식장 안으로 입장하는 세인은 그렇지 않아도 가냘퍼서 연민의 정을 느낄 판인데, 몸을 발발 떨고 있어 더욱 가련했다. 그 모습을 보자 부모석에 앉은 세라는 눈물이 핑글 돌았다. 당사자들이건 부모들이건 결혼예식장에서 눈물을 보이는 시대는 지나갔다는데……. 세라는 얼른 그런 시대 추세를 떠올리며 감정을 억제하려 애를 썼으나, 기어이 손수건을 눈시울로 가져가고야 말았다. 시골집에서 언니라고 자기만 졸졸 따라다니다가 결국 자라면서 셋이 다 부엌데기가 되어 버린 것과, 이날까지 미우나 고우나 자기 내외를 부모처럼 의지하고 별 탈 없이 지내와 준 것이 대견하기도 하고 가엾기도 해서, 세라는 손수건을 눈에서 떼지 못했다. 자기 딴에는 잘해 주느라고 신경을 기울여 왔지만, 좀 더 잘해 주지 못한 것도 후회 되었다. 세인은 시종 노처녀답지 않게 웨딩드레스 소매가 파르르 나부낄 만큼 떨면서 고개는 다소곳이 떨구고 있었다.

키가 세인보다 훨씬 크면서 현대적으로 생긴 세진은 신부 뒷바라지를 하느라 이리저리 바쁘게 움직이고 있었다. 긴장된 모습이면서도 상냥한 미소를 잃지 않고 있는 표정이 민첩했다. 어서 저 애도 동반자를 찾아야 할 텐데 하는 생각과, 그저 더도 말고 덜도 말고 세인의 신랑 정도면 되지 하는 생각을 그녀는 바쁘게 주워담았다. 분홍빛 계열의 신부 어머니 복색을 한 그녀는 신랑신부 입장이 끝나자 전면을 향해 단정한 자세를 지었다. 박석규도 신부를 신랑에게 인계하고 옆자리에 와 앉았다.

신랑집 부모님들은 연세가 지긋하고 소박한 분들이었다. 수수하면서 어딘가 당차 보이는 신랑의 용모가 세라는 마음에 썩 들었다. 특별히 개성이 튀어 인상이 또렷한 것이 아니라, 그저 성실한 생활인으로 다가오는 인품이 믿음직스러웠던 때문이었다. 연만하신 아버지가 세상을 뜬 지도 여러 해 전이니, 부모 없는 결혼식장이라고는 하지만, 자기네가 가장 전성기를 맞았을 때 시집을 가는 세인이 그래도 복이 있다고 여겨지자 비로소 세라는 착잡했던 심정이 진정되어 왔다.

부모석 바로 뒷줄에 앉았던 명지가 오랜 두절의 어색함을 물리치려 예식이 끝나자 세라에게 바짝 다가갔다. 불쑥 날아온 청첩장을 받았을 때의 속떨림이 아직도 가라앉지 않은 상태였지만, 버글거리는 하객들 속에서 예사롭게 그녀는 인사말을 건네었다.

"애썼다, 아주 대성황이구나. 엄마도 오시려 했는데……."

"많이 편찮으셔?"

바로 어제 만났던 사람들처럼 세라도 눈을 크게 뜨고 심상하게 물어왔다.

"그냥, 노령이시니까……."

명지는 어깨를 축 늘어뜨리며 고개를 주억였다.

"그래, 연세가 벌써 그리 되셨지, 그런데 형부는?"

세라의 물음에 명지는 머뭇머뭇하다 자기도 모르게 그만 한숨을 토하며 대꾸하는 거였다.

"내 전화할게."

다른 하객이 말을 걸어오자 세라는 그쪽으로 돌아섰다. 명지의 시선은 한동안 세라를 떠나지 못했다. 부티가 치르르 했고, 자신 감이 넘쳐보였다. 하객들도 같은 수준급이었다. 권세엔 돈이 따르고, 돈만 있으면 모든 게 해결되는 세상이니까. 크기로나 호화롭기로 첫 손가락에 꼽히는 예식장이지만 발을 빼기가 힘들 만큼 붐비는 것을 보고 명지는 박석규의 신분을 짐작하면서, 세라의 막강한 세력이 곧 신군부의 위력으로 버겁게 다가왔다. 전혀 딴 세상 사람들 같았다. 세라 같은 부류들이 하루아침에 권좌에 앉아서 터무니없는 호황을 누리는 건 자기네처럼 쥐도 새도 모르게 내몰린 사람들이 고통 받고 있는 대가라는 생각에 명지는 어쩔수 없이 주눅이 드는 거였다. 아득한 괴리감을 씹으며 그녀는 그곳을 빠져나왔다.

집안이 하도 고요해 침잠하는 느낌이 싫어서 명지는 샤워를 했다. 서랍장을 열어보니 속옷이 바닥이 나, 겨우 낡은 걸 하나 찾아 늘어진 고무줄을 오그려 매 입었다. 정신이 없다보니…… 시어머니 강봉자 여사 때문에 더 정신을 차릴 수가 없었다. 머리를 싸매고 자리보전해 아예 누워서 울고불고, 칭얼거리는 것만도 부담스러운데, 끼니때마다 수저를 손에 들려주기까지 너무나 힘이 들었다.

"내 새끼가 어디 가서, 무슨 곤욕을 치르는지두 모르는데 내가 밥을 먹어야? 못 먹는다. 나는 그렇게는 못 해, 차라리 모래를 씹을망정."

먹을 것은 다 먹으면서, 어린아이 밥투정하듯 한 수저 한 수저를 스스로 순순히 입에 넣으려 들질 않았다.

"어머니, 어머니가 잘 드셔야 순우도 어디서든 잘 먹게 될 거예요, 안 드시면, 순우더러 먹지 말라는 것밖에……."

그런 유의 말을 밥 한 수저 뜰 때마다 계속 반복해서라도 반찬 없듯 곁들여야만,

"그래선 안 되지. 내 새끼가 잘 먹구 힘을 내야지, 그래, 그럼 먹어야지, 에미가 돼서 새끼 생각도 못하면 짐승만도 못하지." 하는 식의 넋두리를 늘어놓으며 겨우 한 수저를 입에 넣는 식으로 밥상을 마냥 붙잡고 있는 거였다. 간간이 들르던 시누이 희우가 그런 정황을 보다못해 어머니를 자기 집으로 모시고 갔다. 노인네가 기분전환을 하셔야 한다며.

은애는 볼일이 있는지 외출해 버렸으니, 명지는 모처럼 혼자만의 시간을 갖게 된 셈이었다. 오늘중으로 꼭 하지 않으면 안 될 만큼 다급해진 빨래를 서두르며, 답답할 뿐인 순우의 일이 숨이 막혀 명지는 이래저래 콩팔칠팔 뛰어다녔다. 순우가 몸담고 있는 회사를 너무 믿었던 것이 낭패였다. 언론사였기에 다방면의 취재망을 활용한다면 어떻게든 순우에게 손길이 미칠 수 있으리라고 명지는 기대했다. 그러나 캄캄 먹통이었다. 명지의 처지나 피장파장인 모양이었다. 취재가 전혀 불가능하다고 했다. 보도는 일방적 지시에 따라 거의 받아쓰기 식으로 이루어진다고 하지 않던가. 사실상 제이의 군사쿠데타 체제라 할 신군부 휘하에선 대 언론사의 위력도 종이호랑이일 뿐인 듯했다. 국장이 몇몇 기자들을 불러

지시도 하고 이야기도 듣는 듯했으나 전혀 아는 바가 없었다. 오히려 엉뚱한 발언이 튀어 나왔을 뿐. 내무부에 출입한다는 안면이 익은 기자가 명지에게로 다가오며 묻는 거였다.

"광주에 다녀오시지 않으셨습니까? 이순우 부장님께서?"

명지는 펄쩍 뛰었다.

"아뇨, 언제 그럴 만한 시간이 있었나요."

지나치리만큼 예민한 반응을 남기고 명지는 등 돌려 그곳을 나왔다. 광주라니? 누구를 어떤 함정에 몰아넣으려는 것인가 싶어 그녀는 발끈 신경이 곤두섰던 것이다. 광주는 지금 외곽도로가 차단되어 완전 봉쇄된 채, 공수특전단을 투입하여 전장을 방불케 하는 처참한 살상의 무대가 되어 있다지 않은가. 사전에 환각제를 먹었다는 공수특전단들의 만행이 상상을 불허하는 판국이라 했다.

계엄포고령 제십 호가 발동하여 유언비어죄라는 것이 생긴 뒤로 사람들이 말도 자유롭게 못하고 서로 눈치만 보며 쉬쉬하지만, 광주에서 사상자가 만여 명에 육박한다는 설이 나돌고 있지 않은가. 종신집권체제로 들어갔던 유신의 총수가 저격된 십·이륙 이후 세력을 장악한 신군부가 오 월 십칠 일 자정을 기해 비상계엄 전국확대라는 명목으로 거물급 민주인사들의 검속과 더불어 사실상 과거 회귀성 쿠데타에 돌입하자, 민주화를 갈망하던 광주의 시민과 학생들이 그에 불복, 봉기했다고 들었다. 신군부는 그 광주를 오히려 자기들 입장을 합리화하는 빌미로 역이용해 광주라는 말만 들어도 얼굴이 굳어지는 판국이었다. 그곳은 지금 그 자체는 고사하고 그 언저리의 지명마저도 감히 그 누구도 거론조차 할 수 없는 어마어마한 금기의 땅이 되어 있었다. 이런 살얼음판에 순우를 그 광주와 연결 지으려 하다니……. 그것도 친분이 있다는 후배 처지에서. 순우가 사형장의 이슬이 되기를 바라는 사람이 아니고는 그런 말은 하지 못할 터라고 명지는 생각하는 거였다. 확실한 근거가 있더라도 차마 당사자의 가족 앞에서야, 그것도 공개된 자리에서……. 그 소리가 떨어지기 무섭게 국장은 너털웃음을 웃었고, 대개의 기자들이 슬그머니 자기 자리로 돌아가지 않던가. 답답하고 초조한 것은 명지뿐, 그들은 전혀 심각하지가 않은 거였다.

순우는 회사 동료들이 추측하는 그런 엄청난 사건과는 연계될리가 없다는 것쯤은 반려자인 자기가 누구보다도 잘 안다고 믿고있기에 실상 겁날 것이 없었지만, 다만, 그녀는 맥이 빠졌다. 철통같은 언론통제로 취재기자들조차 마비상태인 데다 대고 위험을무릅쓰고 공중전화를 찾아 보고했다는 사실, 그리고는 다소 위안까지 느꼈다는 자체가 허탈해서였다. 취재원이 봉쇄되어 그들은할 일이 없어지자, 죽지 잃은 새처럼 답답한 얼굴들이나 서로 마주보는 신세가 된 듯했다. 언론을 이처럼 통제시킨다는 자체가떳떳치 못한 암흑정치, 철권정치 시대를 의미하는 것이라고 명지는 생각하며 절망했다. 언제까지 이런 후진적 정치상황이 되풀이되어 갈 것인가. 이 캄캄한 터널의 끝이 도대체 어디쯤에 있는것인지 명지는 바닥을 알 길이 없는 늪에 빠져드는 기분을 털 듯세탁기의 작동 버튼을 눌렀다.

기계소리가 요란하게 일었다. 그녀는 빠뜨린 빨래거리를 찾아

방마다 습관적으로 다시 들여다보았다. 세탁기의 작동시간에 쫓긴다기보다는 순우에 대해 아직 아무런 손을 쓰지 못하고 있다는 강박관념에 그녀의 입술은 타붙고 있었다. 시어머니 강봉자 여사 방에서 옷걸이에 얌전하게 걸어놓은 블라우스를 냉큼 걷어냈다. 나이 들수록 정갈해야 하는데 노안이 문제라 여기면서. 자기 방의 그 자정에 순우가 벗어놓고 간 잠옷을 잡고 잠시 망설이다가 그대로 두고, 그녀는 은애 방으로 갔다. 의자에 걸쳐진 청바지를 집어 드는 순간, 방바닥으로 무엇인가 떼구르르 굴러 떨어졌다. 그녀는 긴장했다. 돌멩이였다. 주먹만했다. 창밖으로 던져버릴까. 돌멩이는 그냥 은애 책상 위에 댕그마니 놓여졌다. 돌멩일망정, 아니 돌멩이인 때문에 더 그 애 물건은 그 애가 직접 처리해야 한다는 생각에. 문지방을 넘어서려다 명지는 다시 그 돌멩이를 돌아보았다. 설마.

추가로 빨래를 세탁기에 마저 넣고 거실로 나온 그녀는 전화기 앞으로 가서 수첩을 펼쳤다. 누구에게 전화를 넣어볼까. 누구에게 도움을 청해보나. 수첩에 적힌 이름들을 되풀이 훑어 나갔다. 내키는 대상이 없었다. 어쩌면 이다지 썩 마음에 와 닿는 사람이 없을까. 잡아야 한다. 지푸라기가 못 되어도 좋다. 머리카락이라도, 아니, 먼지, 미세먼지라도 잡아야 한다. 그녀의 시선은 간신히 한 친구의 이름 위에서 멎었다. 그 친구의 남편이 예비역 장성이라는 사실 때문이었다.

다이얼을 돌렸다. 신호가 갔다. 마침 그 친구였다.

"나, 윤명지야. 잘 지내고 있지? 너한테 어려운 부탁을 좀 할까 하는데 괜찮을까? 말해 보라구? 우리 남편이…… 합동수사본부라고 하던데, 혹시 그쪽에 아는 분이 좀 없으실까 해서. 그래, 고맙다."

친구는 좀 조심스런 눈치로 남편에게 물어보고 연락해 주마며 전화를 끊었다. 명지는 우두커니 앉아서 한숨을 쉬었다. 저 친구도 다시 연락을 주지 않을 것이 뻔했던 때문이었다. 제법 친한 사이라고 여겼던 친구를 통해 명지는 이미 경험을 했던 것이다.

그 친구는 명지의 얘기를 듣고 꽤 놀라고 동정하면서 적극적인 태도를 보여 왔으나 함흥차사였다. 그 친구의 남편은 아직 옷을 입고 있는 현역 고참 대령이었다. 답답한 마음에 명지가 다시 전화를 걸어보았을 때, 그 친구는 먼저와 전혀 다른 음성이 되어 있었다.

"어디다 말할 만한 곳이 마땅치 않다는구나. 어떡하니?"

"그러실 테지, 공연히 염려를 끼쳐 드려 미안하다."

그것으로 그 친구와는 이야기가 끝났다. 꽤 친한 편이었던 친구도 그런 태도였는데, 하물며 뜨악한 사이의 친구야 더 무엇을 바랄 수 있을까. 그러나 명지는 기대를 버리지 못했다. 버릴 수가 없었다. 그 어리석은 기대나마 잡고 있지 않으면 순우를 아주 놓쳐버리고 말 것만 같아서……. 상대에 대한 서운함은 반드시 도와주지 않아서만이 아니었다. 능력이 없거나 도와 줄 처지가 못되는 데도 부득부득 매달리려는 건 아니기 때문에. 다만 애를 태우고 있는 이쪽의 심정을 이해해서 가타부타 소식만 주어도 아주 허전하진 않을 거라는 생각……. 하긴, 그들을 나무랄 수만도 없지. 광주라는 이름에 옴 붙어, 사람들이 그 이름 자체를 발음하는 것조차 쉬쉬하듯, 자기집 전화번호에도 옴이 붙어 있다는 사실을 그녀는 깜빡했던 거였다. 명지 자신도 웬만한 전화는 공중전화를 사용하고 있지 않나 말이다. 도청이 되지 않는다손 쳐도 서슬이 퍼런 비상계엄하에서 반체제로 몰린 부류와는 본능적으로 접촉을 기피하게 마련인 것을. 그럼에도 명지의 시선은 계속 수첩 속의 글자들을 훑고 있었다. 이번엔 손가락으로 하나하나 짚어가며, 머리를 갸웃갸웃 틀기까지 하면서. 하지만 보면 볼수록 제 손으로 써놓은 글자들이 생경하기까지 했다. 눈만 뜨면 별 수 없이 펼쳐 들곤 하던 수첩을 그녀는 덮어버렸다. 생사를 알 길 없는 급박한 상황의 순우를 두고 이처럼 헛짓이나 하고 있다니, 다 부질없는 짓이란 걸 알면서……. 손바닥에 얼굴을 묻은 명지는 몸을 떨었다. 뜨거운 것이 목구멍에서 울컥 터져 나왔다. 선혈처럼 비릿한 내음.

허물없이 화투패를 내리치며 몰려다니던 남편의 선후배 사모님들도 이제는 체통을 지키느라 사회복지기관 순방이나 불우이웃돕기 행사 등에 나가서나 겨우 만나게 될 뿐이고, 새벽같이 출근한 남편은 오밤중에 들어오거나 아예 들어오지 않는 것이 예사다 보니 세라는 무료한 시간이 그 어느 때보다 많았다. 한참 혈기왕성하던 시절에도 아이들 교육 탓에 전방근무 하는 남편과 헤어져 지낸 경험이 있지만, 함께 살고 있는 이즘 그때보다도 오히려 부부 사이가 더 소원해져 간다고 그녀는 문득문득 여겨지곤 했다.

이래저래 폭포나 어서 만들어야겠다는 생각에 그녀는 개울 쪽으로 걸어갔다. 햇살이 반짝거리는 개울가에 누구인가 분방하게 네 활개를 벌리고 벌러덩 누워 있는 모습이 시야로 들어왔다. 놀라움에 세라는 멈칫 서서 그편을 주시했다. 감히 여기가 어디라고? 슬그머니 노기가 끓어올라 발을 구르려다 멈칫 참았다. 책으로 얼굴을 덮어 확실하게 알 수는 없으나, 얼핏 보기에 불량배는 아닌 듯싶었다.

세라는 비탈 아래로 내려가지 못하고 잠시 서성였다. 경비를 불러야 할까 하는 생각이 우선적으로 들었으나 짚이는 데가 있어 조심스럽게 몇 걸음 다가가보니, 과연 머릿속에 짚여오던 바로 그 사람이 아닌가. 개울에 발을 집어넣고 자연스럽게 누워 있는 모습이 너무도 황홀해서, 그녀는 그만 달려가려 했다. 살포시 그를 끌어안고 싶은 충동이 불같이 일었다. 하지만 그녀는 그 자리에서 움직이지 않았다. 자식들에게까지 씻을 수 없는 치욕의 핏줄이라는 불명예를 유일한 유산으로 남겨준 원망스러운 여자……. 그녀는 몸이 굳어져옴을 느꼈다. 역시 내 몸에 흐르는 피가 그 생모의 것이라서…….

그녀는 단호히 돌아서야 한다고 생각했다. 그러나 되지 않았다. 돌아서긴커녕 오히려 앞으로 더 나가고 있질 않은가. 마치 무서운 자력에 이끌리듯. 푸섶길을 사뿐사뿐 걷다보니, 어느새 젊은이의 옆에 이르러 있었다. 세라는 숨소리마저 죽이고 그를 가만히 들여다보았다. 젊음의 향내 같은 것이 풍기는 듯싶었다. 그 순간, 누워 있던 사람이 기척을 느꼈는지 얼굴의 책을 벗겼다. 부신 듯 찌푸리며 눈을 뜬 정지운이 소스라쳐 일어나 섰다.

"어머나, 누구신가 했네요."

세라는 가슴까지 쓸어내리며 놀란 시늉을 했다. 자신의 목소리
가 거기 흐르는 개울물 소리 위로 튀어나가는 데에 스스로도 질겁
하면서.

개울물에 잠긴 정지운의 두 발이 복숭앗빛으로 출렁였다. 수초
인 듯 발등에 성글게 얽힌 모발에 세라의 시선이 멎는 순간, 정지
운의 얼굴조차 그 맨발과 같은 색깔이 되었다.

"아, 죄송합니다."

그는 허둥지둥 물에서 나와 신발을 찾아 신었다.

"감기라도 드시면 어쩌려고?"

좀 멋진 말을 건넨다는 것이 고작 그 따위 의례적인 것이어서
세라는 혀끝이 씁쓰름했다. 풀잎들이 압착되어 몸의 윤곽을 그대
로 드러내 보여주는 정지운이 누웠던 자리를 훑으며 세라의 볼에
도 볼그레한 기운이 감돌았다.

"사장님은 좀 늦어지실 겁니다."

"네에."

바쁜 사람이니 신경 안 쓴다는 투로 세라는 다소 과장되게 심드
렁해 했다. 그러고는 나직하게 말했다.

"영화 장면 같았어요, 독서 모습이……."

"과분한 말씀이십니다, 저, 누누이 말씀 드렸지만 말씀 낮추십
시오."

황송한 듯 정지운이 머리까지 숙이며 어쩔 바를 몰라했다.

"신경 쓰지 마시래두, 나의 말씨는 어릴 적의 가정교육 때문이니까요."

그 말은 사실이었다. 할아버지 할머니가 그 사람의 언행은 곧 그 사람의 인격과 가문을 드러내는 것이라며 마치 나무를 전지하듯 수시로 다듬어준 덕분이었다. 그래선지 다른 사모님들이 군에서 하급자들에게 하인 대하듯 반말 찍찍 내뱉는 모양새가 상스럽게 느껴져, 운전병에게도 그녀는 꼭 경어를 써 왔다. 별로 칭찬하는 법이 없는 남편도 그 점에 대해서는 인정을 해 주지 않았던가.

"그냥 개울물 소리가 듣고 싶었거든요, 세상 돌아가는 게……."

세라의 눈이 동그래졌다.

"왜요? 뭐가 잘못되어 가나요?"

"아닙니다, 언덕 아래라서 누구 눈에 띄지 않을 거라 생각했는데, 그만……."

정지운은 멈칫 면구적어하며 변명을 늘어놓았다.

"괜찮아요, 자유롭게 지내세요. 내 집처럼……."

"감사합니다."

"한데, 그건 무슨 책이죠?"

"번역섭니다."

"우리 언니도 번역을 하는데……."

연상작용에 의해 자기도 모르게 불쑥 흘러나간 말이었다.

"누구신데요?"

"모르실텐데, 아마……."

"사모님의 언니시라니까 알고 싶습니다."

이쯤 되면 말을 안 할 수가 없어, 별로 입에 올리고 싶지 않은 이름이지만 곧이곧대로 대는 수밖에.

"윤…… 윤명지라고……."

"아, 그분이 번역한 소설을 읽었는데요, 저는 그분의 번역을 좋아합니다."

"……."

"아주 훌륭한 언니를 두셨군요."

세라는 입을 꼭 다물고 있었다.

정지운이 윤명지를 모른다고 하기를 바랐건만, 아니 당연히 모르리라고 생각했건만…… 어째서 명지 언니, 아니, 명지는 이런 멋진 청년의 머릿속에도 나보다 먼저 들어가 있단 말인가.

"저는 그분의 번역을 좋아합니다."라는 정지운의 말을 듣는 순간, 세라는 온몸의 솜털이 거슬러 오르는 것만 같았다. 혐오스러웠다. 등골이 오싹할 만큼. 명지 언니, 아니, 명지가 번역한 책은 모조리 땅속으로 꺼져 버렸으면 싶었다. 아니, 책이란 책은 몽땅 세상에서 사라져 줄 수는 없을까. 왜 이다지도 책이 싫은 걸까, 나는……. 어려서부터 눈만 뜨면 부엌으로 들어가 아궁이에 재 치우고, 불 때고……. 그런 궂은일에나 길들여졌으니……. 명지는 아기 때부터 아예 책이 장난감이고, 동무도 된 셈이었고……. 책을 잘 읽으면 잘 읽는다고 박수쳐 주고, 못 읽으면 또 못 읽는다고 박장대소하며 예뻐해 주었으니, 그러고도 공부를 못할 수는 없는 거지. 공부가 싫고 책이 싫어 이날 이때까지 책을 가까이 못 하는 거, 수업시간이 지루하고 지겨워 꾸중을 들어가면서도 옆 친구와 잡담으로 보내던 거, 그게 다 명지 탓인 것만 같았다. 공부, 책, 그건 다 명지만의 전유물이었으니까……. 이제 우리 세상이 왔다는데, 아쉬울 것도 부러울 것도 없는 진짜 우리 세상이 왔다는데, 왜 나는 먼, 머언 그 어린 날을 아직도 이렇게 씹고 있는 거지……. 긁어 부스럼이야. 어서 폭포나 만들어야지. 세라는 싫은 기억들을 털어내듯 갑자기 고개를 치켜들고 손으로 계곡의 중간쯤 되는 쪽을 가리키며 말했다.

"저쪽에서 물줄기가 떨어진다면 어떨까요?"

정지운이 잠시 어리벙하다가,

"아, 폭포 말씀이군요, 만드신다면 거기가 적절하겠네요."

하며 폭포에 대해서 여전히 달가워하지 않는 티를 냈다. 세라가 왜 그런 투냐고 문득 그를 빤히 쳐다보았을 때,

"사모님, 언니 되신다는 그 윤명지 선생님을 저도 언젠가는 뵐 수 있겠지요?"

하며 또다시 정지운은 세라의 아픈 곳을 건드려왔다. 세라는 씁쓸하게 미소만을 지었다. 잠시 뜸을 들였다가, 그녀는 거의 위압적으로 목소리에 힘을 넣어 말했다.

"폭포 공사를 어서 시작해야겠어요."

이번에는 정지운이 아무 대답도 하지 않았다. 그새 해는 산 너머로 멀어지고 하늘엔 노을이 엷게 번져갔나. 바람이 이는지 세라의 헐렁한 홈웨어가 허공으로 부풀어 올랐다. 놀란 세라가 달아나려는 홈웨어를 잡아 내리려 부산스러웠다. 정지운이 도우려는 듯 한 걸음 그쪽으로 다가서다가 미소를 머금고 그녀의 동작만을 눈

으로 쫓았다. 청년의 머리칼도 헝클어져 나부꼈다. 개울물 소리도 바람을 따라 출렁였다. 주변의 나무들마저 술렁이며 몸을 뒤척였다. 가까스로 홈웨어를 두 손으로 싸잡은 세라는 속살까지 다 드러났을 걸 생각하면 이대로 곧장 집 안으로 들어가 버리는 게 상책이다 싶었다. 그러나, 그녀는 그 자리를 뜨지 않고 정지운을 돌아보았다. 언제 보아도 단정한 정지운이 전혀 다른 모습이 되어 있었다. 타오르는 불길처럼 야성적이면서도 낭만적이기까지…… 일몰의 여운으로 불어온 바람결 속에서 잠시 환상을 잡은 듯했던 세라는 얼른 자신의 머리로 손을 가져갔다. 정지운의 머리를 능가할 만큼 흐트러졌을 거라는 생각에.

"잠깐, 만지지 마세요, 그 헤어스타일이 사모님께 더 잘 어울리십니다."

정지운이 발랄하게 웃으며 말했다. 그러나, 대충 머리를 쓸어내린 세라는 정지운을 넌지시 마주보았다. 그녀는 웃지 않았다. 쓰릿한 기운이 가슴을 스쳐갔다. 왜 저 사람만 보면 나는 내 나이를 생각하게 되는 거지.

세라는 정신없이 살아온 지나간 세월이 갑자기 견딜 수 없게 허탈해 왔다. 그녀에게도 시들어 떨어지기 직전의 농염함이 그 절정을 보여주고 있었으나, 젊은 날에 그 젊음을 깨닫지 못했듯 의식하지 못했다. 세라는 이즘 들어 자꾸 센티해졌다. 그 이유를 단지 세인을 떠나 보낸 후유증이라고만 단정을 지으면서 혼잣말처럼 뇌었다.

"가엾은 것, 나잇값도 못하지. 결혼식에서 그렇게까지 떨다니……."

그녀를 물끄러미 바라보고 있던 정지운이 그 말을 듣자 갑자기 정색을 했다.

"세인씨가 그렇게도 가여우신가요? 좋은 동반자를 만나 새 가정을 이루어 갔는데도요? 제가 뵙기엔…… 사모님이 더…… 안되셨습니다만……."

세라의 미간이 찌푸려졌다.

"내가 안되다뇨?"

정지운은 입술을 굳게 다물었다.

희부윰한 새벽, 은애는 숄더백을 메고 살며시 현관을 나섰다. 경황이 없는 속에서도 출판사와 한 약속 때문에 부엌에서 개다리소반 위에 번역 일을 올려놓고 쪼그려 앉아 있던 명지가 소리를 질렀다. 질러봤댔자 목이 너무 잠겨선지 푸석했지만.

"어디 가니? 밥두 안 먹구."

"다녀와서 얘기할게."

평소 같으면 엄마 목소리가 왜 그래? 하고 발걸음을 멈출 은애가 마치 다음 질문이 나오면 어쩌나 싶은 듯한 태도였다.

버스를 탄 은애는 남대문시장에서 내렸다. 무작정 시장 속으로 들어가 좁은 골목들을 에스(S) 자로 돌고 돌아 한 가게 안으로 불쑥 들어섰다. 양말 검포였다. 마침 길 되었다는 생각으로 양말 서너 켤레를 산 그녀는 숄더백에서 하얀 블라우스를 꺼내, 검정 원피스 위에 재빨리 덧입었다. 하나로 묶었던 머리도 풀어버렸다. 옆도 보지 않고 은애는 또다시 에스 자로 좁은 골목들의 사람들을 헤집으며 미꾸라지처럼 매끄럽게 달아났다.

이른 시간의 시장 안은 해장국과 찐빵과 순대 등속에서 뿜어져 나오는 뿌연 김발과 진한 음식 냄새 속에 바쁘게 움직이는 사람들로 흥성지게 돌아가고 있었다. 은애는 찐빵과 순대도 사고, 음료수는 사이다로 골랐다. 시장통을 내쳐 걸어서 서울역까지 갈 참이었다.

어제 도서관에서 무심히 나서는데 슬그머니 소매를 잡아당기는 기척이 있어 고개를 들어보니 양경애였다. 수배중인 학생회장 인재경과 접선을 당부해 왔다.

"재경 언니 어머니가 찾아오셨어, 딸 소식을 알고 싶어서지. 이 며칠은 전화도 없대."

은애는 걱정이 되어 경애의 손을 마주잡으며 긴장된 시선을 보냈다.

"내가 아는 선에서 전해 드렸어."

"니가 어떻게?"

"가끔 연락이 왔어……. 서울에서는 버티기가 힘든가 봐. 여기 가져오신 옷가지하고 돈이 좀 있으니까 니가 차편 예약할 수 있지?"

은애는 고개를 끄덕였다.

"한데, 집 사정이 좀 어려운가 봐, 돈이 빠듯해. 내가 조금 보태긴 했지만."

"알았어."

"아무래도 난 자신이 없더라."

"염려 마."

"어머니가 미행을 당하셨을까 봐……."

경애는 얄팍한 가방과 함께 메모지를 은애의 손에 쥐어 주었다.

열람실 외진 자리로 가 펴본 메모지엔 '내일 아침 아홉 시 삼십 분발 부산행 새마을호를 예약할 것. 접선은 발차 삼십 분 전 서울역 새마을호 대합실 화장실.' 그것뿐이었다. 은애는 가슴이 뛰었다. 발걸음조차 떨려왔다. 그러나 차분한 모습으로 곧장 서울역에 나가 차표를 예약했다. 날짜가 너무 촉박해 표가 없으면 어쩌나 조마조마하면서. 인재경을 은애는 어떻게 해서든 무엇이라도 도와주어야 된다는 생각이었다. 따스한 이불 속에 들어가 눕기만 하면 언제나 인재경의 훤칠한 모습이 떠오르곤 하던 참이었다. 그 언니가 잠자리를 찾아들지 못해, 남의 집 처마 밑을 배회하는 것만 같아서…….

강제연행 된 아빠의 소식을 제일 먼저 전한 대상도 인재경이었다. 그것이 그녀와의 가장 최근의 만남인 동시에 마지막이었다. 내게 연락이 없는 건 아마도 그 일 때문일거야, 우리 전화를 어떻게 믿어? 애써 그렇게 서운함을 달래며 은애는 오랜만에 기도를 바쳤다. 당신의 귀를 내게 기울여 주시고, 날 구하시길 더디 마옵소서……. 농활(농촌봉사활동)을 하면서 대물림 신자라는 인재경에게 배워 여럿이 그 기도를 복창하던 기억이 뭉클 다가왔다.

척박한 강원도 산산먹시 화선닌 부락에서 인재경의 팔을 베고 누워, 쏟아질 듯한 별을 바라보며 은애는 기도문을 더듬더듬 배웠다. 구약성서에 나오는 시의 한 토막이라는 설명을 상기하자, 그 아득한 기인건 인류의 소망이니 문명이 친런한 이 시대 사람들의 바람이 너무도 닮았다는 사실이 신기해서 벌떡 일어나 인재경의 의견을 들어보려던 은애는 그냥 슬그머니 되누웠다. 구만리장천의 별들이 그녀의 눈가로 몰려와 한덩어리가 되었다. 코끝이 찡해서 은애는 그렇게 잠시 묵묵했다. 인재경의 관자놀이가 크림이라도 바른 듯 번질거렸던 때문이었다. 그녀들 둘은 그 해 책정된 농활기간이 끝났음에도 그곳 화전민들과 달포나 더 지내다 온 공통의 추억도 갖고 있었다. 천사처럼 착하고 불의를 못 견디는 인재경은 끼니 간 데가 없는 화전민들과 취학의 꿈조차 못 꾸는 그곳 아이들을 위해 물심양면으로 최선을 다했다. 그런 인재경을 따라 그곳을 떠나오면서 '기도드리겠습니다.' 하는 인사를 마지막으로 돌아서며 은애는 화전민들의 절박한 현실 앞에 너무 무력하고 미안한 느낌이 들어 그 이후로 섣불리 기도를 못 하고 있었다.

멀리 서울역이 시야로 들어오자 은애는 인재경을 만날 기대에 마음이 설레어 왔다. 그와 비례해서 두려움도 따라 붙었지만. 그녀는 주변을 쫀쫀히 살피기 시작했다. 인재경을 위해선 더 완벽한 보안을 유지해야 한다고 여긴 때문에. 이쯤에선 안심해도 좋다고 생각은 되면서도, 방심은 금물이라는 말을 생각지 않을 수가 없었다. 서울역 시계탑이 윤곽을 드러내며 광장이 한눈에 펼쳐지자, 은애는 자기도 모르게 가슴이 후들거려 왔다. 광장에서 북소리가 둥둥둥 들려오는 듯만 싶었다.

오 월 십삼 일에서 십오 일까지 연 사흘을 출정하듯 학교가 있는 신촌에서부터 도보로 한강둑을 밟아 저 광장을 향해 진출하지 않았던가. 그때 소리 높여 불렀던 노래가 아직도 광장 가득, 아니 서울 하늘에 가득 우렁차게 번져 나가는 성만 싶었다. '저 들에 푸르른 솔잎을 보라, 돌보는 사람도 하나 없는데, 비바람 불고 눈보라쳐도……'. 비상계엄 해제를 요구하며 서울역 광장으로, 서울역 광장으로 모여들던 대학생들의 도도한 물결……. 서울역 광장은 순식간에 동해바다처럼, 태평양처럼 무섭게 출렁이었다. 그 높고도 험악한 기세 앞에서는 가스차 따위는 모래알에 불과했다. 십여 만여 학생들의 열기에 서울역 시계탑도 파도 타듯 일렁거리고, 불빛을 번뜩이며 전장의 공룡이나 되듯 이리저리 뛰어다니던 페퍼포그차마저 맥을 못 추고 금세 불타버리던 그 밤, 선두에서 불끈 쥔 주먹을 들어 올리며 구호를 선창하던 인재경의 모습도 그 시각 이후 사라졌다.

그건 덫이었다. 함정이었다. 한강변을 도열하여 운동가를 부르며 순순히 서울역에 이를 수 있었다는 것부터가 미심쩍었다. 옥내외 집회가 엄격하게 금지된 비상계엄 아래에서 그 어마어마한 학생들이 교문이 메어지게 빠져나갈 수 있었을 때, 이미 의심스럽긴 했다. '어용교수 물러나라'는 구호로부터 시작되어 '비상계엄 해제와 분명한 민주화 일정'을 요구하는 학생들의 교내 철야농성이 연사흘이나 계속된 뒤였다. 안개를 짙게 피워내고 있던 정국의 속셈이 점점 뻔하게 드러나 갈 무렵이었다. 아득한 예로부터 틀림없이 맞아 떨어져 왔다는 '화무십일홍(花無十日紅) 권불십년(權不十年)'이라는 말조차 불가사리처럼 삼켜버린 철통같은 독재세력의 여운이 완강하게 정국을 틀어갈 때, 숨넘어가는 사람의 체온처럼

'서울의 봄'의 미미한 온기를 빼앗기지 않으려 그들은 잔혹하고 음험한 바람 속으로 몸을 던져야만 했다. 서울은 물론, 전국 각처에서 몰려든 학생들의 열기는 활화산처럼 들끓어 올랐다. 성난 해일처럼 넘실거렸다. 그 대가는 즉각 신문 일면의 왕방울 같은 철퇴 톱기사로 쏟아져 나왔다.

政治活動 一切 禁止(정치활동 일절 금지)

全國大學(專門大 포함)에 休校令(전국대학에 휴교령)

前-現 元首 冒瀆-誹謗 禁止(전-현 원수 모독—비방 금지)

令狀 없이 逮捕-拘禁-搜索 可能(영장 없이 체포-구금-수색 가능)

시국은 더 꽁꽁 얼어붙었다. 살벌했다. 은애는 자기들이 동해바다도 될 수 있었고 태평양도 될 수 있었던 서울역 광장을 가로지르며 자기도 모르게 들인 버릇대로 주머니에 손을 질러 넣었다. 아무 것도 잡히지 않았다. 굿판(시위현장)에서 한 번도 돌을 던져 본 적도 없는 쑥이 거기 있어야 할 것이 없다고 해서 허전함을 느끼다니……. 청바지 세탁이 아직 멀었다고 여긴 것이 잘못이었다. 옷 속에 그걸 그대로 두었다는 자체가 방심이었다. 여리고 우아한 딸이라고만 생각해 왔을 엄마가 얼마나 놀랐을까.

집을 나설 때, 그녀는 돌멩이로 당연히 손이 갔지만 한 번 쥐어 보는 것으로 그쳤다. 엄마의 시선이 묻어와서일 뿐만 아니라, 도심 곳곳에 지켜 서 있는 전경들에게 불심 검문이라도 받는 날에는 오늘의 중요 임무가 다 틀어질 것이기 때문이었다. 그 중요 임무

를 위해선, 옷도 일부러 다소 드레시한 걸 선택했다. 은애는 헐렁
하고 긴 블라우스의 소매를 팔락이며 돌멩이 없는 맨주먹에 힘을
주었다. 지금은 자기들의 외침을 사람들이 다 이해하지 못한다
해도 종당엔 그것이 온 세상과 인류의 정의이며 평화임을 누구나
다 깨닫게 되리라는 생각과, 그날이 언제가 될지 모르지만 자신들
의 손이, 자신들의 발이 그날을 앞당기는 견인차가 되어야 한다는
결의 같은 걸 마음속으로 다졌다.

　고색창연한 역사(驛舍)에 박힌 시계탑의 바늘이 정확하게 십오
분 전 아홉 시를 가리키고 있었다. 광장에는 제법 사람들이 우글
거렸다. 서로 스치지 않고는 겨우 두세 걸음도 나가기가 힘들었
다. 급한 마음에 실례를 무릅쓰고 사람들을 헤집으며 걸음의 속도
를 내어 보려던 은애는 움찔 웅크려 몸을 숨겼다. 겨우 서너 걸음
앞쯤에 눈에 무척 익은 얼굴이 인파 사이로 불쑥 솟았다. 누구더
라 생각할 필요도 없었다. 조마조마하며 걸어오는 동안 내내 그
혐오스런 상판을 떠올리고 있었으니까. 저자가 왜 하필 여기에?
늘 학교를 배회하는 것이 그의 임무다 보니, 휴교령 뒤로는 아마
도 지방으로 잠수하는 학생들을 노려보자는 수작인가……. 은애
는 가슴이 덜컹 내려앉으며 다리가 후들후들 떨려왔다.

3. 뱀의 다리

명지의 생각은 진종일 세라만 쥐고 있었다. 이제 어떻게든 그녀를 피해볼 도리는 없을까 궁리할 단계는 지나 있었다. 궁리는 해볼 대로 다 해본 뒤니까. 방금도 번역을 한답시고 개다리소반을 끌어안고 앉기는 했지만, 어느 샌지 또 전화번호가 적힌 수첩을 펴들고 들여다보며 궁상을 떨고 있는 거였다. 언제까지 이러면서 버틸 것인가. 더 이상 그 가짜 용천뱅이들을 피할 방도는 없을 모양이라고 자포자기를 해버리는 순간, 고향집 풍경이 눈앞으로 펼쳐왔다. 삼간대청, 흔들거리는 등잔불 아래서 할머니와 엄마가 빨래를 마주잡고 다리미질을 하고 있었다. 농번기라 하루 종일 앉아보지도 못하고 땀을 뻘뻘 흘리며 부엌에서 헤어날 수 없었던 엄마는 밤에도 밀린 일로 허둥지둥해야 했다. 여물 바가지 모양의 다리미에서 이글거리는 벌건 숯불이 엄마의 손놀림에 따라 움직이며 지친 황소처럼 무거운 아낙네의 모습을 등잔불보다 더 버언하게 비춰주곤 했다. 갑작스레 몸을 꼬는 여자의 교성이 풀벌레소리를 비집고 튀어나오자 엄마의 동작이 얼어붙듯 멎었다. 엄마는 뜰아랫방 쪽을 노려보았다. 문창호지에 희미한 그림자가 뒤엉클어져 돌아가고 있었다. 할머니가 기함하듯 외마디소리를 쳤다.

"아이구, 저 대리미, 대리미……."

그 소리와 동시에 엄마의 발등에 얹혔던 다리미가 엎어지며 시뻘건 숯불 덩어리들이 풍비박산 흩어졌다. 굼뜬 할머니가 고꾸라질 듯 일어나 잡고 있던 빨래를 털었다. 할머니는 사방에 물을 뿌려대고, 숯불 덩어리들이 칙칙 거리며 매캐한 연기를 뿜어대는 속에서 어린 명지는 자지러지며 엄마의 치마꼬리를 잡고 늘어졌다. 순식간에 부엌 문지방을 넘어 나온 엄마의 손에 들린 시퍼런 금속성이 어둠을 갈랐다. 엄마는 바람처럼 내달렸다. 아버지와 세라 생모는 벗은 몸을 가리지 못해 쩔쩔매었고, 아이들은 잠이 깊은지 보이지 않았다. 핏기 잃은 엄마의 얼굴은 백짓장처럼 허공에서 떨었다. 자리끼 옆에 보기만 해도 군침이 도는 빛깔도 선연한 귤. 앓아 누운 할아버지 방에서나 보던 물건이었다. 내 아버질 빼앗아 간 것만으로도 부족해 저것들이……. 뜰아랫방 식구들에 대한 이글이글한 적의는 아직도 명지의 뇌리에 생생하게 박혀 있었다. 다리미에 살점이 묻어난 엄마의 발등이 계속 도지어 아물기 힘들었던 기억과 함께.

그날 일이 특별할 건 없었다. 한지붕 아래서 시앗과 더불어 살아가야 했던 엄마는 수시로 그렇게 광기에 휘말리곤 했다. 할아버지, 할머니, 아버지, 그 세 사람이 명지 주변을 배회하며 애완동물처럼 예뻐하고 보호한다 해도 어린 그녀의 시선은 언제나 어디서나 엄마의 위치를 뒤쫓고 있었다. 그래서 엄마가 울면 따라서 울고, 엄마가 푸들푸들 떨면 함께 푸들푸들 떨고, 엄마가 이를 부드득부드득 갈면 자기도 부드득부드득 이를 갈아댔다. 세라 생모가 사라지기 전까지는 명지 모녀는 그렇게 눈앞에서 불똥이 튀는 치열한 증오 속에서 살아야 했다. 살인도 불사할 증오였다.

엄마는 바느질이나 음식이나 길쌈에 이르기까지 못하는 일이 없이 똑떨어지게 해내어, 갓 바늘귀를 빼낸 진솔 바지저고리, 마고자, 두루마기, 도포 등을 차려입고, 높은 기침 소리나 뽑아내는 남자들보다 그 가정의 실제적 경영자라 할 만큼 집안일을 가리지 않고 빈틈없이 성실하게 해내었으나, 양반집의 덕망 높은 본실의 역할은 원치 않았던 듯. 세라 생모 역시 나이로나 본실이라는 지위로나 적어도 배려하는 척이라도 해야 할 대상이건만 싸움판에선 오히려 한 술을 더 떴다. 평소 더러 형님이라고 부르며 알짱거리는 건 밑바닥 속셈을 감추려는 당의정 같은 알랑방아인 듯. 그러니까 그 둘은 서로가 죽느냐 죽이느냐 하는 적수라는 점에선 대등했다. 눈알이라도 빼먹어야만 직성이 풀릴듯 두 여자가 게거품을 물고 노려보다가, 누가 먼저랄 것 없이 동시에 머리채를 휘어잡고 안마당을 뒹굴어 흙투성이가 되는 건 예사였고, 할머니든 아버지든 말리지 않는다면 기어이 살상이 나고야 말 것처럼 피범벅이 되어 악착스럽게 싸워댔다. 결과는 언제나 나이 더 먹은 엄마 쪽이 불리한 편이었다. 멍이 들어도 더 많이 시퍼랬고 생채기가 나도 더 볼썽사납게 마련이었다. 그럼에도 세라 생모는 엄살이 심해 며칠씩 머리 싸매고 앓는 시늉을 해댔고, 엄마는 표도 내지 않고 여전히 씩씩하게 본분을 다하는 거였다. 그때마다 명지나 세라 자매들은 무서워서 파랗게 질리어 발 동동 구르며 앙앙 울어대었다.

이래저래 억울한 건 엄마건만 싸움에서조차 매번 더 많이 얻어맞는 결과가 어린 명지의 마음을 오그라붙게 해왔던 터. 나이 들면서 명지는 사랑을 빼앗긴 여자의 불행이 어떤 것인지 파악하게 되면서 엄마를 더 깊이 이해하고 동정하게 되었다. 그래서 그녀는 엄마를 생각하면 아직도 마음이 바짝바짝 오그라붙어오곤 했다. 세라 자매들에 대해서도 그녀들 자신이야 무슨 죄가 있겠나 하는 데까지 가끔은 생각이 미치기도 하지만 뼛속까지 짙게 밴 기왕의 감정은 지워지지 않았다. 생모가 가출했어도 그녀들에 대한 적개심은 여전히 달라질 줄을 몰랐다.

무조건 전폭적인 애정을 쏟아부어 자기의 기를 한껏 키워놓은 할머니, 할아버지가 진작에 세상을 뜨고 아버지마저 유명을 달리한 뒤로는, 일 년에 한두 번은 만나게 되어 좋으나 그르나 가족이러니 했던 세라 자매들과의 유대가 그나마 아주 끊기면서, 명지는 비로소 자신과 세라와의 과거를 문득문득 뒤돌아보게 되곤 했다. 덩그런 고향 옛집을 연만한 엄마 혼자서 지키고 있건만 세라 자매들은 나타나지 않았다. 사회적인 지위가 확보되고 물질적인 풍요를 누리게 되면서 그녀들은 엄마에게 오히려 더 인색했다. 처음엔 바쁘다 보니 그렇겠지 하는 쪽으로 이해를 하다가, 아쉬운 것 그리운 것 없이 지내다 보면 눈앞에 보이는 것이 없어지기도 하겠지 싶었지만, 그런 것들이 이유의 다는 아닐 듯했다. 세라가 시집간다 했을 때, 손수 누에 치고 목화 심어 친딸과 다름없이 혼수를 마련해 잘 보내준 엄마의 성의도 그녀들에겐 공덕이 될 수 없었던가 보았다. 지청구를 하면서도 밥해 주고, 옷 지어 입히고, 공부시켜 준 엄마를 그녀들은 냉정하게 외면했다. 위중하다 해도 눈 하나 깜짝하지 않는 그녀들을 엄마는 배은망덕한 것들이라고 서운해 했다. 그러면서도 늘 궁금해 했다.

어른들의 귀여움을 독차지하다시피 자랐다 해도 명지는 또래 아이들에 비해 명랑하지 못했다. 가정 안에 끼어든 있어서는 안 될 존재들로 해서 늘 기분이 언짢았다. 일방적 피해의식을 그나마 뒤돌아보게 된 건 세라 자매들이 발길을 딱 끊어버린 뒤부터였다. 명지의 귀에는 때때로 그녀들이 독 품은 뱀처럼 서리서리 똬리를 트는 소리가 섬칫섬칫 들려오곤 했다.

세진은 강남의 중심부 고층빌딩이 밀집된 거리에서 버스를 내렸다. 박사과정에 있으면서 시간강사인 그녀는 휴교령 덕에 강의는 없지만 리포트와 시험 준비, 학위논문 주제 선정 등등으로 도서관에 파묻혀 살아야 하므로 참고서적이 가득 든 커다란 가방을 어깨에 메고 활달하게 걸었다. 그러나 그녀의 기분은 께름칙했다. 탄탄한 보도블록을 디디면서도 한없이 미끄러져 드는 뻘밭에 들어선 느낌이었다. 어린 시절, 고향 초등학교에서 소풍 갔을 때,

몇몇이서 오줌 누러, 사방이 휑한 해안선에서 숲을 찾아 좀 멀다 싶게 숨어들어 볼일을 보고나서, 지름길을 택한답시고 갯물이 흐르는 뻘밭으로 들어섰던 그 어쩔 바를 몰랐던 난처한 위기감, 가로질러 흐르는 깊이를 알 길 없는 갯물은 뿌연 흙탕물이었고 ,비스듬한 사선의 뻘밭은 미끄러워 한번 들여놓은 발길은 도저히 되돌릴 길 없이 흙탕갯물로 미끄러져드는 수밖에 다른 도리가 없던 그 순간의 아찔함…….

세진은 자신이 놓인 현재의 좌표가 바로 그 사선의 뻘밭 같이만 감지되어 왔다. 자기가 걸어가고 있는 이 길이 그대로 흙탕갯물을 뒤집어쓰고 침몰해 버릴 운명의 덫과 만나게 될 방향일지도 모른다는 불안을 털어버릴 수가 없었다. 소풍 길에서는 뻘밭으로 길게 늘어진 억새풀이 물귀신 될 뻔한 운명을 돌려놓았지만, 억새풀에 갈갈이 찢긴 손바닥 때문에 꽤 오래 고생을 했던 기억. 뒤늦게 안 친구들이 가세해 붙잡아 주어서 결정적 사고를 면할 수 있었지만, 폭발할 것 같은 분노와 역겨움에 떨고 있는 현재의 자기를 잡아줄 사람은 아무도 없다 싶었다. 물론 그녀는 이제 더 이상 누구에게 기댄다기보다는 이 엄청난 사태에 자신이 해야 할 역할을 모색하고 있는 중이었다.

그녀가 확실하게 잡고 있는 대안은 판을 깨지 않는다는 거였다. 무슨 일이 있어도 그것만은 자기가 해내야 한다고 마음속으로 다지고 있는 중이었다. 지금 걸어가고 있는 행동 역시 그 다짐의 일부라 할까. 그러나 딱히 그것을 위한 구체적 방법이나 시기 따위를 일방적으로 정할 수도 없는 것이려니와, 그런 걸 섣불리 서둘러 계획한다고 될 일도 아니라는 걸 잘 알고 있었다. 단지 판이 흔들리고 누수현상이 빚어질 조짐이 보인다면 그때 개입하겠다는 의지를 갖고 있을 뿐. 물론 직접적이 아닌, 되도록 먼 변두리에서, 아무도 눈치 채지 못하게 조심조심.

"얘, 세진아, 형부가 너 좀 보재."

아침에 일부러 이 층 자기 방까지 올라와 무슨 좋은 수나 난 것처럼 느닷없이 던져온 세라의 말에 세진은 즉각 달갑지 않은 투로 일축했다.

"나 시간 없는 거 알면서, 언닌……."

"존 일일 거라는 느낌야. 무조건 가봐."

생글거리는 세라의 얼굴을 대하자 세진은 그만 따르기로 해버린 거였다. 물론 내키지 않을 뿐만 아니라, 오싹하는 혐오감을 가까스로 걷어냈지만, 끈적한 마의 촉수가 드디어……. 세인이 출가 후 교교한 밤이 폭풍 전야의 그것처럼 불안해 걸어 잠근 문고리를 몇 번이나 만져 보곤 하는 그녀였다. 드디어 올 것이 온 모양인가. 그러나 그녀는 생각보다 의연하게 대처할 각오가 되어 있었다. 도대체 막강한 실세라는 그 대단한 박석규의 근무처가 어떻게 생겼는지 궁금한 생각이 없지 않은 터수기도 했지만.

예상한 대로, 아니 그 이상으로 박석규의 회사는 고층빌딩군 가운데서도 제일 높고 제일 큰 어마어마한 빌딩이었다. 노처녀로 이렇다 할 결혼 계획은 물론, 사귀는 남자 친구조차 없이 한 해 한 해 허무하게 보내고 있는 자기에 대한 세라의 배려라는 것이 세진은 짐스러웠다. 학위논문을 준비하기 전에 거쳐야 하는 자격

시험에서 자꾸 미끄러져 초조한 터라, 뭘 모르는 그 배려가 딱하기만 했다. 하지만 현실적으로 부모 대리역을 하고 있는 이상 세라의 말에 되도록 순종하고, 순종하는 척이라도 해야 한다는 불문율 같은 것이 어릴 때부터 그녀들 사이에 있어 왔기에, 그녀는 잘 가게 되지 않는 강남까지 진출을 한 거였다. 대의명분은 그렇게 표면적으로 분명했지만, 그 어마어마한 규모의 빌딩에 발을 들여놓으면서 세진은 코웃음을 치고 싶을 만큼 가소로움을 느끼며 뻘밭으로 미끄러져드는 미심쩍은 기분에 휘말리는 거였다. 그녀는 속으로 자신을 다지듯 뇌었다.

"언니들 손을 놓지 않을거야."

이즘, 그 억제된 조이고 또 조이어 소리도 뭣도 아닌 듯한 그 해괴한 울음소리를 듣지 못하게 되었다는 사실, 그것이 그녀를 더욱 그 기분 나쁜 뻘밭으로 내모는지도 몰랐다. 세인의 떠남, 그 자체가 움직일 수 없는 확증으로 집채처럼 그녀를 눌러왔으니까.

세진은 비서실 앞에 와 있었다. 조심스레 노크를 했을 때, 안에서 문이 열렸다. 그녀는 하마터면 뒤로 주춤 물러설 뻔했다. 일여덟 명은 되지 싶은 청장년들이 한꺼번에 우람하게 일어나서 인사를 해온 때문이었다. 알 수 없는 위압감에 눌리며 현기증을 느낀 사람처럼 세진은 잠시 제자리에 서서 자기가 이곳을 찾은 명제를 분명하게 상기했다. 그러고 나서야 눈앞의 사람들을 살폈다. 여직원을 빼고 거기에 있는 청장년들이 모두 박석규가 군 복무 시절에 집에 드나들던 부하들이라는 사실에 그녀는 다시금 아연하지 않을 수 없었다. 이곳이 국영기업체라 했는데, 군 후생사업체가 아닌가 하는 착각마저 들었다. 일사분란하게 움직이는 그들의 모습은 마치 마피아 집단을 연상하게 해 그녀는 섬뜩하기까지 했다. 정지운이 빠른 동작으로 세진의 앞으로 나서며,

"사장님께서 기다리고 계십니다."

하고 사장실로 안내를 했다.

대학 강의실만큼이나 넓은 방 한가운데에 앉았던 박석규가 요란스럽게 회전의자를 돌리며 벌떡 일어나 파안대소로 맞았다.

"교수님께서 왕림해 주시다니, 영광입니다."

그는 손을 내밀어 악수까지 청해 왔다. 순간 세진은 움찔했으나, 자연스럽게 손을 맞잡아 주었다. 박석규는 어찌나 악수를 세게 하던지 세진은 손가락이 아파서 자기도 모르게 미간을 찌푸렸다. 아귀 힘 자체보다 뜨뜻하면서 끈적한 손바닥의 촉감 때문에 그리된 건지도 모르지만.

"아차, 너무 심했나? 내 버릇이 그만……. 손아귀 힘이 너무 센 것도 문제란 말야. 손이 닿을까 말까 하는 악수는 성이 안 차놔서, 교수님께 실례가 되었다면……."

"괜찮습니다."

세진은 간단한 대답에도 일부러 정중함을 더 얹었다. 뜨거운 커피가 나오면서 정지운은 물러갔다. 세진이 차를 마시며, 한 옆에 놓인 서가를 훑어보았다. 그 기업체에 대한 역사와 전문성에 관한 책들이 대부분이었고, 베스트셀러에 든 소설도 몇 권 끼어 있었다. 그 모습을 본 박석규는 그답게 너스레를 쳤다.

"과연 교수님이 오시니, 당장 아카데믹한 분위기가 보이네."

세진은 반응 없이 못 들은 척 서가에서 눈을 떼지 않았다. 제발 교수님 교수님 하는 과장된 호칭 좀 쓰지 말아 달라고 하고 싶었지만 장소가 장소이니만큼 그녀는 참았다. 시간강사인 자기에겐 교수님이라는 호칭도 스트레스였지만, 다른 사람들이 부를 때는 그냥 넘어가다가도 박석규가 그렇게 부르면 왠지 견디기 힘들었다. 그가 자기 아내인 세라를 아줌마라 부르는 관행이 듣기 거북할 정도인데, 그것과 연쇄반응을 일으켜서일까. 세진은 세라에게도,

　"제발 그 아줌마라는 호칭 좀 반납해, 언니."

하면, 세라는 비시시 웃으며,

　"쟤는 뭐가 어때서…… 공부만 파고드니까 애가 점점 괴팍해지나 보네."

하고 오히려 세진을 탓하는 거였다. 자기 아내를 아줌마라고 부르는 것은 그만큼 일심동체인 아내를 한편으로 떼어 제쳐놓는 행동 같아 세진은 참을 수 없었다. 한데도 세라는 세진이 신경 쓸 때마다,

　"내가 그럼 아줌마지, 아가씨냐?"

하기도 하며, 아무렇지 않게 웃기만 했다. 그러나 세진은 아니었다. 집에서 박석규가 교수님이라고 부르기만 하면 번번이 그냥 넘어가지 않았다.

　"호칭 좀 똑바로 해주세요!"

　앙칼지게 쏘아주는 소리에 맛 들였는지 박석규는 세진이 눈에 띄기만 하면 "교수님" 하는 거였다. 이 모두가 박석규에 대한 손거스러미 같은 거부반응이라는 걸 세진은 잘 알고 있었다. 이런 거부반응을 간파하고 있을 박석규가 굳이 그녀를 사무실에까지

호출했다는 사실이 세진은 불편하면서 한편 의문이었다. 교수님, 교수님 함으로써 초라한 시간강사의 위치를 자각시켜 반대급부로 자신의 막강한 위력을 과시해 보려는 치졸성을 세진은 빤히 꿰뚫어보고 있었다. 그래서 그녀는 자신의 불쾌감을 굳이 은폐하려 들지 않았다.

찻잔을 내려놓는 소리와 함께 박석규는 진지한 태도로 입을 열었다.

"어때? 내가 손을 좀 써볼까?"

세진은 비로소 그를 빤히 쏘아보며 되물었다.

"무엇을요?"

"지금 처제가 고전하고 있는 문제 말인데……."

세진의 안면에 싸늘한 냉소가 깔리었다.

"무얼 두고 하시는 말씀인지 잘 모르겠지만 필요 없어요. 제 문제는 어디까지나 제 거니까요."

"무얼 말하다니, 무엇이나 다지, 순진하기는……. 손 써서 안 될 일이 어디 있다구."

불쾌한 걸 억지로 참고 있는 터에 낄낄 웃는 소리까지 섞이자 세진은 퍼뜩 몸을 일으켰다. 박석규가 펄쩍 뛰며, 두 손을 들어 만류했다. 도로 앉으라는 시늉이었지만, 그녀는 그냥 서 있었다.

"기왕 왔으니 회사 구경이라도 좀 하고 점심이나 함께 들지."

"형부도 아시잖아요. 저 학교에 가야 해요."

그녀는 형부라는 발음에 의식적으로 힘을 넣었다.

"교수님의 콧대가 보통이 아니라는 건 내 익히 알고 있지만……."

박석규는 농삼아 이기죽거렸다. 세진은 잠자코 문 쪽으로 향했다.

"아니, 잠깐만……."

박석규가 다가왔다.

"정 바쁘시다면 하는 수 없지. 그러나 귀하신 분이 왕림하셨는데 소홀히 해서는 안 되지."

박석규의 목소리는 애소하듯 갑자기 부드러워지며, 흰 봉투를 내어미는 것이 아닌가. 세진이 빤히 바라보고만 있자, 그는 세진의 큼직한 가방을 직접 열어 봉투를 넣어 버렸다.

"안녕히 계세요."

세진이 또랑한 목소리로 예절을 차리자, 박석규는 끈끈한 시선으로 미련을 보였다.

"다음에 시간 있을 때 언제라도 와요. 이 거대한 건물 구경은 꼭 해야 하니까……."

세진은 잠자코 밖으로 나와 버렸다. 그 어느 때보다 또렷한 자신의 하이힐 굽 소리를 들으며. 그녀는 얼핏 자기가 너무한 건가 하는 생각이 없지 않았다. 그 사람은 그 나름으로 자신의 막강한 지위를 과시하려는 의도도 있었겠지만, 그 말대로라면 세상을 멋대로 주무를 수 있다는 건데, 그런 인간이 현실적으로 제 앞가림도 선선하게 못 하는 자기 같은 노처녀쯤 얼마나 우습게 볼까 싶자 세진은 기분이 아주 엉망이 되었다.

학교에 도착해 박석규가 준 거마비 봉투를 열어본 세진은 순간 두 손으로 귀를 막고 진저리를 쳤다. 고막 깊은 곳에서 조이고 조이어 소리도 뭣도 아닌 그 미미한 울음소리 같은 것이 들려온 때문이었다. 그녀는 뻘밭으로 미끄러지지 않으려 예리한 억새풀이 아니라, 진짜 칼날일지라도 휘어잡을 각오였다.

인재경과 접선한 일은 너무도 아슬아슬했다. 은애는 한동안 그 일을 상기하곤 했다. 목적지를 코앞에 두고 짭새와 마주치다니……. 우연이었을까. 꼬리를 잡힌 걸까. 그건 아직도 미해결의 의문으로 남아 있다. 은애는 우연이라고 속으로 우겼다. 그렇게 믿고 싶었다. 가슴이 얼마나 두방망이질 치듯 뛰었던가. 그렇게 교묘한 우연이란 거의 있을 수 없는 것이 아닐까. 설령 우연이라고 해도 투사 정신에 입각해서 그걸 부정해야 마땅하다고 그녀는 안이하게 흐르려는 자신을 다잡았다. 아찔할 만큼 혼란스러웠다. 어떻게 대처할 것인가가 문제였다. 그에 따라 자기는 물론 인재경의 운명이 좌우될 터였기 때문이다. 귀에 이명이 일어 잠시 주변의 어떤 소리도 들리지 않았다. 공중으로 붕 뜬 것 같은 순간이 진정되자, 그녀는 수상쩍은 인물이 부침한 쪽을 비키어 걸음을 재촉했다. 뒤에서 누구인지 잡아당기는 것처럼 걸음이 앞으로 나가질 않았다. 짭새의 시선일까. 그의 시선이 이토록이나 힘이 셀까. 짭새가 자신의 뒤통수에 바짝 달라붙어 매달리는 듯만 싶었다.

그녀는 인재경과 접선해야 할 시간이 얼마 남지 않았다는 초조감에 팔목시계를 확인하려다 그만두었다. 여기까지 오는 동안 머리를 써서 조심을 하느라고 꽤 애를 썼건만 허사라는 사실에 맥이 빠지려 했다. 한데 미행이라고 보기엔 다소 의문이 뒤따랐다. 그들의 속성상 쥐도 새도 모르게 달라붙어 올 수도 있을 텐데, 굳이 전방에서 정체를 노출시킨다는 건 있을 수 없는 일이기 때문이었다. 수배된 거물급들이 서울을 빠져 나갈 것에 대비, 길목을 노린 그물에 자신이 재수 없게 걸려든 꼴인지도 몰랐다. 어쨌거나 은애는 이제 자연스럽게 행동하는 길만이 최선이라는 결론을 내렸다. 자신은 거물급도 아니거니와, 아직은 요시찰 명단에 들지도 못한 처지인 것 같으니까. 짭새가 제풀에 떨어져 나가기만을 바라는 수밖에. 검거된 아버지와 연관될까 싶어 다소 걸리긴 했으나 정면 돌파하는 길밖엔 이 시점에서 다른 묘책이 떠오르지 않았다. 짭새로 해서 자신에게 좋지 않은 일이 생길지도 모른다는 모험은 감수할 수 있겠으나, 만약 천에 하나, 인재경이 다치게 되는 결과는 상상할 수 없었다.

오 월 십육 일. 서울역 시위가 함정이었음을 깨달은 학생들이 하루를 온전하게 쉬던 날. 학교 가정대학관 학생회의실에서 전국 대학 총학생회장 회의가 있었다. 인재경은 물론 회의실에 들어갔고, 은애는 가정대학관 건물 밖에서 출입문을 봉쇄하는 역할에 가담했다. 서울역 광장에서 있었던 전날의 시위에 관한 냉철한 비판과 분석, 정국의 동향에 대한 집중 토론, 앞으로의 운동 방향 등, 중차대한 문제들로 회의는 아침 아홉 시부터 시작한 것이 오후로 휘엉청 기울어가도 끝날 줄을 몰랐다. 가정대학관 출입문 봉쇄조는 원래 각 단과대학 학생회장들로 구성되어, 은애는 그들을 돕는 보조역이었다. 그 건물은 삼백여 명을 수용할 수 있는 대형 강의실과 오백여 명 이상의 파티를 충분히 치를 수 있는 교수식당과 학생식당, 대학 신문사와 우체국 등이 들어 있는 지상 이 층 지하 삼 층의 슬라브 건물이었다. 건물의 정면 출입구로 들어가면 계단을 내려가기 때문에 지하층이라 하지만, 언덕을 이용한 설계여서 그 건물의 지하층 유리창들은 모두 하늘이 환히 내다보이는 지상에 있었다. 출입문 봉쇄조들은 건물의 모든 문들을 안으로 잠그고 정면 출입구에서 이중, 삼중으로 스크럼을 짜 도열해 있었다.

그 앞에는 항시 특종을 노려, 눈빛이 번뜩이는 전국에서 모여든 민완기자들과 해외 유수의 서울 주재기자들이 운집해 있었다. 더러는 긴장을 풀지 않은 채, 출입문 봉쇄조들을 노려보고 있었고, 몇몇은 가까이 다가와 이런저런 질문을 던지기도 했다. 회의장엔 얼마나 모였느냐, 언제 시작했느냐, 성명서는 언제쯤 나올 것 같으냐 등등의 질문이었다. 사진기자들은 출입문 봉쇄조를 드르륵 드르륵 수도 없이 셔터를 눌러 찍어대기도 했지만, 그 일이 끝난 사람들은 무거운 장비를 땅에 내려놓고 어슬렁거리기도 했다. 그러나 언제 벼락같은 성명서가 나올지, 혹은 돌발사가 터질지 알 수 없는 상황이어서 모두들 그 자리를 뜨지 못하는 판이었다. 아스팔트로 잘 포장된 광장에까지 관심을 가진 학생들과 사복 경찰관들이 섞이어 멀지 않은 학교 후문과 정문으로 넘어가는 언덕 쪽을 오락가락하는 모양새가 물결을 이루어 제법 출렁이고 있었다. 그 성글한 인파 위로 나부끼던 눈부신 신록과 원색의 꽃들이 왜 그다지도 무심하게만 느껴지던지…….

오후 네 시를 훨씬 넘어섰을 때였다. 갑자기 후문 쪽에서 미심쩍은 술렁임이 밀어닥쳐왔다. 출입문 봉쇄조들은 긴장해서 스크럼 짠 팔과 팔을 바짝 조였다. 그때였다, 낯익은 짭새가 다가와 재빠르게 언질을 준 것은.

"군인들이 오고 있다. 너희들 군인들에게 잡히면 어떻게 되는지 알겠지?"

다급한 상황이었지만 봉쇄조들은 행동대원으로서 평소에 쌓은 경험을 바탕으로 일사불란하게 움직였다. 절반은 건물 안 회의장으로 들어가, 마라톤 회의에 열중하고 있는 전국 대학의 총학생회장들의 대피를 돕기로 하고, 나머지는 그 자리에서 출입문을 지킬 일부만 놓아두고 건물 옆으로 돌아내려가서, 그 뒤에 있는 대학 부속 유치원으로 난 아무도 모를 비밀통로를 회의장에서 쏟아져 나올 대피자들에게 안내하기로 했다.

은애는 그 비밀통로를 알고 있는 터라 급히 선두에 서서 경사가 급한 건물의 옆길을 뛰쳐 내려갔다. 다리가 떨리면서도 상황이 상황이어서 몸이 펄펄 날았다. 안으로 들어간 친구들이 미처 도착이 안 되었는지 회의실의 유리창문들은 굳게 닫혀 있었다. 황급하게 달려간 은애가 유리창을 두드려 위험신호를 보냈다. 순식간에 유리창문들이 일제히 열리고, 높지 않은 창턱으로 전국에서 모인 총학생회장들이 밀물져 나왔다. 한참 장정들이 뛰쳐 내리는 울림이 지진이라도 난 듯 엄청나, 그 소리만으로도 들키지나 않을까 은애는 가슴을 조였다.

이백여 명이 넘는 전국 총학생회장단들을 그 비밀스런 샛길로 무사히 빠져 나가게 한 다음 은애가 학교 후문으로 돌아 다시 가정대학관 앞으로 갔을 때, 같은 조로 뛰었던 친구들은 보이지 않고 그곳엔 이미 닭장차들이 도열해 있었다. 시야는 그대로 아수라장이었다. 뿔뿔이 달아나는 학생들과 뒤쫓는 백골단들, 누가 앞이고, 누가 뒤라 할 것 없이 서로가 엉키어 구르고 밀치며 그야말로 아비규환이었다. 날카로운 호루라기 소리와 뼛속을 가르는 듯한 비명…….

그러나 아비규환의 현장은 오래 가지 않았다. 무슨 중죄인이나 처럼 머리는 땅바닥에 쑤셔 박힌 채 줄줄이 굴비두름처럼 엮인 남학생들이 닭장차에 실리고, 건장한 기동대들의 손아귀에 여학생들의 머리채가 무청이기나 한 것처럼 대여섯씩 한꺼번에 무더기로 끄들리어 무참히 던져지는 광경을 마지막으로 은애는 두 손으로 얼굴을 가렸다. 그러나 그녀는 곧 손을 떼었다. "내가 이게 무슨 꼴인가…… 지켜봐야지. 똑바로, 끝까지……."

이때의 중얼거림은 무슨 정의의 사도나 역사의 증인으로서 사명감 같은 그런 거창한 의미가 아니었다. 억울하게 짓밟히고, 개돼지만도 못하게 취급당하는 학우들을 어떻게든 지켜야 한다는 피끓는 강박관념 같은 거였다. 철조망이 둘려쳐진 닭장차 안에 학우들이 짐짝처럼 처실린 게 틀림없을 터. 일단 차에 실리면, 신분증이나 노트에 적힌 자신의 이름부터 찢어서 창밖으로 버리거나 씹어 삼켜야 한다고 들었는데, 그런 절차나 제대로 치렀는지, 특히 회의장의 그 중요한 서류들은 다 어찌 대처했을까. 아마도 회의장의 중요한 서류들을 정리하거나 없애 버리기 위해 머물러 있던 잔류부대들이 잡힌 듯싶어 은애는 애가 닳았다.

학생들을 쳐실은 닭장차는 서서히 움직이어, 후문을 빠져 나가고 있었다. 교정엔 냉바람이 불었고, 난만하게 피어난 오 월의 꽃들마저 마치 각혈인 듯 처연한 꼴이었다. 닭장차가 시야에서 완전히 사라졌을 때, 은애는 후다닥 놀라고 있었다. 그녀는 뜻밖에 문과대학 강의실에 들어와 있는 자기를 비로소 발견한 거였다. 행동을 같이 했던 조원들은 아무도 보이지 않았다. 많은 학생들이 창변에서 물러나 울먹였다. 더러는 큰 소리로 목놓아 쳐울기도 했다. 삼 층이나 되는 이곳엘 자기도 모르게 올라와 있다니…… 이럴 수가…… 페퍼포그의 지독한 자극에 눈도 뜰 수 없는 급박한 상황으로 혼비백산해서 학생들 속에 밀리며 뛰다보니 이리 된 것인가. 은애는 테이블을 치며 몸을 떨었다. 걷잡을 수 없는 비통함과 패배감에 눈물이 펑펑 쏟아져 나왔다. 강의실 안이 온통 울음바다를 이루었다.

연행되어 간 학우들은 어찌될 것인가. 여자들은 무조건 발가벗기고 본다는 이 흉흉한 정치체제 아래 도대체 그 애들은 무슨 곤욕을 어떻게 당할지 알 수 없는 일이었다. 시국에 대한 통분에 울음보를 터뜨린 학생들이 태반이지만, 그렇지 않은 경우도 울지 않을 수 없었다. 연속적으로 터트린 최루탄의 효과였다. 은애는 눈을 뜨기도 힘들었지만, 목덜미와 팔뚝이 열을 확확 내쏘며 따가워서 들여다보니 어느새 버얼겋게 부어올라 있었다. 독가루……대대로 후손에게까지 유전병처럼 유독성이 흘러 기형아를 낳을 수도 있다는 그 공포의 독가루인가. 은애만이 아니라 강의실 안의 학생들이 모두 몸을 긁적거리며 비틀어대기 시작했다. 그 독가루의 후유증은 일 주일이 넘어가도 가시지 않았다.

그때, 유치원을 가로지르는 아무도 생각 못할 샛길로 나가 잠적한 뒤로 교내 은밀한 아지트에서 두어 번 스치듯 만났을 뿐, 전혀 소식이 끊어져 버린 인재경을 잠시 뒤, 아니 몇 분 후면 보게 될 일을 생각하자 설렘이 없지 않았으나, 설렘보다 더 다급하게 밀어닥친 위기감에 은애는 거의 부들부들 떨다시피 겁에 질려 있었다. 숨이 막힐 것만 같았다. 은애는 대합실 안을 빠르게 둘러보았으나 수상쩍은 인물은 보이지 않았다. 더 면밀하게 살펴볼 시간은 없었다.

그녀는 볼일이 급한 사람처럼 여자 화장실로 곧장 들어섰다. 화장실 안에는 여자들 세 사람이 있었지만 인재경은 아직이었다. 시계바늘은 약속시간에서 이 분을 남겨 놓고 있었다. 큰일이다 싶었다. 그쯤 해선 짭새가 대합실에 도착해 있을 거라는 추측이었다. 이대로 인재경을 만나지 못하게 되나 않을까 싶은 불길한 예감까지 스쳐 왔다. 시간은 일 분이 더 흘러 있었다. 그때 세면기 앞 거울 속에서 미세한 움직임이 느껴져, 은애의 시선이 저절로 그쪽에 닿았다.

거울 속에 이를 하얗게 드러내며 웃고 있는 여자⋯⋯. 은애는 하마터면 소리를 지를 뻔했다. 어금니를 깨물며 은애는 조심스럽게 그녀 쪽으로 다가갔다. 인재경이 방금 밭고랑에서 나온 토박이 촌아줌마로 둔갑되어 있질 않은가. 머리는 바글바글 볶은 데다 육, 칠 개월쯤 되는 임부로 절묘하게 변장하고 있었으니 아무리 친한 은애일지라도 언뜻 알아보지 못한 건 당연했다. 농활에서 불볕에 탄 인재경의 얼굴을 익힌 때문에 그나마 알아볼 수 있었다고 다행스러워하며, 은애는 고즈넉하게 세면대 쪽을 향해 선배의 손을 지긋이 끌어 잡았다. 차가웠다. 너무 고생을 해 그런가 싶어 가슴이 찢어지는 듯 아파왔다. 밤이면 밤마다 얼마나 노심초사 눈물을 흘리며 꿈속에서도 찾아 헤매던 그녀가 아닌가……. 와락 끌어안고 싶은 충동을 참고 임기응변으로 은애는 말을 걸었다.

"어마, 고모, 하마터면 몰라볼 뻔했어. 그새 배가 많이 불러졌네?"

"그렇지, 하루가 다르단다."

은애는 조심스럽게 인재경의 볼록한 배 위에 손을 얹으며 물었다.

"힘들지?"

여유만만하게 미소를 짓고 있는 인재경이 고개만을 끄덕끄덕했다.

"건강은 괜찮아? 왜 손이 차?"

"손? 걱정마, 방금 찬물로 시원하게 씻었거든."

그새 화장실이 비어 둘만 남게 되자, 은애는 비로소 인재경을 끌어안으며 귀에 대고 속삭였다.

"언니, 화이팅."

인재경도 은애를 마주 안았다. 아주 힘껏. 둘은 잠시 아무 말도 하지 못했다. 서로의 심장박동을 확인하고 나서야 두 사람은 포옹을 풀었다. 인재경은 여전히 늠름하게 웃으며 손가락으로 브이(V) 자를 만들어 보였다. 은애는 숄더백에서 또 하나의 헝겊 가방을 꺼내 인재경에게 전달했다. 영락없는 기저귀 가방이어서 임부로 변장한 그녀에게 안성맞춤이라 싶었다.

"그 속에 찐빵이랑 순대도 있어, 차 안에서 요기해, 고모."

인재경은 내내 미소 띤 얼굴로 여유를 보였다. 은애는 개찰 시간을 의식해 서둘렀다. 차표를 건네주고, 손바닥에다 볼펜으로 '대합실 요주의'라고 써서 인재경에게 보여준 다음, 다시 손을 꼭 잡았다 놓으며 먼저 화장실을 나왔다. 대합실 한쪽 의자에 앉아 신문으로 상반신을 가리고 있는 짭새를 은애는 쉽게 발견할 수 있었다. 광장으로 나가 서서, 누군가를 기다리는 시늉을 하다가 잠시 뒤 그녀는 대합실로 되들어가 사람들 속에 섞이었다.

길게 늘어섰던 개찰 행렬이 움직이기 시작했다. 그러자 짭새가 일어나 그 개찰 행렬 쪽으로 다가가는 거였다. 하필 그때 두어 명의 여자들 사이에 묻히어 인재경이 나타났다. 인재경은 역시 촌스러워 보이는 그 여자들과 앞서거니 뒤서거니 행렬의 후미에 붙어 섰다. 은애는 위기감에 가슴이 쫄아붙는 것 같았지만, 인재경과 일정한 거리를 두고 개찰 행렬을 따라 침착하게 서서히 걸었다.

4. 오갈피 감주

   손님을 배웅하러 나온 명지는 복도의 난간에 팔을 괴고 넋 놓은 듯 서 있었다. 손님들은 손을 저으며 멀리 사라져 버렸다. 순우의 후배 기자들이었다. 그들은 둘씩 셋씩 짝을 지어 간간이 들르지만, 새로운 소식은 없었다. 다만 국장급 고위 간부들이 개인적인 친분을 통해 군 관계자들에게 이순우 부장의 석방을 요청했다는 정도가 그나마 귀에 번쩍 뜨이는 뉴스였다고 할까. 그들은 매번 근심스런 표정으로,

  "아직도 소식 모르시나요?"

하는 질문만 가지고 왔다. 그들의 얼굴에서 실오라기만한 기대라도 잡아보려던 명지는 되레 더 암담해지곤 했다. 그러나 그들조차 찾아주지 않는다면 어떻게 될 것인가. 뾰족한 대책은 없다 해도

서로 마주 바라보는 것만으로 커다란 도움이라는 걸 그녀는 잘 알고 있었다.

천연스레 기자들을 보내 놓고 그녀는 혼자 땅이 꺼져라고 한숨만 쉬어대야만 했다. 이제 제 몸 하나도 버거워 그녀는 상체를 젖은 빨래처럼 아예 복도 난간에 걸쳤다. 자리에 누우면 군홧발의 위압에 가위눌리어 소스라쳐 일어나 이대로 곧장 호흡이 멎어버릴지도 모른다는 공포감에 쫓기는 이즈음이었다.

속수무책이던 회사에서 고위급 간부들이 개인적으로나마 움직이는 빛이라 하니 명지는 서운했던 감정이 다소 덜어지는 기분이었다. 하지만 그녀는 곧 무장 탱크에 점령된 정국에서 그 정도의 노력이 얼마나 성과를 가져올 수 있을까 싶은 회의에 빠져버렸다. 그 자신 목이 조여 맥을 못 추는 언론사의 정황을 생각할 때 더욱. 그저 회사에서 순우를 아주 잊어버린 건 아니구나 하는 정도의 위안일 뿐.

탁, 탁, 탁……. 마치 머리를 두드리는 듯한, 정신을 어서 좀 제대로 차려보라는 듯이 들려오는 경쾌한 소리에 명지는 고개를 들었다. 슈퍼 건물에 잇대어 있는 아파트 단지 내 테니스 코트에서 튀어오르는 하얀 공의 포물선. 내려다보이는 테니스 코트는 야트막하게 녹색 울타리를 쳐서인지 유난히 선명하게 다가왔다. 실력이 비슷한 끼리인 듯 여간해서 공 뒤는 소리가 끊어지지 않았다. 그 소리에서 명지는 팽팽한 라켓의 거트가 자기 가슴인 듯 느껴지며 파열 직전의 위기감에 빠져들었다. 왜 이다지 적막할까. 저토록 경쾌한 공 소리가 왜 세상이 텅 비어버리는 황량함을 가져

오는 걸까.

새하얀 운동복을 입은 순우가 저 코트를 향해 달려가는 모습이 떠올랐다. 주말이면 그는 저 코트에서 공 튀는 소리와 그 소리보다 더 높은 상쾌한 웃음소리 속에서 지냈다. 순우의 부재, 그건 그냥 광대무변한 황무지라 할까, 어디를 보아도 보이는 것이 없는 절망감……. 가도가도 뱃가죽이 등에 붙어오는 기진맥진의 빈사 상태……. 이대로 아주 증발되어 버리고 마는 걸까, 순우는……. 아무도 보장 못하는 일이었다. 어둠 속으로 사라져 버린 그가, 아니, 어둠에 의해 흡입되어 간 그가 어찌 온전하게 돌아올 수 있을까. 식인식물처럼 그 어둠은 사람을 최상의 양분으로 흡수하고 아무렇지 않게 널따란 이파리를 되펴며 시치미를 뚝 떼지나 않을까. 절망에 빠진 명지는 중력을 잃을 만큼 어지러움을 느끼며 복도의 난간을 부여잡았다. 그때, 누구인지 뒤에서 부드러운 손길이 감싸듯 그녀를 보듬어 왔다.

"은애야."

속삭이듯 나직하게 부르는 음성은 귀에 익었다.

본인 이름 대신에 자식의 이름을 서로 불러주는 것은 나이 비슷한 엄마들끼리의 허물없는 호칭이었다. 그 애칭 같은 호칭이 명지는 그 어느 때보다 다정하게 감지되어 뒤돌아보았다. 바로 이웃에 사는 친구 나 베로니카였다. 얼굴이 마주치는 순간 반가워 명지는 웃으려 했으나 웃음 대신 뜨거운 눈물이 소리 없이 볼을 적셔 내리는 거였다.

"은애야, 들어가자."

나 베로니카는 은은한 목소리로 달래듯 말하며 명지를 부축해 집 안으로 들어섰다. 복도에서부터 원래 눈에 띌 만큼 화사한 편인 나 베로니카의 얼굴이 이상하게 씰그러질 듯이 보이더니, 집 안에 들어서기가 무섭게 그녀는 한 술 더 떠 허물어지듯 주질러 앉으며 울음보를 터트렸다. 두 여자는 한덩어리로 얼크러져 그만 목을 놓아 쳐울기 시작했다.

얼마가 지났는지 몰랐다. 두 여자의 들먹이던 어깨가 차츰 누그러져 내리고, 흐느낌 소리도 잦아들었다. 얼굴은 물론, 팔뚝과 손등, 서로의 몸 곳곳에 온통 눈물범벅이었다. 이제 더는 눈물도 나오지 않았고, 기운도 진했다. 사건 이후 명지는 처음으로 마음 놓고 울어본 셈이었다. 그 동안 가슴이 답답할 때, 한번 목놓아 쳐울어라도 보면 후련해질까, 내장에 꽉 모래가 찬 듯 무거운 호흡곤란 상태가 올 때, 그렇게 하면 혹 숨통이라도 트일까 싶어 지속된 긴장으로 머리만 예민해질 뿐 울지도 못하는 자신이 원망스럽기까지 했었다.

하지만, 아니었다. 전혀 기대와 달랐다. 후련함도 시원함도 없었다. 상황 진전에 아무런 보탬이 되지 않아서인지도 몰랐다. 기운이 다 빠져버린 두 여자는 서로 멀거니 바라다보기만 했다. 나 베로니카가 먼저 입을 열었다.

"은애야, 미안해. 얼른 와 보지 못해서…… 나, 솔직히 겁나서 못 왔어. 경비 아저씨한테 사정 얘긴 바로 들었는데, 이 집 앞을 지나다니면서도 그냥 무서운 거야. 나까지 잡아갈 것만 같더라구. 주위에서도 날 생각해 준답시고 이웃이라고 너무 가까이하지 말라는 충고를 하는 사람까지 있었고……."

나 베로니카의 말을 들으면서 명지는 비로소 웃었다.

"베로니카, 괜찮아, 미안한 건 나지. 멀쩡한 사람에게 겁주었으니 그렇고, 겁이 남에도 불구하고 찾아보지 못하는 부담을 안겨줬으니 더욱 그렇고……."

말은 그렇게 여유 있게 하면서도 명지는 내심 충격을 받았다. 같은 또래 아이를 둔 자모로서, 이웃 친구로서, 서로 마음을 열고 그처럼 오랜 세월을 함께해 왔음에도 어쩔 수 없구나 싶어지며…… 시야가 비안개처럼 흐려 왔다.

"은애야, 우리 성당 신부님도 연행되셨어."

나 베로니카의 나직한 말소리에 명지는 긴장했다.

"언제?"

"아마 은애 아빠 연행되신 그 밤일거야. 자정에 들이닥쳐서 신부님이 좀 기다려 달라고 하셨대, 내일이 주일인데 미사 하러 오는 신자들을 대책 없이 그냥 놔두고 떠날 수는 없다고, 새벽 미사는 직접 하시고, 대리 신부님 오신 다음에……."

"그래?"

"신자들이 걱정이 태산 같아, 순순히 응하질 않으셔서, 되레 곤욕을 더 치르시지 않을까 하고."

"신문 발표엔 그분 안 계시던데……."

남편의 문제와 연관도 있지만 어두운 시대에 드물게 의로운 성직자로 널리 회자된 분이어서 명지는 우려하는 빛으로 말했다.

"그래, 은애 아빠도 안 계시더라. 그래서 신자들이 더 걱정하는 거라구, 무슨 꿍꿍이속인가 하구. 두서너 신부님이 더 들어가셨다는데, 도무지 소식을 알 수가 없으니…… 불길한 소문만 떠돌고……."

"불길한 소문이라니?"

나 베로니카는 얼른 대답을 못하고 멈칫거렸다.

"말해."

"입술에 올리고 싶지도 않아."

명지의 얼굴이 지나칠 만큼 경색되는 걸 보자 나 베로니카는 더 주저되는 듯 뒷걸음질하는 사람처럼 말을 피했다.

"확인된 건 아무것도 없어……."

"그럼?"

"입에서 입으로 전해진 걸 텐데…… 믿을 것이 못 되니까……."

"그렇더라도 얘기해 줘."

"어쩌나."

"누구 어떻게 되는 꼴 보려고 온 사람 같네."

명지의 짜증 섞인 그 한마디에 나 베로니카는 그만 이실직고해 버렸다.

"벌써 이 세상 분이 아니라고들……."

"뭐야?"

경악한 명지는 창백하게 질렸다.

"지금 우리 성당 신자들은 어버이 잃은 고아들 같아, 매일 저녁 모여서 신부님을 위한 기도를 바치고 있어."

잘 닦인 유리창 때문에 더 맑은 느낌이 오는지도 몰랐다. 벌나비가 그대로 통과하려다 부딪혀 떨어지는 일은 다반사였다. 벽의 두 면이 그런 투명한 유리로만 되었으니, 그 주방의 쾌적함에 대해서는 말하면 잔소리라고 오는 사람마다 칭찬이 분분했다. 신록이 실내 깊숙이까지 푸르름과 풋풋함을 들이밀어왔다. 가볍게 밀어젖힌 하얀 레이스 커튼이 계절을 더 섬세하게 풍기며 흔들리고 있었다.

이런 정갈함과 쾌적함은 모두가 일하는 사람을 둘씩이나 둔 덕분이었다. 하나보다는 둘이 서로 견제도 하고 훨씬 효과적이라며, 이른바 이 시대 실세들이라는 사모님들이 살림이 커지면서 너도나도 앞다투어 부리는 사람을 둘 이상 챙기는 걸 보고 세라도 덩달아 그렇게 한 것뿐인데, 과연 여러 모로 일리는 있었다. 어떤 사모님은 남편이 식모 방에서 나오는 걸 보고 연구 끝에 둘을 두게 되었다고 하는데, 그런 점에서는 정말 효과적일 듯싶었다. 어쨌거나 일하는 사람을 복수로 두면서 세라는 구정물에서 해방될 수 있었고, 신분 상승을 몸으로 확실하게 체감할 수 있었던 것이다. 아마 체감할 수 있는 유리한 점들이 없다 손쳐도 세라는 그냥 그렇게 했을 터였다. 별안간 실세로 부상해 물질적으로 윤택할 뿐 아니라 사회적으로도 최고위층에 올랐다고 생각하는 세라는 같은 부류들이 살아가는 모습을 그대로 따라가고 싶었으니까.

고소한 음식 냄새를 맡으며 세라가 잠이 덜 깬 듯한 부스스한 얼굴로 주방에 나왔을 때, 싱크대 쪽에서 물소리와 그릇 부딪는 소리를 내며 부산하게 움직이던 중년을 넘어선 부엌 아줌마들이

서로 앞다투어 허리를 굽히며,

"사모님, 안녕히 주무셨어요."

하자, 세라는 웃으며 고개만 끄덕끄덕했다.

세진은 벌써 식사를 끝낸 뒤였다. 커피에 빵 한 조각이면 되는 아침이고 보니 길게 끌 것도 없었다. 항상 그렇듯 세진은 식탁에서 곧장 학교로 향할 수 있도록 준비를 끝낸 모습이었다. 간단한 화장에 정장을 한 세진은 자루처럼 큼직한 가방이 언제나 잘 어울렸다. 세라를 보자 그녀는 기다렸다는 듯이 황급히 일어서며, 가방에서 봉투를 꺼내 불쑥 내밀었다. 세라는 영문을 몰라 선뜻 받으려 들지 않았다.

"뭔데?"

세진은 봉투를 식탁 위에 밀어 놓고, 후다닥 그 자리를 뜨며 말했다.

"어제 형부가 언니한테 좀 전하랬어."

늘 시간 때문에 쩔쩔매는 세진이 달려 나가자 세라도 재빨리 봉투를 집어 들고 그 뒤를 쫓았다. 세진이 가방을 현관 앞에 던져 놓고 화장실로 들어가자, 세라도 따라 들어갔다. 세진이 질색을 하며 소리쳤다.

"언니, 제발 좀……."

두 손으로 나가라는 시늉을 하며 세진은 치마를 내려 아래를 가렸다.

"어때서, 너희들 내가 구석구석 안 씻겨 준 곳 없어……."

세라는 빙그레 웃으며 목에 힘을 주어 말했다. 그런 투의 말은 세라가 즐겨 자주 뇌이는 것이지만 그때마다 자기도 모르게 꼭 목에 힘이 들어가곤 했다. 터울이 뜨다 보니, 어릴 때 자기가 손위 언니로서 동생들 목욕을 맡아 놓고 시켜 주었다는 사실에 은근히 자부심을 갖고 있는 터수여서, 그런 유의 말만 나오면 더는 못 말린다는 걸 아는 세진은 포기하고 그냥 체념했다. 그렇게 따라붙지 않으면 얼굴을 볼 수조차 없는 세진이어서 세라는 무엇보다도 가장 궁금한 관심사부터 물었다.

"그래, 쓸 만한 총각 좀 보고 왔니?"

세진은 고개를 가로저었다.

"쯧쯧쯧, 넌 역시 차원이 너무 높은 게 탈야."

잠자코 세진은 미소만 지었다.

"도대체 사람을 보여 주긴 한 거니?"

"몰라."

"모르다니? 그런 말이 어디 있어?"

"그 방에 사람이 가득했으니까……."

"저런, 쯧쯧쯧……."

세라는 혀를 차고 실망한 빛을 드러냈다.

세진은 일어나서 총알처럼 밖으로 사라졌다. 세진이 사라진 쪽을 물끄러미 지켜보고 있던 세라는 돌아서며 생각했다.

"왜, 돈을 세진이 편에 보냈담?"

간밤에 남편이 집에 들어오질 못하고, 오늘 새벽에야 겨우 들어와 눈을 붙이는 모양이니 그럴 수 있겠다 싶긴 하지만……. 하긴, 기분파인데다 허세도 다분히 있는 사람이니 군이 그 돈 봉투에 대해 그녀는 신경 쓸 일은 아니라고 털어 버렸다.

어느 샌지 박석규가 식탁에 나와 있었다. 순간 세라의 몸이 여태와는 달리 날렵하게 주방으로 빨리듯 들어갔다. 그 동작이 마치 펀펀한 평지를 흐르던 물이 갑자기 절벽으로 떨어지는 모양새 같다고나 할까. 대체로 술에 절어 지내다시피하는 박석규였으므로 기본적인 대비는 되어 있었다. 전복죽과 북어국을 적당히 덜어 세라가 데워 내는 동안, 두 아줌마가 허겁지겁 밑반찬을 식탁에 차려 놓았다. 대개는 아침을 들지 않고 헬스클럽을 간다고 새벽에 나가면 자정에나 들어올까 말까 하는 것이 박석규의 일상이어서, 어쩌다 식사를 집에서 하게 되면 주방에 초비상이 걸리는 꼴이었다.

박석규는 늘 중요한 회의가 있다 했고 피치 못할 연회가 있다고 했다. 또 건강과 인간관계를 위해 골프를 빼놓을 수 없다고도 말했다. 그의 지위가 판에 박은 조직사회였던 군생활과는 전혀 달라지고 보니 세라는 남편의 생활에 대한 확인이나 잔신경을 놓기로 했다. 그의 생활범위가 하도 넓고 커서 자기가 관여할 만한 성질의 것이 아니라고 여긴 때문이었다.

가스불 앞에서 잠깐 움직였다고 세라는 이마에 송글송글 땀방울이 다 맺혔다. 조금이라도 지체가 되면 박석규는 기다리지 않고 그냥 출근을 해 버리는 수가 많기 때문에 실제 가스불이 더워서기보다는 마음이 타서 솟은 진땀인 셈이었다. 세라는 손등으로 이마를 문지르며 남편의 맞은 켠에 가 앉았다. 무슨 단거리 달리기라도 하고 난 사람처럼 어깨를 들었다 내리며 긴 숨을 내어 쉰 세라는 식욕이 당기는 듯 듬뿍듬뿍 수저질을 하고 있는 남편을 바라보며 말했다.

"천천히 드세요. 간간이 국물도 좀 마셔 가며……."

그대로 두었다가는 꼭 체할 것만 같아서 한마디 던지지 않을 수가 없었다. 들었는지 못 들었는지 박석규는 아무 대꾸 없이 국물을 한 번 마시고는 여전히 수저질이 급했다. 뒤에서 누가 쫓아오는 것은 아닐 텐데…… 하는 생각을 하면서 그의 급하고 격정적인 성격을 세라는 새삼 인식하는 거였다. 수저를 놓는 걸 바라보고, 세라는 포크로 망고 한 조각을 찍어 건네었다. 과일은 그것으로 끝내고 다 마신 식혜 보시기를 내려놓자 세라는 얼른 남편 옆으로 가서 그의 팔을 이끌었다.

공기 순환을 위해 빠끔히 틈새를 두었던 유리창문을 그녀는 활짝 열어젖혔다. 갑자기 밀려드는 바람결에 두 사람의 옷깃이 기분 좋게 나부꼈다. 정원은 연둣빛 일색이었다. 그 연둣빛 신록 위로 부서지는 아침 햇살이 눈부셨다. 세라는 순간적으로 행복감을 느꼈다. 그러나, 그녀는 좀 더 행복하고 싶었다. 마음만 먹으면 못할 것이 없는 우리 세상이 왔다는데…… 무심히 흐르는 개울물에 손을 좀 대는 정도쯤이야 하는 가벼운 마음으로, 또 일치 언질을 나눈 뒤여서 그녀는 가볍게 말했다.

"인제 우리는 여기서 폭포를 바라보며 밥을 먹을 수 있을 거예요, 공사 곧 시작할게요. 김장군님댁 폭포 정도루, 더 크면 또 하극상으로 오해받을 수도 있으니까."

박석규는 고개를 끄덕였다. 상상이 가서 고개를 끄덕여 주는 건지, 그저 너 좋은 대로 알아서 하라는 건지 알 수 없으나, 완전한 허락을 받아낸 셈이어서 세라는 구체적인 얘기로 들어갔다.

"어제 세진이 편에 보낸 돈으로 공사 시작할게요."

"세진이 편에 보낸 돈?"

박석규가 눈을 둥그렇게 뜨고 아내를 돌아보며 의아한 빛을 보였다. 그러나 세라가 무어라고 설명하기 전에 금세 깨달은 듯 그는 선선히 고개를 주억이는 거였다. 그만 깜빡 착각이 있었다는 듯이.

"내 참, 하두 바쁘다 보니…… 좋아, 그렇게 해, 하라구."

그는 너털웃음까지 필요 이상으로 호탕하게 쏟아냈다.

"그러면, 아무래도 나 혼자는 힘들 테니까, 공사하는 동안 사람 하나 붙여 주세요."

"경비원 있잖아?"

"아니, 공사기간 중엔 경비를 더 철저하게 서야 할 텐데……."

"그럼, 누가 좋을까?"

박석규는 서둘러 일어나 섰다.

"아무래도 집에 있는 사람이 낫지 싶은데요."

"정지운? 좋아, 그렇게 하라구."

세라는 그 순간 눈을 지그시 감았다. 남편이 욕실로 들어가는 소리가 났다. 세라는 감았던 눈을 떴다. 습관처럼 해 오는 자신의 임무를 위해 그녀는 부리나케 안방으로 갔다. 욕실에서 샤워하는 소리가 세차게 들려왔다. 성미 급한 남편은 샤워도 오래 걸리지 않으므로 그녀는 서두르고 있었다. 욕실에 붙어 있는 드레스룸

문을 열었다. 남편의 옷이 자신의 옷보다 결코 공간을 차지한 비중이 적지 않았다. 와이셔츠만 해도 열댓 장이 일렬로 걸려 있었다. 화사한 날이 이어지면서 밝은 옷을 입고 있었지만, 오늘은 더 아주 밝게 옷을 골랐다. 넥타이도 화려한 것으로 뽑았다. 쏟아지는 햇살이 유달리 눈부시기도 했지만, 그녀의 기분이 쾌청이어서 더 그랬다.

욕실에서 면도까지 마치고 나온 박석규는 세라가 준비해 논 순서대로 부지런히 옷을 입으며 문득 세라를 돌아보았다.

"처형네 소식 들은 거 없어?"

처형이라면 명지를 뜻하므로 세라는 그저 머리만을 가로저었다.

"심상치가 않아."

박석규의 미간이 찌푸려지는 걸 보고 세라가 되물었다.

"무슨 뜻이죠?"

"들어와 있대."

세라가 의아한 표정으로 다그쳤다.

"누가? 어디로?"

"이순우 말야."

박석규는 본인 없는 곳에서는 순우를 절대 형님이라 부르지 않았다.

"들어오다니, 어디로 들어왔다는 거죠?"

"연행."

"연행?"

그녀는 방바닥에 주질러 앉았다. 가슴 속에 늘 찜찜하게 얹혀 있던 무언가가 확 걷히어 나가는 듯했다. 몸이 공중으로 붕 떠오르는 듯싶기도 했다. 자기 기분을 자기도 알 수가 없었다. 마음만 먹으면 안 되는 일이 없다는 우리 세상이 왔다고들 하는데도 세라는 무언가 개운치가 않았다. 화면에 나타난 순우를 보게 되는 날은 하루 종일 풀이 꺾이었다. 사람의 기를 죽이는 기운을 뿜어내는지 이상한 일이었다. 한데, 얼마 전부터 순우 대신 다른, 나이가 더 지긋해 뵈는 앵커가 나와 세라는 맥이 빠졌다. 이제나 저제나 순우가 다시 화면에 나타날까, 나타나지 않을까 하는 조바심으로 뉴스 시간을 기다리곤 했다. 이제 그가 뉴스를 하느냐 안 하느냐가 문제가 아니었다. 감옥살이를 하게 되느냐 안 하게 되느냐가 걸려 있는 판국이었다. 죽느냐 사느냐 하는 위태로운 지경에 이를지도 모를 일이었다. 세라는 자꾸 웃음이 나오려 했다. 비굴했던 날들이 이제야 끝이 나는가 싶었다.

"골치 아픈데……."

고민스럽다는 듯 박석규가 고개를 갸웃 틀었다.

"이유가 뭐래요?"

"난들 아나? 선뜻 접근하기도 뭐하고…… 그러니까 전화나 좀 해보라구."

현관을 나서면서 박석규는 다져 말했다.

나 베로니카가 자기 성당의 신부님이 '벌써 이 세상 분이 아니라고……' 한 소리를 들은 뒤로 명지는 진중하게 자리에 있을 수가 없었다. 마치 고춧가루 뿌려진 옷을 입기라도 한 것처럼. 그

뒷소식이라도 들을까 해서 명지는 현관문을 열고 나 베로니카네 쪽으로 향했다. 눈으로, 이마로 스치는 것이 있어 받아보니 민들레 씨앗이었다. 녹지의 민들레들이 일제히 씨방을 터뜨린 듯 하늘이 뿌옜다. 순우가 증발된 지 벌써 그리 되었구나……. 깃털 같은 민들레 씨앗을 할 일 없는 사람처럼 손바닥에 받아 화단에 던져주기를 몇 차례. 복도의 메마른 시멘트 바닥에 떨어지는 놈은 영락없는 감옥살이 신세라는 생각이 들어 그녀는 그짓을 되풀이하고 있었다. 하나 그것들은 순우보다는 나은 신세라는 판단이어서 그녀는 그짓을 그만두었다. 복도에 떨어진 씨앗일지라도 다시 바람을 탈 수는 있을 테니까. 순우는 어떤 악조건하에 있는지 모를 일이었다. 잠시도 그녀는 순우 생각을 놓을 수가 없었다. 생각마저 놓는다면 아주 지구 밖으로 소멸되어 영영 보지 못하게 될 것만 같았다. 순우에 대한 일념이 자궁 속 태아의 탯줄이기나 한 것처럼 그녀는 놓지 않으려 안간힘을 했다.

오전에 그의 회사에 다녀온 것도 그런 의미였다. 모두들 여전히 자기 자리에서 움직이고 있었다. 순우의 자리만이 텅 비어 있을 뿐. 아직도 순우에 대한 정보는 감감했다. 국장단의 노력이라는 깃도 그것이 잎으로 이떤 얼메를 맺을지는 모르지만 현재로는 짐작대로 아무런 결과도 가져오지 못한 모양이었다. 방문 전보다 오히려 더 가슴만 꽉꽉해져 올 뿐이었지만 다만 이순우 부장에 대한 환기를 시켜 주는 역할 정도두 겸구 적지 않은 성과라 여겼다. 남에게 동정의 시선을 받는다는 것도 유쾌할 리 없고, 남에게 부담을 주는 일 또한 원치 않는 바였지만, 명지는 순우와 세상과의, 아니 지구와의 탯줄을 위해 나선 거였다. 감옥 속에서 곤욕을 치르고 있는 사람을 위해서라면 무슨 일일지라도 할 수 있는 한 다 해야 한다고 생각하고 있었기 때문에.

명지는 가슴에 손을 얹었다. 깊이 눌러 보았다. 머리를 저었다. 할 수 있는 한 다 하고 있는가. 가장 가능성이 높은 곳을 제쳐두고 안이한 범주만을 맴돌고 있는 자기 모양새가 타인처럼 생소했다. 자신의 생활터전에서 어느 날 갑자기 증발되어 절대권력의 횡포와 고문의 대상이 된 사람이야말로 세상에서 가장 불행한 존재가 아닌가. 육체적 고통에 못지않은 그 절대적 고독은 그 누가 상상이나 할 수 있을까……. 그것이 다른 그 누구가 아니라, 순우다, 순우, 순우……. 명지는 남편의 이름을 되풀이 부르며 후딱 돌아서서 자기 집을 향해 뛰었다. 그러나, 그녀는 한 발짝도 못 나가고 잡히었다. 나 베로니카가 손목을 잡고 놓아주지 않았다.

"밖에서 인기척이 나길래 열어봤더니, 이건 뭐야? 왔으면 들어올 일이지, 왜 도로 가냐구, 응?"

"나 들어가도 돼?"

은애네 집 근처를 지나가기만도 겁이 났다는 그녀의 말을 상기하며 명지는 시무룩해진 표정인 채 물었다. 본의 아니게 이웃들에게 누를 적잖이 끼치고 있는 자신의 처지를 어쩔 수 없이 상기하면서.

"내가 한 말이 긁어 부스럼이 됐구나. 솔직하게 털어놓고 나니까 무서무서 했던 게 다 사라졌어. 내 주책없는 말 따위 마음에 두지 마."

나 베로니카는 명지를 집 안으로 부여안아 들였다. 외출에서 막 돌아온 듯 단정한 옷차림에 화장기도 있었지만 어쩐지 이상했다. 얼굴이 푸석푸석했다. 정말 신부님께 언짢은 일이 확인된 건가 싶었지만 이야기는 다른 방향으로 나갔다.

"오늘 동창회가 있었어. 열댓 명이 한 친구네 집에 모였는데, 문을 꼭꼭 쳐닫고, 한 덩어리로 뭉쳐서, 엉엉 쳐울다가 왔어."

"왜?"

"모두 아랫녘 출신이거든…… 광주."

"광주?"

명지의 눈이 커다랗게 벌려 떠졌다. 나 베로니카의 출신을 엇비슷하게 짐작은 하고 있었지만 이 시점에 광주라는 발음은 그녀를 긴장시키기에 부족함이 없었다.

"맞아, 그 광주야……. 선량한 시민들을 폭도로 몰아서 도시를 봉쇄해 버린 바로 그 광주라구……. 하도 궁금해서 전화를 걸면, 왜 전화했니? 너희 다칠라, 어서 끊어, 하고 그쪽 부모님이 안부 한마디 못 물어보게 딸깍 송수화기를 놓으시는 거야, 이 심정 알겠어? 광주는 지금 적국 속의 외로운 섬이래. 거기서 어떤 일이 벌어지고 있는지 알아? 환각제를 먹인 공수특전단들이 총, 칼, 곤봉을 마구 휘둘러 무고한 시민들을 죽이고 있대. 잔학한 살상이 무차별로…… 이런 사실을 알리려고 신부님 한 분이 목숨을 걸고 탈출해 서울에 올라오셨단다. 꿈이면 깨기나 하지……."

나 베로니카는 더는 말을 잇지 못하고 몸을 부들부들 떨었다. 그러면서도 다시 입을 열어 당부를 잊지 않았다.

"그렇지만 이런 얘기 행여 누구한테 하지 마, 유언비어죄로 즉심에 회부한다니까."

명지는 보일 듯 말 듯 고개만 끄덕였다.

세라는 자기도 모르게 콧노래를 흥얼거리다가 문득 그쳤다. 명지 언니, 아니 명지에게 전화를 해야 하나 말아야 하나 하는 문제로 어제는 종일 고심했다. 남편이 출근을 하자 바로 전화기 앞에 앉았다. 하나, 손이 전화기로 가 주질 않았다. 눈을 감고 한동안 생각도 해보았다. 그래도 되지 않았다. 자기 앞에는 언제나 명지가 있었다. 늘 먼저 배려해야 했고, 양보해야 했고, 희생해야 했던 그 버거운 대상을 떠나는 것이 소원이었고 꿈이라면 유일한 꿈이었다. 그래서 그걸 위한 가장 빠른 길을 택했고, 전력투구해온 셈이었다. 하나, 아직도 그 명지를 그녀는 떠나오지 못하고 있었다. 그래서 남몰래 자조하며 몸부림치고 있는 터수에 또 더 무얼 어떻게……. 간밤 남편이 중요한 일이 있었던지 집에 들어오지 않았으니, 자신의 확고한 의사를 알 턱이 없다. 오늘도 남편이 들어오지 못하는 날엔 그 일은 또다시 유예가 될 거였다. 이렇게 밀려나가다간 삐거덕 미끄러져 잘못되어 버릴지도 몰랐다. 마음이 놓이지 않았다. 기분파에다 성미 급한 남편이 무슨 큰 의협심이라도 발로되어 앞질러 손을 쓰게 될지도 모르기 때문이었다.

세라는 명지에게가 아닌 남편에게 전화를 넣었다. 여비서의 상냥한 인사말이 그녀의 기분을 더 우쭐하게 돋우어 주었다. 다행히 좀 한가한 시간이었는지 남편의 음성엔 여유가 있었다. 점심 약속은 쉽게 따내졌다. 미장원에 가서 머리 손질까지 하고 화사한 투피스를 입은 세라는 홈웨어에 화장기도 없이 부스스한 용모로 정원을 거닐 때보다 한결 상큼했다. 남편의 회사 근처 한정식 집에 들어서자, 박석규는 이미 와 있었다.

"사모님 납시오."

박석규는 세라를 그렇게 능청스럽게 맞았다. 아담한 방에 단둘이 마주앉으며 세라도 한마디 했다.

"격상됐네요."

"지금의 당신은 누가 봐도 사모님이야, 집에서의 당신은 누가 봐도 아줌마고……."

두 사람은 싱겁게 웃었다. 박석규의 너스레에 세라의 조여졌던 마음이 조금은 느슨하게 풀리었다. 그러나 세라는 한 가닥 고삐만큼은 단단히 쥐고 있었다. 요리가 들어오고 식사가 시작되면서 박석규는 간밤 귀가하지 못한 사유부터 늘어놓았다. 그런 거에 대해서라면 신경 쓰고 싶지가 않아, 아까 전화할 때도 세라는 묻지조차 않았건만. 그녀가 시시콜콜 남편에게 캐어 묻지 않는 것도 무심하다든지 마음의 폭이 넓다든지 해서라기보다는 박석규의 그런 엉성한 뒷보고에 맞들여진 때문인지도 몰랐다.

"어젠 제주도엘 갔었지. 거길 너무 좋아하는 코쟁이가 왔거든. 공이 잘 맞다보니 시간 가는 줄 몰랐고, 술 맛이 좋다보니 몸을 가눌 수가 없었던 기야. 당신도 한번 가자구, 다녀온 지가 우리 꽤 됐지 아마……."

남편의 얘기를 듣는 둥 마는 둥 고개만을 끄덕이면서 세라는 자글자글 맛있게 끓고 있는 신선로를 떠먹으며 말했다.

"참 내가 당신 덕분에 이 요리만큼은 여한이 없게 먹네요, 이게 얼마나 대단한 건데, 감히……."

"어릴 때, 침만 꼴깍꼴깍 삼켜대던 음식이라고 노래를 해대는데, 이 정도쯤이야."

세라를 빤히 바라보며 크게 생각해주는 듯이 말을 하고 난 박석규의 수저도 그 유난하게 생긴 그릇으로 들어갔다.

"신선로야 그 두메산골에서 잘 해야 일 년에 두세 번이지. 한데두, 내 기분엔 삼백육십오 일 그 밥상엔 신선로가 자글자글 끓고 있는 것만 같았지."

"달려들어서 푹푹 떠먹었으면 될 걸, 괜스레 청승야."

"큰일 나게, 그 상에 얼씬댔다간 회초리감이야, 눈치껏 해야죠, 밥을 다 먹고도 수저를 놓지 않고 곁눈질을 하다가, 할아버지, 아버지, 명지 언니까지, 그 밥상 식구들이 다 물러난 다음에야 우리 셋이 마음 놓고 덤벼드는 거지……."

"불쌍한 것들 같으니라고, 쯧쯧쯧. 그래서 내가 이렇게 기회 닿는 대로 대령해 드리는 거 아닌가."

"고마워, 하지만 사실 이건 진짠 못 되지."

세라가 만족스러운 듯 웃음을 가득 머금은 채 짤막하게 퉁기자, 생색을 내던 박석규의 얼굴이 의아해졌다.

"뭐야?"

"재료도, 고명도 빠진 게 많아……. 염려는 마세요, 그래도 내 갈증은 풀렸으니까, 맛도 그만함 비슷하고, 무엇보다도 아무나 먹을 수 없는 엄청난 값이 한몫했다고 할까, 하지만 내가 정말, 아주 정말 목구멍이 찍어당기게 먹고 싶은 건 또 따로 있어……."

"이건 무슨 뚱딴지같은 소리야? 뭐가 됐건 말만 하라니까."

"말해 봤자, 어려울 텐데……."

"하명만 합쇼, 즉각 대령할 것이오."

못할 것이 없다는 자신감에선지 박석규가 여유롭게 농을 치자, 세라도 생글거리며 또렷하게 뱉어냈다.

"집장."

"금시초문인데."

"거봐요."

"설명을 하라구, 설명을……."

"설명해 봤자에요."

"천하에 이 박석규가 불가능이 있다, 그 말이지? 한번 들어나 보자."

"그건 이 세상에서 단 한 곳 내 고향 잔실에만 있는 거고, 잔실 통안에서도 오직 우리 집에만 있던 거니까…… 내가 알기로는."

"그럼, 가서 냉큼 가져오면 될 거 아냐."

"그리 쉽게 밀릴 줄 일있이요, 내기 여대 발설을 망설였던 이유도 그거니까, 나 진작 발 끊은 거 당신 아직 몰라요?"

"독하기는……."

"저런 사람하고 내가 한 이불을 덮고 자다니, 쭛쭛쭛…… 집장 항아리를 개봉하고 얼마간은 다 같이 실컷 먹는다고 말할 수 있지만, 떨어져 갈 무렵쯤엔 또 그 높은 상에만 올라갔거든. 우리

셋은 눈치껏 기다리다가 쪼르르 달려가서 빈 그릇만 핥아댔지. 집장은 아주 싱그러운 풀 두엄 깊은 속에서만 신비롭게 만들어지던 음식야, 오직 큰 어머니 손끝에서……. 젊은 날엔 잘 몰랐어, 나이 들면서 그게 생각이 나고, 그 계절이 오면 점점 더 미칠 거 같더라구."

"풀 두엄 속이라? 나까지 군침이 돈다, 이 길로 곧장 가 볼까?"

"사시장철 있나요? 풀 두엄도 있을 둥 말 둥, 큰 어머니 기력도 다 쇠하셨을 테고요……. 당신 말대로 나 독한 년인가 봐, 이런 나더러 전화해 봐라 어째라 하지 말아요."

"으음, 이제 보니 결론이 그리로 가는군. 하지만 가슴에 옹이를 품고 살면 병이 생긴다고, 확 풀어."

"아쉬우면 먼저 연락이 오겠지…… 알리고 싶지 않은지도 모르는 거구, 세인이 결혼식 날도 시치미 뚝 딴 사람인데, 내 쪽에서 안부까지 물었건만……."

"그건 좀 너무하다. 좋은 혼삿날에 그런 말은 못 하는 거 아닐까?"

"당신 이런 식으로 내 비위 자꾸 건드릴 거예요?"

자기도 모르게 팩 쏘고 보니, 남편 앞에서 체면이 말이 아닌 것 같아 세라는 더 화가 났다. 그녀는 차를 홀짝홀짝 끝까지 다 마시면서 생각했다. 이건 처지가 거꾸로 바뀐 게 아닌가. 정상적인 자매 관계라면 남편에게 적극적인 관심을 가져 달라고 오히려 떼를 써야 할 사람은 바로 내가 아닌가. 남편의 말은 그냥 상식선일 뿐이라고 여겨졌다. 생각이 그렇게 수월한 쪽으로 기울어져

가는 그 순간, 세라는 갑자기 한쪽 다리를 엉거주춤 내어뻗으며 미간을 찌푸려 괴로운 표정을 지었다.

"비라도 오려나?"

들릴 둥 말 둥 나지막하게 뇌이는 세라를 본 박석규가 달려들어 그녀의 엉거주춤 내어 뻗은 다리를 주무르기 시작했다. 잠시 뒤 진정이 되었는지 슬며시 원위치로 복귀하려는 다리를 굳이 잡고 지긋이 한 지점을 누르며 박석규가 짓궂은 농지거리를 했다.

"바로 요기, 요기에 그게 고였지, 아마?"

"고이다니요? 무엇이?"

혀를 끌끌 차던 박석규는 노려보는 아내의 시선에 뜸을 들였다가 조심스럽게 한마디를 던지는 거였다.

"오갈피 감주."

세라는 눈을 하얗게 흘겼다. 남편의 말이 먼 옛날 큰어머니가 던진 이글이글 불붙은 부지깽이처럼 가슴팍으로 꽂혀왔다. 그녀는 후르르 몸을 떨었다. 당시 큰어머니의 눈동자는 그 불붙은 부지깽이보다 더 이글이글했다. 옷에까지 불이 붙어 구정물을 뒤집어써야 했던 소란……. 아궁이에 불을 지피다 부뚜막으로 어린 것들이 기어 올라가 거무스레한 오갈피 감주가 그득한 기미솥을 들여다보며 침을 흘리다가 급한 김에 고사리 손으로 퍼먹느라 정신이 없었다. 큰어머니의 벼락같은 고함뿐, 그 다음은 희미했다. 불붙은 부지깽이나 이글이글한 눈동자 등은 상상의 산물일지도 모른다. 어른 드실 약감주여서 큰어머니의 혼찌검이 극도에 달한 것처럼 어린 것들의 공포감 역시 극대화되었을 법하므로. 다만 아직도 또렷한 건 멀겋게 부풀어오른 장단지를 붙잡고 울고 있을 때, 싸늘하게 바라보던 명지의 시선이었다.

"뭐 덴 자국이 어딘지 인제 모르겠구만서두."

박석규가 아직도 주무르던 자세 그대로 다리를 훑어보며 말하자, 세라는 신경질적으로 그를 쏘아 보았다.

"자국이 문제야? 난 아직도 아파, 비만 오려면 절절 저려오는데, 오늘은 쥐까지 나네, 저리구 쥐나구 그게 대순가, 내 멍울진 가슴, 이건 어디 가서, 어째야 하는데? 그래도 내가 맞은 게 얼마나 다행스러웠는지, 동생들 방패막이가 되었던 것만이 다행이다 싶었지. 신통한 약도 없고, 병원도 시원치 않아서 다리를 자르게 될지도 모른다고 했거든. 곪고 또 곪고, 하도 아물질 않으니까……. 다리가 그 지경인데도 웬만한 일은 다 했는데, 그랬으면 됐지, 이제 와서 무얼 더 어쩌라고……."

박석규는 충분히 이해가 된다는 듯 고개를 끄덕이더니 다시 그녀를 다독이는 거였다.

"알겠다구, 하지만 한번 잘 생각해 보자구. 이런 절호의 기회란 오고 또 오는 게 아니거든. 이번에 아주 일석이조를 노려 보면 어떨까, 일석삼조도 될 수 있고, 일석사조까지도 가능하니까 말야. 이순우를 꺼내 줌으로써, 아니지, 꺼내 주다니, 살려 주는 거지, 목숨이 왔다 갔다 하는 판국이니까…… 그 작자를 살려줌으로써, 그 하나는 우리의 파워를 한 번 크게 과시해 보여주는 거고, 그 둘은 당신 앞에 그들이 납작 엎드려 무릎을 꿇을 테니 당신의 오장육부가 시원해질 거고, 그 셋은 남 보기에 우애 있어 보이니

좋고, 또 이런 계기에 실제로 우애가 회복되면 더욱 금상첨화고, 그 넷은 인도적인 차원에서 괜찮은 거고, 그렇게 되면 단번에 당신은 그 사람들 정수리를 밟고 서는 격이야. 그럼 됐지? 된 거지? 맨날 억울하고 어쩌구 징징대는 거, 단번에 깨끗이 고쳐질 거란 말야. 그렇게 해서 해소해 버리면 될 걸 가지고 뭘 그리 복잡하게 이러쿵저러쿵……."

박석규의 말이 끝나기도 전에 세라가 손을 저으며 머리를 흔들었다.

"아냐, 아냐, 아냐……."

그녀의 얼굴은 처참하게 일그러졌다.

5. 상처

순우와의 포옹 뒤 느끼곤 하던 온전한 나무가 생으로 찢기어 나가는 어렴풋했던 비애가 방정맞은 예감이 아니라 임박한 현실로 가슴을 쳐 왔을 때, 명지는 온몸이 떨리어 제 손도 제 손 같지가 않았다. 극도의 긴장으로 액자 하나를 보자기에 싸면서도 애를 먹었다. 직사각형 액자의 긴 면이 맞잡히지 않아 쩔쩔 매면서 그녀는 이건 단지 보자기 탓만이 아니라고 생각하는 거였다. 매어지지 않는 보자기를 두고도 그녀는 자신의 내면을 의식하지 않을 수 없었다. 가까스로 싼 액자를 옆구리에 끼고 명지는 집을 나섰다. 액자는 그녀가 들고 가기에는 제법 크고, 꽤 무거운 편이어서 걸음걸이는 자연 한쪽으로 기우뚱 씰그러진 자세였다. 드디어 그녀는 세라를 찾아가는 길이었다.

이 길이 뭐 그리 힘들다고…… 사람의 목숨이 걸려 있는 판에……. 그녀는 콧잔등이 맵게 비틀려 왔다. 꽤 사치스러웠구나 싶어서였다. 그러나, 이 시점에서 회한이나 자책에 잠기기보다는 되도록 힘을 얻어 보려 희망적인 생각을 찾아낸 것이 청첩장이었다. 그냥 꽤 오래 소식이 없구나 하다가, 의도적인 건가 싶을 때부터 명지는 더러 독을 품은 뱀처럼 똬리를 서리서리 트는 기척이 등골에 비늘같이 섬득섬득 와닿곤 했다. 그 여운이 곰팡이처럼 손끝에 퍼렇게 묻어나오는 듯이 느껴질 때도 있었다. 그렇게 세월이 굳어져 왔건만…….

　뜬금없이 날아온 세인의 결혼 청첩장은 예사로울 수 없었다. 상황이 상황이었던 만큼 명지는 너무도 반가웠다. 의무감일지라도 그 정도는 지탱하고 있었구나 싶자 그래도 다행이라 여겼다. 하나, 떡 벌어지게 차려진 호화판 결혼식장에서 주눅이 든 명지는 이것이 답인가 하는 의구심이 들었지만. 아무리 조바심을 치고 뛰어 봐도 발딱 나자빠진 딱정벌레가 벌그적벌그적 하는 거와 같은 자신의 꼴새를 생각할 때, 이것저것 따질 처지가 아니었다. 명지는 세라의 집도 그렇게 애를 태우며 벌그적벌그적 하는 기분으로 있다.

　언론이 원천봉쇄된 시대에는 유언비어가 기승을 부릴 수밖에 없다고는 하지만, 나 베로니카의 성당 주임신부 안위가 벌써 이 세상 분이 아니라고…… 수근댄다면, 순우라고 해서 그보다 나을 턱이 없다는 판단에 그녀는 뜬눈으로 밤을 지샜다. ……그래서 신문 명단에 오르지 않은 거라고들…… 나 베로니카의 정보 가운데 그 대목이 특히 명지에게 결정타를 가해왔다. 신문 명단에 순우의 이름이 빠져 있는 것이 그렇지 않아도 미심쩍었던 터라 그 말은 그녀의 상상력을 불길한 방향으로 유도하는 도화선이 되었다. 세라의 전화번호를 청첩 봉투에서 확인하는 순간, 귀청이 찢어질 듯 날카롭게 스스로의 목소리가 툭 튀어져 나왔다.

"아버지, 전 찬성할 수 없어요."

어질디 어진 미소를 띠고 아버지가 다가왔다. 명지는 머리를 저었다. 지우려야 지워지지 않는 정지된 그 순간……. 당시로는 자신의 판단에 신념을 갖고 개입했던 행동이었다. 세라가 대학입시에 낙방하고 나서 재수를 할 때까지는 명지도 아무 말 하지 않았다. 시골에서 여전히 엄마를 도우며 읍내의 입시학원에 다니는 세라에게 모쪼록 좋은 일이 있기를 바라던 그녀였다. 그러나 엄마와는 일언반구의 상의도 없이 당연한 듯이 아버지가 세라의 삼수를 위한 학원 등록증을 끊어 왔을 때, 명지는 약이 바싹 올랐다. 세라에 대한 아버지의 거의 맹목적이다시피 한 끝없는 집념이 혐오스러웠고, 중농이라 해도 농촌의 경제구조상 해마다 빚만 더 늘어가는 판세에 엄마에게만 일방적으로 희생을 강요한다는 사실이 원망스러울 만큼 야속했던 때문이었다.

이 무렵 엄마는 품삯을 절약하기 위해 밭일까지 감당하게 되고 보니 늘 지쳐 있어, 실제 나이보다 바싹 노쇠해 건강이 언제 무너질지 위태로워 보였던 데다 제대로 된 옷 한 벌을 해 입지 못하는 처지여서 그 후줄그레한 모습을 차마 바라보기가 민망할 정도였다. 불리해져만 가는 엄마의 정황이 곧 아버지에 대한 원망으로 발전했는지도 몰랐다.

엄마에게 원래 드러내어 인정을 보이는 법이 없는 아버지라고 하지만 해도 너무한다는 생각이 치밀어 올라오며, 그만 일을 터트리고 만 거였다. 명지 자신은 소가 새끼를 낳으면 그 송아지를 매번 날름날름 팔아 버젓이 일류대학을 다니고 있는 터수에 웬만해서는 그런 결정적 반대의사를 표명하진 않았을 터. 재수까지 해서 안 되었다 해도 성적이 보통 정도만 되었다면 삼수를 당연하게 받아들였겠지만, 세라처럼 원래 말이 아닌 경우는 해를 거듭할수록 불리해진다는 것이 진학지도실에서는 수학의 공식만큼이나 자명한 것이었으므로. 또 그렇게 해서 운 좋게 하위권 대학에라도 들어간다 친들 공부에 뜻이 없는 그 애에게 무슨 도움이 되겠는가 하는 것이 명지의 지론이었다. 한교실 안에서 공부한 경험을 바탕으로 세라의 속성을 일찍이 파악한 터여서 그처럼 당당할 수 있지 않았을까. 그 태도가 아버지에게는 당돌하게 보일 수도 있을 만큼. 세라들에 대한 혐오와 적개심 속에는 당연히 아버지도 포함되어 있었으므로. 필요 이상으로 당당하다는 건 당당하지 못한 아버지의 행동에 대한 비판의 한 방식이기도 했다.

"느이 엄마 생각도 같은 거냐?"

"아뇨, 엄만 제가 이렇게 말씀드리는 것조차 모르세요. 아마 아셨다면 말리셨을 걸요."

"그새 니가 아주 많이 컸구나 이 애비는 할 말이 없다, 죄가 많은 사람이니까. 한데, 이 애비의 마음을 좀 이해해 주려무나…… 애비 된 마음은 너나 세라를 다 같이 잘해 주고만 싶단다……"

아버지의 목소리는 간절했다. 그건 차라리 애원일 만큼. 그 질척한 애원이 모든 걸 원점으로 돌려놓은 셈이었다. 엄마가 세라 자매를 데리고 시냇가에 빨래하러 나가는 뒷모습을 보자 기회를 놓치지 않으려고 아버지 방으로 진입하기까지 얼마나 힘이 들었던가. 하나, 마음이 약해진 명지는 그 모두를 접고 막 방을 나서려 하는 바로 그때였다. 격렬한 흐느낌 소리가 들려온 것은. 아버지도 명지도 놀라 일순 마주보았다. 흐느낌 소리는 봇물이 터진 듯 점점 거세져 왔다. 명지가 장지문을 열었다. 거기 툇마루에 엎어져 어깨를 들먹거리며 울음보를 터뜨리고 있는 건 짐작대로 세라였다.

"들어오너라."

아버지는 담담한 어조였다. 그러나 아버지의 마음속은 그렇지 못하다는 걸 명지는 느끼고 있었다. 툇마루로 나선 명지는 세라를 안아 일으켰다. 세라는 여간해서 몸의 중심을 잡지 못했다. 방 안으로 들어오자 이마를 방바닥에 찍으며 엎으려져 버리는 거였다. 아마 여태 방 안의 대화를 다 들어 버린 듯. 울음소리는 곧 그쳤지만 격앙된 감정이 좀체로 잦아지질 않는지 세라는 딸꾹질까지 했다. 세라의 생애에서 이때만큼 처참하고 절망적인 때는 없지 않았을까……. 쌀쌀한 겨울바람이 간간 문풍지를 타고 땅속 저 깊은 곳의 울림처럼 방 안을 찾아들게 할 뿐, 아무도 무겁게 내리누르는 그 순간의 침묵을 어쩌지 못했다.

세라의 딸꾹질이 아주 멎었을 때서야 아버지가 입을 열었다.

"세라야, 이 아랫목으로 내려오려무나, 밖이 춥지?"

명지에게는 아버지의 음성이 애간장이 다 녹아내리는 듯이 피부에 와 달라붙는 게 싫었다. 저래서 아버지는 결코 세라를 객관적으로 판단할 능력을 갖지 못할 테고, 그러니 언제까지나 집념을 놓지 못할 거라는 야멸찬 비판이 명지의 가슴 속에서 치솟았다.

"어서 이리 내려오라는데두."

아버지가 다시 재촉을 해서야 오도카니 있던 세라가 마지못한 듯 움직였다. 빨래터에서 왔으니 발도 손도 얼었을 터. 아버지가 세라를 깔아놓은 보료 밑으로 끌어들이는 기척이었다. 명지는 그쪽을 보지 않았다. 그 순간 어차피 빼어든 칼인데 이대로 물러날 수는 없다고 그녀는 결심을 굳혔다.

"세라야, 너 대충은 들었겠지만, 이제부터 내가 하는 말 편하게 들어주었으면 해."

"오줌 누러 왔다가…… 저, 젖은 양말 갈아 신으려고……."

세라가 작은 소리로 변명을 해보려 더듬거렸다.

"괜찮아, 아버지께 말씀드리고 나서, 너하고도 얘기하려던 참이었으니까……. 난 네 마음을 알고 싶어, 솔직하게 대답해 주면 고맙겠다. 어쨌거나 우리 둘이는 이 세상 누구보다 서로를 가장 잘 아는 사이라고 보는데?"

세라의 대답이 얼른 나오지 않았다. 명지의 속내를 직감한 듯. 안석에 팔굽을 괴고 물끄러미 두 딸을 바라보고만 있던 아버지가 놋재떨이를 끌어당겨 담뱃대를 두드려 털었다. 금속성의 그 요란한 소리에 어깨를 움찔 오그리며 세라가 고개를 들었다. 들릴락 말락 그제서야 그녀는 입을 열었다.

"그거야 그렇지."

명지는 안도의 숨을 내쉬었다. 그녀의 대답이 없더라도 다음 말을 하려던 차였지만 일이 순조롭지만은 않겠다는 감이 왔다. 내용이 내용이니만큼 마음먹은 대로 되기도 어렵겠지만, 그리 된다 쳐도 아버지의 반응이 어떨지 우려스러웠다. 하나, 그다지 빨리 산산조각이 나버리리라고는 꿈에도 생각 못한 일이었다.

"너 요새 많이 힘들지?"

뜻밖에 세라는 머리를 가로저었다.

"니가 꼭 하고 싶은 게 무언지 말해 줄 수 있니?"

"하고 싶은 거?"

"응."

"우선은…… 대학에 가야지."

"쉽지 않을 텐데……."

"사수도 좋고, 오수도 좋아."

아버지의 안면이 환하게 피어났다. 명지는 자기도 모르게 또렷한 발음으로 외치고 있었다.

"그건 허영야."

다음 해에 세라는 소원을 이뤘다. 최하위권 대학의 미달학과를 용케 골라 입학한 거였다. 아득한 옛 일들이 아직도 명치끝에 걸리어 왔으나, 잠시 눈을 감았다 뜬 명지는 망설이지 않고 세라에게 전화를 넣었다. 세라는 공사중이어서 외출이 어려우니 집으로 와 달라고 했다. 마침 좋은 집을 마련했다니 무슨 선물을 들고 갈까 생각을 하다가, 거실 한가운데에 걸려 있는 매화 액자를 떼었다. 아버지 생전에 애지중지하던 것이어서 대물림을 할 요량으로 고향집에서 옮겨온 거였다. 이를테면 가보 일호라 할까.

세인은 집안청소를 마치자 데쳐낸 채소처럼 후줄근해졌다. 청소래 봤자 방, 화장실, 거실 겸 부엌이 모두인 콧구멍만한 아파트여서 싱거울 정도지만, 허약한 세인은 이마에 솟은 비지땀을 문지르며 소파에 가 쓰러지듯 누워 버렸다. 그렇게 잠시 쉬어야만 저녁 반찬거리도 생각하고 장도 보러 갈 기운이 다시 모아질 것이기 때문이었다.

눈을 지그시 감은 그녀는 자기만의 공간에 오직 자기 혼자만이 있다는 사실이 얼마나 다행스러운지…… 그녀는 눈을 떠 다시 확인을 해보곤 하는 거였다. 좁은 전셋집이지만 부엌 창문에서 손수건처럼 팔락거리고 있는 샛노란 커튼이 신혼의 행복을 귀뜸해 주는 신호인 것만 같아서 그녀는 눈시울이 뜨겁게 젖어들었다. 기나긴 세월을 흙탕물에 빠져 허우적대다가 요행으로 언덕에 기어올라 목숨을 건져낸 것만도 다행인데, 이런 단꿈의 맛까지 보게 된 데에 대해 그녀는 황송스러워 어쩔 바를 모를 때가 많았다.

몸이 약한 것처럼 마음까지 여린 그녀는 문득문득 엄습해 오는 불안을 털어 버리려 애를 썼다. 그 기나긴 세월 동안 그 작자의 굴욕스런 영역에서 옴짝달싹 못하다가 이제 이쯤이면 끊어 내버린 것이 되지 않을까. 그 작자의 영역이란 자신이 사경을 넘나들며 건너온 강 저 건너편이라고 그녀는 눈을 다시 눌러 감으며 생각했다. 그러나 개운치가 않았다. 아직은……. 뒷간에서 뭐 안 씻고 나온 것 같다던 어릴 때 시골에서 들어오던 말이 바로 이런 것인가. 그래, 아직은 줄이 닿아 있는 거야…….

세인은 소스라쳐 일어나 앉았다. 정신이 펄쩍 들었다. 세인은 두 손을 마주 깍지를 껴 꼭 잡았다. 뼈마디가 꺾이는 소리가 오도독 나는 것만 같았다. 하도 야위어 핏줄이 퍼렇게 드러난 손 모양이 앙상했다. 버들가지 같다는 건 그녀를 건성 본 사람들이 미화해서 한 말일 뿐, 자신의 몸이나 얼굴이 방금 내려다 본 손만큼이나 앙상한 느낌이라는 걸 깨닫는 순간 세인은 불안했다. 마주 잡은 손가락의 예리한 마디와 마디 사이로 공포가 만져졌다. 이대로 가다간……. 그녀는 생명의 위협마저 덜컥 느껴져 왔다. 살고 싶어진 걸까? 이제는…… 세인의 입술이 어색하게 귀밑으로 끌리어 갔다. 마치 스스로를 조소하는 듯한 시큰둥한 미소였다. 이런 감정을 느껴본 적이 있었던가. 생명의 위협? 아무리 마르기로 그 때문에 죽을까? 생명에 대한 애착을 갖게 되었다는 놀라운 증거일 뿐, 그래, 아직은 아냐…….

남편 한동수가 박석규의 부하 직원이라는 사실이 마음에 걸리어 왔다. 눈에 보이지 않는 그물에 아직도 포위되어 있다니…… 너무 골똘한 생각에 빠져 있다 보니 초인종 소리가 아득하게 마치 꿈속인 것처럼 들려왔다. 세인이 꿈의 연속인 듯 현관문을 열었을 때, 거기 서 있는 사람도 꿈 속에서 보는 듯만 싶었다. 아니, 꿈이라고 밀어붙이고 싶었다. 현실에서 다시 있어서는 안 될 일이 벌어지려 하고 있었다. 신혼의 새로운 시간 속에서도 늘 조마조마하고 불안했던 그것이 현실로 다가온 거였다. 저승사자처럼 보이는 박석규, 아니, 박석규의 운전기사를 절망감으로 입술이 열리지 않아 물끄러미 바라보며 단호히 거절하려다 세인은 따라나섰다. 차는 어느새 서울을 벗어나 어디론가 달려가고 있었다. 시선을 피하려는 의도인지 박석규의 고급 승용차가 아니고, 누구의 것인지 몰라도 수수한 중형차였다. 차창으로 내다보이는 풍경은 한편으로 강물이 굽이굽이 돌아 흐르고, 다른 편으로는 연연한 나무들이 계속 다가오는 산줄기였다.

"아니, 여기는?"

세인은 깜짝 놀랐다. 박석규가 전방에 근무할 때 수시로 그 오랜 동안을 두고 드나들던 길이 아닌가. 천진난만했던 세인이 한순간에 박살이 나버린 그 첫 장소도 바로 이 길과 연결되는 곳에 있었다. 순결을 상징하듯 빳빳이 풀먹인 하얀 깃을 긍지처럼 달고 다니던 여고시절…… 가을이었다. 토요일이었던가. 검정색 제복 위로 드러낸 눈부신 깃만큼 밝고 청아한 웃음을 날리며 교문이 메어지게 파해 나오는 친구들 틈에서 세인이 따가운 그 가을볕에 톡 튀어나가는 잘 영근 씨앗처럼 혼자서 느닷없이 앞으로 달려나가며 소리를 쳤다.

"여기 웬일이세요, 형부?"

세인이 그렇게 반기지 않았더라면 박석규는 그날 영락없이 그녀를 놓치고 말았을 터. 한꺼번에 밀려나오는 똑같은 제복의 여학생들은 눈만 어지러울 뿐 어느 특정한 개인을 찾아내기 어려울 만큼 모두가 비슷비슷하게 한결같이 월궁 항아들이었기 때문이다.

"잠시 볼일이 있어 왔던 길에, 우리 공주님 좀 뵈려구……"

박석규는 황홀한 듯이 세인을 뚫어지게 보며 호탕하게 웃었다. 세인은 친구들에게 손을 흔들며 신바람이 나서 박석규의 지프에 올랐다. 지프는 강원도의 최전방이다시피 한 박석규의 근무지를 향해 달려갔다. 마침 세라가 그곳에 가 있었기 때문에 세인은 운전대를 잡은 박석규 옆에서 좋아라 조잘대기에만 바빴다. 자꾸 잠이 오려고 하니까 잠을 쫓아달라고 박석규가 부탁을 해온 터여서 세인은 그가 재미난 얘기를 요구하면 최근에 친구들 사이에서 들은 이런저런 얘기를 양념을 치고 살을 붙여가며 들려주고, 노래를 요구하면 끝도 없이 애창곡을 연달아 불러대었다. 더러 장기자랑이 벌어지는 판에서라도 천성적인 수줍음에다 억눌리어 자란 세인은 이참저참 빼다가 슬그머니 말아버리고 마는데, 운전대 잡은 사람이 잠이 온다니 순진한 그녀는 다급해져서 온갖 재롱을 다 떨었다. 슬금슬금 웃으며, 그런 세인을 즐기듯 바라보던 박석규는 나무가 우거진 산기슭에 이르러 지프를 세웠다. 비포장 도로여서 지프는 크게 요동을 치며 멎었다.

"너무 졸려서 아무래도 안 되겠다. 좀 쉬어서 가야지."

박석규는 눈을 비비며 하품을 하고 나서, 그렇게 말하고 지프에서 껑충 뛰쳐 내리는 거였다. 그는 세워진 차 앞을 가뿐하게 돌아 가만히 자리에 그대로 앉아 있는 세인의 손을 잡고 안아 내리려는 듯 다른 팔을 그녀의 허리에 감아왔다. 세인이 싫다고 손을 흔들자 그는 그렇게 보아선지 멋쩍은 기색으로 한 걸음 뒤로 물러났다. 세인은 일어나 사뿐히 뛰어내렸다. 발 밑에서 먼지가 안개처럼 피어오르던 기억이 아직도 생생했다. 여학생 특유의 결벽증을 지니고 있던 세인이 자신에게 불어닥칠 엄청난 사건이 임박해 오고 있음을 전혀 예상 못한 채 그 엷은 안개 같은 먼지가 자신에게로 내려앉는 것이 싫어서 멀찍이 달아나 운동화와 스커트를 털어대었다.

강원도와 경기도의 접경쯤 된다고 짐작되는 그 지대는 간신히 지프가 서로 비켜갈 정도의 비포장도로가 있을 뿐, 차도 사람도 눈에 띄지 않았다. 인적이라고는 상상조차 할 수 없는 깎아지른 산줄기만이 길의 좌우를 막고 있는 다분히 으스스할 만큼 후미지고 깊숙한 협곡이었다. 산은 단풍으로 불타고 있었다. 단풍의 불길은 빨갛다 못해 노래지고 노랗다 못해 거멓게 기승을 부리는 듯이 보였다. 골짜기에 꼭 끼어 옴짝 못하는 다소곳한 길바닥엔 벌써 어슬하게 땅거미가 기어오르고 있었지만 산 그 아득한 꼭대기에는 투명한 햇살이 걸리어 있었다. 산과 산 사이에 호수처럼 갇혀 있는 하늘은 유달리 서늘했다.

"어머……."

수려한 풍광에 넋을 놓은 세인이 자기도 모르게 탄성을 내자,

"대단하지?"

목운동이라도 하는 사람처럼 고개를 부산하게 돌려대며 주위 경관을 둘러보던 박석규는 생색을 내듯이 말했다. 세인은 넋 놓은 그 표정인 채로 턱을 주억였다.

"이건 아무것도 아냐, 따라와 보라구."

기세 좋게 그 한마디를 남기고, 시퍼런 청춘이었던 박석규는 단걸음에 깎아지른 산꼭대기로 올라가 버리는 거였다. 시야에서 박

석규가 사라져버리자, 세인은 일시에 밀어닥친 무섬증에 그를 따라잡으려 가파른 산줄기를 허둥지둥 오르기 시작했다. 사람이든 산짐승이든 거기 혼자 서 있는 자기를 발견하게 되면 그냥 두지 않을 것만 같았다.

"형부, 형부, 형부……."

다급해진 그녀는 있는 힘을 다해 불러보았지만 아무 데서도 반응은 오지 않았다. 소슬한 바람이 나무 잎새 비비는 소리를 내며 지나가고, 어디선가 땅 밑으로 가라앉는 듯한 음울한 산새 울음소리가 들려왔다.

"형부, 어디 계세요?"

다시 한 번 불러보았으나, 여전히 바람 소리와 나무들의 수런거림과 음울한 산새 소리만이 되풀이 될 뿐이었다. 그녀의 목소리는 반응을 기다리기엔 너무 작았고 멀리 나가지도 못했던 거였다. 세인은 박석규가 야속했다. 이런 산속에 자기 혼자만을 놓아두고 그새 멀리까지 달아나 버리다니……. 그녀는 종아리를 긁혀가며, 나뭇가지를 번갈아 휘어잡고 헐레벌떡 가까스로 산마루에 올랐다. 얼굴이 발그레 상기되고, 온몸에 촉촉하게 땀기운이 느껴졌다. 산마루에도 박석규는 보이지 않았다. 그러나 세인은 그를 찾지 않았다. 시야가 확 트이면서, 시원스럽게 들어오는 전망이 그녀를 사로잡은 때문이었다. 숨을 깊이 들이마신 그녀는 내어쉴 생각도 잊은 듯 감격해 있었다. 겹겹이 뻗어나간 산줄기와 계곡에 타오르는 단풍이 영사기를 통과한 필름처럼 눈부신 햇살 안에서 오색으로 영롱하는 그 찬란함은 세상에 대해 그녀의 눈을 한결 더 새롭게 뜨게 해 주었다.

"아아, 이럴 수가……."

그러나, 그것은 그녀가 본, 때 묻지 않은 아름다운 세상의 마지막 풍경이었다. 두툼하고 우악진 손길이 소리 없이 뒤에서 와 술래잡기를 하듯 그녀의 눈을 가렸다. 캄캄했다.

"아, 형부세요?"

세인은 웃으며 물었다. 그러나 답이 없었다.

"장난치지 마세요."

여전히 반응이 없었다. 그녀의 작은 얼굴은 그 두툼하고 우악진 손길 속에서 움직일 수 없었다. 완력이 들어왔다.

"누구에요?"

그녀의 목소리는 날카롭게 떨렸다. 그러나 그 날카로운 목소리도 더는 낼 수가 없었다. 곧 그녀는 얼굴을 움직일 수 없었듯이 몸 전체가 꼼짝할 수 없게 완강한 힘에 억눌리어 버린 거였다. 손가락 하나 꼬무락거릴 수도 없었다. 그 완강한 힘은 허기진 짐승처럼 푸들푸들 떨며 그녀의 몸을 탐욕스럽게 해체시켰다. 뜨거운 불덩어리가 아랫도리에서 몸 깊은 속을 꿰뚫어버리는 순간 귀가 멍멍해지는 폭음과 함께 사사조각으로 분해되어 버리는 자신을 느끼며 그녀는 정신을 놓아버렸다. 그 뜨거운 불덩어리를 그녀는 두고두고 포탄이라고 기억했다. 그녀의 봉인된 순결은 그렇게 느닷없는 포탄에 의해 파괴되었다. 세인이 정신이 든 순간 박석규는 그녀의 코를 정신없이 빨고 있었다.

그녀가 눈뜨는 걸 보자 그는 조심스럽게 세인을 일으켜 앉혔다.

이미 산마루에도 눈부시던 햇살은 사라져 있었다. 어둠이 천근이나 되는 무게로 다가오는 중이었다. 그 이후로 그녀의 세상은 가날픈 몸이 지탱하기엔 너무도 무거운 그 어둠, 어둠, 어둠뿐이었다. 망가진 자신의 몸을 꼭 껴안고 울고 있는 세인을 박석규는 등에 들쳐 업고 가파른 산비탈을 내려갔다. 지프에 앉아서 시동을 걸기 전에 박석규는 세인을 들여다보며 말했다.

"걱정 마, 나만 믿어."

그 말을 들은 세인은 발작적으로 진저리를 쳤다. 믿다니, 믿다가 이 꼴이 되었는데, 날강도같으니……. 세인은 치를 떨며, 눈물을 떨구었다. 원래도 말수가 적은 세인은 그날부터 더 말수가 없어졌다. 집안 식구들은 그러한 그녀를 사춘기적 현상이라고 대수롭지 않게 여겨서 그나마 다행이었다. 그러나 그녀의 내부에서는 커다란 혼란이 벌어지고 있었다. 여지껏 삶의 지주로 의지하고 기대어 우러러보기까지 했던 존재가 한순간에 악마적 실체를 드러내면서, 가치관이 깨어지고 질서가 흩어지며 도덕관념이 뒤죽박죽으로 허물어져 출렁대는 나날이었다. 아무것도 생각할 수 없었다. 생각이 되지 않았다. 모든 것이 혼미했다. 자욱한 매연 속을 그녀는 하루하루 미루며 살아온 셈이었다. 사는 것만이 아니라, 죽는 것까지도…… 매일 죽고 싶었으나, 확실한 결론을 얻지 못해 매일 유보 상태로 넘어가는 그런 하루하루의 연속이었다.

그녀에게 계란 노른자위 같은 시간이 보이기 시작한 것은 남편 한동수를 만나면서부터였다. 그래서 세인은 신혼살림 주방에 계란 노른자윗빛 커튼을 걸어놓은 건지도 모른다. 그 샛노란 커튼이 눈앞에 떠오르자, 세인은 자기가 왜 박석규가 보낸 이 차에 올라 탔는지 후회스러웠다. 물론 마음속으로 격분한 나머지, 장본인을 만나 단단히 따져주고 어두운 과거의 끄나풀을 결연하게 끊어 버리려던 것이었지만……

"넌 왜 날 매번 겁탈범을 만드는 거냐?"

하며 히죽히죽 웃는 박석규의 안면이 상기되며 세인은 헛구역질이 올라와 차를 세우게 했다. 얼굴이 백짓장처럼 창백해진 세인이 비틀거리며 허둥지둥 도로변으로 나가 쪼그리고 엎드려 구역질을 해대었다.

운전기사를 빈 차로 돌려보내고, 지나는 택시로 귀가하면서 세인은 내내 파르르 떨고 있었다. 그것은 매번 겁탈이 아니라 매번 살인이었다는 생각을 하며, 그녀는 그런 생지옥 같은 시간 속에서 면면히 목숨을 붙들고 연명해온 건 어깨를 짓누르는 삶의 무게 때문이 아니었나 싶었다. 날마다 위장약을 목구멍에 털어 넣고 수면제로 밤을 다스려야 하는 꼬챙이처럼 말라가는 자신을 포기하지 못하게 지탱시켜 준 세상살이의 그 너무너무도 버거운 무게, 그건 과연 무엇일까……. 새삼 엄습해 오는 경악과 분노와 공포를 느끼며, 세인은 여태껏 해결 못 하는 그 벗어나려야 벗어날 수도 없고 버텨내기엔 가냘픈 몸뚱이가 바스러져 나갈 듯한 그 황당한 고통의 의미를 알 길 없어 눈을 지그시 감았다.

6. 이 한 목숨 바쳐서라도

가정이 삐그덕거리며 파괴되어 갈 때, 황폐해져 가는 엄마의 모습을 보면서 명지는 하루 세 끼니를 먹는 일보다 증오와 분노에 더 익숙했다. 가슴 속엔 온화한 심장 대신 칼과 불이 그 자리를 대신하고 있는 것만 같았다. 피 흘리는 피해자들 앞에서 벌거벗고 뒤엉키던 각인된 장면들……. 식칼을 빼들고 달려간 엄마의 비명 속엔 분명 어린 명지의 살의도 끼어 있었다.

자기가 책상 앞에 앉아 있을 때, 세라 자매들이 부엌에서 볶이며 엄마의 잡일을 거든 건 참담한 극한적 가족 상황이 빚은 당연한 귀결로 명지는 여겼다. 가차 없는 지청구 역시. 그 두메, 고향의 작은 학교, 빤한 교실 안에서 세라와 함께 비벼댄 지겨운 시절…… 공부시간에 항상 선생님을 화나게 만드는 장본인이 세라인 데는 명지는 참을 수가 없었다. 한참 무르익어가는 선생님의 설명이 더듬적거리게 되다가 미간이 찌푸려지고, 급기야는 중단되어 버리는 사태가 빚어지며 백묵이 총알처럼 날아가던 표적……. 선생님이 수업을 시작하면 세라는 아예 처음부터 잡담을 동시에 꺼내어 주의 산만하게 옆 친구들까지 몰고가는 것이 습관이었다. 상반신을 잔뜩 수그리고 잡담의 세계로 들어가는 구겨진 그 모양새는, 어찌나 할 수 없는 말썽꾸러기로 보이던지…….

그런 그 애의 꼬락서니는 수치를 넘어 경멸의 극에 도달했다. 중고등 과정은 능력대로 읍내의 각기 다른 학교로 갈라졌지만, 통학 버스 안에서 여전히 주의 산만한 세라에 대해 명지는 아예 시선을 주지 않았다. 세라가 어떻게 제 또래와 부산을 떨거나 말거나. 그 애는 그렇게 생겨먹은 애라는 하시와 능멸의 감정을 그런 식으로 드러냈다 할까.

하지만 거기까지는 그래도 눈빛이나 태도를 통한 것일 뿐, 구체적인 언급만은 피해온 셈이었다. 터질 듯 터질 듯 감정의 수위가 아슬아슬하게 출렁이다가 더는 버티지 못하고 터트려 본 게 삼수 반대사건이지만 전혀 득이 되지 못했다. 세라를 만나러 가는 이 절박한 순간에도 발목을 잡은 것이 역시 그 케케묵은 사건이고 보면 더욱. 주로 부엌에서 맴돌던 세라들과 달리, 당시의 자신이 자고 나면 굳세게 책상 앞을 지키고 있던 건 범생이 기질이라기보다 자기 위치를 고수하려는 무의식적인 안간힘이 아니었나 하는 생각이 이즈음 들어 부쩍 선명해져 와 명지는 애석하게 그 시절을 뒤돌아보는 거였다. 왜냐하면 현실의 판도가 너무나 잔혹할 만큼 명징하게 뒤바뀌어 인식을 강요하고 있었기 때문이었다. 피해자라서, 발로 구르고, 엎어져 데굴데굴 뒹굴어 보아도 어쩔 수 없는 영원한 피해자라서 억울함을 벗어날 수 없던 자기가, 이제 또다시 처참하게 억눌린 처지에서 화려한 대저택의 세라를 찾아가야 했으니까.

애초에 가정 안에 있어서는 안 될 군더더기, 그 군더더기가 세상의 주류가 되었으니……. 아직도 마르지 않은 그 선혈 같은 감정을 딛고 명지는 세라 앞에 엎드리기로 굳세게 마음먹은 거였다. 성공한 앵커로, 대중의 스타로 눈부시게 부상한 남편의 목숨을 그 애의 손아귀에 쥐어주며 구걸도 했다. 세라의 모습은 절대권좌의 황후처럼 찬란했다. 결코 유쾌할 수 없는 그 생각을 되씹는 것은 힘들었던 그 방문을 정리해 버리는 것이 될 것이며, 정리해 버린다는 것은 무엇을 의미하는 말이겠는가. 결국 목표는 순우가 아닌가. 순우에 대한 실낱같은 끄나풀……. 블랙홀에 흡인된 듯, 그 자정 이후 무(無)가 되어 버린 남편의 존재가 이즈음의 명지에겐 전부니까. 이순우 구출작전…… 그 명제를 빼면 그녀는 들판에 펄럭거리는 허수아비만도 못할 거였다. 그러기에 세라네 방문을 거듭 되씹어대는 건 어디 한 구석에라도 잡아볼 만한 그 실낱같은 끄나풀이 보이는가 하는 끈질긴 집념이었다. 부정적으로만 내려지는 결론을 긍정적으로 만들어 보려 그녀는 한정된 그 기억을 되풀이 되더듬어 나갔다.

그 집은 대문을 통과하는 것부터가 까다로웠다. 어디서 왔느냐? 누구냐? 누구를 찾아왔느냐? 깐깐하게 물어대던 목소리는 잠시 기다려 달라는 말을 끝으로 사라졌다. 미리 이러이런 사람이 오면 이렇게 하라고 일러 놓을 수도 있었으련만……. 얼마를 무거운 액자 탓에 몸의 균형을 잃은 채 대문 밖에서 서성거리며 명지는 생각했다. 실세 중의 실세라는데 아무나 문안에 들여놓아서는 안 되겠지. 찾아오는 사람은 또 오죽 많을까. 순우의 언론사 입구가 연상되어 탱크가 나와 있지 않은 것만도 다행이지. 그런 식으로 그 집의 높은 문지방에 대해서 주제넘게 이해하려는 자세까지 되어 있었다.

얼마나 지났을까. 기다릴 수 있는 상식선의 시간은 벌써 지나간 듯했다. 문전박대일까 싶은 느낌이 들었지만, 어차피 내친걸음인데 이대로 돌아가진 않겠다고 명지가 마음먹었을 때, 그때서야, 그 거대한 대문은 열렸다. 초소 앞의 중년의 경비원은 허리를 깊숙이 꺾으며 그녀를 맞았다.

"사모님께서 공사 현장에 계시기 때문에 확인 보고가 늦어졌습니다. 이 길로 곧장 가보십시오, 그러면 거기 사모님이 계십니다."

비스듬한 언덕길을 오르며, 사람이 와도 내다보지도 않나, 사람이 사람 같지 않은가? 시골에서 익숙하게 귓결에 묻어왔던 그 말이 바람결처럼 스쳐와, 아마도 이런 경우를 두고 히는 말이었을까 싶어져 몸에 와 부딪는 서먹서먹함을 마치 얼음을 깨나가듯 명지는 힘들게 의식하는 거였다.

오르막 경사가 끝나면서 드넓은 잔디마당이 펼쳐졌다. 대문 밖에서도 충분히 세라네의 위력을 감지했지만 안으로 들어갈수록 더 경이로운 풍경이 열려갔다. 잔디마당 둘레로 온갖 꽃들이 만발

한 정원이 아득하게 펼쳐지고, 그 뒤로는 두께 모를 수림이 이어져 그 집의 경계는 짐작할 수 있는 한계를 넘어 있었다. 어디선가 자기를 향한 폭소가 터져 나오는 듯도 싶었다. 경비원이 말한 대로 무조건 들어선 길을 끝까지 얼마를 걷다 보니, 평지가 끝나고 다시 입구와는 반대 방향으로 완만하게 내리막의 경사가 나타났다. 왁자한 소음에 고개를 들었을 때, 그곳이 공사 현장인 듯 저만치 가파른 산등성이 위에 괴물처럼 서 있는 강렬한 주황빛 포클레인 둘레로 사람들이 바쁘게 움직이는 모습이 보였다. 방금 전 환청처럼 들었던 폭소도 바로 저 사람들의 소리였던가 싶기도 했다. 공사 현장과 어울리지 않는 화려한 옷자락을 펄럭이며 한 여자가 이쪽을 향해 소리쳤다.

"언니, 명지 언니, 어서 오우."

세라인 모양이었다. 저기까지 나를 오라고? 지가 내려오지 않고……. 내면에서 무언가 우불끈 뒤틀리는 걸 감수하며 그녀는 잠시 눈을 내리깔았다. 내리막길을 꽤 내려간 다음 다시 파헤쳐진 흙더미의 언덕으로 올라가야 하는 공사 현장을 건너다보며 명지는 겨드랑이에 아직 끼고 있는 액자가 번거롭게 느껴졌다. 집안의 기둥뿌리를 뽑듯 온 식구가 애착하는 물건을 멋대로 떼어들고 서 있는 자기 자신이 그녀는 실감으로 오지 않았다. 경비에게 맡기는 건데 싶으면서도, 무슨 세상에 다시없는 보물이기나 한 것처럼 꼭 몸에 밀착시키고 있던 액자를 비로소 가까이 눈에 띄는 펑퍼짐한 바위 덩어리 위에 얹어놓고 세라가 오라고 하는 공사 현장으로 명지는 향했다. 경사가 꽤 가파른 산비탈을 오르면서 명지는 몹시 구차해져 오는 기분이 되었다. 그 구차한 기분은 동시에 먼 어린 날의 참기 힘들었던 고통까지 연상작용을 일으켜 왔다.

이불을 머리 위까지 뒤집어쓴 엄마는 진작 잠이 든 줄만 알았다. 뜰아랫방 쪽에서 간간이 들려오던 웃음소리가 점점 커져 마침내 폭발하듯 터지면서 집안의 사궤가 버그러지며 문짝들이란 문짝들이 다 열리어 흔들거리는 듯 절정에 치닫던 순간 그만 이불을 박차고 뛰쳐나가는 엄마를 조마조마하며 책상에 엎드려 있던 철부지 소녀가 날렵하게 끌어안고 밤새껏 함께 울었던 기억이 불길처럼 눈앞으로 환하게 퍼져 왔다. 그적의 엄마의 몸뚱어리는 불덩어리 그 자체였다. 엄마의 손에서 갓 낚아 올린 물고기처럼 푸들거리던 식칼이 힘없이 방바닥에 죽어 나자빠지던 광경을 목격한 뒤로 명지는 엄마를 결코 그 방에 가게 해서는 안 되겠다는 일념으로 이를 옥물었던 거였다. 거침이 없던 뜰아랫방의 웃음소리는 한 사람 한 사람의 목소리가 분명하게 분별되던 터라 사람의 오장육부를 잔학하게 도려내듯 교활했다. 엄마의 소유고, 내 소유인 아버지를 한지붕 아래서 버젓이 가로채, 엄마와 내가 웃어야 할 웃음이란 웃음을 몽땅 앗아다 날이면 날마다 대들보를 기어이 바스러뜨리고야 말듯 깔깔거리기만 하던 아니꼬운 것들…….

파 내린 황토흙에 푹푹 빠져드는 구두를 빼어 내면서 명지는 마음의 갈등에서도 이렇게 빠져 나올 수만 있다면 싶었다. 흙투성이로 말이 아닌 구두 꼴이 곧 자신의 몰골이라는 생각을 하며 나뭇가지들을 붙잡고 명지가 어렵사리 공사판에 다다랐을 때, 까르르 웃으며 세라가 지껄였다.

"저런, 저런, 언니 발 좀 봐……. 공사가 공사니만큼 내가 잠시도 이 자리를 비울 수가 없었다우."

명지는 그저 그녀를 빤히 바라보기만 했다. 까르르 웃는 소리가 방금 떠올랐던 그적의 그 지겨웠던 웃음소리와 너무나 닮은 때문에. 섬칫했으나 자연스럽게 대하려던 그녀의 의도는 세인 결혼식장의 혼잡 속에서도 느낀 거지만 세라에게서 상상 이상으로 느글느글한 부티를 느끼며 반사적으로 흔들리는 거였다.

"세월이 무섭네, 명지 언니가 이렇게 되다니……."

무언가 확인하려는 듯 민망할 만큼 한동안 마주보기만 하던 세라가 탄식조로 그렇게 뱉어냈다. 그저 우두커니 서 있을 뿐인 명지를 구해준 건 생각지 못한 굉음이었다. 거대한 바윗덩어리가 정상에 솟아 있는 시멘트 구조물 사이에 얹히며 지축을 뒤흔들 듯한 포클레인의 그 굉음은 멎었다.

"사모님, 이제 됐습니까?"

우렁찬 목소리가 세라 쪽으로 달려오면서 외쳤고, 그와 동시에 공사장의 모든 시선이 세라에게로 쏠렸다. 정상에 놓인 바윗덩어리를 바라보던 세라는 흥분해서 기성을 올리며 손뼉을 쳤고, 모든 사람들이 따라서 환호했다. 세라 곁으로 달려온 우렁찬 목소리가 이방인처럼 혼자 서 있는 명지에게로 다가와 정중하게 허리를 굽혀 인사했다.

"저, 윤명지 선생님이시죠?"

명지가 의아해 바라보자, 그는 대답을 기다리지 않고 말을 이었다.

"진작부터 선생님을 뵙고 싶었습니다."

어색하게 서 있던 차여서, 이 엉뚱한 장소에서 자기를 알아보는 사람이 있다는 게 신기했다. 그녀에게는 전혀 생소했음에도 그쪽은 무척이나 친숙한 빛이었다. 자기를 쳐다보는 청년의 얼굴은 밝았고 눈동자는 생기에 넘쳤다.

"선생님께서 번역하신 책들을 읽었거든요. 이렇게 직접 뵙게 되어서 반갑습니다."

명지는 그제야 머리를 주억이며 미소를 지었다.

임시로 방향을 돌려놓은 개울물 속엔 갑작스레 수난을 겪는 잡초들이 땅바닥에 까라져 쏠리고 있었다. 굳이 설명을 듣지 않아도 명지는 그 공사가 무엇을 만드는 것인지 짐작할 만했다.

"사실 저는 이 공사가 좀 찜찜합니다."

정지운이 고개를 갸웃 틀며 낮은 소리로 다시 말해 와 명지가 적당한 답을 찾고 있을 때, 마침 세라가 두 사람 사이로 가까이 다가왔다.

"앗, 혹시 내 욕하는 중은 아니겠지?"

세라는 신이 나서 어깨까지 으쓱거리며 발랄하게 웃었다. 명지로서는 그렇게까지 튀는 세라의 모습은 처음이었다. 넌지시 자신의 속내를 비쳤던 정지운도 큰소리로 따라 웃었다.

"정비서는 명지 언니 팬이야."

세라는 짐짓 아기똥한 눈동자로 그렇게 말하고 표정에 위엄을 담아 청년에게 명령조로 일렀다.

"나머지 마무리는 정비서가 알아서 해 주어요."

명지와 함께 잔디마당으로 내려온 세라는

"언니, 여기서 한 번 올려다볼까? 저 절벽에서 물안개를 풍기며 폭포수가 떨어져 내린다고 상상을 해보면…… 아니, 상상이 아니라 실제로 보게 될 테니까……. 그때 언니 또 오우."

그렇게 말하는 세라는 상기되어 나이를 짐작할 수 없을 만큼 호들갑스러웠다. 명지는 무감동한 얼굴로 시멘트 구조물과 바윗덩어리를 바라보았다. 흉측했다. 잡목림들 사이에 끼워 넣은 시멘트 구조물이란 아무리 위장을 했다 해도 조화를 이룰 수는 없는 노릇, 끔찍한 자연 파괴일 뿐이라 여겼다.

"애들이 어서 들어오라구 야단이우. 미국은 방학이 빠르잖우. 같이 다닐 여행 코스를 다 잡아놨다구……."

"다 잘하구 있지?"

"그럼."

명지는 세라들이 어디 먼 나라의 딴 세상을 사는 사람들처럼 느껴져 더는 무슨 말을 못하다가, 마침 매화 액자가 놓인 펑퍼짐한 바윗덩어리에 이른 걸 깨닫고 발걸음을 멈추었다.

"무얼 들고 올까 궁리 끝에 저 액, 액자를 가지고 왔어."

액자라는 발음이 무어가 그리 힘이 들어 중간에 끊어지기까지 하는 건지, 명지는 그만큼 그 액자가 자기에게 비중이 컸나보다고 생각했다. 하지만, 명지의 입에서 간신히 떨어져 나온 액자라는 발음을 듣는 순간 세라는 거의 신경질적인 반응을 보였다.

"액자라면 제발 언니가 맘에 드는 걸루 얼마든지 좀 골라가 주면 날 도와주는 거유. 선물 사태에 내가 아주 몸살 나겠수. 액자뿐인가, 화분이다, 도자기다, 조각작품이다…… 게다가 박서방이 바로 어제 또 대형 액자를 가지고 들어왔어요. 무슨 공모전이라나 하는 데서 우수작품으로 뽑힌 거라구, 지나는 말로 그냥 좋다고 해준 거래, 그랬더니 주최측에서 전시도 전에 글쎄 싸주더래. 어이가 없어요."

세라는 명지가 큰맘 먹고 힘들게 들고 온 액자는 거들떠보려 하지도 않고 몸을 돌려 그 자리를 떴다. 보자기를 풀어 액자를 보게 될 세라의 표정을 상상했던 명지는 잠자코 그 뒤를 따랐다.

집 안으로 들어서자 세라는 대저택의 안주인답게 동작이 유연해지며 목소리 또한 그윽해지는 거였다.

"아줌마."

말이 떨어지기가 무섭게 세라와 비슷한 또래의 앞치마를 정갈하게 두른 여자가 허리를 굽신굽신 하며 나타났다.

"네, 사모님."

"또 한 사람은?"

"아마 이 층에……."

"좀 오라고 해요."

부리는 사람이 둘이나 된다는 걸 과시하려는 의도처럼 이 층에 있다는 사람을 세라는 굳이 끌어내렸다. 유니폼인 듯 역시 같은 모양의 앞치마 차림의 다소 젊은 여자가 곧 상냥한 얼굴로 나타났다.

"아줌마가 내린 커피가 생각나서……. 참, 언닌 무슨 차 하겠수?"

"나두."

"그럼, 두 잔, 과일도 좀……."

여자가 물러가자, 세라는 명지의 소매를 자연스럽게 잡으며 말했다.

"집 구경 좀 하겠수?"

"그러지."

아래위층을 다 돌아보고 다시 정원이 시원스레 내다뵈는 거실로 와 소파에 앉기가 무섭게 커피와 과일이 나왔다. 세라가 커피잔을 들어올리며 옛날의 수다 실력이 연상될 만큼 바로 유명한 헤이즐럿이고 자기가 미국에서 직접 가져온 거라는 등등의 내용을 늘어놓는 동안, 명지는 순우의 얘기를 어디쯤에서 꺼내야 할까에 골몰하다가 집 구경을 했으니 거기에 맞는 인사부터 해야겠다는 생각이 들었다.

"넌 아주 대단하구나, 나폴레옹보다도……,"

"흐흥, 언닌 누가 프랑스통 아니랄까 봐, 웬 나폴레옹이우?"

"그 영웅 침대는 너무 작아서 놀랐지만, 너흰 그와 반대 의미로 놀라게 했으니까."

"하도 유난을 떠니까, 원……."

남편의 취향을 꼬집는 건지, 추켜세우는 건지 세라는 우정 쑥스러워하는 기색을 비치는 시늉을 했다. 집의 규모나 호사스러움이 상상을 뛰어넘어 해도 해도 너무하는 거 아닌가 하는 비판적인 시각이었지만, 그 가운데에도 한쪽 벽이 통째로 거울인 침실에 덩그렇게 놓인 침대의 위용이 거슬려서 던진 말이건만. 세라가 아주 만족스러워하는 표정으로 포크에 과일을 찍어 건네다가 느닷없이 비명을 질렀다.

"어머나, 웬일이우? 이 손이 어떤 손인데?"

명지의 손을 부여잡은 세라의 얼굴은 파들파들 떠는 것처럼 보였다. 부엌 아줌마들까지 무슨 일인가 싶어 돌아보는 기색이었다. 세라의 호들갑스런 비명이 명지에겐 찢어질 듯한 환성으로 다가왔다. 가공할 만큼 뒤바뀐 현실에 대한. 더덕껍질 같던 어릴 적 그 애들의 손등이 시야로 스쳐 지나갔다.

"이건 직무유기유. 화면에서 세상이 이렇고 저렇고 재단해내는 형부의 모습은 아주 눈이 부시다구. 만인이 선망하는 스타시잖아, 한데, 이게 뭐유?"

"왜 방향이 그쪽으로 가니? 내가 무관심해선데."

대꾸는 그렇게 했지만 명지는 손에 매니큐어는 고사하고 로션조차 잘 발라주지 않은 게 그러고 보니 미안스러워지긴 했다.

"결혼해서 여태 살아본 내 경험으로 하는 말이유. 서운하게 생각은 마우."

"그만해라, 그렇잖아도 그 사람 지금 곤욕을 치르고 있을 테니까……"

명지는 세라에게 잡힌 손을 겨우 빼내고는 한숨을 쉬었다.

"곤욕이라고 했수?"

"그래, 살아 있는지, 죽었는지도 알 수가 없어."

"저런."

처음 듣는 것처럼 세라는 과장되게 놀랐다.

"벌써 한 달이 다 되어 가……. 너, 나 살려주는 셈치고 형부 좀 알아봐줄 수 있겠니? 도대체 어디 있는지만이라도……."

세라를 바라보는 명지의 눈은 건포도알처럼 말라 있었다.

"글쎄, 그럴 만한 힘이 있을지…… 물어는 보겠수만……."

바짝 타든 명지의 표정은 표본 된 곤충처럼 미동도 없었다.

"텍스트는?"

"말 못 해."

"금서(禁書)라서?"

은애가 귀엣소리로 묻자, 초등학교 짝이었던 고준석이 손바닥을 들이밀며 윽박질렀다.

"결석계를 내라구. 그러지 않군 얘기가 풀리지 않겠는데……"

두툼한 고준석의 손바닥을 밀치며 은애가 쏘아붙였다.

"너흰 손에 쥐어줘도 몰라."

고준석이 알밤이라도 메길 듯이 주먹을 불끈 들어올리자 그녀는 모처럼 유쾌하게 웃으며 줄행랑을 쳤다. 결석 사유라는 것이 심한 생리통이어서 사실 여자들만 일방적으로 겪는 그 괴로움에 대해 매번 약이 바짝바짝 올랐다. 마치 그 옛날 개구쟁이 시절처럼 고준석도 장난스럽게 은애의 뒤를 쫓아 뛰었다. 은애의 무단결석이 마음에 걸렸던지 근처를 지나는 길이라며 전화를 걸어와 두 사람은 모처럼 함께 동아리 학습장을 향해 걸어가고 있는 중이었다. 장소가 장소니만큼 그들은 버스에서 내리자마자 주변을 살피며 신경을 썼다.

"참, 인재경 언니 소식 있니?"

줄행랑을 친 뒤끝이라 가쁜 숨을 몰아쉬며 은애가 물었다. 요즘 친구들을 만나기만 하면 애가 닳게 묻는 질문이었다.

"무소식이 희소식이라는 말 있지."

숨이 가쁘기는 고준석도 마찬가지였다.

"넌 좀 어디서 들었을까 했는데…… 걱정돼 죽겠다, 그 언니 지금도 벌써 바닥났을 테고……."

두 사람은 일부러 길음시장 속으로 깊숙이 들어갔다. 눈에 띈 김에 몇 가지 먹거리를 사들고, 빠른 걸음으로 시궁창 냄새가 코를 찌르는 좁고 가파른 삼양동 달동네의 꼬불탕 길을 한달음에 올라쳐 막바지의 일그러진 대문 앞에 당도했다. 대문이 낮아서 손바닥만한 안마당이 다 들여다보였다. 슬레이트 지붕 위로는 박 넝쿨이 얹혀 있고, 나팔꽃 줄기도 처마 위를 간신히 기어올라가고 있었다.

하선희가 나와 반색을 했다.

"다 모였어?"

"한 사람만 빼구."

"그래도 꼴찌는 면했네."

은애는 하선희의 손을 잡고 다행이다 싶은 표정으로 웃었다. 방 안에는 사람들이 빼곡했다. 빼곡하대 봤자 원래 좁은 방에 신발까지 들여놓고 보니 그저 대여섯 안팎 정도였다. 이제 막 들어선 두 사람은 방 안 사람들에게 눈길이 닿는 대로 고개를 끄덕이는 정도로 인사를 때우고 노트를 펴 들었다. 방 주인 유필재가 수배자답게 수염이 자라나 더 꺼칠해 뵈는 얼굴로 은애를 향해 물었다.

"아버님 소식 있니?"

은애는 고개만 가로저었다.

"짜식들."

유필재는 이를 와지끈 깨물 듯이 입술에 힘을 주고 그냥 놔 두지 않겠다는 시늉을 짓는 거였다. 은애는 자기도 모르게 그만 눈물이 핑 돌았다. 비록 빈 말이라 할지라도 가슴에 와 닿았던 때문이었다.

"오늘은 성적들이 괜찮구나. 한데 왜 의수가 아직이지?"

팔목시계에서 눈을 떼며 누구 아는 사람 있느냐는 빛으로 유필재는 좌중을 둘러보았다. 모두들 바깥으로 귀를 기울이었으나 동네의 막바지라서인지 다가오는 발걸음 소리조차 없었다.

공장에 다닌다는 주인 부부의 방은 언제나 비어 더 교교했다. 너무 인기척이 없다 보니 폭풍 전야처럼 공연히 불안해서 눈망울만 굴리고들 있었다. 고준석과 같은 또래인 최명근이 말했다.

"형, 그냥 시작하죠, 시간이 많이 지났으니까요."

다들 동조하는 한마디씩을 했다.

유필재도 알겠다는 듯 고개를 끄덕였다. 한 번도 빠진 적이 없는 열성당원 격인 김의수가 나타나지 않는 것이 못내 마음에 걸리는 듯 아쉬워하는 기색이었지만 그는 교재를 펼쳤다.

"지난 시간처럼 내가 번역을 해서 읽을 테니까 받아 적으라구들……. 한 장을 끝내고 나서 토론을 하자, 그럼 어제에 이어서……."

여기서 그는 헛기침을 하여 목을 틔운 다음, 잠시 다시 대문 쪽에 주의를 기울이더니 일사천리로 책을 읽어 나가는 거였다.

미리 준비를 했는지 받아쓰기가 바쁘게 빠른 속도였다.

"······억눌린 자는 자신의 인간성을 되찾기 위한 투쟁이 의미를 지니게 하려면 억누르는 자에 대한 또 다른 억누르는 자가 되지 말고 오히려 서로의 인간성을 회복시키는 자들이 되어야 한다."

여기서 유필재는 잠시 숨을 돌렸다. 그는 또다시 밖으로 귀를 기울이었다. 여전히 주위는 고요할 뿐이었다. 학습은 다시 이어졌다.

"인간성 회복을 위한 투쟁은 억눌린 자가 자기의 억눌린 인간성을 발판으로 먼저 시작해야 한다. 타인들을 비인간화함으로써 스스로가 비인간화되고 있는 억누르는 자들은 이러한 투쟁을 전개해 나갈 능력이 없다."

이때 최명근이 한마디 하지 않고는 도저히 그냥 넘어갈 수 없다는 투로 갑자기 손을 들어 유필재를 제지시켰다.

"형, 처음엔 솔깃하더니, 점입가경이네······."

"팔자 존 소리야."

"복음 말씀이네."

고준석과 하선희도 한마디씩 끼어들었다. 그러자 빙그레 웃으며 그들의 반응이 기특하다는 듯 바라보고 있던 유필재가 말했다.

"첩첩산중에서 귀인을 만난 격이지."

최명근이 진지한 얼굴로 바싹 다가들었다.

"형, 그렇다기보다는······ 너무 이상적이야."

유필재는 여전히 대견해하는 표정으로 고개를 끄덕였다.

"그래, 그래, 짜식들······ 반응이 있어 좋구나, 다 살이 되고 피가 될 거다."

유필재는 얼핏 지나간 숱한 시간들이 물비늘처럼 반짝이며 다가옴을 보았다. 백골단에게 쫓겨 흩어지는 굿판에서 뒤돌아서며 망망대해에 휩쓸리는 모래알만큼이나 미약한 자기와 마주칠 때, 그 얼마나 고독과의 싸움을 반복해 왔던가. 의지할 만한 선배도, 기댈 만한 조직체도 없이 맨손이었던 자기에 비하면 후배들은 훨씬 든든한 편이라 여겨졌다.

"자, 이어서……."

유필재의 시선이 교재 위로 떨어진 찰라였다. 대문이 부서지는 듯한 요란한 소리가 났다. 모두들 호흡마저 멈추고, 서로를 마주 보았다.

"의수?"

유필재가 혼잣말처럼 뇌고, 그러나 미심쩍은지 손을 들어 조용히 있으라는 신호를 보내며 일어나 섰다. 창호지 문 윗부분에 발라놓은 셀로판지에 눈을 붙이고 유필재는 바깥을 살폈다.

"기식인데……."

"김기식 형?"

최명근이 유필재의 말을 받으며 방문을 열고 나갔다.

백짓장처럼 창백한 얼굴로 방 안으로 뛰어 들어온 김기식은 주머니에서 전단 한 장을 꺼내 유필재에게 내어 밀었다. 유필재의 얼굴도 순간에 백짓장이 되었다. 전단이 방바닥으로 떨어져 내렸다. 굵은 활자가 모두의 눈에 들어왔다.

-김의수 열사 투신-
(종로5가 기독교회관에서)

 그들은 아무도 움직이지 못했다. 굵은 활자 아래에 기사가 있고 유서도 나와 있는 것 같았다. 그러나 아무도 그 잔글씨의 기사를 읽지 못했다. 손끝이 떨리고 시선도 흔들렸다. 그들은 어느 샌지 서로를 끌어안아 한덩어리가 되어 있었다. 부들부들 그들은 떨고 있었다. 시대의 낭떠러지 끝으로 몰린 아슬아슬함……. 뛰쳐 내리고픈 전율, 그들은 더 힘껏 서로를 붙안았다. 놓지 마, 놓으면 안 돼, 안 돼……. 그들은 침묵으로 상대에게, 또, 자기 자신에게 절규, 또 절규하고 있었다.

 은애는 하선희의 손을 부둥켜 잡고 있었다. 눈물이 방바닥을 적시었다. 그러나 그녀 외엔 다른 아무도 눈물을 보이지 않았다.

 "나는 여기 편안히 앉아서 의수를 기다렸는데, 이젠 의수가 우릴 기다리겠구나."

 유필재의 음성이었다. 그의 음성은 알아듣지 못할 만큼 쉬어 있었다. 그가 방문을 박찼다.

 "혀엉, 형은 안 돼.."

 최명근이 문지방을 넘어서려는 유필재를 방 안으로 끌어들이느라 실랑이를 했다.

 "그 애가 기다리고 있어……."

 유필재의 말소리는 각혈처럼 끈적했다. 모두들 입구에 놓인 자기 신발을 집어들고 바깥으로 나섰다. 김기식의 뒤를 따라 그들은 빠르게 이동했다. 버스 정류장에 다다랐을 때 최명근이 뒤에서 헐레벌떡 뛰어 합류했다.

"필재 형은?"

"간신히 달래 놓았어."

"넌 그냥 형이나 지켰으면 좋았을 걸."

그들이 도착한 곳은 대학병원의 영안실이었다. 영안실 둘레를 경찰 기동대들이 에워싸고 있었다. 차양 아래에는 몇몇 동료 학생들이 자리를 잡고 운동가를 부르고 있었다.

태극기로 덮여 있는 의수의 시신 곁에 그들이 둘러섰을 때, 누구인지 큼지막한 손길이 조심스럽게, 천천히, 아주 정성을 다하듯 태극기의 한쪽을 접어 내렸다. 의수의 얼굴이 거기 있었다. 생전에도 진지하고 순수한 모습이던 그는 아주 평화스러웠다. 너냐, 너야, 너야, 왜 내가 아니고……. 자책과 부끄러움 속에, 혹은 안타까운 애석함으로, 또 혹은 분노의 결연한 다짐을 굳히면서 그들은 의수를 바라보았다.

장례식 내내 그들은 그것이 김의수의 일인지 자기 자신의 일인지, 오락가락하는 혼란스러움을 떨쳐내느라 힘이 들었다. 엄혹한 역사의 소용돌이 속에서 고민하며 온당한 길을 찾아 헤매고 있는 동아리들에게 고인은 끝내 일별도 주지 않았다. 그러나 그의 절체절명의 침묵은 많은, 아주 많은, 핵심적인, 큰 무언가를 계속, 거듭 말해주고 있었다. 전체를 위해 자신의 모두를 살라버린 사람은 이다지 초연한 것인가. 후광이 번지는 듯 닿을 수 없는 한계 앞에 그들은 모두 무릎을 꿇었다. 아무도 범접 못할 기운이 서리어 한

동안 모두들 움직이지 못했다. 태극기의 한쪽을 조심스럽게, 정성을 다해 천천히 접어 내린 사람이 더 조심스럽게 더 정성을 다하는 혼신의 모습으로 고인의 검게 그을은 이마에 친구했다. 유필재였다.

이름 모를 산꼭대기에 올라, 차례를 기다려, 재가 된 김의수를 허공에 뿌리며 은애는 아직 입술에 생생한, 아니, 영원히 지워지지 않을 것 같은 그의 차디찬 감촉과 함께 목소리를 듣고 있었다. 안갯발처럼 부옇게 번져 흐르는 의수를 보며 그녀 자신도 함께 흐르고 있는 듯한 가슴 메이는 순간에 고인의 피맺힌 절규를 그녀는 되살리었다. '이제 신군부의 야욕은 여지없이 드러나고야 말았습니다. 우리의 조국은 캄캄한 어둠의 나락으로 사정없이 굴러 떨어지고 있습니다. 그 잔혹한 어둠의 쇠사슬에서 풀려날 수 있는 절호의 기회를 우리는 신군부의 검침한 야욕에 빼앗기고 말았습니다. 부끄럽습니다. 억울합니다. 그 무엇으로 호도하려 한들 세계 만방에 드러나고야 만 이 거족적 치부를 어찌 감당해야 할까요? 후진적 쿠데타가 한 번으로 부족해서, 또다시! 내 이 작은 목숨에 불을 당기어, 이 절망의 어둠을 밝힐 수만 있다면……'.

은애에게 찢어질 듯한 파열음으로 들려온 김의수의 목소리는 다름 아닌 그의 유서였다. 기동경찰대들이 몇 겹으로 포위하고 사복형사들이 득실거리는 김의수의 장례식은 그다지 초라하거나 쓸쓸하지 않았다. 다행히, 혹은 용하게 연행 구금되지 않은 사회 저명 거물급 민주 인사들이 줄줄이 고인을 기리는 조사(弔詞)를 해 주었고, 거기에 어울리는 시국 강연도 있었다. 무엇보다도 무법천지나 다름없던 그 강압적 정황에 기죽거나 풀 꺾이지 않고 고인의 유서가 당당하게 낭독되었다는 사실이 은애는 눈물겨웠다. 이 시점에서 시국에 저항해 목숨을 던진 사람의 유서를 낭독한다는 사실은 곧 투옥을 의미하는 것이기 때문이었다. 강연을 한 재야 저명인사나 만세 삼 창을 선창한 사람 등등, 아니 그 장례식에 참석한 그 어떤 누구도 감옥행을 각오하지 않은 사람은 없었을 터. 그들은 거의 모두가 김의수가 목숨을 던진 그 절박한 순간에 동참하지 못한 걸 부끄러워했다. 사실, 감옥행 정도가 무엇이 그리 두려우랴. 고인의 푸르른 넋 앞에 모두들 침통할 뿐이었다. 그는 유서에서 나라가 처한 위기의식으로 분노와 절망과 공포를 여과 없이 표출하고 있었다. 기나긴 군사 통치를 맛보고도 또다시 구렁이 담 넘어가듯 굴욕적인 군사 통치로 들어가고 있는 정황이 안타까워 더 이상 보고만 있을 수 없었다고 표현하고 있었다. 막막한 어둠 속에 그의 영혼이 불타고 있었다. 은애는 그 영혼의 빛을 뜨겁게 느꼈다. 그 빛을 결코 꺼뜨리지 않겠다고 그녀는 마음먹었다. 암담했던 머릿속이 화안하게 밝아져 왔다. 자기도 모르게 그녀는 주먹을 불끈 쥐었다.

충격으로 경황이 없는 유족들이 허공에 뿌리는 유골마저 다 되어 가자 고인의 이름을 안타깝게 불렀다.

"의수야, 아가……."

창자가 끊어져 나가는 소리. 그들은 반향 없는 적막에 땅을 치고 목을 놓아 쳐울었다.

"김의수 열사……."

산덩어리가 통째로 우는 듯한 우렁우렁한 함성. 무심한 하늘과 땅을 뒤흔들어 보려는 듯, 사라져가는 고인을 지켜보며, 산을 뒤덮다시피 모여든, 김의수…… 그를 배웅하러 온 사람들, 그와 뜻을 같이하는 그 숱한 사람들의 목구멍에서 일제히 터져 나온 피울음이었다. 역시 대답이 있을 리 없었다.

산자락에 해가 기울어 그늘이 서서히 기어들기 시작했다. 귀로에 오른 버스 차창 너머로 은애는 한 사람의 뒷모습을 더듬고 있었다. 화장터로 향하는 대형 버스의 창 밖으로 어려 온 장면이었다. 그들은 그 동안 영안실에서 낮이나 밤이나 꼬박 김의수를 지켰다. 제대로 씻지도 못하고 잠도 못 잔 그들은 모두 난민들처럼 초췌했다. 그 가운데는 사복 경찰들도 함께 우글거렸다.

"안 돼, 안 돼. 형, 필재 혀어엉……."

갑자기 악을 쓰며 동료들이 출입문 쪽으로 튀는가 하면, 열린 창문으로 뛰쳐 내리려 했지만, 여기저기 촘촘히 끼어 앉은 낯선 얼굴에 의해 제지되었다.

그들의 눈에는 낯선 얼굴들은 모두가 짭새나 백골단처럼 느껴져 한바탕 거친 언성과 실랑이가 지나갔다. 버스는 이미 움직이는 중이었고, 양 옆 겨드랑을 바싹 긴 체포조에 호송되고 있는 유필재는 끝내 뒤를 돌아보지 않았다.

7. 폭포 낙수식

폭포 낙수식의 화려함은 상상을 뛰어넘었다. 돌출한 너럭바위 끝에서 별안간 면사포가 펼쳐지듯 물안개가 피어오르며 에메랄드 덩어리 같은 푸르른 물줄기가 떨어져 내려올 때, 그들은 일제히 환호성을 올리며 테이프를 끊었다. 인공적으로 만든 것이지만 절벽 아래로 떨어져 내리는 첫 물줄기의 장관은 그들을 감동시키기에 충분했다. 마치 출산하는 산모의 둘레에서 갓 태어나는 아기를 받아 안기라도 하는 듯 그들은 흥분하고 있었다. 내빈은 오십여 명 정도. 그러나 수가 문제가 아니었다.

이 시대를 마음대로 주무르는 그야말로 핵심 실세들만의 모임이었다. 곧 최고권좌에 오를 인물도 와 있었다. 그는 기분이 좋은지 커다란 소리로 말했다.

"저 폭포는 경관만을 위한 것이 아냐. 알고 보니 우리의 수명을 연장시켜주는 신비한 작용이 있대요. 폭포는 내가 제일 먼저 만들 었지만……이 댁 폭포가 훨씬 수려하다. 은하수가 이 집안으로 하강하시잖아?"

그 말이 떨어지기가 무섭게 그들은 박수를 치며 크게 웃었다.

"맞습니다."

"영락없습니다."

"표현이 절묘하십니다."

여기저기서 맞장구치는 소리가 튀어나오자, 한 사람이 자리에 서 벌떡 일어났다.

"저 폭포 이름을 은하수라고 붙이겠습니다."

박석규였다. 먼 빛으로 그의 모습과 목소리를 듣는 순간 세진은 슬그머니 자리에서 일어섰다. 속이 느글느글 메스꺼워왔다. 이건 두뇌에서 사고의 과정을 거치기 이전의 느낌이었다.

"그래? 그럼 우리집 폭포는 태양계라고 할까?"

최고권좌에 오를 인물은 폭포에 작명을 해도 달랐다. 그러자 우 렁찬 박수소리가 또 터지고, 이어서 몇몇이 자기 집 폭포 작명을 줄서서 하고, 아직 만들지도 않은 미래의 폭포 이름까지 발표하 느라 점점 더 떠들썩해갔다. 세진은 어디론지 걷고 있었다. 파티 장소에서 되도록 멀어지기만 하면 되었다. 땅이 꺼질 듯한 한숨을 토하며 그녀는 이대로 이 집을 벗어나고 싶다는 생각만을 곰곰히 하고 있었다. 오색 영롱하는 조명등 아래에서 맛있는 음식을 들고 이리저리 몰리며 흥겨워하는 그들의 풍경은 마치 용궁에라도 초대받은 듯 현실을 떠난 최대의 호화로움으로 그녀의 눈에는 비쳐 왔다. 젊은 날에 최전방 철조망을 지키며 고생깨나 한 사람들이니 이제 그 정도의 모임쯤 가진다고 탓할 사람은 없다. 자연스런, 가족적이다시피 한 오붓한 모임에서마저 상명하복식의 과장되고 딱딱하게 굳어진 틀을 벗어나지 못하는 그들……

세진은 자기도 모르게 콧방귀가 나왔다. 가소로웠다. "은하수가 이 집안으로 하강하신다구?" "흥, 하긴 은하수쯤 못 끌어들일 것도 없겠지, 총대 한 자루면 못할 일이 없을 테니까." 덕담치곤 꽤 멋진 발상이라는 생각이 들 법도 하건만 보기 좋게 발로 뭉개듯 문질러 버리고 악의적인 방향으로 어깃장을 놓아 궁시렁거리며 세진은 으슥한 숲속으로 숨어들어갔다. 지면의 굴곡이 자연 그대로 우불퉁주불퉁하고 가시덤불이 멋대로 얼크러져 늘어진 지점에 이르러 세진은 얼마 전 모진 비바람에 쓰러진 나무등치에 발길이 걸리어 비로소 걸음을 멈추었다.

아무렇게나 뿌리째 나뒹그려져 있는 나무등치에 그녀는 엉덩이를 붙이고 앉았다. 어디선가 가냘픈 풀벌레 울음소리 같은 것이 들려왔다. 아주 미미한 미물의 것인 듯 애잔했다. 무언지 모를 미물의 소리 자체보다도 그것으로 해서 연상되는 다른 소리 때문에 그녀는 몸서리를 쳤다. 고막 속에서 들려오곤 하던 그 가련한 울음소리를 듣지 않으려고 손가락을 귓구멍에 비틀어 넣어도, 이불을 겹겹으로 뒤집어 써보아도 소용이 없었다. 한밤에 더러 소리 없이 아래층으로 통하는 계단 쪽으로 유유히 사라지곤 하던 희미한 실루엣을 보았을 때, 고향 집에서 밤이면 집안 구석구석을 순찰하던 아버지의 기적을 연상했었건만.

폭포 언저리의 파티 석상에 부부 동반으로 와 앉아 있는 세인은 그녀가 우아하게 쥐고 있는 칵테일 잔처럼 날씬하고 연연했으나 늘 파르르 떠는 듯 애처로워 보였다. 박석규는 그런 세인 부부를 기회만 닿으면 정, 재계 요직 인물들에게 인사를 시키고 있었다. 세인의 남편 한동수는 그때마다 허리를 깊이 꺾어 절을 하며 기분이 좋은 듯 내내 웃는 빛이었다. 가발까지 얹어 구불구불 낭만적인 머리를 한 세라는 살랑살랑 나부끼는 드레스를 입고 세상의 행복은 혼자 다 독점한 여자처럼 흥분해서 테이블마다 찾아다니느라 상기되어 있었다. 세진은 비서진들 속에 끼여 있다가 식사도 하지 않은 채 빠져 나온 거였다.

겉보기에 더 이상 아름다울 수 없고, 더 이상 태평성대일 수 없으며, 더 이상의 고품격이 있을 수 없는 나무랄 데 없는 파티였다. 그러나 그 아름다움과 그 태평성대와 그 고품격이라는 것이 말짱 허상임을 알고 있는 세진은 그 자리에 더는 버티어 있을 수가 없었던 터였다. 세진의 눈에는 거기 모인 사람들이 한결같이 시한폭탄을 안고 있는 듯이 느껴졌다. 폭포낙수식이라는 처음 들어보는 파티도 그렇지만, 그들의 손에 맡겨졌다는 이 나라의 상태가 너무도 불안하고 가엾게만 여겨졌다. 저 사람들의 역량이 지금 벌리고 있는 폭포낙수식이라는 파티 그 이상도 이하도 못 될 것이기 때문이었다. 세상이 이렇게 돌아가두 되는 것인가. 그녀는 한심했다. 마치 거죽만 번지르르 화려하고 거대할 뿐 속은 끔찍하게 구겨지며 무너져 내리고 있는 이 집안의 더러운 이중적 꼴새처럼 되어 가지나 않을까⋯⋯. 이 길로라도, 아니, 진작부터 벗어나고 싶은 이 집이지만, 그런 때문에 더욱 그녀는 벗어나질 못하고 있는 처지였다. 떠나버리면 자기는 그것으로 족하지만 그 불안한 환경 속의 세라 곁에 사람이 없다는 생각 때문이었다. 세라를 끝까지 지켜 주어야 할 사람은 바로 자기라는 사명감을 그녀는 절대 잊어서는 안 된다고 스스로 다짐하고 있었다. 언제 터질지 모르는 시한폭탄이 막상 터져 버렸을 경우, 세라 곁에 자기마저 없다는 사실은 상상할 수도 없는 것이지만, 그에 앞서 되도록이면, 아니, 끝까지 시한폭탄이 터지지 않도록 세라를 지켜 주고 싶은 것이 세진의 충정 같은 거였다.

파티 장소의 휘황한 조명이 멀리 나뭇가지들 사이로 어른거렸고, 바람결에 간간이 현악기의 선율 사이로 소음도 묻어왔다. 그 허황된 현장에서 잠시나마 벗어나 온 것만 해도 세진은 가슴이 후련했다. 세진은 다시 발걸음을 옮겨 나갔다. 되도록이면 파티의 기척을 전연 느낄 수 없는 곳으로 단 얼마간이라도 떠나보고 싶었다. 어슬렁어슬렁 걷다 보니 어둠이 두텁게 밴 삼나무 숲이 나타났다. 삼나무들은 하늘을 찌를 듯이 높다랗게 치솟아 있었다. 그 뒤에는 이 대저택의 경계선인 야트막한 담장이 둘리어져 있었다. 안에서는 야트막한 담장이지만 바깥은 서너 길이 넘는 절벽이었다. 그만큼 이 집의 지대가 높직이 앉아 대저택답게 군림하는 모양새를 갖추었다 할까.

세진은 담장에 몸을 싣고, 보석처럼 뿌려져 있는 시가지의 불빛을 바라다보았다. 저 수많은 불빛들도 제각기 그 나름의 시한폭탄을 안고 있을까……. 그럼에도 인생은 톨스토이의 말대로 여전히 아름다운 것인가……. 아름답기는 고사하고 그녀가 주변에서 주워 본 인생은 천박하고 너절하고 부정적인 요소만이 판을 치고 있질 않은가. 그렇다고 그녀는 낙담하진 않았다. 도저히 용납할 수 없는 삶의 이면을 알아버린 순간에도 그녀는 아주 절망하진 않았다. 어떻게든 그런 상황을 타개해 나갈 최선의 길을 모색하기에 골몰했을 뿐만 아니라, 적어도, 적어도 자기만은 그런 삶을 살아가지 않겠다는 확고한 의지를 갖고 있었던 때문이었는지 모른다.

그런 상념에 그녀가 젖어들고 있을 때, 뒤편에서 누군가의 발걸음이 다가오는 듯한 낌새가 바람처럼 날아왔다. 순간 그녀는 아차 싶었다. 혼자 너무 멀리 외진 곳으로 나왔다는 사실을 그녀는 비로소 깨달았다. 불길한 예감을 느낄 새도 없었다. 그 바람처럼 날아온 낌새는 확실한 발걸음 소리가 되어 다급하고도 거칠게 잘디잔 나뭇가지들을 부러뜨리며 가까워져 오고 있었기 때문이었다. 마침내 그녀의 시야에 잡힌 검은 얼룩 같은 그림자는 마치 원숭이처럼 나무와 나무를 타듯 아주 여유 있게 그러면서도 빠르게 다가오는 거였다. 드디어 올 것이 오는구나 하는 생각을 세진은 번개처럼 느꼈다. 자신의 예감대로라면, 그는 자기가 이쪽 방향으로 걸어 들어오는 것을 눈여겨보아 두었다는 것이 되었다. 그렇다면 내내 파티를 주관해 손님 접대를 하면서도 기녀이 소개지를 점검하고 있었다는 것이 아닌가. 단단히, 적극적으로, 그가 그녀를 공격의 목표로 찍고 있다는 사실을 계산하며 세진은 그야말로 엉망으로 구겨드는 기분을 털어버릴 듯이 진저리를 쳤다.

그러나 엉망으로 구겨드는 기분 그것이 그녀가 느끼는 전부는 아니었다. 이상할 정도로 등줄기에 갈기가 서는 야성이 불길처럼 일어나 만약 그녀가 한 마리 말이라면 거침없이 지금 자기를 목표로 들어오고 있는 대상을 향해 달려 나갈 기세였다. 희한한 일이었다. 전혀 두려움은 일어나지 않았다. 그는 그녀에게 두려움의 대상은 될 수 없었다. 진작부터 경멸의 대상으로 마음속에 치부되어 있었기 때문일까. 그는 그 나름의 할 말이 없지 않겠지만, 자신의 욕망만을 위해 사회의 기본적인 통념까지 무너뜨리는 인간은 그가 어떤 지위에 있든 한마디로 파렴치한일 뿐이라는 판단이었다. 그 파렴치의 범주로 자기까지 끌어들이려 본격적으로 눈독을 들인 것은 세인이 결혼한 이후라는 짐작에 그 동안 세인은 어떤 의미의 방어벽 구실을 맡아왔던 게 아닌가 하는 안쓰러움에까지 그녀는 도달했다. 그걸 뒤집어보면 희생양이라는 말이 되었다.

거기까지 생각한 세진은 치밀어 오는 격분으로 상대가 나타나기만 하면 거저 돌려보내진 않겠다는 단단한 결심이 섰다. 그녀는 진작부터 이런 기회가 오기를 기다리고 있었던 것 같기도 했다. 그러나, 그 사람이 아닐 수도 있다는 생각을 하며 다부진 자세로 피하지 않고 그 자리에서 그녀는 기다렸다. 그 사람이 아닐 수도 있다는 생각은 그녀에게 다소의 여유를 가져다주어 치밀어 오는 격분을 어느 만큼 진정시켜 주었다.

바로 그때 마주 보이는 삼나무 가지가 젖혀졌다. 거기 몸을 드러낸 사람은 그녀가 예감했던 바로 그 인물이었다. 어둠 속에서도 번들거리는 그의 얼굴을 그녀는 노려보았다.

"어이쿠, 저 눈, 저 눈, 저 눈 좀 봐. 불을 뿜으시네……."

급히 내달아온 때문인지 헐떡거리는 박석규에게서는 술내음이 진하게 풍겨왔다. 그의 끈적한 너스레를 세진은 묵살했다.

"교수님은 너무 차, 찬 게 병야."

세진은 담장을 의지해 고양이 앞의 쥐처럼, 아니, 한 마리의 쥐를 겨냥하고 있는 고양이처럼 꼼짝 않고 주시하고만 있었다. 그가 절호의 기회라고 생각한다면, 자기도 그를 마음껏 능멸해 줄 수 있는 다시없는 호기로 만들 셈이었다. 결코 문문하게 얕보이지 않겠다고 그녀는 짧은 순간이었지만 다부진 마음을 먹었다. 조금 전에 들었던 그 땅속으로 기어드는 것 같은 미물의 애잔한 소리가 다시 그녀의 고막 속에서 예리한 아픔으로 느껴져 오는 순간, 세진은 더는 참지 못하고 두 팔로 담장을 짚고 몸을 솟구쳤다. 목표물에 그녀의 발길은 정확하게 명중되었다. 효과는 상상 이상이었다. 상대는 보호 본능의 버러지처럼 몸을 둥그렇게 말고 떼굴떼굴 구르는 거였다. 뾰족한 구두 굽이 정확하게 급소에 꽂힌 모양이었다. 엄살처럼 과장되게 고통스러워하는 박석규에게 세진은 일별도 주지 않았다.

그녀는 빠르게 그 자리를 떴다. 하지만 뒤따라와야 할 통쾌감은 간데없고 예상치 못했던 불안이 먹구름처럼 그녀의 머리를 뒤덮어왔다. 이것으로 끝난 것이 아니라는 것, 이것은 이제 시작에 불과하다는 것, 그리고 그 무엇보다도 자기가 방금 가한 공격은 어떠한 형태로든 배가되어 되돌아올 것이라는 생각들이 천근이나

무겁게 그녀에게로 매달려왔다.

세진이 삼나무 숲을 벗어나는 순간 하마터면 그녀는 그 자리에 주저앉을 뻔했다. 휘영청한 또 하나의 검은 그림자가 앞을 막아선 때문이었다. 비틀거리며 뒷걸음치는 세진을 검은 그림자는 재빨리 다가와 부축하며 귓속말을 건네었다.

"쉿, 접니다, 놀라지 마십시오."

비로소 세진은 그가 정지운임을 알아보았다. 그녀는 힘이 다 빠져서 정지운이 부축하는 대로 그에게 의지해 가시덤불 지대를 지나 만만치 않게 얼크러진 잡목림 사이를 빠져 나갔다. 그새 시간이 많이 흐른 모양이었다. 현란했던 폭포 쪽의 조명은 이미 꺼져 싸늘한 어둠만이 흐를 뿐이었다. 드넓은 정원은 잠잠했고, 곳곳에 어슴푸레한 외등만이 졸고 있었다. 잔디밭에 밋밋한 바윗덩어리가 나타났을 때, 정지운이 그곳에 세진을 앉히면서 정중하게 말했다.

"여기서 좀 쉬실까요?"

바윗덩어리에 엉덩이가 닿는 순간 세진은 방금 걸어 나온 숲쪽을 오래 뒤돌아보았다. 바람만이 쏴아쏴아 숲을 뒤척이게 할뿐 아무런 기척도 없었다.

정지운이 입을 열었다.

"중국의 한나라 때 임금 성재라고 아시죠?"

세진은 고개를 끄덕이려다 멈칫 그만두었다. 조비연 자매를 데리고 산 일화로 유명한 임금을 물어온 데에는 이유가 있을 법해서였다. 그의 입에서 나올 다음 말을 그녀는 듣고 싶지가 않았다.

정지운이 어쩌면 자기보다도 이 집안의 내막을 소상하게 더 잘 알지도 모른다고 생각되자 세진의 얼굴은 굳어졌다. 그녀는 슬며시 일어나며 말했다.

"그만 들어가야겠어요."

"그렇게 하시죠."

정지운도 따라 일어섰다. 갈림길에서 헤어져 걸어가는 정지운의 뒷모습을 세진은 유심히 바라보았다.

순우가 연행된 지 한 달이 지나 두 달이 다 되어가는 즈음에서야 명지는 행정우편이라는 도장이 찍힌 봉투 하나를 받았다. 발신자가 누구인가 살폈을 때, 이상하게 갈겨쓴 한문 글씨는, '首都戒嚴事務所合同搜査團'(수도계엄사무소합동수사단)이라고 적혀 있었다. 명지는 떨리는 손으로 내용물을 꺼냈다.

이순우

1. 위 사람은 1980. 7. ××. 오후 5시

포고령 위반 피의 사건으로 ○○○○유치장에 구속하였으므로 이에 통지합니다.

2. 구속된 이순우 피의자의 법정대리인 배우자 직계친족 형제자매 및 호주는 각각 변호인을 선임할 수 있습니다.

그 구속 통지서를 두 손으로 쥐고 명지는 뜨거운 눈물을 떨구었다.

"아, 살아는 있었구나⋯⋯."

그렇게 한동안 그녀는 움직이지 못했다. 그것만도 감지덕지했다. 그러나 다음 순간 말할 수 없는 허탈이 밀려오며 그녀는 약이 바짝 올랐다. 이 한 장의 통지서를 받기 위해 그토록 잠 못 이루고, 오장육부를 빼내 던져, 자기 말살도 불사하면서까지 뛰어 헤맸단 말인가. 이제나 저제나 그가 제 발로 걸어서 집에 돌아오기를 그 얼마나 바랐던가. 이삼 일 전 일이었다. 이웃 친구 나 베로니카가 아파트 복도에서 오가다 만났을 때, 전에 없이 방실방실 웃으며,

"은애 아빠 소식 있지?"

해서, 명지가 한숨만을 내리쉬자,

"우리 성당 신부님은 나오셨어."

하는 것이 아닌가. 명지는 너무 반가우면서도 이미 이 세상 분이 아니라던 말이 생각나서 긴가민가해 다시 확인을 했다.

"정말?"

"으흠."

나 베로니카는 어깨까지 으쓱해 보이며 고개를 끄덕였다.

"건강하시고?"

"좀 파리하시긴 하지만, 그냥저냥⋯⋯. 원래 예언자는 박해를 받는다는 말이 있지? 그 말을 생각나게 해, 들어갔다 나오실 때마다 그걸 느끼는데⋯⋯ 무언가 더 거룩해지신 것 같은⋯⋯."

명지가 눈만 깜빡일 뿐 아무런 대꾸가 없자, 나 베로니카는 서둘러 그녀를 위로하는 거였다.

"은애 아빠도 곧 나오시게 될거야, 알았지?"

호들갑스러워지기까지 한 나 베로니카를 보며 명지는 그 성당의 신자들이 모두 저렇게 생기가 넘쳐 있겠구나 싶었다. 그 이후로 곧 순우가 현관의 초인종을 누르고 들어설 것만 같은 기대감에 마음을 졸여 온 참이었다.

이미 이 세상 분이 아니라던 사람은 돌아왔는데, 무소식이 희소식일 거라던 순우는 기어이 구속이 되다니……. 자나 깨나 허우적거려왔던 미망(迷妄)의 시간들이 갑자기 번하게 트이며 윤곽을 드러내었다. 모든 것이 명명백백해진 셈이었다. 좀 도움이 될까 해서 매달려 본 친구들이나, 그 나름대로 백방으로 노력하고 있다는 회사의 고위층이나, 더더구나 세라는 말할 것도 없었다. 힘이 부쳤거나, 아니면 돌아서서 입 싹 씻어 버렸거나 둘 중 하나일 터. 그런 줄도 모르고 날마다 전화통 옆에서 소식 오기만을 목이 빠지도록 기다린 자기야말로 진짜 어리석고 진짜 무능력하다는 결론이 내려졌다.

미친년 널뛰듯 헤매 다니며, 해볼 수 있는 짓이란 짓은 다 해보았건만, 결국 발딱 나자빠진 딱정벌레로 머물렀댔구나 싶었다. 버러지가 그 꼴이 되어 벌그적거려도 그대로는 지나치지 못하는 것이 인지상정이건만, 하물며 사람이 그 꼴새로 숨을 몰아가는 위기일발의 순간에 찬물을 끼얹은 듯 그 어디에도 도움의 손길이 보이지 않았다는 건 얼마나 참담한 일인가, 지구상에 오직 홀로 서 있는 듯한 막막함을 그녀는 뼈저리게 느꼈다. 소식 몰라 밤낮으로 애태우던 캄캄절벽의 세월은 천 년 만 년이나 되는 듯 길고 긴

생지옥이었다.

한데, 그 생지옥, 캄캄절벽, 인간도살장이 잡아갔던 사람을 시치미 뚝 떼고 있다가 마침내 사람을 잡아간 사실을 인정하는 통지서를 비로소 보내온 거였다. 명지가 봉투를 다시금 확인하며, 시누이 말대로 순우가 마누라도 모르게 무언가 저지른 일이 있기는 한 걸까 하는 한가닥 의구심에 사로잡혀 갈 때 요란한 전화벨 소리가 울렸다. 회사는 달라도 같은 언론계에서 종사하고 있는 순우의 죽마지우 소재영이었다.

"잘 계시지요?"

이틀이 멀다하고 전화를 하고 있는 그가 상투적이다시피 반복하고 있는 첫마디였다.

"소식이 왔어요."

그날이 그날처럼 언제나 시원찮은 목소리뿐이었던 명지가 처음으로 분명한 답을 하자, 설명할 새를 주지 않고 황급히 다그쳐 왔다.

"아, 무슨 소식이죠?"

"행정우편요."

"알겠습니다."

그는 급히 전화를 끊었다. 명지는 아쉬웠다. 좀 더 적극적으로 구체적인 대안을 상의해 볼 걸 그랬다 싶었다. 변호사 선임 문제도 전혀 아는 바가 없어 누구와 의논을 해보나 싶어 궁리를 하던 차였기 때문이었다. 장마가 시작된다는 일기예보대로 밖에는 제법 줄기차게 비가 쏟아지고 있었다. 초인종이 다급하게 울려 왔다. 뜻밖에 방금 통화한 소재영이었다. 그의 남방 어깨 언저리가 비에 흠씬 젖어 있었다.

"굉장한 비네요."

우산을 현관에 세우고 들어서며 소재영이 말했다. 명지는 속으로 무척 반가웠으나 내색은 않고,

"척척하실 텐데……?"

하자,

"이 정도쯤이야 괜찮습니다. 감방에 있는 놈도 있는데……."

소재영이 그렇게 가볍게 받아넘긴 말에서도 명지는 그의 우정을 느끼며 휴지를 서너 장 빼어 건네었다.

"이걸로 젖은 델 좀 누르세요."

"괜찮습니다."

하면서도 그는 명지에게서 휴지를 받아, 아예 옷 속에다 밀어넣고는 서둘러 말했다.

"어서, 속옷이나 좀 챙겨 보시죠. 겉옷은 필요 없습니다."

명지는 눈이 둥그레졌다.

"아니, 그러면?"

"네, 한 번 가봅시다."

"어디로요? 어딘지 아세요?"

"그냥 가보는 거죠, 뭐……."

런닝과 팬티를 두어 장씩 챙기고 나자, 소재영은 이불장을 열어보라고 했다.

"담요는 이거뿐인가요?"

"네."

그는 고개를 갸웃 틀며 생각하는 빛이더니,

"좋습니다, 여기 이 무늬 있는 걸로 하죠."

담요가 세 장이나 있었지만 모두 그의 눈에 차지 않는 모양이었다. 명지가 직접 산 것이 아니고 종친회나 테니스 대회, 야유회 같은 데서 받아온 것이긴 하지만 꽤 쓸 만은 하다고 생각되건만. 평소에 수수하고 온화하며 말수도 적은 편이었던 소재영의 안목에 그것들이 차지 않았다면 그건 모두 순우를 아끼려는 마음에서라고 여겨지자 그녀는 가슴이 뭉클해 왔다. 그가 지적한 대로 무늬가 있는 담요를 꺼내자, 그는 빠른 말씨로 말했다.

"홑청은 뜯어내셔야 합니다."

말과 동시에 그는 상큼하게 씌워 놓은 홑청을 화드득화드득 직접 뜯어 나갔다. 폭신한 담요에 면 홑청을 시쳐서 봄가을 환절기에 차렵이불로 대용하던 것인데……. 더 거세진 빗줄기 속으로 보퉁이를 들고 뛰어들었다. 배수시설이 잘 된 아파트 단지 마당이 물이 흥건해 물보라를 일으키고 있었다. 취재용 지프를 대기해 놓은 소재영의 치밀한 배려에 명지는 다시금 감동했다. 지프는 즉시 속력을 내었다. 그러나 유리창에 수증기가 짙게 끼어 어디쯤 가고 있는지, 어디로 가고 있는지 명지는 알 길이 없었다. 다만, 그 동안 세상에서 사라져 추상화되었던 사람이 구체화되어 법의 판결을 받게 되었다는 사실이 그나마 다행스러우면서도, 실감으로 오진 않았다. 물탕을 튕기며 질주하던 지프가 어느새 목적지에 닿았는지 멎었다. 운전석 옆에 앉았던 소재영이 날렵하게 내리어 뒷문을 열고 어서 내리라는 듯 명지에게 우산을 받쳐주었다. 명지가 자기 우산을 펴자 소재영은 벌써 길가의 한 가게 안으로 들어가는 거였다. 명지도 급히 뒤를 따랐다.

"고생이 많으십니다."

누구인가 앉아 있던 사람이 벌떡 일어나 마주 나오며 명지를 맞았다. 소재영이나 마찬가지로 순우를 염려하고 있던 김경용이었다. 그는 더럭 크지는 않지만 양서만을 간행하는 자타가 인정하는 출판사 대표였다. 소재영에게 듣고 온 듯 빙그레 웃는 그의 모습이 여유 있어 보였다.

"어서 이리 오셔서, 순우 녀석 벼슬했으니까 새 옷 한 벌 골라주셔야겠습니다."

비로소 소재영도 너털웃음까지 터뜨리며 긴장된 표정을 풀었다. 그곳은 구치소에 차입 들여보내는 한복 가게였다.

"살다 보면 큰집 신세도 좀 져 봐야 되는 겁니다, 그래야 비로소 진짜 사람이 된다고 할까요."

김경용이 호탕하게 웃으며 던진 말에 소재영이 부연을 달았다.

"저 친구도 전과자거든요, 한 이 년 살았지 아마……."

"딱 일 년 팔 개월입니다, 학창시절에 사회운동한답시고 사명감 갖고 뛰었었는데, 그만 제대로 움직여 보지도 못하고 덜컥 올가미에 걸린 거죠."

"거기에 비하면 아마 새 발의 피라고 하겠지만, 몇 해 전, 저역시 별것도 아닌 걸 가지고, 필화사건에 휘말려서 잠시 수양 좀 하고 나왔드랬습니다, 살 만합디다."

김경용과 소재영의 얘기는 순우에게 오래전에 들은 적이 있는 것들이어서 새로울 것은 없었지만 두 사람의 과장된 호기가 명지에겐 은근히 위로가 되었다. 철퇴처럼 무시무시한 반공법에다, 깨어난 지 얼마 안 되는 새끼고기까지 싹쓸이하는 저인망 그물처럼 빈틈없이 조이는 국가보안법이 있고, 코에 걸면 코걸이, 귀에 걸면 귀걸이식의 포고령 위반죄까지 더 생겼으니, 아닌 게 아니라, 웬만한 사람이 한 세상 살아가면서 그 덫에 걸려들지 않기도 힘들겠다 싶은 생각마저 명지는 들었다.

　진짜 모시는 아니지만 모시처럼 시원하게 비치는 흰색 고의적삼 한 벌을 일만오천 원에 산 명지는 순우의 두 죽마지우를 무슨 호신 수행원이나처럼 좌우에 거느리고 가게를 나왔다. 그 두 사람이 아니라면, 지금 순우에게 무엇이 필요한지 전혀 모르는 상태로, 물론 한복을 준비한다는 건 어림없는 일일 테고, 그 곳에 편리하게 있는 구입처를 또 어떻게 알 수나 있었겠는가. 또한 그에 앞서 행정우편엔 아무런 설명이 없으니, 구치소를 찾아갈 엄두는 더더구나 낼 수 없었을 거라는 생각을 하며, 그들의 안내대로 바로 길 하나 사이에 있는 서울구치소로 명지는 들어섰다.

　비는 아직도 줄기차게 내리고 있어, 주위는 어둡고 음울했다. 대합실에는 형광불빛이 비정적이리만큼 싸느랗게 채워져 있었다. 옷과 담요의 차입은 물론 당일의 영치금 한도액 일만 원과 육백이십 원짜리 비빔밥 등을 두 사람은 우정을 꾹꾹 눌러 담듯 들여보내주었다.

　어느새 면회도 신청해 보았던지 접수부에 서 있던 김경용이 환호성을 올렸다.

"출정이래, 출정⋯⋯."

소재영은 김경용이나 다름없이 들뜬 소리로 맞장단을 쳤다.

"뭐? 출정이라구? 됐다, 됐어⋯⋯."

그들의 발 빠른 서슬에 뒤켠에 밀려나 멀거니 서 있던 명지에게 김경용이 설명을 했다.

"일단 면회가 가능하다는 얘깁니다. 오늘은 못 만나지만⋯⋯."

'면회 불가의 딱지를 면하게 된 것만으로도 그들은 서로 얼싸안을 듯이 기뻐했다. 세 사람은 김경용의 회사 근처인 광화문 통으로 나가 늦은 점심을 맛있게 들었다. 순우가 연행된 이후로 명지는 아마 처음으로 제 맛을 알고 먹은 식사인 듯싶었다. 이제 순우는 법의 절차를 거쳐, 그의 생활권으로 되돌아올 것이라는 확신과 함께 그 동안의 길고도 무리한 긴장으로부터 명지는 다소 벗어나고 있었다. 물론 그 법이라는 것이 비상계엄하에서 얼마나 공정하게 살아 있는지 미지수이긴 하지만. 주변에서 그 동안 위로한답시고,

"얼마나 쓸쓸하냐."

"얼마나 보고 싶었느냐?"

등의 표현을 건네올 때, 명지는 속으로 실소했었다. 사람의 목숨이 파리목숨만도 못하게 취급되는 살벌한 시국에 '보고 싶다'든가 '쓸쓸하디'는 정도의 정서는 급박한 상황과 너무 어울리지 않는 표현이었던 때문이다.

그날 밤 명지는 비로소 곤하게 잠들 수 있었다. 심문 과정에서

따르게 마련이라는 위협과 고문 등에 의해 쥐도 새도 모르게 죽게 될지도 모른다는 그 공포로부터는 이제 일단 벗어났다는 사실만으로 명지는 어느 만큼의 안정을 되찾은 거였다. 창문이 어슴푸레 밝아올 무렵 명지는 눈을 떴다. 다섯 시였다. 시간에 비해 날이 어둡다 싶더니 아직도 비가 내리고 있었다. 평소에 유달리 추위를 타는 편인 순우를 생각해서 어제 들어오자마자 담요 한 장을 더 꺼내어 홑청을 벗겨 놓았는데 되도록 작은 부피로 개키고, 은애가 아빠에게 보내는 선물이라며 슈퍼마켓에서 새로 사다 빨아서 베란다에 널어 놓은 세수수건을 다리미로 보송보송하게 말려 함께 보자기에 쌌으나 미심쩍어 다시 큼직한 비닐 봉지에 통째로 넣어 들고 명지는 집을 나섰다. 은애도 같이 가고 싶어 했으나 집에서 전화나 잘 받고 있으라고 타일렀다. 무엇보다도 순우의 모습이 어찌 되어 있을지 불안하고, 면회 상황 역시 어떤 것인지 모르고, 과연 면회가 가능한 것인지도 확인할 겸 명지는 우선 첫날만큼은 자기 혼자서 가 보기로 작정을 한 거였다.

그녀는 아파트 앞에서 삼십일 번 마이크로 합승 버스에 올랐다. 승객들의 신발과 우산에서 흘러내린 물로 버스 바닥이 흠씬 젖어 있었다. 비오는 날 특유의 냄새와 심란스러움 속에. 출근시간 훨씬 전이었건만 빈자리도 보이지 않아 머리가 천장에 부딪힐까 봐 몸을 오그리어 엉거주춤하니 서서, 한강을 건너 남산 일 호 터널을 통과, 중앙극장 앞에서 하차해 택시를 잡아타고 그녀가 구치소에 도착했을 때는 오전 여덟 시였다. 면회 수속이 까다로워 우산을 받쳐든 채 높은 계단을 두 번이나 왕복하며 창구에 가서 물어

보곤 했다. 주룩주룩 쏟아져 내리는 빗줄기 사이로 소재영이 나타났다. 어제와 마찬가지로 담요와 수건을 들여보내는 수속을 그가 맡아주었다. 그러고 나서 무슨 인터뷰나 하듯 면회 때에 할 말을 일일이 물어보더니 메모지에 조리 있게 정리해 건네주고, 면회 대기실로 들어가려는 명지를 불러 세워, 마치 영화감독이라도 된 모양 손을 높이 쳐들어 큐 사인을 주며 말하는 거였다.

"스마일, 스마일…… 웃어야 해요, 무슨 일이 있더라도……."

명지는 그의 지극한 성의에 콧등이 시큰했다. 그녀는 고개만 두어 번 끄덕여 보이고 돌아섰다.

면회자들의 대기실은 옹색한 자투리땅에 임시로 지어 놓은 판잣집이었다. 얇디얇은 지붕에서 빗소리가 울리어 귀가 멍멍해진 데다 좁다란 실내가 찜통처럼 더워 숨이 콱콱 막혀왔다. 그 열악한 공간 안에는 나무판대기에 다리만 붙여서 만든 길다란 간이 걸상이 가득 들어차 있었다. 면회를 온 사람들이 마이크에서 호명해 주길 기다리며 무작정 궁둥이를 붙이고 앉는 자리였다. 어느새 대기실은 만원이었다. 빈자리가 거의 보이지 않을 만큼 사람들이 모여들었다. 명지는 겨드랑이에서 땀방울이 후두둑 떨어지는 소리를 들었다. 그러나 아무도 덥다고 불평하는 말은 들리지 않았다. 장소가 장소니만큼 대체로 무거운 표정으로 시선을 떨구고 있는 대기자들은 그 정도 더위쯤은 느끼지도 못하는 듯.

호명이 시작되고 있었다. 단 삼 분밖에 안 되는 면회시간이었으므로 벌써 면회를 마치고 계단을 내려오는 사람들도 보였다. 곧장 내려오지 못하고 서서 손수건으로 얼굴을 가리고 있는 사람도 있었다. 원래 일찍 와서 접수를 한 때문인지, 생각보다 빨리 명지의 차례가 왔다.

"오십삼 호 이순우……."

자기 귀를 의심할 만큼 마이크에서 흘러나오는 소리는 명지에게 너무나 생소했다. 그 소리만이 아니라 구치소라는 특수환경이 너무도 어설펐지만 순우가 있는 곳이라 하니 예사롭게 받아들여졌다.

명지는 다른 사람들이 하는 대로 계단을 올라가서 교도관이 열어주는 철창문을 통과하여 지정해 준 방을 찾았다. 그 방은 복도의 맨 끝에 있었다. 문의 핸들을 비틀고 안으로 들어섰다. 규격화된 상자 같은 작은 방은 회색빛 일색이었다. 순우가 미리 와 앉아 있었건만 명지는 얼른 알아보지 못했다. 그와의 사이를 갈라놓은 투명 플라스틱 벽이 뿌얘서만이 아니라 그도 방의 빛깔과 같은 회색의 수의를 입고 있었던 거였다. 하나, 이런저런 이유보다 가장 두드러진 주요인은 순우의 모습이 너무도 변모되었기 때문이었다. 그의 얼굴에 명지의 시선이 정확하게 가 닿는 순간 그녀는 그냥 진공상태에 빠진 듯했다. 거미줄에 걸린 낙엽처럼 플라스틱 벽 앞에 앉은 그녀는 그 안에 들어 있는 순우만을 뚫어지게 바라보았다.

피골이 상접한다는 게 바로 이런 거구나. 사람이 아니라 해골이잖아. 살점을 알뜰하게도 발라냈구나. 손이 닿으면 바스러질 듯 예각으로 패인 뼈와 뼈 사이에서 휑덩그렁해진 눈망울이 금시라도 굴러 떨어질 듯 움직이자 물비늘처럼 얇은 가죽이 파르르 밀리었다. 이것들이 정말 사람을 이 지경을 만들어 놓고서, 뻔뻔스럽게, 보라고? 그녀는 부들부들 떨고 있었다. 이나마 호전된 거겠지, 여기 내놓기까지는…… 그럼, 얼마나 더, 더, 어떡하면 사람을, 사람을…… 명지는 주먹을 불끈 쥐었다.

"당, 당, 당신 괜찮아요?"

쏟아지려는 눈물을 어금니를 깨물어 참고, 말을 건넸으나 상대에게 미치지 못한 듯……, 순우도 무어라고 하는 빛이었지만 무슨 소리를 하는 건지…… 그래도 몇 마디씩은 나눈 것 같은데, 아무것도 실감으로 오지 않았다. 제한된 시간을 알리는 부저소리와 함께 순우는 자리를 떴다. 명지는 넋 놓은 듯 멀거니 앉아 있었다. 군복을 입은 기록사가 소리쳤다.

"퇴장하숏."

그제서야 허둥지둥 걸어 나온 그녀는 그 길고 가파른 계단을 어떻게 통과했는지 몰랐다. 우산은 어디 두었는지, 비를 철철 맞은 명지는 대합실에 이르자, 비로소 울음보를 터트렸다. 당황한 소재영이 그녀에게 내밀었던 손수건을 슬며시 접고 창가로 가 빗줄기를 쏟아 붓는 하늘을 원망스러운 듯 올려다보았다.

세라는 명지가 가져다준 매화 액자를 이 층 세인이 쓰던 방에다 은밀하게 걸어두었다. 정지운이 아니었다면 손상되었거나 아예 분실되고 말았을지도 모른다는 생각을 하면 아슬아슬했다 그녀는 방바닥에 팔베개를 하고 번듯이 누워서,

"어차피 저 액자는 내 꺼야."

자기도 모르게 그렇게 중얼거렸다. 액자의 주인인 아버지가 내 거였으니까 하는 투로. 매화 액자가 걸려 있던 고향 집 사랑방은 어린 시절의 자기들에겐 사철 따스한 봄이었다. 아버지는 기회만 있으면 천대받고 혹사당하는 세 자매를 그 방으로 불러서 몸을 녹이게 하고, 벽장에서 그 시대엔 귀한 물건이던 흰무리나 귤 같은 당신의 간식을 꺼내 먹이곤 했다. 저 매화 액자 아래에서……. 아니, 저 활짝 핀 매화나뭇가지 아래에서. 우리는 저것이 액자가 아니라 살아 있는 매화로, 매화나무로 생각하며 위안을 얻었었지. 제아무리 처참한 학대도 그 방, 그 매화나뭇가지 아래에만 가면 스르르 봄눈 녹듯 스러졌지…….

보료 밑에 손발을 넣고 올려다보던 액자 속의 매화는 꽃분이라 도 묻어날 듯 금세 핀 생화였다. 그래서 밖에서 잡일을 하면서도 오며가며 그 방을 기웃거리게 되고, 정신은 그냥 그 방에 다 빼앗 긴 채가 아니었던가. 그 때문에 본의 아니게 아버지와 명지 사이 에 자기 진학 문제를 놓고 실랑이를 벌이던 현장에도 끼어들게 되었고……. 그날, 자기에 대한 명지의 분명한 속마음을 알게 된 것도 소득이지만 기세등등했던 명지의 코가 여지없이 납작해져 버린 기억은 일생일대의 쾌재였다. 어쨌거나 매화가 있는 그 방에 는 아버지가 있었고, 아버지의 따스한 미소가 언제나 그녀들을 기다리고 있지 않았던가. 만약 그 방이 없었다면 그녀들은 고향 집을 뛰쳐나왔거나, 시들비들 쇠진해서 지상에서 아예 사라져버 렸을지도 모른다는 생각이었다.

늘 도도하고 당당해서 자기들 따위는 안중에도 없던 명지가 스스로 지세 높은 이곳까지 찾아와 자기에게 머리를 숙여 애소를 해 오다니……. 꿈속에서도 잊지 못해 연연했던 매화 액자를 손수 들고 와 바쳐주기까지 하면서……. 성장기에 체내에 쌓이고 쌓였던 독소 같은 응어리가 그 단 한순간에 말짱 해소되는 기분을 세라는 맛보았다.

"양지가 음지 되고, 음지가 양지 된다더니……."

그 순간, 세라는 자신이 세상에서 누릴 수 있는 삶의 최고 절정에 서 있음을 실감했다. 더 이상은 바랄 것도 없는 것 같았다. 그녀는 마치 오랜 숙원의 적수를 무너뜨려 짓밟아버린 듯한 도취경에 사로잡히면서 상대방이 애소해 온 내용 따위는 뭉개버렸다. 명지가 무릎을 꿇듯 찾아드는 시선으로 자기를 바라보던 순간 온몸에 짜릿한 쾌감이 번지며 자신이 최후의 승리자임을 실감한 세라는 가슴 저 깊숙한 밑바닥에서 날카로운 비수의 날을 세웠다.

박석규에게는 명지가 다녀간 사실 같은 건 아예 숨겼다. 매화 액자를 사람이 쓰지 않는 방에 걸어둔 것도 그런 맥락이었다. 명지가 세라에게 자신이 가진 모두를 송두리째 바친 상징물과도 같은 매화 액자는 매번 상대방을 넘어뜨려, 질겅질겅 짓밟는 쾌감을 맛보게 했으나 뒷맛은 언제나 씁쓰름해, 허탈한 걸음으로 그녀는 세인의 방을 나서곤 했다. 매화 액자의 추억은 늘 애틋한 아픔을 동반했다. 마치 너무 깊이 들어가 파내지 못한 오래전의 가시가 보이지 않는 몸 속 어딘가에서 둔중한 통증을 보내오는 듯이 매화 액자를 손가락질하며 아버지는 생모에게 희롱하듯 말했었다.

"꼭 자네 같네."

무심히 던진 아버지의 그 한마디에 생모는 경망스러울 정도로 호들갑을 떨었다.

"증말루유? 그럼 저건 두 말할 거 읎이 지 차지쥬?"

그 순간의 환해진 생모의 모습은 진정 매화꽃처럼 화사했다. 그만치 생모의 인물이 좋긴 했던 모양이나, 그 인물 좋은 첩실이 아무리 아양을 떨어 보아도 아버지는 그저 빙그레 미소만 지을 뿐이었다.

"그렇쥬? 지한티 이 집채를 주실 리는 읎구유, 저 그림이야 주실티쥬? 지를 닮었대니깨……."

몸이 다는지 생모는 엉덩이를 들썩이기까지 하며 아버지 턱 밑에서 던적스러울 만큼 교태를 부려댔다. 그래도 아버지는 아무 대답을 하지 않았다. 생모의 안면에서 환하던 빛이 싹 가시었다. 아버지와 매화 액자 쪽을 번갈아 눈독들이기에 바쁘던 그녀의 시선이 허공으로 올라갔다.

"그럴 줄 알었이유, 지같이 츤행 게 감히…… 대단하신 조상님의 솜씨를 늠보다니유, 쯧쯧쯧……."

혀를 차며, 일어나 바깥으로 휭 나가 버리는 생모의 안색은 차돌처럼 굳어졌다. 별것이 아니라고 하면 아닐 수도 있지만, 당사자의 처지에선 절실했던 그런 문제들이 쌓여가면서 생모의 비위가 틀어져 갔는지도 모를 일이었다. 어린 시절엔 세라는 생모를 무작정 원망하고 혐오했던 데 비해, 나이 먹어가는 이즘에는 그럴 수도 있었겠다 싶어져서 더러 고개를 끄덕이기도 했다.

8. 약혼녀

　명지는 순우에 대한 소식을 전하려고 시어머니 강봉자 여사가 있는 시누이 집에 전화를 걸었다. 얼마나 아들의 소식을 기다리느라 목이 빠질까 싶은 마음으로는 더 빨리 서둘러야 했겠으나, 우선 순우의 모습을 본 순간 자신이 받은 충격을 다스려야 했고, 시어머니나 시누이에게는 그런 빌미를 들켜서는 안 되므로 마음의 준비를 하다 보니, 며칠이 후딱 지나버린 거였다. 전화를 받은 건 시누이 희우였다. 명지가 안부부터 묻자, 희우는 언제나 하는 같은 소리를 녹음 테이프처럼 들려주었다.

　"내가 어머니를 모셔온 건, 고생하는 올케를 조금이나마 돕고 싶기도 했지만 이니까시나 연만하신 어머니의 건강 문제를 염려해서였거든, 헌데 환경이 바뀌어도 편안치 않으신 건 마찬가지네."

"형님 노고가 크시지요."

"노고랄 거야 뭐 있나? 자꾸 가시겠다구 하시는 게 문제야. 가신들 무슨 뾰족한 수가 있겠어, 올케는 외출이 잦을 테구. 심정만 괴로우시지, 힘이 든다면 그렇게 보채시는 어머니 잠재우기가 좀 쉽진 않구먼……."

그쯤에서 명지는 시누이 희우의 조금도 새로울 것이 없는 넋두리를 끊어내었다.

"형님, 저 면회 다녀왔어요."

시누이는 깜짝 놀라며 소리쳤다.

"아니, 이게 무슨 소린가? 면회라니, 그러면?"

"네."

명지가 그동안의 경위를 간략하게 보고하자,

"아이구, 이럴 데가? 그래, 화상이 어떻던가?"

시누이는 울먹이며 소리를 쳤다.

"걱정했던 거보다는……."

"다행일세."

"인제 며칠 좀 있다가, 어머니랑 형님도 함께 가셔요."

"물론이지, ……한데, 어디로 가는 건가?"

"그건 그때 가서 다시 말씀 드리죠."

보고픈 마음에 시어머니가 내일이라도 성급하게 달려 나오는 일이 일어나지 않는다는 보장이 없으므로 명지는 그 정도로 대답을 해두었다. 당장 순우의 모습을 보았다가는 시누이나 시어머니 모두 기절해 자빠질 거라는 생각에.

"그래, 어쨌거나 효자는 어디가 달라도 다르다니까."

"네?"

"며칠 있으면 어머니 생신 돌아오잖아……."

"아, 참."

명지는 비로소 달력을 바라보았다.

강봉자 여사의 생일은 사흘 앞으로 다가와 있었다.

"형님, 죄송해요, 아무리 정신을 빼고 다녀도 이럴 수가요……."

"괜찮아, 동생이 효도했는데 뭐. 오매불망 잠 못 드시며 걱정해 오던 아들 얼굴 보시면 된 거지……."

여기서 혼선이라도 된 듯 전화 상태가 잠시 왁자하게 좋지 않더니, 갑자기 강봉자 여사의 목소리가 터져 나왔다.

"에미야, 내 옆에서 듣자니 답답해서 직접 물어본다만, 순우가 뭐 어찌 된 거냐? 나왔니?"

강봉자 여사의 다급한 목소리는 귀청이 떨어져 나갈 것만 같았다.

"아녜요. 면회가 가능해졌어요, 인제 어머니도 모시고 갈게요."

"오냐, 그래야지. 불쌍한 내 새끼……."

결국 강봉자 여사의 말끝은 울음으로 흐려져 버리고, 다시 시누이의 목소리가 들려 나왔다.

"올케."

"네."

"올케는 아무 걱정하지 마."

"무슨 말씀이세요?"

"어머니 생신에 대해서 하는 말인데, 내가 간단히 차려 드릴 거니까 올케는 아예 올 생각을 말라는 뜻야."

"아니, 그렇게까지야⋯⋯."

"올케가 지금 무슨 경황이 있겠어? 또⋯⋯ 올케를 보면 어머니 마음도 편안치 않으실 거고⋯⋯."

"알겠어요."

전화를 끊고 나서, 명지는 한동안 움직이지 못하고 멀거니 앉아 있었다. 곁에서 듣고 있었던지 은애가 물어왔다.

"엄마, 할머니 생신이 내일 모레 글피지? 엄마 대신 내가 갈까?"

명지는 무심히 고개를 끄덕였다. 그러나 속으로는 고개를 가로 젓고 있었다.

"안 되지, 안 되구 말구⋯⋯."

마치 무슨 큰 생색이라도 내듯 시어머니 생일에 오지 않아도 된다는 시누이의 말은 제발 오지 말아 달라는 당부로 들려왔기 때문이었다. 그 말은 시누이나 시어머니, 그 밖에 시댁 친척들과 연결된 통로가 아예 닫혀 버리는 듯한 일종의 따돌림 같은 삭막한 느낌으로 명지에게는 감지되어 왔다. 하긴 불행처럼 무서운 전염병은 없으니까⋯⋯, 그래서 불행에 빠진 사람들을 사람들은 본능적으로 기피하는 거야⋯⋯.

명지는 속으로 그렇게 생각하며 은애에게 말했다.

"은애야, 우리는 아빠 나오시면 그때 다 함께 할머니 기쁘게 해 드리자, 그럼 되겠지?"

"그래, 엄마."

은애의 말소리에도 힘이 빠져 있었다.

폭포 낙수식을 마치고 나서, 얼마간 세라는 시장판을 쏘대는 데에 열을 올렸다. 건어물에서부터 밑반찬 김치에 이르기까지 재료를 사다가 쟁여 놓고, 일하는 아줌마들과 한바탕 지지고 볶으며 음식을 마련한 다음, 진작에 백화점을 두루 다니며 구입해 놓은 옷가지를 다 들어내어 한 사흘 짐을 꾸리느라 그녀는 집안에만 박혀 지냈다. 그러고는 홀쩍 미국으로 떠나 버렸다.

집안은 휑덩그렁했다. 그 넓으나 넓은 정원도 고요하다 못해 방학을 맞은 교정처럼 썰렁한 느낌마저 감돌았다. 그처럼 화사하고 고상하기까지 한 은하수라는 이름의 인공폭포도 언저리를 맴돌며 사랑해 주는 사람이 없고 보니 쓸쓸할 뿐이었다. 대저택의 구석구석을 세라가 다 차지하고 살았던 것처럼 그녀가 없는 집안 분위기는 흐물흐물 제멋대로 이완되어지는 듯만 싶었다.

실제로는 달라진 것이 아무것도 없는 것 같은데도. 꼭 집어 달라진 것이 있다면 이 집의 가장인 박석규의 귀가 시간이라고 할까. 대개 그는 자정을 지나서야 요란스럽게 대문을 열어 젖히며 들어오는 버릇이었다. 밤이 깊으니 대문 여닫는 소리조차 유달리 주위를 시끄럽게 긁는 듯 거슬렸는지도 모르지만. 한데 요즘은 아홉 시를 넘어서기가 무서웠다. 전에도 가뭄에 콩 나듯 일찍 들어오는 적이 있긴 했지만, 세라가 없으니 집안에 더 관심을 두어야겠다는 생각일까. 하긴, 어느 쪽이든 관심은 관심이겠다. 부엌에서 달그락달그락 그릇 부딪는 소리와 물소리가 사라졌다. 일하는 아줌마들이 지하에 있는 자기 처소로 다 내려가 버린 모양이었다. 거실에서 티브이를 보면서 박석규는 아까부터 아줌마들의 동태를 살피고 있었다.

'어서들 꺼질 거지, 무엇들을 하는 거야.'

느긋한 마음인 것 같으면서도 자기도 모를 몸 안의 어느 부위에서 칭얼거리는 초조감을 그는 어쩔 수 없이 느끼는 거였다. 티브이 화면을 보고는 있지만 건성이었다. 콩 튀듯 딱딱거리며 대항해 오는 세진의 모습은 대항해 오는 때문에 더욱 잡고 싶어지는 걸까. 세진이만 생각하면 그는 집무실에서도 참지 못하고 벌떡 일어나서 복도로 나가 어정거리기라도 해야 마음이 가라앉았다. 은하수 폭포 낙수식이 있던 그 밤의 일이 있고부터는 세라와 동침하면서도 그는 세진만을 생각하게 되곤 했다. 아내가 미국으로 떠나기만을 기다리면서, 하루가 천년인 듯 고통스럽게 절호의 기회를 놓치지 않으려 노리고 있던 그였다. 한 번 칼을 뺐으면 끝장을 보는 것이 사나이다운 사나이의 제일 조건이라는 생각은 청년기부터 그가 품어온 신념 같은 거였다.

"나를 화나게 했어, 흥."

그는 콧방귀까지 뀌며 입 언저리에 엷은 미소를 지었다. 은하수 폭포 낙수식이 있던 그 밤의 사건은 전혀 예상치 못한 일로 지금 생각해도 아찔했다. 쥐도 새도 모르게 세상을 하직할 수도 있었다는…… 정신을 차려 보았을 때는 동쪽 하늘이 버언하게 밝아오고 있었다.

취중에 잠시 바람을 쏘인다는 게 깜빡했노라고 핑계를 대었지만 세라는 그가 언제 방으로 들어왔는지도 알지 못할 만큼 곤하게 잠이 들어 있었다.

집안에서 세진과 더러 스치게 되어도 그는 전혀 내색을 하지 않았다. 언제 그런 일이 있었더냐 싶게 웃고 다정하게 굴었다. 그러면서 결정적인 기회를 노리며 속으로 벼르고 있는 중이었다.

한데, 벌써 이틀째 허탕을 쳤다. 한 번도 아니고 두 번씩이나 실수를 하다니……. 박석규의 역사에서는 안 될 오점이라고 그는 확 자존심이 구겨져 있었다. 그러면서도 군침이 돌아 웃음을 머금은 그의 입술은 번지르르했다. 그는 손목을 들어 시계를 보았다. 열 시가 조금 못 되었다. 그는 몸을 일으켰다. 어느새 입술은 한 일자로 굳게 다물어졌다. 티브이를 꺼 버릴까 하다가 그대로 두고, 그는 현관을 나섰다.

초여름의 밤공기는 상쾌했다. 부연 외등이 무색할 만큼 별빛이 신비스럽게 내리는 밤이었다. 돌로 모자이크한 길을 피해 그는 폭신한 잔디를 밟으며 걸어 나갔다. 가벼운 바람에 살랑거리고 있는 잡목들의 숲을 헤치고 들어서는 그는 자기도 모르게 콧노래를 흥얼거리기까지 했다. 은하수 폭포 낙수식이 있던 그 밤처럼 그는 흥분하여 달리다시피 돌진해 가고 있었다.

손질을 안 해 가시덤불과 넝쿨식물들이 노적가리처럼 크고 작은 봉우리를 만들며 엉켜 있는 지점을 지나 다숨에 그는 삼나무 숲에 도달했다. 도둑은 사건 현장에 반드시 나타난다는 심리적 현상인지 그는 자기가 원하는 장소와는 정반대인 이곳으로 왜 오고 있는 건지 스스로도 알지 못했다. 파티의 여파로 흥에 겨워 거나한 눈으로 세진을 쏘아보던 자세를 다시 한 번 그는 그럴 듯하게 지어보는 거였다. 그녀는 이쪽을 주시하고 있었다. 자기도 모르게 그는 세진이 서 있던 지점으로 가서 담장을 어루만졌다. 그녀의 어떤 여운 같은 거라도 촉감하려는 듯이. 그 어느 때보다 고혹적이었던 세진의 포즈대로. 나지막한 담장에 비슷이 그는 기대었다.

자신의 대저택과 그 뒤로 구릉을 이루며 하늘에 닿아 있는 산줄기가 푸르른 별빛 속에 한눈에 들어왔다. 대저택에는 자신이 방금 빠져 나온 일 층의 거실을 빼고는 모두 불이 꺼져 있었다. 그의 시선은 이 층으로 기어올라가 맨 왼쪽 끝방에 가 멎었다. 불이 꺼진 걸 보면 그녀는 벌써 잠이 들어 있으리라. 곱게 자고 있는 세진이 바로 눈앞에 있기라도 한 듯 그는 미소를 지었다. 급습을 당한 그 밤의 감정 탓인지, 그녀는 더욱 견딜 수 없을 만큼 그를 자극해 왔다.

세진의 창문에 못 박히듯 머물러 있던 그의 시선은 대저택보다 훨씬 뒤로 반짝거리는 작은 불빛으로 옮겨 갔다. 정지운의 방이었다. 그가 아직 잠들지 않았다는 사실이 걸리는지 꽤 오래 박석규는 그 작은 불빛을 바라보았다. 이제 어찌 돼도 좋지만, 기왕이면 불빛이 있기를 바랐던 세진의 방엔 꺼져 있고, 하필 저애는 왜……. 그 불빛이 눈을 부릅뜨고 자신을 주시하고 있는 것만 같아 그는 그 자리에서 잠시 기다렸다. 꺼지지 않는다손 쳐도 겁날 것은 없었다. 남아대장부 대 남아대장부가 허심탄회하게 일 대일로 속을 털어놓아 볼 때, 지가 나를 부러워하면 했지 비아냥거릴 이유는 없다는 것이 박석규의 떳떳한 지론이었다. 인륜지도(人倫之道)로 말할 것 같으면 지엄하기로는 구중궁궐에 비길 데가 있을까마는, 그 속에서도 일어날 만한 일은 다 일어나는 걸 보면 인간사란 표면적으로만 버젓하면 되는 것이지 이면이야 복잡할수록 더욱 인간적인 거라고 그는 자기 합리화를 했다. 미간에 주름잡고 점잔 빼며 체면 지키려는 인간들을 보면 말짱 위선자처럼 느껴져 구역질까지 나지 않던가. 자기는 결단코 그런 위선적인 삶을 살지는 않는다는 생각에 당당한 것처럼 여겨지기까지 했다.

가벼운 금속성의 소리가 귓결에 스치는 듯했다. 남방셔츠 주머니 속의 열쇠를 의식한 탓일까. 그는 어둠 속에서 혼자 연신 웃었다. 그 열쇠는 방금 그의 시선이 못 박히듯 머물러 있던 바로 그 이 층의 맨 왼쪽 끝 방의 것이었다. 풀무질로 벌겋게 달군 쇳물처럼 이글이글 하는 자신의 욕망을 열어줄 열쇠가 바로 자기 수중에 있다니……. 그는 키들키들 웃을 수밖에 없었다. 엉덩이를 들썩들썩 흔들며 그는 자기도 모르게 춤을 추었다. 그러다가 문득 그는 세진을 연상해 어느 한 지점을 노려보며 날렵하게 발길질까지 해보는 거였다. 당연히 다음 순서로 버러지처럼 몸을 말며 데구르르 구를 때, 그는 위기감을 느꼈던 그날 밤의 고통과는 달리 야릇한 쾌감까지 맛보았다. 구르다가 밋밋한 곳에서 멈추어지자 그는 그대로 그 자리에 네 활개를 벌리고 누웠다. 자신과 마주하고 있는 것은 오직 하늘뿐이었다.

별이 반짝거리는 밤하늘이 이다지 아름답다는 사실을 그는 처음 보는 듯했다. 아름답다 못해 신비스럽기 이를 데 없는 그 하늘의 한쪽 귀퉁이에 가느다란 초승달이 요염하게 내려다보고 있었다. 그 요염한 초승달과 시선이 부딪는 순간 그는 자신의 눈알 속에서 불꽃이 튀는 걸 느꼈다. 그와 동시에 마치 전광석화처럼 고공의 초승달 갈쿠리라도 휘어 잡아낼 듯한 성감대의 용트림에 박석규는 전율했다.

그는 벌떡 일어나 숲을 저돌적으로 헤쳐 나갔다. 그러나, 이번 이 벌써 세 번째의 시도이니만큼 면밀한 계획 아래 그의 마음은 다소 여유가 있었다. 첫날에 그는 어두운 이 층 계단을 들짐승처럼 네 발로 소리 없이 숨을 죽이고 올라가 살그머니 문을 열어 보았다. 한데 그 문은 완강했다. 굳게 잠겨 있었던 것이다.

"제기랄……."

김이 팍 새어 그는 마룻바닥에 주질러 앉아 버렸다. 같은 자매이면서 이다지 다를 수야……. 세인은 매번 자신을 치열하게 거부하면서도 단 한 번도 방문을 잠근 적은 없지 않았던가. 야멸찬 세진은 세인과는 비교도 안 되게 주의력이 치밀하다는 것쯤은 그도 일찌감치 짐작한 바이긴 했다. 둘째 날에는 세진이 잠들기 전에 정정당당하게 그 방에 입성할 계획으로 다소 이른 시간에 올라갔다. 세라가 없어 쓸쓸해 죽겠다는 식의 어리광을 부려 볼 요량으로. 한데 역시 불이 꺼지고 문도 잠기어 있었다. 그때서야 박석규는 세진이 초저녁잠형이고 대신 새벽에 칼처럼 일어나 후딱 준비를 하는 둥 마는 둥 집을 빠져 나간다는 사실을 상기했다. 그는 노크를 해볼까 하다가 자기를 억제하고 순순히 첫날처럼 다시 돌아섰다.

"체면이 있지……."

나잇값을 하려는 듯 거드름을 부릴 때처럼 손으로 턱을 쓸며 그는 천천히 자기 방으로 돌아왔다. 노크를 하려고 손을 문 가까이까지 가져갔다가 자제하고 돌아선 것에 대해 잘한 일이라고 생각하기보다는 그는 나이를 의식하며 씁쓸한 입맛을 다시었다. 쇠뿔은 반드시 단김에 빼던 젊은 날의 혈기가 그리웠다. 그 그리운 젊은 날의 혈기를 기어이 만회하고 싶은 집념으로 그는 그 밤 집 안 구석구석을 샅샅이 뒤지다시피 하여 세라가 둔 비상 열쇠 꾸러미를 마침내 찾아낸 거였다. 그러므로 오늘은 여태와는 달리 특별한 날이 될 거였다. 운명은 자신의 마음 여하에 따라 결정지어질 것이니까.

　"세진아, 니가 아무리 잘나 봤자 넌 이제 독 안의 쥐다."

　그는 조금 전 현관을 나설 때처럼 돌을 깔아 놓은 길을 피해 폭신한 잔디밭을 마치 기분 좋은 음악에 맞추어 스텝을 밟아나가듯 경쾌하게 걸었다.

　"지난번엔 니가 나를 급습했지만, 이번엔 내 차례야……. 나의 실력을 톡톡히 보여주지, 내가 어떤 놈인가를……. 인제 곧 넌 알게 될 거다, 사내 가운데 최고 사내가 과연 누군지를 확인하는 것만으로도 넌 선택받은 거야, 영광이지……. 너 같은 노처녀에겐 영광뿐이겠냐? 혁명이지, 오늘 밤 네 인생에 가장 중요한 쿠데타를 곧 내가 주도해 주마……."

　그는 고개를 끄덕이며 얼핏 곁눈으로 아직도 불이 밝혀 있는 정지운의 처소를 향해 입술 언저리에 가소롭다는 듯 엷은 미소를 피워 올렸다.

"지운이 니가 세진이를 은근히 흠모하는 모양이다만…… 그래, 너는 거기서 그렇게 보초나 서라, 퇴물림이나 받아가든지 으흐흐흣."

박석규는 현관의 대리석 계단에 가뿐하게 올라섰다. 일부러 자신이 끄지 않고 나온 거실의 티브이 소리를 들으며 이 층으로 올라가는 계단을 그는 밟았다. 열쇠를 세진의 방문에 끼웠을 때, 너무나 흥분한 나머지 그의 시야는 와장창 무너져 내릴 것만 같았다. 아무도 밟지 않은 순백의 눈밭에 첫 발자국을 내려는 사람의 떨림이 그를 그처럼 난폭하게 만들었을까. 그는 별안간 한 마리 코뿔소가 되어 좁은 방안에 회오리바람을 일으키며 세진의 이부자리로 덤비었다. 그의 뇌리엔 오직 한 가지 생각뿐이었다. 다른 것은 아무것도 보이지 않았다. 보이지 않으니 없는 거나 마찬가지였다. 신개지(新開地). 또 하나의 새로운 정복. 유린…….

그는 자신도 믿을 수 없을 만큼 거대한 폭력의 덩어리가 되어 광분했다. 그러나 어둠 속에서 그는 터져 버린 풍선처럼 초라하게 쪼그라들었다. 세진의 방은 비어 있었다.

집을 나서기 전에 은애는 책상 위에 놓인 돌멩이를 쥐었다. 손등에 핏줄이 돋아나올 만큼, 꼭. 이 순간 그녀는 촛불이 된 의수를 생각했다. 돌멩이의 냉기가 혈관을 통해 가슴 복판으로 깊숙이 스며들어 올 때까지 은애는 움직이지 않았다. 언제라도 이런 차가움으로 해이해지려는 자기를 일깨워주는 돌멩이……. 어쩌면 자신의 경우, 투석은 상대방에 대한 경고라기보다 자기의 내면을 향한 그것에 더 비중을 두고 있는 것이나 아닌지……. 그녀는 고개를 가로저었다. 그런 정도로 머물러선 안 된다고. 적극적인 행동이 있어야 한다고. 은애는 돌멩이를 쥔 손에 더 불끈 힘을 주어 보고는 제자리에 놓고 현관으로 나섰다. 마루에서 신문을 보고 있던 명지의 시선이 너 또 그 원피스구나 하는 눈빛이었다. 오랜만에 스터디 그룹을 만나러 가는 길이었지만 기왕이면 다홍치마라고 아빠의 눈도장이 찍힌 옷을 입고 싶어서였다. 며칠 전에 은애는 매일 면회 가는 엄마를 하루 쉬게 하고 아빠를 만나고 왔다. 그 적에도 물론 이 원피스를 입었다.

"야, 어느 나라 공주님이시냐? 하얀 색상에 단순한 디자인, 역시 옷이 모델을 만든다기보단 모델이 옷을 살려내는 거야……."

연행되기 얼마 전에 늦게 귀가한 은애를 보고 다소 속되다 싶게 과장된 찬사를 보냈던 아빠를 기억하면서. 아빠를 만나러 가는 은애의 마음은 한없이 겸손했다. 자신의 모습을 보여 드리는 것만으로, 또한 아빠의 존재를 확인하는 것만으로 서로에게 마음의 갈증을 가라앉힐 수 있는 위로가 되기만을 바랐으니까.

"와하하하, 우리 딸 참 멋지구나."

여전히 과장기 섞인 아빠의 씩씩한 감탄사에 대한 딸이 담은,

"아빠가 더 멋지셔요."

였다. 그리고 한정된 시간을 알리는 부저가 울렸을 때, 그녀는 서둘러서 한마디를 건네었다.

"기도해 드릴게요."

아빠는 대견한 듯 미소를 지었다.

'기도해 드릴게요'라는 그 한마디가 그 순간 어쩌면 그다지도 자신을 안심시켜 주던지……. 같은 말인데도 척박한 산간벽지로 농활 갔을 때, 끼니가 없는 농민에게 했을 때와는 달랐다. 거기서는 얼마나 무안했던가. 절실한 마음으로 한 말이건만 너무나 그 말의 반향이 무기력하게 되돌아왔던 것이다. 그러나 구치소의 그 숨막히는 면회소에서는 그 말 이상의 선물은 없는 것 같았다. 그 말은 아빠의 마음과 자신의 마음을 교직(交織)해 주는 것 같아 든든하기까지 했다. 밖으로 나와 계단을 내려서면서 은애는 날씨가 갑자기 변덕을 부리네 생각하며 짧은 원피스의 아랫도리를 손으로 누르려다 급히 난간을 잡고 몸의 중심을 지탱했다. 바람이 흙먼지를 일으키며 날카롭게 휘몰아쳤다. 아침 뉴스에서 태풍이 남해안에 상륙했다며 초속 삼십구 미터로 북상중이라는 보도를 들었고, 집을 나설 때 벌써 바지를 입을 걸 하는 생각이 들 만큼 바람이 심상치 않았었다.

아빠의 밝은 미소는 좋았으나 가죽만 남은 앙상한 용모에 은애의 마음은 방금 자기를 쓰러뜨리려던 바람처럼 좌충우돌 걷잡을 수 없게 뒹굴고 싶을 만큼 슬펐다. 엄마 말에 의하면 그나마도 급속도로 많이 회복된 모습이라니.

"그 사람 잡는 공장이라는 데서 얼마나 시달리셨으면 열악할 대로 열악한 구치소에서 오히려 몸이 호전되시겠니?"

그렇게 말하면서 엄마가 부녀의 면회 일정을 차일피일 뒤로 뒤로 미루기만 하려던 의중을 알 것 같았다. 가까스로 마음을 가라앉히며 그녀가 막 마지막 계단을 내려서려 할 때 별안간 머리 위에서 벼락 치듯 빠개지는 소리가 났다. 놀라 고개를 들어보니 대합실 앞마당의 꽤 큰 나무가 뿌리째 뽑혀 흉하게 나가자빠지는 게 아닌가. 다른 나무들도 뽑힐 듯 한쪽으로 한쪽으로 쏠리어 머리끄덩이를 꺼들린 채 어디론가 끌려가는 형국이었다. 더러는 부러진 가지를 데룽데룽 매단 채 휩쓸리는 것들도 보였다. 그 광경에서 얼마 전, 전국총학생회장단의 마라톤 회의가 있던 날, 가정대학관으로 들이닥친 군인들에게 대여섯씩 무청처럼 머리채를 한꺼번에 싸잡히어 닭장차에 던져지던 동료들 모습이 떠올랐다. 지금쯤 그 애들은 얼마나 혹독한 취조에 시달리고 있을까. 폭풍 같은 시국을 만나 생존 자체가 풍전등화 격이 된 핍박받는 사람들의 삶이 그 거센 바람결 속에서 절실하게 다가왔다. 연약한 잎새들이 흙먼지 바람살에 파득대며 찢기고 깨져 휴지조각처럼 솟구쳐 암울한 공중 멀리 사라져가는 광경을 은애는 계단 난간을 부여잡고 하염없이 바라보았다.

"아빠는 얼마나 찢기셨을까. 몸도, 마음도……."

갈기갈기 아파 오는 마음을 어쩌지 못해 그녀는 성호를 그었다. '내 바위, 내 성채는 당신이시니, 당신의 이름으로 날 이끌어 주소서.' 천둥 번개가 치며 주위는 갑자기 더 어두워 왔다. 이마에 굵다란 빗방울을 맞았을 때 은애는 부리나케 면회 대기소로 들어섰다. 대기소 안은 초만원이었다. 앉는 걸상은 물론 다 찼지만, 서 있을 공간조차 비좁았다. 거기 터져 나갈 듯이 모여든 군상들이야말로 방금 목격한 폭풍 속의 잎새들처럼만 보였다. 한 떼거리의 아주머니들이 삿대질을 해대며 떠드는 모양새가 특히 더 그랬다.

"나라 상감님도 안 듣는 데선 욕을 먹는 거라는데, 음식점 식탁 밑에 녹음기를 숨겨 논 걸 모르고, 취중에 횡설수설했다고 잡아들이면 여기 안 들어올 사람 몇이나 되겠어?"

"정권 찬탈을 위해선 각본이 필요한 건데, 그 올가미에 날름 들어가들 앉은 꼴이니……."

"재수가 없어도, 원, 이렇게까지……."

얼마 전 한 음식점의 식탁에 앉아 있다가 모조리 검거된 언론계 인사들의 가족인가 본데, 그녀들이 주고받는 말에 절로 귀가 기울여졌다. 한마디 한마디가 바로 이 시대를 정곡으로 찌르는 말들이라 여겨졌다. 사람들을 그렇게 마구잡이로 잡아들여 구치소도 만원이고 면회 대기소도 터져 나갈 것 같았다. 은애가 대기소를 빠져 나가려고 정문 쪽의 출입구를 향해 가고 있을 때, 노인 한 분이 이제 막 자기가 나가려는 그 출입구로 들어섰다. 마침 은애가 그쪽으로 가는 길이 아니었더라도 그 노인은 필경 자기 눈에 띄었을 거라고 그녀는 생각했다. 백발 머리에, 그 백발처럼 눈부신 모시 두루마기를 입었던 때문이었다. 차림새로나 얼굴 표정으로나 노인은 이 시대에 또한 이 장소에는 더욱 어울리지 않는 분이었다. 깊고 깊은 산속에서 오염되지 않은 맑은 물만 마시다 내려온 신선처럼만 보여 은애는 호기심에선지 안쓰러움에선지 자기도 모르게 노인에게로 다가갔다.

"여기는 무슨 일로 오셨나요?"

붐비는 사람들로 어지러운지 두리번거리던 노인은 자청해 묻는 은애를 향해 씁쓸한 미소를 보냈다. 그러고는 대답 대신 손에 들고 있던 봉투를 아예 건네주는 거였다. 너무 어이가 없어서인가 설명할 엄두를 못 낼 만큼 노인은 기진해 보였다.

은애가 우선 누구 자리 좀 양보할 사람이 없을까 해서 주변을 둘러보았을 때, 한 젊은 청년이 벌떡 일어나며,

"여기 앉으시지요."

했다. 은애는 그 청년에게 고맙다는 눈인사를 보내고 노인을 그쪽으로 안내해 편히 앉게 해 드리자,

"참 좋은 젊은이여."

은애를 두고 하는 소린지, 그 청년을 보고 하는 말인지 노인은 고개를 끄덕이며 혼잣말처럼 뇌었다.

비로소 은애는 노인에게서 받은 봉투의 내용물을 꺼내어 펼쳐드는 순간 노인이 떨리는 손가락으로 유인물의 중간쯤을 가리키며,

"이거이 문제지라……."

하는 거였다.

손가락이 짚는 지점쯤을 들여다보니, 빨간 활자로 '반공법 위반'이라고 기재되어 있었다. 은애도 등골이 서늘해져 옴을 어쩔 수 없이 느껴야 했다. 핏기가 싹 가신 노인의 안면을 그제서야 이해할 수 있었다. 그 법은 사람들에게 어마어마한 중압을 느끼게 하는 중형을 의미했던 때문이었다. 아버지로 해서 낯이 익은 그 통지서를 펼쳐 들고, 위에서부터 차분하게 읽어 나가던 은애는 갑자기 긴장하며 노인을 바라보았다.

"여기 적힌 사람이랑 어떻게 되세요?"

"아들이여."

노인은 힘없이 말하고 조금 전처럼 씁쓰레한 표정을 지었다.

"유필재씨가 맞죠?"

"아암, 유필재, 맞다마다. 내가 자그마치 딸을 다섯이나 낳구서, 늘그막이 그걸 간신히 은었응께, 손자 같다구들 하지라······. 내한티는 귀한 자식이여······. 원, 학생들이 맴놓구 공부를 할 수 있게 해 줘야 겄는디, 이녀리 세상이 귀한 새끼들을 워디 그냥 둬야 말이지라······."

노인은 길게 탄식했다. 노인에게 자세한 설명을 듣고 보니, 노인의 아들은 자기들의 스터디 그룹 중심 인물인 바로 그 유필재임에 틀림없었다. 노인의 풍모에서 유필재의 세속과 먼 듯한 인상을 찾으면서 그녀의 눈엔 어느새 눈물이 핑글 돌았다. 오랜 기다림 끝에 면회를 마치고 나온 노인은 "험한 세상이여." 그 한 마디뿐, 입술을 굳게 닫았다.

다음날 은애는 스터디 그룹 친구들을 만나러 대학가로 나갔다. 삼양동 달동네 막바지, 지붕에 박 넝쿨이 기어 올라가던 유필재의 자취방은 이제 그들의 아지트가 아니었다. 음식점이나 카페의 내실 으슥한 뒷방을 전전하며 그들은 간간이 회합을 해 오고 있었다. 학습은 엄두를 못 냈다. 시국을 관망한다기보다는 그들의 마음이 제자리를 잡지 못해서였다 .

자기들이 빤히 보는 앞에서 유필재가 검거되어 가던 날, 공권력에 앞서 몇몇이 그의 숙소로 급히 가서 중요한 서적들을(물론 금서여서 다시 구하기가 힘들기도 하지만, 유필재의 형량에 도움이 될까 하여) 빼내 왔으므로 학습은 마음만 먹으면 언제라도 할 수 있는 거였다. 하지만 그 이후로 그들은 떠돌이처럼 불규칙하게 만나 회합도 갖고 정보도 나누면서 미상불 다시 학습을 해 나갈 자세를 다지고 있는 중이었다.

그날도 한 음식점 골방 안에 집결했다. 내실을 거쳐 후미진 뒤켠 복도를 돌아 은애는 헐레벌떡 그곳에 당도했다.

"어서 와라."

입구에 앉은 고준석이 담담하게 그녀를 맞았다. 그뿐, 방 자체도 침침하긴 했으나 전체 분위기가 아주 무겁고도 침울한 기색이었다. 은애가 방안으로 깊숙이 들어서도 아무도, 그 어떤 말도 건네오지 않았다. 전국의 대학에 무기한 휴교령이라는 철퇴가 떨어진 것만도 학생 신분인 그들에게는 위축될 요소가 충분했던 데다, 저 참혹한 광주에서의 비정상적 군사작전에 의한 무차별 살상이 그들의 끓어오르는 젊은 피를 역류시키고 있었다. 그들은 더 단단히 결속되어 갔고, 그로해서 언제라도 거리로 뛰쳐나갈 수 있는 철통같은 정신무장을 갖추지 않았던가. 진작 잠수중인 인재경은 그렇다 치고, 김의수가 민주제단에 제몸을 살라 바친 데다, 그룹의 중심축인 유필재가 연행된 뒤로 얼마간 그 여파를 수습할 시간이 필요하긴 했다.

그러나 그 시간이라는 것이 실의와 슬픔을 의미하지만은 않았다. 좀 더 투철한 운동을 위해, 확고한 일심동체를 지향했다. 늘 서로 확인하며 흉금을 터 의견을 나누고, 정보를 중시하면서 다른 조직과의 유대를 빈틈없이 점검해 나가고 있었다. 한데 이처럼 꺼져 들어가는 분위기라니…… 모두들 세되게 얻어맞은 사람들만 같았다. 양경애와 하선희의 눈언저리엔 번질번질 눈물 자국까지 흐르고 있었다. 은애가 하선희의 손을 잡으며 넌지시 물었다.

"무슨 일이 있는 거지?"

"악, 악랄한 고문을 너무 많이 받아서……."

선희는 울먹이느라 말을 끝까지 잇지 못했다.

"누가? 누군데?"

은애가 다도쳐 물어도 여전히 아무도 얼른 답을 주지 않았다. 고준석과 최명근은 넋 놓은 듯이 멀거니 앉아 있기만 했다. 뒤늦게 양경애가 들릴 듯 말 듯 작은 소리로 일러 주었다.

"선배."

"선배라면?"

"음, 맞아. 필재 선배."

"나 만났는데……."

"누구를?"

"필재 형을?"

다 죽을상으로 늘어져 있던 친구들이 바람결에 일어서는 풀숲처럼 긴장된 얼굴로 순식간에 은애를 둘러싸고 물어대는 통에 그녀는 정신이 없었다.

"응? 어디서야?"

"어떻게?"

그제서야 은애는 말이 잘못 전달된 걸 알고 시정을 했다.

"선배를 만난 게 아니고, 선배 아버님을 만났어."

실은 스터디 그룹에서 그 새하얀 옷차림의 할아버지 이야기를 빅뉴스로 터트릴 작정이었는데 상황이 상황이었던 터라 어수선해져 버린 게 은애는 아쉬웠지만, 결국 그로 해서 구치소로 직행하게 되어 다행이라 여겼다.

"선배의 아버님을 뵈었다구? 어서 속 시원히 말을 해."

친구들은 은애가 만난 것이 본인이 아니라, 보호자라고 정정을 해도 조금도 실망한 기색이 없이 똥그랗게 뜬 눈들을 반짝거리며 계속 물어대는 거였다. 서대문 구치소에서라고 말해 버리자, 그때서야 고개들을 끄덕였다.

"옳아, 니가 아빠 면회 갔댔구나……."

"그렇다면 구속이 되었다는 건데……."

그 두어 마디를 주고받더니, 그들은 점심도 먹을 생각을 않고 음식점의 뒷골방을 빠져 나갔다.

"형이 있는 곳을 안 이상 우리가 여기서 꾸물거리고 있다는 건 말도 안 되지."

누군가의 분명한 말소리를 들으며 그들은 부랴부랴 시내버스에 올랐다. 구치소 대합실은 오후가 되어선지 오전 시간대보다는 훨씬 한산했다.

얼어붙은 시국에 그들 한 사람 한 사람이 모두 수감된 사람을 만날 수 있으리라는 생각으로 간 건 물론 아니었다. 그가 그곳에 있다는 데야, 그들은 그곳으로 절로 빨려들 듯 가지 않을 수 없었다. 그들은 그가 갇혀 있다는 끔찍한 구치소의 한 귀퉁이 땅자락이나마 함께 밟아 보려고, 으스스한 구치소의 기둥 모서리나마 어루만지며 확인해 보려고, 그 혐오스런 구치소 허공의 공기만이라도 다 함께 마셔 보려고……. 어깨 쳐진 모습으로 그곳에 일단 당도한 거였다. 고준석이 접수부에서 면회 방법을 알아본 모양이었다. 시들해진 얼굴로 일행 앞으로 다가왔다.

"호적등본에 올라 있는 가족에 한해서만 면회가 가능하대."

일행은 아무 말도 하지 않았다. 그저 멍하니, 표정들을 잃고 있는데 최명근이 불쑥 말했다.

"방도를 강구해야지……."

그러자 고준석이 망설이듯 머뭇머뭇하다가 다시 입을 열었다.

"면회가 가능한 유일한 케이스가 있긴 한데……."

그는 여기서 입을 다물고 여자들 쪽을 쳐다보았다.

"뭐니? 어서 말을 해."

하선희가 고준석을 향해 독촉했다. 비로소 고준석이 입 안에 우물우물 굴리던 알사탕이라도 뱉아내듯 조심스럽게 발음을 해내는 거였다.

"약혼녀."

"아아……."

모두들 짐작을 못했던 바여서 그만 자신들도 모르게 감탄사를 내었다. 아마도 그건 유필재에게 약혼녀가 없다는 데에 대한 낭패감일지도 몰랐다.

"쉿, 그럼 약혼녀를 하나 만들면 되겠네."

최명근이 손으로 입을 가리며 작은 소리로 선뜻 의견을 내었다. 고준석이 바로 그거라는 듯 고개를 끄덕였다. 주변 사람들이 눈치 채지 못하도록 그들은 약혼녀로 위장할 사람을 선발하기로 합의

했다. 그러나 막상 자기가 그 역할을 맡겠노라는 자원자는 쉽사리 나오지 않았다. 서로 얼굴만을 마주보며 눈치를 살피기도 하고, 고개를 떨구고 생각에 젖어 있는 듯한 모습 등, 제각각인 것이 여자들에게는 그게 아무리 위장이라고 하더라도 그리 쉬운 문제가 아닌 성싶었다.

"이러고 있을 게 아니라, 가위바위보를 하면 어떨까?"

최명근이 가장 간단한 방법을 제시했다. 그러나 여자들은 여전히 반응을 보이지 않았다. 그때 한 여자애가 말없이 일어나서 앞으로 나왔다. 은애였다. 그녀는 접수창구로 걸어갔다. 고준석이 얼른 일어나 그 뒤를 따라갔다. 최명근도 거의 동시다시피 쫓아갔다. 은애는 웃으면서 두 사람을 향해 말했다.

"혹시 경쟁이 붙을까 봐 걱정했는데, 기다려 봐도 그게 아니네."

"너 잘 생각한 거지?"

"괜찮아? 어머니께 상의 안 드려도?"

본인보다도 고준석과 최명근이 더 심각한 표정으로 다투어 물어왔다.

"어차피 이 배역은 내가 적격야, 아빠 면회 할 때 검사겸사 필재 선배도 보면 되지 뭐."

최명근과 고준석이 물끄러미 은애를 딱해하는 빛으로 바라보더니 그녀를 데리고 밖으로 나갔다.

"넌 아까 늦게 와서 못들은 거 같은데…… 필재형이 고문 중에 그만…… 남, 남성을…… 잃었다는…….."

은애는 숨이 콱 막혀 왔다. 아, 너희가 아까 마치 어둠에 함몰이라도 되는 빛이더니, 바로 그거였구나.

"확실한 건 아냐, 그저 소문이지, 알 건 그래도 다 알아야 한다는 생각에……."

한 마디씩 말을 하고 난 최명근과 고준석은 은애의 표정을 빤히 지켜보았다. 은애는 자기도 모르게 두 주먹을 꼭 쥐고 있었다. 온몸이 푸르르 떨려왔다. 헌칠한 외양에 신중하면서도 끝 간 데 모르게 뻗어 나가던 기개와 불의 앞에서는 물불을 가리지 않는 용기와 투지를 지닌 유필재의 모습을 은애는 떠올렸다. 그 매력 넘치는, 그래서 동료나 선배들에게 흠모와 질시의 눈총을 한몸에 받던 눈부신 그 젊음을 누가, 무엇이, 감히 어떻게 만들었다는 거냐. 끓어오르는 울분 같아서는 엉엉 통곡을 해도 시원치 않겠으나 은애는 정신을 가다듬었다. 이런 때 자기의 몫을 해내야 한다는 다부진 마음이 들었기 때문이었다.

"정말, 치가 떨려, 하지만 그런 소문 따위에 우리 흔들리지 말자. 내가 필재 선배를 만나볼게, 만나서 확인해야지. 또 그 소문이 사실이라고 한다면, 더 빨리, 자주 만나야 한다고 봐. 모든 일은 우선 만나고부터 시작이 되는 거지, 기쁨도 슬픔도 함께 할 수 있을 테니까."

수속을 밟아 면회 대기소로 나가기 전에 그녀는 이곳 사정을 잘 모르는 일행에게 넌지시 귀띔을 했다.

"나 다녀올 테니까, 그 동안 영치물이나 넉넉히 좀 넣고, 영치금이라는 것도 있으니까……."

태풍의 영향이라는 심상치 않은 바람에 뿌리째 뽑힌 나무와 부러진 나뭇가지들은 그새 말끔히 치워져 있었다. 그러나 그 흔적은 아직도 역력했다. 시달림을 받은 나뭇잎들이 누렇게 떠 있었다. 그처럼 청청했던 나무가 그새 저토록 병이 들어버리다니……. 그래, 멀쩡한 척, 씩씩한 척, 이리고 다니지만 우리도 저 잎새들처럼 안으로 안으로 누렇게 곪아가고 있을지도 몰라. 시간이 기울어서인지 대기소 역시 한산했다. 별반 기다릴 것도 없이 그녀는 곧 호명 소리를 듣고 계단으로 올라가 간수가 열어주는 철창문 안으로 들어섰다. 그 좁고 긴 복도를 걸으며 은애는 짧은 동안이지만 아빠를 만나러 들어갈 때와는 또 다른 긴장감을 느끼고 있었다. 자신의 행위는 유필재에 대한 평소의 존경심이나 호감 말고도 이 시대가 요청하는 '운동'의 일환이라는 생각이 선명하게 온 때문에 어깨에 더 큰 사명감의 무게를 그녀는 의식했다. 이 역할을 충실하게 해낼 것을 무슨 선서라도 하듯 그녀는 스스로에게 다짐을 했다.

"아, 너구나, 아버님은 잘 계시지?"

너덜너덜 갈라져 넘어온 유필재의 목소리를 들으며 은애는 그와 자기 사이를 가로막고 있는 플라스틱 투명벽에 바늘로 찍어놓은 듯한 몇 개의 구멍을 감질 나는 시선으로 바라보았다. 마치 그 작은 구멍을 탓하려는 듯이. 그토록이나 아빠와 딸의 상면 일정을 자꾸 뒤로 뒤로 미루어내며 혼자서만 고단하게 드나들던 기진한 엄마의 모습이 물수건처럼 피부로 흥건하게 젖어왔다. 그 금전 들어올 때 본 누렇게 뜬 나뭇잎새들이 또 다른 연상작용을 일으키며 그녀의 머리를 때려왔다. 거센 폭풍에 멍들었으니 이제 그것들은 곧 땅에 떨어지겠지……. 아빠와 유필재도……. 그녀는 머리를 강하게 저었다. 안 돼, 안 돼, 그렇게 외치고 싶은 그녀의 심장은 폭발할 것만 같았다. 입시지옥 시절, 엄마가 수험생인 딸을 먹이려 즙을 내느라 이를 앙다물고 비틀어지게 짜내고 난 찌꺼기가 아까워 먹어볼까 한다며 삼베보자기를 펼쳤을 때, 뭉그러진 닭의 형체 아닌 형체를 보아버린 그녀는 정성도 외면한 채 계삼즙마저 먹을 수 없다며 달아나 버렸던 기억. 이제 그때의 내가 아냐, 철부지 어리광은 용납이 안 돼. 역사의 현장을 직시하고, 그 물굽이를 바로잡기 위해 곡괭이를 어깨에 둘러메야 할 나야……. 번개처럼 명멸하는 생각들을 털어버리고 은애는 유필재를 똑바로 바라보았다.

"오빠!"

평소의 호칭인 '필재 선배'보다 좀 더 결집력 있는 강력한 의지를 담아 은애는 분명한 발음으로 그렇게 불렀다. 벌겋게 충혈된 그의 눈동자가 놀란 듯 은애를 주시했다. 그녀의 눈에서는 자기도 모르게 눈물이 흘러내렸다.

"맞아요, 우리 아빠도 바로 여기 계세요, 잘……. 저 혼자 온게 아녜요, 밖에 다들 와 있어요."

순간 유필재의 얼굴이 활짝 펴지며 웃음이 피어올랐다. 그러나 아무리 활짝 펴 밝게 웃어본들 그의 본연의 용모는 돌아오지 않았다. 그의 모습은 은애를 멀리 달아나 버리게 했던 삼베보자기 속 뭉그러진 닭의 형체 아닌 형체를 연상하게 하였으므로.

9. 간장빛 속옷

가축의 축사나 다름없는 구치소에 순우를 되들여 보내고 돌아서는 순간마다 명지는 가슴이 졸아붙는 듯한 고통을 견뎌야 했다. 먼저 사람, 그 먼저 사람, 또 그 먼저 사람 식으로 거슬러 올라가자면 아득한, 그 하고많은 수인들의 배설물이 덕지덕지 들러붙어 있는 똥통을 끼고 밥을 받아먹고, 또 바로 그 자리에서 꼬부려 누워 잠을 청하는 영 점 칠 평의 생활이란 소니 돼지 수준이라 여겨지며 문득 명지는 수인이라는 글자가 가둘 수(囚)만이 아니라 짐승 수(獸)의 뜻도 포함되는 것이 아닌가 싶었다. 그러나, 아니었다. 명지는 고개를 저었다. 가축들에게 실례가 될 천만이 말씀이었다. 가축들은 기르는 사람으로부터 나름대로의 보호를 받는 몸이었다. 적어도 그들의 세계에서는 또한 평등하지 않은가.

구치소는 같은 인간에 의한 인간의 억압으로 숨이 막히는 곳이었다. 세상의 끝이라고 할 막다른 그 어둠의 장소에서 순우를 구해내야 한다는 일념은 그래서 더 명지의 마음을 바쁘게 했다. 그럼에도 그 비인간적인 곳에서 순우는 계속 왕성하게 회복되어 가고 있었다. 하루가 다르게 얼굴에 살이 붙고 개미만도 못하던 목소리가 정상으로 돌아오고 있는 걸 보면 명지는 말할 수 없이 가슴이 저려 왔다. 그를 만나 살아온 기나긴 세월동안 그토록 그를 동정해 보기는 처음이었다.

옛날에 금송아지 길러 보지 않은 사람이 없다고 하지만, 순우의 집안은 진짜 잘살긴 한 모양이었다. 지방의 도청 소재지에서 세 손가락 안에 꼽히는 세금을 납부해 왔다니까. 그것이 좋은 토양이 되어준 건지, 그는 늘 편안하고 밝은 인상을 갖고 있었다. 그뿐만 아니라 떳떳한 최선의 인간이라는 믿음 같은 걸 암암리에 느끼게 했다. 그것이 무슨 치밀한 계산이나 지략에서 오는 인상이 아니고, 그냥 천진무구함에 의한 거였다.

학창시절, 그는 꽤 여학생들의 초롱초롱한 눈빛을 받아온 편에 속했다. 그가 이미 평필을 휘둘러 대학신문만이 아니라 대외적으로도 제법 활동을 하는 평론가로서 촉망을 받는다는 사실이 무시할 수 없는 이유가 되겠지만, 세칭 미남형이나 더럭 남성을 풍기는 기질도 아닌, 그저 군데 없이 반듯할 뿐인 그가 그 정도 인기를 누린 것은 평범하지 않은 그의 심성도 작용했던 것이 아닌가 싶었다. 내남없이 힘들었던 육·이오 전화의 그늘을 아직 벗어나지 못한 즈음이라 한 푼을 놓고도 힘에 겨워 저울질하던 판에, 그는 그런 낌새를 보이지 않았다. 친구들과 어울리며, 찻값이든 밥값이든 선선히 물주 노릇을 했다. 아르바이트 자리를 구하기도 쉽지 않았던 시절에 얼마 되지 않는 원고료나마 만질 수 있어서 그의 달랑달랑하는 주머니 사정에 도움은 되었겠으나 딱히 그렇다는 것보다 그냥 그것이 그의 심성으로 와 닿아 편했던 모양이었다. 그래서 꿈을 먹고 살던 여대생들은 그가 아직도 세 손가락 안에 꼽히는 세금을 납부하는 집 아들인 듯 허물없이 그의 때 묻지 않은 우의에 감동했는지도 모른다.

어느 날 명지가 가는 방향에 볼일이 있다면서 공개석상에서 그가 따라나선 뒤로 두 사람의 밀회는 시작되었다. 교외로 나가, 솔바람이 귀밑을 간질이고 맑은 물이 다정하게 흘러내리는 솔밭에 마주앉은 그들은 시간 가는 줄을 까맣게 잊고 있었다. 교외선의 막차가 끊어졌을 때 둘은 마주보며 웃었다. 허주레한 여관방에서 밤새껏 두 사람은 이야기를 나누었다. 또다시 날이 샜다는 사실에 갈증을 느끼며, 함께 있는다는 것이 얼마나 소중한 건지 그들은 알게 되었다. 두 사람의 결혼은 그렇게 자연스럽게 이루어졌다.

한데 그 허주레한 여관방에서의 일을 명지는 지금 생각하고 있었다. 방에 들어서는 순간 순우는 윗두리부터 벗어서 옷걸이에 걸며 예사롭게 말하는 거였다.

"너무 덥다, 나 좀 벗는다."

명지는 얼굴이 달아오르는 느낌이었으나 곧 자제했다. 젊은 남자의, 그것도 단둘이 여관방에 든 남자의 내복 바람을 본다는 것만도 남자 형제가 없는 그녀에게는 충격이라 할 만큼 어색한 광경이었는데, 거기에 한 술을 더 떠서 그의 런닝셔츠는 속살이 들여다보일 만큼 낡은 데다 뽕뽕 구멍까지 여기저기에 나 있었던 때문이었다. 당혹감을 느낀 것은 명지일 뿐 순우는 전혀 개의치 않고 이야기에만 열을 올렸다. 대개 그렇듯 그도 자기 개인사를 설파하는 중이었는데, 그 가운데에도 짓궂었던 개구쟁이적 이야기여서 마치 그 시절로 되돌아간 듯 신이 나 있었던 것. 다 해어진 옷을 걸쳤을망정 그처럼 자연스러웠던 게 그만이 지닌 엉뚱함으로 명지에겐 다가왔다.

결혼한 뒤에도 이제 그만 정리하려고 한켠에 내어놓은 낡은 옷을 곧잘 개의치 않고 입고 나가는 버릇이 있었다. 그의 무심함이 연애시절처럼 마음을 휘어잡는 마력으로 작용하진 않지만 상대를 편안하게 해 주는 건 확실했다. 첫 면회 중에도 엄청난 충격에 무슨 말을 나눴는지 가물가물했으나, 전날 차입한 사복을 입지 않고 일부러 보여주려고 수의를 입고 나왔다며 잘 어울리는지 보아달라던 순우의 말이 떠올라, 사람 같지도 않은 그 형체가 내 남편이 맞긴 맞구나, 고개를 끄덕이며 눈물을 억제하느라 애를 먹었던 일만은 그만의 엉뚱함으로 늘 가슴 밑창에 젖어 있었다.

살점이라곤 눈을 씻고 보아도 찾을 수 없을 만큼 알뜰하게도 발라냈구나 싶을 만큼 잔혹하게 자행된 극악한 고문을 통해 분석과 조작, 협박, 강탈, 유린, 파괴……. 상상을 불허하는 그 모든 비인간적 과정에서 말살되었으려니 했던 순우만의, 순우에게서만 이 느낄 수 있던 요소, 어찌 생각하면 황당하기까지 한 그 요소를 이슬에 스치듯 느낄 수 있었다는 사실에 명지는 가슴을 지그시 쓸어내렸다.

사실 그녀는 남편이 어떻게 변형되어 나타날지 두려움이 없지 않았다. 이제 이 단계에서 하루라도, 아니 한시가 급하게 서둘러야 할 일은 변호사 선임 문제라고 판단한 명지는 순우의 회사로 찾아갔다. 어떤 변호사가 유리할지 상의를 했을 때, 고위층에서는 거침없이 회사의 고문변호사를 권했으나 젊은 기자들의 의견으로는 군법무관 출신이라야 현재의 비상계엄 아래 군법회의에서는 조금이라도 더 나을 거라며 적당한 사람을 물색해 보마고까지 했다. 명지가 집에 도착하자 그 연락은 곧바로 왔다. 순우의 직속 후배인 은형렬 기자였다. 군법무관 출신 변호사라며 이름과 전화번호를 불러주고 난 그는 변호사를 통해서 담당 군검찰관이 누구인지를 알아보라고 하더니 금세 맥이 빠지는 소리로,

"정치적인 문제니까 군 검찰관이 무슨 힘을 쓰겠습니까만……."
하는 거였다. 그렇게 치자면 변호사인들 무슨 맥을 추랴 싶어 명지는 암담해져 오는 심정이었다. 그러나 명지는 다시 정신을 추슬렀다. 원래 큰 기대를 걸어서 변호사 선임을 하기로 한 건 아님을 상기하며…….

가족 면회에서는 안부 정도나 물을 뿐 심층적인 의문에 대해서는 변죽만 울려도,

"여보숏."
하고 철퇴를 내리치듯 악을 쓰는 군복차림 감시관의 엄포에 그날의 면회는 죽을 쑤어 버리고 심장까지 후들후들 떨리어 어떻게 집에 돌아왔는지, 잠 못 이루며 멍멍한 머릿속에서,

"조심해."

위로하듯 빙긋이 웃어 보이던 순우의 선연한 말소리를 떠올려 겨우 진정을 하지 않았던가. 어떤 가족은 감시관의 고함에 그 자리에서 울음을 터뜨리고 말았다고도 했다. 억울해서도 죽겠는데 수모마저 당하다니 기가 막혔다는 것. 이런 마당이고 보니 우선 순우가 속 시원하게 얘기할 수 있는 기회를 마련해 주는 것만으로도 변호사 선임의 이유는 충분하다고 명지는 생각한 터였다. 은형렬이 알려준 곳에 명지는 전화를 넣었다.

"주민등록등본 한 통만 떼어 오시면 돼요."

상냥한 아가씨의 목소리.

"저, 거기 필요한 비용은……."

"선임료 말씀이신가요?"

"미리 준비를 해야 할 것 같아서,……."

"분납하셔도 되는 거니까요, 우선 나와 보시지요."

사건에 따라 선임료가 다른지 끝내 확실한 액수를 말하진 않았다. 위치만 알아 놓고 그녀는 전화를 끝냈다. 도대체 순우가 왜 찍히어 그 거물급들과 무더기로 검거가 되었는지, 이제 그 이유라도 알게 될까. 해서는 안 될 강연을 했다는 둥, 받아서는 안 되는 거금을 받았을지도 모른다는 둥, 회사는 물론 친구들 사이에서도 이러쿵저러쿵 그야말로 별별 유언비어가 다 떠돌지만 명지는 그 모두를 일소에 부쳐오지 않았던가. 그러나 그런 순간마다 말문이 콱 막혀올 만큼 엄습해 오던 막막한 고독감…… 이제 선임된 변호사의 도움으로 철통같은 장막 뒤의 소식을 알게 되면 순우의 정체가 어느 정도는 드러나게 되리라고 명지는 기대해 보는 거였다.

순우의 정체……. 그건 과연 어떤 모습으로 부상이 될까. 수십 여 년을 함께 살아온 그대로의 모습 외엔 그녀는 상상이 되지 않았다. 혹시 많은 사람들이 멋대로 억측과 예단을 해대는 방향대로 도깨비처럼 등장할지도 몰라, 자기가 알지 못하는 기상천외의 생각과 행동을 하고 다녔을지도 모를 순우를 상상해 보려 하자 상상 그 자체마저 서먹했다.

만약, 아내인 자기에게까지 부득이 세간의 사람들이 왈가왈부하는 것처럼 비밀에 부쳐진 다른 행동이 그에게 있었다 해도 그건 결코 악의의 것이 아니라 선의의 것이었으리라는 점만은 믿고 싶었다. 자식까지 낳아 기르며, 반생을 함께 살아온 동반자가 그만한 신뢰감조차 없이 흔들린다면 그건 허수아비 삶일 뿐이라는 결론이었다. 그러나 나라고 해서 허수아비가 되지 말라는 법은 없다고 생각하니 명지는 마음이 한결 가벼웠다. 어차피 사람들이 바라는 건 순우가 되도록 무거운 중죄인으로 둔갑하는 거라고 짐작되니까.

세진이 도서관에서 논문을 위한 자료를 수집하고 강사실에 들르자 조교가 불렀다. 전화를 받아보라고 했다.

"윤세진 교수님이십니까?"

"……."

세진은 자기도 모르게 미간을 찌푸렸다. 폭포 낙수식이 있던 밤의 사건이 떠올랐다. 아니 그 사건은 이즘 그녀의 뇌리에 내내 달라붙어 있었으니까 새삼 떠올랐다기보다는 드디어 올 것이 왔구나 하는 각오라 할까.

"윤교수님, 맞습니까?"

"저어…… 네."

"도대체 요새 집에는 들어오는 거요, 안 들어오는 거요?"

"……."

"도무지 얼굴 보기가 힘드니?"

"죄송합니다."

"안 들어오는 거요?"

"그럴 리가."

"어쨌거나 전화로는 그러니까, 만나자구."

박석규의 말소리는 강압적으로 느껴질 만큼 힘이 들어가 있었다. 처음부터 평소처럼 농지거리나 비아냥이 없고, 어딘가 다급함이 느껴지는 말투였는데 고단수인 그도 감추려 무던히 애쓰는 빛이지만 어색함이 아주 없진 않았다.

"한데, 형부, 저……."

"플라자호텔 커피숍으로 나와욧, 지금 곧."

전화는 일방적으로 끊어졌다. 세진은 한동안 멀거니 서 있었다. 미간을 펴지 못한 채. 이건 순 일방통로의 명령이 아닌가. 거무칙칙한 시선이 자신을 노리고 있다는 느낌은 스스로도 당차다고 자부하는 그녀일지라도 찝찝했다. 더구나 그 거무칙칙한 시선이 이전의 그대로가 아닐 텐데……. 면밀한 조준이 정확하게 들어간 하이힐 굽을 통해 감지된 통쾌감이 아직도 생생했다. 가한 만큼,

아니 그 몇 배가 되어 돌아올 위해에 대한 대가를 치를 대비는 되어 있었다. 작전이 전공인 상대방의 출신성분을 감안할 때 만만치는 않을 거라 여기면서도 세진은 코웃음을 쳤다. 어쨌거나 언니를 보아, 가서 만나나 보자고 그녀가 마음을 정하고 밖을 향해 걸음을 옮기는 순간, 눈치 빠른 조교가 등 뒤에 대고 말했다.

"선생님, 방금 그분이신 거 같아요. 요새 몇 번 전화 주신 분이……."

"그래요?"

떨떠름한 기분이었지만 심상하게 웃으며 그녀는 밖으로 나왔다. 그가 학교에 전화를 했다는 사실이 그다지 대단해서가 아니라, 여태는 하지 않던 행동을 해 온 것이 무슨 영역 침범이라도 당할 조짐이기나 한 것처럼 그녀는 께름칙했다. 시내버스를 이용했어도 플라자호텔까지는 삼십 분이 채 안 걸렸다. 박석규는 먼저 와 있었다. 세진을 미처 보지 못한 그의 모습이 복잡하게 그녀에게는 감지되었다.

"형부, 저 이만하면 빨리 온 겁니다."

마주 앉으며 세진이 한 마디 하자, 박석규의 눈꼬리가 스멀스멀 일어섰다.

"뭐 타고 왔는데?"

"물론 택시죠."

"암, 그래야지. 교수님 체면에……."

"체면 때문이 아니라, 공무에 바쁘신 어른이 기다리고 계신다는데야 황망해서요……."

세진은 세라를 생각해서만이 아니라, 자기 자신의 위상을 위해서도 박석규에게 깍듯이 대우하기로 작심한 이상 잘 해내고 있었다.

"그래?"

믿을 수 없는 말이라는 투로 박석규는 눈을 지그시 감았다가 뜨며 콧방귀를 뀌었다.

"교수님이 날 그렇게까지 생각해 주시다니, 혐오하고 있다고 보는데?"

박석규의 눈동자가 세진의 심중을 꿰뚫을 듯 쏘았다.

"형부, 무슨 말씀을 그렇게……. 막강한 지위의 어른을 누가…… 아니, 그 이전에 세라 언닌 저의 지붕이십니다, 이 세상에서 오직 유일한……."

"그래서?"

"물론 형부도 동격이시라는 말입니다, 한데 감히 어찌……."

"말은 그럴 듯하네, 공부 좀 했다는 여자들은 이래서 골 때려."

"섭섭합니다."

"시치미 떼긴……. 테러를 가한 사람이 누군데?"

"테러요? 무슨 말씀이신지?"

"나에 대한 감정이 증오를 넘었어, 분명 살의야……."

언성은 단호하면서도 박석규의 안면엔 웃음이 지르르 흐르고 있었다. 세진은 더는 대꾸를 하지 않았다. 이른바 은하수 폭포 낙수식이 있던 밤, 정원의 깊숙한 숲속에서 쥐도 새도 모르게 펼쳤던 활극 한 장면, 구두 뒤축을 박석규의 급소를 겨냥해 내리 꽂았을 때, 어디까지나 방어의 수준이었던가. 그건 방어였어……. 그렇다면 박석규가 어떻게 나오는지 조금은 기다려 볼 수도 있지 않았을까. 나타나자마자 무방비의 그를 비수 꽂듯 공격했는데……. 세진은 정수리에서 발끝으로 빠져 나가던 그 순간의 통쾌감을 즐겼다. 무방비의 그를 공격했다는 사실에 양심의 가책은 없었다. 무방비가 아니라면 그 공격은 결코 성공을 거두지 못했을 게 빤하니까. 자신의 몸을 지나치리만큼 집요하게 훑어보는 그의 시선이 참을 수 없는 혐오감을 불러일으킨 것도 사실이지만, 세라, 세인을 염두에 둘 때, 세상을 산산조각 내는 악의 뿌리를 일격에 바스러뜨리려는 그녀의 오랜 앙심이 있었다. 스스로 그걸 마음속으로 인정하며 그녀는 오한을 느꼈다.

"저 봐, 저 봐, 내 말이 맞지? 그러니까 더는 할 말이 없는 거지?"

박석규는 은근히 장난기까지 섞어 눙쳐왔지만 그의 날카로운 시선을 더는 피할 수 없다고 세진은 여겼다.

"형부."

"그래, 할 말 있어? 있으면 어디 해보라구."

"도통 알아들을 수가 없는데, 일방적으로 몰아붙이는 거, 남을 마음대로 주무를 수 있다고 생각하는 폭력 아닌가요?."

"폭력? 하핫, 적반하장이군."

"……"

"으슥한 곳에 숨었다가 하이힐 굽을 무차별 날린 사람이 누구시더라?"

여기서 세진은 깜짝 놀라며 박석규를 똑바로 마주보았다.

"아니, 그걸 형부가 어떻게 아시는 거죠?"

"아아…… 이런 단수가 높으시군."

"전 못 알아 듣겠는데요?"

"위해 당사자가 그걸 모르면?"

이 말을 할 때의 박석규의 얼굴은 일그러지는 듯했으나, 그는 여전히 웃음을 흘리고 있었다.

"아니, 어쩜……."

세진은 두 손으로 얼굴을 감싸며 얼버무렸다.

"똑똑한 교수님, 할 말이 있으면 더해 보시지……. 나는 그 밤으로 세상 하직하는 줄 알았소이다. 맨날 책가방 메고 도장으로 빠진 거 아니오? 태권도 실력이 대단하시던데?"

"그 정도야…… 특활에서……."

"어쩐지."

세진은 머리를 저으며 의혹에 찬 표정을 지었다.

"믿어지지 않네요."

"증거물을 제시할까요, 교수님?"

"증거물요? 무슨?"

"뭐라 할까…… 생채기 흔적이 좋겠군, 또렷하니까……."

박석규는 요지부동으로 시선을 세진의 눈초리에 맞춘 채 눈도 깜빡이지 않았다. 그러나 웃음기는 그대로 내내 흘리고 있었다. 너는 꼼짝없이 내 수중에 들었어, 하는 의중을 노골적으로 드러내 보이듯.

"그럼, 그게 정말 사실이라구요? 그렇담 무엇보다도 세라 언니한테 용서를 구해야겠네요."

어디까지나 기가 꺾일 이유가 없다는 생각이어서 그녀는 당당하게 미동도 하지 않고 그를 똑바로 마주보았다.

"저런, 저런, 저런……. 아니 또렷한 생채기를 증거물로 갖고 있는 본인이 이 자리에 마주 앉아 있는데, 엉뚱하게 세라 언니는 왜?"

박석규는 바지 허리춤에 손까지 대며 당장이라도 증거물이라는 걸 끄집어낼 듯이 으름장을 놓는 식이었지만, 어쩔 수 없이 시인하는 세진의 태도가 만족스러운지 능글어운 미소를 퍼트리는 거였다.

"영원히 지워지지 않을 영광의 증거물이니까, 그렇지 영광이구말구…… 아무리 모른 척하려도 그게 그렇게 쉽지 않을 걸……."

기어이 바짓가랑이를 열고야 말 듯이 추근거리는 꼴이 비위가 상하지만 끝까지 판을 깨서는 안 된다는 그 한 가닥의 일념으로 세진은 차분하게 대꾸를 해주었다.

"어찌 감히…… 더구나 중대한 파티를 주관하고 계시던 분이…… 원래 어두웠던 데다 취약한 담장 밑이고 보니, 전 괴한이라고 단정했죠."

"괴한? 주인 나으리 괴한이었구만, 하하핫, 손님들은 다 가고 밤도 이슥한데, 보이지 않길래, 걱정이 돼서 찾아 나섰다가, 그만, 웬 봉변야."

"하지만 형부, 저는 또 어떻구요, 그때 놀란 거 때문에 아직도 심장이 후들거려요, 그날 이후로 이 층에서 혼자 자기 무서워 아줌마들하고 자고 있잖아요, 한데, 괴한이 침입을 하긴 했었나 봐요."

그게 무슨 소리냐는 듯 박석규는 눈만 커다랗게 궁굴렸다.

"괴한이 들어올까 겁이 나서 방문을 꼭 잠궈 두었는데, 방이 엉망으로 어질러지고 문도 활짝 열어젖혀 났더라구요, 금품도 없건만……."

세진은 끔찍하다는 시늉으로 어깨를 들썩 올리며 몸서리까지 쳐 보였다. 실제로 방이 그 지경이 된 걸 발견했을 때, 그녀는 어금니를 사려 물며, 어떡하면 이 작자의 버르장머리를 고쳐줄까, 이를 오도독 갈았다.

"저런, 언제쯤?"

이번에는 박석규가 놀라는 시늉을 지어 보일 때, 세진은 속으로 웃으며 뇌었다. 이 능구렁아, 누가 이기나 어디 끝까지 가보자.

"내 경비한테 특별히 이 층을 신경 쓰라고 할 테니, 궁상 그만 떨고 자기 방에서 편히 주무시도록 하시지."

"이러나저러나 형부의 은덕에 사는 주제에 그런 실수를 하다니, 정말 언니께 용서를 구해야 해……. 제가 놀라서 상대를 분별할 만한 경황이 없었던 데다가, 공부한답시고 잔글씨랑 씨름하느라 눈이 원체 나빠져서 그만…… 이해하시는 거죠? 형부."

"그래, 그렇게 말하면 또 내 맘이 약해지지, 언니한테까지 굳이 누를 끼칠 건 없고."

"그래요? 하지만 죄송해서…… 이대로 지나갈 순 없을 것 같은데요."

"허참, 언니를 위해서야, 신경이 유별난 사람이라는 거 모르나 본데?"

박석규는 유난히 번들거리는 입술을 다물 생각도 않고 속으로 꼬누는 거였다. 요것 봐라? 제법 똑똑한 척하는군. 아무리 니가 잘나 봤자 넌 여자야, 이제 곧 내 품에 안기게 돼 있어.

세진이 자리에서 일어서자 그는 얼른 따라 일어나며 말했다.

"저녁이나 맛있는 거로 먹고 내 차로 같이 집으로 들어가지."

"저요, 지금 공항으로 나가야 해요, 스위스에서 친구가 오는데, 있을 곳이 마땅치 않다고 하길래 저랑 같이 있자고 했거든요."

야멸차게 말하는 세진을 박석규는 맥이 탁 풀린 시선으로 바라보았다.

어느새 유 월도 다 저물어갔다. 명지는 면회가 없는 일요일만 빼고 서대문의 구치소를 문턱이 닳도록 드나들었다. 거기 어두운 가축사 같은 곳에 수감되어 있는 순우가 잠시나마 열악한 감방의 악취에서 벗어나 하늘도 올려다보고 바깥 공기를 마시며 몇 걸음이라도 운동이 되지 않을까 하는 안쓰러움을 안고.

순우는 명지가 집에서 쉴 걸 생각하면 일요일이 제일 마음이 편하다며 하루 걸러서 오라고 당부히지만 그렇게 되지는 않았다. 대체로 그랬듯 그날도 오전 일곱 시 조금 넘어 명지는 집을 나섰다. 그 동안 순우가 그런대로 아주 흉한 몰골은 벗어난 듯하여 시어머니와 시누이를 오게 한 때문에 은애두 함께였다. 가족들이 다 같이 좁은 면회실을 빼곡히 메울 걸 상상하면 명지는 든든했다. 순우도 기분이 꽤 괜찮아지리라는 짐작이었다. 여덟 시가 좀 못 되었건만 대합실에는 벌써 많은 사람들이 와서 접수창구에 줄을 서 있었다. 비가 자주 내리니 추위에 약한 순우의 체질을 배려해 명지는 만팔천 원짜리 옥양목 한복을 하나 더 준비했다. 전번에 차입한 모시 비슷하게 생긴 한복에 비해 가격이 조금 높았다. 책은 친구 김경용이 자기가 간행한 《한국근대사론》 상·하권과 소설 몇 권을 맨 먼저 넣었고, 중간에 유달리 동물을 좋아하는 순우를 생각해서 정약전의 《자산어보》를 넣었으므로 오늘은 이웃의 나 베로니카가 그래도 인제 뵐 수가 있으니 다행이라는 위로 말과 안부까지 당부하며 선물해 온 신구약 합본 《성서》만을 가지고 갔다.

명지가 도서열독허가증을 받아서 책의 표지에 붙이는 동안 은애는 영치물차입원표를 썼다. 우유와 요구르트와 사탕과 건빵, 계란 등을 넉넉히 들여보냈다. 혹 나누어 먹을 사람이 있으면 그렇게 하라고. 영치금은 미리 약속한 대로 시어머니 명의로 당일의 한정액을 넣었다. 은애는 별도로 선배 유필재에게 영치금과 몇 가지의 물품을 차입시켰다. 그러고 나서 은애가 면회접수 대열의 꼬리에 가 줄을 섰다.

명지는 밖으로 나와 나무 밑의 벤치에 앉아서 사람들이 들어오고 있는 정문 쪽을 바라보았다. 얼마 되지 않아, 시어머니와 시누이가 나타났다. 시누이가 시어머니를 부축해서 계단을 올라오고 있었지만 멀리서 보기에는 시누이나 시어머니나 어등비등한 노인으로 보였다. 명지는 얼른 뛰어내려가 두 사람을 맞았다.

"어머니, 서둘러 나오시느라 힘드셨죠?"

"괜찮다, 날마다 드나드는 너도 있는데……."

"형님, 여러 가지로 감사해요."

"감사라니? 어디 남의 일인가?"

대합실에 들어와서 시어머니 강봉자 여사가 명지를 빤히 보더니 혀를 끌끌 찼다.

"아주 얼굴이 반쪽이 됐구나, 내가 그래도 있어야 하는 건데, 먹는 거나 제대로 챙겨 먹는 거냐, 원."

"그럼요, 염려 마셔요, 어머니나 형님도 다 수척하신 걸요."

"그럼 이 판국에 얼굴이 좋아져서야 되겠냐? 사람의 탈을 썼으면야."

줄을 서 있던 은애가 쪼르르 달려와 강봉자 여사와 희우에게 어리광스럽게 허리를 굽혀 인사를 나누고 두 사람의 주민등록증을 챙기어 다시 접수창구로 달려갔다. 그리 기다리지 않고 그들은 면회실로 들어가라는 호명을 들었다. 낮에는 한 시간 내지 한 시간 반 이상을 기다리게 되므로 뜨거운 폭양에 가마솥처럼 더워지는 면회 대기소가 연세 드신 분들에겐 더 힘들어질 것 같아 이른 시간으로 정했는데 명지는 그렇게 하길 잘한 일이다 싶었다. 면회실로 들어가기 직전에 명지는 수재영이 자기에게 해 준 연출을 떠올리며 눈물 대신에 꼭 미소를 보여 달라고 두 사람에게 누누이 당부하는 것도 잊지 않았다.

"감옥살이 경험자가 그러는데 가족의 눈물이 그 어떤 고문보다도 치명적이라네요."

"그래, 걱정 마라."

대답은 그렇게 멀쩡하니 해 놓은 사람들이 순우를 대면하자 영 엉망이었다. 면회실에 네 사람이 빠듯하게 늘어서는 순간 순우가 나오며 허리를 굽혀 인사를 해왔다.

"어머니, 저 때문에 고생이 많으시지요? 누님도 수고가 많으십니다……. 아, 은애도 왔구나."

날마다 만나는 명지에게만 눈인사로 지나갔을 뿐 그만하면 순우는 가족 모두에게 밝은 인사를 보내준 셈이었다. 그러나 당연히 있어야 할 그 인사말에 대한 답이 나오지 않았다. 잠깐 동안이었을 텐데도 한정된 시간 안에서의 그 침묵이 명지에겐 너무나 안타까웠다. 견딜 수 없을 만큼. 처음 온 시어머니와 시누이에게 대화의 기회를 양보한답시고 입을 다물고 있던 명지가 모녀를 돌아보았을 때, 그들은 서로 엉겨 붙어 어깨를 들먹거리고 있었다. 그나마 회복된 모습을 보고도 저러니 첫날의 순우를 보았던들 강봉자 여사는 방성통곡을 했거나, 아예 기절해 버렸을 거라고 생각하며, 명지는 가슴을 누르는 무쇳덩어리라도 밀어내듯 그 무거운 침묵을 깨보려 미리 적어온 쪽지를 꺼내 일상적 얘기와 안부를 묻는다는 것이 잘 되지 않았다. 말소리가 목구멍 속으로 되기어 들어가는 듯 너무 힘이 없었다. 그러나 그녀는 얼마 전 그가 당부하던 일에 대해 말을 이었다.

"만나보라고 하던 사람, 찾기가 아주 힘들었는데, 소재영 씨가 가까스로 연락이 닿았대. 아마 오늘 중으로 만나게 될 거 같아요."

순우는 고개를 끄덕였다.

"고맙군."

무슨 일로 그 사람을 만나라고 하는지 알 수 없지만 면회 때마다 아직 찾지 못했다고 하면 다소 넉심이 떨어지는 기색이어서 소재영에게 최선을 다해 달라고 부탁해 오던 문제였다. 기록사와 감시원이 눈을 반짝이고 있는 면회실의 대화는 난해한 암호를 주고받는 기분이어서 가슴에 수수께끼 같은 의문은 언제나 또 다른 의문을 낳을 뿐이었다. 그날은 가족들이 함께고 보니 긴장이 더해선지 면회를 올 때마다 시달리긴 했지만, 그 어느 때보다 더 가슴이 빡빡하게 조여들어 너무 힘이 들었다. 감옥에 갇힌 게 저쪽인지 이쪽인지 판단이 서지 않을 만큼. 이것저것 재고 눈치 보며, 미적미적 미루고 있을 상황이 아니라는 결단이 내려지며 명지는 순우에게 말하는 거였다.

"아마 근일 간에 변호사가 당신을 만나러 오게 될 것 같은데, 솔직하게 모든 걸 다 말하세요."

순우는 변호사라는 단어에 회의적인 얼굴이 되어,

"아마, 기소가 되나 보지?"

하며 명지를 보았다.

"그냥, 답답해서……."

그녀는 마치 취조라도 받는 입장이 듯 어물어물 끝을 흐렸다. 힘을 내어 또렷하게 말해보려고 애를 써도 되지 않았다. 강봉자 여사가 갑자기 쉬어버리기라도 한 듯 콱 잠긴 음성이었지만 오히려 또박또박 정감이 찐득한 한마디 한마디를 힘겹게 해내는 거였다.

"순우야, 너는 죄인이 아니다. 천성이 너처럼 선하고 의로운 아이는 없었더니라. 에미인 내가 너를 제일 잘 안다. 니가 감옥에 들어가 있을 양이면 감옥 밖에 있을 사람 아무도 없느니라."

시누이 희우도 그 끝에 덧붙이었다.

"동생, 모쪼록 건강을 살펴주기 바래. 나는 이 당부뿐이야."

"네, 감사합니다."

순우의 끝 인사에 은애의 맑은 소리가 보태졌다.

"아빠, 힘내세요."

햇빛을 못 보니 그렇겠으나 푸르도록 창백한 안색이긴 했지만 미소를 머금은 순우의 표정이 침착하고 늠름해 명지는 그나마 위로를 받았다. 밖으로 나오자 강봉자 여사와 희우는 예상대로 계단 위에 그냥 쓰러지며 흐느끼는 거였다. 명지는 두 사람을 보지 못한 듯 먼 하늘가를 더듬었다. 하늘조차 무쇳덩어리처럼 무거울 뿐이어서 그녀는 심호흡을 내어 뿜었다. 은애는 선배를 면회해야 한다며 대합실로 뛰어갔다. 얼마 뒤 울음을 그치고 일어난 강봉자 여사에게 명지가 다가갔다.

"이제 그만 이 길로 저랑 집으로 가시지요."

시누이가 얼른 나서서 명지의 말을 가로막았다.

"아직은 안 되지, 순우가 나올 때까지는……. 어머니 건강을 위해서도."

대합실에서 나온 은애가 자그마한 비닐 봉지를 명지에게 건넸다. 명지는 그게 무언지도 모르고 받아들었다. 은애는 다시 면회 대기소 쪽으로 급하게 올라갔다. 은애가 구치소 마당에서 손에 쥐어 준 비닐 봉지를 명지는 집에 와서야 풀어 보았다. 비닐 봉지

안의 내용물은 다시 종이 봉투로 밀봉되어 있었다. 종이 봉투에는 시퍼런 도장도 박히고 이순우라는 이름도 찍혀 있었다. 세탁물이었다. 처음 명지는 그게 낯이 설어 자세히 보았다. 순우가 집에서 검거될 때 입고 나간 런닝과 팬티였다. 그렇다면 하얘야 하는데…… 아주 까맸다. 시골집 장독에서 본 간장 빛깔처럼. 냄새도 비슷했다. 대를 물려 수십 년을 묵혀온 간장처럼 절고 전 그 런닝과 팬티를 확인하는 순간 명지는 온몸을 후들후들 떨었다. 바로 너구나, 사람 잡는 공장에서 흡혈귀들에게 마지막까지 진을 다 빨아먹힌 껍데기뿐인 순우……. 바로 너야.

순우의 심신이 곧 그 런닝과 팬티 꼴이라 여겨지자 그녀는 일초가 급했다. 예정했던 일이긴 하지만, 서둘러 택시를 잡아타고 영등포로 향했다. 들은 대로 남도극장 옆 건물 이 층에 신선초 변호사 사무실 간판이 걸려 있었다. 군법무관 출신 변호사여야 하는데, 그 가운데에도 갓 군에서 나온 사람이어야 전관예우라는 그들의 불문율에 따라 약발이 세다고 했다. 순우의 후배 기자들이 신선초 변호사가 바로 그런 자격을 뚝 부러지게 갖추었다고 추천해 주지 않았나 말이다. 계단을 올라가 사무실로 들어서니 제법 웅성웅성 성시를 이룬 듯한 분위기였다. 시절이 시절이어서 역시 잘 나가는 모양이구나 싶었다.

"변호사님 계신가요?"

명지가 물었을 때, 중년의 남자 하나가 다가왔다

"제가 사무장입니다, 무슨 일로 오셨습니까?"

"신선초 변호사님을 뵙고 싶은데요."

"아, 네에, 잠깐만 기다려 보세요."

그는 안쪽으로 깊숙이 들어가 문을 열고 잠시 사라졌다가 다시 나와 명지에게 들어오라는 손짓을 했다. 신선초 변호사는 나이 지긋해 뵈는 만큼 침착한 인상이었다. 한평생을 군에서 보냈다면 그만큼 그 방면에 인간관계도 두텁겠지. 대충 사유를 얘기했을 때 수도경비사령부에 들어가서 알아보마고 했다. 그 자리에서 가지고 간 돈을 털어 선임 계약서를 작성하고, 다음 날에 구치소에서 보기로 약속을 한 다음, 명지는 다시 서둘러 택시를 탔다.

누가 말했던가…… 나는 새를 잡기 위해서는 한 사람의 사수보다 여러 명의 사수가 명중률이 높다고. 그녀는 종로 이 가의 '성전' 다방으로 갔다. 약속 시간 오 분 전이라고 하지만 오기로 했다는 최춘택이라는 사람은 아직 보이지 않고, 뜻밖에 김경용이 소재영과 나란히 앉아 있었다. 저녁이라고 커피보다는 셋이 다 인삼차를 시켰다.

"많이 힘드시지요."

김경용이 명지에게 안되었어 하는 빛으로 인사말을 건네자, 소재영이 열 받는지 주먹으로 탁자를 으깰 듯 내리누르며 말했다.

"두 손 놓고 있는 우리 책임도 크다."

"이 혹독한 소용돌이에서 제대로 숨만 쉬고 있는 것도 대단한 겁니다."

"정말, 이렇게까지 꼼짝 못하게 되리라고는……."

"하긴……."

"최춘택에 대해서 알아보기가 좀 힘이 들었습니다."

"원래 친구들 기억에서 멀어져 놔서요."

"초등학교 동창인데…… 졸업 뒤로 소식이 감감해져 노니까……."

"연구 끝에, 그 애가 누구랑 친했더라 하는 걸 수소문했죠. 가까스로 연락이 닿는 친구를 찾아내어 물었습니다, 춘택이가 신군부의 주도 세력과 무슨 연관이라도 있느냐고? 한참 생각을 하는 빛이더니, 그건 잘 모르겠지만, 아마 삼촌이라던가 이모부라던가가 군 장성이라는 말을 들은 것 같다고 해서, 바로 그거였구나 했습니다."

두 사람이 주거니 받거니 하는 동안 미소를 머금고 제법 여유 있는 모습이던 명지가 최춘택으로 화제가 넘어가자 긴장하는 빛이다가 공감이 가는지 고개를 끄덕였다. 대를 이어 케케묵힌 간장 빛깔로 절어버린 사람이 오죽 답답했으면 그 아득한 옛 친구의 친척까지 생각을 해냈을까 싶어지며, 순우도 박석규가 요인 가운데 하나라는 건 알고 있을 텐데 왜 그 확실한 대상은 제쳐놓고 하필……. 어차피 애만 태웠을 뿐 세라 부부의 손길이 느껴지지 않으니, 명지는 순우가 현명했구나 싶긴 했다.

"한데 이 친구는 왜 안 오는 거지? 아니, 삼십 분이나 지났잖아?"

아까부터 나타나지 않는 최춘택에 대해 신경을 잔뜩 쓰고 있는 빛이던 소재영이 말하자,

"올 테지 뭐."

김경용이 입구 쪽을 바라보며 대꾸했다. 명지는 초조했다. 예감이 좋지 않았다. 시계와 출입구 쪽을 잠시 번갈아 보던 김경용이 주머니에서 봉투 하나를 꺼내어 명지 앞으로 내어밀었다.

"이거 약소합니다만 교통비로나 써주십시오, 변호사 선임도 하셔야 할 텐데, 죄송합니다."

갑작스런 일이라 명지는 봉투를 바라보며 잠시 착잡했다. 폐를 끼치는 것 같아 받고 싶지 않았지만, 안 받으면 더 실례라 싶어 그냥 정중하게 머리를 숙였다.

"염려해 주시는 것만도 감사한데요……."

소재영도 어느새 봉투 하나를 김경용의 것 위에 덧었으며,

"함께 넣어두세요, 마음의 표시로나 받아주십시오."

하는 것이 아닌가. 김경용이 회사 일이 덜 끝나 다시 들어가 봐야 한다며 자리를 떴다. 소재영이 시계를 보며 심란한 표정이 되었다.

"여덟 시가 다 되어 가는데……."

명지가 미안해하는 기색으로 말했다.

"아마 오늘은 못 오시는 모양이죠? 바쁘실 텐데 그만 일어나시지요."

"아닙니다, 감방에서 눈 빠지게 소식을 기다리는 사람을 생각해야죠."

명지는 소재영의 그 한마디에 느닷없이 목이 메어 무어라 답을 하지 못하는 거였다. 최춘택은 명지의 예감대로 끝내 나타나지 않았다.

"하, 원 이럴 수가 있나? 약속을 찰떡같이 해 놓고서……."

"부득이한 일이 생기셨겠죠."

소재영은 명지에게 미안하다며 어쩔 줄을 몰라했다.

"인사가 거꾸로 되었네요, 미안해할 사람은 전데요."

소재영은 카운터로 나가서 전화 송수화기를 들었다. 벌써 세 번째였다.

"아직인데요."

최춘택이 그의 집에도 아무 소식이 없다는 말이었다. 명지는 묵묵히 소재영의 얼굴을 바라보았다. 어떤 결연한 결심 같은 것이 안면에 스치며 명지를 독촉하듯 그는 말했다.

"나갑시다."

밖은 캄캄한 데다 비까지 내렸다. 노점에서 비닐 우산을 하나씩 받쳐들고 골목을 벗어나 큰길에 나서자 소재영이 택시를 잡았다. 뒷문을 열어 명지를 태우고 소재영은 조수석으로 가 앉았다. 어디로 가느냐고 명지는 묻지 않았다. 어디든 가서 저녁을 먹게 되면 꼭 자기가 대접을 하리라 마음을 먹었고, 그냥 집까지 바래다 준다면 되돌쳐서 그의 집까지 갈 수 있도록 택시값을 넉넉히 내고 내려야지 하는 정도로 생각했을 뿐이었다. 차는 무작정 어디론가 달리기만 하고 소재영은 간혹 운전기사에게 방향 지시를 하는지 한두 마디를 떨구는 빛일 뿐 명지에게는 아무런 말도 건네지 않았다. 밖은 어둠이 짙어, 가로등이나 네온사인 정도로는 가는 곳이 어디쯤인지 그녀는 감을 잡을 수 없었다. 그냥 편하게 뒤로 기대앉은 그녀는 눈이 저절로 감아졌다. 꽤 지친 모양이구나 스스로를 감지하며 정신을 차려 보았지만 도대체 어디로 얼마나 달려가고 있는 건지 알 수 없었다. 차 안은 빗줄기 소리만이 가득했다. 소재영이 차창에 얼굴을 바짝 붙이자, 차가 섰다.

"더는 못 갑니다."

"부탁합니다."

"비가 안 와도 이 동네는 여기까지입니다."

"핫 참, 조금만요."

운전기사는 움직이지 않았다. 명지가 얼른 일어나며 핸드백을
열자, 소재영이 먼저 계산을 해 버렸다. 택시는 곧 시야에서 사라
졌다. 두 사람이 서 있는 곳은 어둠침침한 산동네의 중턱쯤 될까.
저만치 언덕 위에 작은 외등 불빛이 빗물 속에 출렁이고 있었다.
바람이 거세졌구나 하는 생각을 명지가 하는 순간 비닐 우산이
후딱 뒤집혀 버렸다. 우산을 바로 잡으려고 그녀는 쩔쩔 매었다.
소재영도 명지나 마찬가지로 우산에 매달려 어쩔 줄을 모르고 있
었다. 두 사람이 간신히 우산을 바로잡아 들었을 때는 이미 그들
의 몸은 흠씬 젖어 있었다.

"차를 가져왔어야 하는 건데, 미안합니다."

"별 말씀을요, 미안해야 할 사람은 저라고 말씀드렸는데……."

"그런데, 어디를 가는 거냐고 왜 묻지 않으시죠?"

"갈 만한 곳으로 가시는 거겠죠, 뭐."

"푸핫하하하……."

소재영은 통쾌하게 웃어젖혔다. 명지도 따라 웃었다. 두 사람의
말소리는 비바람 속에서 어떤 환청처럼 전해졌다. 갑자기 명지는
꿈속에라도 갇힌 듯 현실감에서 멀어졌다. 소재영이 바람결을 따
라 뒤집히려는 비닐 우산을 이리저리 잘도 그야말로 운전이라도
하듯이 가누며 언덕 위로 올라가고 있었다. 그 뒤를 따르는 명지
는 자기가 걸어가는 것이 아니라 뒤집혔다 펴졌다 변덕을 부리는

우산이 자기를 끌고 가는 듯만 싶었다. 출렁이던 외등 불빛도 지나쳤고, 다시 그런 외등이 또 나타났을 때 좁은 골목으로 소재영은 들어서며 혼잣말처럼 뇌었다.

"세 번째 집이랬지?"

그 세 번째 집은 산동네의 오두막 가운데서도 가장 작고 초라했다. 그 집의 엉성하게 만들어진 판자 대문 앞에서 소재영이 초인종을 눌렀다. 안에서 사람 기척이 나자,

"계세요?"

비바람만큼이나 거칠게 그는 악을 썼다. 대문이 열렸다. 누웠다 일어났는지 부성부성한 아낙네가 희미하게 묻어나는 외등 불빛 속에서 두 사람을 내다보며 물었다.

"누구신가요?"

"아까 전화 드린⋯⋯."

"아, 네, 들어오시지요."

"친구는 왔나요?"

"아직⋯⋯."

"네에⋯⋯."

소재영의 목소리가 팍 잦아졌다.

"비를 저렇게들 맞으셔서⋯⋯."

두 사람은 대문 안으로 들어섰다.

"실례합니다, 너무 늦은 시간이지요."

닝시가 허리를 굽히며 인사를 차렸다.

"무슨 급한 일이라도?"

"그냥 잠깐 뭘 좀 물어보고 싶어섭니다."

소재영이 대답했다.

"어서 안으로 들어오시지요."

"여기도 좋은 걸요."

명지가 얼른 사양했다. 몸에서 물이 줄줄 흘러내리고 있었다. 신발 속에도 빗물이 흥건했다. 명지는 등허리에 한기를 느꼈다. 순우가 기댈 만한 힘이 과연 있을까 싶을 만큼 명지의 눈에 그 집은 아주 열악했다. 가난을 총체적 무능으로 보고 있다니……. 그녀는 내심 자신을 한심해 했다. 여주인이 뜨거운 차를 끓여 내 왔을 때, 그 찻잔을 받는 명지의 젖은 손등 위에 소재영의 시선이 내려앉았다.

"제가 너무 서둘렀나 봅니다, 약도 오르고, 마음도 급해져서 그 만……."

10. 유 린

　해방촌의 무허가 산동네 가파른 언덕길에서 명지는 비를 철철 맞고 있었다. 온몸이 흠뻑 젖어 그녀 자신이 빗줄기인 듯 어디론가 흘러가는 것만 같았다. 등골에서 오한이 일어나고 어금니가 달달 맞추어 왔다. 소재영이 윗옷을 냅다 벗는다. 어둠 속에서도 희뿌옇게 드러난 그의 상반신이 늠름했다. 소재영은 방금 그의 몸에서 벗겨낸 남방을 명지의 어깨에 얹어 준다. 빗물이 줄줄 흐르는 얄따란 여름옷이건만 그것이 몸에 닿는 순간 아늑해지는 느낌을 그녀는 받는다.

　그 아늑해지는 느낌과 거의 동시에 명지는 눈을 떴다. 꿈이었다. 그러나 그게 꿈이 아닌 것처럼 그녀의 몸은 흠씬 젖어 있었다. 땀이었다. 한속이 들고 실제로 어금니가 달달달 맞추어 오는 거였다. 심상치가 않았다. 물을 뜨겁게 끓여서 마셔 보고 싶다고 그녀는 생각했다. 그러나 몸은 꼼짝달싹 할 수가 없었다.

"엄마."

어렴풋이 누가 자기를 부른다고 명지는 느꼈다.

"엄마, 정신 차리세요."

명지가 눈을 뜨자, 은애가 그녀의 이마에 손을 얹고 걱정스러운 얼굴로 들여다보고 있었다.

"불덩어리 같아, 약을 드셔야지."

머리맡에 놓인 주전자에서는 김이 부드럽게 피어오르고 있었다.

"비를 그렇게 많이 맞으셨으니…… 해열제에다 더 강력한 약도 가져왔어요."

명지는 몸을 일으키지 못하고, 겨우 엎드려서 은애가 내어미는 물컵을 받았다.

"어서 드세요 엄마, 신음 소리에 놀라서 깼거든요, 이 잠충이가……."

명지는 은애가 주는 대로 약을 받아서 입에 털어 넣었다. 뜨거운 물을 마시니 가슴이 쏴알 풀리는 듯도 싶었다. 그때서야 명지는 은애를 향해 말했다.

"옷, 옷 좀……."

"옷? 무슨 옷?"

그렇게 물었으나 이내 짐작한 듯 은애는 재빠르게 속옷과 잠옷을 챙겨 왔다. 땀이 뚝뚝 흘러내릴 것만 같은 명지가 벗어 놓은 옷을 보고 은애는 겁이 덜컥 나서 이부자리를 가지고 와 아예 엄마

곁에 누웠다. 방 안이 버언하게 밝아올 무렵 습관대로 잠을 깬 명지는 눈을 뜨자 이불을 제치고 일어나는 순서는 지키지 못했다.

간밤의 꿈이 떠올랐다. 억수로 퍼붓던 비바람…… 거세게 몰아치던 폭풍우 속에서 대책 없이 노박이로 비를 맞은 것은 현실의 연장선이었다. 느닷없이 희뿌옇게 드러난 남자의 벌거벗은 상반신이 다가왔다. 솔직히 말해서 그녀가 잠을 깨자 망막에 떠오른 것은 바로 그 반라의 늠름한 남자 모습이었다. 분명히 꿈속의 풍경이었다. 평소 소재영에 대한 느낌은 수수해서 꽤 괜찮은 남성이다 하는 정도였는데 꿈속에서는 상당히 튼실한 존재로 비쳤다. 꿈에 대해 비교적 무심한 편인 명지는 어제 저녁 생전 처음 가본 해방촌 산동네에서 심신이 극도로 지치다 보니 그런 꿈도 꾸게 되었나 보다고 생각하며 혼자 피식 웃었다. 하나, 소재영의 얄따란 여름 남방, 그것도 빗물이 줄줄 흐르는 것이건만, 그것이 몸에 닿는 순간 그토록이나 아늑함을 느끼다니……. 그에게 너무 염치 없이 의지해 있는 것이 아닌가 싶었지만 순수한 우정은 또한 순수하게 받아들이는 것이 예절이라는 정도로 정리해 버렸다. 김경용이나 소재영의 친절은 감사할망정 부담으로 느끼고 싶진 않아 간밤의 꿈을 그녀는 겨자맛처럼 상큼하게 넘겼다.

심한 갈증 말고는 특별한 이상은 없다는 생각에 자리를 차고 일어난 명지는 몸의 중심이 휘청 흔들리어 자기도 모르게 벽을 짚었다. 겨드랑이와 등허리가 선뜩했으나 그 정도면 그냥 참을 만했다. 엄마 이부자리에 바싹 붙어 누워 쌔근쌔근 깊은 잠에 빠져 있는 은애를 내려다보며 명지는 빙그레 미소를 지었다. 아직도 아기로만 알고 있던 은애가 간밤에 보호자 역을 너끈히 해낸 것이 기특했다. 은애가 아니었다면 아침에 일어나지 못했을지도 모른 다는 생각이 들 만큼 아주 많이 위험했다고 느끼는 거였다. 경험 도 없는 것이 눈망울만 굴리며 언제까지 엄마를 지켜보고 있었을 까⋯⋯. 사랑스런 마음이 발동하여 볼그레한 은애의 뺨에 뽀뽀를 해 주고 싶은 충동을 느꼈으나 명지는 참았다. 아마도 저 애한테 서는 아직 아기 때의 고소한 내음이 날거야⋯⋯.

명지는 혼자 마음속으로 그렇게 중얼거리며 부엌으로 나갔다. 한데 다리가 말을 듣지 않았다. 앞으로 나가려는 자기 의지와 상 관없이 게처럼 옆으로 가고 있는 거였다. 꽤 고열에 시달렸던 모 양인가. 현기증이었다. 은애 먹을 걸 대충 챙겨 놓고 명지는 우유 를 데워 마냥 마셨다. 힘이 좀 생기는 성싶었다. 그러나 오늘은 좀 누워서 몸조리를 하고 싶었다. 몸조리라니? 다른 사람도 아닌 명지 네가 이 판국에, 어떻게⋯⋯. 그녀는 스스로 노여워 눈시울 을 썸벅였다. 중요한 일들이 순차적으로 기다리고 있는 걸 떠올렸 다. 그 가운데에도 가장 중요한 일은 순우를 그 숨막히는 가축사 에서 단 삼 분일망정 불러내 주는 일이라고 생각하고 있지 않나 말이다. 거기에 마음이 미치자 정신이 번쩍 나서 부리나케 준비를 서둘러 그녀는 집을 나서려고 현관 쪽으로 나갔다. 벽을 짚고 구 두를 신던 명지는 힘없이 주저앉았다. 결국 그녀는 오후에서야 서대문구치소에 나타날 수 있었다.

간밤 아슬아슬하게 집에 대어 갈 통금 직전의 시간에 헤어진 소재영이 아침에 출근하자마자 전화를 주었다.

"괜찮으십니까?"

"네."

"후유우……."

병이라도 나지 않았을까 무척 걱정이 되었던 모양이었다. 비로소 안심이라는 듯 어깨를 추스르는 소리가 바로 옆에 있기라도 한 듯 전파 저쪽에서 확실하게 넘어왔다.

"그렇게까지 걱정이 되셨어요?"

"그러믄요, 어제 우리가 그게 어디 제정신으로 할 짓이었습니까?"

"저야 당연하지만……."

"무슨 말씀이십니까? 저 역시 당연한 일 아닙니까?"

명지는 무어라 더는 말을 건네지 못했다.

"최춘택이하고 방금 통화했습니다."

"그 사람 집에 들어오긴 했군요."

"핫 참, 도깨비 같은 놈이네요."

"그럼 어젯밤 우리가 그 도깨비한테 홀렸던 거 같죠?"

"핫하하하."

소재영은 호탕하게 웃어젖히고,

"오늘은 틀림없답니다, 꼭 나오겠다고 하는데……."

"그럼 만나야지요, 면회를 오후에 갈까 하는데요."

"알겠습니다. 그럼 저녁이나 함께하십시다."

"네."

"배재고등 입구에 있는 '온' 다방이 좋겠다고 하던데요, 찾으실 수 있을까요?"

"어딘들……."

"그러시면, 일 천천히 다 보시고 나서 거기로 오십시오, 저도 회사 사정 보아가며 되도록 미리 가볼 것이니까요."

소재영과 얘기를 마치고 명지는 신선초 변호사에게 전화를 넣었다. 오전으로 잡혔던 약속을 오후로 미루었다. 집에 가만히 앉아서도 자기 사정에 맞추어 척척 순조롭게 일정이 정정된 셈이었다. 다만 한 곳만 빼놓고는. 순우는 담장이 너무 높은 곳에 들어가 있으니까. 날마다 첫새벽 일어나 면회 가던 사람이 나타나지 않으니 오죽 답답할까. 하지만 오늘은 변호사 접견이 이루어지는 특별한 날이다. 순우의 혐의가 도대체 무엇인지 밝혀지리라는 기대감에 명지는 초조했다.

그녀가 구치소에 당도한 것은 오후 한 시가 조금 넘어선 시간이었다. 현기증이 오전보다는 많이 가라앉았으나 그래도 아직 세상이 기우뚱 기우뚱 일렁이는 바람에 면회실에 이르는 계단을 여러 번 쉬어서 올랐다.

"오늘은 쉬나보다 싶었는데……."

"집안을 좀 정리하느라구……."

"너무 무리는 하지 마, 안색이 좋지 않아……."

예민한 순우는 벌써 간파하고 이쪽을 도리어 걱정하는 거였다. 명지는 시간을 의식하며 차분하게 말했다.

"세탁물 잘 받았어."

"음."

순우의 안면에 물살이 일며 씁쓰름한 미소가 스쳤다.

"좀 있음 변호사가 접견하러 올거야."

"서두르지 말라니까……."

"저녁에 소재영 씨랑 같이 당신이 찾아보라고 한 사람 만나기로 했어, 어제는 그쪽에서 일이 생기는 바람에……."

순우는 잠자코 바라보기만 했다. 토마토를 넣을까 물으니 그러라고 하면서 그는 일어섰다. 순우가 걸어 나간 뒤, 상체가 휘엉청 흔들려 와 잠시 벽면을 짚었다가 밖으로 나온 명지는 전에 없이 더 서글퍼졌다. 이제 익숙해져 가면 좀 나아지겠지 하는 바람과는 달리 면회실의 문턱을 들어서기만 하면 고조되는 호흡곤란증이 더하면 더했지 조금도 수그러드는 기미가 없어, 이러다가 바닥에 쓰러져 버리는 게 아닌가 하는 우려와 함께 기가 꺾이어 기어들어 가는 말소리를 여전히 회복해 내지 못하는 좌절감과 자유가 박탈된 이따위 가소로운 면회라는 걸 그 언제까지 하게 되는 것인가 하는 허탈감에. 하지만, 안 될 말이었다. 이따위 가소로운 면회를 통해서나마 살아있구나 하고 서로 확인만이라도 할 수 있다는 게 얼마나 다행한 일인가.

둘의 대화를 기록사가 바로 곁에서 한 자도 빼지 않고 싹싹싹 적어나가고 있다는 사실이 오늘 따라 더 신경을 극도로 지극해왔다. 마치 칼날을 목에 바짝 들이댄 듯이. 그것들의 행태를 그냥 모르는 척 무시해 버릴 수도 있는 거라고 매번 스스로를 타일러 보지만……. 의연하지도 굳세지도 못한 이런 꼬락서니를 순우는 얼마나 딱해 할까…….

명지는 여기저기 둘러보다가 정문이 잘 보이는 벤치로 가 자리를 잡고 앉았다. 앉자마자 그녀의 시야에 신선초 변호사가 땀을 주루룩 흘리며 나타났다. 정장까지 한 그의 노구는 피곤한 탓인지 무거워 보였다. 약속 정시에 나타나 준 것이 고마워서 명지는 마주 나가 정중하게 인사를 했다. 신선초 변호사가 구치소 안으로 사라지자 기다리고 있었던 듯 훤칠하게 큰 키의 신사가 새하얀 와이셔츠 차림으로 다가섰다. 사업하는 순우의 친구 황병문 씨였다.

"방금 그 사람이 누구죠?"

변호사라고 하니, 기왕이면 자기도 변호사 얘기 좀 들어보아야 겠다며 벤치에 눌러앉았다. 그는 바지 뒷주머니에 손을 넣고 부시럭거리더니 두툼한 봉투를 명지의 무릎 위에 조심스럽게 올려놓았다. 몸 상태가 좋지 않아서인지, 이제 지칠 대로 지친 때문인지 무어라 말이 나오지 않아 정중하게 허리만을 굽혀 그녀는 감사의 표시를 했다. 그들의 따스한 우정을 그녀는 차례로 수첩에 기재해 나갔다. 순우가 나오면 보고도 해야겠지만, 오랜 세월이 흐르더라도 순수한 우의를 잊는 일이 있어서는 안 되겠다는 생각에서였다. 소재영과 김경용의 봉투도 물론 이미 기록되었다. 그들의 수입에 비해 그 봉투들은 너무 과한 액수였다. 배재고등 입구 '온' 다방에서 만나기로 한 소재영 씨가 뜻밖에 또 헐레벌떡 나타났다.

"변호사 왔습니까?"

"네, 좀 있으면 접견하고 나올 거에요."

그는 변호사의 접견 결과가 궁금해서 일을 앞당겨 마치고 이리로 왔노라고 했다.

"여기 오니 너도 만나지네."

"니가 제일 수고 많겠다 했더니, 역시 그런 모양이구나."

황병문도 소재영이나 같은 순우의 동창들이어서 서로 반색들을 했다.

신선초 변호사가 구치소 내부로 통하는 오른쪽 계단에 드디어 모습을 드러냈다. 왈가왈부, 구구한 억측에 종잡을 수 없던 순우의 정체가 이제 제대로 드러날 것인가. 그의 혐의는 도대체 무엇이며, 죄과가 있기는 한 건지, 명지는 긴장하지 않을 수 없었다. 순우가 앵커로서 뉴스를 다루는 방향과 처리에 군부세력의 민감한 비위를 거슬렀을 뿐, 다른 죄과는 없다는 것이 명지의 변함없는 판단이어서 만약 달리 죄과가 들어난다면 그것은 각본이라고 그녀는 확신하고 있었다.

세 사람은 제자리에서 변호사가 당도하기를 기다리지 못하고 그가 내려오고 있는 계단 쪽으로 우르르 몰려갔다. 나이 지긋한 변호사는 계단을 얼른 내려오지 못했다. 소재영과 황병문이 초조한 마음을 견디기 힘들었던지 무슨 신호라도 받은 사람들처럼 동시에 계단 위로 뛰어올라가 양쪽에서 변호사를 부축하는 거였다. 신선초 변호사를 에워싸다시피 하고 구치소 밖으로 나온 그들은 쉽사리 눈에 띄는 제과점으로 들어갔다. 우선 변호사의 입술부터 축이게 할 요량인지 황병문이 음료수를 서둘러 시켰다. 이내 가져온 오렌지 주스를 한 모금 마시고 난 신선초 변호사는 빙그레 미소부터 흘렸다.

"섣불리 말문을 열기가 겁이 납니다그려."

관록에서 오는 여유를 보이며 그는 여전히 부드러운 시선을 보냈다. 팽팽하게 긴장되었던 세 사람은 비로소 어깨를 풀며 마주 웃을 수 있었다. 음료수를 마실 생각도 그들은 그제서야 하는 거였다. 신선초 변호사의 표정이 진지해졌을 때, 세 사람은 다시 좀 전의 모습으로 그를 향했다.

"다른 것이 아닙니다, 재야인사들과 유대 문제가 있고, 그들에게서 돈을 받는가 하는 혐의와 기자협회와의 관계, 보도검열거부운동, 학생운동…… 그리고 으, 음, 광, 광주의 일 등, 배후조종 문제를 추궁 당했다고 합디다, 맨 나중 것이 다소 우려됩니다만…… 이 길로 수경사(군법회의가 있는 수도경비사령부)에 들어가 보겠습니다."

명지는 눈을 커다랗게 뜨고 어이가 없어했다. '광주'라면 변호사도 발음조차 불편해 하는구나. 그녀의 얼굴은 굳어졌다. 밖에서 떠도는 풍문과 다를 것이 없지 않은가? 돈에 대한 혐의까지? 이건 한 술 더 뜨는 격이 아닌가. 명지는 맥이 탁 풀렸다. 거금을 건 변호사라고 해서 반드시 기대치에 부응하는 정보를 가져올 수는 없겠지. 하지만, 터놓고 솔직하게 말을 할 수가 없는 가족을 대신해 당사자를 직접 만나고 나왔다면 뭔가 조금은 그래도 시원하게 해주는 대목이 있어야 할 텐데……, 아니었다. 답답했다. 이전보다 오히려 더.

"제가 생각한 것보다 훨씬 더 거물인가 보네요? 언론계 내의 문제에 대해서는 일단 혐의를 두어 볼 수도 있겠지만, 광, 광주와의 연관이라뇨?"

"터무니없는 일이다, 그거죠? 그렇다면 재판에서 밝혀지겠죠."

단순하게 생각하는 황병문의 말이 명지는 야속했다. 재판이라고? 재판에까지 넘어가기를 바라는 거야?

고개를 갸웃 틀고 있던 소재영이 황병문의 발언에 대꾸했다.

"그렇기만 하다면야 그래도 괜찮겠지, 코에 걸면 코걸이, 귀에 걸면 귀걸이가 되는 세상이니 복잡한 거지."

"자, 그럼 저는 이만……."

신선초 변호사가 궁둥이를 들썩였다.

"저, 변호사님과 잠깐 용무가 있거든요."

명지가 그렇게 말하자, 황병문은 애 많이 쓰시라는 인사를 남기고 돌아섰고, 소재영은 바로 앞에 차를 대어 놓았으니 거기로 오라며 나갔다. 용무라는 것은 선임료의 잔액을 마저 지불하는 일이었다. 영수증을 받아들고 나서, 명지는 신선초 변호사에게 코가 땅에 닿도록 절을 하며,

"변호사님만 믿겠습니다."

하고 헤어져, 부리나케 뛰어 구치소 사무실로 되올라가 순우와 얘기한 토마토를 차입시켰다. 소재영과 함께 '온' 다방에서 만나기로 했다는 최춘택은 역시 나타나지 않았다. 속수무책인 사람이다 싶었다. 왜 순우는 하필 그런 사람에게 희망을 거는 걸까. 소재영과 명지는 그가 오면 함께 저녁을 하기로 한 때문에 그날도 끼니마저 걸렀다. 요때나 조때나 하고 기다리다가 마침내 한 시간이 후딱 넘어섰을 때는 기진하고 넉심이 뚝 떨어져서 무엇을 먹을 생각조차 할 수가 없었다. 약속시간 십오 분이 지나면서부터 소재영은 바로 전날의 '성전' 다방에서처럼 카운터를 드나들며 전화질을 해

대었다. 철석같이 약속을 해 놓고도 나타나지 않는 최춘택은 말할 것도 없지만, 똑같은 기만을 다시 당하면서 다시 똑같은 반응을 보인다는 사실이 더 참을 수 없었다. 아니, 전날보다 오히려 더 감질 나는 반응을 보이지 않았던가. 멀쩡한 선의의 친구들을 이렇게 우롱하고 농락해도 되는 것인지. 최춘택이 도대체 어떤 인격체인데……. 이건 보지도 듣지도 못한 미지의 그 애매모호한 작자의 짓이라기보다는, 정체 모를 이 시대의 우롱이 아닌가 싶어질 만큼 명지는 절망감에 한숨지었다. 우리 모두를 이토록이나 바보로 만들다니…….

"그만 일어납시다."

약속 시간에서 두 시간이나 지났을 때, 소재영이 그렇게 말했다. 너무 지쳐 버린 두 사람은 목석처럼 표정마저 잃어버린 것 같았다. 어지간히 신물이 나도록 기다린 셈이었다. 꼭 나온다는 보장만 있다면 그만큼, 아니 그 이상이라도 두 사람은 다시 더 기다릴 수도 있었다.

"이놈을 그냥…… 코를 꿰어서라도 기어이 만날 수 있게 해 드리겠습니다, 인제 이놈을 만나러 나오시진 않으셔도 됩니다, 댁으로 끌고 갈 테니까요."

소재영이 목에서 잘 나오지 않는 것 같은 꺼이꺼이 쉬어 빠진 소리로 스스로에게 다짐하듯 뱉어낸 말이었다. 명지는 간밤의 꿈을 떠올렸다. 소재영이 폭풍우 속에 벌거벗고 늠름하게 서 있던 모습을……. 지금의 소재영이야말로 바로 그 모습 그대로라고 명지는 느끼고 있었다. 그의 늠름함이란 남성의 건장함이 당연히 포함되어 있지만 그보다 더 큰 의미를 실제로 그녀는 확인하고 있었다. 불행에 빠진 친구를 위해 숱한 시간을 할애해 주고, 정성을 다해 따스한 마음을 기울이고 있는 그의 행위야말로 폭풍우 속에서 다 젖은 얄따란 남방셔츠마저 벗어 주는 격이 아니겠는가. 더구나 남들이 모두 불이익이 올까 두려워 기피하는 대상을 위해서, 그야말로 꿈속 모습 그대로 벌거벗고 달려들어 뛰어주다니…….
앞으로 그에게 더 이상 옷을 벗게 해서는 안 된다고 명지는 생각했다. 얼마나 지치고 속이 상하면 목에서 말소리조차 제대로 나오지 않는 걸까 싶어, 이제는 아니라고, 제발 그만하시라고 당부해야 한다고 생각하면서도 그녀는 그 말을 하지 못하는 거였다.

더위가 일찍 오려나. 특히 오후 세 시쯤이 고비인 듯 아파트의 문이란 문을 다 열어젖혀도 바람 한 점 없었다. 남편의 출근과 퇴근 사이의 십여 시간을 혼자 지내야 하는 세인은 이 시간대쯤 되면 정신적으로도 늘어져서 몸도 마음도 뻥하니 퍼지게 마련이었다. 공원의 나무들도 꼼짝을 안 했다. 현관의 초인종이 무심히 울린 건 하필이면 이런 때였다.

"누구세요?"

세인은 마치 자력에 달라붙는 쇠붙이처럼 스르륵 현관으로 나가 물었다. 그 대답은 너무도 위압적이었다.

"나다."

세인은 자기 귀를 의심했다. 전신에 소름이 오싹 끼쳐 왔다. 늘 현관너머에서 들려올까 봐 조마조마했던 바로 그 목소리였다. 실오라기처럼 가느다란 끈으로 어깨에 걸린 속치마 같은 홈웨어 차림의 그녀는 더 가냘프고 더 창백해져서 파르르 떨었다. 그 목소리가 들려오면 어떻게 하나……. 거기에 대한 해답을 얻지 못한 상태에서 그 목소리는 기어이 들려오고야 만 거였다. 눈앞이 핑그르르 돌았다. 전번 운전기사를 빈 차로 돌려보낸 일이 살아나며 그녀는 더 쩔쩔매었다. 어찌해야 하나, 갈팡질팡하면서, 여리디여린 그녀는 더 이상 공포감을 밀어내지 못했다. 이런 일을 예감하여 만반의 대비를 해왔건만……. 초인종 소리는 아예 자기에게는 없는 것이라고.

"잡상인과 광신도들, 별별 이상한 사람들이 다 와서 초인종을 눌러대는 바람에 성가셔서 아무 일을 못 하겠어요, 일일이 대처하기도 신경질 나고요, 그러니 당신은 초인종 대신 이걸 꼭 사용해주세요."

남편에게도 열쇠를 쥐어 주며 그렇게 당부해 놓지 않았던가. 이집에는 초인종이 없다고 늘 자신을 세뇌시키려 애써 왔으면서……. 초인종 소리만 나면 죽은 듯이 숨도 제대로 쉬지 못하던 자기가 아니던가. 숨 막히는 더위 때문이었나. 뻥하니 몸도 마음도 무방비로 해체된 시간대여서……. 자신의 한계였다. 박석규는 집안으로 들어서자마자 세인을 끌어안았다. 거친 독수리가 병아리를 나꿔채듯. 세인은 눈알에서 번쩍하는 섬광을 보며 그의 완강한 품에서 몇 번 벌그적댔다. 그녀의 핏기 잃은 얼굴은 희다 못해 파랬다. 세인이 미미한 항거의 표시로 벌그적댈수록 박석규는 더 거칠어졌다. 단계적으로 조여드는 완력에 세인은 곧 기진했다. 정신을 놓았다. 박석규는 욕정의 씨눈들을 무차별로 방출해 버리고 나서야 그의 시야는 조금씩 트여 왔다. 언제나 비슷한 행위였지만, 이날 따라 더 혹독할 만큼 잔인했던 건 전에 느끼지 못했던 복합적 요인이 끝간 데 없이 치달아오른 때문이었다. 암컷과 수컷의 원리란 삼라만상이 거기서 거기인 모양이라고 그는 실소를 했다. 내내 한동수라는 존재를 떠올리며 그 아슬아슬한 가학적 경지에서 빠져나오기가 어려웠던 것. 그 위에 세진에 대한 욕구불만까지 가세되어. 뒤늦게 정신이 든 박석규는 허둥지둥 죽어 늘어진 여체에 달려들어 코를 빨고 입술에 호흡을 불어넣었지만 좀처럼 반응이 돌아오지 않았다.

"가련한 것 같으니……."

그는 눈물까지 찔끔거리며, 그녀를 회생시키기에 혼신을 다했다. 깊은 잠에서 깨어난 듯 세인이 눈을 뜨자 박석규는 거실 바닥에 널브러져 있는 그녀를 안아다가 안방 침대에 눕히고 홑이불을 덮어 주었다. 흐느끼는 세인의 귀에 대고 그는 주문을 외듯 속삭였다.

"난 너 없으면 못 살아, 니가 날 살려주는 거니까 느이 언니도 살려주는 셈야, 세진이까지도……."

하얀 깃 제복 시절의 세인은 그 말을 진짜로 믿었다. 그래서 무섭고 혐오스런 그와의 관계를 입술을 깨물며 참아 왔는지도 몰랐다. 세라나 세진을 위해서라면 무슨 짓인들 못하랴 싶은 것이 천사 같은 세인의 소신 같은 거였다. 그러나 이제 달랐다. 언제나 판에 박은 주문처럼 귀에 대고 속삭여 주는 박석규의 입에 붙은 말을 분별할 줄도 알게 되었다. 결혼을 해서 한 남자의 진실한 사랑이 어떤 것인지를 알고부터 박석규의 행위가 무엇인지도 자연스럽게 터득하게 된 셈이었다. 현관문 닫히는 소리가 나자 세인은 욕실로 가 샤워를 했다. 비누질을 하고 또 하고……. 실오라기 홈웨어와 속옷은 휴지통에 던져 버렸다. 그러고 나서 세인은 문득 뇌었다.

"그래, 떠나자, 니가 따라올 수 없는 아주 먼 곳으로."

마산으로 내려온 인재경은 역 화장실 안에서 임부 분장을 풀어 버리고 위조한 주민등록증으로 위장취업을 했다. 마남방직공장 양성공이었다. 통상 말하기로는 시다였다. 정방부서. 밀림처럼 빽빽하게 들어선 기계들 틈서리에서, 작동하는 그 기계들과 더불어 하나의 부속품이 되어 내내 뜀박질을 해야 하는 근무였다. 조사라고 부르는 고치 모양의 솜이 기계를 통과하면서 실로 뽑아져 관사로 감기면 완성되는 일이었지만, 기계 수량에 비해 배치된 인원이 터무니없이 부족했다. 끊어지는 실을 번개처럼 이어야 하는 건 숙련공의 몫이었고, 조사를 연방 새로 기계에 끼우는 일과 관사를 기계에서 떼어 내는 일이 분업화되어 다섯이 한 조를 이루고 있었다.

인재경은 나이 두세 살 위로 보이는 이인각과 함께 관사 담당이었다. 인재경이 수배자의 몸으로 은신도 할 겸 노동현장의 민주화가 시급한 문제라 하여 잠입한 것인데 과연 심각했다. 그러나 육 개월의 양성기간에는 전혀 발언권이 주어지지 않았다. 현장에서는 나이나 학력 따위는 참고 되지 않았고 밥그릇 수에 따라 서열이 정해지는 거였다.

친구 동생의 주민등록증을 제출한 때문에 인재경은 나이가 세 살이나 줄어들었고 이인각도 비슷한 처지였다. 실제 학력 따위는 물론 보안 일 호였다. 뜻이 맞아 함께 방을 얻어 생활하고 있는 두 사람은 먼동이 번하게 트는 네 시 좀 넘어 일어나 대충 준비를 하고 나란히 가까운 거리의 회사로 향했다. 남자 못지않게 씩씩하고 시원시원한 이인각이 노동운동으로 언론에 크게 부각되었던 ㄷ방직에서 해직된 노조지부 간부 출신임을 안 인재경은 그를 깍 듯이 선배님으로 예우했다. 앞으로 그와 손을 잡으면 어떤 일이라 도 해내게 되지 않을까, 그녀는 마음 든든하게 기대를 걸고 있었다.

그러나 ㄷ방직에서는 해고자 일백이십사 명을 불순분자로 몰 아 그 명단을 전국에 배포했으므로 이인각도 언제 신분이 들통 나 해고될지 모르는 처지인 건 인재경이나 다를 바 없었다. 벌써 봉제공장과 가발공장 등 서너 곳에서 신분 노출로 쫓겨나 이곳에 오게 되었다고 이인각은 솔직하게 털어놓았다. 그녀는 새 직장의 취업으로 만족하고 있는 것이 아니라 십여 년 근속한 ㄷ방직에 복직운동을 하고 있었으므로 발각될 확률이 더 높았다.

"애, 인재경, 넌 도대체 무얼 파먹겠다고 이 형편 무인지경의 소굴엘 제 발로 걸어 들어온 거냐?"

"음, 먹으러 들어온 건 확실하지, 목구멍이 포도청이니까……."

"목구멍? 그거 심각한 문제긴 하지, 하지만 너 몸 베린다……, 비씨지 접종은 했겠지?"

"물론."

"그래도 백 프로 보장은 못 해, 원체 결핵이 창궐하니까……. 너 같은 앤 이런 덴 아예 오는 게 아닌데……."

"설마 언니, 날 괄시하는 건 아니지?"

"나처럼 본시 자갈밭 태생은 비씨지 따윈 들어보지도 못했다만 철판 가슴을 타고났거든, 넌 아니잖아, 걱정스러워서……."

"난, 가만 생각해 봄, 이곳에 언닐 만나러 왔지 싶어."

"그 정도냐? 그렇담 너랑 나랑 한번 좀 움직여 볼까?"

"농담 아니지?"

"음."

"언니네 회사는 아주 방대했다며?"

ㄷ방직을 이인각은 그렇게 불러주어야 좋아했다.

"그럼, 노동자 인원이 천오백여 명인데, 여기는 그 삼 분의 일도 안 되지."

"언니 회사는 환경 개선을 많이 했다며?"

"물론이지…… 남녀 노동자의 임금 격차도 많이 줄였고……."

"그럼 우리 몸담고 있는 이 공장도 일차적으로 언니네 회사 수준으로 좀 어떻게 해볼 수 없을까?"

"조옹지, 그렇지만 투쟁 없인 아무것도 얻지 못한다는 걸 명심해야 해."

"우선, 고요하게 겨울잠만 자고 있는 노동자들을 흔들어 깨워야지."

"암, 깨워 줘야지, 하루를 살아도 인간답게 살아야 한다는 사실을 터득하게끔."

"한데, 시다 기간 중엔 별 뾰죽한 수가 없을까?"

"그건 노동현장의 생리를 몰라서 하는 소리야."

"육 개월은 아주 푹 썩어야겠군."

인재경은 당연히 양성공 기간을 거쳐야겠지만 숙련공 가운데서도 우수숙련공인 이인각은 신분을 은폐하기 위해 기나긴 시다기간을 다시 엎드려 썩는 꼴이었다.

"당연하지, 암중모색이나 하면서……."

어둠어둠한 길을 걸어온 두 사람은 어느새 회사에 당도해 있었다. 숙소에서 회사까지는 십 분 정도의 거리지만, 걸어오는 동안 주위가 많이 밝아졌다. 정문을 들어서자 화단에 싸리꽃이 흐드러지게 피어 가지가 꺾어질 듯 휘어 있었다. 그 싸리꽃에서 계절의 변화를 확인하며 둘은 먼저 식당으로 내려갔다. 지하 계단을 밟아내리면서 된장국 냄새가 식욕을 자극해 왔다. 그러나 막상 식탁에 앉았을 때는 새로울 것이 없는 식단에 그녀들은 그만 맥이 빠져 버리는 거였다. 간장과 고춧가루, 깍두기, 된장을 푼 시래깃국, 늘 그렇듯 그것이 반찬의 전부였다. 대체로들 젊은 혈기에 간장과 고춧가루를 밥에 부어 새빨갛게 비벼 먹는 풍조였지만 인재경과 이인각은 밥을 무작정 국에 말았다. 그러면 뜨거운 맛에 그래도 잘 넘어가 주기 때문에. 사이사이에 깍두기를 어지간히 아끼듯 조금씩 깨물어 먹으면서. 깍두기가 한 조각이면 밥 한 그릇 먹을 만큼 진저리치게 짠 탓에.

일은 하루 여덟 시간씩 삼 교대였다. 두 사람은 밤새껏 일을 한 사람들과 교대를 하기 위해 부랴부랴 식당을 나섰다. 여섯 시가 교대 시간이지만, 삼십 분 전에 미리 나가 일을 시작하는 것이 불문율로 되어 있었다. 끝날 때도 삼십 분 정도는 뒷마무리를 하고 나오므로 엄밀히 말하면 하루 아홉 시간 근무인 셈이었다. 잔업이 있을 때는 열두 시간도 했다.

두 사람은 정방 부서가 있는 일 층으로 향했다. 작업장의 입구인 백 미터 가량의 복도가 안개로 자욱했다. 인재경은 이 공간에 들어설 때마다 안개주의보라는 말을 떠올리곤 했다. 그러나 그것은 안개가 아니었다. 동쪽 산모롱이에서 이제 막 퍼지기 시작한 햇살이 유리창을 통과해 복도의 중간쯤에 사선으로 걸리었다. 새벽부터 초여름의 폭서를 알리는 지글지글 끓이는 강렬한 햇살은 모든 것을 투명하게 판별해 주었다. 그 강렬한 햇살이 현미경처럼 안개의 중심부를 통과하면서 안개는 더 이상 안개가 아니라는 사실이 육안으로도 선명해지는 거였다.

햇살 속에서 날벌레처럼 농밀하게 바글거리는 것은 다름 아닌 먼지였던 것. 복도를 지나가면서 인재경은 그 농밀하게 바글거리는 먼지의 풍경을 자신들의 호흡기 단면도를 보는 것처럼 느꼈다. 섬뜩했다. 그러나 그것은 양반이었다. 몇 걸음 더 들어가 출입문을 열고 들어선 작업장엔 복도의 몇 십 배나 되는 먼지가 실내에 꽉 농축되어 있었다. 그것이 만약 안개라면 비행기나 배뿐 아니라 기차, 자동차까지도 운행이 불가능하리라. 그런 환경에서 요란한 소음과 함께 기계가 돌아가고 꽃봉오리 같은 처녀들이 기계의 언저리에서 바로 그 기계의 일부처럼 일사불란하게 움직이고 있었다. 정방이라는 일의 성격상 섭씨 삼십사, 오 도의 실내온도를 유지해야 되는 때문에 사시사철 절대 문을 열어서는 안 되는 무덤처럼 밀폐된 공간……. 밤새 일한 조들이 하품을 하며 뒤처리를 하는 동안 새로 들어간 조들은 바닥에 내려앉은 솜먼지를 쓸고 주위 정비를 했다.

인재경은 그러는 동안에도 벌써 온몸에 땀이 흠뻑 배었다. 이인각의 이마에도 땀이 주르르 흐르고 있었다. 목덜미, 겨드랑이, 넓적다리 등 여린 부위에는 땀띠가 빨갛게 솟아 따끔거렸다.

앞서의 조원들이 완전히 퇴장하자, 새 조원들이 기계에 바짝 붙어 이리 뛰고 저리 뛰며 작업에 몰두했다. 아무도 잡담하는 사람도 없고, 할 새도 없었다. 인재경과 이인각은 그녀들에게 배당된 삼십 대나 되는 기계가 감아대는 관사를 가득 채워지기 무섭게 빼어 플라스틱 통에 담아내는 일에 숨이 가빴다. 끊어지는 실을 찾아 기술적으로 잇는 사람이나 조사를 연달아 끼우는 사람이나 모두가 뜀박질로 움직여야 했다. 근무시간 내내. 온몸에서 땀이 빗물처럼 흘러내렸다. 목이 타면 대비해 논 왕소금 몇 알을 입에 넣고 물통의 물을 들이키면 되었다.

여기저기서 잔기침 소리가 들려왔다. 더러는 창자가 쏟아져 나올 것 같은 심한 기침 소리도 끼어들었다. 저 사람이 아마 각혈을 하지 않았을까 하는 조마조마한 마음으로 인재경은 성호를 긋고, 때로는 성호조차 그을 새가 없어 속으로 화살기도를 바쳤다.

이곳에서는 결핵 이 기에 접어들어도 치료는 물론 해주지 않거니와 휴가도 없다고 했다. 삼 기에 들어가야만이 보따리를 싸게 하여 고향으로 보내진다고 하는데, 본인은 그래도 되도록 가지 않고 버티려 든다는 말을 들었을 때 인재경은 울었다. 제 몸은 어찌 되건 찢어지게 가난한 부모와 어린 동생들이 눈에 밟혀 끝까지 병을 감추다가 피를 동이로 쏟고야 들것에 실리어 퇴사당하는 일이 허다하다고 했다. 퇴직금은 물론 한푼의 위로금도 없이……

솜먼지가 눈을 덮어 이곳의 풍습대로 스폰지로 얼굴을 문지르며 인재경은 생각했다. 여태까지 무심히 접하고 입어 왔던 생산품들이 이토록 노동자의 생명을 건 피땀과 고통에 의해 만들어지고 있었다니…… 어찌 피복 분야뿐이랴.

오후 두 시 반이 되어서야 걸레처럼 지쳐서 그녀들은 작업장을 빠져 나왔다. 작업모를 벗으니 두툼한 솜먼지 덩어리가 또 하나의 모자처럼 인재경의 발등으로 떨어져 내렸다. 내 내장에도 이만한 부피의 먼지가 쌓였겠지.

그녀는 가슴이 답답하여 기침을 해댔다. 입 안에 걸리는 보푸라기를 휴지로 훑어내었다. 숙소로 돌아와 초주검이 되어 그녀는 누웠다. ㄷ방직에서 실 잇는 명수였다는 이인각도 신음 소리를 내며 쓰러졌다. 아무래도 나는 안 될 모양인가. 인재경은 극심한 피로에 짓눌리며 때때로 느끼는 회의에 빠져들고 있었다. 돌아가고 싶다. 부모와 친구들이 기다리는 곳으로. 입에 맞는 음식, 편안한 잠자리가 있는 그곳으로. 이인각이 두툼한 손길로 인재경의 젖은 눈시울을 문질러 주며 혼잣말처럼 뇌었다.

"재경이는 힘들겠어……."

"언니 내 기 꺾지 마, 작업장에 환풍기 달아 놓기 전엔 나 여기 못 뜨네."

인재경이 맞받으며 크게 웃었다.

11. 팍팍한 시간들

출근 준비를 하고 막 나가려던 박석규는 되돌아서며 짐짓 한탄이라도 하듯 우스꽝스럽게 고개를 외로 꼬며 투덜거렸다.

"차암 고민이네."

습관대로 남편의 뒤를 졸졸 따라 나가 배웅하려던 세라도 멈칫섰다.

"고민요?"

"골머리가 어지러워 죽겠다."

"왜? 무슨 일이 생겼어요?"

세라는 자기가 미국에 다녀오는 사이 걱정거리라도 생겼나 싶어 눈을 그게 뜨고 입도 벌린 채 다물지 못했다.

"잡숴 주시라잖아……."

박석규는 우정 몸에 힘이 다 빠진 사람처럼 어이없어 하는 빛을 띠며 수염이라도 고르듯 턱 언저리를 손가락으로 어루만져댔다.

"잡숫다니, 무얼요?"

"이런, 이런, 이런 맹추 같은 마누라랑 내가 살고 있으니……."

그는 어리광스럽게 침이라도 질질 흘릴 듯 게슴츠레한 시선으로 세라를 보며 거드름을 떨었다.

"무어는 무어겠어? 너는 손에 쥐어 줘도 모를 걸."

"어디 한번 쥐어줘 봐요, 아나 모르나?"

세라가 냉큼 손바닥을 그의 턱 밑에 들이대었다. 박석규는 우직하게 큰 주먹을 그 위에 덥석 얹으며 머리를 살래살래 저었다.

"모르지? 모르지?"

"출근시간 늦겠어요."

"이 멍청아. 이건 아파트다."

기가 난 박석규는 큰 소리로 말하고 이번엔 다른 쪽 주먹을 세라 손바닥 위에 바꿔 얹으며,

"이건 빌라다."

했다. 그때서야 감이 온 듯 세라는 남편의 두 손을 마주 잡고 팔짝 팔짝 뛰기 시작했다.

"잡숴요, 잡숴, 꿀꺽 꿀꺽……. 백 평도 좋고, 이백 평도 좋고……."

"좋다 좋아, 꿀꺽 꿀꺽……."

박석규도 신이 나서 껑충껑충 뛰었다. 기다리다 지친 운전기사가 현관문을 살며시 열고 들여다보았다. 그 낌새에 그들의 쇼는 막을 내렸다. 세라는 마치 딸꾹질하듯 과장되게 꿀꺽꿀꺽 하던

남편의 모양새가 꼴불견이어서 허리까지 꼬며 웃어댔다.

"이러다 백만장자 되는 건 시간문제겠네……."

하지만 그녀의 안면에서 웃음은 곧 사라졌다. 남편의 꼴불견 모양새도 새로 생긴다는 아파트도 빌라도 다 시들머리스러웠다. 그것들이 모두 새로울 것이 없는 사실이라는 점 때문만이 아니었다. 이건 어쩔 수 없는 그녀의 기분이었다. 남편을 따라서 하던 짓거리로 풍월을 읊어보긴 했으나, 아니었다. 세라는 비실비실 곧장 안방으로 들어갔다. 덩그런 침대로 기어 올라가 널브러졌다. 고민이 아니라 횡재를 만난 걸 가지고 부부가 공연히 장난질을 치며 엄살을 부려 즐겨대온 탓으로 이런 진짜 답답한 일이 생긴 게 아닐까. 이 시대가 자기들 시대라고들 말하고, 또 그걸 실감으로 누리고 있는 판국에 이런 골 아픈 일이 터지다니……. 남편은 이 나라 권좌를 휘어잡은 이상 자기들 손 안에서 안 되는 일이란 없다고 하지만, 이건 분명 그들의 권한으로 해결이 안 되는 일이라고 세라의 소견으로도 단정 지었다. 그래서 그녀는 아직 남편에겐 말도 꺼내지 못한 상태였다. 남편을 위해서라기보다는 자기 자신이 도저히 기분이 나질 않아서였다.

금년에 졸업을 하게 되는 줄 안 큰애가 거기에 관해서 도무지 말이 없는 데서부터 비롯된 일이었다. 남편은 하나뿐인 아들에 대한 기대가 너무나 커서 돈을 그 애가 보내라는 대로 아까운 줄도 모르고 펑펑 쏟아 붓고 있는 실정이었다. 미국에 가 있는 것이 무슨 대단한 일이기나 한 것처럼 만나는 사람마다 묻기도 전에 '애들은 다 유학 보냈습니다' 하며 기세 좋게 떠들어온 처지가 아닌가 말이다. 딸애에게 겨우 조심스럽게 물어보니 오빠는 아직 졸업할 단계가 아니라고 하며, 미국의 대학들은 입학보다 졸업이 어려워 포기할 수도 있다는 게 아닌가. 딸애도 영어가 짧아서 따라가기가 너무 힘들다며, 아마 자기도 정상적으로 졸업하기는 벌써 황새 울었다고 했다.

평생 적수인 명지와 비교해서 그래도 자만심을 가졌던 것은 부모대에서부터 그처럼 희구했으나 얻지 못한 아들을 자기만이 낳았다는 것과 또 자식 남매를 다 미국 유학 보낸 거였는데, 이제 그 미국 유학이 어깨 펴고 잴 자랑이 아니라 수모가 될 지경이니 그녀는 한없이 허탈했다. 세라는 공부가 잘 되지 않던 자신의 어린 시절을 뒤돌아보며, 공부를 잘하라 말라 간섭하는 말은 한마디도 않고, 세 식구가 요세미티 공원을 깊숙이 돌아나오는 것으로 회포를 풀었다. 회포를 풀었다기보다는 자신이 그 애들에게 해줄 수 있는 것은 그 이상 아무것도 없었기 때문이었다.

그녀는 전에 없이 한숨을 토해 내었다. 가슴에 바윗덩어리가 얹힌 것만 같았다. 그 무거운 가슴에 한 줄기 바람을 불어넣을 수 있었던 것은 자식들과 헤어져 나이아가라 폭포를 보러 가서였다.

"이래 뵈도 나는 내 손으로 폭포를 만들어 논 사람야, 물론 저 폭포보다야 못하지만……."

장엄한 나이아가라 폭포 앞에서 그녀는 자기도 모르게 커다란 소리로 그렇게 외치는 거였다. 군대 시절 남편의 직속 부하였던 사람 내외가 안내를 하다말고 깜짝 놀라며 눈을 둥그렇게 떴다.

"사모님, 정말이십니까?"

"정말이잖구요."

"어디에다가요?"

"내 집 정원에다죠."

그곳에 이민 와 갈퀴손이 되도록 가리지 않고 막노동을 해 겨우 안정이 되었다는 두 사람은 넋이 나간 것처럼 한동안 세라를 쳐다보았다. 그 장엄하고 화려하며 신비스런 나이아가라 폭포를 바라보는 대신에. 바로 그 순간에 세라의 콱 막혔던 가슴이 탁 트이는 듯하며 겨우 숨을 쉴 만하게 된 것이다. 나이아가라 폭포에 매료되어서도 아니고, 미친 사람처럼 큰소리를 냅다 질러 본 때문도 아니었다. 두 사람이 나이아가라 폭포를 감상할 것도 잊은 듯 자기를 한참이나 바라보고 있는 동안, 그것이 무슨 의미인지는 몰라도 자신의 내부에서 기개가 용솟음쳐 올라옴을 느꼈던 때문이었다. 살 것 같았다. 방금도 그 나이아가라 폭포 꿈을 꾸고 있는데, 누구인지 그녀를 흔들어 깨웠다.

"사모님, 사모님, 일어나 보셔요."

세라가 눈을 떴을 때, 잔뜩 굳어진 부엌 아줌마들이 자기를 굽어보고 황급한 목소리로 불러대는 것이 아닌가.

"왜? 왜들 그래?"

잠이 덜 깬 상태에서 세라는 어설프게 다그쳤다.

"큰일 났어요, 사모님, 어서 일어나셔요."

그제서야 세라는 정신이 번쩍 났다. 정신이 번쩍 나는 순간 그녀는 이미 앉아 있었다. 힘 좋은 부엌 아줌마들이 세라를 냉큼 일으켜 앉혀 놓은 거였다. 그러자, 아우성 소리가 집채를 뒤흔들

듯이 밀려왔다. 지진이라도 난 것처럼 온 세상이 뒤죽박죽이 되는 것 같았다. 세라는 얼떨결에 침대에서 내려서려다 두 손으로 침대를 꼭 붙잡은 채 움직이지 못했다. 쓰러질 것만 같았다.

"이게 무슨 소리야?"

세라가 부들부들 떨며 물었을 때, 차마 문지방은 넘어오지 못하고 초조한 기색으로 방 안을 들여다보고 있던 경비원이 되물어 왔다.

"사장님께 연락드릴까요, 사모님?"

경비원의 목소리는 다급했다.

"잠깐, 잠깐……."

세라는 경비원에게 손짓으로 기다리라는 시늉을 했다. 그 순간에 세라의 귀에 그 지축을 울릴 듯한 함성이 다시 또렷하게 들려온 때문이었다.

"마실 물, 내놔라, 내놔라."

"빨래터, 내놔라, 내놔라."

그 소리를 듣자 세라는 짚여 오는 것이 있어 부리나케 거실로 나갔다. 지대가 높아 거실에서 대문 바깥이 한눈에 내려다보였다. 제법 넓은 도로가 사람들로 바글거리고 있었다. 구호를 외치면서 팔을 위로 높이 치켜 올리는데 그 손에는 제각각 연장이 들려 있는 게 보였다. 곡괭이, 삽, 하다못해 호미나 낫일지라도. 머리 위로는,

영세빈민 물꼬막아

고대광실 인공폭포
웬말이냐? 웬말이냐?

라고 쓰인 펼침막이 기세등등하게 펄럭이고, 발을 구르다 못해 급
기야는 달려들어 대문을 걷어차기 시작했다. 철대문은 빠개질 듯
이 온 동네에 시끄러운 메아리를 불러일으켰다.

　"아니 도대체 저것들이 이 집이 누가 사는 집인지 알기나 하고
저러는 거야?"

　세라는 조금 전까지의 겁에 질린 표정이 아니고 시위 현장의
기세에 덩달아 힘이 솟는지 거친 소리를 내어뱉었다.

　"아무럼요, 사모님, 물론입니다, 그렇지 않다면 벌써 쳐부수고
들어와서 폭포를 다 파헤쳤을 겁니다…… 저 기세를 이대로 두
었다간 결국 그렇게 되지 싶은데요."

　경비원은 겁에 질려 안색까지 변해 있었다.

　"비상계엄하라는 걸 알기나 하고 저러나?"

　세라는 배짱 좋게 팔짱을 척 끼고 서서 여유를 보였다.

　"글쎄요, 그건 잘 모르겠지만…… 아마도 생존과 걸린 문제여
서……."

　어물어물 목소리에 힘이 빠지던 경비원이 좋은 해결책이라도
발견한 듯 또렷하게 다시 말하는 거였다.

　"사모님, 더 난처해지시기 전에 경찰에 신고하시지요."

　"경찰?"

　하긴, 그것도 한 방법이긴 하다만, 그럴 것까지는 없다는 생각

에 그녀는 머리를 완강하게 저었다.

"그럼 사장님께라도 빨리 알리시는 것이 순서가 아니겠습니까? 일이 크게 벌어지기 전에⋯⋯."

"무슨, 이만한 일에 사장님까지야⋯⋯."

"사모님, 그럼 어떻게 할까요?"

"자기들 맘대로 하라고 해요."

"그럼?"

"어차피 동네방네 망신은 다한 거고⋯⋯."

시위꾼보다 몇 배나 더 많이 불어난 구경꾼들에 신경을 쓰며 세라가 어물거리자,

"사모님, 그래도 저 사람들을 집 안으로 들어오게 해선 안 됩니다."

"⋯⋯."

"사모님, 시간이 없습니다. 죽기 아니면 살기로 나선 사람들이에요."

세라가 잠시 궁리를 하는 동안 경비원은 직업의식 때문인지 초조해서 안달을 했다. 세라도 시위꾼들의 군중심리가 무섭지 않은 것은 아니었다. 속으로는 무척 겁이 났다. 경비원 말대로 시위꾼들이 들고 온 농기구로 대문을 쳐부수고 들어와 난동을 부린다면 어떤 불상사가 발생할지도 예측을 불허하는 일이었다. 일이 나쁜 쪽으로 전개가 된다면 만천하에 공개될 것이고, 그리 되면 잘 나가고 있는 남편의 출세 길에 걸림돌이 될지도 모른다는 데에까지 세라의 머리는 빠르게 돌아갔다. 그러나 겉으로는 태연한 자세로 경비원에게 되풀이 말했다.

"저 사람들이 원하는 대로 하라고 하세요."

경비원이 펄쩍 뛰었다.

"아니, 그러면 폭포를 파헤치라고요?"

"그게 아니라 저 꼭대기 산골짜기에 있는 물꼬를 마음대로 하라는 거죠."

"그 정도로 말해서는 먹히질 않습니다, 저 사람들이 물꼬를 터놓으면 손님들 오실 때마다 우리가 매번 다시 그쪽 물꼬를 막아 버리곤 해 와서요."

"그래도 일단 그렇게 말해 보세요."

"사모님, 그 정도의 말은 제가 벌써 했습니다요. 저 사람들 말이 생업에 눈코 뜰 새 없는 중에도 당장 물이 없어 산중턱까지 기어 올라가 물꼬를 터놓으면 금세 또 막아 버려 도로아미타불이 되니 그 정도로는 안 된답니다, 근본적인 대책을 강구하러 온 거랍니다."

스스로 자제들을 하는지 철대문 걷어차는 소리는 없어졌으나 고함 소리는 더욱 거칠어지고 발을 구르는 울림이 방고래를 타고 흔들려와 세라는 내심 공포에 쫓기고 있었다. 그녀는 목소리를 높였다.

"여기서 이럴 게 아니라 일단 내려가서, 내가 많이 아프다고 하세요, 실제로도 몸이 썩 안 좋으니까요. 그리고 그 동안 너무 미안했다고 사과해 주세요, 앞으로는 절대로, 다시는 그런 일이 일어나지 않을 거라고요. 만약 다시 물꼬를 건드린다면, 그때는 폭포를 부셔도 좋다고요."

거기까지 말을 한 세라는 그 자리에 털썩 주질러 앉아 버렸다. 뒤에서 지켜보고 있던 부엌 아줌마들이 달려들어 업어다가 침대에 뉘고 팔다리를 주무른다 뜨거운 물을 끓여온다 법석을 떨었다.

시위꾼들은 곧 조용해졌다. 거짓말처럼. 원래 악질들은 아닐 거라는 생각이 적중한 셈이었다. 산등성이 너머 골짜기를 따라 내려오는 물을 먹기도 하고 목욕도 하고 농수로도 쓰며 하늘의 순리만 바라보고 사는 사람들이었다. 아직도 뙈기밭을 일구며 품을 팔아 순박하게 살아가는 사람들의 물줄기를 걸핏하면 가로채 왔으니 아무리 자기들 세상이라고 한다지만, 해도 너무하긴 했다고 그녀는 뉘우쳤다. 애초에 정지운이 지적한 대로 수량이 적은 것이 문제이긴 했다. 실타래처럼 가느다란 폭포도 그 나름의 아름다움이 있건만······.

세라는 눈을 감은 채 움직이지 않았다. 다만 양쪽 관자놀이로 소리 없이 눈물이 흘러내릴 뿐······. 하나, 그녀는 폭포를 생각하고 있지 않았다. 시위꾼들로 해서 놀라기는 했으나 폭포 따위는 문제가 아니었다. 폭포쯤은 시위꾼들이 들어와서 한 개가 아니라 열 개라도 줄줄이 파헤쳐 허물어 버린대도 아쉬울 게 없을 것 같았다. 미국의 자식들이 빈손으로 귀국할 걸 생각하면 눈앞이 하얘져 만천하가 시들머리스러웠다.

나이아가라 폭포 앞에서 자신의 인공폭포를 들먹이며 잠시 우쭐해지려 했으나, 아니었다. 순간적으로 자식들로 말미암은 절망감에서 탈출해 보려 안간힘을 썼을 뿐이었다. 마치 광산촌의 강물처럼 가슴속을 시커멓게 서리서리 물들이고 있는 그녀의 씻을 수 없는 팔자소관 같은 회한……. 공부, 성적…… 그것으로 해서 어린 날을 그토록 무참한 멸시 속에 지내오지 않았던가. 첩의 자식이라 해도 성적만 괜찮았다면 그 정도로 능멸을 당하지는 않았으련만. 그런 능멸은 자신의 대에서 끝나야 한다고 세라는 생각해 왔다. 그와 같은 다부진 결심이 아니고는 슬하의 남매를 다 털어 조기유학을 보내기는 힘들었을 터. 알토란같은 새끼들이라고 여겨온 자식들이 졸업이 힘들어졌다는 확정적인 말을 들었을 때의 심정은 겪어 보지 않은 이상은 이해할 수 없는 암담함이었다.

수도권 진학이 힘들다는 고등학교 담임교사의 조언으로 자식들을 그 산 설고 물 선 나라로 보낸 것이지만 상식적으로도 모국어권에서 힘들었던 애들이 언어의 장벽이라는 두터운 악조건 속에서 잘 되어 주리라는 생각을 했다면 처음부터 잘못된 욕심에 불과한 억지였던 것이다. 그러니까 아들이 유급이라는 말을 듣는 순간 낭떠러지 아래로 떨어진 그녀가 이제야 그 끝 모를 절망의 밑바닥에 닿아 산산조각이 난 처절한 기분을 맛보고 있는 꼴이었다. 아무것도 달라진 것이 없는 것 같았다. 이제 자기들 세상이라고 하지만 자신은 여전히 초라했다. 옛날 그대로, 부엌 솥종구래기 시절처럼.

답답한 명지가 행여나 하는 심정으로 남편의 근무지인 언론사에 나가보면 답답하기는 거기도 매일반이어서 더 막막한 절망만을 안고 돌아서야 했다. 총칼의 장벽에 취재원을 잃고, 마치 초등학생들 받아쓰기하듯 정부에서 일방적으로 내려 보내는 보도검열

지침에 의해 기사를 짜 맞추고, 그 걸 또 다시 검열을 받아야 했으니 그들 또한 창살 없는 감옥에 갇혀 있는 거나 다를 바 없는 상황이었다.

그러나 그들은 속수무책으로 앉아 있지만은 않았다. 이미 칠십년대에 유신의 폭압 속에서 진정한 사회의 목탁이 되고자 투쟁한 언론인들이 사실상 현실적으로 끔찍한 살상이나 다름없는 대량 해직을 당한 아픔의 역사를 지니고 있었다. 당시 목이 잘리어 언론계를 떠나간 사람들에게나 그나마 자리보전을 하고 남아 있는 사람들에게나 그 사건은 지울 수 없는 크나큰 상처였다.

그러므로 유신정권이 붕괴되었을 때, 언론과 사회의 민주화를 위해 해 나가야 할 일을 순차적으로 짚어보던 그들이 우선 급선무로 무너진 정권의 피해자인 해직 언론인들의 복직부터 요구했다. 유신 악법에 따른 언론 통제를 몸으로 직접 체험한 그들은 두 번 다시 그런 비극이 일어나지 않도록 개정될 새 헌법에 언론자유를 보장하는 조항을 명문화하기 위해 사회 전반의 여론을 집약하려 강연회와 공청회를 열어 나가기도 했다. 이제 진정한 민주사회가 도래한다는 설렘으로 그들은 그 실현을 위한 발걸음을 시작은 조심스럽게, 결과는 확실하게, 한 단계 한 단계 밟아 나갔던 거였다.

그러나 그 모든 꿈과 계획은 십·이륙 이후 '서울의 봄'이 왔다고 마음 설레던 동안 언론에 대한 제재가 느슨할 수밖에 없었던 잠시의 기대로 끝이 나 버렸다. 지속되는 계엄 상황에서 언론 규제와 탄압은 교묘하게 강도를 더해 나갔다. 언론의 한켠에서는 정권을 착착 장악해 나가는 신군부의 비위를 맞추기에 급급한 경향도 드러냈다. 신군부는 표면적으로는 언론의 자유를 확대해 나가겠다고 하면서 정권 찬탈의 검은 음모를 드러내며 오히려 언론의 숨통을 옥죄었다. 시국 상황이 긴박해진 오월로 접어들어 기자협회에서는 이에 대처할 준비작업으로 날마다 내려오는 보도검열 지침을 모아 분석을 하고 있었다. 그들은 보도검열단의 검열 기준이 매우 불합리할 뿐만 아니라 소아병적이며 신경질적이리만큼 저급한 것이고 독자들의 알 권리를 원천 봉쇄해 버리는 결과를 초래할 지경이어서 이대로 좌시할 수는 없다는 결론을 내렸다.

기자협회는 여러 정황으로 미루어 역행되어 가고 있는 시국에 마침내 도전장을 띄웠다. 보도검열 거부 선언문을 발표하고 제작 거부에 돌입한 것이다. 산발적인 움직임은 유신 말부터 이미 있어 온 일로 각 언론사마다 거의 다 한두 차례씩 돌아간 실정이지만, 팔십 년 오 월에서야 마침내 전 언론계를 규합한 통일된 행동을 이끌어 낸 거였다.

그 행동의 시발을 공교롭게도 순우의 직장에서 첫밤에 터뜨려, 순우가 그 배후세력으로 지목받은 것은 물론, 기자협회의 보도검열 거부 선언에까지 주도한 혐의를 받고 있는 모양이었다.

"순우가 과연 그 정도의 영향력을 빌휘했을까?"

자기 회사 젊은 기자들 정도라면 모르지만 기자협회라는 그 거대하고도 막강한 조직체의 배후세력이라니……. 그 위에다 광주에까지? 명지는 믿어지지가 않았다. 맘짱 조자이라는 생각뿐이었다. 그 순하디 순하고 조용하기만 한 사람이 어떻게 그런 엄청난 영향력을 미치게 할 수 있단 말인가. 안개시국에선 확실하게 손에 잡히는 건 아무것도 없고 자고 나면 의혹만이 점점 더 무성할 뿐이라고 명지는 한숨을 쉬었다.

변호사를 선임하면 순우의 혐의점에 대해 구체적인 윤곽이 드러나려니 해서 조급증을 냈으나 모호하긴 매 마찬가지였다. 애매하고 무모하게 사람을 주무르기로는 최춘택이라는 인물이나 이정국이 오십 보 백 보인 듯만 싶었다. 그 문제의 최춘택과의 접선을 더러 물어오곤 하던 순우가 이즘 들어 아예 언급조차 하지 않았다. 대충 이런저런 안부 정도로 정해진 삼 분을 보내는 동안 명지의 마음은 내내 마지막 촛농이 잦아드는 듯 안타까웠다.

구치소 마당으로 나온 다음에서야 명지는 후회했다. 새로운 소식이 없더라도 여태 그래 왔듯 소재영이 계속 노력하고 있으니까 조금만 더 기다려 보자고 할 것을, 그냥 최춘택이라는 그 사람 이름만이라도 자기 쪽에서 먼저 불러주는 건데……. 비록 어제 한 말을 되풀이할지라도 침묵보다는 나았는데…….

변호사를 만나보고 나서도 순우는 이상하게 최춘택에 대한 미련만큼은 여전해 보였다. 자유를 잃은 사람의 집념을 그렇지 않은 사람의 입장에선 끝까지 이해가 되기는 어려우리라고 명지는 생각했다. 최춘택. 그 이름을 입으로는 발설하지 않고 있지만 순우가 손아귀에 휘어잡은 유일한 지푸라기가 아닌가. 순우는 헤어나올 길 없는 깊고 깊은 수렁 속에 빠져 있는 중이니까…….

명지는 마냥 벤치에 있어 보았지만 아무도 만날 수가 없었다. 그동안 약속을 하지 않았으면서도 어떻게 알고 가까운 사람들은 물론 생각지도 않은 사람까지 구치소 마당으로 와서 손을 잡아

주었건만…….

그녀는 무려 두어 시간이 다 되도록 그렇게 앉아 있었다. 혹시 소재영이 나타날지 모른다는 기대를 버릴 수 없어서였다. 거의 날마다 연락을 주다시피 한 소재영이 이 며칠 동안 통 연락이 없었다. 코를 꿰어서라도 최춘택을 기어이 데려오마고 호언장담을 했지만 쉽지가 않은 모양이었다. 궁금하지만, 그렇다고 명지 쪽에서 전화를 넣을 수는 없는 노릇.

명지는 답답해서 구치소 마당을 오락가락 수도 없이 맴돌았다. 머리가 터져나갈 것만 같았다. 그리고 보면 회사의 후배 기자가 한 말이 어떤 근거를 두고 있었던가? 광주에 가서 연설을 했다는 소리에 최악의 음해라고 펄펄 뛰고 싶었던 자기에게 오히려 문제가 있었던 것인가. 여간해서 가라앉아 줄 것 같지 않은 호흡곤란증의 가슴을 끌어안고도 명지는 이대로는 도저히 집으로 들어갈 수 없어 공중전화로 가서 순우의 회사에 전화를 걸었다.

순우가 책임자로 있는 부서의 직속 후배 은형렬과 약속이 되었다. 정해진 찻집에 은형렬은 먼저 와 있었다. 명지가 들어가자 그는 벌떡 일어나서 마주 나오며 인사를 했다.

"고생이 많으시죠, 안색이 말이 아니십니다."

명지는 모처럼 환하게 웃었다. 뜨거운 차로 목을 축이고 나서 그녀는 말했다.

"무슨 혐의로 이 사람이 잡혀 들어갔는지 아시죠"

"예. 대강은요."

마시던 찻잔을 탁자에 내려놓으며 은형렬은 진지한 표정이 되었다. 명지가 국장에게 보고를 했으니 짐작대로 그도 들은 모양이었다.

"재야인사들과의 유대에 문제가 있다면 몰라도, 그들에게서 돈을 받았는가 한다니 어이가 없네요, 도무지 줄 만한 돈이 있는 사람들에게서 돈을 받았다고 해야지요, 돈 문제라면 오히려 차 한 잔 값이라도 이쪽에서 썼으면 썼겠지……."

"그럼요. 그런 건 억지라고 봐요."

"그리고 또 보도검열 거부운동, 기자협회와의 관계, 그런 건 다 뭡니까? 점입가경이에요."

"……."

거기에 대한 언급이 조심스러운지 은형렬은 지그시 눈을 감고만 있었다.

"그렇게 조용하기만 한 사람이 무슨 배후 조종이라니, 말이 되나요? 될 법한 소리를 해야 알아들을 수 있겠는데…… 거기다가 광주 문제에까지 덤터기를 씌우는 모양인데……."

은형렬이 눈을 뜨고 명지를 똑바로 바라보았다.

"그건 좀 다릅니다. 와싸와싸 하고 열 내는 사람들만 잘할 것 같죠? 천만에요. 조용한 사람이 더 무섭습니다."

"그렇다면 무슨 행동이 있었다는 건가요?"

"반드시 행동이 있어야 일이 되는 건 아니니까요."

"전 잘 못 알아듣겠네요, 좀 더 친절하게 말씀을 해 주신다면요?"

"한마디로 부장님은 순수파이십니다. 묵묵한 가운데 몸으로 실

천을 보여 주는 분이십니다. 자유와 정의가 아니면 편안하게 앉지도 못하는 분이지요. 그런 점에서 후배들의 존경과 기대를 한몸에 받고 계시니, 꼭 이래라저래라 해서가 아니라 눈빛 하나에서도 영향을 줄 수 있는 거라고 저는 생각합니다. 암암리에 좋아하는 사람을 닮아 간다는 말도 있고요."

"그렇다면 암암리에 배후조종 한 것이 되겠군요."

"맞습니다, 맞아요."

두 사람은 모처럼 유쾌하게 웃었다.

남편이 그토록이나 후배들에게 존경을 받는다 하니, 혐의가 인정된다는 사실이 은근히 긍지로 받아들여지며 명지는 기분이 나쁘지 않았다. 이런 기분은 처음이었다.

"그렇다면, 학생운동의 배후조종은 또 어떻게 되어졌을까요?"

"거야, 또 그런 기운이 번지고 또 번지다 보니……."

"캠퍼스까지 흘러 들어갔다는 거겠죠?"

"빛은 어느 곳이든 찾아 들어가게 마련이니까요."

"한마디만 더 할게요. 그럼 저 머나먼 광주, 전라도 땅 그 먼 곳에까지야 설마 그 기운이 번져 갔다고는 못하실 테죠?"

은형렬은 얼핏 주위를 살피더니 여태두 조용조용 니눈 대화였지만 더 음성을 낮추었다.

"광주 때문에 언론계는 난리가 났습니다, 철통같은 통제에 의해 단 한 줄의 기사도 나가질 못했거든요, 억지로 누른다고 그냥 눌러진다 생각한다면 오산이죠. 역으로 솟구쳐 올라와 터지게 마련인데요, 젊은 기자들이 가만히 있겠습니까? 그러지 않아도 기협의 제작거부운동 결의도 있었던 때문에 단호했습니다. 사흘이나 지나서야 나온다는 것이 왜곡 축소 보도였죠, 보도검열지침에는 '광주시민을 난동분자, 폭도 등으로 표시할 것', '시위 기사는 원칙적으로 보도 불가함'이라고만 내려오고…… 광주는 점점 숨막히게 치닫고, 들려오는 소리는 차마 끔찍해서 들을 수도 없고…… 각 사마다 젊은 기자들은 제작 거부에 들어가야 한다고 웅성웅성하고, 또 그래서는 안 된다고 주장하는 보수극우파와 밀고 당기고 하다가 기어이 제작거부를 결행하게 되었습니다. 일손이 딸리어 부장들이 달려들어 급히 기사를 쓰다 보니 더 난리여서 하는 수 없이 일 주일에서 열흘 정도로 거부운동을 푼 거죠. 밖에 있는 사람들도 감옥살이 아닌 감옥살이를 겪고 있다고 부장님께 말씀 좀 전해 주세요. 비참한 심정으로 말할 것 같으면 밖에 있다고 조금도 나을 것이 없다고요……. 이부장님이 계셔야만 그래도 저희가 의지가 되겠습니다만…… 이부장님은 보도검열지침을 거의 무시하셨습니다, 그래서 국장님과 갈등도 많으셨고요."

"이렇게 자세하게 언론계 얘기를 듣기는 처음이네요. 그런 줄도 모르고 제가 엄살을 많이 떨고 드나든 게 부끄럽네요."

"무슨 말씀을요. 어디까지나 저희가 면목이 없지요. 참, 아까 그 무슨 기운이 저 그 먼 곳까지야 갔다고 못할 거 아니냐 하는 질문을 주셨던가요?"

"억지를 부려 본 거에요, 질문이라기보다는……. 그 행동파도 못 되는 사람을 놓고 여기저기에다 끌어다 붙이며 죄명을 더덕더덕 달아주는 것이 과분해서요."

"고생이 되시겠지만 잘 참아내세요, 반드시 밝는 날이 올 겁니다…… . 이제 그 문제의 질문에 대한 답을 드릴게요, 저는 그렇게 생각합니다만, 정의는 하나라고. 서울 다르고, 광주 다르고 또 어디가 다르고…… 그럴 수는 없겠지요."

길게 말을 한 때문에 목이 마른지 은형렬은 식어 빠진 차를 벌컥벌컥 들이켰다. 명지는 그 모습을 바라보며 오늘 이 사람을 불러내길 참 잘했다는 생각을 했다. 은형렬이 명지를 빤히 건너다보며 물었다.

"이부장님 담당 군법무관이 누군지 아세요?"

"아직요."

"알아보실 수 있으시죠?"

"네……, 그렇지만 군법무관 정도는 별 도움이 안 될 것처럼……."

"그래두요, 알아서 나쁠 일은 없는 거 같아서요."

"그럼 지금 알아보죠, 뭐, 변호사는 알고 있을 테니까요."

명지는 어렵지 않은 문제라는 듯 벌떡 일어나서 카운터로 갔다. 그녀는 신선초 변호사의 명함을 들고 다급하게 전화를 걸었다. 다행히 신변호사는 자리에 있었다. 그는 인사말을 나눌 때까지는 제법 친절했으나 담당 군법무관 이름을 묻자, 다짜고짜,

"이만 실례합니다."

하고 전화를 가차 없이 끊어 버리는 거였다. 명지는 한동안 전화 송수화기를 놓지도 못하고 멍하니 서 있었다. '이만 실례합니다도 평소의 그의 말투 그대로가 아니라 최대한 빠른 속도로 도망치는

식이어서 마치 이쪽에 말꼬리라도 잡히지 않을까 겁을 내는 빛이
역력했다. 한 대 호되게 얻어맞은 기분으로 명지는 자리로 돌아왔
다. 은형렬은 수첩을 꺼내 들고 받아 적을 채비를 하고 있었다.

"누구랍니까?"

명지가 말하기를 기다리다 못해 그가 물어왔다. 명지는 얼른 입
이 열리지 않았다. 선임료를 지불한 바에야 그 정도는 순순히 제
공해 주어야 하지 않을까 싶어지며 부당하다는 생각에 그녀는 어
이가 없어했다. 몸을 사리기 위한 것이라 쳐도 기분이 언짢았다.

"왜요? 밝히질 않습니까?"

명지는 고개를 끄덕이고 나서 자초지종을 얘기했다. 귀를 기울
여 듣고 난 은형렬이 차분한 소리로 말했다.

"시국을 너무 의식하는 거 아닌가요?"

"그럴지도 모르죠."

"일어나시죠."

은형렬이 부시시 일어나 서서 명지를 바라보았다.

"아, 정말 감사합니다. 인제 들어가 보셔야지요."

"아닙니다. 뒤로 미룰 것이 아니라 변호사 사무실로 가보죠. 모
두들 전화는 꺼릴 수도 있으니까요."

명지는 멍하니 은형렬을 마주보았다. 잘못하다간 눈물이 핑 돌
것 같아서 얼른 앞질러 그녀는 걷기 시작했다. 은형렬이 곤두박질
이라도 칠 듯이 그녀를 제치고 찻값을 지불했다.

대로변으로 나왔을 때 명지가 말했다.

"제가 내일 다시 들를 테니까, 오늘은 그만 들어가셔요."

"아닙니다."

어느새 은형렬은 지나는 택시를 세웠다.

"변호사 사무실이 멀어요."

"괜찮습니다."

명지는 그의 기세를 아무래도 못 꺾을 것 같아 그냥 못 이기는 척 택시에 올랐다. 은형렬은 운전석 앞으로 가 앉으며 기사에게 행선지를 일렀다.

"영등포 쪽으로요."

묵묵히 앉아만 있던 명지는 속으로 놀랐다. 내가 언제 변호사 사무실 위치를 얘기했던가. 자기가 지인을 통해 알아낸 사람이긴 해도 그걸 어쩜 저렇게 명심해 두었을까. 그녀는 창밖만 내다볼 뿐, 내내 입을 열지 않았다. 영등포의 복잡한 거리 모습이 나타났을 때, 은형렬이 또 자신 있게 말하는 거였다.

"남도극장 앞에 대어 주십시오."

명지는 탄복하면서 비로소 입을 열었다

"저보다 더 위치를 정확하게 아시네요."

"당연하지요, 이부장님과 연관된 일인데요. 부장님이 곁에 안 계시니 부장님이 어떤 존재인지 더 확연하게 떠오릅니다."

명지는 아무 말도 하지 않고 그를 따라 차에서 내렸다. 광고판이 덕지덕지 붙어 있는 건물 속으로 들어가기까지 짧은 동안 명지는 순우를 떠올렸다. 뼈와 가죽만 앙상한, 그야말로 피골이 상접한 처음의 모습과 가축사 같은 열악한 구치소 안에서 그런대로 서서히 회복되어 가고 있는 모습이 두서너 번 교차해 떠오르며 가슴 깊은 속에서 통증이 왔다. 그 통증을 벗어나지 못한 채 계단을 오르고 문을 몇 번인가 여닫아 신선초 변호사 앞에 서게 되었을 때, 명지는 스스로의 손바닥을 손톱으로 꼭 눌러 자신에게 정신을 차리라는 신호를 보냈다.

"신선초 변호사님, 이분은 이순우 씨와 같은 방송국 보도국에 계신 은형렬 기자이십니다."

명지의 그 한마디가 떨어지자 신선초 변호사와 은형렬이 손을 잡으며 어우러져 인사를 나눴다. 신선초 변호사가 응접세트로 안내해, 자리에 앉았을 때 거의 동시에 오렌지 주스 잔이 탁자에 차례로 놓여졌다.

"드시지요."

신선초 변호사가 만면에 미소를 띠고 손까지 내밀며 권해 왔다. 명지는 혼자서 왔을 때와는 다른 풍경이라고 느끼며 빈 쟁반을 들고 돌아서 걸어가는 아가씨만을 무심히 바라보았다. 신선초 변호사는 은형렬에게 담배를 갑째 내어밀었다.

"아닙니다. 저는……."

은형렬은 가볍게 손을 저어 사양했다.

"그럼, 실례하겠습니다."

그가 라이터를 집어드는 순간에 담배 내음이 콧속으로 스며들었다. 명지는 모처럼 자기와는 무관한 자리인 듯 긴장을 풀고 잠시나마 느슨한 마음이 되어 보았다. 은색 담배 연기 너머로 미소를 머금고 있는 신선초 변호사의 모습은 완전 무장한 군인의 느낌을 벗어나지 못한 여태까지 그의 분위기와는 다른 인상이었다.

"변호사님과는 별개의 입장에서 저희 부장님을 담당한 군법무관이 누구신지 참고로 알고 싶어서 왔습니다."

은형렬이 길게 끌 것 없이 여기까지 온 목적을 솔직하게 털어놓았다. 신선초 변호사는 탁자 위에 놓인 메모지에 이름 석 자를 써서 앞으로 밀어 보여주며 말했다.

"요새는 조금 주의를 기울일 필요가 있습니다, 통화 내용은 비밀이 완전히 보장된다고 볼 수가 없거든요. 아까는 사모님께 제가 실례를 무릅쓸 수밖에 없었습니다. 지금 사과드리겠습니다."

명지를 향해 그는 가벼운 목례까지 보냈다.

"별 말씀을요, 도리어 제가 미안했습니다."

명지도 예절을 위한 발언을 보내고 수첩을 꺼내 메모지에 적힌 군법무관의 이름을 급히 옮겨 적었다. 명지가 다 적기를 기다려 은형렬은 메모지를 통째로 주머니에 넣어 버렸다.

"발음하기 고약한 일은 이렇게 글씨로나 씁니다. 시국이 시국이니까요."

신선초 변호사가 목소리까지 낮추어 조심스럽게 한 말에 명지도 동조하는 답변을 보냈다.

"이해합니다, 앞으로는 주의하겠습니다."

자기네처럼 반체제로 몰린 사람들만이 무서워 벌벌 떨며 지내는 줄 알았는데, 특수층이라 할 군법무관 출신 변호사까지, 저처럼 철저하게 사리는 걸 보면 과연 무시무시한 공포정국이거니 명지는 새삼 다시 실감을 했다.

"기왕 먼 길을 찾아오셨으니까 말씀드립니다만, 군법무관 선에서 결정될 사안은 아니라고 봅니다······."

"예, 그럴 테지요."

은형렬이 고개를 끄덕이며 수긍을 했다.

"좀 더, 제 선이 닿는 한 힘을 써 보려 합니다. 그러니까 출옥을 하시게 되면 명심하실 건 절대 이 근처를 다시는 얼씬거리지 말아 주셨으면 하는 겁니다."

신선초 변호사는 완전 무장한 군인다운 분위기로 되돌아가 엄하게 다지는 거였다. 필요 이상의 보호막을 치며 공포 분위기를 조성하는 이유가 뭔가 싶어 명지는 그를 의혹의 눈으로 바라보았다. 은형렬이 그를 똑바로 마주보며 말했다.

"그런 염려는 아주 푹 놓으십시오. 한데 사건이 사건인 만큼 쉽진 않으실 텐데, 희망적인 예감 같은 거라도 있으십니까?"

명지는 신선초 변호사의 표정을 뚫어지게 살폈다. 그는 비시시 미소만 지었다. 그 미소는 어떤 의미를 담고 있는 걸까. 전관예우라는 관행일까. 신선초 변호사가 전역한 지가 얼마 안 된다 했으니 특별히 믿는 구석이 있다는 암시일까. 시국이 시국인 판에 그 믿는 구석이라는 것이 명지를 헷갈리게 했다. 선임료가 순우 월급의 여섯 배쯤 되지만 그렇다고 반드시 약발이 뜬다는 보장은 없으니까.

12. 불씨

명지는 순우의 면회를 마쳤건만, 또다시 구치소를 뜨지 못했다. 감질만 나던 표피적 대화가 아닌 한마디를 들을 수 있었던 때문이었다. 명지는 마당을 오락가락 마냥 배회했다. 이럴 때를 대비해, 집을 나오면서 으레 신문을 챙기는 버릇이었으나, 신문 같은 건 꺼낼 마음이 아니었다.

"아, 아직 계시군요."

너무나 기다리던 목소리여서 명지는 그것이 환청인가 했다. 고개를 들어보니 실제로 여전히 늠름한 모습의 소재영이 빙긋이 웃으며 서 있었다. 명지는 하도 반가워서 손을 내밀어 악수라도 하고 싶었다. 여태 명지가 구치소를 떠나지 못하고 있는 것도 무엇 하나 시원하게 해결되는 건 없이 세월만 흘러가는 것이 견디기 힘들 만큼 답답하다가, 순우에게서 들은 한마디에 드디어 중요한 고비가 임박했다는 각성이 정수리에 낙숫물처럼 떨어져 누구라도 만나야 할 것 같은 심정이어서였다. 감시자와 기록사가 동석한 그 기이한 면회는 거듭되어 갈수록 익숙해지는 것이 아니라 더 버겁고 고통스러워져만 갔다. 번쩍이는 칼날과 칼날 사이를 아슬아슬하게 넘나드는 혀의 곡예 같은 그 단 삼 분의 면회에 목매다는 격이었다 할까. 면회소를 벗어나서도 그 초긴장의 단 삼 분을 그녀는 되풀이 음미하곤 했다. 운신이 불편할 만큼 좁고 열악한 독거감방에서 짜고 짜낸 결과물 같은, 어쩜 연행된 이후 내내 연구해낸 소산일지도 모를 그 한 사람을 찾아내지 못하고 있다는 사실도 그녀를 답답하게 하는 요인 중의 하나였다. 그쪽도 이쪽도 그의 이름을 발설하지 않은지는 꽤 되었다.

그 이름이나마 공허할지라도 들려주면 답답함이 덜하지 않을까 하는 생각도 이삼 일 정도로 지나갔다. 시간이 누적되면서는 행여 그쪽에서라도 그 이름을 꺼내면 어쩌나 하는 마음이 자기도 모르게 체내에 무슨 유독가스처럼 끼어 있는 걸 명지는 감지했다. 그 유독가스가 끼치는 심리적 압박감은 상당한 것이었다. 순우에게 조금이나마 희망적인 소식을 전하고 싶은데, 그런 소식은 고사하고 새로운 소식조차 없는 나날이 거듭되면서 명지는 그 답답함을 한숨으로나 불어내는 수밖에 없었다. 그러나 그 한숨은 그녀의 힘겨운 호흡일 뿐, 답답함 자체를 덜어주진 못했다. 답답함만이 아니었다. 불안하고 초조하고 서글퍼져 마음을 가누기가 힘들었다. 거금을 들여 변호사를 선임해 보아도 상황의 진전이 없다보니 더 힘들어지는 걸까. 이 상황에서 불안하고 초조하고 서글픈 건 기본일 테지만, 그걸 누르고 안 그런 듯이 괜찮은 포장지로 자기를 위장해내기가 너무 어려워져 가고 있음을 그녀는 자각하고 있었다. 한데 순우의 얼굴에서도 자신이 겪고 있는 것과 똑같은 어려움을 읽게 될 때, 명지는 더 곤혹스러워지는 거였다. 곤혹스러움의 극에 달했다 할까. 그 극을 수치로 치자면 매일 기록을 갱신하는 신기록의 극이 이어져 가는 상황 속에서 마침내 올 것이 온 것 같은 신호를 순우는 보내준 거였다.

"이 바쁘신 분이 또 나와 주셨네요."

전에 없이 높은 옥타브로 명지는 소재영을 반겼다.

"무슨 말씀이십니까? 진작 뵈올려고 했지만, 제 맘먹은 대로 되는 일이 어디 있습니까?"

소재영은 다소 지친 듯한 빛으로 벤치에 몸을 기대었다.

"여기 앉으실 게 아니라, 어디 나가서 점심이라도 드셨으면……."

"아닙니다. 점심엔 갑자기 회사에 회합이 생겨 놔서요, 그렇잖아도 제가 모시려 했습니다만."

명지는 잠자코 그의 곁에 앉았다.

"제가 코를 꿰어서라도 최츄택 이놈을 댁으로 데리고 기겠디고 했었죠."

그녀의 얼굴엔 연민이 가득 어리었다.

"얼마나 고생이 많으셨을지……."

"고생이라고 할 것까지야……. 지금 사시는 데서 쭉 더 남쪽으로 내려간 말죽거리라고 하는 허허벌판을 미친놈처럼 마냥 훑고 다니긴 했죠."

"저런, 어떻게 거기까지……."

"줄을 잡아가다보니 그리된 거죠. 최춘택이 부인에게서 들은 정보
가 그래도 신빙성이 있었던 거구요. 덕분에 진풍경을 보았습니다."

소재영이 어이없어하는 표정으로 한동안 말을 잇지 못했다.

"논밭 두렁에 급조된 판잣집들이 가득 들어차 있는데, 더러는
천으로 얼개만 해서 펄렁거리는 것들도 있었고요. 그게 다 뭔지
아세요? 복덕방이었어요. 더 놀라운 건 고급 승용차들이 황토흙
을 뒤집어쓰고 먹이 만난 벌레들처럼 쌔까맣게 주변을 뒤덮고 있
다는 사실입니다. 그 한복판에서 최춘택이를 찾아낸 거죠."

"네에."

"이름을 그냥 부르고 다녔죠. 나도 많이 변했겠지만, 그놈도 산
전수전 겪다보니……. 그래도 피차가 알아볼 만은 합디다. 문밖
으로 고개만 삐쭉 내밀고 손짓으로 좀 기다리라는 시늉만 보내고
는 사라지더군요. 어지간히 바쁘긴 한 모양이구나 싶어서, 어슬렁
어슬렁 기웃거려 보았는데 대체로 번쩍거리는 보석을 몸에 붙인
윤기가 지르르한 여자들이 우글거립디다. 속칭 복부인들이죠. 마
침 작업중이어서 얼른 나오지 못했다며 미안해하는 표정이길래,
무슨 작업이냐 했더니, 자기들 하는 일은 뻔하지 않냐, 계약이다,
둘러앉아서, 연쇄적으로…… 이것 봐라, 심상치 않은 문제가 머
지않아 터지겠구나, 굉장한 폭발력일 텐데, 불법은 불법을 낳는다
고, 이게 다…… 어이가 없어 입이 다물어지질 않더군요. 어쨌거
나 단도직입적으로 말했죠, 지금 이순우가 너만 찾고 있다 했더

니, 최춘택이가 절호의 기횐데 하면서 무릎을 탁 치는 겁니다. 세상이 자기를 다 업신여길 때 여전히 친구로 대접해준 오직 한 사람에게 보은할 기회를 놓쳤다고 통탄을 하는 겁니다. 장성 이모부가 생존해 계시다면 지금 이 시국에 내가 한 자리했지, 이 모양이 꼴이 되었겠나 하더라구요. 내 원 참 싱거워서……."

명지는 쓴쓰름하게 웃었다, 이미 그에 대한 기대는 마음속에서 충분히 시들어진 뒤여서. 궁한 백성이 너무 궁하다 보니 오랜 군사통치 속에서 장성 이모부를 하나쯤 상상으로 만들어낼 수도 있는 일이니까. 반신반의하면서도 막연하게나마 기대를 걸어보았던 최춘택의 장성 이모부는 그렇게 한발의 방귀처럼 아주 싱겁게 사라졌다. 그들 스스로도 믿음직한 장성 삼촌이든 이모부든 하나쯤 있었으면 하는 절실한 갈망으로 눈만 뜨면 그를 찾아 헤맨 거구나 싶어지며 순우도 지금쯤은 자기와 비슷한 심정이려니 여기면서 명지는 좀 전 면회 때에 들은 말을 소재영에게 비로소 전했다.

"이번 주 안으로 군법회의에서 자기를 불러 준다면 불기소가 될 것이고, 그렇지 않으면 기소가 되는 거랍니다."

명지의 말을 듣자 소재영이 퍼뜩 긴장했다.

"아, 네, 벌써 날짜가 그렇게 되었군요. 변호사에게선 무슨 소식 있었습니까?"

"은근히 과장과 허풍으로 폼만 잡는 거 같아요."

"어찌 됐거나 일만 잘 해주면 되는 거니까, 믿어 보자구요."

"그럴 밖에요."

"벌써 수요일인데, 금주 내라……."

"그만, 일어서시지요."

"그럼."

"애 많이 쓰셨습니다."

"쓰면 뭐합니까?…… 자 또 뵙겠습니다."

다음날 명지가 구치소로 나가 보니, 오랜만에 시누이가 시어머니를 모시고 미리 와 있었다. 시어머니 강봉자 여사는 전보다 더 초췌한 모습이었다. 명지는 우선 사무실 앞 게시판을 훑어보았다. 거기에 출정 나간 수인들의 번호가 적혀 있었는데 순우의 번호는 보이지 않았다. 다시 한 번 더 훑어보아도 역시.

기소가 되는 모양인가 싶어 마음이 어두워 왔으나, 내일이 또 있으니까 하면서 스스로를 달랬다. 세 사람의 면회 신청을 다 해 놓고 방송 호명이 떨어지기만을 기다리고 있자니까,

"53호, 면회 오신 분은 '가'실로 오세요."

해서, 시누이와 양쪽에서 시어머니를 부축해 어렵게 계단을 올라 지정된 장소에 들어섰다. 순우는 아직 나와 있지 않았다. 최춘택에 대한 얘기를 어떻게 전하나 생각해 보려 할 때, 안에서 낯익은 속기사가 뿌연 플라스틱 벽을 두드리며,

"이순우 씨 출정입니다."

지극히 사무적인 투로 알려주는 거였다.

"어째 하필 오늘……."

하며 실망하여 기운이 빠져 있는 시어머니와 시누이에게, 순우가 한 말을 전했더니, 새로운 기운이 나는지 두 사람은 서둘러 돌아갔다. 명지는 민원실로 올라갔다. 가슴이 두근거리고 있었다. 민원실

창구에서 출소자의 출소시간을 물어보고 나서 곧장 택시로 그녀는 귀가했다.

명지는 우선 집안청소부터 차분하게 시작했다. 걸레를 빨아서 구석구석을 닦아 나갔다. 아직도 군홧발자국이 묻어 나왔다. 아무리 쓸고 닦아도 여전히 나오는 흙먼지와 모래알. 그건 다 그들의 군화에서 떨어져 나온 터럭이라 여겨졌다. 왜 이다지도 끈질긴가. 그녀는 지쳐서 잠시 손을 놓고 망연자실했다. 눈에 보이는 터럭은 비로 쓸고 걸레로 문질러 닦기라도 한다지만, 마음 안의 그것은 그 언제 씻어질까.

순우가 출소한 날은 온 집안에 사람이 북적북적했다. 인사차 오는 사람들이지만, 마치 지구를 떠났다 돌아오기라도 한 듯 순우라는 존재가 동물원의 원숭이 이상으로 구경거리도 되는 듯했다. 생사를 알 길 없던 사람이 눈앞에 나타났다는 사실, 그것만으로 명지는 감지덕지했다. 절망이 컸던 때문일까. 애간장 태우며 동동거리고 헤매 다닌 일들은 다 헛짓으로 여겨졌다. 사람들은 그 기적 같은 놀라움을 확인하러 모여들었고, 자기 역시 그 여파로 덩달아 구르고 있는 듯했다.

한 사흘은 그렇게 북적대는 사람들 속에서들 보냈다. 차 끓이고 과일 깎고 밥 짓고 그릇 씻느라 명지는 정신이 없었다. 순우가 찾아오는 그 많은 사람들에게 하는 말은 딱 한 가지로 정해져 있었다.

방문객 쪽에서 정중하게,

"고생이 많았지?"

하면,

"나야 뭐 어차피 그렇다 치고, 너는 괜찮았니?"

오히려 이쪽을 걱정해 오는 데는 본래의 품성상 그러려니 하다가도 그 다음 말에 가서는 모두들 아연해서 반응이 각양각색으로 나타나는 거였다.

"나보다 니가 먼저 붙들려 간 줄 알았더니, 멀쩡하네."

거기에 대한 대꾸는,

"나도 깜빵 신셀 져야 네 속이 씨원하겠냐?"

물론 피차 웃으면서 농담조로 하는 말이었지만, 느낀 대로 곧바로 내쏜 직설파.

"그래도 내 걱정을 잊지 않은 모양이니, 너답구나."

같은 말이라도 둘러서 표현하는 회유파.

"고맙다. 내 염려까지 해주어서……."

상처 받은 사람을 무조건 다독여 주려는 위로파.

명지는 방문객들을 그렇게 속으로 분류해 보면서 은근히 신경을 썼다. 저녁에 방문객들이 다 돌아간 뒤, 이웃의 나 베로니카가 보내준 출소 축하 꽃바구니 앞에 가족들만 오붓하게 모여 있을 때 순우는 말했다.

"나 같은 사람을 잡아 가뒀을 때, 얼마나 많은 사람들을 가두어 놨을까? 세상은 제대로 돌아가고 있는 걸까? 그것이 궁금해지면 창밖을 내다 봤어. 창문이란 게 얼마나 좁은지, 두 눈으로 볼 수는 없고, 한 눈으로만 겨우 바라보이는데, 건물 두 개가 앞을 가로막고 있어서, 그 건물과 건물 사이로 저만치 감질나게 거리의 편모가 보였거든, 마침 거기가 버스 정류장이어서 사람들이 오르고 내리고…… 겉보기엔 아주 평화스러웠지. 나 정도의 사람이 이렇게 잡혀 들어와 있는데도 평온해 보이는 세상이 이상했지. 거죽으론 저래 보여도 무슨 일이 일어났다는 건 짐작했지만…… 그래서 식구들이 모두 어찌 되었을까, 그게 제일 걱정이 되었는데……."

그쯤에서 강봉자 여사가 눈물이 지르르 흐르는 얼굴로 아들의 몸을 살피며 말했다.

"얘야, 우린 이렇게 보다시피 염치없이 무사하게 있었단다. 그래 네 몸은 속속들이 괜찮은 거냐? 자나깨나 그 걱정 때문에 나는 마음을 못 놓았구나. 에구, 별 못된 세상두 다 보겠다. 아무 죄 없는 사람을 끌어다가 그 고생을 시키다니……."

강봉자 여사는 끝내 아들을 부여잡고 울음을 터트리고야 말았다.

"어머니, 진정하세요. 제가 인제 이렇게 어머니와 함께 있지 않습니까?"

"그래, 그래 너 땜에 에미는 십년감수했다, 모쪼록 조심하려무나."

"네, 어머니."

간신히 격해지는 감정을 자제하느라 애를 쓰는 시어머니의 말소리나, 어쩐지 피곤하고 공허하게 들리는 순우의 음성이 명지에겐 모두 무겁게만 느껴졌다. 은애는 아빠의 손을 꼭 잡은 채 잠자코만 있었다.

강봉자 여사가 문득 명지를 향해 말했다.

"얘야, 그 사골 사 온 거 없었니?"

"네 지금 끓고 있어요, 냄새가 조금씩 나는데요."

"네 누이가 특별히 부탁해서 좋은 걸로 사 온 거다, 너 몸보신하라고. 아까 너 들었지? 누이가 이르는 거, 좀 질리더라도 진득이 먹어 두라고."

"네, 저 때문에 고생하신 어머니가 더 많이 드셔야죠."

"저런, 저런, 저 하는 소리 좀 들어보게. 내 걱정은 당최 하덜 말래두……."

이제 그만 시어머니나 순우가 각기 자기 방으로 들어가 쉬었으면 좋겠다고 명지가 생각할 즈음이었다. 현관 초인종이 울린 것은. 모두 눈을 휘둥그렇게 떴다. 이 이슥한 밤에 누굴까. 명지가 나갔다. 얼른 문을 열 수가 없었다.

"이순우 씨 짐을 가지고 왔습니다."

그 소리를 듣고서야 그녀는 겨우 문고리를 벗겼다. 군복을 입은 젊은이가 서 있었다. 순우를 연행해 간 팀 중의 일원임을 명지는 직감으로 알 수 있었다. 섬뜩했다. 젊은이는 망설임 없이 성큼 들어섰다. 오 월 십칠 일, 그 자정과는 달리, 젊은이는 군화를 단정하게 벗어 놓고 마루 위로 들어섰다.

순우와 강봉자 여사 쪽을 향해 군대식으로 거수경례를 붙이며 구령처럼 우렁차게 무어라 외쳤다. 식구들은 모두 아무런 반응을 하지 못했다. 젊은이의 말소리를 제대로 알아들은 사람도 없거니와 오 월의 그 밤이 연상되어선지 바짝 굳은 표정들이었다. 젊은이는 옆구리에 끼고 들어온 누런 종이 상자를 내려놓고 순우의 옆자리에 앉았다. 사과 상자만한 누런 종이 상자에는 그 끔찍했던 가택 수색에서 가져간 휴대용 라디오와 수첩, 서적 등이 들어 있

다고 젊은이가 말했다. 명지가 시어머니와 은애를 방으로 들어가
게 하고 차를 끓여 냈다.

"기소중지로 나오시게 된 걸 축하드립니다."

공무집행 투의 말이어서 여전히 분위기는 썰렁했다.

"수고 많았습니다."

순우가 비로소 미소를 띠며 입을 열었다. 그러자 젊은이도 딱딱
한 태도를 풀고 밝은 표정이 되었다.

"저 이 형님 때문에 많이 안타까웠습니다."

"왜요?"

명지가 묻자,

"혐의점은 많은데 모두 부인만 하시니까요."

"그야 사실과 다른데 어떻게 인정을 하겠어요."

"그렇지 않습니다. 사실과 달라도 결국에는 모두 인정을 하게
되어 있습니다. 이 형님도 큰일 날 뻔하셨죠. 원래 말씀을 잘하시
고, 인품이 풍기어 위기를 모면하신 겁니다. 운이 좋으셨다 할까
요……. 밤도 늦었으니 오래 있지 않겠습니다. 마지막으로 당부
드릴 것이 있는데요, 저희와 함께 계셨던 동안의 일은 그 무엇이
든 그 누구에게도 말씀하실 수 없습니다. 아시겠지요?"

젊은이는 다시 거수경례를 붙이고 돌아갔지만, 한 눈금의 오차
도 없는 철퇴를 맞은 듯 순우와 명지는 한동안 묵묵히 움직이지
못했다. 뭐야 이건, 석방된 다음에까지 쫓아다니며 압력을 넣을
셈인가 싶자 명지는 가슴에 맷돌짝을 얹은 듯 숨이 가빠왔다.

"기분이 언짢지?"

순우가 물었다. 명지는 그냥 웃었다.

"저치들도 우리나 똑같은 사람야."

순우는 씁쓰레한 표정으로 명지를 안심시키려 하는 거였다.

일 주일 정도 휴식을 취한 순우는 회사에 출근을 했다. 그러나 뉴스쇼 앵커 자리에서는 하차했다. 그로부터 한 달이 채 못 되어 불어닥친 언론계 대숙청 칼바람에 순우의 목은 뎅겅 베어졌다.

들것에 실린 하선희는 엘리베이터에서 빠져 나와 긴 복도를 지나 모퉁이를 꺾어 틀 때, 하나의 시선과 마주쳤다. 하긴, 마주친 시선이 어디 그 하나뿐이랴. 병원의 알싸한 소독 내음 속에 몰려든 사람들…… 그 사람들이 쏟아 붓는 시선 사이를 공중 떠서 통과해 가고 있는 자기는 마치 눈망울만이 살아 있는 듯싶었다. 그 숱한 시선들과의 마주침은 무의미했다. 모두가 낯설었기 때문이었다.

다급한 발자국 소리와 웅성거림 속에서,

"옥상에서 투신했대."

하고 또렷한 외침 소리가 나며,

"옥상에서……."

"옥상에서……."

하는 구름처럼 뭉게뭉게 피어오르는 무수한 수근거림 속에 제대로 이어지는 대화가 끼어들었다.

"살까?"

"불사존가?"

"죽었어?"

"……."

"저런 영안실행이구나."

정녕 영안실행인지도 모른다고 하선희는 생각했다. 눈을 감으면 이대로 의식을 잃을 것만 같아서…….

그때였다. 자기를 기다리고 있었던 듯 눈에 불이라도 켠 것처럼 화등잔만한 눈망울과 마주친 것은. 그야말로 죽은 듯이 눈을 스르르 감다시피 누워 있던 하선희는 젖 먹던 힘을 다해 소리를 쳤다.

"야, 어떻게 됐냐?"

"지금 하고 있어."

최명근도 하선희처럼 악을 써 대답했다. 뛸 듯이 기뻐하는 모습이 역력한 그의 말소리는 그대로 환호성이었다. 그야말로 곧장 영안실행이 아닐까 하는 우려로 하선희를 찾고 있던 최명근은 안도의 한숨과 함께 하늘이라도 찢을 것 같은 야기(野氣)의 하선희 목소리를 듣는 순간 눈시울이 젖어 왔다.

마침 벽에 걸린 대형 시계가 열두시를 가리키고 있는 걸 보는 순간 하선희는 정신을 놓았다. 그렇다면 '두 시간이다' 하는 생각과 함께 그녀는 안도했고 긴장이 풀려버린 거였다. 그녀는 그만하면 성공이라고 생각했다. 마침내 기어이 해낸 거였다. 다른 사람도 아닌 얼배기 하선희가. 사실 굿판(시위)을 두 시간 이상 끌고 가기란 쉬운 일이 아니었다. 요즘 같은 침체기에는 더우…….

신군부는 비상계엄을 선포하면서 포고령 십 호에 "모든 정치 활동을 중지하며, 정치 목적의 옥내외 집회 및 시위를 일절 금한다. 정치활동 목적이 아닌 옥내외 집회는 신고를 하여야 한다"는 엄포를 박은 데다 무려 사 개월 동안이나 강제 휴교령을 내려 학생들의 기를 꺾으려 획책했다. 비판세력, 비판할지도 모르는 세력, 침묵하고 있는 부류까지도 소금물에 푹 절인 배추처럼 후줄근하게 힘을 빼놓은 다음, 그래도 미심쩍어 비수를 흩날려 무차별 대량 살상으로 거스러미들을 처치해 버린 다음에야 급속 냉동식으로 최고권좌를 굳히고는 비로소 대학의 문을 열게 한 거였다.

학생들은 허탈했다. 그러나 포기하진 않았다. 은인자중. 전국의 각 대학에서 시국과 관련된 교수들이 해임되어 가고, 학생들도 무더기로 제적되어, 우수수 우수수 낙엽 떨어지듯 발표되는 나날이었다. 그럼에도 학생들은 부단히 저항했다. 그럼에도가 아니라, 그런 때문에 더욱 폭력이 덥석덥석 죄 없는 사람들을 집어 삼킬 때 그들은 모르는 체 돌아서지 못했다. 나 하나만의 안전, 나 하나만의 출세, 나 하나만의 미래를 생각하기에는 당장 눈앞이 너무도 어두웠다. 도서관에만 박혀 있는 무리는 딴 나라의 종족들 같았다. 그 엄혹한 어둠을 몰아내는 일이 그들에게는 발등에 떨어진 불이었다.

곳곳에서 굿판이 시도되었다. 이 시대의 젊음이라면 굿판에 뛰어드는 건 당연한 명제였다. 그러나 공권력의 원천봉쇄, 철통대응에는 그 저지선을 뚫기가 어려웠다. 까맣게 진을 치고 있는 수백, 수천의 전경들과 그 언저리를 다시 겹겹이 둘러싼 백골단이라는 그 어마어마한 인의 장막을 밀고 나가 허물어뜨려야 하는데…… 저지선은 너무나 완강했다.

그 즈음 시위는 대체로 오, 육 분이면 끝이 났다. 십 분을 버티기가 힘이 들었다. 선두의 시.티.(control tower; 중심인물) 몇을 잽싸게 연행해 버리면 후열은 물거품처럼 무산되었다. 미처 불을 피울 새도 없었다. 불쏘시개를 송두리째 싹 쓸어가 버리는 격이었으니까. 굿판에 불을 붙이기엔 체감온도가 원체 바닥이었다. 그 살얼음판 시국을 민감하게 의식한 하선희는 조용히 움직이기 시작했다.

언젠가는 굿판이 용광로처럼, 활화산처럼 달아오를 날이 오리라는 신념을 그녀는 제 몸의 뼈처럼 지니고 있었다. 어린아이부터 연만하신 어르신에 이르기까지, 노동자 농민에서부터 넥타이 부대에 이르기까지, 나라 안의 모든 사람들이 총궐기하는 날이 바로 용광로의 날이요, 활화산의 날이 될 거라는 희망을 하선희는 품고 있었다. 그리하여 모든 폭력과 불의가 그 용광로와 그 활화산에 녹아 내리는 날, 진정한 민주화가 이루어질 거라는 꿈같은 꿈을 가슴속에 그녀는 꼭 끌어안고 있었다.

그 꿈이 이루어지지 말라는 법이 어디 있는가. 그 꿈은 모든 사람들의 염원이며 이상이 아닌가. 지금은 그것을 채 깨닫지 못하고 도리어 반동이라 생각하는 사람들일지라도 먼 훗날엔 깨닫게 되려니, 그들 스스로 캄캄한 어둠의 노예가 되어 있었음을 반드시 자각하게 되리라고 그녀는 굳게 믿고 있었다.

문제는 그날이 언제 오느냐 하는 거였다. 그날을 앞당기기 위해서는 사람들의 마음부터 민주화를 갈망하는 열기로 뜨겁게 달아올라야 하는 거였다. 신군부가 무지막지하게 저지르고 있는 정황은 나라 전체를 그대로 감옥으로 만들어 가고 있었다. 입이 있어도 말을 하지 못하고, 귀가 있어도 제대로 들을 수도 없는 삼엄한 시국은 인간이 생명을 유지하는 데 필요한 기본 조건인 호흡조차도 자유롭지 못하게 하고 있었다.

얼마 전 유.피.(under paper; 지하 전단)를 통해 접한 한 장의 성명서를 읽고 하선희는 밤을 뜬눈으로 새웠다. 그 성명서는 〈대한민국 모든 국민에게 고함〉이라는 제목으로 아랫녘 대학교수 일동이 오 월 이십사 일자로 띄운 거였다. 그것이 돌고 돌아 달포가 지나서야 하선희의 수중으로 들어온 것이다. 너무나 경악한 나머지 하선희는 아직도 그 내용을 생생하게 기억했다.

지금 이 도시에서 일어나고 있는 모든 참상은 여러분이 상상조차 할 수 없는 사실들입니다. 지난 십팔 일, 공수특전단들의 세계 역사상 유례없는 만행이 선량한 시민들을 미치고 말게 했다는 사실을 인지해 주십시오. 총칼 앞에 짓찢겨 죽은 자식을 안고 통곡하는 부모들이 대검에 찔려 죽고, 꽃봉오리 같은 여고생의 젖가슴과 만삭의 임부가 거리에서 난자되었을 뿐만 아니라, 무차별적 총격에 수많은 젊은이들이 쓰러져 신음하며 죽어가고 있습니다. 잔인하기 짝이 없는 특전단의 악행은 필설로 형용할 수 없는, 오직 가슴을 치고 하늘을 향해 울부짖을 수밖에 없는 것이었습니다. 사람들은 육·이오 때도 이런 일은 없었다고 울부짖으며 "모두 죽자!", "죽여 달라!" 외치며 짐승 같은 계엄군과 맨몸으로 대항했습니다. 악몽의 일 주일이 지난 지금도 도청 앞 광장에는 특전대의 총칼에 무참히 쓰러진 억울한 주검들이 쌓여가고 있습니다. 몇 발자국 떨어져 있는 곳에서 내 나라 사람들이 이렇게 비인간적인 상황에서 죽어가고 있는 것을 관망만 하고 있다면 도대체 학문이, 교육이, 양식이, 지식이 다 무슨 소용이겠습니까? 이 나라의 운명이, 이 나라의 장래가 어떻게 더 존재할 수 있겠습니까?……

하선희의 뇌리에는 그 성명서의 내용이 활자로 입력된 것이 아니라 피맺힌 절규로 녹음된 것만 같았다. 그 절규를 그녀는 지울 수 없었다. 길을 가다가도, 버스 안에서도, 잠자리에까지, 시도 때도 없이 그 처절한 소리가 들려오는 거였다. 가슴이 찢어지는 것 같아 친구들과 비밀리에 토론도 하고, 함께 울어도 보았으나 아픈 가슴의 멍울은 풀리지 않았다. 그녀를 더욱 못 견디게 만드는 것은 이 모든 참혹한 사실을 언론은 전혀 보도하지 못하고 있다는 현실이었다. 뒤늦게 시민을 폭도 운운하는 왜곡 축소 보도나마 활자화가 된 건 걷잡을 수 없는 유언비어에 밀린 말막음이어서 하선희의 비위는 잔뜩 상했다.

이대로, 이렇게 엎드려만 지내다니 이건 용납하는 거야, 이 부당함을, 이 만행을, 안 돼, 안 돼, 안 돼……. 그녀는 제 몸에 불을 붙이고 산화한 김의수를 생각했다. 무기력해가고 있습니다. 용기를 잃어가고 있습니다. 그보다도 무관심해져 가고 있습니다. 여러분! 과연 무엇이 산 것이고, 무엇이 죽은 것입니까?

그가 남긴 유언을 되새기며, 다음날부터 하선희는 행동을 함께 해 줄 사람을 찾아 나섰다. 스크럼 사이에서도 무서워서 늘 쩔쩔매던 그녀였다. 돌진해 나가는 시위대 틈바구니에서 그녀는 언제나 변두리에 있을 수밖에 없었다. 운동권에서는 별 볼일 없는 존재였다.

그러한 하선희가 무섭게 돌변했다. 안면이 있는 운동권이면 무조건 의사를 타진했다. 그러나 한결같이 응해 오는 사람이 없었다. 생각해 보마고 했다가도 결국에는 부정적인 답이었다. 그녀가 운동권에서 변두리 인물인 것이 문제될 수 있으나, 딱 그것 때문만은 아니라 싶었다. 시국이 가공할 만큼 얼어 있다는 걸 하선희는 실감했다. 그녀도 이대로 그만두어 버릴까 하는 생각이 슬며시 들기도 했으니까. 그러나, 이토록 무참하게 얼어붙은 시국임을 깨닫게 될수록 더욱, 더 이상 방관할 수 없다는 생각이 가슴 밑바닥을 치고 고개를 들어올리는 거였다.

이대로 침묵하는 것은 살아 있는 거라고 할 수 없다. 죽은 듯이 엎드려 지내는 것은 생명을 잃은 삶이다. 지금 모든 국민들이 생명을 잃고 죽어지낸다면 야만적인 수법으로 정권을 찬탈한 신군부의 계산을 맞추어 주는 꼴이다. 민주화 투쟁을 해 오던 인사들은 투옥되거나 가택 연금, 혹은 수배자 신세가 되어 고통 받고 있질 않은가. 목숨 부지하기 위해, 또는 자기에게 돌아올 불이익이 두려워 생명 잃은 삶을 그나마 유지하는 이들도 고통으로 말하면 그들과 진배없을 터. 꺼져 들어가는 민주화의 불씨를 살려 놓아야 한다. 침묵하고 있는 것은 저들의 만행을 긍정하는 일뿐만 아니라 결과적으로 저들과 같은 무리가 되는 것이다.

하선희는 몸서리를 쳤다. 무서워, 무서워 하며 시위대의 뒷줄에 붙어, 얼쩡거리던 자기라도 일어서서 어떻게 해보아야 한다고 그녀는 다급한 마음이 되어 갔다. 불씨를 살려야 한다. 꺼져 들어가는 불씨가 아주 꺼져 버리기 전에 살려 놓아야 한다. 내 작은 입김으로나마, 내 작은 혼을 다 바쳐서라도, 그 불씨를 살려내야 한다. 하선희는 밥 수저를 놓기가 무섭게 뛰었다. 생각이 같은 사람을 찾아서. 그러나 함께 행동할 사람은 쉽사리 나타나지 않았다. 미안해하는 표정만으로 거절의 의사는 전달되어 왔다. 최명근도 그녀의 생각을 받아 주지 않은 학생 가운데 하나였다. 그는 다른 학생들과는 달리 그녀를 많이 우려했다.

"선희야, 지금은 좀 곤란하지 않겠니? 너무 강압정국이라."

그 후 우연히 스치게 되었을 때도 일부러 다가와 겁먹은 눈으로 묻기도 했다.

"어찌 됐니?"

"아직야."

"조금만 더 기다려 보면 안 될까?"

"고맙다."

그가 자기를 염려해 주고 있는 마음만큼은 틀림없기 때문에 하선희는 그렇게 대답했다. 하지만 서운한 마음이 여간해서 가시지 않았다. 최명근에게 마음을 열었을 때는 당연히 스터디 그룹에까지 자연스럽게 연결이 되려니 믿는 마음이 있었다. 하지만 그의 첫 대답에서 그건 너무 야무진 꿈이었다는 걸 깨닫고 털었다. 필재 선배가 있었다면 달랐을 텐데……. 하긴 중심인물의 유고로 개개인의 마음이나 조직 자체가 아직 정비중이라는 사정을 감안하면 무리긴 하지……. 더 이상 스터디 그룹에게 손을 내밀지 않기로 했다. 최명근과의 경험으로 족했다. 그렇다고 그들에 대한 신뢰마저 무너진 건 아니었다. 어디까지나 든든하게 민주화의 결실을 이루어낼 동량들이니, 순차적으로 적재적소에 쓰이게 되겠거니 여기자 믿음직스러웠다.

마침내, 하선희는 자기와 생각이 딱 맞아떨어지는 동지를 만났다. 여학생이었다. 의사타진 열일곱 번째. 그 애도 자기처럼 현재의 삶이 곧 감옥살이라는 것과 생명을 잃은 무기물 같은 거라는 생각이 들었다고 말했다. 두 사람은 곧장 준비물을 마련하러 청계천으로 향했다.

"아, 인제 가슴이 시원하게 뚫리는 것 같다, 너를 만나서."

"내가 하고 싶은 말을 니가 하네?"

"정말?"

"이젠 비굴하게 기어야 하는 수치스런 하루하루를 씻을 수 있겠지?"

"휴우, 너야말로 내가 막 하려는 말을 먼저 해 버리네."

의기투합한 두 사람은 서로의 손바닥을 힘껏 마주 쳤다. 제법 소리가 또렷하게 퍼졌다. 자신들의 거사를 예견하는 축포 같아 둘은 힘차게 팔짱을 끼었다.

그녀들이 필요로 하는 물품들은 문방구와 고물상에서 쉽사리 구할 수 있었다. 먹지, 롤러, 잉크, 메가폰, 스프레이 등등. 유인물 초안을 잡는 데는 그다지 오래 걸리지 않았다.

-파쇼타도 민주구국투쟁선언!-

보아라! 여기 도도한 역사와 전통을 이어 온 민주 학우와 시민들의 부릅뜬 눈동자를!

어제도 오늘도 내일도 이 나라의 주인은 분명 우리다.

민주적 절차를 군홧발로 으깨고, 나라와 민족의 유구한 역사와 미래를 잔혹하게 유린하며 정권을 찬탈한 ○○○은 물러가라.

이십여 년에 달하는 기나긴 군부 독재에 넌덜머리가 난 우리에게 또다시 군사 파쇼 정권이 웬 말이냐?

민주시민의 기본적 자유(보고, 듣고, 말하고)조차 총, 칼, 탱크를 앞세워 봉쇄하고, 나라 전체를 감옥으로 만든 날강도 ○○○은 물러가라.

아! 광주 금남로에 뿌려진 수많은 시민의 붉은 피가 우리의 가슴 속에서 용솟음친다.

검측한 군사 파쇼의 대검에, 군홧발에, 기관포에, 장갑차에 맨몸을 뉘어 보듬은 너 *민주주의여!*

이제 우리는 더 이상 굴종의 삶을 용납하지 않으마.

일어나라! 총궐기하라.

……

민주 학우여! 민주 시민들이여! 일어나라!

뒷걸음질한 역사의 수레바퀴를 기어이 원상회복하자.

서울의 봄, 그 소중한 민주주의의 새싹은 아직 죽지 않았다. 그 싹을 일으켜, 꽃을 활짝 피워 내자!

> *주동자 : 하선희, 김기경*

내용이 생각처럼 마음에 들게 술술 풀려 나오진 않았지만, 그런 것은 문제가 아니었다. 우선 무엇보다도 이 나라 이 민족이 분개하고 있다는 사실을 알린다는 것이 중요하고, 군부 파쇼 정권에 대한 노골적인 선전포고를 던진다는 것과 저들이 유일하게 믿는 총, 칼, 탱크 따위의 무력을 우리는 더 이상 두려워하지 않는다는 내용만 전달되면 된다고 그녀들은 생각했다.

서슬 퍼런 비상계엄하라고, 남녘에서 피비린내 나는 동족 살상이 벌어졌다는데, 숨소리조차 죽이고 구렁이 담 넘어가는 듯한 시간들을 견딜 수 없어, 그녀들은 서툰 대로 이렇게 저항 세력의 뇌관을 터트리기로 한 것이다. 선언문 말미에 자기들 이름을 분명하게 밝혀 적고 나니, 기분이 상쾌했다. 이처럼 주동자의 이름을 밝히는 것은 운동권의 불문율이었다. 데모 주동은 즉시 구속인 때문에 자신의 행동에 대해 자신이 책임을 지기 위한 거였다.

그날 밤, 두 사람은 하선희의 집에서 가족도 모르게 유인물을 만드느라 거의 밤을 지새다시피 했다. 한 사람의 팔에 힘이 빠지면 다른 한사람에게로 롤러가 넘어갔다. 먹지도 여러 번 새로 긁어야 했다. 몇 장인진 모르지만 각자가 학교까지 들고 갈 수 있는 분량만큼 만들어 놓았다. 못 돼도 천 장 정도는 되지 싶었다. 절반씩 각자의 책가방에 넣으니, 전혀 부피에 부담이 없었다. 밝는 날이 디데이였다. 하룻밤 정도 눈 붙이지 않았다고 그녀들은 몸 상태가 좌우될 나이는 아니었다. 도리어, 머리카락이 하늘로 뻗쳐 오르듯 정신이 생생해지는 느낌이었다.

이미 만반의 약속이 되어 있었다. 단위 서클과 알게 모르게 협의 구조가 있어서 인원 동원은 염려하지 않아도 되었다. 단 한 사람에게만 비상벨을 누르듯 신호를 보내면 되는 거니까. 동원령은 벌써 떠웠다. 바로 전날에 현장조사와 예행연습 비슷한 걸 둘이서 아무도 눈치 못 채게 극비리에 시간과 행동을 조율해 놓은 때문에 그녀들은 아침에 다시 새삼 할 말은 없었다.

집에서 친구를 먼저 출발시키면서 하선희는 잡은 손에 다시 한 번 힘을 주었다. 친구도 마주 힘을 넣어오며 하선희를 깊은 눈빛으로 바라보았다. 두 사람은 의미 있는 시선을 잠시 주고받았다. 이제 여기서 헤어지면 운이 좋아야 감옥에서나 볼둥말 둥인 때문이었다. 자신들도 모르게 둘은 얼싸안고 있었다.

하선희가 다부지게 말했다.

"우리 멋지게 해내는 거다."

"그래, 한바탕 크게 뛰어보자."

그렇게 응수하는 김기경의 얼굴에 비상한 결심의 빛이 서리었다.

친구가 버스를 탔을 듯싶은 시간쯤에 하선희는 속마음과는 달리 부모님께 예사롭게 인사를 하고 집을 나섰다. 몇 년 형을 받게 될지 모르니, 대문을 밀어 닫고도 그녀는 한동안 집 모습을 유심히 뒤돌아보았다. 롤러와 잉크와 먹지와 버려진 종이 나부랭이들이 어수선한 이 층의 자기 방 창문은 그저 무심하기만 했다. 당연히 압수수색이 따를 것인데 하는 생각을 하며 걸음을 재게 놓았다. 유인물이 든 큼직한 가방에 신경을 쓰면서 메가폰을 넣은 별도의 비닐 주머니에도 그녀는 가끔 곁눈으로 시선을 흘렸다.

그녀는 생각했던 시간대에 학교에까지 무사하게 두착한 수 있었다. 겉으로는 태연한 모습이었으나 마음을 조인 건 사실이었다. 여학생인 때문에 아마도 덜 주목을 받았을 거라는 생각을 하면서 만약 남학생이었다면 요소요소에 배치되어 있는 전경들이 메가폰이 든 비닐 주머니만큼은 들춰보았을 거라는 추측에 다소 아슬아슬함을 맛보았다. 작은 체구에 다부진 몸매의 하선희는 생긴 것과는 달리 겁이 많아서 학생회관의 현관으로 오르는 계단을 밟으면서도 가슴이 떨리어 하마터면 넘어질 뻔했다. 순간 그녀는 등골이 서늘했다. 만약 넘어져 엎어지기라도 해서 비닐 주머니 속의 메가폰이 튕겨 나와 굴러 떨어졌다면 어떻게 되었을까. 주위를 서성이던 짭새나 기관원이 날쌔게 달려왔을 테고, 결과는 뻔하지 않은가. 그녀는 어금니를 사려 물었다.

"이래선 안 되지……."

정신을 바짝 차리고 그녀는 일 층의 휴게실 문을 밀고 들어섰다. 학생들이 가득 모여 웅성웅성 얘기도 하고 신문도 읽고 더러는 책을 펼쳐 들고 있는 축도 눈에 띄었다. 하긴 며칠 전에 시험 발표가 있었으니, 공부를 하나 보다 싶기는 하겠지만, 평소에 비해 엄청난 숫자여서 짭새들에게 의심받지 않을까 걱정이 되었다. 입추의 여지가 없는 정도니, 한 삼사백은 되지 싶었다. 동원령을 받고 온 학생들임에 틀림없었다. 많이 낯이 익었고, 최명근의 옆모습도 먼 빛으로 스쳤다. 벌써 그들의 열기가 화끈 느껴져 와 하선희는 가슴이 뛰었다. 이만한 인원이면 만족이었다. 또 바깥에서 캠퍼스의 여기저기에 흩어져 있다가 암암리에 합류할 인원이 상당할 테니까.

그녀가 사 층으로 올라가 서쪽 창문을 열고 메가폰으로 짭새나 기관원들의 주의를 끌면 김기경이 일 층에서 남쪽 현관문을 박차고 대열을 이끌며 나갈 예정이었다. 주의를 다른 곳으로 끌지 않고는 학교에 상주하는 짭새들이 너무 많아 굿판을 성공적으로 달구어 내기가 힘든 때문이었다. 안쪽에 깊숙이 앉아 있는 김기경이 이쪽을 향해 손짓을 했다. 계획에 무슨 차질이 온 건 아닐까 싶어, 하선희는 얼른 그쪽으로 갔다.

"구속자를 위한 가두모금운동 발대식이 앞당겨졌대."

김기경이 작은 소리로 말했다. 긴장된 하선희가 급히 물었다.

"몇 시로?"

"열두 시 삼십 분."

"그래, 서둘러야겠다…… 자, 나 올라간다."

하선희는 그렇게 암호 같은 신호를 보내고 등을 돌렸다. 마음이 바빴다. 원래 그 행사는 오후 세 시 삼십 분에 하기로 했던 것이 아닌가. 그 행사를 원천봉쇄하기 위해 짭새들이 집중적으로 바리케이트를 칠 텐데. 아무래도 다소 지장을 초래할 것 같은 예감에 하선희는 급히 계단을 올랐다. 다리가 휘청거렸다. 난간을 부여잡았다. 입술을 꽉 굳게 물었다.

사 층 서쪽에 위치한 그 방은 동아리들의 방이어서 오전엔 대체로 비어 있게 마련이었다. 유고가 생긴다면 비슷한 성격의 방들이 줄지어 있으니 대비책은 걱정 안 해도 된다 싶었는데, 예상대로 아무도 없었다.

그녀는 자기가 방금 들어선 출입문부터 안에서 굳게 잠궜다. 손이 자기 손 같질 않았다. 가쁜 숨을 헐떡거리며 그녀는 책상 하나를 서편으로 난 창문턱에 바싹 대어 붙였다. 그 위에다 메고 온 가방부터 부리고, 유인물을 꺼내 놓았다. 닫혀 있는 창문을 활짝 열었다. 부들부들 떨리는 손이 진정되지 않았다. 내려다보이는 마당에는 벌써 짭새들이 우글거리고 있었다. 구속자를 위한 가두모금운동 발대식이 꽤나 위협적인가 봐. 힘들어지네, 하는 생각을 하며 하선희는 시계를 보았다. 오 분 전 열 시였다. 그녀는 서둘렀다. 서두르다 보니 유인물이 바닥으로 떨어져 내렸다. 흩어진 유인물을 모아 다시 원위치에 올려놓으며, 아주 섬광처럼 지금 나의 위치는 제대로 되어 있는가를 짚어 보았다. 자기 말을 제대로 들어주지 못할 만큼 후들거리고 있는 팔, 다리를 의식하며 다소 실망한 때문이었다.

뒤돌아볼 수는 없는 일이었다. 주사위는 이미 던져졌으니까. 나약하게 구는 팔, 다리 그 따위에 개의할 시간이 없었다. 다급했다. 앞뒤 가릴 것 없이 무작정 냉큼 창틀에 올라섰다. 미리 준비했던 콜라병을 마당에 힘껏 던졌다. 날카로운 파열음을 기대했으나, 효과는 제로였다. 자신의 숨소리, 일거수일투족 하나하나가 아주 아득해지며 걷잡을 수 없는 공포가 밀려왔다. 어금니를 사려 물었으나 떨리는 손길의 조준은 빗나가게 되어 있었다. 아스팔트 마당을 겨냥한 콜라병이 하필 잔디밭에 꽂히고 만 거였다. 주의 분산을 위한 첫 행위는 실패였다. 떨어진 콜라병 언저리의 짭새들만이 고개를 발랑 젖혀 위를 올려다보았다. 하선희를 발견하자, 그 둘레에 어수선한 소요가 일었다. 그녀는 재빨리 메가폰을 입으로 가져갔다. 구호부터 있는 힘을 다해 외치기 시작했다.

"파쇼 타도, ○○○ 물러가라."

소리가 퍼져 나가며 발아래의 짭새들이 긴박하게 움직이는 형체가 그녀의 시야로 확 달라붙는 듯한 순간 건물 전체를 통채로 뒤흔드는 듯한 우레와 같은 소리가 메가폰의 구호를 그대로 받아내는 게 아닌가.

"파쇼 타도, ○○○ 물러가라."

성공이다 싶은 자신감에 하선희는 더욱 힘차게 다음 구호를 목청껏 뽑았다.

"민주 학우여! 너희는 죽었느냐? 살았느냐?"

건물만 뒤흔드는 것이 아니라, 세상을 송두리째 뒤흔드는 것 같은 더 우람해진 소리가 메가폰의 메아리인 양 즉시 따라붙어 왔다.

"민주 학우여! 너희는 죽었느냐? 살았느냐?"

휴게실에서 김기경을 중심으로 대기하고 있던 학우들이 예정대로 펼침막을 앞세우고 마당으로 구름처럼 나서는 거창한 광경이 발 아래로 뭉게뭉게 피어오르고 있었다.

"일어나라, 일어나라, 총궐기하라."

교정의 여기저기서 학생들이 물밀듯 몰려와 순식간에 팽창하듯 불어나는 규모에 짭새들은 수세에 몰리는 형국이었다. 어디선지 퐁퐁거리며 가스차가 다가오는 소리도 들려왔다.

"나가자, 쳐부수자, 파쇼 타도하자."

"나가자, 쳐부수자, 파쇼 타도하자."

구호를 이어받는 소리는 이제 세상만을 뒤흔드는 것이 아니라, 천지를 온통 개벽할 것처럼 하선희에겐 들려왔다 그 순간 기녀이 답답하던 가슴이 활짝 열리며, 말할 수 없는 감격에 뜨거운 눈물이 왈칵 솟구쳤다. 내가 내 속 안에 있는 말을 이렇게 외칠 수 있다니…… 세상을 가두는 감옥 벽이 허물어져 나가는 듯한 감격에 그녀의 몸은 뜨겁게 달아올랐다. 아, 내가 살아 있었구나! 죽은 듯이, 무기물처럼 존재할 뿐이던 자신이 아니었다. 온몸의 세포 하나하나가 그 순간 고개를 들어 생생하게 살아나는 환희에 그녀는 전율했다. 그때 마당 아래쪽에서 위를 향해 손을 높이 쳐들며 누구인지 다급하게 외마디 소리를 쳤다.

"뒤를 봐라, 뒤를……."

그 소리와 거의 동시에 뒤에서 출입문을 발길로 걷어차며 어거지로 부수는 파열음이 튀었다. 아주 찰나였다. 그녀는 어금니를 악물었다. 눈동자에서는 금속성 섬광이 강렬하게 뿜어져 나왔다. 간밤에 김기경과 뜬눈으로 수작업해 만든 유인물을 창밖으로 뿌리고, 또 뿌렸다.

최루가스 터트리는 소리가 펑 펑 펑 산발적으로 들려왔다. 화학적인 독가스 내음이 바람결에 그녀를 자극해왔다. 눈물이 질금거렸다. 시야가 흐려졌다. 뒤에서 출입문이 뚫린 듯, 한 덩어리의 사내들이 안으로 뛰어들고 있었다. 그러나 불을 토하듯 그녀는 마지막 구호를 부르짖었다.

"물러나라, 물러나라, ○○○ 물러나라."

자신의 목소리가 의지와는 달리 가냘프게 끊어져 갈 때, 바깥 학우들의 반응은 더 우람하고 매섭게 폭발하는 거였다. 그 가슴 떨리는 학우들의 구호소리와 함께 자신의 손끝을 떠난 유인물들이 유유히 허공을 날아가는 광경이 시야로 가득 들어왔다. 그녀는 메가폰을 잡은 채, 허공으로 자신의 몸을 있는 힘을 다해 솟구

쳐 날렸다. 구호를 벽에 멋지게 그려 넣으려던 스프레이 사용은
아쉬움으로 남긴 채. 강의실 문을 부순 짭새들이 덮친 때문은 아
니었다. 그들에게 잡힐 것이 두려웠던 건 더욱 아니었다. 처음부
터 계획한 행동은 물론 아니었다. 그러나 그건 분명한 그녀의 선
택이었다.

불씨!

민주주의의 불씨!

굿판을, 아니 온 나라를, 온 나라 안 사람들의 마음을 화끈하게
달굴 불씨, 그녀에겐 오직 그 일념뿐이었다. 불씨를 당기기 위해
서 그녀 자신이 한 장의 유인물이 되어 허공을 훨훨 날았다. 그리
하여 캄캄한 세상을, 세상 사람들의 생각을 환하게 밝혀주고 싶은
열망에 그녀는 뜨겁게, 뜨겁게 타올랐다. 그 일은 그 어떤 누구도
아닌 자신이 꼭 해내야 할 일이라는 확신 때문이었다.

"기적이다, 기적이다……."

사람들의 아우성 같은 부대낌에 하선희는 어렴풋이 정신이 들
었다. 들것에 실린 자기가 사람들에게 에워싸여 어디론가 운반되
어지고 있음을 그녀는 인지했다. 멀리서 운동가가 자기를 따라오
는 듯이 들려왔다.

탄아탄아 최루탄아 자유의 광장을 넘보지 마라.

먼 산이 울려오는 듯한 그 노랫소리는 기쁨이 아닌, 아주 애처
로운 슬픔으로 젖어 오는 거였다.

13. 단풍에 물들어

유난히 집안이 밝았다. 밖에 누가 모닥불이라도 놓은 걸까. 기분 탓인지 대낮에도 어둠침침하게만 느껴지던 실내가 갑자기 웬일일까.

순우가 해직된 지도 두어 달이 넘어섰다. 날이 새기도 전에 출근하던 사람이 진종일 집안에 눌러 붙어 있다는 사실만으로도 힘에 부쳐왔지만, 이래저래 답답해서 자기도 모르게 한숨을 토해내곤 하던 명지는 갑자기 밝게 느껴져 오는 그 단순한 변화만으로도 옥죄어 오던 것에서 풀려나기라도 한 듯 가벼운 기쁨 같은 부스러기를 잠시 만져보는 듯했다. 가슴이 다 두근거려왔다. 베란다 쪽으로 다가갔다. 생각지도 못한 이 화사함이라니……. 얼마나 의외의 과분한 방문객인가. 온 세상이 자기들에게서 등을 돌렸다는…… 그 정도로 그친다면 참으로 다행할 텐데, 짓밟아 누르며 혹시 일어설까 봐 호시탐탐 사찰을 더 강화해 오고 있다는 공포감에 어깨도 못 펴고, 슬슬 기어 다니는 암흑의 상황을 비집고 들어온 이 놀라운 호사스러움이라니…….

명지는 덧문을 열어 젖혔다.

"푸화아앗!"

자기도 모르게 터져 나온 탄성. 화사함의 정체는 다름 아닌 백합나무였다. 나무 전체에 불이 붙어 있었다. 샛노란 화염은 샛빨강보다 더 강렬했다. 더 현란했다. 아무도 눈치 못 챈 일이었다. 저 혼자 꽁꽁 앓으며, 스스로를 저토록 최고 절정에 피워 올리다니…… 십삼 층, 고층 아파트 넘어, 하늘에 닿을 듯한 환상적 키에다 지표면으로 질질 끌리는 플레어스커트 자락처럼 풍요로운 가지들이 일제히 내어뿜는 마지막 치열한 열정에 햇살이 오히려 창백했다. 뜬금없이 내어지른 명지의 호들갑에 순우와 강봉자 여사가 각기 자기 방에서 어느 결에 나왔는지 넋나간 사람들처럼 입을 딱 벌리고 서 있었다.

"원 내 평생에 저런 단풍은 첨 보겠다."

너무 감격한 나머지 의치라도 한 것처럼 강봉자 여사가 어눌하게 뱉어낸 발음이었다.

"저 나무가 마술산가 봐! 지상 최대의 샹들리에가 됐어."

순우는 마치 무대 위의 배우처럼 감탄사를 던지고 응접세트에 주질러 앉았다. 강봉자 여사도 아들의 옆에 자리를 잡았다. 명지는 얼른 부엌으로 가 보온병과 컵을 쟁반에 얹어가지고 왔다. 전에 없이 날쎄게 움직여지는 자신을 그녀는 의식했다. 사실 저 나무는 해마다 어김없이 변모를 보여 왔건만 그걸 바라보는 사람의 마음이 간사스럽다는 생각을 하면서, 자기 가족이 일찍이 유례가 없을 만큼 허둥지둥 허풍스럽게 떠들어대는 건 그만큼 정신적 고통이 심하다는 반증 같기도 해 그녀는 가슴이 뭉클해 왔다.

뜨겁게 준비해 놓은 보온병의 둥굴레차를 차례로 따르면서 명지가 말했다.

"저 나무가 색깔이 바뀌니까 이렇게 집안이 휘황해진 걸 보면, 그 새 은근히 저것이 그늘을 드리웠던 모양이네요?"

그녀는 동의를 구하듯 방실거리며 두 사람을 바라보았다. 마치 시국의 폭압에 짓눌려 집 안에 괴어 가던 음울한 공기의 원인을 그 나무에게라도 떠넘기어 몰아내 보려는 심사이기라도 하듯.

"맞구나, 그 푸르칙칙한 잎새들이 아무래두 좀 그랬을 법하지?"

강봉자 여사가 며느리의 의중을 짐작이라도 한 듯 호응을 해 주었다.

"좀 그렇긴 했겠지만, 여름엔 우리가 바라만 봐도 시원하다고 그 푸르름을 또 얼마나 좋아했습니까?"

변덕스런 사람의 마음을 살짝 꼬집으면서 순우가 재미있다는 듯이 모처럼 밝게 웃었다. 해마다 이맘 때면 되풀이 보게 되는 단풍이건만 세 사람은 생전 처음 만나는 놀라움이라도 되는 것처럼 흥분을 과장했다. 그렇게 함으로써 기분을 바꾸어 보려는 안간힘 같기도 했다. 하긴 지난 오 월 이후로 내내 시국이 그들에게 강요해 온 곤두박질이 거듭되다 보니 작은 감동에도 코끝이 시큰해 올 만큼 마음이 약해져 있는 것도 사실이었다.

"순우, 네 말이 맞다. 우리가 저 나무를 어느 계절이라구 사랑하지 않은 적은 없지."

아들을 바라보는 강봉자 여사의 안면에 잔잔한 미소가 번지고 있었다. 명지는 차를 마시는 것도 잊은 듯, 이 아침 생각지 못한 변화를 느닷없이 가져다준 그 거대한 나무만 바라보고 있었다. 찬란했다. 눈이 부시었다.

분신…… 스스로 제 목숨에 불을 놓아 숨 막히는 시대의 어둠을 밝히려 산화한 하 많은 젊음들이 떠올랐다. 독재정권 타도하라. 자유가 아니면 죽음을 달라. 나의 죽음을 헛되이 하지 말라. 그들의 순절한 외침이 새삼 들려오는 듯했다.

시야가 뿌옇게 흐려져 왔다. 예리한 아픔이 가슴을 깊숙이 찢어와 명지의 몸은 그만 바싹 쪼그라지는 듯만 싶었다. 아아, 나무도 스스로 제 몸에 불을 붙이었구나! 명지의 눈에는 눈물이 가득 괴었다. 그 눈물도 백합나무 빛이었다. 이때, 강봉자 여사가 여전히 밝은 음성으로 크게 말했다.

"애들아, 지금 보니까 저 벽이 텅 비었구나, 왠지 시원하다 했더니만……."

그녀는 거실에서 제일 넓은 벽면을 바라보고 있었다. 세라에게 갖다 준 매화 액자가 걸려 있던 공간이었다. 명지는 가슴이 철렁했다. 동시에 어깨뼈에서부터 척추가 우수수 무너져 내리는 듯한 허탈감. 그 액자를 떼어낸 건 아버지를 떼어낸 거고, 또한 대대로 가풍을 이어온 조상님들을 떼어낸 거였건만. 선대 조상님들 중에 가장 탁월했던 분의 솜씨라고 아버지가 애지중지하던 가보 일 호였으니까. 조상과 아버지를 잇는 정통 후손이라는 자격증 같은 그 액자를 어디다 진상했던가.

"정말, 그러네요."

순우가 맞장단을 쳤다.

명지 역시 덩달아 바라보니 두 사람의 말도 그럴싸했다. 시어머니는 평소에 그 그림이 며느리 친정 선조의 작품이어서 티는 내지 않았어도 마음에 다소 걸리었던지도 모른다고 명지는 속으로 생각했다. 그러나 다음 순간, 아무런 장식이 없는 벽이 훨씬 돋보일 수도 있다고 명지는 마음을 고쳐먹었다. 더구나 황금색 단풍잎이 어른어른 화사한 그림자를 드리우기까지 하는 바에야.

순우는 무척 호감을 보였던 그림임에도 짚이는 데가 있는지 더는 거기에 대해 말하지 않았다. 명지는 후유 했다. 언젠가는 털어놓아야 하겠지만 우선은 넘어갈 수 있었던 것이 다행이라 여겨졌다. 되도록 우울한 얘기는 피하고 싶었다. 특히 오늘은. 하긴 진작 나왔어야 할 화제였음에도 이제서야 언급이 된 것은 그 동안 그들이 그만큼 긴장하고 경직되었을 뿐 아니라 침체되어서 빈 벽 하나를 제대로 바라볼 여유가 없었거나, 보고도 말을 할 엄두조차 내지 못한 거였으리라.

그들은 경황이 없었다. 순우 출옥 후, 그 동안 엉망진창이 되어버린 심신을 서서히 회복시켜 보려 할 때, 덜컥 닥쳐온 해직의 충격 때문일까.

해직은 곧 경제적 감옥이었다. 진열대의 상품들이 그날부터는 철조망을 두르고 나타났다. 경제력을 상실한 그들에게는 금단의 물건들이 되어 버린 거였다. 금단의 철조망이 둘러지는 순간 에덴동산의 선악과처럼 그 물건들의 유혹은 더 강렬한 법. 야채전에서 떼어 버리는 무청을 주워 들고 돌아서려다 눈에 들어온 금세라도 꿈틀거릴 듯한 생태의 모양새는 왜 그다지도 그녀를 처절하게 만들던지.

"애, 순우야."

강봉자 여사가 아들을 넌지시 불렀다.

"네, 어머니."

"너 정말 몸 괜찮은 거냐?"

아들의 건강을 염려하는 말이어서 강봉자 여사의 안색에 그늘이 드리울 만도 하건만 이날은 여전히 밝기만 했다.

"네, 괜찮습니다."

순우의 목소리도 낭랑했다. 백합나무에 홀린 나머지 덩달아 식구들도 단풍이 들어버린 걸까. 행동이나 말이 모두 그 백합나무처럼 밝고 화사했다.

"정말이냐?"

"그러믄요, 어머니."

"이 에미에게 무슨 말인들 못하겠니?"

순우가 두 달 가까이 곤욕을 치르는 동안, 몸의 어느 부분이든 절단 난 곳이 있을 거라고 애태워 온 강봉자 여사는 기어이 그 부위를 밝혀내고야 말 심산인 듯만 싶었다.

그런데도 분위기는 여전히 밝았다. 모두들 단풍이 들어도 아주 톡톡히 들어버린 듯이. 무슨 소리들을 해도 인제 명지는 걱정 놓기로 했다.

"염려 마시라는데두요."

순우의 기분 역시 여전히 쾌청이었다.

"혹시 너, 내가 걱정할까 봐, 그러는 거 아니냐?"

이 같은 질문은 명지가 듣기만도 몇 번 되지만 오늘은 느낌이 또 달랐다.

"그럴 리가요."

"그 사람 잡는 백정들은 거죽으론 전혀 표가 나지 않게 교묘한 수법으로 고문을 한다는데…….”

이 대목에선 명지도 매번 귀를 쫑긋 세우게 되었다. 혹시 무슨 대답이 나올까 하는 기대감으로. 순우가 석방된 날, 가택 수색 자료를 가지고 온 보안사 요원의 당부를 함께 들은 명지는 그에게 질문이라는 걸 되도록 하지 않기로 마음먹고 있었다. 그 안에서 일어난 일은 발설하지 말아 달라는 요구가 무엇을 뜻하겠는가. 차마 사람으로는 저지를 수 없는, 한계를 뛰어넘은 잔학한 행위가 자행되었음을 스스로 인정하는 것이 아니고 무어란 말인가.

차를 한 모금 더 따라서 마시고 난 순우가 슬그머니 자리에서 일어나 섰다. 얼마 전에도 어머니의 그 비슷한 질문에 미간을 찌푸린 적이 있어 명지는 다소 마음이 조였다. 그러나 뜻밖에 순우는 환하게 웃으며 거실 한복판으로 나가 어머니를 향해 말하는 거였다.

"자, 보세요. 제 몸 어디에 고장이 나 있는지, 어머니가 직접 찾아봐 주세요. 어, 그렇지, 당신도 같이…… 저 자신은 아무 이상이 없는 것 같은데, 어머니가 자꾸 못미더워 하시니 한 번 지금 다 같이 점검을 해 보자구요."

말을 마치자, 순우는 맨손체조를 시작하는 거였다. 준비운동, 목운동, 등배운동……. 마지막 숨쉬기운동까지 다 마치고 나서 순우는 활짝 웃으며 다시 자리로 돌아왔다. 썩 잘하는 편은 아니었지만 어머니 앞의 재롱으로는 합격선이었다.

"어때요? 어머니, 제 몸 어디에 이상이 있는지 확인하셨어요?"

"아주 멀쩡하구나!"

강봉자 여사가 대단히 만족한 얼굴로 웃음보를 터뜨리는 바람에 명지는 박수까지 치며 수선을 피웠다.

"맞아요, 인제 어머니 아드님이 우량아인 거 확인하셨죠?"

"그래, 안심이다, 더는 신경 쓰지 않으마."

"마음 놓으세요. 본인 말을 믿으세요."

아닌 게 아니라 명지도 눈을 똑바로 뜨고 순우의 어설픈 맨손체조를 살폈다. 어디가 결리는 곳은 없는지, 팔은 제대로 올라가는지, 다리도 앞뒤로 잘 꺾이는지…… 표정까지 놓치지 않았다. 본인이 아무리 감추려 해도 표정에서까지 완벽한 연기는 어려운 법이기 때문이었다.

명지는 둥굴레차를 한 차례 더 따랐다. 모처럼 이렇게 가족끼리 단란한 시간을 가질 수 있었던 것이 저 타오르는 백합나무 덕분이리 여겨져, 그 나무쪽으로 다시 명지는 넌지시 고마운 시선을 보냈다.

강봉자 여사는 김이 모락모락 오르는 찻잔을 품위 있게 두 손으

로 감싸들고,

"그래, 인제야말로 네가 진짜 석방이 되어서 내 곁으로 왔다고 생각이 되는구나, 이제 오늘밤부터 두 다리 쭉 뻗고 편히 잘 수 있겠다. 직장이야 또 구하면 되는 거지만 몸은 그게 아니잖니? 솔직히 나는 네가 감옥에서 나와 바로 출근을 하는 데는 안쓰러워서 눈물이 다 나왔느니라. 어서 얼굴이 좀 나아져야 할 텐데, 네 누이가 사온 사골이 공헌은 좀 했냐?"

아들이 연행된 뒤로 눈물 콧물 마를 새 없고 후줄그레하니 천덕꾸러기처럼 풀이 죽어 지내던 그녀가 모처럼 어른의 자리를 회복해 일장 소회를 풀면서 살짝 생색도 곁들인 말투였다.

"어머니, 이것 보세요, 누님이 보내 주신 사골 먹고 제 사골 튼튼해졌습니다."

순우는 팔다리를 우스꽝스럽게 동시에 들어올려 보이며 너스레를 떨었다. 강봉자 여사와 명지는 웃느라고 뱃살을 틀어쥐고 눈물까지 질금거렸다. 순우의 행동 자체가 우습기도 했지만 인간 도살장이라는 곳을 다녀온 뒤로 마치 정물 같은 느낌을 주던 그가 모처럼 천진한 옛 모습으로 돌아온 듯해 감격에 겨웠는지도 몰랐다.

그들이 그렇게 가을의 정취에 흠씬 젖어 마음 놓고 풀어지며, 리듬이 깨어졌던 가정생활의 원상회복을 위해 안간힘을 하고 있을 때, 하필 생각하고 싶지 않은, 생각에서 뭉개버리려 애쓰고 있는 불청객이 나타나 초를 쳤다. 경비실의 인터폰이 유달리 길게 울린 것부터가 불길했다. 명지는 얼른 자리를 차고 일어서 지지가 않았다. 모처럼의 평화스러운 순간이 흔들릴 것만 같은 예감은

적중했다. 인터폰에서,

"이순우 씨 계신가요?"

하는 아주 저음의 위압적 목소리를 들었을 때, 명지는 섬뜩한 느낌에 입술이 얼른 열리질 않았다. 그러나 그것을 드러내지 않고 침착하게,

"누구신데요?"

했을 때,

"댁으로 가서, 말씀드리지요."

인터폰은 거기서 끊기었다.

"누구냐?"

강봉자 여사가 물었다. 명지는 대답을 하지 못했다. 샛노랗게 번져 들어오는 단풍의 눈부심 속에 환하게 웃으며 앉아 있는 강봉자 여사와 순우의 모습이 명지에겐 마치 말갛게 정성들여 닦아 논 유리그릇처럼 투명하게 다가왔다. 유리그릇은 너무 맑고 환한 때문에 곧 깨어져 버릴 것 같은 불안을 주지 않던가. 그녀는 선 자리에서 꼼짝하지 못했다. 얼굴은 창백하게 질리었다.

"누구 길래?"

강봉자 여사가 재차 물어왔다. 보통 며느리의 답이 얼른 오지 않을 때, 강봉자 여사의 재우침엔 미미하게나마 성급함과 짜증기가 들어 있게 마련인데 오늘은 아니었다. 아주 유연했다. 그토록 특별한 순간이란 말인가……. 무자비한 폭풍우로 마치 산새데를 만난 듯 망가진 가정이 이제 겨우 회복을 위해 둥싯거리는 모양새는 아슬아슬했다. 웃고들 있었지만 실은 그 웃음 속에는 눈물이

흐르고 있었기 때문이었다.

"사찰차 나왔습니다."

사복 차림이었으나 검은 색안경을 쓴 중년 남자가 '사찰'이라는 말에 유달리 힘을 주며 서슴없이 집안으로 들어섰다.

강봉자 여사의 눈알이 볼록하게 튀어져 나왔다.

"도대체 어디서 나온 뉘슈?"

순우는 입을 굳게 다문 채 그 느닷없는 침입자를 똑바로 바라보고만 있었다.

"가족들은 자리를 좀 피해주실까요? 이순우 씨와 공무가 있어서 나온 사람이니까요. "

색안경은 강봉자 여사의 질문 따위는 안중에도 없다는 듯 들은 척도 않고 엄포성 경고의 발언을 내뱉고는 권위를 세우려는 듯 고개를 치켜들었다. 그의 위압적 색안경 위로도 노란 단풍 빛깔은 어른거렸다. 색안경이 다가서는 순간 부시시 일어나 그와 마주선 순우는 여전히 아무 말이 없었다.

강봉자 여사가 다시 그를 향해 외쳤다.

"지금 공무라고 했소?"

색안경은 기가 차다는 투로 강봉자 여사를 힐끔 내려다보고는 마지못해 대꾸했다.

"네."

"생사람을 끌어다가 그만큼 욕을 보였으면 됐지, 무슨 공무가 또 남았단 말이오?"

얼굴이 붉게 단 강봉자 여사가 부르르 떨었다.

"어머니, 들어가시지요, 염려 안 하셔도 될 일인데……."

순우가 딱한 표정으로 강봉자 여사를 건너다보며 달래었다. 그러나 그녀는 막무가내였다.

"안 된다, 나는 절대로 자리 못 뜬다. 내 아들 내가 지키겠다는데 누가 뭐랄 거냐?"

두 번 다시 순우를 놓치지 않겠다는 강봉자 여사의 결연한 태도에 색안경이 입을 열었다.

"어디로 가지 않을 겁니다. 여기서 몇 마디만 나누면 되는 간단한 업무입니다."

"그렇게 간단한 업무인데 내가 있어 안 될 게 뭐요?"

끝내 버티려는 시어머니의 완강한 태도에 명지가 슬그머니 다가가 부축을 해 일으켜 세웠다.

"안 돼, 내 아들…… 무슨 짓을 하려구? 더 이상 저애 마음을 상하게 해서는 안 된단 말이야."

강봉자 여사는 울부짖으며 악을 썼다. 움직이지 않으려는 노인을 간신히 방으로 밀어 넣자, 그녀는 주먹으로 방바닥을 치며 통곡했다.

"무슨 세상이 이럴 수가 있단 말이냐? 죄 없는 사람을 왜 들들 볶아야?"

명지는 문을 꼭 닫고 시어머니를 지켜야 했다. 순우의 출옥을 마중하러 나가면서 명지는 많은 생각을 했다. 첫째, 최대한 그를 기쁘게 맞이해 줄 것. 둘째, 고생하고 나오는 그는 엄밀히 이전의 그가 아니므로 매사에 조심할 것. 셋째, 정신적으로 그가 성장할 수도 있으나, 반면 상처가 깊을 수도 있으므로 위로에 최선을 다할 것 등등이었으나 결과적으로 그에게 해 준 건 하나도 없다는 생각이었다.

전날 구치소 민원실에서 알려준 출소 시간에 맞추어 집을 나서는데, 아파트 정문을 막 벗어나자 택시 하나가 마주 오며 안에서 누군지가 손을 흔드는 것 같아 자세히 보니 순우였다. 그래서, 담요 보따리나마 구치소에서 나올 때 마주 들어주지도 못한 거였다. 햇빛을 못 보고 지낸 순우는 백옥처럼 희었다. 그 뿐, 얼핏 달라진 점을 눈치 못 채었다. 아마 그녀 자신 긴장이 풀리어 비 맞은 짚단처럼 까불어져 감지를 못한 건지도 모르지만. 법에 저촉되는 행동을 다시 저지른다면 절차 없이 즉각 구속이라는 '기소중지'로 풀려나긴 했지만, 풀려난 순간 그들을 억압한 부류로부터 일단은 이제 해방이라고 생각하지 않았던가.

한데, 사찰이라니? 내내 사람을 보이지 않는 촉수로 감시하고 억압하겠다는 것이 아닌가? 기가 막혔다. 무형의 오랏줄을 조여 오는 속에서 어떻게 살아낼 수 있을까. 이건 블랙리스트에 올랐다는 확증인데, 거듭되는 불이익과 소외감은 또 어떻게 감당할 것인가…… 보이지 않는 감시의 눈은 없는 것 같으면서 없는 곳이 없는…… 그런 기분 나쁜 세상을 뜻하는 것이다. 그러지 않아도 순우는 지금 내면적으로 깊이 앓고 있는 중이건만. 아까, 검은 색 안경 사찰자가 나타나기 전, 백합나무의 단풍에 홀리어 맨손체조까지 해보이며 자신의 건강을 과시한 순우였지만, 그 모습을 보며 즐겁게 웃었으나 명지의 속마음은 쓰리고 아팠다.

출옥 후 정상 근무를 하는 동안은 일에 쫓기어 허둥지둥 돌아갔으나, 해직 이후 그는 잠을 이루지 못하고 있었다. 신군부가 언론 장악을 위해 정화라는 명목으로 현장에서 몰아낸 언론인은 전국에 걸쳐 천여 명이라 했다. 대개 보도지침에 따른 검열 거부나 제작 거부를 통해 언론자유운동에 동참했거나 신군부에 삐딱한 입장을 보인 사람들이라는 거였다. 그러므로 맨 먼저 반동으로 몰려 구금된 순우가 해직된 건 당연한 것이라 하겠다. 이상한 것은 순우가 구금된 동안 위로전화를 걸어온 사람들이 대체로 그 해직의 단두대를 밟게 되었다는 거였다. 소재영이 그 단두대의 이슬이 되어 버린 건 그런 의미에서 필연적이었다 할까. 순우가 근무하던 방송사는 다른 몇 민간 방송사와 함께 국영방송에 통폐합되었다. 결과적으로 언론은 코가 꿰어져 신군부의 주먹 안에 덜컥 쥐어졌다.

명지는 때때로 한밤중에 눈이 떠졌다. 옆에 누워 있어야 할 순우가 어둠 속에 등을 보이며 멀거니 앉아 있곤 했다. 어느 때는 무슨 용수철이라도 튕겨지듯 벌떡 일어나는 순우의 기척에 동시에 명지의 눈도 떠졌다. 또 어느 때는 몸의 어느 부위가 한기가 들어서 눈이 떠지기도 했다. 역시 순우가 앉아 있었다. 순우는 그렇게 불면에 시달리고 있었다. 그는 괴로워하고 있는 것이다. 그를 가만히 누워 있지 못하게 만드는 것이 무엇일까. 들끓는 용암처럼 그의 마음 안에서 울화가 치밀어 올라 어쩔 줄을 모르는 모습이었다.

어느 날 명지는 그를 뒤에서 살그머니 보듬어 보았다. 그러자 별안간 손에 잡힌 날짐승처럼 그는 푸드득 소스라치는 게 아닌가.

"깼어?"

이쪽이 민망할 만큼 그는 미안해 어쩔 줄을 모르는 거였다. 그 후로 명지는 보고도 모르는 척, 그가 마음의 응어리를 삭여 낼 수 있을 때까지 그냥 지켜보고만 있기로 했다. 얼마나 견딜 수가 없으면 저다지 잠을 이루지 못할까…… 또 얼마나 힘이 들면 저토록 폭발하듯 튀어 일어나야만 할까…… 보면서 모르는 체하기도 힘이 들었다. 그렇게 보아선지 순우는 다소 수척해 있었다. 명지도 아침에 세수를 하려면 얼굴이 까실했다. 밤이 괴로워지기까지 했다. 그러던 차라, 노랗게 물든 백합나무가 모닥불처럼 이 가정에 따스한 기운을 회복시킬 수 있는 계기가 될지도 모른다는 기대를 걸었었건만.

사찰차 나왔다는 색안경이 돌아간 뒤, 강봉자 여사와 명지는 거실로 나왔다. 순우는 소파에 앉아 탁자만을 내려다보고 있었다. 강봉자 여사는 눈물 자국을 손수건으로 누르며 아들 쪽으로 다가갔다. 그녀는 소리 없이 아들 앞에 마주 앉았다. 바로 그 순간이었다. 탁자가 바스러질 듯한 파열음에 두 여자는 움찔 뒤로 물러났다. 얼마가 지나고 나서야 강봉자 여사가 조심스럽게 아들의 주먹을 부여잡고 물었다.

"애야, 어디 다치지 않았니?"

그러나 순우는 아무 대꾸도 하지 않았다. 그의 주먹은 다시 한 번 더 탁자를 내려칠 듯 부르르 떨고 있었다. 명지는 거리를 두고 서서 그 광경을 바라보고만 있었다.

세라는 발등까지 내려오는 치렁한 스카프로 몸을 싸매고 정원의 숲 사이를 혼자 거닐었다. 곱다 못해 현란했던 단풍잎도 이제 다 사라졌다. 기울어지는 하루의 잔영을 받으며 세라는 땅에 떨어져 뒹구는 낙엽을 밟아 나갔다. 바스락, 바스락, 낙엽이 발밑에서 바스러지는 소리를 들으며 그녀는 상념에 잠겼다.

미국의 아이들에게 개인지도 받을 수 있는 좋은 선생님을 구해 보라고 한 일…… 그건 잘 내린 판단이라 여겨졌다. 이 판국에 잘 내리고 못 내리고를 따질 것도 없다 싶었다. 궁여지책으로 찾아 낸 방편인 주제에. 왜 진작 그런 대책을 강구하지 못했던가 후회가 컸다. 자식들을 맹목적으로 믿은 것이 낭패였고, 미국만 보내면 그냥 다 잘 되는 줄만 안 자신의 무지가 원인이라고 그녀는 개탄했다. 기고 나는 유학생들이 득시글대는 곳이니 훌륭한 가정교사 못 구할까 봐 염려되진 않았다. 급여는 얼마라도 감당해 줄 테니 하루 빨리 작심하고 한번 공부벌레 좀 되어 보라고 발을 동동 구르며 타일러 놓은 처지였다. 이런 때 돈마저 없었으면 어쩔 뻔했나. 역시 그녀가 의지하는 것은 돈이었다. 그것이 있는 한 아주 절대적인 절망은 없을지 모른다는 생각을 그녀는 하고 있었디.

그럭저럭 아이들로 해서 받은 충격에서 세라는 서서히 벗어나려고 꿈틀거리는 중이었다. 그러나 아이들에 대한 욕심을 아주 버리지는 못하고 있었다. 어떻게 해서든 일단 태평양을 건너간 이상 박사학위는 따와야 한다는 것이 그녀의 상식이었다. 돈으로 살 수만 있다면, 그렇게 해서라도 박사학위증만은 기어이 받아와

야만 그녀의 직성이 풀릴 판이었다. 옛날 같지 않아서 이제 제대로 된 대학치고 그런 어둑한 구석은 없어졌다고 하지만, 그래도 어딘가 가능한 곳이 그녀의 아이들을 위해 남아 있을지도 모른다는 일말의 기대를 갖게 되면서 그녀는 머리 뒤집어쓰고 누웠던 침대에서 벗어날 수 있었던 거였다.

걷다 보니 세라는 어느새 언덕을 내려와 은하수 폭포 언저리에 와 있었다. 돌출된 너럭바위에서 서너 가닥 가느다란 물줄기가 힘없이 질질질 흘러내리고 있었다. 황량하고 초라했다. 폭포 낙수식이 있던 밤의 화려했던 파티 장면이 되살아났다. 은하수가 이 집안으로 하강하시는 것 같다던 이 나라 최고권좌에 오른 사람의 덕담이 아직 귀에서 쟁쟁했다.

"내가 왜 여기까지 왔지?"

세라는 혼자 중얼거리며, 폭포의 초라함에 무슨 보아서는 안 될 흉물이라도 되는 것처럼 외면을 하고 집 뒤쪽으로 종종걸음을 쳤다.

"폭포의 이름을 은하수라고 붙이겠습니다."

하던 남편 박석규의 흥분한 말소리도 그대로 그녀의 귀에 담아져 있었다. 수량으로나 높이로나 그 규모가 위력이 있어 품위를 갖추었던 때문에 그처럼 사랑했던 폭포가 산동네 거주자들의 권리주장 이후 초라해졌기로서니 왜 이다지도 끔찍할까…… 왜 이토록이나 등골이 오싹 소름이 돋는 걸까…….

실패한 자식농사에 대면 그까짓 인공폭포쯤 몇 개가 부서진대도 대수랴 싶었으나 버려진 폭포의 잔해란 다 허물어져 가는 폐가만큼이나 황량했다. 더구나 산동네 거주자들의 시위현장이 머리

속에서 되피어나며 지울 수 없는 상처인 듯 얼른 폭포를 피한다는 것이 그녀는 평소 사람이 다니지 않는 수풀로 뛰쳐 들어서게 되었다. 누렇게 마른 푸섶을 헤치며 세라는 걷잡을 수 없는 슬픔에 빠져들었다. 이건 가을인 때문이겠지? 내 인생도 가을인 셈이고? 그런 정도의 생각으로는 그녀는 자신을 달랠 수가 없었다. 버려진 폭포의 모습이 추악한 욕망의 잔해로 느껴지며, 그것이 곧 자기 자신으로 비쳐지는 데는 어쩔 수 없는 좌절을 통감하는 수밖에 없었다.

저만치 시야에 초당이 들어왔다. 정지운이 돌아왔을까? 그를 떠올리자 세라는 자기도 모를 생기를 얻는 거였다. 남편의 귀가가 늦어질수록 그의 퇴근은 빨라지는 편이니까…….

젊은이 치고는 꽤 착실한 사람이라는 생각을 하며, 그녀는 그에게 위로를 받아야겠다는 마음이 급해졌다. 정지운에 대한 호감 때문인지 그 어느 때보다 작고 단아한 그 초당이 더없이 다정한 인상이었다. 그곳으로 향하며 세라는 설레어오는 가슴을 쓸어안았다. 일찍이 고향 동네에 떠돌던 어머니에 대한 풍문이 아니었더라면 그에 대한 호감을 이만큼 여유 있게 다스리기 어려웠을 거라는 생각에 그녀는 빙긋이 미소까지 지었다.

초당에 당도한 세라는 그제서야 자기 옷매무새를 굽어보았다. 바스러진 낙엽 부스러기와 풀씨 그리고 티검불이 허리께에까지 어지럽게 박혀 있었다. 특히 도꼬마리와 도둑놈바늘은 하나하나를 손으로 집어 빼내야 했으므로 만만치가 않았다. 시간이 여간 걸리는 게 아니었다. 한데 세라는 문득 동작을 멈추었다. 초당 안에서 인기척이 난 때문이었다. 가슴 속에서 꽃이라도 피어나듯 그녀는 활짝 생기가 돋아났다. 자기도 모르게 바짝 귀를 기울이니, 뜻밖에 여자의 목소리가 섞이었다.

세라는 긴장했다. 정비서가 처소 깊숙이에까지 여자를 들이다니……. 감히 여기가 어디라고? 그녀는 흥분해서 안면근육이 경직되어 옴을 느꼈다. 좀 더 바짝 그녀는 창문에 귀를 붙이었다. 바람이 통한다는 전통 한지 문이어선지 대화가 또렷하게 들려왔다.

"어디 가셨댔나요?"

"아, 네, 그냥 좀 너무 바빠서, 기숙사에……."

"하 오랜만이라 저도 모르게 그만 용기가 났습니다, 마침 귀한 차도 있고 해서."

"오랜만이라고까지야, 한 사나흘 됐나 본데요."

"사나흘요? 한 삼사 년은 된 것 같았습니다만……."

"농담이 심하시네요."

"먼빛으로나마 세진씨 드나드시는 모습을 지켜보는 낙으로 살고 있는 사람이니까요……."

논문 쓴다고 요새 학교 기숙사에 들어가 있다가 집에 다니러 오는 세진을 정지운이 길목에서 붙잡아 들인 사실을 파악한 세라는 그쯤에서 가슴에 찬물이 내리는 듯 쓸쓸해져서 돌아서려는데, 그 다음 들려오는 소리가 그녀를 그 자리에 못 박히게 했다.

"전번 그 은하수라고 하는 폭포 낙수식이 있던 밤에도 세진씨가 숲 속으로 들어가시는 모습을 놓치지 않았죠. 한데, 사장님께서 그 뒤를 따르시는 걸 보고 제가 가만있을 수가 없었던 거죠. 위기

상황을 느꼈다 할까요. 정말 만약의 경우…… 우리 사장님은 사실 존경할 만한 대선배님이십니다, 그 문제 하나만 아니라면…….
그날 저녁, 세진씨를 보호하기 위해선 제가 끝까지 무슨 짓이라도 했을 겁니다, 아마."

"지금 무슨 말씀을 하시는 거예요?"

"우리 서로 툭 터놓고 말합시다, 눈 가리고 아웅 하려면 차 드시자고 하지도 않았습니다, 그날 저녁에도 세진씬 말을 회피하는 눈치셨습니다만, 그런 태도를 유지한다고 해서 자존심이 세워지는 건 아닙니다. 진실한 대화의 통로만 막힐 뿐이죠. 솔직하게 까놓아 볼까요? 어떤 분께서 등잔 밑이 어두우셔도 너무 어두우시죠, 참으로 불쌍하신 분이십니다."

세라는 심장의 고동이 멎어버릴 것 같은 충격에 가슴을 바짝 움켜쥐었다. 정지운이 전에 자기를 불쌍하다고 한 말이 바로 이렇게 맞아떨어지는 것인가 싶어지며, 잠시 정신이 아득해지더니, 얼마가 지났는지 그녀의 귀에 다시 들려오는 방 안의 말소리…….

"불쌍하신 분이 그 한 분으로 부족하다는 사실이 더 비극이죠."

"아시는군요."

"어머나? 그럼?"

소스라치는 세진의 목소리.

"싸고 싼 향내도 새나가는데…… 저야 그분의 수족이 아닙니까."

"이를 어째. 속상해서 나도 모르게 혼자 투덜거려 본 건데……."

"괴로우셨죠. 벽 하나 사이에서……."

"그, 그 비명만 아니어도……."

"비명이라뇨?"

"아무리 억제하려고 이를 깨물어도 터져 나올 수밖에 없는…… 그런 게 있어요. 아마, 세상에서 가장 가냘프고, 가장 가련한 비명이라 할까요. 그만 이 집을 뛰쳐나가 버릴까 하는 충동을 날이면 날마다……."

"이해합니다, 충분히…… 하지만. 이제 해결되지 않았습니까?"

"그럴 수만 있다면…… 아니, 내가 지금 무슨 소릴 지껄대고 있는 거지? 한 번도 발설한 적이 없고, 그래서도 안 되건만……."

물이 넘치면 흐르듯, 쌓이고 쌓인 지겨운 사연이 그만 절로 탄식처럼 뱉어져 나가버린 넋두리를 되쓸어 담아보기라도 할 것처럼 당황해 어쩔 줄 모르는 세진.

"염려 마십시오. 세진 씨의 고운 마음씨는 제가 잘 압니다. 오늘은 아주 중요한 날인 것 같습니다, 우리 사이에 막혀 있던 장벽을 허문 날이니까요. 이런 의미 있는 날에 한 가지 더 중요한 말씀을 마저 드리겠습니다, 괜찮으시다면?"

"말씀하세요."

"저는 이제 머지않아 이곳을 뜨게 될 겁니다."

"아니, 그럴 수가……."

"진작부터 준비했던 일이에요. 제가 원했던 학교에서 연락이 왔어요, 유학을 갈 겁니다."

"잘 되셨네요."

"저는 이번 기회에 세진 씨와 함께 떠나고 싶습니다. 너무 빠른 제의인가요?"

"말씀은 감사합니다만……."

"기회를 놓치지 마십시오. 국내에서 애쓰시느니 같은 값이면 넓은 세상에 나가 새로운 이론을 접하면서……."

"그야, 저라고 왜 그런 생각이 없겠어요, 하지만……."

"왜죠?"

"저 자신만을 생각한다는 건……."

"짐작이 안 되는 건 아니지만…… 왜 그런 말이 있지 않나요? 새는 알에서 나오려고 싸운다, 알은 세계다, 새로이 태어나려는 자는 하나의 세계를 깨지 않으면 안 된다."

"꼭 떠나야만 새로이 태어날 수 있을까요? 저는 이곳에 머물면서 기존의 세계를 깨고 싶은 사람이에요. 그 덕지덕지 켜때 묻은 추악한 틀을 반드시 제 작은 주먹으로 부숴야 한다고 생각하지만, 비록 그걸 해낼 수 없다손 쳐도 떠날 수는 없어요. 지켜야 해요. 저까지 떠나면 불쌍한 언니는 어쩌라구요."

세라는 자기가 어떻게 그곳을 벗어날 수 있었는지 모른다. 그녀는 온몸에 쥐가 나고 경련이 와 어떻게도 못하고 그저 쓰러져 있었다. 자기도 모르게 신음소리가 흘러 나갔다. 시간이 얼마나 지나갔을까 뼛속으로 파고드는 냉기에 겨우 정신이 들었다. 행여 들키지나 않을까 마음을 조이면서 세라는 몸을 일으켰으나 앞이 보이지 않았다. 캄캄했다. 눈을 아무리 비비고 힘껏 떠보아도. 아찔했다. 이대로, 이렇게 내 인생 끝장인가 싶어지자 눈물도 나오지 않았다. 언제까지 그렇게 있을 수 없어 두 손으로 허우적대며 좀체 방향을 잡지 못하다가 가까스로 잡초를 끌어잡으며 용기를 내어 발걸음을 더듬어 나갔다. 그런 속에서도 누구의 눈에도 띄지 않으려 초당 앞으로 나가면 훨씬 가까운 거리였으나, 돌아서서 자기가 걸어온 푸섶길을 되짚어 나가자니 갈 길은 더 아득하고도 암담했다. 눈만 이상해진 것이 아니라 몸 전체의 감각이 어떻게 된 듯 발길도 땅에 닿는 것 같질 않았다.

몸이 기우뚱하면서 엎으러졌을 때, 그녀는 아예 얼굴을 땅바닥에 묻고 쳐울었다. 그러나 소리는 낼 수 없었다. 이다지 처참할 수가…… 엎으러진 채 몸부림을 치고 싶었다. 하나 그녀는 또 다시 몸을 일으켰다. 이럴 수는 없는 거지. 지금 이 세상이 어떤 세상인가. 바로 우리 세상이 아닌가. 우리 세상이 왔다고 좋아서들 야단인데…… 내가 이렇게 쉽사리 허물어질 수는 없지……. 설마 그런 일이…… 그다지 문문하게…… 내가 확인을 해야지, 직접 확인을 ……. 그 전에는 믿지 않아. 그렇게 마음을 정리하고야 세라는 다시 발걸음을 옮길 수가 있었다. 시야도 번하게 틔어왔다. 바라보기만도 질색이 되어버린 은하수 폭포를 되거쳐서 본채에 이르는 동안이 멀고도 멀었다. 그 빤한 길이 갑자기 요술이라도 부린 듯 너무나도 길고 험하게만 느껴졌다.

머리에서 발끝까지 푸섶의 티검불을 뒤집어쓴 채 세라가 현관에 들어섰을 때, 이미 거실에 와 앉아 있던 세진이 마주 나왔다.

"언니, 나 왔수."

심상하게 인사를 하며 다가오던 세진이 세라의 몰골을 보고는 화들짝 놀랐다.

"야, 멋지다! 가을의 여인!"

그녀는 두 손 모아 박수를 치려다 의구심이 그득한 눈으로 세라를 자세히 살폈다.

"어디서 오는 길이우?"

"음, 개울 건너 집을 좀 살펴 보느라구……"

"갑자기, 거긴 왜?"

"하 안 가 봐 놓으니, 좀 궁금해져서."

혹시 초당 쪽으로 접근했던 건 아닌가 하는 우려를 비로소 털며 세진은 세라에게 은은한 시선을 건넸다.

"아들 생각이 간절했수? 행여 벌써부터 신혼살림 채려줄 공상에 빠지신 건 아니겠지?"

세라는 보일 듯 말 듯 고개만을 저었다.

지하철역에서 빠져 나온 은애는 하선희가 입원해 있는 병원으로 걸음을 재촉했다. 하선희가 거사를 한 지도 벌써 두어 달이 다 되어 가고 있었다. 그런데도 여태 은애는 그 친구를 아직 만나지 못했다. 그 동안 내내 중환자실에 있어 면회 사절이었기 때문이었다. 오늘에서야 겨우 일반 병실로 나왔다는 전갈이어서 스터디그룹이 그 병실을 방문하기로 약속이 되어 있다.

처음엔 하선희가 건물 옥상에서 투신해 죽었다는 소문이 자자했다. 그런 소문이 번지면 명이 길다니까 그 애도 그리 될 거라는 생각을 은애는 간절히 하면서 성호를 그었다. 콧등이 시큰해지며 눈언저리가 젖어왔다.

"계집애, 어쩜 말 한마디 없이 혼자 그럴 수가……"

은애는 옆에 누구 들어주는 사람이 있는 것처럼 소리 내어 혼자 말했다. 하선희의 거사 이후 은애는 아침에 눈을 뜨자부터 밤 잠 들기 전까지 그런 유의 말을 모르면 몰라도 아마 열 번 이상은 혼자서 중얼거려대곤 했다. 그만큼 하선희만을 줄곧 생각해 온 거였다. 거기에는 배신에 가까운 싸늘한 고독감이 그녀의 가슴을 차갑게 했지만, 그보다는 뜨거운 존경심이 훨씬 상회했다.

그 학교에서는 여학생 둘이 데모를 주동해 크게 성공을 거두었다는 것과 그 두 사람 가운데 한 사람은 벌써 황천객이 되었다는 소문은 입에서 입으로 건너뛰며 순식간에 퍼져 나갔다. 신문보다 빨랐다. 물론 신문의 지면에는 단 한 줄도 전혀 보도되지 않았다.

마침 학교 인문관의 공사장이 인근에 접해 있어 리어카로 돌맹이와 시멘트 벽돌을 나를 수 있어 투석전이 가능했고, 각목과 화염병까지 동원된 그 굿판은 진짜 쨍 하고 세상을 한 판 크게 울려 주는 경고가 되었다고도 했다. 운동권에게나, 집권층 쪽에나.

하선희와 학교가 같은 최명근이 나타났을 때야 비로소 모든 사건의 전모가 명확하게 드러났다. 하선희가 김기경과 공동 작성했다는 '파쇼타도 민주구국투쟁선언문'도 직접 만져 보고 읽어 보고 또 만져 보고 거듭 읽었다.

"그래, 선희야. 좋아, 잘했다. 장하다, 어서 낫기만 해. 침대를 걷어차고 일어나 우리랑 진짜 이 강토를 뜨겁게, 펄펄 끓어오르게 가마솥처럼 달구어 보자. 그렇게 해서 오염된 독극물을 소독해 내자."

걸으면서도 그렇게 은애는 혼잣말을 뇌었다.

대학이 너덧 개나 밀집해 있는 대학촌 중심부를 깊숙이 걸어 들어가면서 은애는 어수선한 특유의 분위기에 사로잡혔다. 민주화 운동과 관련해서 교수들이 와장창 해직되고 학생들도 제적되었으며, 강제징집으로 사라졌나 하면, 문화활동 등으로 잡혀 들어가기도 하고, 현장을 뛴다 해서 열관리자격증 따위를 따 가지고 슬그머니 없어지는가 하면, 그나마 아무 대책 없이 그냥 맨손으로 노동현장 속으로 잠입한 학생들도 허다했다. 그러나 그들이 떠난 빈자리는 순식간에 메워졌다.

　지나간 시대(유신)의 제적생들이 복학을 하고 수배자였던 사람들도 새로이 등록을 했으니까. 감방 다녀온 티가 역력해 꺼벙한 아저씨족들, 지우려야 지울 수 없는 그 화인 같은 이력으로 먼 지평선을 내내 헤매는 듯한 부류, 여학생은 대체로 성희롱물이 된다는 설이 있는데 과연 그런 취급을 당했을까 싶게 발랄하던 성격이 침울하게 가라앉아 비밀의 주인공처럼 변해 돌아온 총학생회 간부들, 멀쩡하게 학교 도서관에도 있는 책인데 유물사관 내용이라고 끌려가 고문 후유증이 있다며 정신병원에 드나들어야 하는 운 나쁜 범생이들, 남한산성의 군감옥에 수감되었었다며 '너희들 워커 두 개가 한꺼번에 사람의 입에 집어넣어질 것 같냐, 안 될 것 같냐? 결국 집어넣어지긴 넣어지더라, 턱뼈가 빠져서 그렇지……' 횡설수설 하면서 불안정한 턱을 까불며 시니컬하게 웃는 새파란 젊은이 등등, 어두움 속에서 고통을 당하고 나온 무리들만의 창백하면서 눈만 반짝거리는 음울하고도 싸늘한 분위기가 있나 하면, 그런 시대의 아픔과는 담을 쌓고 도서관에서 책의 무게에 짓눌려 비실거리는 에고이스트들, 혹은 전혀 별천지의 존재들처럼 화려한 치장에 향수까지 뿌려대는 날파리들……. 그렇게 복잡하게 뒤섞인 학생들 틈새를 쇠붙이 같은 눈매로 생채기가 팰 듯 샅샅이 훑으면서 감시에 열을 올리는 짭새들, 학내 서클에 은밀하게 침투해 공작활동을 벌이는 프락치들…….

그런 극과 극의 인간들이 모여 우글거리는 상아탑이라는 이 시대의 대학 캠퍼스와 그를 둘러싼 대학촌의 진면모를 피부로 느끼며 은애는 서글퍼졌다. 그녀는 워커 얘기를 상기할 때마다 자기 턱은 제대로 붙어 있는지 손으로 만져 보아야 했다. 워커는 고사하고 하이힐도 입에 물어본 경험이 없건만 상상만으로도 턱뼈가 어긋나는 듯 아파오는 때문이었다.

굴다리를 벗어나자 하선희의 학교 정문이 저만치 마주 나타났다. 정문 안쪽으로 학생들이 연좌해 있는 것이 보이고, 바리케이트 바깥쪽으로는 전경과 백골단들이 겹겹이 철옹성을 쌓고 있었다. 학교를 드나드는 학생들이 일일이 검문검색을 받는 듯했다. 연호되어 나오는 구호와 운동가 소리가 간단없이 주변으로 퍼져나가고 있었다. 그 우람한 소리로 미루어 상당한 인원이 동원되었음을 은애는 짐작했다. 최명근이 말하던 하선희가 지펴 놓은 불이 날이 갈수록 확산일로라는 것이 바로 저것이구나 싶자 은애는 코허리가 깨지는 듯한 자극과 함께 앞이 부옇게 흐려왔다. 한동안 손수건을 눈에서 떼지 못하다가 지랄탄 내음이 독하게 끼어드는 통에 그녀는 쫓기듯 방향을 틀어 학교 부속 종합병원 안으로 들어섰다.

시간이 일러선지 병실에는 스터디 그룹 외엔 머리가 백발인 하선희의 노모만이 앉아 있었다. 은애가 그녀에게 머리를 참하게 숙여 인사드리자 수심이 가득한 노인은 고개만을 끄덕이며 반기었다. 병상의 하선희는 몰라보게 여위어 시들은 나리꽃처럼 애처로웠다. 망가진 몸을 회복시키려 안간힘을 하기에 혈기 방장한 젊음도 역부족인 듯했다. 그러나 그녀의 눈동자만은 전에 없이 형형하게 빛나고 있었다.

눈물을 흘리는 것은 은애 쪽이었다. 하선희의 몸에 끼워진 말간 고무줄에 새빨간 피오줌이 흘러 링거병으로 흥건히 괴어 있는 걸 보는 순간 은애는 가슴이 후들후들 떨려와 그만 어깨를 들먹이기 시작한 거였다. 그녀는 훌쩍이면서 하선희의 손을 더듬어 잡았다. 환자를 바라보는 눈에서는 눈물이 텀벙텀벙 쏟아져 내렸다. 곁에 서 있던 양경애도 손등으로 눈물을 훔쳐냈다.

"괜찮아."

하선희가 침착하게 말했으나, 은애는 그만 버티지 못하고 침상을 부여잡으며 엎어져 버리는 거였다. 양경애도 한덩어리가 되어 소리 내어 울었다.

"애들아, 시끄럽다."

하선희가 의젓한 목소리로 만류했지만 소용없었다. 두 사람의 울음소리는 오히려 더 커지고 있었다. 멀쩡한 하선희의 하반신이 으깨져 버린 게 원통하고 절통할 뿐만 아니라, 하선희가 이렇게 되지 않을 수 없는 시국 정황이 답답하고 분통이 터져 그녀들은 무슨 응어리라도 빼고 말듯이 울음을 그치지 않는 거였다.

침묵만을 지키고 있던 최명근과 고준석이 두 여자들에게 다가와 어깨를 두드리며 조용조용한 말소리로 진정하라고 달래었다. 그러나 그녀들의 울음소리는 어떻게 된 건지 또다시 더 커지기만 했다. 아무도 그녀들의 울음소리를 그치게 할 수 없을 것 같았다. 최명근과 고준석이 마주보며 할 수 없다는 듯 한숨을 토해냈다.

　　허공만을 멍하니 바라보고 있던 하선희가 문득 입을 열었다.

　　"인재경 언니……."

　　결코 크지 않은, 클 수도 없는 그녀의 목소리였으나, 은애와 양경애가 그 순간 울음을 뚝 그쳤다. 두 사람은 거의 동시에 하선희를 주목했다.

　　"보고 싶어."

　　하선희는 반듯이 누운 채, 거의 중얼거림이나 다름없이 말했다. 그러자 두 여자가 또 거의 동시다시피 하선희에게 공격적으로 덤비듯 묻는 거였다.

　　"소식 들었어?"

　　눈을 지그시 감고 하선희는 머리만을 저어 보였다. 은애도 간절한 듯 눈물범벅의 얼굴로 말했다.

　　"그 언니, 어디 있을까?"

　　"어디든 잘 있기만 하면……."

　　양경애 역시 매무시를 고치며 한마디 던졌다.

　　"무소식이 희소식이야."

　　"잘 있기만 할 사람은 아니지, 어디선가 부단히 잘못된 뭔가를 쫓고 있겠지."

고준석과 최명근도 한마디씩 거들었다.

"인재경 언니가 있었더라도, 선희 넌 혼자였을까?"

원망스런 눈초리의 은애와 하선희의 시선이 맞부딪쳤다. 모두들 조용했다. 방 공기가 잠시 팽팽해지는 듯. 하선희가 빙그레 웃었다.

"난 너흴 얼마나 그리워했나 몰라. 파트너를 찾느라고 미친년처럼 날뛸 때, 너희가 옆에 있다면…… 하는 행복한 상상을 길게 할 새도 없었지. 너무나 위축되었던 때문에, 학생들이 과연 나를 따라줄까 하는 것도 의문이었고……. 얼배기가 하자니 모든 게 자신이 없고, 그러다 보니 더 조심스러웠던 거지. 솔직히 나 너희 보호하고 싶었다. 내 후속 프로젝트를 맡기고 싶었나봐……. 이렇게 문병도 와주고."

"계집애."

이율배반적 감정이 복합된 애칭 같은 그 단어가 누구의 입에선지 떨어졌다.

"나 하나 엉덩이 깨졌음 됐지."

"그래, 우리 전공은 문병이다."

양경애가 눈을 흘기며 쏘았다.

"그나저나, 어찌 된 거야? 땅에 닿는 순서는 머리가 먼저라는데, 넌 엉덩이였어?"

고준석이 내내 의문이었던 듯 넌지시 묻자, 하선희가 기다렸다는 듯이 시치미를 뚝 따고 대꾸하는 거였다.

"그래서 내 엉덩이를 알아주는 거 아니냐? 마릴린 먼로 뺨친다구."

그 말에는 모두 폭소를 터트리지 않을 수 없었다. 하선희의 엉덩이가 큰 건 사실이지만 마릴린 먼로의 그것과는 번지수가 달라도 한참 달랐기 때문이었다. 모처럼 모두들 터놓고 웃어 보는데, 최명근만이 어설픈 표정을 짓고 있었다. 하선희의 프로포즈를 받아들이지 못했던 것이 못내 마음에 걸리는 듯. 하선희는 친구들과 덩달아 한 번 시원하게 웃어 보려다 자기도 모르게 손을 엉덩이 쪽으로 가져가며 고통스런 표정을 지었다. 그만한 움직임에도 통증이 엄청 따르는 듯.

"아, 저런……."

안타까운 시선들이 환자에게로 쏠리며 어쩔 바를 몰라 했다. 이때 최명근이 화가 치미는 듯 앞으로 불쑥 다가섰다.

"도대체 너랑 같이 일 벌린 그, 그 김기경인 아직도 오리무중이냐? 넌 이 지경이 되어 있는데, 문병이나 왔었니?"

좀 조용하라고 손짓을 하며, 난처한 표정으로 하선희가 대꾸했다.

"너희 앞에선 엄살도 못 부리겠구나, 쯧쯧…… 기경이 그 애 잘 피해 있는 줄 알았더니, 그게 아니었어, 며칠 전에야 나도 들었는데 체포됐대. 무지 닦달을 당하고 있을거야. 형량도 만만찮을 테고……."

머쯤해진 최명근이 깊은 숨을 뿜어내며 고개를 떨구었다.

"염려하지 마. 나 이 정도는, 아무것도 아니야, 처음에 비하면……. 온몸에 번개가 번쩍번쩍 튀고, 생가죽을 짝짝 벗겨내는 것처럼 팔짝팔짝 뛸 거 같았어. 까무라쳤다, 깨났다의 연속이었지.

하늘이 까맸다, 파랬다 하면서……. 혈압기는 오십 몇에서 머물러 있고, 심장, 맥박…… 전반적으로 몸의 기능이 형편없이 떨어지고, 의사나 간호사들이 와서 '여자잖아' 하고 놀라더라……. 그런 혼돈 속에, 눈을 떠보면 낯선 남자애가 내 옆에 있는 거야, 넌 누구냐? 기는 살아서 악을 썼지. 깨날 때마다 내가 하도 악을 쓰니까, 의사 선생님이 나를 대신해 물으셨지, 당신 누구냐고."

거기서 하선희는 힘이 드는지 말을 끊었다.

"그래, 그게 누구였는데?"

"아마도 백마 탄 왕자?"

"그렇지, 먼 발치로 혼자 마릴린 먼로를 흠모해오던 놈팽이가 한둘이겠냐?"

또다시 친구들의 폭소가 쏟아졌다. 겨우 웃음을 참아내느라 괴로운 표정의 하선희가 손가락으로 한 방향을 가리켰다. 그들의 시선은 모두 그 손가락을 따라갔다. 출입문 옆에 서 있는 젊은 청년의 존재는 생경했다. 방 안으로 들어오면서도 그들은 전혀 그를 의식하지 못했었다. 친구들은 한결같이 벌레 씹은 얼굴이 되었다.

"선희가 과연 거물은 거물이구나."

"형씨, 꼼짝 못하는 사람을 놓고도 꼭 그렇게 보초를 서야겠어?"

"나이도 우리나 어상반해 뵈는 데……, 이건 아니잖아, 앙?"

피가 튀는 것 같은 항변과 동시에 그들은 단바람에 목표물을 향해 날려갔다.

"아그들아."

그 고즈넉한 외마디 소리에 모두들 뒤를 돌아보았다. 수심이 가득한 백발의 노모 모습이 거기 있었다.

"조용히들 하그라."

잔잔하게 흘러나온 노모의 연이은 그 말소리는 병실을 제압하고도 남았다. 젊은 청년은 불시에 속박된 폭력에서 풀려났다. 무릎을 꿇었던 바닥을 털고 손바닥을 비비며 그는 일어나 섰다. 청년의 멱살을 잡아챘거나, 발로 허리를 결박했거나, 무전기를 탈취하기도 하고, 하다못해 머리끄덩이라도 덤벼들어 끄들며 맹수처럼 사나웠던 그들의 손길이 목화솜처럼 부드러워지고 만 거였다. 인자한 노모의 음성이 텍스트를 불러주던 유필재의 유려한 목소리처럼 들려온 때문이었다. 이건 아니다, 우리의 목표가 이런 것이 아니다, 라고 그들은 자신들의 거친 행동에서 거의 동시에 눈을 뜬 거였다.

소나기라도 지나간 듯 방안은 적막해져 있었다. 하선희의 말소리가 물방울 떨어지듯 그 적막을 조심스럽게 흔들며 번져나갔다.

"살아있다는 게 얼마나 강렬한 느낌으로 오던지, 진통제 기운이 떨어지면 눈물을 펑펑 쏟으면서도 의식적으로 숨을 힘껏 들이쉬고, 내쉬고 했어. 그 한 번의 호흡 자체가 너무나도 절실하게 다가와서……."

그렇게 말하는 하선희의 손을 친구들이 조심스럽게 감싸며 잡아주었다. 더 이상 입술을 열진 않았지만, 이대로, 결코 이대로 있을 수만은 없다는 뜨거운 의지로 그들의 맥박은 힘차게 뛰었다.

14. 살구꽃 필 때

    깊은 겨울, 다 저녁에 부엌 한귀퉁이에서 개다리소반을 놓고 번역에 골몰하던 명지는 등에 으슬으슬 한기를 느껴 찻물을 얹었다. 둥굴레차를 진하게 끓여 들고 시어머니가 있는 안방으로 들어갔다.

    "오늘은 거실이 썰렁하네요."

    아들을 따뜻하게 입히겠다고 부지런히 조끼를 뜨고 있던 깅봉자 여사는 하던 일을 멈추고 쟁반을 마주 받아 놓았다.

    "썰렁하다마다. 방에서도 웅숭그려지는데…… 재도 불러야지."

    강봉자 여사는 차 생각도 간절한 데다 뜨개질에 몰입한다 해도 석적했던지 몸 가볍게 일어나서 건넌방 쪽에 대고 아들을 불렀다.

    "아범아, 건너 온."

정이 철철 흘러넘치는 소리.

누워 있었던 듯 부수수한 모습의 순우가 머리를 손가락으로 쓸어 넘기며 나타났다. 가족이 둘러앉아 뜨거운 차를 마시는 자리는 언제나 몸도 마음도 훈훈해지게 마련이었다.

강봉자 여사는 아들에게 바싹 다가앉아 뜨개질의 품을 이리저리 맞추며 쟀다. 마음먹은 대로의 완성도 중요하지만, 한껏 정성을 들여 한코 한코 떠 나가는 과정이 모성에게는 더없는 기쁨이겠구나 싶어 모자를 바라보는 명지의 얼굴엔 미소가 번졌다.

"인제 다 쟀다."

하며 강봉자 여사는 아들의 어깨에 손을 얹어 신호를 보냈다. 일어날 듯이 궁둥이를 들었던 순우는 그대로 벌렁 누워 버렸다. 그러자 순우의 머리통이 강봉자 여사의 무릎 위에 얹히고 그 바람에 강봉자 여사도 마침 벽이어서 그만했지 뒤로 자빠질 뻔했다. 막내라선지 순우는 때때로 심심할 만하면 그렇게 어리광을 잘 부렸다. 세 식구는 얼굴이 벌게지도록 한바탕 웃었다. 웃음거리를 찾아 되도록 웃으며 살아 보려고 애를 쓰는 때문인지 다소 헤프다 싶게 그들은 웃어대는 거였다. 웃음 끝에 순우가 농담처럼 한마디를 던졌다.

"우리 이 노는 거 다 찍혔겠다."

이 한마디에 그들은 그야말로 한 장의 사진처럼 움직이지 못했다.

"무, 무슨 소리냐?"

창백해진 강봉자 여사가 묻자, 순우는 여전히 농담조로 대답했다.

"사진 찍혔겠다고요."

"사진이라구? 누가? 어디서?"

잔뜩 질린 표정으로 강봉자 여사가 재우쳐 댔다.

"누군 누구겠어요, 그치들이죠. 우리 모르게 작은 카메라를 설치해 놀 수도 있다 그 말이죠."

"이게 다 무슨 해괴한 소리냐?"

강봉자 여사는 푸르르 치를 떨었다.

"그뿐인가요, 어디엔가 도청 장치를 해 놓을 수도 있어요."

"도청 장치라?"

"물론이죠. 저는 조사 받을 때 이십사 시간 내내 감시 카메라 아래서 살았는걸요."

"저런, 몹쓸 것들이 있나……."

"양쪽에 심문관들이 내내 붙어 있는 것만으로도 부족하다 이거죠."

"저런, 저런…… 쯧쯧……."

강봉자 여사는 벌떡 일어나서 순우를 덥석 끌어안았다.

"천하에 흉악무도한 것들 같으니…… 네가 누군데, 감히 엉?"

격앙된 강봉자 여사는 울음이 목구멍까지 차올라 어깻죽지가 들썩였다. 품에 안았던 아들을 스르르 풀며 그녀는 비실비실 허물어져 내리는 거였다. 명지가 달려가서 시어머니를 부축했다. 재빨리 끌어안은 건 다행이나, 무게로 치자면 자기보다 배는 될 시어머니여서 가만히 있어도 힘들 텐데 두발구리를 치는 바람에 명지도 같이 빙바닥으로 엎으러져 버렸다. 명지는 얼른 일어나 시어머니를 일으켜 앉히고 다독였다.

"어머니, 이러시면 안 돼요. 어머니 건강에만 해로우세요. 자, 보세요. 순우는 지금 멀쩡해요, 그럼 된 거예요……."

순우는 제자리에서 꼼짝도 하지 않고 천장만 올려다보고 있었다. 그도 격앙되는 감정을 삭이는 걸까. 부착했을지도 모르는 카메라나 도청 장치를 찾는 중일까. 눈에 잘 띄지도 않는다는 첩보용 초미니 제품은 찾으나마나였다. 색안경 사찰자가 다녀간 뒤, 미심쩍어, 명지와 순우는 집안 구석구석을 얼마나 샅샅이 훑어댔던가.

진작부터 그들은 그렇게 시달리고 있었다. 허탕이었다. 그러나 없다는 생각은 들지 않았다. 어디엔가 있기는 꼭 있을 텐데 찾지를 못한다고만 여기니 기분은 으스스하기까지 했다. 절묘한 기술을 가진 음험한 무리가 무소불위의 권력으로 무슨 짓인들 못하랴 싶은 생각만이 뇌리에 꽂혀 있었다. 마치 시멘트에 박힌 사금파리처럼 그런 기분 나쁜 위압감은 그들을 요지부동으로 괴롭혔다. 어쩌면 색안경 사찰자가 다녀가기 훨씬 전 순우를 연행해 가던 그 밤, 그 잔학했던 군홧발들이 은밀하게 설치했을지도 모른다는 판단에 장롱 속이며 사방탁자 등 온갖 가구에 이르기까지 명지는 자기 나름으로 틈틈이 꼼꼼하게 훑으며 색출해 보려 애를 썼다. 단단한 벽이라도 꿰뚫을 듯 눈알에 힘을 주다 보니 핏발이 터지고 불면증이 더 지독하게 도져 오기까지 했다. 본 곳을 또 보고 다시 또 보아도 미흡했다. 이러다간 우울증 증세에 이르게 되나 않을까 하는 우려에 그녀는 가까스로 포기했다.

머리가 흔들리고 정신이 산란했다. 그들은 볼 테면 다 보고 들을 테면 다 들으라는 자포자기에 빠졌다. 이십사 시간 도청을 당한다 해도 사실 거리낄 것은 없었다. 감시 카메라로 포착을 하거나 말거나, 까놓고 생각할 때, 두려울 게 무언가. 그러나 끔찍했다. 차라리 벽을 몽땅 개방해서 쇼윈도처럼 세상 사람들이 다 자유자재로 바라보는 공간에서 살아가는 편이 나을 듯만 싶었다. 아무도 모르는 가운데 주도면밀하게 감시당하고 추적되어 독 안에 든 쥐가 되어 버리는 건 상상만으로도 소름이 쪽 끼치는 일이었다.

숨이 막혀 왔다. 그런 압박감은 정신적으로만이 아니라 육체에까지 구체적으로 고통을 가해왔다. 호흡 곤란도 그 증세 중의 하나지만, 소화불량이 악화되니, 명치끝만 뻐근한 정도가 아니라 등허리까지 욱신욱신 쑤셔오며, 사방 아프지 않은 곳이 없는 것 같은 나날이었다.

명지가 빈 찻잔들을 챙겨 들고 거실로 나섰을 때 전화가 울렸다. 쟁반을 탁자 위에 놓고 그녀는 송수화기를 들었다. 저쪽에서 전해 오는 목소리를 듣는 순간 명지는 얼굴이 굳어졌다.

"여보세요."

"……."

"여보세요."

"네."

마지못해 명지는 응답을 했다. 온몸의 핏줄이 오그라 붙는 듯한 혐오감을 누르며. 상대가 누군지 모호하면서 권위에 찬 음성은 늘 그쪽 사람이었다.

"이순우 씨 댁이죠."

"네."

"지금, 계신가요?"

"네."

아무리 둔한 사람일지라도 이쯤에서는 전화를 본인에게 넘겨주어야 할 대목임을 알 터였다. 그러나 명지는 되도록 목소리를 낮추고 발음 하나라도 절제할 뿐, 그럴 기미를 주지 않았다.

"좀, 부탁합니다."

그 말이 떨어졌을 때서야 그녀는 상대방의 신원을 확인했다.

"죄송하지만 어디신가요?"

그쪽 개인을 굳이 지적하고 싶지 않아 그녀는 누구냐는 질문을 피했다.

"사찰 기관입니다."

예상했던 대답이었다.

"본인이 지금 자고 있습니다만……."

명지는 마음속에 미리 준비했던 말을 건조하게 발음하면서 마른 나무 잎새처럼 입술이 바짝 타붙는 듯했다. 저쪽에서는 어이가 없다는 투로 헛기침을 보내고 잠시 후 마음을 돌린 듯 물어왔다.

"부인이십니까?"

"네."

"그럼 간단히 질문을 하겠습니다."

"네."

"이순우 씨는 요새 무슨 일을 하시나요?"

"……."

"협조해 주십시오."

목소리가 다분히 위압적이었다. 그러나 명지는 얼른 답을 주지 못했다. 가슴이 콱 막혀 오며 도대체 말이 나가질 않는 거였다.

"부탁합니다."

저쪽에서 재우쳐 왔을 때서야 그녀는 겨우 입을 열었다.

"제가 꼭 답을 해야만 아시겠습니까?"

"당부합니다."

저쪽의 음성이 더 빨라지고 더 비정적으로 치달았다.

"아무 운신을 못하게 해 놓고 무엇이 더 못미더우신가요?"

"미안합니다. 저희라고 마음대로 하는 일이 아니라서…… 도와 주십시오."

"도와달라고 하셨습니까?"

"네."

"그건 제가 드리고 싶은 말씀인데요."

"허, 전화로는 안 되겠군, 방문을 할까요?"

발길로 걷어차듯 노골적인 협박이 들어왔다. 그 순간 명지는 몸을 최대한 웅크렸다. 그녀는 더는 대꾸하지 못했다.

"오늘은 이만하겠습니다."

전화가 끊어지는 소리를 듣고 나서 명지는 숨을 죽여 송수화기를 제자리에 놓았다. 가족들에게는 알리지 않을 생각이었다. 그녀의 손끝은 전류에라도 닿은 듯 떨고 있었다. 불안과 공포의 분노가 한꺼번에 엄습해 왔다. 적극적인 저항세력도 못 되는 자기들 정도의 대상을 이토록 치밀하게, 철저히 다시 일어서지 못하도록 마멸 공작을 벌이고 있다는 사실과, 그 마멸 공작 따위에 의연하지 못하고 폭풍 속의 풀 이파리처럼 처절할 뿐인 자기 자신에 대한 것, 그 둘 다가 그녀를 견딜 수 없게 했다.

명지는 부엌으로 들어가 그야말로 풀 이파리처럼 싱크대에 엎드려 한동안 움직이지 못했다. 어느 결엔지 순우가 옆에 와 있었다.

"산책이나 가자."

심상하게 말하고 그는 앞을 섰다. 집을 나서자부터 순우는 휘파람을 불기 시작했다. 아주 힘차고도 높게, 그러나 그 소리가 그녀에겐 맥없이 스러지는 한숨소리처럼만 들렸다.

해는 어느새 도시의 회색 풍경을 건너 먼 지평선에 가까스로 걸쳐 있었다. 영하 십여 도가 넘는다는 날씨였다. 하지만 명지는 추위도 잘 느끼지 못했다. 이 난국을 어떻게 하면 헤쳐 나갈 수 있을까 하는 생각에 골몰하다 보니. 아주 씩씩하게 대처해 나갈 수도 있으련만……. 가족들에게나 사찰팀에게나 편한 상대가 되어주고 싶은 건 생각일 뿐, 그녀의 타고난 생리는 말을 듣지 않았다. 어쩌다 그 전화를 강봉자 여사가 받게 되는 날엔 온 집안이 떠들썩하다 못해 이웃까지 여파에 시달릴 만큼 시끄러워져, 되도록 자신이 방패가 되어야 한다고 전면에 나서보지만, 결과는 더 나을 것도 없다 싶었다.

강봉자 여사는 고래고래 소리를 질러 우리처럼 죄 없는 사람을 달달 볶아대는 건 아무래도 수상쩍다, 댁들이 정당하지 못하거나 자신이 없는 때문이 아니냐, 이따위 미친 짓 할 여력이 있으면 치안 유지에나 힘을 좀 기울여라, 요새 우리 아파트 단지에도 도둑이 들끓어 불안한데, 하다못해 그런 좀도둑이라도 소탕해 볼 것이지 내 집에 왜 전화질이냐, 그런 식으로 끝도 없이 악을 쓰다가 결국 분을 못 이겨서 쓰러져 버리기 일쑤였다.

순우는 석방되어 가정에 돌아왔다 해도 단 하루도 맘 편할 날이 없었다. 감시 카메라와 도청 장치가 이십사 시간 돌아간다 치면 안식처가 되지 못하는 가정은 어떤 형태로든 삐그덕거릴 수밖에 없다. 결국 순우라는 한 개체는 무슨 용을 써 보아도 지난 오 월 십칠 일 자정의 강제연행 이전으로 되돌려질 수는 없는 모양이었다. 구치소에서는 하루가 다르게 그토록 왕성한 회복을 보여주던 그가 가정으로 돌아온 뒤엔 오히려 까실까실 야위어가고 있었다. 차라리 그 가축의 축사 같다고 애처로워했던 구치소가 그에겐 훨씬 더 편안했구나 하는 생각에 이를 때마다 명지는 답답한 가슴만 쳤다. 보이게 안 보이게 사찰의 눈초리에 시달리는 그를 가족들이라면서 푸근하게 감싸주기는커녕 신경이 날카로워져 어쩔 줄을 모르는 형국이니 한 술 더 뜨는 격이라 할까.

요컨대 원상회복이 힘든 건 순우만이 아니라 가족 모두가 같은 불치의 깊은 병마에서 헤어나질 못하는 꼴이었다. 사찰의 마수를 가정에까지 지속적으로 뻗친다면 그 가정은 사찰당국의 언정신성에 놓인 또 하나의 사람 잡는 공장에 불과할 터. 순우는 그들 요원을 일러 흡혈귀라 칭했다. 빨대도 대지 않고 흔적도 없이 사람의 내용물을 쪽 빨아먹고 껍질만 뱉어 내는 흉폭한 기술자들이라고. 구치소의 면회 첫날에 그 껍질만 남겨진 순우의 모습을 똑똑히 목격한 명지는 생각만으로도 몸서리가 쳐졌다. 그들은 정당하게 법의 판결을 받고 석방된 사람을 잽싸게 생업의 터전에서 몰아낸 것으로도 부족해 계속 피를 빨아 마실 작정인 모양이었다. 단지 공권력이라는 전횡으로 지켜져야 할 개인의 사생활쯤 콩나물시루 엎듯 마음만 먹으면 한순간에 처치해 버릴 수 있다는 것이 정권을 또다시 찬탈한 신군부집단의 위력이라는 것인가 싶자 명지는 도저히 어찌해볼 수 없는 얼음벽에 갇혀 버린 듯한 절망감에 눈앞이 아득하고 막막해져 오는 거였다.

두 사람은 아파트 단지를 벗어나, 단계적으로 개발되어 나갈 해묵은 주택들이 적막하게 엎드려 있는 좁은 골목으로 들어섰다. 꺼멓게 그을은 굴뚝 모서리와 낡은 대문과 시래기를 엮어 매단 흙벽 등 향수를 자극하는 그 골목은 곧 논밭두렁으로 이어졌다. 그들의 발걸음은 익숙한 대로 얼기설기 얼크러진 그 논밭두렁의 가운데쯤에 섬처럼 다보록하게 나무들이 서 있는 작은 숲에 이르렀다. 농사철에는 참을 나누었을 법한 장소지만 나무들은 추위에 떨고 있었고, 기슭의 웅덩이는 허옇게 얼어붙어 있었다.

명지는 언제나처럼 웅덩이 앞을 그대로 지나치지 못했다. 지질지질 물의 유동이 반사경처럼 잔광을 쏘고 있는 숨구멍에 눈을 가져갔다. 잔잔한 파문을 일으키며 활발하게 노닐고 있는 물방개, 소금쟁이, 엿장수 할아버지…… 얼음장 밑에서도 잘들 있구나. 우린 아냐, 힘들어. 웅덩이의 식구들에게 하소연을 풀어놓다보니 감옥살이 아닌 이 밑도 끝도 없는 감옥살이는 그 언제 끝나려나 싶어져 명지가 잠시 넋을 놓았던 듯, 주위는 어느새 어두웠고, 바람이 산란해져 검은 나뭇가지들이 기괴하게 요동을 치자 별떨기들까지 맞부딪히며 뒤흔들리고 있었다.

어디를 보아도 찾을 수가 없던 순우가 그 검은 나뭇가지들 사이에서 걸어 나왔다. 광란하던 나무들이 잠잠해졌다. 바람도 자고 별떨기들도 구만리장천에 고요히 걸리었다. 가까이 다가온 그의 불규칙한 숨소리를 들으며 그녀는 한 장의 전단을 떠올렸다. 호흡곤란증 관계로 내과병원에 갔다가 정신과로 가보라는 말에 기가 막혀서 허청허청 걷던 중 발길에 채인 종잇장이 심상치 않아 집어든 그녀를 내내 시궁창에 뜬 지렁이만 생각하게 하던…… 그건 은애한테 얻어 들은 이른바 유.피.였다. 벽에 부착하거나 살포하다가 들키는 경우 포고령 십 호에 의거 즉각구속이라는 그 위험천만한 메시지. 〈한 지식인의 양심선언〉이라는 제목이 붙은 그 유.피.의 앞머리를 얼핏 훑어본 명지는 주위를 두리번거리며 전단을 핸드백에 넣고 그 자리를 떴다. 집에 와, 순우가 화장실에 들어간 새를 틈타 부엌에 엎드려 유.피.의 내용을 파악한 명지는 경악, 또 경악했다. 그녀는 한동안 아무 일도 손에 잡히지 않았다.

시국사건에 연루되어 무단히 모진 고문을 겪은 한 지식인은 다음과 같이 실토하고 있었다. '그들은 나를 마치 무더운 여름날에 성가신 윗도리를 벗어 팽개치듯 콧구멍만한 방에 깁이던졌다. 그 공간은 방이라 이름 붙이기보다는 그 자체가 형틀이었다. 머리끝이 쭈뼛해질 만큼 위압적이면서 비정적인 음향과 함께 칠문이 요란하게 달렸다. 형틀은 새빨갰다. 벽이나 바닥이나 천장도. 신기어 변기나 욕조까지도. 혹시 욕조에 채워진 물이라고 해서 그들의 계산에서 자유로울 수 있을까. 천만에, 그 물이야말로 인간을 주리를 트는 이상으로 괴롭히는 효과의 핵이었다. 조명 때문에 그것은 시뻘건 핏물이 되어 인간의 내장에서 쿨럭쿨럭 쏟아져 나오는 듯한 역동적인 출렁임으로 역겨움과 공포감을 극대화시켜 주고 있었다. 자술서 쓰는 일로부터 시작된 신문은 세상에서 인간이 가장 견딜 수 없어 하고, 가장 혐오하며, 가장 고통스러워하는 것이 무엇인가 하는 것만 골라낸 결과물들이었다. 물론 이십사 시간 연일 잠을 안 재우는 건 기본이었고, 자기들이 원하는 답이 나오지 않을 때, 주먹이 날아오고, 군홧발이 들어오는 건 상식이었다. 물고문, 고춧가루고문, 칠성판고문, 전기고문…… 나는 온갖 고문을 골고루 다 당해 본 셈이었다. 그 쿨럭이는 시뻘건 핏물의 욕조에 거꾸로 쑤셔 박혀 배가 개구리처럼 부풀어 터져 나갈 것 같아도 나는 구역질을 하며 계속 코로 입으로 핏물을 켜야만 했다. 의자에 몸을 묶고, 뒤집어 물구나무를 세우고, 주전자로 고춧가루물을 콧구멍에 무한정 흘렸을 때, 팔짝팔짝 돼지 멱따는 소리를 내어 지르며 나는 더 이상 인간이기를 포기했다. 시궁창에 뜬 지렁이만 생각했었다. 제발 자신이 그 죽은 지렁이기만을 간절히 바랐던 탓에.…… 저들은 때론 타고난 운명에까지 모질게 손을 대는 잔학한 악마다. 물샐 틈 없는 완벽한 유폐 상황하에 가해지는 극한적 고문에 의해 마모되어 가는 존재의 최후를 감히 그 누가 상상할 수 있을까. 이십 세기 대명천지, 민주주의 국가라는 나라에서 이처럼 기막힌 야만행위가 일어나도 되는 것인가. 일제의 악질적 고문기술을 전수받은 것이라니 우리는 아직도 식민지인가. 동시대인으로서 도저히 저지를 수 없는 비인간적 만행을 자행하는 그들은 결코 우리의 동족이 아니라 적이다. 비스러진 나의 인간성, 황폐해진 나의 정신세계, 내 가족들뿐 아니라 나와 연관된 여러 사람들이 받은 불이익, 내가 전 생애를 통해 어렵게 쌓아 올린 그 모든 소중한 성과의 붕괴 등등…… 일일이 열거할 수 없는 잃어버린 나의 모든 것들을 어디에서, 그 누구에 의해, 그 무엇으로 다시 복원이 가능할 것인가.'

유.피.를 처음 대하는 순간부터 그녀는 순우를 떠올렸으나, 너무 무서워, 아니라고, 그럴 리가 없다고, 완강하게 부인할 수밖에 없었다. 그러나, 조금 전, 그 광란은 무엇을 의미하는 것인가. 어둠 속의 숲을 뒤흔든 그의 고통이 하늘의 별떨기에까지 닿았다는 것인가. 명지는 모두를 순순히 받아들였다. 〈한 지식인의 양심선언〉이라는 제목에서 '한 지식인'은 곧 순우라고. 순우에게 사람 잡는 공장에서 있었던 일을 묻지 않는 것은 그의 출소일에 맞추어 찾아온 치의 천연스런 당부를 가장한 반 공갈, 협박 때문만이 아니었다. 그가 그 사실을 얘기하게 되면 다시 한 번 더 그 끔찍한 일을 되풀이하는 격이 될 것이고…… 그러나 그걸 아무에게도 털어놓지 못하고 혼자서 담고 지낸다는 사실은 또 얼마나 끔찍한가.

은애는 차창 밖을 내다보았다. 바깥 풍경은 순회색이었다. 봄기운이 돌 때도 되어가건만, 이른 시각이어선지 아주 을씨년했다. 열차는 도심을 완전히 벗어나 나지막한 야산과 들판 사이를 달리고 있었다. 달려도 달려도 을씨년하기만 한 그 회색 일변도의 풍경 속에서 은애는 스터디 그룹 친구들의 대화를 되새기고 있었다.

"아 참 오랜만이네, 기차여행."

"여행이라구?"

"여행은 여행이지……."

겨우 일 주일밖에 되지 않은 생생한 목소리들. 그 적에도 창밖은 회색이었다. 시가지를 벗어나 얼추 비슷한 지점을 열차가 스쳐 갈 즈음에서야 그 정도의 대화나마 나눌 수가 있었다. 스터디 그룹의 중심인물인 유필재가 대전으로 이감되었다는 소식에 귀를 쫑긋했으나, 확정된 형량이 오 년이나 된다는 사실에 모두 어안이 벙벙해 있던 참이었다. 하긴 첫 판결에서는 아예 생매장을 해버릴 요량이었는지 종신형을 때리는 바람에 그들은 억울해서 밤새도록 가슴을 치며 울고 또 울었었다. 아무리 분통이 터져도 입 뻥긋도 할 수 없게, 자기들끼리 눈 깜짝 새 속결처리 해버리는 것이 계엄하의 군법재판이라는 거라고는 하지만, 걸고넘어질 확실한 물증도 없이 반공법이 어디에 해당하며 나라를 휘두를 정치가도 아닌 일개 학생이 젊은 혈기에 다소 적극적으로 시위에 가담했다 해서 오 년씩이나 감옥살이를 시킨다는 것도 이해가 되지 않았다. 종신형에 비하면 감지덕지하리라고 생각할지 모르나, 그들의 상식으로는 집행유예 정도로 풀려날 거라고 기대했던 터. 앞으로 오 년이면 그들의 푸르른 청춘은 다 퇴색해 갈 세월이 아닌가 말이다.

기가 콱 막혀왔다. 그래서 그들은 다짜고짜로 대전행 열차에 올랐었다. 간다고 그를 만나게 되리라는 보장도 없으면서. 그들은 아무데라도 머리를 들이받고 싶을 만큼 분노를 삭이지 못해 미칠 지경이었다. 그 대전행에서 예상대로 유필재를 만나진 못했지만,

그가 분명 그곳 교도소로 이감되어 옥살이를 하고 있다는 확인은
할 수 있었다. 이제 그를 중심으로 학습을 할 수 있는 날은 물
건너갔다는 체념이 그들을 슬프게 했다. 그를 캠퍼스 안에서는
다시는 만날 수 없을지도 모른다는 절망감에서 그들은 헤어나기
힘들었다. 그러나 현 체제가 노리는 것이 무엇인지 빤히 보이는
이상 그들도 거기에 대항해 결속을 다졌다. 중심인물이 비어 있다
는 의식을 이제 아예 털고, 공동체제의 운영형태로 나가면서 학습
을 열심히 할 것과 대외적 유대를 더 적극적으로 강화한다는 방침
이었다. 그 회의를 진행하는 내내 은애는 김의수의 장의버스 차창
밖으로 연행되어 가던 유필재의 뒷모습을 지울 수가 없었다. 무성
영화의 한 장면처럼 그렇게 그는 아주 영영 소리 없이 사라져 버
리는 건가 싶자 그녀는 가슴이 아리어왔다.

 은애는 견딜 수 없어서 누구에게도 말하지 않은 채, 혼자서 다
시 대전행 열차에 몸을 실은 거였다. 외로울 때나 힘들 때 의지해
왔던 인재경이 그리웠다. 그 언니를 마음껏 얼싸 안아 볼 수 있는
날은 언제일까……. 은애는 며칠 전 혹시나 하는 궁금증에 인재
경의 집에 들렀을 때, 함께 있다는 처녀가 불쑥 찾아와 잘 있으니
염려 마시라는 전갈이 있었다는 말을 듣고, 그 심오라기 같은 소
식에 기대어 어느 정도 걱정스러운 마음을 가라앉힐 수는 있었다.
어디서 무얼 하건 인재경은 세상을 한 걸음이라도 밝히는 일에
매진할 거라고 믿으면서. 인재경이 잠수에 들어간 뒤로 스터디
그룹에 연달아 이어진 유고를 생각하면서 은애는 슬픔에 젖어 들
었다. 많지도 않은 인원이 거의 절반이나 부스러져 나가게 되고

보니, 제대로 그룹 활동이 이루어진다는 건 무리였다.

어디 그뿐인가……. 거듭되는 어두운 소식들……. 얼마 전 유필재가 폐인이 되었다는 소식 못지않게 스터디 그룹을 두 손 놓게 만든 건 하선희 병상의 적신호였다. 하필 유필재의 어이없는 형량에 분개해 어쩔 줄을 모르고 있을 때, 엎친 데 덮친 격으로 최명근이 무겁게 다물고 있던 입술을 열었던 거였다.

"선희는 재판 면하게 될지도 모른대"

"그게 무슨 소리야?"

고준석이 눈을 번쩍 뜨며 물었다. 얼핏 들으면 희소식 같은 그 소리는 그들의 간담을 철렁 내려앉게 했다.

그동안 조사를 하겠다고 집요하게 나오는 형사들을 주치의가 치료에 영향을 미치니까 일어나 앉기나 하면 하라고 완강하게 차단시켜온 걸 잘 알고 있던 터라 모두들 의아한 얼굴로 최명근을 주시했다.

"일어나 앉을 수 있는 거……. 그게, 그 애한테는 그렇게도 어려운 일이라는구나. 천골이 너무 많이 으깨져 놔서……."

모두들 그 순간 움직이지 못했다. 시간마저 정지된 것이 아닌가 착각할 만큼 그때의 침묵은 천근만근이나 되는 것만 같았다. 곧장 대전행을 강행했건만 그 침묵의 무게에서 그들은 벗어나지 못했다. 이래저래 그 대전행은 한숨으로 시작해 한숨으로 끝난 그야말로 여행 아닌 여행이 되고 만 거였다.

다행히 유필재의 면회는 가능했다. 이 달도 중순에 접어들었건만 가족이 아직 아무도 다녀가지 못한 모양이었다. 형 확정이 되면서는 여전히 가족만이 면회가 가능한 데다, 그나마도 한 달에 딱 일 회로 제한되었다는 사실은 전번 스터디 그룹이 내려왔다가 허탕을 치면서 얻어진 지식이었다. 자기가 면회 신청을 함으로써 진짜 가족이 허탕을 치게 될 거라는 미안스러움을 무릅쓰고 은애는 면회허가증을 쥐고 순번을 기다렸다.

환하게 웃는 유필재의 모습에 반사작용처럼 은애도 마주 웃고 있었다. 두 사람은 잠시 그렇게 서로를 바라보았다. 은애는 그의 눈매를 살폈다. 단단한 눈동자와 수초처럼 푸르른 눈썹……. 그녀는 비로소 조였던 마음을 놓을 수 있었다. 다른 사람들과는 다른, 오직 유필재에게서만 느껴 왔던 카리스마를 그 수초 같은 눈썹에서 다시 인지할 수 있었기 때문이었다. 그건 단순한 느낌이라기보다 그것만은 잃어선 안 된다는 또렷한 의식으로 안간힘처럼 찾아냈다고 하는 편이 옳을지도 몰랐다. 다 망가뜨려졌던 서대문 구치소에서의 그를 떠올리자 믿어지지 않을 만큼 빠르게 그는 회복이 되어 있었다.

"다들 잘 있니?"

유필재의 시원한 음성에 먼저 은애는 하선희가 떠올라 잠시 주저하다가 고개를 끄덕였다. 눈그늘이 흔들린 정도의 망설임도 놓치지 않은 듯 그는 다시 구체적으로 찍어서 안부를 짚어왔다.

"아버님은 잘 계시지?"

은애는 또 고개만으로 대답을 대신했다.

"선희는?"

거기서 그녀는 막히고 말았다. 바깥 소식에 대해 자기가 알고 있는 한 솔직하게 전하겠다는 마음의 자세는 위장 약혼녀로 자청할 때 이미 다짐한 바건만, 선희의 경과에 관한 한 애초의 다짐이 무색했다. 선희의 거사에 대해 그에게 알려준 사람은 다른 사람이 아닌 바로 자신이었다. 하지만…… 유필재는 선희의 기개에 대해 감탄하면서도 건강을 크게 걱정하지 않았던가.

"많이 나쁘냐?"

"의사들 말이…… 좀……."

"설마, 이제 일어나긴 하지?"

"그게……."

유필재는 잠시 침묵했다. 언뜻 바람처럼 스쳤던 어둠을 털어내며 그는 관자놀이가 우불끈 일어설 만큼 확신에 찬 표정이 되어 은애의 머리에 한 마디 한 마디를 넣어주어야겠다는 듯 또박또박 말하는 거였다.

"의사들은 의학적 근거 안에서만 이러쿵저러쿵하는 거다. 인체란 원래 그 스스로 자연스럽게 치유가 되어가는 기능을 보유하고 있다고 생각한다. 의학이 아무리 발달했다 해도 그 신비의 세계에까지는 도달하지 못했거든……. 이건 내가 직접 체험을 한 때문에 확신을 갖고 말하는 거다."

은애는 믿기지 않을 만큼 뜻밖의 희소식이어선지 눈만을 반짝였다.

"그러니까 선희에 대해서도 이러쿵저러쿵 하는 소리 귀에 담지 말고, 그냥 믿자. 선희 그 애가 어떤 애냐, ……반드시 회복된다."

그 어느 때보다 자신에 넘치는 유필재의 말을 들으며 은애는 자기도 모르게 주먹을 굳세게 쥐고 있었다. 우려했던 하선희의 병상에도 희망을 걸어볼 수 있겠구나 하는 믿음이 생기자, 비로소 그녀는 확고하게 정상인으로 되돌아온 듯한 유필재의 모습을 감격스러운 표정으로 바라볼 수 있었다.

새벽에 출근해 작업을 마치고 공장을 나선 인재경과 이인각은 초주검이 되어 금방이라도 쓰러질 것만 같았다. 어질어질 현기증도 왔다. 도무지 믿기지 않을 정도의 피로였다. 골즙은 다 빼어주고 땀범벅이 되어 나오는 그녀들은 스스로를 땀을 흠씬 먹은 솜먼지로 간주했다. 그 이상도 그 이하도 아니었다.

자욱한 솜먼지 속에서 여덟 시간 내내 땀을 비처럼 흘리며 속보(速步)로 근무를 하다보면 그 자신이 솜먼지로 남는 느낌……. 중요한 건 어디까지나 온도 유지여서 밀봉된 고온의 솜먼지 속에서 결핵 이상으로 창궐하는 것이 무좀이건만, 팔짝 뛰게 가렵고 따가워도 손가락 발가락 그 어디에도 손 한번 대어볼 엄두도 낼수 없었다. 식사 시간은 십 분. 화장실은 오 분, 신진대사도 힘들고, 쫓기는 식사 시간으로 해서 위장도 음식을 거부하며 비명을 질러댔다.

이런 판국에 감히 짓무른 손가락 발가락을 긁어본다는 건 최대의 사치라 할까. 그녀들의 꽃다운 청춘은 그렇게 암울하게 산업전선에 바쳐지고 있었다. 그 생각만 해도 징상맞은 뿌연 솜먼지 덩어리가 저만치 앞길에 구름처럼 둥실 떠 있었다. 지친 그녀들 눈에도 그것이 두고 온 고향 마당에 피어나는 살구꽃임을 매번 확인하게 되는 지점쯤에서 이인각은 별안간 화들짝 긴장했다.

"아니, 서석대 씨, 웬일이세요? 여기까지……."

마주 걸어오는 투박한 인상의 청년 앞을 막아서는 이인각의 뺨이 살구꽃 빛으로 변하는 거였다.

"좀 볼일이 있어 가지고……."

어정쩡해하는 그쪽의 답변. 다소 실망하는 빛인 이인각이 곁에 서 있는 인재경을 소개했다.

"여기는 나랑 함께 있는 이, 이정순이라고……."

본명을 밝힐까 봐 조마조마했던 인재경은 얼른 허리를 굽혔다.

"안녕하세요?"

"처음 뵙습니다."

청년은 고개를 살며시 숙이며 부드럽게 답해 왔다.

"여긴 내가 잘 아니까, 안내 좀 할까요?"

이인각이 그렇게 말하는 소리를 어깨너머로 들으며 인재경은,

"그럼, 전 이만……."

들릴락 말락 한마디를 남기고 걸음을 빨리 놓았다. 한데 얼마 안 있어 이인각이 헐레벌떡 인재경을 따라오는 것이 아닌가. 두 사람 모습을 가끔 돌아보며 걷던 인재경이 이인각을 기다리느라 서 있자니까, 달려오고 있는 이인각의 뒤편으로 계속 걸어가던 방금 그 서석대가 마주 걸어 나오는 한 여자를 만나 얘기를 하는 빛이다가 이내 지나가는 택시를 잡아 다정하게 오르는 모습이 눈에 들어왔다. 그 택시가 자기들 곁을 지나가는 순간을 놓치지 않고 인재경은 확인했다. 택시 안의 여자는 자기들 작업장의 조장 홍행순이었다.

"흥, 그렇게 되었었군……."

곁에서 이인각도 보았는지 중얼거렸다. 악질로 둘째가라면 서러울 홍행순이 곧 결혼한다는 설이 파다했는데 상대가 하필이면 서석대인 모양이었다.

택시는 먼지를 일으키며 곧 시야에서 사라졌다. 그렇게 보아선지 인재경의 느낌엔 전에 없이 이인각의 눈이 텅 비어 보였다.

"언니, 아까 고마웠어. 내 이름 염두에 두어 줘서……."

"음, 음?"

이인각이 깊은 상념에서 깨어난 듯 흠칫 고개를 들며 되물었다. 역시 이인각의 마음이 흔들리고 있었구나 생각하며 인재경이 방금 한 말을 되풀이했다.

"나 솔직히 아슬아슬했었거든."

"애는? 그 정도야 기본이지. 내가 서울 너희 집에 찾아갔을 때 어머니께서 얼마나 당부를 하시던지, 지금도 눈에 서언하다, 반찬 싸 주시면서 꼭 널 부탁한다고…… 꼭 우리 어머니 같으시더구나……."

얼마 전부터 위장 취업한 이름을 부르기로 해서, 잘 되진 않아도 서로가 연습을 좀 한 편이니 실은 ㄱ 문제가 그다지 얘깃거리가 될 것도 없었다. 단지 이인각이 표면으로 나타내지 않으려 애를 쓰는 눈치지만 충격을 받은 기색이어서 다소나마 주의를 분산시켜 보려고 인재경이 한 말일 뿐이었다.

그나저나 인재경이 일절 소식을 못 보내는 사실을 아는 이인각이 서울 가는 길에 위험을 감수하면서까지 자청해 다녀와, 매번 그 얘기를 언급하는 소릴 들어 보면 드물게 인정스런 사람이구나 싶었다.

전에 이인각이 엄청 좋아하던 사람이 있었다면서, 그에게 자신의 모든 것을 아낌없이 다 주었기 때문에 결혼 같은 건 생각하지 않는다고 했던 말이 직감적으로 자꾸 서석대와 연결되어 와 인재경은 몹시 안쓰러웠다.

그녀는 이인각의 눈치를 보며 슬그머니 마음을 떠 보았다.

"언니 오늘은 피곤도 하고 하니까 그만 집으로 가서 쉬어 버리자."

"얘가? 너 나를 어떻게 보는 거야?"

이인각이 초롱초롱한 소리로 받아쳐 올리더니, 잠시 뜸을 들였다가 확 털어놓았다.

"맞다, 그 애야. 내가 전에 말했던……. 하지만, 착각은 하지 마. 나 인제 와서 미련 같은 거 없어. 다만 향수라고 할까, 있다면 그런 걸거야. 서석대가 정식으로 청혼을 했었지. 시골의 자기 어머니가 위중하시다며 함께 내려가 뵙고 서둘러 식 올리자고……. 나도 그럴 생각으로 월차를 신청해 놨었지. 나는 아주 그 사내한테 푹 빠져 있었으니까. 한데 공교롭게도 그날이 바로 노조지부의 선거날이야. 밤새도록 생각을 해봤지. 참 힘들었다. 옆에서 동료들은 네가 자리를 뜨면 곤란하다고 야단이고, 어용 노조에게 전권을 내어 주게 될 거라고. 지금 우리가 뛰고 있는 거나 다름없이 여러 달을 공을 들여 논 건데, 나 한 사람 개인 사정에 더 비중을 둘 수는 없었어. 결국 그날에 나는 전국섬유노조 ㄷ방직지부의 지부장이 된 거야. ……뒤에 말들이 많았지, 사측에서 사주해 서석대를 나에게 접근시켰다느니…… 그자가 사측에서 신임 받는 반장이긴 했지만 나는 그렇게까지 생각하고 싶진 않았고……. 드 방직에서 그 후 내가 그런대로 성과는 좀 올려놓았지. 더 궁금한 거 있냐?"

제법 째랑째랑한 소리로 말을 마치며 이인각이 인재경의 얼굴을 들여다보았다. 인재경이 그녀를 마주 바라보며 감동한 듯 말했다.

"언니, 차암 장하다, 언니는 타고난 투사야."

그녀는 자기도 모르게 이인각을 끌어안았다.

"그렇게 말하면 면목이 없다."

이인각의 표정은 전에 없이 개운해 보였다. 두 사람은 숙소로 들어가는 갈랫길을 훨씬 지나 있었다. 그녀들은 예정대로 비번 사원 가정방문을 해 나갈 참이었다. 마남 방직공장에서 인재경이 힘들지만 그런대로 한동안 일도 신바람 나게 하고 노동운동도 계획대로 착착 성과를 올려 낸 것은 이인각의 덕이었다. 그 가슴 아픈 사건만 터지지 않았어도 그녀가 굳게 결심한 자신과의 약속을 깨어 버리진 않았을 터.

두 사람이 첫 단계로 올린 성과는 어용 노조를 파괴시킨 일이었다. 그동안 그녀들은 몸이 열 개라도 모자라게 뛰었다. 상시산의 혹독한 노동에 시달리고 퇴근을 하면 곧장 늘어져 잠을 자도 시원하게 풀릴 수 없는 그런 피로를 안은 채 그녀들은 아예 집엔 들르지 않고 매일 비번인 사원들을 찾아 가정방문으로 들어갔던 것이다.

갓 도시로 나와 입사한 양성공들에게 더 많은 정성을 쏟았다.

향수병과 외로움에 시달리는, 이제 막 사춘기에 들어갔거나 아직 아닌 그 여리디 여린 소녀들에게 가까이 다가가 어려운 사정도 듣고, 가족관계나 생활환경을 물어 힘든 문제가 있으면 더러 돕기도 하고 생일이 돌아오면 자연스럽게 함께해 주기도 하며, 서로가 신뢰를 느끼는 가운데 어울릴 수 있는 분위기 형성을 만들어 갔다. 선후배로서의 인정을 바탕으로 인간관계를 조성해 나가면서 알게 모르게 의식화 교육을 끼웠다.

이론상으로나 법적으로는 모든 사람이 평등하다고 하지만, 실제로 살아가는 데서는 그렇지가 못하다. 당장 우리 자신이 처한 조건부터 돌아보자. 엄청난 업무량에 열악한 환경에서 혹사당하면서도 거기에 부응하는 대우는 받지 못하고 있질 않느냐. 산업사회에서는 노동자가 하나의 상품이나 기계, 그 이하로 취급되기 일쑤다. 가난하고 배우지 못해, 먹고 살기 위해 이런 곳에 들어왔다고 해서 시키는 대로 일하고 주는 대로 받는 것이 미덕은 아니다. 돈이 있는 사람이나 없는 사람이나, 배운 사람이나 배우지 못한 사람이나, 또 남자나 여자나 인간의 존엄성은 똑같다. 공순이 공돌이로 자조적으로 엎드려 살아온 노동자들도 떳떳이 인간답게 살 권리가 있다. 한 사람의 노동자가 그 권리를 찾으려 한다면 위험도 하고 힘이 너무도 부족하다. 그래서 만들어진 것이 노동조합이다. 노동조합의 주인은 우리다. 그러나 여태까지 주인이 주인 노릇했느냐? 이제 우리는 양심에 부끄럽지 않기 위해서도 투쟁을 통해 그 권리를 찾아야 한다. 투쟁하지 않고는 아무것도 얻을 수가 없다. 자신의 권리조차 찾지 못하는 사람이 어찌 이웃을 생각할 수 있으며, 한걸음 더 나아가 이웃과 나누는 아름다운 세상을 꿈꿀 수 있겠는가.

근로기준법 유인물을 주면서 대략 그런 정도의 얘기를 해 주면 찌들고 어두웠던 여자애들의 얼굴이 환하게 피어나는 듯이 보였다. 그 밝아지는 모습을 볼 때 인재경이나 이인각이 잠시라도 자신들의 피로를 구실로 게을러질 수가 없는 거였다. 그 결과는 압도적 성공이었다. 노조 대의원 선거에서 과반수를 훨씬 상회할 정도로 사측 어용 노조를 눌러 버린 것이다. 지부장 이하 간부급의 선출에서도 사측 인물은 아주 약세였다. 노동조합의 패권을 잡은 그들은 그 첫 사업으로 가장 시급한 작업장의 환풍기 부착 문제와 식단 개선안을 회사측에 정식으로 공문을 띄워, 단체교섭 테이블에 상정시켰다. 자신들의 자격 때문에 직접 교섭테이블에 앉진 못해도 배후에서 그 정도 성과는 얼마든지 추진할 수 있었다.

결과로 식단 개선안은 어렵지 않게 해결을 보았으나, 환풍기 부착 문제는 전문가에게 구체적인 조사와 견적을 떼어 본 다음에 답을 주겠다고 했으나 대체로 호의적인 반응이어서 그만하면 첫 안건의 해결은 낙관해도 될 성싶었다. 그 다음은 직업병에 대한 대책과 임금 인상안을 내놓을 계획이었다. 갈수록 태산 격이겠지만 최선을 다할 그녀들의 각오만큼은 단단했다.

눈을 덮어 내리는 솜먼지를 떼어낼 새도 없이 숨막히게 돌아가는 작업중에 이인각이 인재경의 엉치를 눌러 신호를 보냈다. 그녀의 눈짓을 따라 출입문 쪽을 바라보니 조장인 홍행순이 나이 어린 신입 사원을 잡고 실랑이를 벌이고 있었다. 잠시 업무를 이인각에게 부탁을 하고 인재경이 실랑이의 현장 쪽으로 다가갔다. 인재경은 홍행순과도 꽤 부드러운 관계라고 생각한 때문에 접근할 수 있었다.

홍행순은 신입 사원에게 왜 그리 화장실을 자주 가며, 가서는 오래 있다 오느냐, 혹 자고 오는 건 아니냐, 오 분에서 일 초라도 늦어지면 안 된다. 달려서 가고 달려서 와라, 그래도 십 초 정도는 봐주는데 너는 삼십 초나 늦었다. 규약대로 시말서감이다, 하면서 책상 위에 시말서 용지를 얹어 놓고 어서 쓰라고 재촉을 하고 있었다.

먼 농어촌에서 어렵사리 온 듯싶은 신입 사원은 타향살이만도 서러운데 눈알이 튀어나오게 혹독한 업무량에다 화장실 시간까지 초를 재는 비인간적인 현실에 눈물만 텀벙텀벙 흘릴 뿐이었다. 인재경은 홍행순의 손을 더듬어 잡으면서 좀 잘 봐주라는 눈짓을 보냈다.

"다음번엔 인제 예외 없어, 알았지?"

조장은 다부진 한마디를 뱉고야 어린 소녀를 놓아 주었다. 돌아서서 들어오려다 인재경이 조장에게 넌지시 조심스럽게 물었다.

"며칠 전에 멋진 분과 택시로 나가시던데, 웨딩마치 올려 주실 분 맞죠?"

"어머, 들켰나보네?"

턱을 주억이며 멋진 분이라는 표현에 조장은 기분이 좋은지 수줍은 표정까지 지었다.

"부러웠어요."

사교적 발언을 한마디 더 얹어 주고 인재경은 그 자리를 떴다. 가엾은 신입 사원은 근일 내에 꼭 가정방문을 해서 적응을 도와야지 생각하며.

그날 밤, 인재경이 소속 단체인 지오세(GOC) 지부에 볼일이 있어 다녀왔을 때, 숙소는 텅 비었고, 도둑이라도 든 것처럼 방이 어수선했다. 주인 아주머니 말이 건장한 남자 서넛이 들이닥쳐서 이인각을 데려갔는데 아무래도 형사들 같더라고 했다.

인재경의 뇌리엔 서석대와 홍행순이 번개처럼 떠올랐다. 복직 운동 과정에 옛 직장 정문 앞에서 도열해 침묵시위를 한 것이 계엄하의 포고령에 걸렸다면서 당분간 이곳에서 꼼짝 말고 숨어 지내야 한다더니……. 배신자의 피로 얼룩진 시선이 끔찍해, 인재경은 언제라도 이런 날을 대비해 준비했던 배낭을 달랑 둘러메고 서둘러 그곳을 떠났다.

15. 살아있음의 소리

본의 아니게 초당 뒤 굴뚝 모서리에서 들창을 통해 스며나오는 세진과 정지운 비서의 대화를 엿들은 세라는 그 자리에서 숨이 붙어 남은 게 기이했다. 그건 청천하늘의 날벼락이었다. 그 날벼락을 직격탄으로 맞은 자기가 고개를 들고 아직도 버티고 있는 건 문제의 청천하늘이 너무도 투명한 탓일까.

남편은 이 나라의 절대권력 대열에 덤으로 오르기 전부터 가정 안의 요지부동한 제왕이었음에 틀림없었다. 제왕은 무치라고 했던가. 세라는 콧방귀를 크게 뀌었다. 제왕 아니라 염라대왕이라도 용납할 수 없는 일은 용납할 수 없는 거라고 그녀는 이빨을 오도독 갈았다. 눈결처럼 순결한 내 동생들을 감히 넘보다니, 넘보는 정도가 아니지, 내 그 티 없이 고운 애들을 망가뜨려?

머리를 발작적으로 털며 세라는 진저리를 쳤다. 세라에게 동생들이란 코흘리개 적부터 엄마 겸 언니로 씨암탉이 병아리 품듯 셋이서 덩어리져 서로의 운김으로 자라난 터라 자식 이상으로 아프게 걸리는 핏줄이었다.

그녀는 지금 머리는 비어 삥 했고, 가슴은 굳어져 시멘트 같았다. 아무것도 생각할 수 없었다. 다만 한 가닥 희망을 가져 보는 건 그것이 사실이 아니고 오해이기를 바라는 가냘픈 한 줄기 어리석음이었다. 원래 남편 박석규는 말이나 행동이 과감하고 침소봉대가 지나칠 때가 많아, 오해를 살 여지가 있는 사람이라 여기며.

세진이나 정지운 비서나 철통같이 신뢰하던 사람들이지만, 뜻밖에 듣게 된 두 사람의 밀담만은 믿어지지 않았다. 도저히, 결단코. 아니, 믿고 안 믿고를 떠나 말의 내용이 너무나 엄청나 그녀는 버거워서 헐떡거렸다. 꿈을 꾼 것도 같고, 미쳤다가 제정신이 난 것 같기도 했다. 아주 미쳐 버렸는지도 모른다는 생각마저 들었다. 생살을 수도 없이 꼬집어 뜯고 또 뜯어보았다. 역시, 아니었다. 꿈을 꾼 것도, 아주 미쳐 버린 것도.

오직 사실이 아닐 수도 있다는 한 가닥 구차스런 어리석음에 의지해서 그녀는 세인네 집으로 향하고 있었다. 세인을 만나 보면 유달리 민감하다는 여자의 육감으로 무엇이라도 잡히지 않을까 싶어서였다.

만삭이 다 되어 가는 세인은 양 어깨가 뒤로 휙가닥 젖혀지고, 기미 실은 얼굴이나 걸음걸이나 부른 배를 떠받치기에 파형될 대로 되어 버려서 세라는 안쓰러운 마음에 얼른 등을 밀어 올리며 부축을 해 주었다.

"이렇게 몸이 무거우니 꼼짝을 못했구나."

세라는 혀를 끌끌 차며, 결혼 이후로 자기 집에 특별한 행사가 없는 한 오려 들지 않던 세인을 미심쩍어한 자신의 소견머리를 가볍게 뉘우쳤다.

"몸이 무거운 것도 있지만, 살림살이라는 것이 나한테는 너무 힘이 들어서……."

세인은 세라를 똑바로 보지 않고 어정쩡한 자세로 선 채 중얼거렸다. 어릴 때부터 몸이나 마음이 유달리 여려서 막내 세진보다 한 번이라도 더 쳐다보게 만들던 세인이 자라면서 점점 안으로 깊숙이 가라앉아 가던 이면에 그토록 엄청난 질곡이 도사리고 있었단 말인가……. 무서웠다. 허무했다. 이 노릇을 어쩐단 말인가.

세라는 혼자 마음속으로 스스로의 상념을 지우려 머리를 내저었다. 그녀는 자기가 사 가지고 온 과일 보따리를 들고 싱크대로 걸어갔다. 너무나도 잘 아는 세인의 식성이지만 그래도 임신 중인 세인을 위해, 아니 그 어느 때보다도 처절할 만큼 끓어오르는 측은한 마음에 전화로 일일이 물어서 산 오렌지와 머스크멜론을 한 개씩 씻어서 세라는 껍질을 벗겼다. 우연히 엿듣게 된 초당 들창을 새어 나온 밀담도 칼로 과일 껍질 벗기듯 베어내 버릴 수만 있다면 얼마나 좋을까 생각하면서.

"언니야, 가만히 앉아 있어라. 내가 할게."

세인이 어리광스런 소리로 말하며 무거운 몸을 일으켜 느릿느릿 다가오는 모습을 보자 세라는 말했다.

"자리에 좀 앉아 있으렴. 이 못된 언니라는 게 진작부터 좀 살필 것이지, 너에게 무심했던 거 미안하다. 미국에 있는 제 새끼들 등쌀에 혼이 빠져가지구. 쯧쯧쯧……."

결국 세라는 자책의 깊은 구렁텅이로 빠져 들어가고 있었다. 무엇인가 낌새를 잡아내 보려고 온 것부터가 용납 못할 행동이라는 뉘우침으로 그녀는 자괴감에 한숨만을 토해 내었다. 땅이 꺼져 나가는 듯한 한숨 소리를 들은 세인이 물었다.

"언니, 왜 그래? 미국 애들 잘하고 있을 텐데?"

세라는 고개만을 살래살래 저었다.

"그럴 리가?"

의아해하는 세인의 궁금증을 묵살하려, 세라는 급히 깎아낸 과일 접시를 들고 거실의 소파로 와 앉았다. 뒤따라와 마주앉는 세인에게 오렌지를 한 쪽 건네며 세라는 무슨 일이 있냐는 눈빛을 보내는 임부를 적당히 무마시켰다.

"돈 보내기 바빠서 그러는 것뿐야. 그렇게 돈을 많이 쓰면서 즈이들이 잘 안 하면 양심도 없는 거지 뭐. 개들 걱정은 하나도 할 것 없어 애. 너는 그저 네 몸 하나만 잘 건사하고 있으면 되는 거야. 마음도 아주 평화스럽게 갖고……."

세라의 말을 귀담아 듣고 있던 세인이 '마음도 아주 평화스럽게 갖고……'라는 끝 대목에 가서 눈을 아래로 착 내리깔았다. 세인의 그 모습이 세라에게는 착잡하게 가슴에 와 닿았다. 잠시 둘은 말이 없었다. 한낮의 고요가 새하얗게 밀물져 왔다.

얼마 뒤, 세인이 마치 아득한 옛 기억의 회상에서 돌아온 사람처럼 입을 열었다.

"언니야, 나 어릴 때 하루걸이(학질) 차암 많이 걸렸지?"

"말해서 뭐 해."

"집에 오지 못하고 행길 가에 드러누워 끙끙 앓던……."

"생각나니?"

"그럼."

"세진인 그래도 단단한 편이었는데, 넌 어쩜 그렇게도 그 웬수놈의 하루걸일 자주 걸리던지……."

"그래도 언니, 난 그 하루걸이 걸렸을 때가 좋았던 거 같아."

세인은 진정 그 시절이 그리운 듯 배시시 웃어 보이기까지 했다. 세라는 끔찍한 듯 오만상을 찌푸리며 놀라는 표정을 지었다.

"뭐라구?"

"내가 길가에 쓰러져 이승인지 저승인지 분간 못하고 누워 있으면, 어떻게 알았는지, 그때마다 언니가 왔어."

"애 좀 봐. 기억이 아주 생생하네."

"언닌 나를 들쳐 업고, 그 높은 산을 넘어서 집으로 가군 했지……."

"얘가? 그 지긋지긋했던 고릿적 얘긴 왜 꺼내?"

"지긋지긋했지, 분명히?"

"말이라구 하니?"

"그렇지만 언니. 난 여태 살아오면서 그때가 제일 행복했는걸. 언니 등에 업혔던 그 순간이……."

"애, 얘 좀 보게, 한다는 소리가 점점 더 수상하게 나오네. 하루걸이 걸려서 몸이 불덩어리 같았는데, 그게 고통이지, 뭐가 행복해?"

"그래도 난 그랬어."

"너 지금 무슨 소리 하는 거냐? 깨소금 맛이라는 신혼에, 내일 모레면 이제 첫 아기를 분만할 사람이?"

"사실 대로 말하는 거야."

"말조심해라, 아기가 듣는다."

세라는 집으로 돌아오면서도 계속 귀에 와 걸린 세인의 말을 떼어 버릴 수가 없었다. 하루걸이로 몸이 불덩어리처럼 달아오르면서도 행복했다니, 단지 이 못난 언니의 등에 업혔다는 그 사실 하나만으로.

세라에게는 세인의 그 한마디가 커다란 충격으로 받아들여졌다. 그렇다면 무엇이란 말인가. 차별 대우가 심했던 큰어머니 산하의 그 지겨웠던 고향 땅을 떠나 비로소 자유 천지를 찾아 새처럼 날아왔다고 생각한 서울 생활이나 현재의 신혼 생활이 모두 행복하지 못하다는 의미가 아닌가. 자기로서는 그토록이나 신경을 써 주느라 나름대로 최선을 다해 온 편이건만……. 그 싱그럽고 발랄한 여중고의 멋진 제복 시절이나 화려하기로 치자면 전 세계 최고 최대의 여자대학 시절도 그 애에게는 전혀 기쁨이 될 수 없었단 말인가.

세라는 그저 허무하고도 허탈해서 발길이 헛놓이곤 했다. 자기도 모르게 그녀는 문득문득 걸음을 멈춘 채 고개를 떨구고 있기까지 하는 거였다. 고통 속에서라도 언니의 등에 업혔던 순가이 그만큼 최상의 것이었다는 걸 강조하다 보니 그런 말이 나온 걸까. 그것이야말로 언니에 대한 감사의 표현이라고 생각한 나머지……. 모처럼 시간을 내어 찾아가 준 언니에 대한 최대의 대접이라고 여긴 끝에 그랬을까. 그러나 그런 상식선에서 세라가 받은 충격은 상쇄되지 않았다.

자기들 세 자매에게는 끊어 버리고 싶을 만큼 지옥살이로 여기고 있던 고향 땅에서의 기억, 그것도 질병으로 고통스러웠던 순간을 도리어 가장 행복했다고 그리워하고 있는 세인이라면 이것이 무슨 변괴란 말인가.

세라가 결혼과 거의 동시에 두 동생들을 서울로 데려온 뒤로는 객관적으로 볼 때에 그녀들은 선택받은 과정을 순조롭게 거치며 살아온 셈이었다. 조실부모에 대한 설움을 씻어주려 언니로서의 배려도 철철 넘칠 만하지 않았던가. 한데 세인이 그 과정에 행복을 느끼지 못했다면 그렇게 만든 이유가 분명 있을 터. 거기에까지 생각이 미치는 순간 세라는 마치 거센 물살을 거슬러 올라가듯 온몸의 힘을 다해 부정해 보려 했던 세진과 정지운 비서의 밀담을 받아들일 수밖에 없는 현실인 모양이라고 자포자기했다. 폐부를 찢어발기는 듯한 고통에 세라는 길바닥에 웅크려 주저앉았다. 부풀어 오른 세인의 배가 집채만하게 눈앞으로 다가왔다. 가공스런 일이었다. 갑자기 세라는 고개를 완강하게 가로저으며 벌떡 일어나 섰다.

세라가 허둥지둥 집에 막 들어서는 순간 기다리기라도 한 것처럼 전화가 울려왔다. 그 전화는 어쩔 바를 모르게 조여 오는 고통을 잠시나마 그녀에게서 떼어 주었다.

"누님이세유?"

뜻밖에 고향 집에서 큰어머니를 모시고 있는 사촌 동생의 목소리였다. 하긴 뜻밖이라고 할 것까지는 없는지도 모른다. 세상 사람들의 심리는 다 마찬가지인지 시국이 바뀌어 자기들이 권력층으로 부상하자 전혀 소식을 모르던 사람들까지 지대한 관심을 보여 오는 판국이니 말이다. 고향 집 사촌 동생만 해도 이름조차 잊고 있던 처지였다. 한데 요즘에 와서는 특별한 일도 없이 간간 안부 전화를 걸어오곤 하는 터였다.

"별일 없지?"

세라가 무심히 던진 말에 사촌 동생이 다소 긴장한 목소리로 대답해 왔다.

"큰어머니께서 위중하신디유."

"그래?"

"기력이 쇠하셔서 그렇지 여태는 자리에서 못 일어나신 적은 읎는디, 오늘은 일어나시질 못하시네유."

"명지 언닌 내려갔구?"

"아직 연락 안 했는디유."

"저런, 저런……."

"인저 바루 그 누님한티두 전화드릴 참이구먼유."

이것들이 정말 무서운 것들이네, 하고 세라는 혼자 혀를 찼다. 전에는 명지 언니네만 드나들고 자기네와는 통 소식조차 없던 사이였기 때문이었다. 그런데 이제 친딸인 명지 언니를 제치고 자기에게 먼저 전화를 걸다니…….

송수화기를 놓는 그녀의 손길이 부르르 떨렸다. 아버지가 세상을 뜬 뒤로 세라는 이제 자신에게 고향은 없다고 마음의 정리를 해 버린 때문에 다시는 방문을 한 적도 없거니와 전화조차 넣을 필요가 없었다. 큰어머니 역시 세라 자매들을 궁금해 하는 기척이 전해 오지 않았다. 그런 큰어머니의 태도가 세라는 서운하다기보다는 시원하게 느껴졌다. 아주 잊어버리려 작정을 한 터수라서. 공연히 마음에도 없는 미소 지으며 위선적인 모습을 서로 나눈다는 사실이 그녀에게는 소름이 돋을 만큼 끔찍했다.

사촌 동생이 전화를 걸어와도 먼저 자기 쪽에서 큰어머니 안부를 물은 적은 없었다. 길러준 공덕을 모른 체하는 것들이라는 비난의 화살이 빗발치리라는 것쯤 짐작 못 하는 바 아니지만, 어디까지나 자기들 입장은 떳떳하다는 배짱이었다. 그 길러준 공덕에 대해서는 나이에 비해 너무나 버겁고도 끈질긴 끝이 없는 노동으로 충분한 고액의 대가를 지불했다는 고까운 판단을 늘 가슴 밑창에 시리게 품고 있는 때문이었다. 고향 집이 어린 날의 그녀들에게는 강제수용소 같은 곳이었다면 큰어머니는 그 강제수용소의 주체가 아니던가.

한데 지금은 그 큰어머니가 다 쇠잔해 간다니, 하도 당당했던 분이라 실감은 나지 않지만 한 번 가서 뵙기는 해야 할까 보다고 세라는 마음먹었다. 코흘리개 자기들 세 자매를 가차 없이 부려먹던 큰어머니의 자세는 언제나 냉바람이 몰아치는 쌀쌀한 것이었지만, 이제 그 큰어머니의 심중이 짚여오며 발길을 끊어버린 자신의 행위를 뒤돌아보는 거였다.

너무 숨이 턱에까지 차 와서 눕지도 못하다가, 내일 아침에 눈을 뜰 수 있을까? 이대로 영원히 눈을 감게 되는 건 아닐까? 순간에 덮쳐오는 공포감에 깔리어 버둥대다가 다시 눈을 떠 맞이한 새로운 하루는 진정 명지에겐 너무나 귀하게 다가왔다. 떨쳐 버릴 수 없는 불안 속에서도 가까스로 구명보트의 끝자락에 오를 수 있었던 것 같은 안도로 시작되는 그런 날은 무언가 좀 다르게 보내고 싶어졌다. 부엌 한 모서리에서 개다리소반에 엎드려 궁상을 떠는 일 따위에서는 벗어나고 싶었다. 하지만 출판사와의 약속도 있고 해서, 진종일 개다리소반을 면하지 못하다가 허리를 좀 펴야겠다는 생각에 다 저물녘에야 집을 벗어났다. 아파트단지의 울타리를 빠져나와 아득한 전설 속 풍경 같은 해묵은 동네 초입에서 문득 명지는 걸음을 멈추었다.

갑자기 수렁에라도 빠진 듯. 그녀의 시선은 한 지점에 꽂히었다. 눈빛은 떨리었고, 온몸이 처절하게 무너질 듯 흔들렸다. 오래된 동네에서 흘러나오는 생활하수가 바로 골목길 옆으로 지나고 있었다. 경사가 미미하다 보니 흐름이 시원치 않아 늘 오물이 괴어 있는 곳이었다. 악취가 진동해서 미리부터 외면을 하고 지나던 지점이었다. 언제나 그랬던 것처럼 손으로 코를 막고 빨리 지나치려던 그녀의 시선이 철조망에 걸리듯 땡겨진 건 거무죽죽하게 썩은 시궁창에 떠있는 부유물의 빛깔 때문이었다. 장미꽃잎 같았다. 뼛속까지 오싹할 만큼 혐오스런 느낌과 동시에 그녀는 그것의 정체를 간파했다. 이 모든 미세한 과정은 불과 일 초도 못 되는 아주 찰나적 사건이었다.

자석에라도 이끌리듯 부유물 쪽으로 그녀의 몸은 휘어졌다. 자칫 시궁창에 빠져 버릴 듯 위태위태할 만큼. 얼마 전에 본 유.피.의 〈한 지식인의 양심선언〉에서 그 한 지식인이 고문의 고통중에 오로지 생각했다는, 아니 선망했다는 그것, 그것이 바로 눈앞에 실물로 나타나다니…… 죽은 지 좀 된 듯, 약간 보라색을 띤 분홍빛의 불어터진 지렁이를 뚫어져라고 그녀는 보고 있었다. 저것이 무엇이라고, 걸쭉한 시궁창에 미동도 못하고 떠 있는 저것이 도대체 무엇이라고, 그토록이나 부러워했단 말인가. 고문 중의 고통이 상상되어지며, 잡혀간 이들의 신세가 가엾어 그녀는 그 자리에 못 박힌 듯 움직이지 못했다. 그렇지, 암, 그렇구 말구. 이 혼탁한 시궁창시대의 박해를 받는 사람들은 너를 한없이 부러워 할 거다……. 그것이 바로 순우고, 자기라 여기자 온 몸에 기운이 싹 빠져나가는 거였다. 사지가 멋대로 분해되어 시궁창 속으로 흐느적흐느적 미끄러져 들어갈 것만 같았다.

"여기서 뭐 해?"

등 뒤에서 귀에 익은 음성이 들려왔다. 그녀는 도둑질이라도 하다 들킨 사람처럼 후다닥 돌아보았다. 시궁창에 떠 있는 죽은 지렁이가 장물이라도 되는 것처럼 반사적으로 상대의 시선을 막아섰다.

"산책 나왔어."

"뒷모습이 아무래도 당신인 것 같아서 와 봤지."

어색하게 웃는 명지의 얼굴을 바라보며 순우가 말했다. 그의 눈동자는 충혈되어 있었다. 몹시 지쳐 보였다. 명지는 어떻게든 시궁창의 그것을 그에게 보이지 않으려 지나치게 신경을 쓰다 보니 진땀이 다 났다. 그가 한 걸음이라도 자기 쪽으로 다가오거나 자기가 조금이라도 움직인다면 기어이 들키고 말 테니까.

다행히 그 상황은 길게 가지 않았다. 바람 덕분이었다. 시원한 바람결에 묻어온 한 가닥 은은한 울림이 명주실처럼 가슴을 감아왔다. 어디서 들어본, 아득히, 아주 오래전, 어쩌면 전생일지도 모를 만큼 까마득한 그 울림이 사라졌다가 다시 다가왔을 때, 그들은 제 자리에 있지 않았다. 오 월 중순의 그 혹독한 된서리 이전의 일들은 왜 그리도 아득한지, 마치 죽었다 깨어나기라도 한 듯……. 두 사람의 발걸음은 구름 위에 떠 있는 듯만 싶었다. 들 가운데의 섬처럼 작은 숲이 저만치 뒤로 물러나자 늘 먼 풍경으로만 바라보던 아스라했던 동네에 다다랐을 때는 이미 땅거미가 내리고 있었다.

그들의 발걸음이 멈춘 곳은 어두므레한 속에서도 감지될 만큼 낡은 건물 앞이었다. 세월의 풍상이 쓸고 간 문설주엔 희미하게 '천사원'이라는 표지판이 식별되었다. 마당을 가로질러 가파른 계단을 오르자, 바스러질 듯 발걸음마다 삐거덕 삐거덕 불안한 소리가 따르는 아주 작은 성당이 나타났다. 아, 바로 여기였구나, 이웃 친구에게 언젠가 들은 기억을 상기하며, 명지는 순우를 따라 안으로 들어섰다. 성당의 불빛은 따스했다. 두 사람을 이곳에 이르게 한 진원은 바로 입구에 있었다, 어린 소녀가 인기척두 아랑곳 않고 몰입해 있는 오래된 풍금이었다. 명지는 마치 그 음률을 타고 날아오기라도 한 듯 소녀의 연주에 사로잡혔다. 풍금소리는 그들의 멍든 몸 구석구석을 어루만지며 다독여주는 듯만 싶었다.

어느새 그 작은 공간에 사람들이 발 디딜 틈도 없이 소복하게 모였는지, 미사는 또 언제쯤 시작되었는지, 무엇이 어떻게 돌아가고 있는 중인지 두 사람은 도무지 알지 못했다. 알려 하지 않은 건지도 모른다. 단지 귀가 쫑긋 세워졌던 건 스톡홀름 증후군이라는 단어에서였다.

'오랫동안 이란에서 인질로 억류되었던 미국인들이 풀려나자 많은 심리학자들이 염려한 것은 이들이 혹시 스톡홀름 증후군에 걸리지 않았나 하는 것이었습니다. 스톡홀름 증후군이란 피억류자가 억류자와 함께 오래 동거함으로써 분수에 넘치게 오히려 억류자의 처지를 이해하고 한 술 더 떠서 동정까지 하게 되는 정신분열의 심리 상태로서 올바른 가치관을 상실하는 병입니다. 다시 말하면 무엇이 진리이고 무엇이 허위인지 분별하는 능력이 마비되는 상태를 의미합니다. 이십 년이라는 오랜 독재체제 아래에서 살아온 우리는 모두가 이 스톡홀름 증후군이라는 병을 안고 있다고 봅니다. 그만큼 가치가 전도된 사회에 우리가 살고 있다는 말입니다. 그럴듯한 구호 아래 새 시대, 새 질서, 정의, 평화, 자유, 민주 등등 온갖 좋은 단어가 난무하고 있지만, 그 참뜻과는 너무나 거리가 먼 현실입니다. 그런데 사람들은 이렇게 전도된 가치관을 전혀 의식하지 못할 뿐더러 자신들의 확연한 병 징후를 깨닫지도 못하고 있다는 사실이 심각한 문제입니다. 이러다가는 우리의 장래가 어찌 되어 가겠습니까……'

명지와 순우는 주임신부의 날카로운 강론이 칼끝처럼 가슴에 와 꽂히는 것만 같았다. 정신이 번쩍 들었다. 이 삼엄한 계엄하에서 저런 사람도 있구나, 입추의 여지없이 들어찬 신자들 속에는 당연히 프락치도 틈틈이 박혀 있을 텐데…… . 잘못되어 가고 있는 시국의 병폐를 예리하게 재단해내는 건 물론, 그 거침없는 용기에 그들은 감동을 받았다. 외로움과 억울함이 슬며시 덜어져 나가는 기분이 되며 어깨가 스르르 펴지는 성싶기까지 했다. 미사가 파해, 사람들의 물살에 끼어 바깥으로 나오며 명지가 말했다.

"저 신부님도 당신이랑 같은 날에 연행되셨댔어."

"음."

투옥경력만도 만만치 않은 민주인사로 암암리에 명성이 회자된 성직자여선지 순우는 이미 알고 있는 듯 고개를 끄덕였다. 해방과 분단, 동족상잔의 전쟁을 거치면서, 오갈 데 없는 아이들을 손길 닿는 대로 거두어주다 보니, 고아들의 아버지가 되었다는 것과, 서울이 팽창하여 지질편편한 수몰지역인 한강 남쪽 이곳에까지 고층 아파트군이 마치 점령군처럼 밀집해 들어서며 입주해온 신자들이 달리 방편이 없다보니 고아원 성당으로 몰리어, 주일마다 말씀의 양식을 베푸시는 성직자라고 나 베로니카가 자랑스럽게 들려준 바로 그분이라는 사실에 명지는 낯설지가 않았다.

어슴푸레한 외등 아래서 누군지가 덥썩 명지의 손을 잡았다. 나 베로니카였다.

"어머나, 이게 누구신가요? 내외분께서…… "

명지와 순우는 마주 웃기만 했다.

"참, 오늘 성가 어떠셨어요?"

나 베로니카가 순우 쪽을 향해 물었다.

"아주 훌륭했습니다."

정중하고도 밝은 모습으로 순우는 대답을 했다.

"그 성가단에 내외분이 아시면 깜짝 놀랄 아리따운 아가씨가 있어서 그런 거예요."

"아니, 그게 누군데요?"

두 사람은 의아해서 동시에 나 베로니카를 바라보았다.

"정말, 모르세요?"

나 베로니카는 익살스럽게 웃었다.

"따님 하나는 참 잘 두셨더라고요."

"그럼, 우리 은애가?"

"네, 좀 됐죠, 아마."

"비슷한 소리를 듣긴 한 것 같은데……"

명지가 어물어물하자,

"행여, 제가 말을 잘못한 건 아닐 테죠?"

나 베로니카가 민망해하는 척하자 명지도 얼른 나서서 같은 톤으로 딸에 대한 솔직한 해명을 해버리는 거였다.

"하긴, 그 애가 그렇게 소리 없이 은근슬쩍 하는 데가 있다우, 말수가 적다보니……."

은애에 대한 신뢰를 갖고 있는 만큼 명지와 순우는 딸의 활동에 대해 무조건 긍정적으로 받아들였다.

"그건 저희 집 애들도 마찬가지예요, 우리 자랄 땐 안 그랬나요, 뭐."

어두운 마당에서 서로의 부유스름한 윤곽을 바라보며 얘기는 대충 그 정도에서 마무리되었다. 나 베로니카가 볼일이 남았다며 사라진 때문이었다. 혹 은애를 만날 수 있을까 해서 두 사람은 두리번거려 보았으나 눈에 띄지 않았다.

차에서 내리자 박석규는 습관대로 집의 창문들을 주루룩 훑어 보았다. 새삼 창문들이 큼직큼직하고 띄엄띄엄 나 있는 것이 대저택의 위풍을 갖추고 있구나 싶어 그는 만족스러운 듯 고개를 끄덕였다. 그러나, 그건 거의 순간적인 무심한 동작이었다. 아무리 대저택다운 위풍을 지녔어도, 그런 정도로 만족할 그가 아닌 것이다. 그는 자기가 마음만 먹으면 얼마든지 못할 일이 없다고 생각하고 있었으니까. 하지만 이 위풍당당 천하무적 박석규를 도무지 알아줄 생각이 없는 존재가 있다는 사실이 그를 께름칙하게 했다. 사나이 자존심에 먹칠을 해도 분수가 있지. 그는 약이 오를 대로 올라 있었다. 그 절호의 기회가 오늘밤이기를 바라면서 그는 웬만한 일은 제치고 서둘러 귀가한 참이었다. 근무하면서도 그 대상만 생각하면 일이 손에 잡히지 않았다. 그렇게 그야말로 안달이 나서 조바심치며 집에 들어오곤 하지도 그럭저럭 꽤 여러 날이 넘어간 듯싶었다. 이 저녁은 귀신이 자기에게 특별히 차려준 밥상과 같은 시간이 아닌가.
　창문 가운데서도 그의 눈이 맨 먼저 박힌 곳은 그 애의 방 창문이었다. 엄밀하게 말한다면 이즘 그가 집에 들어서자마자 창문 쪽에 눈을 던지게 된 버릇 자체가 그 애의 방 창문을 더듬기 위한

짓에서부터였다. 스위스에서 왔다는 친구가 떠나자 바로 기숙사에 들어간 세진이 집에 오는 날은 있을 텐데, 그날이 언제인지, 기적과 같은 그 기회를 포착해야 하는 것이다.

한데, 그토록 목마르게 기다려와선지 그는 마침내 세진의 방 창문에서 불빛을 보았다. 정확하게 말한다면 불이 꺼지는 걸 보았다고 할까. 마치 번개가 번쩍 하는 순간 같은. 그의 가슴은 바짝 긴장했다. 그는 하늘을 올려다보았다. 캄캄했다. 초저녁엔 별이 돋아 있었건만. 안개 같은 부드러운 습기가 달큰하게 얼굴을 적셔왔다. 그 자신이 비구름 속에라도 들어 있는 듯한 몽롱함……. 진짜 번개인지도 모르지. 번개가 유리창에 반사된 것일 수도 있다. 하지만 번개는 반드시 천둥을 동반하는 법, 천둥소리는 듣지 못했다. 먼, 아주 먼 곳에서 친 번개라면 천둥소리가 안 들릴 수도 있지. 그처럼 먼 번개라면 여기까지 비칠 리도 없지. 그렇게 선명하게.

정신을 차려 보니 그는 정원에 혼자 멀거니 서 있었다. 운전기사가 허리를 구십 도로 굽혀 인사를 했을 텐데 그는 보지 못했다. 차도, 기사도. 바람이 부는지 소나기가 들어오는 것 같은 소리가 다가오고 있었다. 마치 거대한 바다의 뒤척임처럼 저 아래쪽에서부터 나무들의 둔중한 움직임이 밀려오고 있었다. 박석규는 그것이 서서히 꿈틀거리고 있는 자신의 욕망의 소리로 들려왔다. 한번 움이 튼 이상 도저히 무슨 수로도 그 뿌리를 캐낼 수 없을 만큼 감당할 수 없는 황음의 무방비 같은…… 박석규는 습기로 팽만해진 대기 속에서 잠시 취기 같은 어지러움을 느꼈다. 적당한, 기분 좋은 취기…… 실제로 그의 혈관엔 그 정도의 알코올 성분이 흐르고 있었다. 그는 크나큰 저택에 자기 혼자뿐이라는 위태로운 기분이 자유분방의 절벽 아래로 굴러 떨어지는 아찔한 쾌감을 예상했다. 최근 그는 급물살의 행동 속에 둘러싸여 언제나 부산했고, 부하 사병들이나 보좌관에 파묻히어 그런 호젓한 감정을 느낄 틈이 없었다.

세라가 집에 없다는 사실이 그닥 특별할 것도 없건만, 모처럼 이런 기분은 아무래도 좋은 쪽으로만 받아들여져 그의 걷잡을 수 없는 욕망에 상승작용을 가져왔다. 고향의 큰어머니가 위중하시어 다녀오겠다는 세라의 전화를 그는 다 저녁에야 받았다. 아내에게만 충실한 남편은 물론 아니지만 겉으로 그런 남편인 척은 해온 그였다. 여자 관계는 자유분방하게 하되 아내에게는 절대 불이익이 없도록 한다는 것이 그의 지론이요, 장기였다. 금단의 과일은 무법자적 성정의 그에겐 더 참을 수 없는 마약과 같았다.

바람결에 꽃 향내가 어디선가 상큼하게 스며 왔다. 세진의 체취를 연상시켰다. 향수를 사용할 리 만무하건만 용모든 행동이든 냄새든 그녀는 그에게 언제 어디서나 상큼한 느낌으로 다가왔다. 왜 자기는 이토록 세진에게 집착할까. 그 애는 자기를 마치 징그러운 파충류라도 보는 듯 대하건만. 자기를 쏘아보는 세진의 표정엔 혐오와 저주와 경멸이 지글지글 끓는 듯했다. 그런 세진의 시선을 받으면 맨살이 그대로 묻어날 것만 같았다. 그럼에도 그는 그 애에게 정신없이 끌려들어가는 자기를 어떻게 할 길이 없었다. 그럼에도가 아니라, 그렇기 때문에 자기는 세진에게서 빠져 나오지 못하는 걸 그는 알고 있었다. 마약의 금단현상처럼.

여태껏 자기 앞의 사람들은 여자나 남자나 대체로 맹종형이거나 그 아류였다. 세진은 그 정반대였다. 당당히 반항해 왔다. 고개를 빳빳이 세우고 독기를 뿜는 그 애를 보기 좋게 무릎을 꿇리고 싶었다. 마치 한 발의 직격탄으로 걸어가는 동물을 그 자리에 쓰러뜨리듯. 그것이 반항하기 때문에 더 놓아줄 수가 없는 거라고 그는 꼬느어왔다.

세진에 대해 너무나 잘 알고 있는 그는 세라도 없는 이런 날에 세진이 자기 방에 와서 잘 거라는 기대 같은 건 아예 하지도 않았다. 그래서 세진의 방 창문에서 환영 같은 걸 보게 된 자기의 몰골이 처량 맞기까지 했다. 하나, 아내의 귀향이 다 저녁에 갑작스레 내려진 결정이어서 세진이 미처 연락을 받지 못했을 수도 있다는 데에 그의 희망은 부풀어 갔다. 추잡하게 이 지경에까지 이른 바에야 결코 포기할 수 없다는 집념을 그는 마음속에 비수처럼 꽂고 있었다. 내가 어떤 존재인지 잘 모르는 모양인데 인제 곧 확인을 시켜 줘야지 하는 앙심에 가까운 감정을 박석규는 어금니 사이에 꽉 깨물었다.

멀리 언덕 위에 아직 불이 밝혀져 있는 정지운의 처소를 바라보며 박석규는 거기라도 들러 볼까 하는 부질없는 방심을 발로 문지르듯 지우며 코웃음을 쳤다. 얼어붙은 땅에서 만물을 소생시키는 태몽 같은 봄기운을 왕성하게 느끼며 그는 현관에 들어섰다. 한데, 거기 눈에 익은 구두가 놓여 있질 않은가. 끈을 묶는 수수한 구두는 틀림없는 세진의 것이었다. 돌고 도는 유행 따위를 무시하는 그 애의 태도도 다분히 그를 자극해 오는 부분이었다. 그는 하마터면 소리라도 지를 뻔했다. 그 한 켤레의 평범한 구두가 그의 눈에 들어오는 순간, 덕지덕지 기름때가 묻은 노련한 장년의 사내는 한 마리의 표독한 야수로 표변했다. 세진이 지금 자기 방에 와 자고 있다는 사실이 꿈인가 생시인가 싶을 만큼 기뻤지만, 세진의 방 창문에서 본 불빛이 환영이 아니었다는 사실도 그에게 기를 돋우었다. 아직은 나이로나 체력으로나 환영을 보게 되어 있진 않다는 사실에 그는 어린애처럼 기고만장이 되었다. 어쨌거나 자기는 이래저래 운이 좋은 놈이라는 생각부터 들었다. 그렇지 않고야 이런 절호의 기회가 어떻게 주어질 수 있겠는가.

그는 서두른 나머지 신발조차 벗지 않고 마루로 올라서고 있었다. 육중한 구두가 마룻바닥을 울리는 소리에 자기 스스로 기겁을 해 신발을 벗었다. 둘씩이나 되는 부엌 아줌마들이 다소 걸려 왔지만 그녀들은 이미 깊은 잠에 곯아떨어져 있을 시간이 아닌가.

이 층으로 오르는 첫 계단에 발을 올려놓는 순간 그는 발을 헛디딘 사람처럼 벽을 짚으며 몸을 틀었다. 하체의 뜨거운 불덩어리가 살갗을 찢을 것처럼 흥분을 몰고 왔다. 그는 어쩌다 물 밖으로 튀어나온 장구벌레처럼 오두방정으로 거의 뒹굴듯 계단을 올랐다. 그러나 그토록 갈망했던 세진의 방문 앞에 선 순간 그는 아차 하며 눈앞이 뿌예 왔다. 열쇠를 잊은 거였다. 너무 성급하게 서두른 자신을 탓하며 되돌아 내려가 안방 옆 골방의 비상 장수까지 다녀올 일을 생각하니 아득했다. 세라도 없는 오늘 같은 날 그 다부진 것이 문을 안 잠글 리는 만무였다. 낭패였다. 그러나 이 모든 망설임은 눈깜짝할 새 해결되었다. 그러면 그렇지, 저도 인간인데 더러 빈틈서리가 없을 수 없지…… 그런 생각과 함께 운이 좋은 놈은 끝까지 좋은 거라는 배짱 두둑한 기세로 그는 심호흡을 했다. 문은 뜻밖에 잠겨 있지 않았던 거였다. 그는 그림자처럼 방 안으로 숨어들었다.

몇 번의 실패과정을 통해 서두르지 않겠다고 자신을 다진 박석규는 잠시 동작을 멈추고, 방 안의 어둠에 눈이 익기를 기다렸다. 그러나 그건 아주 짧은 동안이었다. 그 짧은 동안에 자칫 성급할 뻔한 그의 마음이 다소 가라앉았다. 오랜 시간을 두고 세진이 자기를 힘들게 한 걸 생각하면 단 일 초가 급했으나 자제했다. 그녀를 공주처럼 썩 멋지게 모셔주어야겠다는 쪽으로 방향을 잡았던 것이다. 그건 갑자기 떠오른 생각은 아니었다. 그 동안 세진과 함께할 공상을 숱하게 해 온 때문에. 그 가운데 한 가지를 뽑아냈다고 할까. 세진에게 최대한 잘해주어야겠다는 확고한 계획을 그는 진작부터 갖고 있었으니까. 거만할 정도로 당당하고 꼿꼿한 세진이 자기 앞에서 아이스크림처럼 녹아 판도가 바뀔 교활한 마법을.

"불쌍한 노처녀님, 이제부터 행복이 뭔질 알려드리죠."

그는 속으로 그렇게 뇌이고, 세진에게로 다가갔다. 어디까지나 고답적이었던 그녀의 몸을 열어가는 데는 손 대신 입술을 살며시 얹었다. 풋내음 같은 향기에 그는 아찔해졌다. 길고 긴 밤이 그의 앞에 놓여지고, 그토록 오래 갈망해왔던 대상은 깊은 잠에 빠진 듯 숨결소리만이 부드러울 뿐이었다. 그는 황홀경 속에 세진의 체취를 깊이, 아주 더 깊이 음미해 갔다. 드디어 올 것이 온 것처럼 아득히 먼 젊은 날 최초로 밤송이를 헤집어 까던 기억의 연상 작용에 그는 몸뚱이가 주머니처럼 뒤집히는 걸 막지 못했다. 막는 다는 건 속도를 의미했다. 되도록 천천히 아주 느리게 진행시킬 수는 없는 것일까. 갈기갈기 찢어져 실오라기로 풀리며 너벌너벌 그는 철썩거렸다.

상대는 전혀 저항은커녕 어떤 반응도 없었다. 이건 너무하다, 너무해……. 아깝다, 아까워. 내 일생일대의 정성을 다한 작품을 음미조차 못하다니, 에끼……. 하긴, 너 같은 노처녀가 깨어 있은 들 알긴 뭘 알겠냐만, 억울한 건 나뿐이지. 억울하다는 생각이 들 자 어떻게든 감지시켜야 한다는 의도로 그는 더 거칠게, 포악할 정도로 네 방구석을 헤매었다. 아무리 공부가 뇌골을 쓰는 일이라 힘들다지만, 이다지도 잠에 약해서야……. 그는 죽어 나자빠진 세인의 경우를 연상하며 혹시 하는 의혹에 귀를 세워보지만 숨결 은 도리어 초반과는 달리 정상 이상으로 차오르는 거였다. 달아오 른 체온의 반응으로 볼 때 잠든 상태라고만 여길 수 있는 것인 지…… 세진의 처녀성에 깊은 의구심이 일었다. 똑똑하다는 것들 은 원래 실속은 다 차리고 다니게 마련이니까…….

뭔가 좀 납득이 안 되는 구석이 느껴지긴 했으나, 그는 열등감 마저 들 만큼 지루하게 별러 온 욕망이어선지 그 작은 여체를 통 해 온 세상을 모래알처럼, 잘디잘게, 부수고 또 부수고, 끝없이 으깼다. 그리하여 그는 천하를 무릎 밑에 깔아낸 개선장군 같은 득의만면한 허세의 절정에 올랐던 거였다.

어둠 속에서 벗어 던졌던 옷을 재빠르게 주워 입고 박석규는 우뚝 일어나 섰다. 상대는 아직도 반응이 없었다. 여태 잠이 깨지 않았을 리는 만무하건만. 정말 세인처럼 진작에 정신을 놓아 버린 걸까. 그가 오만한 폼으로 그런 의아심을 더듬는 찰라였다.

갑자기 눈이 부시어 그는 쩔쩔매었다. 강렬한 불빛이 그의 얼굴을 비춰 온 때문이었다. 추리영화의 도망자처럼 그는 그 영문 모를 불빛의 덫에서 벗어날 수가 없었다. 그가 움직이는 대로 불빛은 따라붙었다. 요것이 또 무슨 장난질일까 싶어 한바탕 호탕하게 웃어보려다가, 체면도 지키고 싶고 상대의 마음을 어루만져 주려는 여유도 생기어, 오히려 점잖게 미소를 흘려 보였다. 그러자 불빛은 그의 얼굴에서 거두어졌다.

방 안은 어둠뿐이었다. 그것으로 끝난 줄 알았다. 다시 방바닥을 혼란스럽게 맴돌던 불빛이 또 하나의 다른 얼굴에 고정되었다. 박석규는 경악했다. 그러나 배포가 두꺼운 그는 얼굴에까지 그 경악의 빛을 드러내진 않고 그 동그란 불빛 속의 세라 얼굴 위에 급히 자신의 얼굴을 포개었다. 세라의 얼굴은 노기에 지글지글 끓고 있었다. 그 노기를 뭉개는 방법은 이것밖에 없다는 생각에 그는 우악지게 세라를 끌어안았다. 이것이 진짜 세라인가 세진인가 그는 머리가 어지러워 왔다. 세진이 니가 또다시 나를 골탕을 먹여?

세라의 손에 들린 손전등이 방바닥으로 굴러 떨어졌다. 세라는 있는 힘을 다해 악을 썼다.

"네 검칙한 발목이 인제야 내 손 안에 잡혔다, 이 똥물에 튀할……."

그러나 그녀의 말소리는 하나도 입 밖으로 나가질 못했다. 박석규의 두툼한 입술이 경련하는 그녀의 그것을 완전 봉쇄한 때문이었다.

"한밤중에 처녀 방엔 왜 들어오냐? 이 날강도 놈아."

역시 세라의 말소리는 전혀 입 밖으로 나갈 수 없었다. 그녀는 드러누운 채 팔딱팔딱 뛰었다.

"백설공주 같은 내 어린 동생들을 그런 식으로 쪼가리 냈냐?"

분해서 그녀는 곧 숨이 넘어갈 듯 외쳐댔지만, 그 어느 한마디도 박석규에게 전달은 되지 못했다. 박석규는 또다시 세라의 몸을 탐했고, 세라는 단말마와 같은 몸부림으로 쾌락의 불가마에 떨어져 버린 거였다.

얼마가 지났을까……. 겨우 정신이 돌아오는 것 같은 기미를 느낄 때, 박석규의 말소리가 들려왔다.

"난, 당신이 이 방에 있는 걸 알았다구."

세라는 아무 말도 하지 않았다. 부엌 아줌마들에게 시골 다녀오마고 문단속 불단속 한바탕 타이르고 현관에서 더 나오지 못하도록 인사를 끝내고는 대문 밖으로 나가지 않고 소리 없이 집 뒤 비상문을 따 이 층 세진의 방으로 올라와 거기 놓인 화장품까지 바르고 누워 있었으니, 방에 불까지 밝히고……. 이상하게 생각한 경비가 고자질을 했는지도 모르고, 혹 부엌 아줌마들이 눈치를 챘는지도 모르지……. 그렇지만 체면상 일일이 말을 걸으려 다닌 수도 없는 노릇.

세라는 머리를 저었다. 굳이 그럴 필요조차 없다는 판단이었다.

이대로 유야무야 묻어 버리고도 싶었다. 박석규가 아무리 교묘하게 둘러대어도 아내인 그녀에게만큼은 절대 그것이 통할 수 없는 일이었다. 또한 남편에 대한 의혹을 그것으로 묻어버리는 것이 문제가 아니라, 금쪽같은 핏줄인 동생들의 안위와 연계되는 중차대한 일이라서 그렇게 단순할 수만은 없었다. 그 불쾌한 의혹은 그녀가 바라는 바대로 잠시 밀려났다가는 다시 거머리처럼 온몸으로 끈적끈적 달라붙어 왔다.

세라는 처음 그가 자신에게로 접근해 올 때, 몸을 떨고 있었다. 이보다 더 어마어마한 일이 어디 있는가. 아니기를 바라고, 결코 그런 일이란 있을 수 없고, 있지 않다고, 푸른 하늘을 두고 맹세하고 싶었던 그 해괴망측한 괴소문이 실제로 진행되어가고 있다는 사실에 그녀는 기함해 나자빠질 지경이었다. 이 층 계단을 오르는 발걸음소리가 다가올 때, 그것이 세진의 것이기를 그녀는 얼마나 바랐던가. 방문은 필요 이상으로 조심스럽게 열렸고, 불을 켜는 기척이 없는 것으로 세라는 절망의 사다리를 내려서며 입술을 깨물었다. 대문 안으로 들어선 차의 엔진소리가 멈춘 뒤에야, 면밀한 계산 아래 방 안의 전기 스위치를 내린 그녀였기에 중요한 동작을 놓칠 수는 없었다.

"아이구, 오기는 오는구나, 얼마나 걱정을 했는지, 원……."

차마 입술에 올리지는 않았지만 또 어디로 잡혀 들어간 건 아닌가 싶었던지, 강봉자 여사의 얼굴이 말할 수 없이 초췌해 보였다.

"죄송해요…… 어머니, 많이 기다리셨죠?"

순우가 강봉자 여사의 등을 다독이며 미안스러워했다.

"암, 기다리고 말고. 하지만 나는 어디 갔든지, 소재영 내외가 여태 기다리다 좀 전에야 나갔어, 어찌나 딱하던지……."

"들어오다가 만났어요."

"그래, 다행이구나."

잘된 일이라는 듯 고개를 끄덕이던 강봉자 여사가 명지 쪽으로 향하며 조심스럽게 말하는 거였다.

"애야, 시골 사부인께서 편찮으시다는 전화가 왔다……."

그 말을 듣는 순간, 명지는 세상이 모두 석고처럼 굳어지는 듯했다. 엄마마저 까마득하게 잊고 있었다니…… 구실은 좋았어. 시국의 압박에 엄마까지 끌어들여선 안 된다는, 그래서, 쉬쉬하고, 들킬까 봐 필요 이상의 신경을 쓰고, 깜짝깜짝 놀라고, 둘러대기 선수가 되어가다 보니, 통화도 드물어져 가고……. 엄마를 위한다는 것이 고작 그거였어……. 거대 공권력의 횡포에 대책 없이 전전긍긍하는 자신의 초라한 몰골에 새삼 좌절하며, 밤이 깊었지만 그녀는 허둥지둥 전화를 넣었다. 직접 받는 엄마의 목소리는 반가움 때문인지 뜻밖에 생기에 넘쳤다. 감기기가 있었지만 약 먹고 괜찮아졌다고, 엄마는 자신의 건강을 과시하려 애를 썼다. 공연히 쓸데없는 소리해서 바쁜 사람 걱정 끼친다고 사촌을 나무라기까지 했다.

"엄마, 좀 있다가 한번 내려갈게요."

"아니다, 난 괜찮어……. 한데, 요새, 요새…… 이서방이 테레비에 안 보인다고들…… 너 별일 없는 거지?"

"네, 괜찮아요."

언제나 웃어른 모시는 딸이라고 부담을 주지 않으려 늘 너그러운 엄마건만, 뜻밖의 질문에 당황했다. 하지만 딸을 철석같이 믿는 때문인지 대충 넘어가 주어 다행이다 싶었다. 하나, 늘 조마조마했던 터여서 마음이 놓이는 건 아니었다. 언제까지 이렇게 넘어갈 것인가. 그나저나 사촌 동생이 에스오에스를 보낸 것이 벌써 몇 번째인가. 한번 미구에 내려가 보기는 해야겠다고 마음을 먹었다. 그러나 급변하는 상황 속에서 자기나마 제 위치를 지키고 있어야 한다는 생각은 흔들리지 않았다. 남들은 피난까지 가는 판국에……. 거의 집 가까이 와서, 자기들을 기다리다 못해 돌아가는 소재영 부부를 버스 정류장까지 바래다 주면서 들은 이야기는 예사롭지 않았다.

"제수씨께 특별히 사죄를 드려야 하니까, 이대로 가시면 안 됩니다."

순우가 소재영의 아내에게 미안해서 쩔쩔매는 시늉을 하자,

"야, 사죄를 하려면 제대로 해라. 제수씨라니? 형수님더러…… 안 그렇습니까? 제수씨."

소재영이 시원스럽게 껄껄 웃으며 명지를 바라보았다.

제수씨, 형수님 타령은 그들이 재미삼아 터트리는 익살이지만, 통금이 다가오는 촉박한 시간임에도 여전히 유효했다. 그들은 아주 한가한 사람들인 듯 한바탕 웃을 수 있었다.

"어디 좀 들어가자."

불이 환하게 번져 나오는 포장마차 쪽으로 순우가 이끌자 소재

영이 버티며 말했다.

"나도 그러고 싶다만, 오늘은 얼굴 보러 왔거든, 허탕 안 치고 이렇게 만났으니까 됐어."

소재영의 말끝에 그의 아내가 덧붙였다.

"내일 일찍 출발을 해야 하니까요."

순우가 놀라며 물었다.

"출발이라뇨?"

빙그레 소재영이 웃으며 대답했다.

"입산."

"무슨 소리야? 시원하게 말을 해."

"실은 그 보고를 하려고 온 거야, 그래서 꼭 만나야겠다는 생각에 이 시간까지 기다렸고…… 다름이 아니고, 시골 아버지 성화 때문에 생긴 일이야. 아버지가 아흔이 넘으셨잖아? 노파심이시지. 평생직장인 줄 알았던 회사에서 모가지가 뎅겅 달아나는 꼴을 보고 있자니 안 되겠거든. 기관장까진 하신 분인데…… 저, 머나먼 남쪽, 깊은 산 속에 암자 하나를 보아 놓으셨다고, 성화시다, 성화…… 가서, 푹 좀 쉬라시는데, 의중은 뻔해. 당신의 잘난 아들 행여 다칠까 봐서…… 이기 말이나 되는 소리냐구. 팔월회 총무 맡은 놈이 제 일신 하나 보호하자고, 혼자서 깊은 산중에 들어가다니, 죄송한 일이지. 팔월회도 인제 이쯤이면 슬슬 움직이기 시작해야 한다고 보는데, 이 캄캄한 어둠을 물리치는 인에 선봉장이 되어야 할 거 아냐? 내가 말을 안 들으면 노인네 생병 나실 것 같으니까, 말막음으로 한 일 주일, 길면 열흘 정도 있다

오려고 해. 그 동안에 내외분 꼭 한 번 왕림하십시오. 팔월회 구상
도 함께 할 겸……. 이건 정말 무슨 유배를 떠나는 기분야, 내
맘 알지?"

"으음."

"꼭 와. 그러지 말고 아예 너도 나랑 함께 가면 어떨까? 사실
그런데 가서 정양을 해야 할 사람은 내가 아니고 너야."

"아버님께서 널 멀리 보내시려는 의중을 파악 못했군. 바로 네
주변의 나 같은 요주의인물 때문일 텐데."

"당치도 않은 소리."

소재영이 일구월심인 팔월회란 얼마 전에 대량 강제해직된 언
론인 조직체였다. 그 엄청난 사건이 팔월에 일어났다 하여 붙인
이름이었다. 그 모임이 아직도 해직의 충격을 벗어나지 못했을
뿐만 아니라, 강압적 시국에 눌리어 친목단체로만 머물러 있는
걸 그들은 안타까워했다. 불안한 시국의 위협을 몸으로 감지하는
사람들은 누구나 자기 가족, 자기 자식들만이라도 안전한 곳으로
대피시키고 싶었을 터였다. 그러나 그 안전한 곳이 어디인지, 그
것이 문제였다.

명지는 소재영이 부러웠다. 그토록 반강제다시피 염려해 주는
보호자가 있고 또 안전한 피난처가 있다는 사실이. 사찰자가 따라
붙어 있는 순우의 경우 안전한 피난처가 도대체 어디일까. 그 어
느 곳으로 대피한들 무소불위의 감시망을 벗어날 수는 없을 터,
일단 블랙리스트의 족쇄에 엮인 이상. 친구가 간다는 소재지조차
묻지 않는 것이 배려라고 하는 순우의 말을 들으며 명지는 힘이

빠져 아무 대꾸도 하지 않았다.

그날의 산책은 시작부터가 늦은 감이 없지 않았다. 외출에서 돌아온 순우가 이상하게 밥그릇이 줄지 않더니, 그예 절반이 넘게 남은 상태에서 수저를 놓아버리는 거였다. 안절부절, 이 방에 가서 멍하니 서 있다가, 저 방으로 가 한숨을 토하고 하던 그가 휑하니 캄캄한 밖으로 나가는 기척이어서 개수대에 손을 담그고 있던 명지가 설거지도 버려둔 채 따라나선 길이었다. 평소의 산책 코스를 다 제치고 순우는 그냥 대로변을 허청허청 걸어 나갔다. 지나가는 차들도 뜸해진 시각이어선지 주위는 고요했다. 가로등에서 멀리 벗어난 유난히 어둠이 더 짙게 서리어 으스스한 감이 도는 텅빈 공사장 앞에서 주춤거리던 순우가 발길을 멈추며 말했다.

"사실은 아까 시내에서 들어오다가 여기서 그 기자를 만났어."

"그 기자라니, 누구?"

아슬아슬하게 허공에 걸려 있는 가설 사다리만을 올려다보며 한동안 대답을 못하던 순우가 뱉어낸 발음은 끈적했다.

"은형렬."

"어마, 어떻게 지낸대요?"

"녀석이 글쎄, 벽돌장을 지구…… 저, 저 위험천만한 사다리를 비틀비틀 올라가고 있더라구……."

"저런…… 사서 고생을 하네, 공연히 자진사표를 던져 가지고……."

말이 끝날 새도 없이 명지는 손으로 얼굴을 감싸며 휘청 뒤로 물러나야만 했다. 그녀는 자신의 귀싸대기가 떨어져 나가는 줄만 알았다. 순우가 가설 사다리를 올려 치며 악을 쓴 때문이었다.

"무슨 말을 그렇게 하나?"

그녀는 잠자코 고개를 떨구었다. 내내 눈에 핏발이 가실 새가 없는 순우지만 전에 없이 더 벌겋게 충혈된 이유가 바로 거기에 있었구나 싶었다. 외출에서 들어서는 모습이 피로 정도가 아니라 많이 헝클어져 보였던 것이다.

은형렬은 이른바 신군부의 언론대책반에서 작성한 대대적인 언론인 강제해직 리스트에 포함되어 있지 않았다. 많은 선후배와 동료들이 부당하게 숙청되어 떠나는 걸 보고 그 울분을 도저히 참을 수 없어 희생자들과 운명을 같이 하겠다는 결심으로 동조사퇴를 한 경우였다. 엄혹한 시대에 식솔을 거느린 가장으로 그의 행동은 예사롭지 않은 거사 차원으로 조심스럽게 회자되었다. 그렇다고 해도, 안쓰런 마음에 터져버린 울분이었건만 그토록 벌컥 화를 내다니, 마치 어떤 성역에 먹칠이라도 한 것 같은 반응이었다. 짓밟힌 정의와 자유를 위해, 무자비하게 돌아가는 시국의 칼날을 자진해서 받은 은형렬의 거사는 의로운 순교 차원임에 틀림없었다. 강제해직이라는 시대의 단두대에서 이슬로 사라진 희생자들의 처지에서 볼 때 그 순교의 성역에 시선이나마 자칫 비면하게 던지는 일은 용납될 수 없는 짓거리라고 여겨지긴 했다.

순우가 그렇게까지 예민한 반응을 보인 적이 여태 없었던 일이어서 충격을 받은 명지는 조심스럽게 사과했다.

"미안해, 생각이 깊지 못해서, 그만……."

"나도 마찬가지지, 큰소리를 낸 건 백 번 옳지 못해……. 은기자 부인이 병까지 얻었다는데……."

두 사람은 그 길로 꽤 먼 거리에 있는 은형렬 기자의 집으로 직행했다. 꽃을 보면 마음의 병이 절반은 낫는다고 한 시구가 생각나서, 꽃을 한아름 안고. 하나, 무력증의 시초라는 은형렬 기자의 부인에겐 꽃 정도로 반응을 보일 상황이 아니었다. 아이가 학교 준비물을 챙긴다고 징징거리며 헤매도 그의 아내는 세상사에서 아주 멀리 달아나 버린 듯 심드렁한 표정으로 의자에 기대 앉아 있었다. 앉아 있다기보다는 그냥 의자에 실려 있는 모습이랄까. 은형렬이 차를 끓이겠다며 주방으로 들어가는 걸 만류하고 두 사람은 떨어지지 않는 발길을 돌리었다. 밖으로 나오자 명지는 순우에게 말했다.

"당신은 무슨 일이 있더라도 방황하지 마. 행여…… 누가 말했더라? 권력에 대항하는 투쟁은 망각을 거스르는 기억과의 투쟁이라고……. 얼마 지나지 않아서 사람들은 이 시대의 고통을 말끔히 잊어버릴 테니까. 기록을 남긴다는 것이 그래서 무서운 거라고 생각해. 이 시국이 누구나 할 수 없는 경험으로 당신을 몰지. 그걸 한 번 잘 정리하는 작업이 당신 몫이라고 보는데……."

"나도 심문 받을 때, 그 결심 하나는 굳혔었지……. 그것만이 내가 가질 수 있는 희망이었으니까……."

그런 가슴 절인 일이 있은 직후여서, 소재영의 입산 소식은 두 사람에게 더욱 충격으로 와 닿았다.

16. 지구상의 모든 금을 합친 것보다 더 귀한 것

　올해 들어 벌써 몇 번짼지 큰집에 가서 잘 쉬다가(연행되어 조사받고 온 걸 가리켜 즐겨 쓰는 본인의 표현) 얼마 전에야 돌아와, 신자들이 염려스런 표정으로 인사를 할라치면, 큰집 식구들하고도 익숙해져서 이제 그만 걱정 놓으셔도 된다고 야윈 얼굴에 주름을 가득 담아 부드러운 미소로 건재를 과시하는 주임신부가 성가대 연습실의 문을 열고,

　"누구 나 따라 나설 사람?"

해서, 회의중이었음에도 서넛이 무작정 나선 여행길이었다. 은애도 자기가 빠지면 큰일이라도 날 것처럼 결사로 끼었다.

　"어디 가세요?"

　모조리 한마디씩 물으면 그만 해도 서너 마디나 되련만 주임신

부는 웃기만 했다. 하물며,

"무슨 일로 가세요?"

하는 질문에는 더더구나 대꾸를 안 했다. 여전히 미소만 지을 뿐.

성직자를 하느님이라고 누가 말했던가. 아무리 생각해도 어디서 들었는지는 떠오르지 않았다. 전혀 그런 말을 구체적으로 들은 기억은 없었다. 그러나 신자들은 수단을 입은 성직자를 만나면 하느님을 만난 듯 반겼다. 노소를 막론하고 성직자에 대한 신뢰는 거의 무조건적이었다. 하물며 이 나라의 정의와 평화를 위해 몸을 내놓은 성직자에 대해서야 더 무슨 말이 필요할까. 물론 그와 반대의 성분을 가진 신자들도 많지만, 나이가 젊을수록, 교육 수준이 높을수록 그에 대한 지지도는 더 긍정적이었다. 유신독재시절부터 불의한 권력에 저항해 콩밥을 다반사로 먹어온 때문인지, 수사 당국의 연행이 빈번해질수록, 감옥행이 늘어날수록 그의 눈빛은 더욱 깊어져갔다. 가난한 사람, 고통 속에 있는 사람 곁에는 언제나 그가 있었다.

"어떡해? 우리 몽땅 멍텅구리배 타는 거 아냐?"

기어이 정답을 들으려 떼를 쓰다 지친 그녀들이 마지막으로 뱉은 말이었다.

그제서야 주임신부는 반색을 하며 대꾸했다.

"맞다, 바로 그거야."

일부러 공포에 떠는 시늉을 하며 그녀들은 엄살을 부려댔다. 마냥 즐거운 기색으로.

열차가 멎었다. 이리역이었다. 주임신부가 곧바로 찾은 곳은 한 작은 교회였다. 역에서 꽤 멀리 떨어진 변두리였다. 볼품없는 대규모 건물들이 아무렇게나 두서없이 들어서 있는 급조된 공장 밀집 지역이었다. 교회도 허술한 가건물로 보였다. 일행이 도착하자마자 미사가 시작되었다. 미사는 곧바로 투사 선서식과 이어졌다. 은애네 본당 주임신부도 어느새 제의를 입고 제대 위에서 현지의 청년 신부와 전례를 공동 집전하고 있었다.

"조셉 카르덴은 말했습니다. 노동자 한 사람은 지구상의 모든 금을 합친 것보다 더 귀하다고……. 노동은 사람이 살아가기 위해, 더 행복하게 살기 위해, 절대적으로 필요합니다. 노동을 통해 사람들은 서로 봉사하고 가까워지며 더욱 인간다워지는 것입니다. 그러나 현실은 노동자들에게 노동의 가치를 인정하기 이전에 노동이란 힘들고 지겨운 것, 못 배우고 가난한 사람들이 마지못해 하는 것, 뼈 빠지게 일해야 남는 것은 없고 뚱뚱보 사장만 더 살찌우는 거라는 인식이 우선합니다. …… 최근에 임금과 작업환경이 조금씩이나마 개선되어 가고 다소 인격적 배려가 보이기 시작한 것도 가진 사람들의 자발적 의사가 아니라 노동자들의 투쟁에 의해 얻은 것입니다. 혁명은 자기 자신에서부터 시작되어야 합니다. 성실하고 진실된 사람 하나가 큰 힘이라고 했습니다. 한 사람의 변화는 그 사회 전체의 변화를 가져올 수 있기 때문입니다……."

노동사목에 전심전력하고 있다는 현지 신부의 강론은 열띠고도 패기에 찬 것이었다. 사람들 사이에 끼어 앉은 은애는 주임신부가 자기들을 이곳까지 데리고 온 뜻을 짐작할 것 같았다. 그의 눈에 비친 교회 안에서의 자기들 모습은 아무 불편도 고민도 없는 중산

층의 철부지 계집애들 정도였을 테니까. 같은 시대를 살아가고 있는 비슷한 또래의 젊은이들이 현실을 타개하기 위해 어떻게 대처하고 있는가를 보여주고 싶었을 거였다.

노동현장의 최전선에서 뛰게 될 투사(지도자)를 일정 기간 양성하여 노동계 깊숙이 파견하기 위한 의식은 진지하고도 열정적이며 엄숙하게 진행되어 갔다. 소수 정예로서 새로 탄생되는 오늘의 주인공 투사는 단 다섯 명이었다. 투사선서 낭독은 교회 건물이 쩌렁쩌렁 울릴 만큼 다섯 사람의 목소리라고는 믿어지지 않게 힘찼다. 신부들이 투사 한 사람 한 사람의 머리에 손을 얹어 강복을 하고 지침서를 건네받고 하는 동안 복사와 봉사자들이 의식을 위해 일사불란하게 움직이고 있었는데, 그들이 알게 모르게 향하곤 하는 쪽에 은애의 시선이 절로 따라갔다. 수녀들 사이에 끼어 앉은 평복의 뒷모습이 꽂혀왔다.

"어쩌면 저렇게 같을까?"

자기도 모르게 튀어나온 말이었다. 꿈속에서도 애타게 부르짖곤 하던 바로 그 인물이라고 확신하는 순간 은애는 대상에서 시선을 떼었다. 가슴이 두근거려서 무엇부터 어떻게 해야 할지 판단이 서지 않았다. 앞으로 뛰쳐나가려고 걸상에 붙인 궁둥이가 들썩이기까지 했다. 투사선서식이 끝날 때까지 기다려야 한다고 자신을 자제하며, 얼마 남지 않은 그 시간에 대한 초조함을 느끼기에 앞서 반사적으로 불안감이 전류처럼 몸을 조여 왔다

그녀는 떨리는 시선으로 주위를 살폈다. 남의 눈에 띄지 않으려 걸상 밑으로 내려와 조심스럽게 뒤를 돌아보았을 때, 맨 뒤 다소

무질서하게 서 있는 무리 속에 교회와 어울리지도 않게, 대합실에서나 볼 수 있는 자세의 인간이 은애의 시선에 걸리어 왔다. 그는 어디에서나 그렇듯 접은 신문이나마 의지해 자신을 은폐하려는 속성을 드러내고 있었다. 도대체 저 치가 노리는 건? 한눈을 파는 듯한 위장 아래, 탁 채어 나꿔 채려는 사냥 직전의 독수리처럼 그의 시선은 언제나 섬뜩했다.

이번 여행에서는 주임신부에게 의지하는 심리 때문이기도 했지만, 평소와 달리 교회 안의 부담 없는 움직임이라는 생각 탓에 은애는 보안에 대한 신경을 전혀 쓰지 않았고 오히려 어떤 의미의 해방감마저 느끼며 즐거워하지 않았던가. 용무도 목적지도 주임신부는 아예 말하지 않아, 은애들은 그것이 더 흥미로워 킬킬거리며 유쾌해 했다. 그간의 정황으로 비추어볼 때, 이 남녘 멀리까지 붙어온 저 짭새는 감히 자신이 달고 온 꼬리라고는 생각할 수 없고, 주임신부가 원체 거물급이니까……

그녀는 그쯤에서 추측을 중단했다. 손가방에서 메모지와 연필을 꺼냈다. 손이 후들거려 왔다. 무릎 위에서 불안정한 손놀림으로 그녀는 몇 자를 간신히 적어 내려갔다. 식순은 거의 마지막으로 넘어갔는지 모두들 기립하라는 사회자의 말소리가 들려왔다. 마침 기회가 적절하다는 생각에 은애는 함께 온 친구 편에 메모지를 전했다. 그러고 나서 그녀는 성호를 그었다. 장내에는 우렁찬 노래가 울려 퍼지기 시작했다.

그리운 내 고향 내 부모 떠난 지 언제더냐.

그 하세월에 묻혀 살아온 이 몸은 노동자로다.

　노래가 끝나 자리에 앉았을 때, 수녀들 사이의, 유달리 목이 길어 뒤에서도 눈에 띄던 그 평복의 모습은 사라져 있었다. 고개를 떨구고 있는 은애의 손등으로 눈물이 떨어져 내렸다. 축하 다과회는 바로 옆방에서 벌어졌다. 길게 늘여 이어 놓은 테이블 위에는 과자 접시와 떡, 그리고 음료수 병들이 소박하게 놓여 있었다. 신자들과 인근 공장 지대의 노동자들, 그리고 노동청년회 회원들이 대부분인 축하객들은 음료수를 서로서로 부어 주고 부어 받으며 웃음과 환호의 잔잔한 물결을 일으키고 있었다. 투사선서를 받은 오늘의 주인공들은 꽃다발을 가슴에 안은 채 연이은 악수와 기념 촬영으로 상기된 모습들이었다.

　주임신부 주변에서 함께 온 친구들과 이야기를 나누면서도 은애의 시선은 짭새의 위치를 확인하는 거였다. 어디에서도 짭새의 모습이 눈에 띄지 않자 그녀의 가슴은 조마조마했다. 어디로 피신했을까, 혹시 짭새가 그 뒤를 쫓는 건 아닐까, 내내 은애는 그런 생각들로 긴장했다. 많은 친구와 선후배들이 가장 바람직한, 거의 유일한 삶의 통로로 인지되어, 죽기 살기로 기를 쓰고 어렵게 입문한 학업을 헌신짝처럼 집어던지고 투신해 들어간 노동현장의 편모를 접하게 된 그 분위기 속에서 짭새 정도는 사실 하찮게 보였다. 이 어두운 시대를 밝혀나갈 희망이 그곳에 있다고, 자신들의 모든 것을 내팽개치고 인간의 존엄이 밑바닥까지 유린되어, 생존권까지 박탈당하고 있다는 산업현장으로 천사들처럼 날아 들어간 그 많은 젊음들의 움직임을 한 조각이라도 만나게 되었다는 사실이 은애는 너무도 소중하게 여겨졌다.

능동적이며 적극적이고 공격적인 그 숱한 젊은 천사들의 작용으로 해서 대책 없이 캄캄하고 바윗돌처럼 요지부동이었던 노동 현장이 발효가 시작되는 술항아리처럼 미세하게나마 구체적으로 확실한 변화의 움직임이 일어나고 있다는 사실을 몸소 목격하며 은애는 가슴이 설레었다. 역시 주임신부를 따라 나서길 잘했다고 그녀는 생각했다. 그에 대해서는 이미 널리 알려진 바대로 깊은 신뢰를 갖고 있었으나 구체적인 활동현장에 동참하면서 그에 대한 존경심이 더 확고해지는 거였다. 은애가 집에는 한마디 말도 없이 어느 날 문득 교회에 발을 들여놓게 된 것도 그에 대한 자력의 영향이 컸다.

은애 일행은 주임신부를 졸졸 따라다니다가 막 사제관 손님방에 들었을 때였다. 부리나케 달려온 식복사가 방문을 열고 급하게 말했다.

"이은애 씨요, 전화 받아보시지라우, 공중전화라는디……"

투박한 사투리를 듣자마자 은애는 뛰었다. 나이 지긋한 아주머니인 식복사도 숨을 헐떡거리며 거실의 전화기를 손가락으로 가리켰다.

"여보세요."

"은애냐?"

예상대로 인재경이었다.

"언니, 잘 있는 거야?"

은애의 목소리는 떨렸다.

"걱정 마, 난 벌써 그 도시를 멀리 벗어났어."

"보고 싶어."

"나도."

"언니, 장하다, 존경해."

설움이 복받쳐서 은애는 눈물을 줄줄 흘렸다.

"너 여기로 올 수 있을까?"

"자신 없어. 마음 같아선 땅 끝이라도 달려가겠지만, 혹시라도 꼬리를 붙이게 되는 날엔……."

"안타깝다."

"미안해. 잘 있는 언니를 또다시 나그네로 몰았으니……."

"어차피 떠날 때라고 생각하고 있던 중야. 잘 있다는 말이 무어겠니? 들치근해졌다는 거지. 그래선 안 되니까…… 오늘 선서식을 한 투사들은 그 동안 내가 다 뽑아온 사람들이야."

"어디서?"

"각 공장에서지. 밥만 먹으면 공장 문 앞에 가서 마냥 지키고 있는 것이 나의 일과였단다. 좋은 재목을 만나기란 모래사장에서 바늘을 찾는 격이랄까 일 주일도 좋고, 이 주일도 좋고, 한 날도…… 두 달도……, 그렇게 모은 사람들을 집중적으로 훈련을 시켰어."

"언니가 직접?"

"물론 내가 직접 하지만, 혼자는 아니지, 인제 또 다시 혼자가 되었지만."

"언니 힘내!"

"헤헤헤, 인제 동전이 얼마 없다, 곧 끊어질거야."

"언니, 언니……."

은애는 그 자리에 하염없이 엎어져 있었다. 노동현장의 투사로 맹렬히 뛰고 있는 인재경의 활동상황과 맞닥뜨리면서 자신은 온실 속 식물에 지나지 않는다는 자각에 은애는 부끄러움과 함께 가슴이 찢어지는 아픔을 느꼈다.

해산 예정일이 임박해 오면서 세인은 멍하니 넋을 놓고 있을 때가 많아졌다. 도대체 어떻게 생긴 아이가 나올까. 누구의 자식일까……. 아무리 배란일을 계산해 보아도 확신이 서지 않아 예측을 불허하는 일이었다.

두 번 다시 현관문을 열어주어선 안된다고 혀를 깨물다시피 결심을 해놓은 자기였지만 자신도 모르게 어느새 문고리를 벗긴 뒤에야 후회를 할 뿐이 아니던가. 그 동안 살아온 삶의 무게가 아무리 버거웠기로 너무한 것이 아니냐고 스스로 자책을 하며 울어보아도 가닥이 날 문제가 아니었다. 이렇게든, 저렇게든 박석규를 감당하기엔 세인은 너무도 여리었다. 토악질이 시작되었을 때 자기 자신도 임신이리라고는 미처 생각을 못하고 있었는데, 남편 한동수가 먼저 알아채고 하도 좋아하는 통에 중절이라는 건 감히 엄두도 못낸 처지였다.

죄 받을 일이지만 차라리 이번 아이를 깨끗이 지워 없앴더라면 이런 시름은 떼어 버릴 수가 있었을 텐데……. 하나, 한 생명을 자신의 체내에서 감히 살상할 만큼 독종도 못 되는 주제가 아닌가. 그동안 박석규와의 관계에서는 한 번도 임신을 한 적이 없었다는 사실이 어렴풋이나마 그녀에게 설마 하는 요행수를 부여잡게 했다. 얼굴에는 기미가 검게 슬고 몸이 하도 무거워 움직이기가 힘든 상태에서 세인은 그런 께름칙한 생각으로 불쾌감에 짓눌려 지내고 있었다. 뱃속의 아이는 자신의 이런 궂은 속내를 다 알아채고 있을 거라는 생각을 하면 그 또한 참을 수 없는 죄책감에 견디기 힘들었다.

하루하루 다가오는 해산 예정일을 그렇게 버겁게 보내고 있는 동안에 그래도 이민 수속이 잘 풀리어 세인에게 그나마 위로를 주었다. 눈치 없는 한동수는 살기 편하겠다, 처덕에 승진까지 빠르고 보니, 이민이란 무슨 뚱딴지같은 소리냐고 먹혀들지 않았었다. 이가 들어가지 않는 한동수를 설득하기까지는 세인의 끈질긴 노력이 주효했다고 할까. 한동수가 아내 세인을 너무너무 사랑한 나머지라고 할까.

어쨌거나 한동수가 승낙을 하기까지는 온갖 감언이설이 세인의 입술을 숱하게 오르내린 뒤였다. 우리나라에 비하면 오염이 안 되어 공기가 맑고, 인구 밀도도 엄청 낮은 데다 황금 모래가 있는 해안을 비롯해 말할 수 없이 아름다운 대자연으로 해서 정서가 순화되어 국민성이 더할 나위 없이 밝고 너그러우며 사근사근하다더라는 등, 사회복지제도가 잘 되어 노후에는 국가에서 다 살려 주는네, 심지어 시장까지도 보아다 냉장고에 쟁여주고, 예쁜 간호사들이 출장방문하여 깜빡 잊고 안 먹을까 봐 직접 약도 먹여주고, 목욕까지 손수 시켜 주는 곳이 이 지상에 또 어디 있겠냐는 둥, 핵전쟁이 나서 지구가 멸망하게 되더라도 마지막까지 살아남을 곳은 오직 그곳뿐이라고 들었다는 둥…… 그런 식으로 세인은 눈만 뜨면 남편 한동수를 구워삶았다.

"그렇게도 거기가 가고 싶어?"

마지막으로 한동수는 애정이 그득한 눈으로 그녀를 향해 넌지시 확인했다.

"이 나라에서 인생의 절반 가까이 살아봤으니 나머지는 더 좋다는 곳에 가서 더 행복하게 살아보고 싶어서예요. 나 하나 좋자고 그러는 거 아녜요, 후대의 우리 자식들에게도 더 밝게 잘 되어가는 나라를 물려주고 싶어서죠."

세인이 지리멸렬하게 늘어놓는 말에 드디어 결심을 한 한동수는 호주에 사는 누님에게 편지를 띄운 모양이었다. 우애가 좋은 누님은 그러지 않아도 외롭던 차에 동생이 온다니 쌍수로 환영한다는 내용과 초청장을 동봉해 보냈다. 요지부동으로 움직이지 않던 한동수가 마음을 바꾼 건 아내가 진정으로 바라고 있다는 사실이고, 또 핵전쟁하에서도 마지막까지 남아 있을 땅이라는 말이 주효한 듯싶었다. 어쨌거나 세인은 새 천지를, 그것도 모든 점에서 협소한 우리보다는 나을 거라고 기대되는 새로운 대륙을 밟아보게 된다는 사실에 눈물까지 질금거렸다. 그 모두가 너무나 과분했다.

그러나 뭐니 뭐니 해도 그건 다 구실이고 그녀가 바라는 건 오직 한 가지, 박석규만 따라오지 못할 곳이면 그 어디라도, 사막

한복판이든 얼음굴 속이든 달게 감수할 수 있다는 결심이 아니었던가. 몸도 마음도 가녀린 그녀였지만 어떻게든 잘못 밟은 수렁에서 빠져 나가야 된다는 일념만큼은 늘 가슴속에 움켜쥐고 있었다. 그건 그녀가 삶을 유지하고 있는 이유 같은 거였다. 박석규로 해서 그녀가 지나치게 일찍 알아 버린 삶의 이면은 너무도 추악하고 몰염치하고 잔인무도한 충격 그 자체였다.

가출? 자살? 여리디 여린 그녀는 그 두 단어의 유혹을 뿌리치기에만도 무지 힘들었다. 행동으로 옮길 결심만도 그 몇 번이던가……. 그러나 행동 직전에 그 결심은 번번이 무산되어졌다. 자기 같은 인생은 한시바삐 세상을 마감해야 한다는 생각에 독한 마음먹고 지하실에 내려가 솜털 보스스한 가느단 목에 새끼줄을 걸었으나 그냥 엎드려져 자지러지게 울고 걸어 나와야 했다. 저승으로 가는 문턱쯤에서 세인은 되돌아 나온 셈이었다. 세라와 세진의 얼굴이 밟혀서 나이 어린 그녀는 도저히 그 문턱을 넘어갈 수가 없었다. 자기가 그리 되면 세라와 세진이 꼭 자기 뒤를 따라 차례로 저승 문턱을 넘을 것만 같았던 때문이었다. 더 좋은 나라로 이민을 간다는 데야, 당장 눈앞에서 벗어나는 건 서운하겠지만 평생 씻을 수 없는 상처가 되진 않을 터. 그래도 어찌 될지도 모르면서 미리 서운함을 줄까 봐 수속이 완결될 때까지 이민이라는 말을 형제들에게는 내비치지 않기로 하고 있었다.

세인의 출산 기미는 이민 비자를 받은 바로 그 다음날에 왔다. 예정일보다 훨씬 앞당겨진 셈이었다. 비자를 받고 너무 기뻐 무거운 몸임에도 팔짝팔짝 뛴 때문인지도 모른다는 걱정도 되었다.

기분만 팔짝팔짝 뛴 것이지 발바닥이 땅에서 아주 떨어질 수는 없었지만. 아침에 일어나자부터 뱃살이 팽팽하게 조여오는 것이 심상치가 않았다. 그 정도는 그 동안 대사관 출입이 힘에 부쳐 그렇거니 했다. 남편 한동수가 출근을 하고 나자 그 길로 배에 진통이 오며 어금니가 자기도 모르게 꽉꽉 깨물어지는 거였다. 어서 병원으로 가보아야겠다는 생각에 그녀는 서둘러 준비를 했다. 서두른 대야 마음뿐이지 몸은 말을 듣지 않았다. 전화가 극성 맞게 울려댔지만 절대로 날렵하게 달려가 받을 수가 없었다.

간헐적으로 오는 진통을 참으며 두어 걸음 뒤척이는 동안 전화 소리는 끊어졌다. 세인은 간신히 옷을 갈아입고 현관 쪽으로 나가려는데 또다시 전화가 울리기 시작했다. ……다섯, 여섯, 일곱. 전화 소리는 결코 포기하지 않을 모양이었다.

"세인아."

"……."

"왜 전활 그렇게 못 받니?"

"음……."

"너, 어디 안 좋구나."

"……."

"배 아프냐?"

"……음."

"너 꼼짝 말고 있어라, 내 곧장 갈 테니까……."

세라의 음성은 다급해져 있었다. 그 음성으로 미루어 신발을 거꾸로 신고라도 곧장 달려올 것이 분명했다. 그러나 세인은 달갑지가 않았다. 조용히 혼자 병원에 들어가 몸을 풀고 싶은 것이 그녀의 평소 바람이었다. 하나 세라는 그녀가 오지 말라는 말을 할 새도 주지 않았다. 얼마 있지 않아 현관의 초인종이 울릴 것이다. 세인은 쫓기는 심정이었다. 전화를 받은 것이 후회되었다. 걸려오는 전화를 받지 않는다는 것은 그녀로서는 한 번도 상상해 본 적이 없는 일이었다.

혼자서, 쥐도 새도 모르게, 결코 눈치도, 낌새도, 감도 잡히지 않게 가늠하며 풀어내 보려던 계획이 제대로 맞아 떨어져 줄 것 같지가 않았다. 계획이라니…… 감히…… 무작정 뭉뚱그려진 생각일 뿐. 그 결코 풀려서는 안 되는, 꼭꼭 싸고 싼 보자기를 끝내 감당하지 못하고 스르르 놓아 버리고 말 것 같은 조짐…… 보석보다 더 단단하게 뭉뚱그려진 줄 알았던 자기만의 그 흉물스런 생각이 보자기와 동시에 펼쳐지며 시뻘건 피가 되어, 세라, 세진, 한동수의 열 손가락에, 가슴에, 얼굴에 흩뿌려지는 풍비박산…….

세인은 부들부들 떨고 있었다. 그녀는 손을 놓고 그만 눈을 감아 버렸다. 핵폭탄 같은 것이 몸을 관통하는 기억에 그녀는 소스라쳐 눈을 떴다. 어떻게 해도 스스로의 능력으로는 엉망진창으로 엉켜버린 실마리를 풀어낼 길이 없다는 판단이었다. 풀어내려 들면 더욱 엉켜들기만 할 뿐. 때문에 그 모두를 끊어내려는 결연한 의지로 이 땅을 떠나려는 거였다. 어디를 간들 그 거듭된 불치의 피폭을 씻을 수야 있을까만.

이민. 그것은 그녀에겐 어쨌거나 새로 태어나는 삶의 의미였다. 새 삶의 싹을 틔워 낼 미지의 대륙에 상륙하기까지 조금만 더 참고 슬기롭게 대처하라고 자신을 독려해 오지 않았던가.

세인은 세라를 기다리지 않고 가까스로 힘을 내어 준비해 놓은 해산 가방을 끌고 도망치듯 집을 벗어났다. 겨우 택시를 잡아 탄 세인은 배가 점점 더 참을 수 없게 아파 와 아무 생각할 겨를 없이 운전기사에게 다니던 단골 병원의 이름을 대 주었다. 그 병원을 잘 알고 있는 세라는 곧바로 찾아 들어서며 말했다.

"애두, 참. 조금만 더 기다릴 것이지."

세라를 보는 순간 세인은 아차 싶었으나 이미 때는 늦은 뒤였다.

"미안해, 너무 힘들어서……."

모로 누워 어금니를 사려 물고 있던 세인이 세라의 손을 잡으며 변명을 했다. 아무 곳이나 가까이 있는 병원으로 들어간다는 것이 죽을 것만 같은 공포감에 그만 정신이 헷갈렸던 모양이었다. 까부러지는 세인을 들여다보며 세라가 큰소리로 말했다.

"세인아. 한서방을 좀 생각하면서 힘을 줘 봐라, 그러면 좀 수월해질 테니……."

세인은 비지땀을 흘리면서 고개를 끄덕였다. 그러나 그녀의 뇌리에 그 순간 떠오르는 건 남편 한동수가 아니라 박석규의 얼굴이었다. 제발 박석규의 아이가 아니기를 바라면서 그의 상판을 자신의 뇌리에서 있는 힘을 다해 밀어내며 세인은 악을 썼다.

그녀가 정신이 들었을 때 주위는 고요했다. 하도 고요해서 자신의 혈관으로 들어가는 링거액 떨어지는 소리가 들릴 것만 같았다. 곁에는 세라 혼자 넋을 잃은 모양새로 멍하니 앉아 있었다. 이인용 병실이라서 옆 침대에도 산모가 있었는데, 그녀도 몸을 푼 듯 깊은 잠에 빠져 있었다. 친정 어머니인 듯한 간병인도 지친 듯 긴 소파에 꼬부리고 누워 역시 눈을 감고 있었다. 그 풍경에서 세인은 무한한 평화와 축복을 느낄 수 있었다.

그러나 자신은 무언가. 눈을 뜨자 가장 먼저 다가오는 건 불안이 아닌가. 그리고 공포…… 세라의 옆모습이 심상치가 않았다. 기척을 느꼈던지 세라가 돌아보고 눈을 커다랗게 굴렸다. 그렇게 보아선지 그 표정은 무척 작위적으로 느껴졌다.

"어마, 너 깼났구나. 어쩜 그렇게 순산을 하니? 애는 쉽사리 나왔는데 에미는 기절을 했으니…… 쯧쯧쯧."

세라는 혀를 끌끌 차며 짐짓 안쓰러워하는 표정을 지었다.

"가여운 것 같으니, 원 그렇게까지 허약해서야……"

꽤나 마음을 졸였던지 세라의 궁시렁거리는 소리에,

"나 괜찮아, 언니……"

입술이 말라붙어 세인은 그 한마디를 겨우 밀어냈다. 입술보다 더 말라붙어 버린 마음도 그렇게 기를 써서 해결될 수만 있다면…… 세인은 가슴을 치고 싶었다. 두 발을 구르고도 싶었다. 아주 깨어나지 말았더라면…….

"아, 아까 한서방 다녀갔다, 회사가 바쁜가 보더라, 좀……. 또 올 테지, 불러줄까?"

세인은 머리를 저었다. 왜 아기에 관한 말은 하지 않을까. 심상치가 않았다. 역시 자기가 두려워하는 바 그 최악의 사태가 벌어지고 만 건가. 무엇보다, 그 무엇보다 가장 먼저 알고 싶고 또 당연히 그 말부터 나와야 하건만…… 예사로 지나가 주기는 이미 글러버린 모양이라고 세인은 짐작이 들었다. 예사로 지나가 주다니, 이게 어디 그럴 일인가…… 인류지경사, 경사 가운데에도 대경사라 할 새 생명의 탄생이 아닌가. 환호하고 끌어안고 열광해도 그 기쁨을 못다 할 텐데…… 그런 것들이 도대체 없질 않은가. 잘못되어도 한참 잘못되어 버린 모양이라고 생각하며 세인은 눈을 지그시 감았다.

계집앨까. 머슴앨까. 지금 이 마당엔 그런 거나 궁금해해야 되는 거 아닐까. 궁금해 하기 전에 산모가 정신을 차리자마자 그것부터 알려 줘야 하는 것이 순서일 텐데…… 산모가 정신을 차릴 때까지 기다릴 새도 없을 것이다. 끓어 넘치는 기쁨의 전파란 그 누구도 막을 수가 없을 테니까. 도대체 아기가 정상아이긴 한 건가. 살아 숨쉬기는 하는 건지…… 차라리 사산이라면 자기가 두려워하는 그 최악의 경우는 면하련만…….

거기까지 생각이 미친 세인은 몸을 움찔 틀며 진저리를 쳤다. 보이지 않는 지엄하신 분이 미간을 찌푸리며 진노하시는 듯 느낀 때문이었다. 하지만, 진정 그런 쪽으로 기울어져 주는 것도…… 나 하나만이 아니라, 걸리는 여러 사람을 도와주는 결과겠다 싶기도 했다.

모쪼록 갓 태어난 핏덩이일 때만이라도 이도저도 분별이 잘 안 되는 용모이기를…… 그런 막연한 요행수를 바라며 그럭저럭 산월을 채워 온 그녀였다. 입원실 문이 열리며 화사한 꽃바구니가 나타났다. 꽃바구니를 든 사람은 남자였다. 옆 산모의 남편인 듯 그는 이쪽에 가벼운 목례를 보내고는 평화와 축복 속에 깊이 파묻혀 잠자고 있는 모녀 쪽으로 다가가며 만면에 미소를 머금고 말하는 거였다.

"여보, 수고했어. 장모님 욕 많이 보셨죠?"

깊이 잠들어 세상의 평화와 축복을 그녀들만이 온통 누리고 있는 것처럼 보이던 모녀는 진작부터 깨어 있었던지 즉시 응수를 했다.

"자네, 애기 봤나?"

"그럼요, 눈 딱 맞추고 왔습니다, 아주 또릿또릿하데요."

"자기만 눈 딱 맞추고 오면 어떡해."

"아차, 여태 모자가 상면을 못했나 보네, 잠깐만……."

그는 이마라도 치는 듯한 소리를 내더니 곧바로 다시 밖으로 되나갔다.

세인은 남의 행복을 구경하는 것도 지겨운 노릇이라는 빛으로 그만 돌아누워 눈을 슬며시 감아 버렸다. 얼마가 지났을까……. 세라도 보이지 않고 혼자 썰렁하게 누워 있던 세인은 슬그머니 몸을 일으켜 앉았다. 옆 침대의 모녀는 넘쳐나는 기쁨을 주체 못하겠다는 듯 조잘거리며 떠드는 소리가 깨가 쏟아지는 것만 같았다.

링거액이 떨어지지 않도록 처치를 해 놓고 세인은 자신의 필혈관에 꽂혀 있는 주사 바늘을 단호하게 뽑아 버렸다. 간호사가 하는 걸 눈여겨보아 놨던 그녀는 마치 익숙한 솜씨 같았다. 세인은 일어나서 입원실 밖으로 나섰다. 마침 지나가는 간호사를 잡고 물어 긴 복도를 걸어 나가 그 끝에서 꺾어져 들어갔다. 링거액을 맞아서인지 우려했던 빈혈 증세는 없었다. 다소 다리가 후들거릴 뿐 열 달 만에 가벼워진 몸뚱이가 그녀는 신기하기만 했다. 신생아실 앞에 당도한 세인은 자기 이름을 대었다. 자기처럼 아기 면회를 온 가족들로 신생아실 앞은 북적거리고 있었다.

잠시 뒤 세인은 간호사에게서 아기를 받아 안았다. 그녀는 깜짝 놀라 그만 아기를 떨어뜨릴 뻔했다. 빨간 핏덩이일 뿐인 조막만한 아기가 어쩌면 이다지도 닮아서는 안 될 그 사람을 쏙 빼어 붕어빵이 되었단 말인가. 제일 우려했던 인중의 점까지……. 그 점은 박석규가 늘 북두칠성 점이라고 자랑해 마지않는 것이어서 모를 사람이 없을 텐데……. 석연치 않은 세라의 기색을 충분히 알만 했다. 박석규 슬하의 남편 한동수 역시 그걸 모른다면 그는 바보거나 그야말로 간첩이 될 터.

박석규는 그 남다른 일곱 개의 점으로 해서 선택받은 인물이며, 오늘의 자기가 있게 된 거라고 즐겨 과시를 해오지 않았던가. 실은 제대로 된 북두칠성도 못되었다. 펜으로 눌러 찍은 것 같은 작은 점이 인중에 세 개가 몰려 있는 걸 기화로 턱 밑과 목, 가슴팍에 있는 것까지 궁여지책으로 연결을 해서 어거지로 만든 북두칠성인 것이다. 그러니까 북두칠성 아류에는 들어갈 법했다. 그런데 하필 그 어거지로 끌어다 붙여 만든 북두칠성 아류의 점이 새로 태어난 아기의 몸에 그대로 판에 박은 듯 박혀 있다니…….

세인은 아기를 가슴에 꼭 품어 안았다. 이 노릇을 어쩌면 좋단 말인가. 어떡하면 이다지 가혹한 일이 일어날 수 있는 걸까. 그 순간 세인은 번개처럼 떠오르는 생각이 있어 아기를 안고 그참 밖으로 달려 나갔다. 지나가는 택시를 잡아타고 그녀는 무작정

전방으로 가 달라고 했다. 어리둥절한 표정으로 택시기사가 물어
왔다.

"전방이라뇨? 하도 광범위해서 딱히 어디로 향해야 할지……."

그때서야 세인도 기억에 떠오르는 대로 지명을 댔다.

"일동 쪽으로……."

택시는 잘도 달렸다. 공중에 둥둥 떠서 날아가는 것만 같았다.
아기는 눈을 꼭 감고 새근새근 자고 있었다.

"불쌍한 것……. 하지만 아무리 생각해도 네가 갈 곳은 거기밖
에 없는 걸 어떡해."

그렇게 말하는 세인의 눈에서는 뜨거운 눈물이 줄줄이 흘러내
렸다.

두어 시간 가까이 달려왔을 때 세인은 오른쪽으로 나타난 험한
산줄기들을 유심히 살피다가 택시를 세웠다. 해는 벌써 먼 서산머
리에 뚝 떨어져 하루를 마감할 기회만을 엿보고 있는 듯만 싶었
다. 세인은 아기를 안은 채 산줄기 속으로 서둘러 들어갔다. 고개
를 들어 지세를 살피던 그녀는 되돌아 나왔다. 한참을 걸어서 다
시 다른 계곡으로 들어가 또 주변을 살피다가 그녀는 또다시 돌쳐
섰다. 그렇게 하기를 아마 너덧 번은 했으리라. 가까스로 그녀는
지세가 유난히 험해 깎아지른 듯한 산봉우리들이 좁은 길 양 옆으
로 맞닿을 듯 기세 좋게 뻗어, 하늘은 그 산봉우리와 산봉우리
사이에 손바닥만큼만 걸려 있는 곳을 찾아냈다.

바로 그곳이었다. 그녀가 산산이 부서졌던……. 세상이 산산이
부서졌던……. 그녀는 숨을 헐떡거리며 산 절벽을 오르기 시작했

다. 나뭇가지에 매달리다시피 가까스로 기어올랐었는데…… 하며 그녀는 아픈 옛 상처를 다시 파내어 아직도 바로 어제만 같은 기억에 눈물지었다. 눈물로 해서 앞도 흐려지고 산세는 점점 더 험해져 아기를 자칫 떨칠 뻔했다. 아기를 안은 팔이지만 손가락만이라도 벌리어 나뭇가지를 거머잡아야만 되었다. 그럴 때는 아기와 자기 몸이 그 나약한 손가락의 아귀 힘에 온통 매달리는 격이었다. 손가락이 힘을 잃거나 가느다란 나뭇가지가 꺾여져 버리는 날엔 둘은 까마득한 절벽 아래로 굴러 떨어질 터였다. 온몸에 비지땀이 흘렀다. 땀방울이 눈으로 들어갔는지 눈알이 쓰렸다. 시야가 침침해 왔다. 내가 왜 여기를 기어올라야 하는 거지. 그녀는 스스로에게 자문했다. 그 이유가 얼른 떠오르지 않았다. 이렇게 죽을힘으로…… 왜 여기까지 왔을까? 이유를 알 수 없었지만 그녀는 오르고 또 올랐다.

마침내 정상에 올랐을 때, 그곳은 그 옛날과 다름없이 아름다운 비경을 펼쳐 보이며 그녀를 맞아 주었다. 가슴 저미는 잔학한 아픔들을 하마터면 잊어버릴 뻔할 만큼. 융단처럼 푸르른 풀밭이 펼쳐지고 온갖 이름 모를 꽃들이 어우러져 그녀가 오기를 기다렸던 듯 일제히 향기를 피워 냈다. 그 향기에는 노을의 내음도 섞여 있는 듯했다. 너무 황홀해 그녀는 잠시 멍하니 서 있었다. 그 옛날 그 순간과 어쩌면 이다지도 똑같을까. 그 적에 저 노을에 넋을 잃었던 것처럼 그녀는 또다시 얼이 빠져 나가는 걸 느꼈다. 그때 그녀는 한 앳된 소녀의 메아리를 들었다.

"형부……."

그건 바로 자신의 목소리가 아닌가. 자신이 산산이 깨어져 나가기 직전, 바로 순수했던 마지막의 목소리였다. 마치 마술사처럼 시야에서 사라져 버린 박석규를 찾는 그 부르짖음에는 어리광까지 섞여 있질 않은가. 아, 저 소리가 아직도 이곳에 살아 있다니……. 언제 와도 꼭 와야 할 곳이었구나 하는 생각에 그녀가 망연자실하고 있을 때, 어느새 눈앞이 캄캄해 칠흑 장벽이 되어 버렸다.

시간이 얼마가 되었는지 알 수가 없었다. 얼마나 두터운지 그 깊이를 알 수 없는 막막한 어둠에 그녀는 갇히었다. 조금 전에 보았던 노을이 열어 준 그 찬란한 풍광도 눈 깜짝 새 무자비한 어둠에 먹히었다. 어둠 속에 음울한 짐승의 울음소리만이 꿈틀거리는 듯했다. 세인은 초조했다. 서둘러야 한다고 생각을 하자 온몸이 정신없이 떨리기 시작했다. 그녀는 쪼그려 앉았다. 그리고 아기를 놓았다. 깊이를 알 수 없는 그 막막한 어둠의 바다에 자신이 낳은 아기를 던져 버린 거였다. 그녀는 독하게 이빨을 악물고 돌아섰다. 그곳에서 시작된 피 묻은 과거를 그 곳에서 단칼에 베어낸 기분이 들었다. 자신의 의사와는 관계없이 유린되어 온 시간과는 이제 종지부를 찍었다고 그녀는 다부지게 마음을 먹었다.

한데 그곳으로부터 도망치려는 그녀의 첫 발걸음이 떼어지는 순간 세인은 그 자리에 자지러지고 말았다. 아기의 울음소리가 날카롭게 어둠을 흔들며 그녀의 발목을 잡아버린 때문이었다. 그녀는 발걸음을 옮겨 그곳에서 도망치려 애를 썼다. 혐오스런 과거를 잘라낼 수 있는 마지막 기회라는 생각에 최후의 발악을 하듯 그녀는 네 개의 손발을 다 동원해 그곳으로부터의 탈출을 시도했다. 그러나 아기의 울음소리는 그녀가 몸을 움직이려 할수록 더 조여 오는 오랏줄이었다. 그녀는 버둥거렸다. 좀 더 바짝바짝 얼크러져 조여드는 오랏줄에서 손가락 하나라도 빼어 보려고 그녀는 안간힘을 다 했다. 그러나, 이제 손가락 하나도 더는 까딱할 수가 없었다. 그녀는 목을 놓아 쳐울기 시작했다. 하나 울음소리도 나오지 않았다.

누구인지 어깨를 치며 흔들어 왔다.

"얘가 가위 눌렸나?"

그 소리에 세인은 눈을 떴다. 꿈이었다. 꿈이었다는 사실을 안 순간 세인은 어렴풋이 안도를 느꼈다. 그러나 그것은 잠시였다. 그녀가 목도한 현실은 그야말로 가위 눌린 중압감 그대로였다.

"왜? 악몽이었니?"

세라가 세인을 빤히 내려다보며 물었다. 그녀의 얼굴엔 여전히 그늘이 짙었다. 세인은 자기도 모르게 몸을 움찔 웅크렸다. 세라의 시선이 마치 자신의 꿈을 꿰뚫어보기라도 한 듯이 느껴진 때문이었다. 그러나 다음 순간 세인은 억지로 어색한 미소를 보이며 말했다.

"언니야, 그만 들어가라니까…… 몸살 나겠어."

"내가 뭐 하는 게 있다구, 그냥 네 옆에 붙어 있는 것뿐인데, 왜, 나 있는 거 싫니?"

"언닌, 별소릴 다 하네. 귀하신 몸 생각하느라구지…… 그럼, 저 소파에 눕기라도 좀 해."

"알았다, 네 맘 편하게 해 주마."

세라가 세인의 성화에 못 이겨 막 소파에 몸을 눕히자니까, 옆 침상의 남편이 두 손에 무엇인가를 잔뜩 주렁주렁 사 들고 들어섰다.

"당신은 아기를 데려온다더니 왜 함흥차사였수?"

"음, 수고하시는 간호사분들께 음료수로나마 인사를 좀 드리느라고……."

그렇게 말하며 거침없이 아내 옆으로 온 그 남자는 누울 새도 없이 되일어난 세라에게도 음료수 상자 하나를 건네주는 거였다. 세라는 당황해서 두 손으로 받으며,

"득남 턱이지요, 축하합니다."

했다.

"댁에도 득남이시라죠, 축하합니다."

싱글벙글 입을 다물 새가 없는 그 남자는 같은 덕담을 맞보내 주었다. 이내 아기를 안은 간호사가 뒤따라왔다.

"아가, 엄마다."

그렇게 말하는 간호사의 목소리도 드높았다.

모두들 그 드높은 목소리의 주인공에게로 이목이 집중되었다. 더 정확하게 말하자면 간호사의 가슴에 안겨 있는 핏덩이 신생아에게로 방 안의 관심은 쏠렸다. 간호사는 날렵한 동작으로 아기를 산모 옆에 갖다 뉘었다.

그쪽 침상의 아기 아빠와 외할머니가 남 안 가진 보물이라도 챙기듯 핏덩이를 에워싸고 감탄에 겨워 연방 환호하는 거였다.

"꼭 자네를 닮았네그려, 저 번듯한 이마에 콧대하며……."

"그런가요? 으핫하하하."

"맞아요. 꼭 당신이에요, 나는 하나도 안 닮고……."

"그래? 그럼 다음번엔 당신만 닮은 앨 나읍시다, 으핫하하하하."

세라와 세인은 그들의 부산한 광경을 멀거니 바라보고 있었다. 세인은 속으로 생각했다. 저것이 정상적인 모습이건만…….

방 안에 자기 식구들 외엔 아무도 없는 것처럼 소란을 피우는 것이 그녀는 조금도 눈살 찌푸려지지 않았다. 오히려 가슴 깊은 곳에서 부러움이 질척거렸다. '득남이라고?' 옆 침상의 남편이 건네온 인사말을 통해 비로소 듣게 되다니……. 이건 아무래도 무언가 잘못 되었어…….

세인은 기쁘기는커녕 더 불안이 가중되어 왔다. 세라의 태도로 보아 방금 깬 꿈의 정황이 그대로인 듯싶은데, 그리 되면 자기의 앞날은 어찌 될까. 미래에 대한 새로운 꿈 따위는 너무나 거리가 멀고, 가정이나 자매간의 우애가 다 공중분해 되어 버릴 것만 같았다. 날벼락처럼 기습해 올 그 순간을 세인은 초조하게 기다리고 있다고 할까. 너무나도 사실적으로, 너무나도 절실하게 진땀을 흥건하게 흘리며 꾼 꿈을 깨고 나서 세인은 거의 모든 것을 자포자기하고 있었다.

출입문 쪽이 다시 어수선한 기운이더니 세진의 목소리가 들려왔다. 방금 옆 침상의 아기를 안고 들어오던 간호사의 목소리처럼 드높진 않아도 생기가 발랄했다.

세인은 감고 있던 눈을 떴다. 화려한 꽃다발이 바로 자기 가슴으로 안겨 왔다.

"축하해, 세인 언니!"

세인은 비슷이 몸을 일으키며 한 손으로 꽃다발을 받아 안고 다른 한 손은 자기 앞으로 내밀어 온 세진의 손을 잡았다.

"첫아들 낳아서 시댁에서 기뻐하시겠다, 언니."

세진은 환호성을 지르며 세인을 힘껏 끌어안아 주었다. 해산하고 처음 받아보는 화끈한 인사여서 세인은 눈물이 다 핑글 돌았다.

세라가 냉장고에서 오렌지 주스를 꺼내 따 주니 벌컥벌컥 단숨에 왕성하게 들이킨 세진이 불쑥 말했다.

"한데, 세인 언니가 엄청 형부를 미워했나 봐."

밑도 끝도 없는 그 한마디에서 세인은 온몸이 굳어지는 것 같은 충격을 느꼈다. 얼굴에 핏기마저 가시는 듯했다.

세라도 경직된 표정으로 세진을 쏘아보았다. 잠시 동안 세 자매는 말을 잊은 듯했다. 그러나 그건 아주 찰나적인 느낌이었다. 곧 세진이 깔깔거리며 분위기를 흐트렸기 때문이었다.

"왜들 그래? 그 말이 뭐 그렇게 대단한 거야? 하긴, 절대군주인 가부장의 의자를 조금 흔들어 본 격인가? 뭐 그렇다고 우리가 이십 세기 대명천지에 앉아서 봉건제도의 잔재에 놀아날 건 없잖아. 난 단지 아기는 엄마가 제일 미워한 사람을 꼭 닮는다는 말이 생각났을 뿐야. 그래서 명지 언니도 우리 엄말 닮아 콧구멍이 크다고들 수군댔잖아?"

말을 마친 세진이 재미있다는 듯 웃어 제치는 동안 여태 깊은 함정에 빠진 사람처럼 죽을상이었던 세라의 얼굴이 활 풀리며 생기가 돋아나 세진의 말을 맞들어 주는 거였다.

"그거야 당연한 귀결일 테지, 우리가 아무리 잘한다고 한들 친부모님 같을 수야 없는 거지, 섭섭한 게 오죽 많았겠니? 그러니 아기가 형부만 닮았겠냐? 나를 더 많이 닮은 것 같더라, 얘."

세라는 비로소 큰언니다운 여유를 되찾는 빛이었다. 잠자코 눈을 내리깔고 있는 세인의 뺨이 볼그레해졌다. 그 모습을 본 세라가 다시 농담 삼아 활달하게 말하는 거였다.

"애야, 뭘 얼굴까지 붉히냐? 우리 미워했어도 괜찮다, 그 정도쯤이야 진작에 각오를 한 거니까……. 세인이뿐이겠냐? 세진이 너도 마찬가지지, 우리가 다 부족한 사람들이다 보니 그런 거란다. 별나게 생각할 거 없다."

"과연 우리 맏형님은 다르시다니까……."

세진이 박수까지 치며 너스레를 쳤다.

더 두터운 박수 소리가 겹쳐 들려와 쳐다보니 어느새 왔던지 한동수가 세라 뒤켠에 서서 싱글벙글하고 있었다. 마누라에게 푹 빠지면 처갓집 쇠말뚝을 보고도 절을 하고 싶어지는 법이라는 말이 떠오르는 얼굴로 한동수도 세 자매의 대화에 급히 끼어들었다.

"이렇게 좋은 날, 좋은 일 한 가지 더 발표하겠습니다. 저희는 이제 곧 새로운 대륙으로 떠날 겁니다. 그 준비도 바쁘고 해서 오늘 아주 회사에 사표를 내고 왔습니다."

세 자매의 시선이 일제히 한동수에게로 향했다.

"이게 무슨 말인가? 제랑?"

"어쩜 쥐도 새도 모르게 이럴 수가?"

세라와 세진이 놀라며 허탈한 소리로 물어댔다.

"바로 어제 늦게서야 비자가 나왔거든요, 수속이 잘 될지도 모르고 해서 미리 말씀드리지 못했습니다."

"새로운 대륙이라면?"

"지구상에서 가장 마지막까지 남게 된다는……."

한동수는 아내에게 귀에 젖도록 들은 말을 그대로 뇌었다.

"호주요?"

"맞습니다. 우리에겐 아직 가보지 못한 곳이니 새로운 땅이 아니겠습니까? 콜럼버스의 신대륙이 아니라, 윤세인과 한동수의 신대륙인 거죠, 새 아기의 신대륙도 되구요."

남편이 친정 형제들과 부산스럽게 나누는 대화를 잠자코 듣고만 있던 세인의 뺨에 소리 없이 눈물이 흘러내렸다.

사흘 뒤, 아기와 함께 퇴원한 세인은 입맛이 가시어 잘 먹지 못하고 밤잠도 설치게 되면서, 차츰 수척해 갔다. 아기의 인중 언저리에서 시작된 북두칠성 점을 하루 진종일 보며 지내야 하는 그녀의 얼굴에는 미소가 사라졌다. 한동수를 결코 바보로 만들지 않겠다는 생각에 변함이 없었으므로 그녀는 눈만 뜨면 그 궁리였다. 본래도 유난히 가냘픈 데다 출산 후 더 바스러저 세인의 가슴은 거의 말라붙다시피 되었다. 한동수는 아기 식량이 떨어질세라 미리미리 분유를 사다가 대령했다.

산후조리사가 퇴근한 뒤, 세인은 진작부터 별러왔던 파격적 이견을 내놓았다.

"아무래도 한 번은 검사를 해봐야 하겠어요."

이민 준비로 바쁘게 돌아다니다 겨우 들어와 저녁식사를 마치고 난 한동수는 감이 잘 잡히지 않는 듯 세인을 멀거니 바라보기만 했다.

"유전자 감식요."

세인은 남편을 마주보지 않고, 기저귀만을 개키며 또렷하게 말했다.

"그게 무슨 소린가? 난 알아듣지 못하겠는데?"

"아기 얼굴에 점, 그대로 넘어갈 순 없다고 봐요."

세인의 말소리는 파르르 떨리어 나왔다.

"점이라니? 이제 갓 태어난 귀여운 우리 아가를 놓고 왜 무엇이 어떻다는 건데? 난 그거 받아들이지 않겠어."

"누가 받아들이고 안 받아들이고가 중요하지 않아요, 의학적 과학적 규명을 할 필요가 있다고 보니까요."

"여보."

한동수는 두 손으로 세인의 손목을 잡으며 은근하게 불렀다.

"쓸데없는 신경을 쓰지 말아요, 저렇게 사랑스럽고 총명한 우리 아가를 감히……"

"이런 경우, 감식은 꼭 해야 해요. 그러면 자존심이 상할 것 같지만 그 일만이 우리의 자존심을 세워 줄 거예요."

"꼭 그렇게 우리 부자를 피곤하게 해야만 하겠소?"

"네, 무엇보다도 아기의 자존심과 당신의 자존심을 위해서라고요, 나의 자존심도 그렇고요."

세인이 하도 강경하게 나오는 통에 한동수도 할 수 없이 아기의 정규 예방접종일에 병원으로 따라갔다. 감식 결과는 아기의 유전자가 한동수의 유전자와 일치하는 것으로 판명되었다. 세인은 그간 마음 놓고 하지 못했던 호흡을 한꺼번에 깊고도 길게 내리쉬었다.

틀림없이 한동수의 친자가 아니라는 확인을 듣게 될 걸로 각오를 했던 세인은 그때에 대비해 결연한 마음의 준비도 하고 있던 터수였다. 결과를 기다리는 동안 다 죽어가는 형국이 된 한동수의 모양새가 날이면 날마다 병원을 얼찐거린 걸로 미루어 그의 지극한 사랑에 대한 감식만큼은 철저하게 이루어진 셈이었다.

17. 활화산

살그머니 손만 대어도 바스러져 버릴 낙엽처럼 쇠진한 노모를 그토록 잊고 지낼 수 있었다니. 여러 차례 전화가 걸려왔었건만…… 좀 있다가, 좀 있다가 하면서 미뤄오기만 한 걸 생각하니 가슴이 메어져 왔다. 해도 너무했다는 자책에 눈물이 뭉클뭉클 쏟아져 내렸다. 아주 잊었던 건 아니라 해도, 애가 달아서 늘 가슴을 조이고 있었다 해도 결과는 아주 잊은 거와 다르지 않았다. 자기가 빠져 나가면 그나마 집안이 폭삭 무너져 버릴 것만 같은 불안에 몸을 빼내지 못한 주제였다. 지속적으로 보이게 안 보이게 압박해 들어오는 거대세력의 위세에 단 한번의 호흡도 집중력을 다해 매달려야 했던 순간이 허다했으므로. 이대로 엄마가 세상을 뜬다면…….

고속버스로 평택에 도착한 명지는 곧바로 택시를 잡아탔다. 마치 운하처럼 들판 가운데로 갯물이 들어와 웬만한 젓갈배 정도가 드나드는 둔포의 저잣거리를 지나 온양으로 빠지는 지름길로 접어들었다.

요란에서 제이 국도라는 행길을 버리고 나지막한 야산을 돌아들자, 늘 눈에 삼삼하던 잔실이었다. 푸르른 국수봉 줄기가 마을을 둘러 안은 듯 아늑하고 고즈넉했다. 마침내 집에 온 것이다. 강봉자 여사가 좌정하고 있는 시집은 웬일인지 자기 집 같지가 않았다. 마치 유배를 온 듯 늘 고달프고 늘 서먹했다. 동네 어귀에서 명지는 차를 보냈다. 산과 들, 나무와 풀잎들이 그녀를 향해 쏟아져 내릴 듯 몰려왔다. 너무하다고, 왜 인제야 오냐고 다도치는 듯만 싶었다. 뻐꾸기도 구슬프게 울어댔다. 얼마나 까맣게 잊고 있던 소리인가. 얼마나 아련하게 그리던 풍경인가. 지나온 먼 향수를 토해내듯 간헐적으로 들려오는 뻐꾸기 울음 속에 방 안은 깊이 가라앉아 있었다.

임종을 지키려는 사람들이 둘러앉아 있는 가운데 엄마는 반듯이 눈을 감고 누워 있었다. 벌써 숨을 거둔 것이 아닌가 싶을 만큼 엄숙하고도 싸늘한 분위기였다.

"서울 형님 오시네."

사촌 올케가 벌떡 일어서며 한 말이었다.

순간, 미동도 않던 엄마의 속눈썹에 잔물결이 지며 나비가 접은 날개를 펴듯 파르르 열리었다. 그러고는 몸의 상체를 들썩이며 두 팔을 살며시 들어 올리는 거였다. 명지는 조심스럽게 엄마를 품었다. 엄마의 팔이 명지의 목을 감아왔다.

"엄마, 엄마, 엄마……."

모녀는 서로를 꼭 붙안았다. 서로의 살과 뼈와 마음까지 깊이 깊이 확인할 수 있을 때까지. 언제나 그래 왔듯. 하나 제법 세게 끌어당기던 엄마의 팔이 금세 스르르 스러져버렸다. 딸과 똑바로 맞추어 오던 눈동자도 다시 감기었다.

"와아, 무지 기다리셨던가 봐유, 여태 눈 한 번을 안 뜨시더니……."

좌중이 놀랍다는 빛으로 소근댔다. 엄마를 모시고 있는 사촌동생 내외와 대소가 친척들, 동네 어른들에게 명지는 비로소 목례로 인사를 보냈다. 어쩌면 하나뿐인 딸이 그처럼 매정하게 엄마를 찾아뵙질 못하는가 싶은 질책을 그들의 시선에서 느낄 수밖에 없었던 건 명지의 자격지심만은 아니지 싶었다.

"인저 몽매에두 그리워하신 따님이 왔으니께 우린 그만 일어서야겠는디……."

누구인지 몰라도, 그 한마디가 떨어지기 무섭게 방 안의 사람들은 슬그머니 하나둘 밖으로 사라졌다. 말은 그렇게 하지만 딸이 왔다고 숨넘어가는 사람을 모르쇠 하고 일어설 수야……. 딸을 맞는 환자의 모습을 보고 그만해도 마음이 놓여 일단 돌아갈 생각들을 할 수 있었을 듯.

그로부터 꼭 일 주일 동안을 엄마는 온전히 딸에게 자신의 모두를 맡겨 왔다. 명지는 엄마와 단둘이 지내면서, 엄마가 자기를 낳아 뉘어 놓고 애지중지 정성을 쏟았을 순간이 거꾸로 떠올랐다. 한평생을 엄마는 그렇게 살아오지 않았던가. 엄마와의 그 마지막

시간을 초 단위로 의식을 하면서 그녀는 내내 가슴밑창이 자글자글 끓어올랐다. 앞산에서 저무도록 뻐꾸기 소리만 애절하게 들려올 뿐, 엄마는 고요한 그채로 숨을 놓았다. 엄마와 자기는 반드시 말을 필요로 하는 설명적인 관계가 아니었다고 명지는 인식했다. 둘 사이엔 다른 아무도 이해 못할 둘만의 공통된 무의식이 깔려 있다고.

장례는 뜻밖에 화려하고도 요란한 행사가 되었다. 전국 각처에서 실려 온 조화가 빈소인 안방을 비롯해 대청마루와 안마당을 채우고도 넘쳐서 바깥마당에까지 길고 긴 대열을 이루며 세워져 나갔다. 박석규가 사장으로 있는 국영 회사의 전국망 지사에서 속속 조화와 조의금이 몰려 닥쳤을 뿐만 아니라, 그 지사들과 연관되는 수많은 업체들이 앞을 다투어 나타나는 바람에 잠자듯 엎드려 있던 동네가 발칵 뒤집힌 격이었다. 바깥마당에 무더기 무더기로 차일이 쳐져 사람들이 북적거렸다. 동네 사람들도 농번기임에도 다 몰려와 일을 거드느라 분망했다. 남자들은 산역을 하러 가고 여자들은 너른 부엌도 모자라 뒤란에까지 나가 음식을 장만하느라 장작 타는 냄새와 기름 내음을 풍기며 간간 높다란 웃음소리를 터뜨리기도 했다.

호상이어선지 전반적인 분위기가 잔치판처럼 흥청거렸다. 번쩍거리는 승용차들이 비좁은 논밭 사잇길을 들어오고 나가느라 동구 밖까지 끝없이 이어 꿈틀거리는 모양새가 장관이었다. 아마도 이 동네가 생긴 이래 처음 벌어지는 소동일 거라고 여겨질 만큼 명지는 어지러웠다.

엄마가 시앗 꼴을 못 보아 대꼬챙이처럼 마르고 그 시앗이 남긴 끄트머리를 거두느라 수고를 많이 한 표가 사후에야 드러나는가 하면서도 명지는 마땅치가 않았다. 생전에 신경을 써 드리기는 고사하고 발을 딱 끊어 버렸던 것들이 이제 와서 독판 수선을 떨어 대는 게 아니꼬웠다. 권력이라는 것이 과연 무섭긴 한 거구나 싶은 구질구질한 구석을 목도하면서.

두메산골이건만 세상 돌아가는 눈치는 빨라서 친척들이나 동네 어른들도 상주인 명지나 순우에게보다도 세라와 박석규 앞에 가서 눈을 맞추고 한마디라도 더 말을 걸어보려 안달인 모양새는 볼썽 사나웠다. 전국망 지사에서 당도한 부하들과 그들과 이해관계에 있는 하고 많은 하청업자들이 박석규 앞에 와서 굽신거리고, 그러는 군상들 앞에서 점점 더 거들먹을 부리는 부풀려진 그의 몰골을 대하는 것만도 찝찝한데, 곁에 서 있는 순우에게 그들을 일일이 다 소개를 하는 광경은 세상이 모두 그들의 손 안에 있다는 사실을 새삼 과시하려는 의도 같아 끝까지 받아주긴 하면서도 곤욕스러운 노릇이었다. 순우나 명지는 원체 위축되어 있기도 했지만, 엄마와 직접 교분을 나누지 않은 사람들에게는 통보조차 하지 않았으므로 쓸쓸할 수밖에 없는 터수였다.

갑자기 대문 밖이 어수선하더니 유달리 색다르고 고급스러워 보이는 화환을 수행원쯤으로 보이는 사람들이 들고 들어서자 세라 내외가 그 일행을 향해 화들짝 놀라는 빛으로 단숨에 달려나가 수선맞게 영접을 해대었다. 알고 보니 신군부의 최고 권력자가 보낸 화환이었다. 박석규는 그 조화를 빈소로 가지고 오게 하여 먼저 놓인 화환들을 빼내면서까지 맨 상석에 진열하는 거였다. 명지는 피가 거꾸로 솟구쳐 오르는 역겨움을 간신히 참고 있었다. 이 나라의 언론계를 이끌어오다시피 한 그 많은 엘리트들을 마치 쓰레기 처리하듯 세상 밖으로 밀어내버린 당사자가 뻔뻔스럽게 피해자 집안의 장례에까지 끼어들어 위세를 떨치는 꼬락서니가 불쾌했다. 이런 행태를 안다면 관 속의 엄마도 벌떡 일어나 분개하지 않을까 싶어지며 명지는 몸을 후르르 떨었다. 그녀는 한동안 입을 다물고 눈도 감고 있었다.

그녀가 눈을 떴을 때는 사람들이 줄줄이 빈소로 들어와 그 최고 권력자의 이름이 대문짝만하게 박힌 화환을 들여다보며 혀를 내두르고 유난을 떠는 중이었다. 바깥마당의 사람들은 물론 부엌과 뒤란에서 음식을 만드는 여자들조차 일손을 놓고 차마 빈소에까지 들어오기가 뭐한지 대청마루에서나마 들여다보기라도 해야 직성이 풀리는 듯했다. 그 문제의 화환을 배알이라도 하듯 기어이 보고자 하는 무리들은 기왕에 초상집에 와 있는 사람들로 끝나지 않았다. 일을 거들 만한 사람들은 이미 다 몰려와 있으므로 집이나 지키고 있던 기운 없는 노인들까지 빠질세라 꼬부라진 허리에 지팡이를 짚고 나타나 명지는 그분들을 편하게 모시어 뜨거운 국밥이라도 대접 하느라 쩔쩔 매었다.

"어무니는 차암 세상에 다녀가시는 보람이 있으시구먼. 최고루 높으신 양반한티 조문 꽃을 다 받어 보시구⋯⋯."

발음조차 시원치 못한 노인들이 부러워서 혀를 끌끌 차기까지 했다. 고인의 단 한 점 혈육이 바로 그 높으신 사람으로 해서 살얼음판을 밟는 고통을 당하고 있는 줄을 꿈에도 모르는 사람들이니 명지는 그저 고개만을 끄덕여 인사를 보낼 뿐이었다. 노인들의 행렬만으로도 모자라 학교에서 돌아온 조무래기들이 떼거리로 들이닥쳐 그들의 표현대로 최고 높은 데서 하사된 조화를 찾느라 이리 기웃 저리 기웃 그 수선들은 끝이 없었다.

명지는 엄마의 장례가 탈 없이 치루어지기만을 바라는 마음으로 시종일관했지만, 순우가 얼마나 힘이 들까 하는 데에 생각이 미치면 속이 바짝바짝 타들었다.

횅뎅그렁해진 집안엔 나뭇잎들조차 꼼짝하지 않는 듯했다. 박석규가 제일 먼저 비명을 지르듯 바쁘다며 사라졌고, 순우도 더 이상 머물 필요를 느끼지 않아 총총히 떠났다. 세진도 학교에 나가야 한다며 출발했다. 이번에 오지 못한 사람은 산후조리 중인 세인뿐이었다. 대신 남편 한동수가 두 몫을 하려는 듯 몸을 사리지 않고 시종 열심히 꼼꼼하게 챙겨주었다. 그들은 같은 장례 당일임에도 적당한 간격을 두고 제각각 떠났다. 상황이 급박해진 뒤에 명지의 연락을 받고 순우를 따라 내려온 은애는 내내 의젓하게 명지 곁을 지켜주다가 학생회 주최 수련회가 있다며 미안한 기색으로 물러갔다. 그것이 순우가 출발한 다음 날이어서, 하루라도 더 머물러준 딸의 배려를 명지는 기특해 했다. 엄마가 쓰던 안방에 명지와 세라 단 둘만 남았다.

너무도 자연스럽게 곁에 앉아 있는 세라가 신기해서 명지는 그녀의 진심이 무언지 두드려 볼 겸 말했다.

"바쁜 일도 많을 텐데, 제랑 차편에 함께 올라갈 것이지……
여기 사촌도 있어서 난 괜찮은데……."

"왜? 불편하우?"

"무슨 소리, 행여나 내가 부담을 주나 싶기도 해서……."

"아냐, 언니. 나 여기가 좋아서 남은 거야, 마음이 이렇게 푸근
할 수가 없네, 진작 좀 더러 올 것을……."

명지는 속으로 어렴풋이 뇌었다. 용천뱅이보담 더 징한 것들
이……. 고인이 쓰던 가구의 내용물을 정리해 나가던 명지는 머
리맡의 낡은 오동함 뚜껑을 열고, 네 귀를 꼭꼭 눌러싼 빛 바랜
신문지를 걷어내는 순간 멈칫했다. 거기 얌전하게 개켜 있는 옷의
빛깔이 심상치 않았다. 대학을 졸업하고 출판사에 입사해 첫 월급
으로 엄마에게 선물한 스웨터라는 걸 그녀는 더듬어 낼 수 있었
다. 수십여 년을 뛰어넘어 그 옷을 사던 때의 기억이 아직도 새로
웠다. 무엇보다 엄마의 오래 잠재된 소원이라 할까, 여한이라 할
까, 두텁게 응어리졌을 욕구불만 같은 걸 풀어 드리려는 배려가
우선했던 선택이었으니까. 결과는 도리어 역반응을 가져온 것이
아닌가. 스웨터는 얼핏 보아도 입은 흔적이 보이지 않았다. 선물
의 포장지를 벗기는 순간 엄마가 움찔했던 기억…… 입혀놓고,
젊어 뵌다고, 환하다고 호들갑을 떠는 딸 앞에서 엄마는 거울 속
의 자신을 보며 고개만 두어 번 끄덕였었다. 그 뒤로는 잊어버린
일이었다.

풍년이 들었다고 다소들 들떠 보이던 어느 해였다. 명절을 앞두
고 장에 나갔던 아버지가 옷감을 끊어 왔다. 좀처럼 엄마방에 들

어서는 일이 없는 아버지가 방문을 열었다. 그러나 역시 문지방을 넘어서진 않았다. 추운 날씨였음에도 문을 열어젖힌 채 몇 마디 당부만 조근조근 남기고 뜰아랫방으로 유유히 사라졌다.

그 뒤로 엄마에게 몇 번인가 채근을 하는 빛이던 아버지가 마침내 역정을 버럭 낸 날이라고 짐작된다. 엄마는 아궁이에서 삭정이 불등걸을 화로에 담아 들여놓고 바느질을 시작했다. 쨍하는 땡볕에 활짝 핀 채송화처럼 강렬한 꽃분홍 천을 이리저리 뒤척이며 마름질을 하는 엄마의 얼굴은 푸르락붉으락했다. 바느질이라면 손방인 세라 생모의 설빔이었던 것. 책상에 엎드려 방학숙제를 하던 명지의 후각에 이상한 냄새가 스멀스멀 기어들어왔다. 후딱 일어난 명지가 내려다보았을 때 전반을 무릎에 올려놓은 엄마는 멍하니 넋이 나가 있었다. 그녀의 손에는 인두가 들려 있고, 그 인두 밑에서 꽃분홍 천이 누렇게 타들고 있었다. 결국 엄마는 푸르딩딩한 자기 몫의 저고릿감으로 세라 생모에게 대신 지어 입히고 자신은 그 오랜만의 설빔마저 공치고 말았다.

명지가 엄마에게 선물한 스웨터는 바로 그 인두 밑에서 타 붙던 비단과 같은 빛깔이었다. 도대체 이것이 언제부터 여기서 잠자고 있었을까. 스웨터는 거의 사던 순간을 유지하고 있었다. 사람의 기름때가 묻지 않았다 쳐도 그 시점의 합성섬유가 그토록 반영구적인가 싶을 정도로. 신기하다는 생각에 이르자, 무언가 초현실적인 기운이 느껴지며, 무의식을 공유하고 있다고 자부했던 모녀지간인 만큼 짐작이 가는 엄마만의 찐득함이 그 고색창연한 함 안에 치렁하게 서리어 있는 듯해 명지는 눈을 지그시 감았다. 끝내, 끝내 엄마는…… 명지가 함에 엉겨붙어서 오래된 상처의 딱지를 건드린 듯 움직이지 못하자, 뒤에서 지켜보고 있던 세라가 물었다.

"언니? 뭔데?"

명지는 슬며시 함 뚜껑을 닫았다. 곱게만 보아왔던 채송화 꽃분홍 빛깔이 엄마의 인고인 듯 잔혹하게 느껴지며 아득한 세월 저편의 저고릿감처럼 가슴이 지져지는 듯 아려왔으나 그녀는 의연하게 다음 순서로 넘어갔다. 엄마의 손때로 반들반들한 반닫이 문짝을 떼어 한쪽으로 밀어놓고, 안에 든 옷가지들을 쓸 만한 것과 폐기해 버릴 것으로 분류하고 나서, 깊숙한 그 속안 뒷벽에 붙어 있는 날렵한 미닫이를 밀고, 또 다시 그 안에 없는 듯 은밀하게 숨어있는 앙증맞은 새끼 서랍을 빼어내던 그녀는 다시 동작을 멈추었다.

옷가지를 개키고 있던 세라가 이번엔 놓칠세라 재빨리 어깨너머로 들여다보았다. 두 여자는 잠시 얼어붙은 듯했다. 명지가 세라를 돌아보았다. 네 개의 눈동자가 마주쳤다. 어떤 말도 튀어나올 수 없는 충격인 듯. 손끝에 오한이 느껴질 만큼 명지에겐 끔찍함이었달까. 두 사람이 받은 놀라움은 비슷할지 몰라도 그 성격은 판이했다. 세라에겐 뭄안개처럼 혼미한 그림자마을 더듬어 헤맸던 애증어린 존재의 젖꼭지를 비로소 확실히 잡은 듯한 조급함이었달까. 반닫이 속 깊디깊게 은밀히 붙어 있는 앙증맞은 서랍엔 흔히 아녀자들이 너무 귀해서 사용하지도 못하고 가끔 꺼내 눈요기나 할 만큼 애지중지하는 자기 나름의 귀한 패물 정도가 들어 있을 법한 장소였다.

하지만 검박했던 고인은 원래 값나가는 패물이랄 것은 없어도 심심치 않게 낄 수 있는 칠보나 은 정도는 있었건만, 서랍 안에 든 건 돈 될 물건과는 거리가 먼 곱게 접힌 종이였다. 절고 절어 누렇다 못해 검누래진. 두 사람이 얼어붙은 건 그 종이에 씌어진 글씨 때문이었다. 희미했지만 알아볼 만은 했다. '세라 에미' 서툴게 쓴 그 네 글자는 두 여자를 긴장시키기에 족했다. 명지는 선뜻 손길이 나가질 않았다. 아마도 엄마에겐 꽤나 중한 문서거나 보안을 요하는 비밀스런 무엇일 것 같아. 전에는 반닫이에 언제나 자물통이 물리어 있었고, 그 속의 미닫이에도, 다시 그 안의 앙증맞은 서랍에도 열쇠 구멍이 있는 걸 보면 이중삼중으로 철통같이 잠궈 놨을 터. 건강이 기울어지며 가락지 따위가 방바닥에 굴러다니다가 자취를 감추게 되던 그 무렵부터 장롱이건 반닫이건 일체의 소유물에서 엄마는 해방되어 갔다. 엄마라는 존재 자체가 굴러다니는 가락지나 열쇠들과 별로 다를 것이 없는 것처럼. 이런 가운데서도 이 의문의 문서가 고스란히 보존되어 있는 것이 기이했다.

꽤 시간이 흘렀다. 참을 수가 없었던지 문득 세라의 손길이 그 앙증맞은 서랍에 닿는가 싶더니 주춤하면서 스르르 거두어졌다. 세라는 명지의 얼굴을 빤히 쏘아보았다. 명지는 눈을 감다시피 내리뜨고 있었다. 누구도 보아서는 안 될 비밀이라면 차라리 진작 태워 버릴 것이지 싶기까지 했다. 명지는 세라에게 우리 두 사람 다 이거 안 본 걸로 치자고 하고 싶었다. 이미 땅속에 묻힌 엄마의 생애를 다시 헤집는 일이 되지 않을까 하는 우려가 우선했으므로.

그러나 그건 자기 입장일 뿐이어서 착잡한 심정으로 앉아 있을 때, 세라가 더는 못 참겠는지 재촉을 해왔다.

"언니, 명지 언니, 어서 꺼내 보우."

"글쎄, 그래도 될까?"

"무슨 소리유?"

"당사자들 보호 차원에서…… 덮을 수도……."

"발견된 이상엔 난 보고 싶어, 너무 궁금해. 또 여러 가지 수수께끼 같은 의문이 풀릴지도 모르고……."

세라는 마치 허기진 아이가 보채듯 다급하게 말했다.

"음, 하긴……."

명지는 세라의 입장이 당연히 그러리라는 걸 짐작 못한 것이 아니므로 고개를 끄덕였다. 가문에 영향을 끼칠 만큼 수치스럽게 가출해 버렸다는 그 구구한 뜬소문이 자식 처지에선 수수께끼 같겠지. 어찌되었거나 생모인데 그 근원적 그리움이 가슴 밑창엔 깔려 있을 터. 하지만 세라나 세라 생모에게도 그 내용이 반드시 좋은 결과를 가져오리라는 보장은 없는 거였다. 그러나 세라가 조급하게 서둘러 대는 이상, 또 그 종이에 그녀의 생모 사인이 분명한 바에야 명지가 자기주장만을 더 이상 강력하게 밀고 나갈 수만은 없는 노릇. 명지 자신도 두려운 반면 궁금증 또한 그와 비례했으니까.

"언니, 무얼 망설이우? 그냥 펴보기만 하면 될 테데……."

세라의 거듭되는 재촉을 받고서야 명지는 겨우 그 지독하게 절은 종이에 손을 가져갔다. 섬뜩함이 손가락 끝으로 흘러왔다. 명지는 입술을 굳게 다물고 침착한 자세를 유지하면서 접힌 종이의 먼지부터 휴지로 살그머니 밀어냈다. 얇은 먼지가 연기처럼, 아니, 영혼처럼 가볍게 날아 허공을 떠돌았다. 그녀들은 그제야 그것이 단순한 종이가 아니라 편지봉투임을 발견했다. 엎어져 있던 봉투의 앞면에는 '세라 세인이 세진이 아부지 보시지유'라 적혀 있었다. 그걸 보는 순간 세라는 더 바짝 긴장하는 기색이었다. 명지는 본능적으로 아니꼬운 생각이 스쳤으나, 더는 망설일 것 없이 내용물을 꺼냈다. 내용물 역시 무덤에서라도 나온 듯 흉측하게 얼룩져 있었다.

　지가 진 죄 골천 번 엎드려 빈대두 소용읎졌쥬, 감히 지를 다시 받아달라구는 못해졌슈. 다만 세라 세인이 세진이 어린 것들이 보구싶어 미칠 지경이니께 하해 같으신 도량으루 좀 만날 수 있게나 해 주시유. 한 번만이라두유. 꼭 당부 드리거씨유. 이 편지 가 지구 가는 복분네 편에 알려주시유. 그럼 내내 안녕히 지슈.

　죽었던 글자들이 막 되살아나 한숨이라도 토하듯 꿈틀거리는 빛이었다. 서툴게 쓴 글자 한 자 한 자에서 곰팡이처럼 피어나는 독소가 느껴졌다. 서리서리 맺힌 한을 다스리지 못하는 원혼처럼.
　명지는 우선 두 가지 의문이 이마를 치며 다가왔다. 무엇보다도 이 편지가 올바로 주인을 찾아갔을까 하는 것과, 읽었으면 없애 버릴 것이지 손이라도 탈까 두려운 무슨 큰 유산이나 되는 것처럼 가장 은밀한 장소에 비밀스럽게 보관을 한 이유는 뭘까 하는. 첫 번째 의문은 아무래도 부정적으로 내려질 수밖에 없었다. 그래서 세월 이상으로 더 처절하게 찌든 건 아닐까. 아버지에게 곧장 전달되었다면 엄마의 반닫이 속, 그, 그 깊디깊은, 그 속에 들어가 꼼짝없이 갇혀 있을 까닭이 없을 터.

"그렇게까지 무심할 수는 없는 거라고 원망도 많이 했더니, 인제 보니 애타게 우릴 찾으셨네……."

울먹이는 소리로 뇌이는 세라는 발음이 제대로 안 될 만큼 격해 있었다.

이 편지가 날아온 건 아버지가 세상을 뜨기 훨씬 전일 테고, 물론 세라들이 잔실에 있을 때라는 이야기가 되는 셈이니 아득했다. 명지도 가슴이 찡 저려와 더는 일손이 잡히지 않았다. 어릴 적 엄마와 세라 생모 사이의 피 튀기는 갈등이 되살아오며 온몸에 소름이 끼쳐왔다. 살인도 불사할 그런 서슬에 이 정도 쪽지 따위가 먹혀 들어갈 리는 만무했다. 그러면서도 엄마가 이 편지를 즉각 없애 버리지 않고 깊숙이 가장 은밀한 곳에 보관했다는 사실이 잡힐 듯하면서도 얼른 잡혀오지 않았다. 추후라도 아버지에게 보일 수도 있다는 가능성에서거나, 이렇게 양쪽 자식들 앞에 공개하려는 의사는 물론 전혀 아니었을 터…… 오뉴월 산 서리라는 여자의 한이 풍겨오며 엄마에 대한 연민으로 명지의 가슴은 찢어져 나갔다. 어릴 적, 숙제하는 옆에서 한숨 쳐쉬고 이를 갈아 마시며 미친년처럼 중얼중얼 날뛰는 엄마의 모양에는 슬프다 못해 괴로웠고, 괴롭다 못해 천길 나락으로 함몰되는 절망에 빠져야 했다.

"이 편지는… 이제 내가 가져도 되는 거지?"

세라가 명지를 돌아보며 불안정한 소리로 물어왔다. 명지는 고개를 끄덕였다. 편지를 접어 거두어들이는 세라의 동작을 명지는 지켜보았다. 숨결조차 경련하는 듯이 느껴졌다.

"여기 복분 에미라고 한 건 우리랑 같이 학교 다닌 그, 그 표복 분일 테지?"

"아마도……."

멧돼지처럼 우악지게 생긴 표복분의 아버지 표서방이 그녀들 집에서 머슴을 살았건만, 둘이가 다 그 표서방에 대한 언급은 피했다. 되새기고 싶지 않은 기억이지만 역시 소문대로였구나 하는 생각으로 두 사람은 한동안 말이 없었다. 표서방이 종적을 감춘 밤에 세라 생모도 집안에서 사라져 버렸고, 그 뒤로 두 사람에 대한 추악한 소문이 장마철 인분내음 만치나 동네사람들이 코를 어디다 두어야 할지 쩔쩔매며 이리저리 몰리어 때로는 분개하는 척, 때로는 마음 놓고 폭소를 터뜨리며 수다들을 떨어대던 광경이 아직도 그녀들의 눈에 보이는 듯했다. 동네 분위기와는 달리 체통을 중하게 여기는 어른들의 완강한 태도에 명지나 세라는 자존심을 그런 대로 지킬 수 있었다.

여기저기 전화를 걸어보는 빛이던 세라가 명지를 바라보며 멈칫거렸다.

"표복분이 집을 알아냈어, 가보고 싶어."

"다행이다. 삼우제나 마치고 나랑 함께 가자."

명지는 세라를 생각하는 마음에서라기보다는 중요한 재판에서 증인이 궐석한 경우처럼 엄마에게 행여 불이익이라도 떨어지게 될까 우려스러운 나머지 그렇게 말했다. 이 편지로 말미암아 발생한 추적에서만큼은 자신이 끝까지 빠질 수 없다는 조바심을 숨길 수 없었다. 세라는 고개를 떨군 채 다소곳이 있었다.

삼우제 다음날 새벽같이 명지와 세라는 길을 떠났다. 서해안의 조그만 포구 썽꾸미라는 곳에서 표복분은 주막집을 하고 있었다. 표서방이 잔실에서 행방불명이 되어 버린 다음 해쯤 복분네가 이사를 했는데 그리 멀지 않은 이곳에 와 보따리를 풀었다고 했다. 어부가 된 표서방은 어느 날 배 타고 바다로 나가 영영 돌아오지 못했다는 것. 이 무렵, 이곳 단칸방에서 표서방네 식구들과 지지고 볶으며 함께 살아온 세라 생모가 복분네에게 문제의 편지를 부탁했다는 거였다. 집에 있으면 울화가 치밀어 방물장수가 되어 이 동네 저 동네를 떠돌다 보면 너덧 달이 후딱 지나서야 집에 돌아오곤 했다는 복분네가 간간 잔실에 들러 엄마를 만났다고 했다. 엄마가 방물을 후하게 갈아주고 더러 얼마간의 용채도 쥐어 주면서 절대로 세라 생모가 윤씨 문중의 문지방을 되넘는 일은 없도록 해 달라고 신신당부를 했노라고 그녀는 털어놓았다.

게는 게 편, 가재는 가재 편이라고, 자신도 시앗살이에 진절머리가 났던 만큼 홧김에 마침 표서방이 죽은 충격인지 시름시름 앓기도 하고 헛소리를 하기도 하는 세라 생모를 요양원으로 보냈노라고 머리가 하얀 복분네는 무슨 큰 중죄를 실토하듯 울먹이며 더듬거리는 거였다. 치료도 받을 수 있을 테고, 단칸방에서 복작거리는 이집보다야 거기가 훨씬 지내기가 나을 거 같았다는 말도 덧붙였다.

검푸른 파도가 넘실거리는 마당가에서 주모가 되어 세상만사 시들머리스러운 듯 기진해 뵈는 표복분 모녀를 뒤로 하고 명지와 세라는 서둘러 버스에 몸을 실었다. 차를 세 번씩이나 바꿔 타고 끼니도 잊은 채 두 사람이 당도한 곳은 공주의 유구라고 하는 첩첩산중이었다. 그 요양원의 입구에 도착한 것은 해가 서쪽으로 많이 기울어진 즈음이었다. 어디룬가 편한 찻길이 있다구는 하는디, 산지사방이 산으루만 둘러쌓여놔서, 그게 어딘지를 난 모르지, 저 아래대 어디라나 돌구 돌아야 한다구두 하구, 하여간 내가 아는 건 거기뿐이여, 거기가 젤루 지름길이려…….

복분네의 말소리를 상기하며 찾아든 그 산길은 생각보다 훨씬 더 험악하고 으슥했다. 두 사람의 피부가 처음으로 스쳤을 때, 그녀들은 문득 동작을 멈추고 마주보았다. 생소했다. 어색한 시선은 슬며시 각각의 제자리로 돌아갔다. 그러나 워낙 악산이어서 종일 먹은 것도 없는 데다 지칠 대로 지친 그녀들은 서로 부딪고 엉키게도 되었다. 자주 그리 되다보니 동작을 멈추고 생소함을 확인하진 않게 되었지만 그렇다고 쉽사리 익숙해져 가는 것도 아니었다. 간간이 호흡곤란증으로 명지는 더 힘에 부쳐 비실거리며 어쩔 수 없이 발길을 멈추어야 했고, 신음을 토하기도 했다.

극도의 탈진상태에서 이상하게 정신은 맑아왔다. 이 험악한 길을 앞서 걸어갔을 세라 생모가 절로 떠올랐다. 요양을 하면 몸이 튼실해질 것이고, 그리 되면 애간장이 끊어지게 보고 싶은 자식들도 만나게 되려니 하는 기대에 부풀었을……. 명지는 자기도 모르게 마음이 질척해지며 가슴이 저려들었다. 첩첩산중의 요양원이란 감옥이나 다름없는 지겹고도 갑갑한 생지옥이라는데, 그 하 많은 세월을 이런 깊고 깊은 오지에 유폐된 고통이 어떠했을까. 상상이 가지 않았다. 엄마가 겪은 고통과 비교할 수 있을까. 마치 두 여자의 운명을 저울추에 놓고 가늠하듯 명지는 어두운 과거를 헤매었다. 온 몸이 비틀어지는 듯 괴로워 그 자리에 엎으러질 것 같았다.

그녀는 머리를 저었다. 가슴이 답답했다. 그러나 이상한 건 힘 이 들면 들수록 이 길을 따라나선 의미에 더 무게가 실리어 오는 점이었다. 세라 생모를 만나러 가는 것이 아니라 곧 자신의 엄마 를 만나러 가는 길이나 되는 것처럼 명지의 마음은 점점 달아오르 는 거였다. 처음 시작은 단순한 증인 자격 같은 거였지만, 길을 나서면서, 발걸음이 앞으로 나아갈수록, 길이 힘들어지고 험악해 질수록, 자신의 체력이 달리고 극단의 한계와 맞닥뜨려질수록 그 녀의 생각은 깊이, 더 깊이 파고들어갔다. 그 생애만큼이나 질기 고도 복잡한 엄마의 내면을 깊숙이 천착해 들어가는 모험처럼 위 태위태하며 생경하기까지 하더니, 결과적으로는 자기 자신의 먼, 아득히 먼 원형이라도 추적해 가는 본능의 발로처럼 명지는 강력 힌 이끌림에 작용되고 있었다.

겨우겨우 험준한 산봉우리를 넘어 시원스럽게 흐르는 계곡물을 만났을 때, 두 사람은 누가 먼저인지 모르게 달려들어 손을 씻고 세수를 했다. 수정처럼 맑은 물은 손끝이 시릴 만큼 차가웠다. 나 무들을 부산스럽게 스치며 다가온 청량한 바람이 몸을 감아왔을 때 땀에 젖은 명지는 한속까지 들었다. 손수건으로 얼굴의 물기를 닦고 목덜미와 겨드랑이의 땀까지 대충 문질러냈을 때, 세라가 시퍼런 풀다발 같은 걸 내어밀었다.

"칡순."

어릴 때 학교를 오가던 산길에서처럼 세라의 동작에서 어리광 같은 것이 묻어나며 명지의 시야는 뿌얘져 왔다. 철 따라 산길에서 산딸기·머루 등을 따먹던 옛 기억이 새로웠다.

바위에 걸터앉아 껍질 같은 거 벗길 새 없이 그녀들은 아작아작 깨물었다. 그 옛날처럼 달큰한 물이 입 안 가득 괴었다.

"명지 언니, 저것들이 다 칡넝쿨이우."

마치 넓은 스카프라도 뒤집어 쓴 듯 칡에 감기어 둥글둥글해진 나무더미들을 가리키며 신바람이라도 난 듯 외친 세라는 어느새 그 나무더미에 다시 가 나비처럼 붙었다. 어지간히 배도 고플 테니까. 진이 빠진 명지는 바위 위에 비스듬히 누웠다. 등허리가 따스해 왔다. 산새들이 지저귀는 소리에 일어난 명지가 세라를 채근했다.

"그만 어서 가자."

칡순 다발을 나누어 든 채 그녀들은 다시 발걸음을 재촉했다. 명지는 앞서 가는 세라를 바라보며 생각하는 거였다. 본래 체질도 그랬지만 좋다는 건 얼마든지 구해서 보신했을 테니 지칠 리야 없지. 한데 이상하다, 기고만장한 거드름이 어디로 갔지.

앞서 걷던 세라가 문득 말했다.

"언니가 이렇게까지 쇠약해 있으면서 동행해 줘서 고마워."

명지는 묵묵히 발걸음만 옮겨 나갔다. 세라의 태도에서 마치 어린 시절로 되돌아가기라도 한 듯 근본적 변화 같은 걸 감지하면서.

"언니, 많이 힘들지, 그 큰일을 치루고…… 장례를 모신다는 게 어디 보통 일이우? 그 많은 조문객에다가…… 큰어머니도 차암 가엾어……. 왜 이제야 그런 생각이 드는 거지, 히히힝."

세라가 말끝을 더듬다가 목이 메어하자, 명지는 고개만을 떨구었다. 인적 없는 깊은 산 속에서 들려오는 건 두 사람의 발자국 소리뿐. 내리막길인 데다 잠시 쉰 여세로 순조롭게 빽빽한 숲속을 헤쳐 나갈 수 있었으나, 다시 오르막이 되면서 급경사 바위 언덕이 앞을 가로막자 헉헉거리며 앞서 가던 세라가 별안간 미끄러지는 통에 명지도 함께 굴러 떨어졌다. 다행히 길로 자란 풀섶이어서 둘 다 훌훌 털고 일어설 수 있었다.

"언니, 괜찮우? 원숭이가 나무에서 떨어졌우. 돌아갈 땐 내가 언닐 업고 뛸 거유."

하며, 세라는 명지 앞으로 손을 내어 밀었다. 그 순간, 어디선가 '용천뱅이다앗' 하는 환청이 명지의 귀에 날카롭게 울려 왔다. 등하교 산길에 진달래가 흐드러지게 필 무렵, 아이들 간을 내어 먹으면 그 끔찍한 천형에서 벗어날 수 있다는 용천뱅이들이 꽃그늘에 숨어 대상을 물색한다 하여 해마다 그쯤에 연례행사처럼 겪어야 했던 곤욕이건만, 새빈 파랗게 질려 비리곤 했던 이지리움 . 그 어지러움은 그들의 천형에 대한 맷돌짝 같은 가상의 짓눌림이었달까. 아이들은 우르르 잘도 달아났건만 맨 꽁지에서 허덕허덕 뒤채다 보면 징징거리는 칭얼거림과 함께 내밀어 왔던 작은 손길…… 세라는 왜 그때마다 그냥 가 버리질 못했을까? 먼 그 어린 날엔 당연하게 지나쳤던 사실이 이제 생뚱맞게 자기 앞에 내밀어진 세라의 손에 불쑥 의문부호로 튀어나왔다.

"잡아보우."

다도쳐도 그냥 서 있을 뿐인 명지의 모양새가 갑갑했던지 세라는 바짝 다가와 덥석 손을 잡아끄는 거였다. 뼛골까지 깊숙이 젖어 내리는 섬뜩함을 어쩔 수 없이 느끼며 명지는 세라를 바라보았다. 그동안 아이들 간이라도 내어먹은 거냐고 묻고 싶은 생경한 눈으로. 병에 걸리지도 않은 멀쩡한 것들이 가족을 스스로 끊는 건 더 무서운 천형이라는 평소의 생각을 되씹어보며.

마지막 난코스를 통과하자, 앞이 탁 트여왔다. 요양원인 듯, 푸르른 초원이 활짝 펼쳐지며, 그 아득한 건너 산기슭에 하얀 건물이 시야로 들어왔다. 어느새 세라는 앞질러 순탄해진 내리막길을 내려가고 있었다. 꽤 우람한 그 하얀 건물은 수려한 산을 배경으로 하고 있어 더욱 돋보였다. 외형으로 보아서는 아주 청결하고 세련되어 있었다. 한데 주위가 너무 교교했다. 움직임을 느낄 수 없다 보니 으스스한 기분마저 들었다.

저 속에 사람들이 있을까? 자기들이 찾고자 하는 사람이 과연 저기에 있을까 싶어지며 명지는 초조해졌다. 처음 길을 떠날 때 심정으로는 찾아나서는 목표인물이 나타나 주지 않기를 은근히 바랐었다. 아니, 나타날까 봐 겁이 났었다. 그러나 이제 목적지라고 여겨지는 건물을 바라보고 있는 명지의 마음은 아니었다. 세라 생모가 그곳에 없을지도 모른다는 예감을 두려워하고 있었다. 지세가 너무 험하고 깊어 누구라도 이런 곳에 오래 버틸 수는 없겠다 싶어지며 잔실에서의 삼십육 계 전력도 있어, 아무래도 헛걸음이지 했던 생각을 털어내었다. 그 대상은 그곳에 반드시 있어야 하고 있을 거라고 믿고 싶었다. 유폐된 기나긴 귀양살이에서 얼마나 많이 달라졌을까. 용모뿐만 아니라 정신적으로 더 문제가 많지 않았을까. 어서, 꼭 만나야 한다는 다급함에 명지의 걸음도 빨라졌다.

하나, 요양원이 점점 가까워질수록 그녀는 불안했다. 반닫이 속, 또 그 속, 그, 그 더 속 안의 앙증맞게 작은 서랍 안에서 소리 없이 쌓여간 먼지의 두께에 점점 더, 더 깊이, 깊이 묻혀가던 편지의 오랜 침묵이 갑자기 그녀를 견딜 수 없을 만큼 소름끼치게 했다. 그 겹겹이 갇혀 있던 편지가 곧 세라 생모의 현실을 말해주는 것만 같았던 때문이었다. 걷잡을 수없이 밀려드는 불안을 털어버리기라도 하려는 듯 앞서가는 세라를 향해 명지는 있는 힘을 다해 외쳤다.

"같이 가자."

들었는지 못 들었는지 세라는 그냥 앞으로 빠르게 미끄러져 나갈 뿐이었다. 잠시 뒤 세라는 방향을 옆으로 틀어 비스듬한 비탈길로 내려섰다. 명지도 다급하게 그 뒤를 따랐다.

두레박의 소음과 더불어 니딧 명의 여자들이 우물 둘레에서 야채를 씻고 있었다. 명지는 후유 숨을 뿜어내며 풀섶에 주저앉았다.

"아주머니들, 여기 계신 분들이세요?"

세라가 허리를 정중하게 굽혀 인사를 보내며 물었다.

"그렇긴 한디유, 우린 아줌니가 아니라 할무닌디유."

우물가에서는 폭소가 터져 나왔다. 그러나 그 폭소의 여운은 길지 못했다. 세라의 다급하고도 엄숙한 음성이 이내 이어진 때문이었다.

"실례지만, 여기 조정숙 씨라고 혹 아시는 분 계실까요?"

말이 떨어지기가 무섭게 그 중 한 사람이 벌떡 튀어 앞으로 나섰다.

"댁에들은 뉘여?"

"딸이에요."

"저런, 복살머리두 옰는 예펜네가 있나…… 그렇게두 외로워서 발광을 떨드만……."

"아시나요?"

"알기만 해유, 아주 친했슈. 헌디 왜 인저들 온대유?"

"여기 계신 걸 몰랐거든요."

"늦었슈."

"무슨 말씀이세요?"

세라의 말소리는 자지러졌다.

"몇 번이나 도망칠려구 지랄발광을 하더니, 저런 생때같은 딸년들이 있었구먼그랴."

그 말이 떨어지기 바쁘게 옆에 있던 다른 또 한 사람이 부연을 달았다.

"하두 날쳐대니께 발목에 착고까지 채웠슈. 말년에 개나 소처럼 묶여서 지냈쥬. 우리야 어차피 갈 곳 옰으니께 이러구 살지먼…… 여긴 한 번 들어오문 못 빠져 나가는 곳이니께유."

얼굴이 해쓱해진 세라가 비실비실 허물어졌다. 그녀를 부축하려던 명지도 덩달아 함께 넘어갔다. 그러나 곧 세라는 일어나 앞으로 뛰쳐나갔다.

정신병자 요양원이라는 곳에 저렇게 멀쩡한 사람들이 노동을 하고 있다니……. 노동을 통한 치유의 한 방법도 있다더니 하는 생각을 하면서 명지가 얼른 아주머니들에게 가장 의문이었던 점을 물었다.

"조정숙 환자는 건강이 어느 정도셨나요?"

"근강유? 아주 멀쩡했는디유."

"우리보덤두 더 쌩쌩했쥬."

"아 참, 아녀, 그이두 우리처럼 츰에는 좀 이상한 기미가 있긴 했슈, 여기 들어와서 그럭저럭 회복이 된 거쥬."

"맞어유, 인저 생각나네유."

명지가 아주머니들 얘기를 마저 듣는 동안 어느새 세라는 저만치 하얀 건물 쪽에 다가가고 있었다.

초원처럼 보이던 잘 가꾸어진 농장의 가르마 같은 길을 타박타박 걸으며 명지는 생각에 잠겼다. 엄마는 이곳에 대한 정보를 제대로 갖고나 있었을까. 엄마는 엄마대로 자신의 삶을 지켜내려 안간힘을 했었지. 밀쳐 딩하느냐 탈취히느냐, 둘 중 하나를 택하는 수밖에 없었으니까……. 엄마는 그 여자를 현대판 고려장이라는 이 정신병 요양원보다 더 험한 곳일지라도 유폐시키고 말았겠지만, 신은 자기 내면 가장 깊고 은밀한 곳에 한평생을 끌어안고 산 거야. 그래서, 죽을 때까지 그 알량한 쪽지 한 장을 버리지 못한 거였어. 끝끝내, 지겹게도들 털어버릴 수가 없었던 거지. 징그

러운 샴쌍둥이들 같으니⋯⋯. 그래서, 발기발기 찢어발겨도 시원
찮을 첩년의 애간장이 녹아내리는 필적을 그렇게 보물단지처럼
깊이깊이, 잠그고 또 잠그면서 붙들고 늘어진 거였어. 결과적으로
엄마의 삶도 그 없는 것처럼 작고 첩첩이 묻힌 새끼서랍을 벗어나
지 못했다는 생각에 명지의 심정은 처연해졌다.

그새 세라는 하얀 건물에서 나와, 그 뒤켠 산비탈 쪽으로 올라
가고 있었다. 그 산비탈의 중턱쯤에 무덤들이 즐비하게 눈에 들어
왔다.

은애는 북한산 자락의 한 수련장에서 종교단체의 청년쇄신단합
대회에 참가해 열심히 춤도 추고 노래도 부르며 학습을 빡빡하게
해내고 있었다. 학습을 하다가도 기강이 풀어졌다 싶으면 유치원
생들처럼 남녀를 가리지 않고 스크럼을 짜고 누웠다 일어났다,
왼쪽으로 쓰러지고 오른쪽으로 쓰러지는 운동 겸 스킨십을 거듭
하는 거였다. 그들은 무엇보다도 스킨십을 중요시했다. 까놓고 말
하면 종교단체 행사를 가장한 운동권의 대학 재학생 결속을 위한
교육장이었다.

이번 행사가 전국적인 차원의 것으로 수련장이 비좁을 만큼 호응
도가 높았다는 사실이 그들의 가슴을 뿌듯하게 했다. 사박오일의
훈련을 무사히 마치고 해산해 나오면서 은애의 스터디 그룹은 시내
를 향해 훤하게 내리뻗은 아스팔트 길을 버리고 산그늘에 스며들
듯 숲속으로 들어섰다. 아스팔트 길에는 방금 수련장에서 쏟아낸
젊음들의 대열이 꿈틀거리며 메어지게 흘러내려가고 있었다.

꽤 가파른 진달래 능선에까지 올라챈 은애 그룹은 잠시 호흡을 고르고 있었다. 오랜 가뭄에 물 만난 사람들처럼 그들은 산을 탐했다. 그 동안 신군부에 의해 강점된 도심에서 뒷골목으로, 뒷골목으로만 슬금슬금 눈치 보며, 총대 멘 군인들에게 불심검문 걸리지 않으려, 잔뜩 억눌린 시선은 땅바닥에 떨어뜨린 채 벌벌 기듯 맥을 못 추었던 그들은 모처럼 활짝 펼쳐진 대자연의 품에 네 활개를 펴고 안기었다. 싸한 공기, 풋풋한 산내음, 이마로 뺨으로 스쳐오는 연연한 분홍빛……. 그 능선엔 이름값을 하느라 밀물처럼 피어난 진달래꽃 물결이 굵직굵직한 잡목림의 종아리에까지 흥건히 차올라 일렁거리고 있었다. 습기를 흠뻑 머금은 잡목들의 가지 끝에서는 진달래꽃과 맞먹게 현란한 신록이 눈부셨다. 그 위로 하늘은 높고 파랬다. 한없이 아름답고 평화스러운 순간이었다. 어디선가 종달이가 지지배배 거렸다.

그뿐, 주위는 고요했다. 마치 잠이라도 든 듯 아무도 움직이려 하지 않았다. 은애는 속으로 언제까지 이대로 있을 수만 있다면 하는 강렬한 유혹을 느꼈다. 그러나 아무리 모처럼 맛보는 달짝지근한 휴식이라 해도 내쳐 푹 빠져 버릴 수만은 없다는 것쯤 잘 알고 있었다. 그들이 잠시 느끼는 이 화사한 계절이 기저디주는 아름다움과 평화는 대자연의 선물일 뿐, 그들의 현실은 그걸 제대로 향유할 만큼 아름답지도 평화스럽지도 못한 때문에 어서 나사못을 바짝 조이고 일어나야 한다고 은애가 마음먹었을 때, 누구지가 먼저 그 고요를 깼다.

정의와 용기는 젊음의 생명
승리의 깃발은 높이 솟았다.

노래는 금세 합창이 되었다.

외쳐라 젊은이여 호국의 정기
민족을 이끌고 지켜온 용사

그 힘찬 노래 소리는 마치 산불처럼 번지더니 대단한 울림으로
지축을 들어올리듯 흔들었다. 노래가 끝나자 그들은 만세를 불렀다.
거침없이 목청껏 부르는 그 소리는 하늘 높이, 높이 울려 퍼졌다.

은애는 깜짝 놀랐다. 무슨 사람들이 어느새 이렇게 많이 따라온
거지. 고준석과 최명근이 이렇다 할 말도 없이 산쪽으로 방향을
택할 때 은애는 나머지 친구들과 더불어 이심전심이구나 생각하
며 뒤를 따른 것뿐인데…… 진달래 능선에서 대동문으로 치올라
보국문을 거쳐 대성문을 통과해 하산할 생각이구나, 그곳 병원에
누워 있는 그 애의 마음은 온통 우리에게 와 있을 텐데…… 그새
좋은 소식이 기다리고 있을까, 의사들의 예견을 뛰어넘을 기적
같은 소식이…… 그러면 그 소식을 안고 단 걸음에 뛰어갈 곳이
있는데……. 오빠가 맞았어, 의사들은 정말 아무것도 모르는 것
같아, 그렇게 말할 수만 있다면…….

은애는 연수기간 내내 하선희·유필재·인재경…… 그 세 사
람의 빈자리를 느끼며 지냈다. 행사가 미진하고 아쉬우면 그 때문
에, 그 행사가 전에 없이 끓어오르고 화려하게 타오르면 또 그로

해서 그들의 빈자리는 더 크게 더 무겁게 의식되어 왔다. 아, 또 한 사람, 우리를, 아니, 이 나라, 이 민족을 매차게 치고 불꽃이 되어버린…… 의수야, 넌 살아 있어, 우리 가슴 속에…… 이 나라, 이 강토, 그 어디에나 너의 불꽃이 활활 타오르고 있어…… 넌 우릴 떠나지 않았어. 자나 깨나 언제나 우리 속에 있어. 지치고 힘들 때, 넌 우릴 일으켜 세우고, 펄펄 살아나게 해. 김의수, 또 다른 그 많은 의수, 의수, 의수 ……. 민주제단의 활활 타오르는 횃불을 향해 우리 모두 바람이 되고, 파도가 되고, 용암이 될게.

산쪽으로 방향을 틀 때, 더러 뒤를 따라 들어서는 패들이 보이긴 했지만 무심했는데, 그 패들은 무심한 행동이 아니었던 듯. 그들은 스쳐 지나가지 않고 진달래 분홍물에 잠시 잠겨 버린 자기들을 따라 함께 잠겨 있었던 거였다. 그 행사에서 눈에 띄게 진행을 위해 땀을 뻘뻘 흘린 고준석과 최명근에게 이끌린 걸까. 한쪽에서부터 자연스럽게 자기소개가 시작되었다. 이름과 소속을 줄줄이 외고 이번 수련 행사에 대한 간단한 소견을 말하는 식이었는데, 그 끝에 가서 한 학생이 행사 때 받은 유인물을 들고 힘차게 읽어 나갔다.

먹장구름이 뒤엎인 답답하고도 캄캄한 시대다. 사랑과 믿음을 느낄 수 있는 따뜻한 기류는 간데없고 극도로 비인간화된 흑백논리만이 우리가 몸담고 있는 이 사회를 난도질 하고 있는 엄혹한 현실이다. 이 나라, 이 땅을 짓누르고 있는 저 무거운 먹장구름을 그 누가 몰아낼 것인가. 그만한 위력을 가진 태풍이 그립다. 단 한번의 바람으로 이 두터운 어둠을 걷어내줄 구원의 손길은 어디서 올까. *전설 속의 동아줄처럼 그냥 허공에서 내려와 주기를 기다리고 있을 것인가. 우리가 만들어야 한다. 우리 스스로 태풍의 눈이 되자.*

박수가 쏟아져 나왔다. 부산스러운 기립박수였다. 박수 소리는 얼른 끝나지 않았다. 자기들이 지나온 산 아래쪽으로 번져 내리며 세가 불어 나가는 거였다. 나무와 나무들 사이로 빽빽하게 들어선 젊음들의 열기……. 오십 명은 되지 싶던 짐작이 백 명 선을 넘더니, 아예 헤아릴 길이 없게 부풀어 나갔다. 그 위력은 시대의 먹장구름쯤 단바람에 걷어 젖히고도 남을 듯했다. 태풍의 눈, 바로 그 태풍의 눈이 이처럼 순식간에 만들어지리라고는 아무도 예감하지 못했다. 그들의 행군은 길게, 길게, 구불구불, 꼬리를 꿈틀거리며 세를 불리어, 북한산을 넘어 대학가로, 광화문 네거리로, 시청 광장으로, 명동성당으로 역사의 새날을 향해 날고, 부서지며, 뜨겁게 달구어져 갈 거였다. 수련회 참석자들은 당일 저녁 명동성당의 민주화를 위한 구국선언 시국미사에 합세하기로 이미 개별 비상 루트와 접선을 마친 뒤였다.

그 소식은 하늘이 무너져 내리는 것 같은 엄청난 파열음으로 전파되었다. 발밑이 뒤흔들리듯, 땅이 요동을 치는 듯도 했다. 소재영 실종……. 사람들은 경악과 절망과 비탄으로 몸을 부들부들 떨었다.

더 이상 이대로는 있을 수 없다.

더 이상의 만행과 폭정은 간과하지 않겠다.

흥분된 그들의 발걸음은 공중을 날 것처럼 끓어올랐다. 분노의 기세는 막무가내였다. 걷잡을 수 없는 속도였다. 거칠 것이 없었다. 아무도 그들을 잡을 수 없었다.

그 소식의 발단은 소재영의 부인이 이순우에게 전화를 넣은 데서부터였다.

"이상해요. 그 사이, 이쪽 아니면 그쪽에서 하루에 한 번은 꼭 연락을 해왔거든요. 한데 사흘째 불통이에요. 암자에서는 집에 간다고 짐 다 싸들고 나갔다는데……. 저한테도 말했어요, 내일 집에 가겠다고요. 팔월회는 이 시대의 중심이 되어야 하는 단체다, 자기는 그 팔월회의 총무로서 이렇게 혼자만 살겠다고 도망질이나 쳐서 숨어 지내서야 되겠느냐, 아버지에겐 이 정도 순종했으면 되었다, 작정한 날짜까지는 아직도 멀었는데 나는 그때까지 예 있다간 되레 생병 얻을 것 같다, 내가 한가한 사람이 아니고 정정당당한 공인이다, 하면서 제가 조금만 더 있다가 오라고 했더니 역정까지 낸 사람예요. 물론 인근의 다른 암자나 절에 할 수 있는 한 다 연락을 해봤어요. 혹시 오는 길에 다른 근처를 전전하고 있나 싶어서요. 당연히 그쪽 파출소에 신고도 했고요……. 한데, 이 사람이 출발하고 얼마 안 되어서, 웬 젊은이가 헐레벌떡 들어서며 소재영을 찾더라네요. 좀 전에 내려갔는데 못 만났느냐고 하니까, 무선호출기에 대고 급히 무어라고 하면서 뛰쳐나가더라는데…… 그게 좀……."

순우는 연락부터 취했다. 팔월회를 중심으로 친분이 두터운 친구들과 소재영이 소속되어 있는 연관 단체들, 특히 각 언론사에는 '소재영 찾기 운동'을 벌여 달라고 당부를 했다. 그러면서도 또다시 '영구 미제의 실종'이라는 예감을 쫓아 버리기가 쉽지 않았다. 유신정권 이래 소식 두절로 오리무중인 사람이 한둘이던가. 그들 가운데에 정체를 드러낸 경우는 대체로 끔찍한 변사체 형태여서 그때마다 세상을 경악과 공포에 떨게 해오지 않았나 말이다.

눈에 최루탄이 박힌 채 바윗돌에 묶여 바닷물 위로 떠오른 미성년의 주검, 하필이면 자기 고향 뒷산까지 찾아가 목매단 경우, 외상은 별로 없이 가파른 산봉우리에서 굴러 떨어진 시신 등등, 하도 많아 일일이 열거할 수도 없었다. 부검 결과도 의문 투성이었다. 이미 숨이 끊어진 상태에서 목을 맸다고도 하고, 추락사 역시 위장된 것으로 추락의 흔적이 과학적으로 입증이 되지 않았다고 했다. 그 주인공들은 한결같이 자유와 정의를 위해 외치고 싸워온 재야인사가 아니면 운동권 젊은이였다. 아무리 그 시신을 놓고 현장검증을 하고 과학적으로 부검을 한다 해도 의혹은 또 다른 의혹만을 증폭시킬 뿐 진상은 오리무중이었다. 시신조차 확인할 길 없는 영원한 미제로 공중분해 된 실종사건은 또 얼마나 빈번했던가. 이번에도…….

명지는 순우를 따라 소재영이 있었다는 저 먼 남녘을 향해 부랴부랴 출발했다. 그들은 교통편이 닿는 대로 열 일을 제쳐두고 현장으로, 현장으로 달리고 또 달려갔다. 그렇게 모인 사람들이 소재영이 머문 산자락 입구 마을에서 집합했다. 그들은 인심 좋고 정 많은 그 동네사람들과 합세하여 곧장 산으로 향했다. 그 산의 중턱쯤에 있는 고찰에 도착한 그들은 거기서 다시 소재영이 머물렀다는 말사(부속 암자)를 향해 더 높은 산봉우리 쪽으로 이동해 갔다.

명지는 자신이 위기에서 발만 동동 구르고 있을 때, 젖은 옷까지 벗어줄 만큼 희생적으로 도와주었던 소재영의 기억을 안고, 이번에는 자기가 모든 것을 다 벗어서라도 그를 구해야 한다고 뛰어들었다.

저무는 날은 금세 어둠에 덮였다. 그러나 그들은 소재영을 찾는 일을 중단하지 않았다. 중단할 수 없었다. 어둡고 추운 어느 계곡에서 생명이 가물가물해 가는 소재영이 구조대의 손길만을 애타게 기다리고 있을지도 모른다는 가능성 때문이었다. 촌각을 다투는 일이어서 그들은 서둘렀다. 그가 묵었던 암자만이 아니라, 방대한 산 전체를 샅샅이 수색해 나갈 작정이었다.

그래도 그를 찾지 못하면, 전국 방방곡곡을 물샐틈없이 뒤져볼 각오였다. 그래도, 그래도 그를 구하지 못한다면 온 천지를 발칵 뒤집어엎어서라도 소재영 그를 꼭 찾아내고야 말겠다는 결심들이었다

그들은 눈에 불을 켰다. 깊어만 가는 봄밤, 산기슭은 어둡지 않았다. 그들의 눈에서 뿜어져 나오는 강렬한 빛은 활화산처럼 대지에 깔린 어둠만이 아니라 이 시대의 어둠까지도 능히 몰아낼 기세였다. 결코, 절대로 이 막무가내인 부당한 어둠을 더는 좌시하지 않겠다는 사명감으로 그들은 무리이면서 하나인 듯, 하나이면서도 무리인 듯 뭉쳐졌다.

18. 원상회복

머리에 서리가 허옇게 내리고, 어깨도 구부정해진 순우가 모처럼 헐렁해진 정장을 차려입고 나가는 뒷모습을 바라보며 명지는 가슴이 모래알처럼 허물어져 내리는 것만 같았다. 거의 십 년이 다 되어서야 이른바 복직이라는 것이 된 거였다. 공권력에 의해 강제해직이 되었던 만큼 원상회복이 되어야 한다고들 많이 떠들었고, 일부 언론에서는 실제 그렇게 되어가고 있다고 보도되기도 했다.

그러나 원상회복은 아니었다. 엄밀하게 들여다본다면 복직도 아닌 셈이었다. 민주화시대가 도래했다면 당연히 그동안 억울하게 짓밟혔던 사람들을 원위치로 복귀시키는 일이 급선무일 터. 하나, 사주(社主)들은 계산에 영악했다. 말만 번지르르했을 뿐 누적될 퇴직금을 우려한 나머지 내용상으로는 모두 신규채용 형식의 고용에 불과했다. 행여 누가 알까 수치스러워, 차라리 입을 굳게 닫았다. 아아, 이 메울 수 없는 박탈감……

자신들의 삶이, 삶의 가능성이, 의도했던 일들이, 그 여유 있다고 바라본 미래라는 보랏빛 시공을 향해 이상적인 가장 바람직한 선상으로 끌어올려가던 자기만의, 자기들만의 독창적인 꿈을 피워내 보려 했던 그 뜨거운 열정은 어디로 갔을까. 두 손은 텅 비었고, 시야는 뿌옇다. 건강한 사회 구성원으로 살아내기만도 참으로 버거운 일이구나 하는 생각을 새삼 해보며, 어쨌거나 그런대로 출퇴근을 하다보면 바짓가랑이를 바람에 날려보기는 하겠지……하는 정도로 명지는 자신들의 처지를 겨우 다독여 보는 거였다. 육·이구 선언이라는 것이 있었을 때는 그래도 숨을 한번 크게 내어쉬어 볼 수는 있었다. 이런 세상도 있었구나 싶어, 살 것만 같았다. 그 끔찍한 사찰이라는 딱지가 그제서야 떼어져 나갔는지 소름끼치는 그치들의 전화와 방문이 씻은 듯 없어졌으니까.

명지는 그 무렵 수시로 아무도 모르게 슬며시 눈시울을 문지르곤 했다. 너무 황송스러워서였다. 거져 주어진 것이 아니었으니까. 자나 깨나 노심초사 순우도 팔월회를 중심으로 이들을 쓸어내리는 빗자루의 살 하나 정도의 몫이나마 해보려 안간힘을 다 기울여 보았으나 워낙 사찰이 철저한 터라 변두리에서 변죽도 못 울린 정도에 지나지 않았다. 떨어진 꽃잎은 밟듯 시대의 제단에 촛불이 된 숱한 푸르른 젊음들을 딛고 여기까지 왔다는 생각을 하면 오금이 저리어 차마 제대로 발걸음을 놓을 수조차 없었다. 실종된 소재영도 그 디딤돌 중의 하나라 생각하니, 그에게 보답은 고사하고 도리어 또 역사의 수레바퀴에 제물이 된 그의 희생에 의지한 꼴이 되다니…….

만감이 오가는 가운데 식탁에 멍하니 앉아 있자니 문득 초인종이 울려 왔다. 고요한 공기가 얇은 유리처럼 박살이 나듯, 아니 더 없이 약해 있는 자기 자신이 송두리째 박살이 나듯, 잠시 정신을 놓은 듯한 기분으로 그녀는 고개를 들었다. 소름이 오싹 끼쳐 왔다. 분명 그때 같은 밤중은 아니었다. 하나, 온몸으로 밀려오는 전율, 공포……. 그녀는 꼼짝하지 않았다. 더 강하게, 더 빠르게, 위압적으로, 폭력적으로 이어질 그 끔찍한 초인종 소리를 기다리며. 그녀는 절대 움직이지 않았다. 눈동자만이 초롱초롱 빛났다. 이 시간에 올 사람이라곤 이웃의 나 베로니카 정도인데, 그렇다면 벌써 은애야 하고 목소리를 들려주었을 터. 다시 누르겠지 했던 기대도 빗나가자, 그제서야 그녀는 그림자처럼 소리 없이 현관으로 나가 문 가운데의 렌즈에 눈을 붙이었다. 가만히 그렇게 살피다가 현관문을 슬그머니 땄다.

늙수그레한 여자가 티검불을 뒤집어쓴 듯이 부수수한 모습으로 서 있었다. 여자는 의아한 표정으로 주인의 얼굴을 뚫어지게 바라보았다. 주인도 심상치 않은 방문객에게서 눈을 떼지 못했다. 꿈결 속으로 빠져 들어가기라도 하듯. 그렇게 서로를 탐색하며, 홀리기라도 한 듯이 시선을 놓지 못하는 두 여자는 마치 무엇에 씌인 듯했다. 소파에 마주앉으면서야 방문객 쪽에서 먼저 주문을 외듯 중얼거렸다.

"정말 콧구멍이 크긴 크구먼······."

주인은 현관에서의 시선 그 채로 고개만을 끄덕이는 둥 마는 둥이었다. 방문객이 눈을 두어 번 비비고 나더니 더 확인을 해야겠는 듯 주인을 위에서 아래로 찬찬히 더듬어 내리며 뇌었다.

"헛것은 아니구······ 에이, 징그러······. 하긴, 사람은 늙어서야 제 모습을 드러낸다더니······."

아직도 끈질기게 물고 있는 주인의 시선을 향해 방문객은 어깨를 추스르며 한숨을 섞어 이번엔 꽤 분명한 소리로 말했다.

"맞수, 맞어. 나 웬수 척져서 앵도라진 윤세라넌이우, 귀신 같수?"

그제서야 몽환에서 깨나듯 명지는 상대방을 똑바로 보며 입술을 열었다.

"아, 미안해, 얼른 알아보지 못해서······ 내 시력이 아주 엉망이 되었거든."

'못된 세상을 만나서'라는 말이 튀어 나오려는 걸 명지는 얼른 입술을 다물어 버렸다.

"누가 할 소리를······. 나야말루 무엇에 들린 줄 알았수······. 시력으로 말하면 나도 만만치 않수, 아주 눈을 잃는 줄 알았으니까. 제중도 성망으로 삐졌고, 언너도 피장파장인 것 같수만······ 아무리 그렇대두······ 어쩜, 어쩜 어디 탁할 곳이 없어서, 하필 거기유······."

"거기?"

"자기가 자기 용모를 어찌 알겠수."

"······"

"어떻게 생각할지 모르지만……."

세라는 자기 가슴을 손가락으로 가리키며 잠시 뜸을 들이다가 결심한 듯 아직도 무엇에 씌인 눈을 하고 있는 명지에게 확 털어놓았다.

"날 낳아준 거기…… 있잖수."

놀라는 표정의 명지가 어이없어하는 미소를 부서뜨리며 말했다.

"환상이겠지……. 오래 마음속에 담아두다 보면 그렇게도 되나봐……."

"글쎄, 오래 마음속에 담아둔다는 거, 그것도 그럴 듯하네, 한데왜 그런 말 들어보지 못했수? 아이를 뱄을 때, 누구를 지독하게미워하다 보면 아이가 꼭 그 사람을 찍어 닮게 된다는 말……."

명지를 똑바로 바라보며, 한마디 한마디를 유난스레 꼭 꼭 찍어말하는 세라는 호들갑스러워졌으나 연상된 무엇이 힘겨운지 슬그머니 풀이 꺾이었다.

"들어봤지, 귀가 시리도록……. 어릴 때, 나를 두고, 특히 내 코를 가지고 여간 수다들을 떨어댔나. 엄마는 부정이라도 탈까 봐진저리를 치며 탁탁 끊어내기 바쁘셨고……."

명지의 분명한 대꾸에도 세라는 한참을 자기 나름의 상념에서빠져나오지 못하는 듯 헤매는 빛이다가 문득 중얼거리는 거였다.

"지긋지긋하지 않았수? 지글지글 끓이던 그 두 적수의 증오,뭔 일을 내긴 낼 것 같더니만……."

명지는 대답을 삼키는 듯 숨결을 길게 눌러 쉬었다. 몸서리쳐지는 두 여자의 생애가 되살아나 뒤엉키기라도 하는 듯 가슴에 통증

같은 것이 아릿하게 짚이어 왔다.

"정말 엉뚱해. 언니, 명지 언니가 내 거기처럼 되어 버렸다는 사실이……."

"상상은 자유지, 니가 뭘 안다고?"

지 에미 모습도 제대로 파악이 안 될 주젤 텐데, 무슨 헛소리를 시부렁거리는 거냐 싶은 표정이 되어 명지는 세라에게 가소로운 시선을 보내고 있었다. 그러자 세라는 옹골진 기색으로 들이대었다.

"나, 그때 요양원에서 사진 얻어왔수. 머리맡에 걸어놓고 눈만 뜨면 보고 지내우. 까닭은 모르지만 그냥 그래집디다. 그 사진을 보고 있자면 멍청해져서 한숨만 나오는데, 그래도 천륜이라는 게 무섭긴 무서운지 가끔은 눈물도 나오고, 엉뚱하게 한바탕 웃음이 쏟아지는 건 또 뭔지……. 거기나 나나 인생 헛살은 건 일반이다 싶어선지……."

세라는 느닷없이 오가리가 깨져나가는 듯한 웃음보따리를 터뜨렸다. 웃음치고는 그렇게까지 공허하고도 쓸쓸한 여운은 처음일 정도여서 명지는 세라를 그냥 물끄러미 바라다만 보았다. 잠시 뜸을 들인 세라는 다시 말했다.

"사진 좀 받아들 때도 뭔가 머리에 꽂혀 오는 것 같았는데, 볼 때마다 어렴풋이 언니가 짚이어 오더라고. 왜 명지 언니가 거기에 끼어드나 했더니…… 이제 보니, 알겠네, 알겠어……."

싫어질 만큼 같은 소리를 씹고 또 씹는 세라의 눈동자는 풀릴 대로 풀리어 초점을 잃어가고 있었다. 명지는 사진이라는 게 뭐 그리 딱 믿을 수 있는 건가 하는 회의에 속으로 콧방귀를 뀌었지만, 더 이상 반론을 구구하게 제기하지 않았다. 이제 와서 자기가 굳이 우길 일이 아니다 싶었다. 그러면 어떻고 아니면 또 어떻단 말인가. 막 현관문을 열었을 때, 아니 그 이전에 이미 자신은 어땠는가. 무언지 모를 흡입력에 저절로 현관문을 따 버린 게 아닌가 말이다. 물론, 너무 세월이 흘렀고, 피차가 엄청 변모해서 알아보기 힘들게도 되었지만, 용모 같은 걸 떠나서, 그 이전에, 그렇지, 무작정 오는 감이랄까, 체취 같은, 아주 오래 익숙한…… 명지는 입 안이 바짝 타붙는 듯했다. 갈라터진 논배미처럼 창자 속까지 바삭바삭 바스러지게 되었나보다 싶었다. 세라가 자기 정체를 들이댈 때 자기도 알 수 없는 뭉클한 봇물 같은 것이 왈칵 터지며 가슴을 뜨겁게 적셔왔다.

명지는 세라를 뚫어지게 바라보았다. 세라의 시선도 심상치가 않았다. 불안정하게 흔들리더니 어쩔 바를 모르듯 허물어지며 무너져왔다. 주체할 수 없는 감정에 몸을 팽개치기라도 하듯 명지의 품으로 엎어진 세라는 어깨를 들먹이며 통곡하는 거였다. 명지는 깊숙이 스며오는 느낌을 스펀지처럼 흡수하고 있었다. 세라의 통곡은 간단히 마무리 되지 않았다. 복장이 터져 나오는 듯한 소리로 시작되어 어린아이의 잠투정쯤으로 잦아들 때까지는 꽤 긴 시간이 소요되었다. 명지는 살 속으로 젖어드는 세라의 눈물 콧물을 마냥 질척하게 받아주고만 있었다.

가까스로 머리를 들고 일어난 세라는 목이 쉬어 말소리조차 분별이 어려울 정도였다. 명지가 겨우 알아들은 말은

"우리 집 소식 알고 있수?"

였다. 명지는 머리를 주억였다. 뇌물수수 혐의로 박석규 사장 구속
이라는 신문보도를 본 게 얼마 전이었다.

"좋으나 그르나 한지붕 아래 살던 인간이 그 지경이 되고 보니
그래도 뭔지가 내려앉는 것 같더라구. 그제야 언니가 우리 집에
찾아왔던 그 오래전 일이 떠올랐다우. 힘들었던 언니를 이제서야
이해할 것 같기도 하고…… 바보 같이, 그때 언니에게 눈곱만치
의 성의도 못 보인 주제에, 염치없이…… 언니, 좀 도와줄 거유?"

명지는 잠자코 있었다. 무어라고 해줄 말이 떠오르지 않았다.
선뜻 세라의 청을 들어줄 만한 현실적인 능력이 없다는 사실이
한없이 무기력하게 짓눌러 왔다. 그렇다고 곧이곧대로 말할 수도
없는 노릇. 큰 맘 먹고 찾아온 세라를 실망시키기도 안되었지만,
그보다 액면 그대로 믿어주지도 않을 터.

"알아는…… 보지……"

명지는 똑같은 처지에서 세라에게 들었던 그 오래전의 신통치
않은 말을 그대로 되돌려주는구나 싶었지만, 그 이상의 답을 찾지
못했다. 명지의 입술만 지켜보고 있던 세라는 멍하니 있더니 고개
를 떨구었다. 두 사람은 잠시 말을 잃은 듯했다. 다시 고개를 든
세라가 말했다.

"언니, 고마워……. 하지만 너무 애는 쓰지 마우. 나 굳이 그
문제로만 온 거 아니우. 이리 되고 보니, 아니, 되기 전에도 마찬
가지였지만, 집이 큰 게 복이 아니구 욕이더라구. 휑덩그렁하니
그냥 허허벌판에 나 혼자 던져진 기분 알겠수? 넓으나 넓은 하늘

아래 아무도 없더라구. 그 막막한 지경에 한 사람, 그래 가까스로 한 사람이 떠올랐어."

거기서 급행열차 같던 세라의 말소리가 급정거를 하고 한숨 돌리더니 품속에 비장했던 무엇을 어렵사리 꺼내기라도 하는지 조심스럽게 뇌는 거였다.

"가까스로 떠오른 게 아니구, 실은 늘 머릿속에 함께 있었수. 그게 누구겠수? 바로 언니유, 명지 언니."

명지는 눈을 커다랗게 떴다.

"뭘 그렇게 놀라우? 놀랄 만도 하지, 나도 놀랐었으니까……."

잠시 목소리를 가다듬은 세라는 명지에게 틈을 주지 않고 시선을 똑바로 맞춘 채 말을 이었다.

"내가 언니 방에 군불 때면서 언니 따수라고 불등걸 깊이깊이 밀어 넣어준 거 알우? 내 책보는 맨날 던져둔 채로 그냥 가져가면서, 언니 세숫물은 꼬박꼬박 떠놔준 일 기억나우? 언니 운동화도 내 꺼보다 더 깨끗이 빨고 빨고 또 빤 것두, 언니 방을 맑은 바람이 돌 때까지 걸레질 팍팍 쳐준 것두, 사실…… 언니가, 명지 언니가 내 꿈이었던 것두……?"

잠자코 듣고만 있는 빛이었지만 명지는 세라가 한마디 한마디를 주어 섬길 때마다 속은 그렇게 잠잠할 수만은 없었다. 그랬었지, 그랬었지 하면서, 굳이 알려고 하지도 않았지만, 알면서도 모르는 체 가학적이리만큼 당당하게 외면 일변도였던 어린 날의 경직된 자기 모습과, 생모 가출 이후 허리 꺾인 화초처럼 급속도로 추레해졌던 세라가 떠오르며 명지는 제 몸이 스스로도 모르게 점점 주눅이 들어가고 있다고 느꼈다. 그러다가 맨 끝엣말에 가서 움찔 그녀는 세라를 바라보았다.

"나두 요새서야 겨우 깨달은 거유. 내내 구적(仇敵)인 줄만 알았더니…… 아마 언니가 다른 건 다 몰라도 이건 기억할 거유. 용천뱅이다앗 할 때 내가 언니 손을 끝까지 놓지 않은 거……"

명지는 다소 어색해지는 표정을 감추지 못하며 슬그머니 일어나 세라의 희끗한 머리를 바라보았다.

"세라야, 기왕 왔으니 집 구경이나 좀 할래? 느이 집과는 모든 게 대조적이다만."

바로 옆 서재 쪽으로 세라를 밀어넣고는 후딱 그녀는 부엌으로 들어갔다. 세라에게 생전 처음 밥이나 지어서 먹이고 싶다는 생각이 들어서였다. 부리나케 밥을 짓느라 너무 서두르다 보니 들었다 놓았다 하며 더 더디어지기만 하는 것 같았다. 그런 와중에도 그녀는 자꾸 손으로 가슴을 쓸어 내렸다. 가슴이 쓰려와서였다. 식탁에 수저 놓는 소리가 집안의 적막을 건드릴 때, 그동안 이 방 저 방, 구석구석을 배회하던 세라가 명지 곁으로 다가왔다.

"인제 보니, 명지 언니네야말로 굉장한 부자네."

무슨 뜬금없는 소린가 싶이 미간에 두엇 주름을 모은 주인을 향해 세라는 짧게 한 마디를 덧붙였다.

"책부자."

두 여자는 거이 동시에 함박웃음을 터뜨렸다 여기저기에 어질덜벅했던 책들을 작년 이맘 때 강봉자 여사가 세상을 뜬 뒤로 그 방에 모아 정리한 게 세라 눈엔 그렇게 비친 모양이었다. 어느 것이 되었건 부자 소리가 붙여지니 과히 나쁘진 않았다.

"언니네도 둘이서만 지내우?"

"은앤 근무하는 신문사 근처로 나갔거든."

"결혼시켰수? 설마 소식도 없이……."

"가짜가 진짜가 된 약혼자는 있는데……."

"횡재네. 다이아몬드 반지가 유리 반지로 들통 나는 게 문제지, 유리 반지가 다이아몬드 반지로 판명되었다면 축하할 일이지."

"축하? 하긴……."

"난 애들을 하나두 짝을 못 지워 줘선지, 부럽수. 식만 올려주면 될 거 아니우."

"복학생이야, 감옥살이 하느라구 늦었지."

세라가 많이 놀란 듯 벌린 입을 다물지 못했다.

"행방을 몰라 애를 태웠던 애들도 속속 돌아와서 공부에 열중하고 있다고는 하는데…… 아직도 병상에서 일어나지 못하는 애도 있어……. 걔 주변은 왜 다들 그 모양일 수밖에 없는지……. 이런, 나 좀 보게, 내가 이렇게 말하면 안 되지…… 기적을 일궈 낸 애들인데……. 그러느라구 감옥살이 하고, 그러느라구 공부 조금 늦는다고 이렇게 말함 안 되지, 앞 다투어 촛불이 된 애들한테, ……내가 누구 덕에 숨을 제대로 쉬게 되었는지 깜빡한 모양이네, 감사해야지. 하지만, 내 어깨는 펴지질 않아, 너무 힘이 빠져서 그런 건지, 욕심이 많아선지…… 누워만 있는 애가 병상을 차고 일어나 준다든가, 우리 곁에서 아주 사라져 버린 사람들이 되돌아온다든가, 모든 게 제자리로 회복이 되어 주거나 한다면 모를까."

세라는 묵묵했다. 아무리 이복자매라지만 같은 서울 하늘 아래서 너무도 다른 세상을 살고 있었구나 하는 생각을 새삼 짓씹고 있을 때, 명지가 큰 소리로 물어왔다.

"참 느이 애들은?"

"그냥 미국에서 그럭저럭……."

"으음…… 동생들은?"

"하난……, 하난 호주 가고, 또 하난 지방대로 가고, 그 애가 날마다 전화를 하우, 뭐가 그리두 못 미더운지……."

명지는 그 애들과 길에서 부딪혀도 몰라보겠구나 하려다가 잠잠히 고개만을 끄덕였다. 낯이 붉어질 것만 같아서. 저저끔 살 길을 찾아서 흩어졌네 하는 생각을 머릿속에서 흘리며 말했다.

"자, 이제 우리 밥 먹으면서 얘기하자."

"감히…… 언니 손으로 지은 밥을 내가 어떻게 먹지?"

"허튼 소린 말구."

고개를 외로 꼬고 뽀얀 김이 피어오르는 밥을 수저로 뜨려던 세라가 화들짝 놀라며 무릎을 쳤다.

"아참, 기왕이면 그걸 가져왔음 좋았을 걸……."

"그거라니?"

"집장."

"뭐라구?"

"집장이라니까."

"무슨 소릴 하는 거야?"

"이 세상에서 제일 맛있는 건건이, 집장을 설마 언니가 잊었을 린 없고."

"너, 꿈을 꾸는 건 아니겠지?"

"하긴, 꼭 꿈을 꾼 것 같수. 내가 진작 언니한테 왔을 텐데······. 박서방 요꼴 돼 가지고야 추하게 나타났지만······ 실은 나 실성을 했는지 집에 박혀 있덜 못 하우. 사방을 헤매는 증세가 생겼수······."

세라는 눈을 가늘게 모으며 한숨을 길게 뱉고는 말을 이었다.

"얼마 전 일인데 언니네로 향하려던 발길이 그만 발뭄발뭄 어찌 어찌 굽이굽이 깊은 산 속으로 들어가게 됐지 뭐유. 꽤 가까이 지내던 사람이 귀농을 해서, 한번 내려오시라고 하도 그러던 생각이 나서······. 유기농 단지라는데, 그래선지 시대가 영 다른 곳 같았수. 집집마다 마당가에 퇴비를 쌓아올리느라고 야단법석들입디다. 경운기들이 딸딸거리고······. 꼭 잔실 같더라구. 머슴들이 바지게가 무너지게 져 나르던 풀을 딸딸이가 능률을 올려주는 거, 그것만 다르더라구. 확 끼쳐오는 풀냄새에 그만 주질러 앉을 뻔했다우. ······소복에 머리까지 흰 수건을 두른 큰어머니가 거기 어디서 나오실 것만 같았어. 그 계절이 오면 언제나 새로 푸새한 옷으로 갈아입으신 큰어머니가 하늘에 닿게 치쌓인 풀더미 앞에 맷방석을 깔고, 항아리에 재료를 차분차분 버무려 넣으시던 모습, 제례를 올리는 것도 같았던······ 이웃 사람들이 신기한 듯이, 부러운 듯이 지켜보는 가운데, 집장은 그렇게 정성을 다해 담아졌지······. 그 산골에서 묵으며 나도 모르게 내 손으로 그 대단한 일을 저질렀지 뭐유, 기어이. 내내 큰어머니 말소리가 귓결에 들려오는 것만 같았어……. 양념바가지나 들고 이리 뛰고 저리 뛰고 심부름이나 해온 내가, 글쎄 감히, 서당개 삼 년이면 풍월을 읊는다고, 너무 좋았어, 행복했어. 마치 내가 그 옛날 잔실의 여제, 그렇지, 여자 대장이셨지. 깡패도 같고, 선생님도 같고, 더러는…… 더러는 엄마 같기도 했던 그 큰어머니……. 이 덜 떨어진 말썽꾸러기가 바로 그 큰어머니가 된 것만 같았어. 언감생심……."

수다 실력은 더 왕성해졌구나 하는 생각을 하며 흥미롭게 듣고 있던 명지의 눈이 스위치라도 눌러 불을 넣은 듯 환해졌다.

"왜? 내가 말 잘못했수? 인제 와서 무슨 개 끌어가는 소리냐 싶지? 하긴, 나 죄 많이 졌수……. 꽤 된 얘긴데, 세인이 그게 글쎄 그럽디다, 잔실에서 학질 걸렸을 때가 제일 행복했다구……. 걔가 나보다 앞섰더라구. 난 그게 무슨 소린지 몰라서 펄쩍 뛰었지 뭐유. 인제야 터득이 됐수. 큰어머니 밑에서 꾸중 들으며 자란 거, 그게 나한테 얼마나 소중한지, 내 밑천은 오로지 그거뿐인데……. 오래전 그 잔실 같은 산골에 가니까, 모든 게 말갛게 터득이 됩디다. 복작복작 이 정신 없는 도회지에선 뭐가 뭔지 허둥대기만 했는데, 거기선, 거기선 이상하리만치 저절로 보입디다. ……그때 잔실에서처럼 그 산골에는 살충제나 화학비료를 안 준 칩쌀이랑 메줏가루랑 엿기름이 다 미리 준비한 것처럼 있더라구. 가지·오이·고추는 밭에 주렁주렁 매달려 있구. 마치 날 목 타게 기다리고 있었던 것만 같았수. 풀 두엄 속 깊이 내가 담은 집장항아리를 묻고 난 그날 밤 나는 한잠도 못 잤다우, 내내 우느라구. 내 몸 어디에 그렇게 많은 눈물이 고여 있었던지, 누군지가 눈물을 받아주는 이가 있었다면 그 눈물동이가 몇 트럭이 되었을지 상상이 안 가우. 곧장 언니네로 달려오고 싶었다우. 하지만 워낙 눈이 퉁퉁 부어놔서……. 며칠 전에, 거기서 연락이 왔었는데, 내가 경황이 없다보니…… 떡시루처럼 무럭무럭 피어오르던 김이 멎고 풀두엄은 시커멓게 완숙이 되어 푹 꺼져 내렸다구, 이제 집장 항아리를 개봉할 일만 남았노라구. 그러면서도 조심스레 힌트시면 전화로 지시해 주실 수도 있다고 하는 품이 내 사정을 알고 있는 것 같았어. 우리집 일이 신문이랑 텔레비에 다 오르내렸으니 말이우……. 말복이 언제였드라? 이거, 꾸물대다간 때가 지나 시어지는 거 아닌지 모르겠네. 항아리를 열 땐 꼭 언니랑 같이 가려고 작정했는데…….”

눈도 깜빡이지 않고 듣고만 있던 명지의 시야엔 머슴들이 갓 쳐온 싱그러운 풀더미가 스핑크스만큼이나 거대하게 물그림자처럼 어름어름 되살아왔다. 머슴들에게는 물론, 거기 모인 사람들에게 암암리에 무게가 실린 존재였던 할아버지의 손을 꼭 잡고 있는 아주 작은 어린 날의 자기와 맞닥뜨리자 그만 그녀는 가슴이 찡 저려오며 늘 버겁게 짓눌러오던 그 힘들었던 시절의 애증이 일시에 애틋하게 다가오는 거였다.

“명지 언닌 당연히 큰어머니 손맛을 내리받았겠지. 식욕을 잃었었는데 맛나게 먹었네.”

수저를 내려놓으며 세라가 하는 말소리에 비로소 명지는 먼 기억에서 돌아와 비워낸 밥그릇을 바라보며 빙긋이 웃었다.

“언니, 우리 이 길로 나서볼까?”

세라의 얼굴은 발그레 상기되어 있었다.

"나서?"

"응, 거기로 가보자구……. 미적미적할 시간이 없는데……."

"대체 어디쯤인데?"

"한강 상류 이평이라구……."

"내가 가도 될까?"

"무슨 말씀을…… 언니가 꼭 있어야 해, 그 사람들은 거기에 굉장한 희망을 걸고 있어. 환경을 위해, 생명을 위해, 또 뭘 위한다고 하더라? 아, 평화라고 하던가? 여태 모색 연구해오던 일이 바로 그런 신비스러운 우리 조상들의 지혜를 이어가려던 거였다며, 세상에 널리 보급해야 한다고, 나를 고문으로 모신다잖우, 어디 될 말이우? 진짜 자격 있는 고문님을 모시고 가니까 쌍수로 환영을 할 거유."

"나야 먹어나 봤지……."

"바로 그거유, 중요한 건 맛이니까."

"맛은……."

"자아알 곤 조청 같지 않았수?"

"노오옹 익은 고욤 밋도 닌 젓 같고 ……."

주거니 받거니 말을 이어가면서 그녀들은 마법에라도 걸린 듯 그리움의 이녕으로 점점 더 깊이, 깊이 빠져들었다. 두 여자의 얼굴엔 꼬처럼 미소가 함하게 번져갔다 ―끝―

소멸의 추적과 나무의 시간
서정자 ▌ 문학평론가

나무의 시간

이규희는 오래된 미래의 작가다. 눈앞의 새것보다는 앞뒤를 길게 살펴 장구한 세월 속에 자연스럽게 우러나온 근원적 힘을 생각하고, 그러한 오래된 미래성에 기반 하여 더디더라도 긴 호흡으로 시간을 숨 쉬는(임규찬,《작품과 시간》) 그런 작가다. 《그리움이 우리를 보듬어 올 때》는 광주민주화운동이 일어나는 시점, 한 언론인이 강제연행 되어 수난을 겪는 이야기가 중심이 된 소설이다. 광주민주화운동을 정면으로 그린 것이 아니라 광주민주화운동이 일어나기까지 그 배면을 이루었던 시대의 어둠이 강제연행 되어 간 언론인의 수난사를 통해 리얼하게 그려진다. 그 아내가 행방조차 알 수 없는 남편을 뒤좇으며 목격하게 된 신군부세력의 탄압과 감시의 현장이 꼼꼼하게 기술되고, 더불어 운명적으로 얽힌 두 이복자매의 원한과 갈등이 풀려가면서 작가의 오래된 미래의 근원적 힘이 제시된다.

그러나 왜 이제 이 소설인가? 문제는 이 시간이다. 이 소설은 소설 속 사건으로부터 20년이 지난, 1999년 2월부터 2000년 6월까지 《월간문학》에 일차 연재 발표되었으며, 책으로 엮어져 나오기까지 다시 10년이 걸렸다. 30년 전의 수난을 증언하고 있지만 그것이 발표되는 시점이 그때와 멀어져 현장감이 떨어지는 것에 대해서 작가는 별로 문제를 삼지 않은 셈이다.

아니 강산은 세 차례나 바뀌었지만 지금도 그 상황은 끝이 나지 않았다는 의미로 읽기도 한다. 그런 점에서 이 소설은 증언의 문학을 넘어 소위 운동권 문학의 범주에 넣어야 하는지 모른다. 망각을 거스르는 기억과의 투쟁이라는 점에서 이 소설은 충분히 문제적이다. 그러나 이 소설은 시대적 어둠을 증언하는 데서 그치지 않고 주인공 명지와 세라 자매의 얽힌 갈등을 풀어나가는 가운데 《그리움이 우리를 보듬어 올 때》라는 제목이 포회하는 의미를 부각하는 데 무게를 둔다.

이규희는 1963년 8월 《동아일보》 장편소설 모집에서 《속솔이 뜸의 댕이》가 당선하여 문단에 등단하였다. 가난을 이기지 못해 지게 품팔이라도 해보려고 도시로 떠나는 이농민이 줄을 잇는 상황에서, 끝내 마을을 떠나지 않고 농촌을 지키는 흙의 딸 댕이의 생명력 넘치는 삶의 의지를 그린 작가는 산업화 도시화의 물결에 밀려 몰락하는 농촌의 현실(〈배추농사〉〈낭떠러지 목장〉)과, 끝내는 농촌을 떠나 도시의 아들딸에 의지하여 사는 비참한 노인들의 삶(〈황홀한 여름의 소멸〉, 〈그 여자의 뜀박질은 끝나지 않았다〉)에 이르기까지, 한국 농촌과 농민의 실상을 파헤치는 작품세계를 보여 왔다.

이규희의 소설을 읽으면 작가가 어느 수필에서 쓴 자갈을 씻는 모습이 떠오른다. 마당에 까는 자갈, 돌멩이도 고르고 물로 깨끗이 씻어서야 까는 그 완벽성이다. 그의 문장은 바루 마당에 까는 자갈도 씻는 그런 정성으로 고르고 씻고 깎고 다듬어 정갈하고 깔끔하기 짝이 없다. 문장만이 그런 것이 아니다. 하나의 주제를 천착하는 그 끈기는 문학 전문지나 대중지, 또는 신문에 연재되는 소설에 관계없이 그대로 긴장감을 유지한다. 그의 이런 작가적 특성은 바로 오래된 미래, 흙의 상상력에 그 근원이 있다.

그는 나무의 비유를 좋아한다. 《그리움이 우리를 보듬어 올 때》의 원

제목은 《몸부림치는 소나무, 느티나무, 아가위나무》였다. 《월간문학》에 17회 연재된 이 소설 제목에서 세계를 하나의 유기체로 보고 있는 작가의 내면이 나무로 형상화되어 있음을 발견한다. 농촌에 문학적 근원을 두고 있는 그의 문학은 나무의 시간을 내면화하여 흐르지 않는 것 같으나 성장하는 식물적 시간관을 바탕에 깔고 있다. 하찮은 돌멩이도 고르고 골라 물에 씻고야 까는 그에겐 현대의 갈수록 빨라지는 시간의 속도를 단숨에 배반하는 나무의 시계가 있다. 그는 흙에 뿌리를 둔 나무와도 같이 대기를 숨 쉬며 하늘을 향해 묵묵히 성장하는 유기적 문학관을 지닌 듯하다. 그러므로 그 토양이 박토이거나 뿌리가 뽑힐 때 고통하며 고발과 증언의 문학을 이루는 것이다.

《그리움이 우리를 보듬어 올 때》의 제1장은 〈생나무가 찢겨 나가듯〉이라는 소제목으로 시작된다. 주인공 명지는 푸르게 온전한 나무가 생으로 찢겨지는 듯한 느낌에 잠을 깬다. 남편 순우와 포옹의 뒤끝에 언제나 생나무가 찢겨 나가는 느낌을 갖는 것이 주인공 명지다. 그리고 그것은 우리 삶의 미래라고 생각한다. 육체적으로나 정신적으로 모든 면에 온전함을 추구하는, 퍽은 이상주의적인 작가의 시각이 상징화되어 있다. 이 부부는 분리되기 전에 온전한 합일을 이루었거나 꿈꾸었다는 의미도 되고, 온전한 나무처럼 합일하였던 부부일지라도 언젠가는 죽음과 같은 이유로 이별하게 되어 있는 것이라는 뜻이기도 하다. 그러나 이 생나무가 찢기는 일은 천구백팔십년 오월 십칠일 자정에 남편 순우가 강제연행 되는 일로 현실화된다. 한밤중 십여 명의 체포조가 군홧발로 들이닥쳐 남편을 연행해 가고, 집안을 뒤져 증거물들을 압수해 가면서 아내 명지의 수난 역시 시작된다. 이 수난은 그러니까 생나무가 찢겨 나가는, 생의 한 파행성을 그린 이야기다. 이 소설은 아내의 시각으로 언론인 남편 순우의 수난을 그리고 있다는 것이 여타 광주민중항쟁소설들과 다른 점이다.

이 소설의 주인공 명지는 프랑스어 번역가다. 문헌이 명시되지는 않아 어떤 저작을 번역하였는지 모르나 그를 일단 지식인으로 규정할 수 있는 조건이다. 그러나 명지는 남편이 연행된 사유를 정확하게 파악하고 있지 못하다. 방송국 뉴스 앵커인 남편의 시국관이 날카로웠다는 정도만을 떠올릴 뿐이다. 연행된 혐의점을 변호사를 선임하여 알아내고 기소중지가 되어 풀려날 때까지 명지가 겪는 심리적인 고통과 불안이 이규희 소설이 주로 그렇듯이 선조적인 구성을 통해 순차적으로 제시되며 긴장은 차츰 고조된다. 명지가 남편이 겪는 수난을 중심으로 시대의 어둠을 실감해 가는 것으로 되어 있으나 그렇다고 해서 지식인의 고뇌를 다루고 있지 않다고 말할 수는 없다. 명지가 만나는 상황과 사람들을 통해 시대와 맞서 싸우다 희생되어 가는 인물이 측면으로나마 절실히 그려지고 있기 때문이다.

한편 명지네와 대척되는 지점에 세라네가 있다. 세라네와 오래 왕래가 끊긴 사이이나 남편 순우의 구명을 위해 신군부의 핵심세력을 남편으로 둔 세라를 찾아감으로써 자매의 갈등은 수면 위로 올라온다. 세라 자매는 명지 아버지가 아들을 보기 위해 들였던 첩의 딸들이다. 한지붕 아래에서 첩의 저고리까지 지어 바친 명지 어머니는 세라 자매에게 가혹했다. 그러나 명지는 눈앞에서 벌어지는 시앗의 작태에 분노하여 다리미의 벌건 숯에 빌을 지지면서도 아픔을 느끼지 못하던 어머니의 원한을 가슴에 묻으면서 성장했다. 그런가 하면 아들은 낳지 못하고 딸만 낳아 입지가 불안정했던 세라 생모가 머슴 표서방이 종적을 감춘 밤에 사라진 뒤 세라 자매는 온갖 궂은일을 도맡는 설움 속에 자란다. 명지가 작은 아파트에서 개다리소반을 끌어안고 번역을 한다든가, 남편의 해직으로 생활에 당장 위협을 느끼는 궁색한 계층으로 전락해 버린 데 반해, 군인과 결혼한 세라는 신군부의 핵심세력이 되어 궁궐에 못지않은 거대한 저택에 부와 권력을 한손에 거머쥐고 있다. 세라는 두 동생의 어미 노릇까지 해내는 언니로서 자부심을 갖고 있으나 실은 동생 세인이는 형부의 성적 학대에 시달리고 있는 형편이다.

여성은 국가나 사회의 권력이 가부장주의 이데올로기의 확대판이 되었을 때 희생되는 첫 대상이며, 그 구체적인 억압자의 존재가 남성으로 그려진 것은 강경애의 《인간문제》나 이규희 소설 《수렁을 날으는 새들》, 그리고 《그리움이 우리를 보듬어 올 때》가 서로 비슷하다. 강경애의 《인간문제》에 나오는 정덕호에 비견될 남성인물이 《수렁을 날으는 새들》의 문억조이고, 《그리움이 우리를 보듬어 올 때》의 박석규다. 신군부의 핵심 세력으로 박석규가 처제를 유린하는 장면을 포탄에 비유한 것은 작가가 여성을 유린하는 박석규와 신군부를 동일시한 증거이다.

소멸의 추적

명지네와 세라네를 피억압계층과 억압계층을 대변하는 모습으로 그리면서 두 자매가 화해하는 구조로 소설은 진행된다. 두 자매는 갈등의 해소를 체험하며 새로운 세상을 얻어 나가지만 두 계층의 화해가 이루어지는 것은 아니다. 그렇기에 망각을 거스르는 기억과의 투쟁은 필요했다 (387면). 명지가 싸움을 거는 대상은 세라와 다르다. 명지가 보이지 않는 거대권력과의 싸움에 뛰어들었다면, 세라는 타자화 된 자신의 실지회복을 위해 명지를 타자화 하고 억압하는 지배계층에 올라 고통당하는 명지를 외면한다. 보이지 않는 지배권력의 횡포는 한편은 언론탄압으로, 다른 한편으론 무소불위의 권력에 따르기 마련인 박석규의 성적 타락으로 그려지는데, 이런 지배권력과 남성의 폭력은 앞서도 말한 바 《수렁을 날으는 새들》에서도 심도 있게 그려졌다. 작가의 소설에서 아버지는 대체로 부정적 이미지로 등장하는데, 그들은 주인공이 성장할 때 죽거나, 피신 중인 비겁한 이이고(《수렁을 날으는 새들》), 멀리 떠나 있어 찾아갔을 때 다시 쫓아내는 비정한 아버지(《잃어버린 눈물》)다. 이 부정적 아버지와 국가가 이규희 소설에서 억압하는 존재로 겹쳐지는 것은 주목되는 점이다.

명지의 보이지 않는 권력과의 싸움은 어떤 의미에서 소멸의 추적이다. 스피박은 《서발턴은 말할 수 있는가》에서 역사에서 포착하지 않은 서발턴의 목소리를 찾아야 한다고 주장한다. 이는 힘을 박탈당한 특정 집단들의 발화행위가 재현의 지배적인 정치체계 안에서 다른 사람들에게 들리거나 인식하지 못하게 만든다는 뜻이다. 스피박은 '젠더의 이데올로기 구성'이 '남성 지배를 유지하기 때문'에 삭제된 서발턴 여성들의 소멸을 추적해야 한다고 주장한다. 기록과정에서 서발턴의 목소리는 삭제되기 마련이라는 뜻이다. 《그리움이 우리를 보듬어 올 때》에 쓰인 명지의 발화행위는 따라서 소멸의 추적이라는 의미를 지닌다. 그것은 단순히 망각을 거스르는 기억과의 투쟁에 그치는 것이 아니라, 당시 언론에 보도되지 않았을 뿐만 아니라 이후 기록에서도 삭제되거나 재현되지 않을 힘없는 집단의 증언을 남긴다는 의미가 짙기 때문이다. 명지의 시각은 순우의 강제연행 이후 보고 느끼고 겪었던 경험을 충실히 증언하고 있다는 점에서 억압의 파장을 증언하는 의의도 있다. 또한 대학생 은애의 행동반경을 중심으로 그린 당시의 학생운동의 현장 역시 재현이 지배적인 정치체계 안에서 '삭제된' 진실이다. 그렇기에 명지가 싸운 시간들을 읽는 것은 고통스러우나 우리가 남의 일처럼 잊거나 방관했던 역사의 현장과 마주하는 의의가 있으며, 특히 서발턴 여성들의 역사적 투쟁을 그리고 있다는 점에서 소멸의 추적이라는 의미가 크다.

명지가 순우의 강제연행 뒤 마주한 것은 첫째, 공포다. 억압과 위협은 있으나 상대가 보이지 않을 때 그 공포는 극대화하기 마련이다. 군홧발로

쳐들어 온 십여 명의 체포조는 가족들에게 함구령을 내리고 사라진다. 가족이 왜 무슨 이유로 어디로 끌려갔는지 알 수 없는 막막한 상황에서 누구의 도움도 받을 수 없다는 것은 두려움 그 자체였다. 무엇보다 순우가 신문에 보도된 구속자 명단에 이름이 올라 있지 않아, 같은 시기 연행된 신부의 죽음 소문으로 명지는 더욱 불안하다.

둘째, 명지가 마주한 것은 이웃들로부터 당하는 소외다. 도움을 청해보려 친구에게 전화를 해보지만 비상계엄 전국 확대라는 서슬 퍼런 정국 아래서 모두가 외면한다. 마음 터놓고 지내는 이웃 나베로니카조차 겁나서 명지 집에 들르지 못했으며, 무섭고 자기까지 잡아갈 것 같은데 주위에서도 너무 가까이 하지 말라는 충고마저 들었다는 고백을 해온다. 광주의 비극도 나베로니카로부터 소리 죽여 전하는 것으로 알게 되었다. 보도검열지침에 따라 베껴 쓴 기사로 진실은 호도되고 유언비어의 정국에 불신만이 양산된다.

셋째, 명지가 목격한 것은 순우 주변 동료들의 헌신과 사랑이다. 순우가 연행된 지 두 달이 다 되어가는 즈음에야 수도계엄사무소 합동수사단으로부터 구속통지서를 받아 드디어 남편 순우의 행방을 알게 된 명지는 이때부터 면회를 하는데, 옥살이 전력이 있는 소재영과 김경용은 헌신적 우정을 보인다. 그들의 순우에 대한 애정과 특히 소재영의 몸을 아끼지 않는 정성에 명지는 감동한다. 그런가 하면 구치소 안의 순우가 면회 때마다 만나라는 친구는 알고 보니 군 장성의 힘이 어떻다는 것을 알고 헛소문을 냈던 부동산 중개인에 불과한 친구였다. 절대권력이 횡행하던 시대의 해프닝이었다 할까.

넷째, 명지가 목격한 것은 도청 정국이다. 거금을 들여 선임한 신선초 변호사는 군법무관 출신으로 갓 군에서 나온 사람인데 전화로 말하기를 무척 꺼린다. 마주 앉아서도 도청장치를 의식한 듯 필요한 사항은 글씨로 써서 보여준다. 당시의 서슬 퍼런 상황을 상징적으로 나타내는 장면들이다.

다섯째, 명지가 본 것은 출옥 후 사찰과 고문의 무서움이다. 어느 날 기소중지 되어 순우는 출옥한다. 그러나 출옥의 기쁨도 잠시, 순우는 해직되고, 해직으로 부닥친 경제적 어려움에 사찰이라는 새로운 억압이 이들 가족에 겹 씌워진다. 가축의 축사 같은 구치소가 오히려 편안했으리라는 생각을 하도록 보이게 안 보이게 사찰의 눈초리에 시달리는 순우는 까실까실 야위어가고, 가족 모두가 사찰의 마수에 걸린 채 불치의 병마에서 헤어 나오지 못한다. 또한 명지가 목격한 것은 고문의 실체이다. 밤이면 잠들지 못하고 일어나 앉아 있는 순우, 〈한 지식인의 양심선언〉이라는 한 장의 유피에서 모진 고문의 고백을 본 명지는 순우가 잠들지 못하는 이유가 물고문, 고춧가루 고문, 칠성판고문, 전기고문과 핏빛처럼 붉은 방에 갇힌 기억으로 고통 받고 있는 것을 알게 된다.

여섯째, 명지가 알게 된 것은 스톡홀름 증후군이라는 단어다. 방황하는 순우와 찾아간 작은 성당에서 연행되었던 신부의 강론에서 스톡홀름 증후군이라는 단어를 듣고 귀가 쫑긋 세워진다. 스톡홀름 증후군이란 피억류자가 억류자와 함께 오래 동거함으로써 오히려 억류자의 위치를 이해하고 한 술 더 떠서 동정하게 되는 정신분열의 심리다. 아우슈비츠에서 실이님은 쁘리모 레비가 생각나는 단어다. 쁘리모는 이런 사람들 속에 살기를 포기하고 자신의 아파트 난간에서 떨어져 자살을 하고 만 사실이 있다.(그는 《이것이 인간인가》라는 책을 썼다.)

일곱째, 명지가 마주해야 했던 것은 순우를 도왔던 동료가 모두 해직당하고 희생되는 것을 지켜보아야 했던 일이다. 게다가 소재영은 운동을 막고자 아버지가 강권한 암자에 머물기를 거부하고 돌아오다 영영 행방불명이 되고, 이른바 신군부의 언론대책반에서 대대적으로 작성한 강제

해직 언론인 명단에 포함되어 있지 않았지만 희생자들과 운명을 같이하려 동조사퇴를 했던 은형렬 기자는 생계를 위해 막노동판에서 벽돌장을 지고 위험천만한 사다리를 오른다. 그 아내는 병들어 정신을 놓고 있는 것을 보아야 했던 명지 내외는 이 모든 것을 기록하여 망각을 거스르는 투쟁을 할 것을 결심한다.

한편 딸 은애를 중심으로 기술되는 학생운동의 양상은 작가가 남기는 시대적 증언이면서 미래의 비전이기도 하다. 은애는 동아리에서 인재경, 고준석, 최명근, 하선희, 김의수 등과 유필재 선배로부터 지도를 받는다. 유필재는 "억눌린 자는 자신의 인간성을 되찾기 위한 투쟁이 의미를 지니게 하려면 억누르는 자에 대한 또 다른 억누르는 자가 되지 말고 오히려 서로의 인간성을 회복시키는 자들이 되어야 한다"(135면)고 해서 후배들로부터 팔자 좋은 소리를 한다는 비아냥거림을 듣지만, 이는 학생운동을 하는 은애들의 의식을 보여주는 중요한 발언이다. 인재경은 쫓기는 몸으로 임산부를 가장하여 탈출, 방직공장으로 위장취업한 후 거기서 만난 이인각과 노동자들의 권익을 위해 헌신하고, 하선희는 학교에서 투신하여 죽어가는 학생들의 의식에 불씨를 지핀다. 파쇼 타도를 외치며 투신한 하선희는 다행히 생명은 건졌으나 하반신이 깨어져 일어나 앉지 못한다. 여학생 하선희의 용감한 데모주동 사건은 그러나 신문에 단 한 줄도 보도되지 않는다. 서발턴 여성의 목소리는 삭제되었던 것이다.

가족만이 면회가 허락되기에 면회를 위해 임시 약혼녀가 되었던 은애는 유필재가 고문으로 남성을 잃었다는 귀띔을 듣고도 자신의 결정을 바꾸지 않는다. 그 후 이감한 대전으로 찾아간 은애에게 유필재는 하선희도 치유가 될 거라며 자연치유의 신비한 힘을 말한다. "…인체란 원래 그 스스로 치유가 되어 가는 기능을 보유하고 있다, 의학이 아무리 발달했다 해도 그 신비의 세계에 도달하지 못했거든… 이건 내가 직접 체험을 한 때문에 확신을 갖고 말하는 거다." 오래된 미래의 작가 이규희의 세계관을 보여주는 대목이다. 어느 시인은 꽃과 잎은 여린 가지 위에서 피어난다고 하였다. 어린잎이 나무의 생명을 끌고 가듯이 새로운 시대도 그렇게 온다(도종환, 마음의 쉼표)고 썼다. 이 시인의 글처럼 나무의 작가 이규희 소설의 미래는 은애와 같은 젊은이, 여린 가지에서 꽃과 잎으로 피어나게 설계된다. 북한산 자락의 한 수련원에서 종교단체의 청년쇄신단합대회에 참가한 학우들의 뜨거운 열기는 태풍의 눈이 되어 민주화를 위한 구국선언 시국미사에 합세하기로 한다.

타자의 윤리

이와 같이 이규희 소설의 비전은 젊은이와 신비의 세계, 종교적인 것에 닿아있다. 세라 자매의 삶을 중심으로 한 이야기에도 이 '섭리'가 등장한다. 명지 어머니가 세라 생모에 대한 원한을 세라 자매에 대한 가혹한 구박으로 표출함으로써 가슴 속에 뱀의 똬리와 같은 한을 품게 하였지만, 명지 어머니가 세라 생모를 너무나도 미워한 나머지 명지는 세라 생모의 큰 콧구멍을 닮은 채 태어났다는 것이다. 자랄 때도 그런 말을 들었지만 나이가 들어 피차 노년에 이르러 만난 이복자매는 이 사실을 다시 확인하며 세라 생모와 명지 어머니의 몸서리쳐지는 생애를 되살리게 된다. 이 섭리는 세인의 기막힌 삶에 극적인 반전을 이루면서 다시 한 번 등장한다.

세인은 하학길에 형부 박석규를 만나 산속으로 끌려간 후 강간을 당한다. 이후 언니 세라를 위한다면, 이라는 박석규의 위협에 계속 성폭력의 희생양이 된 채 죽음 같은 날을 이어간다. 언니 외에는 아무도 돌보아 줄 이 없는 이들 세인·세진 자매에게 언니 세라는 절대적 존재였다. 윤리를 특히 중요시하는 작가는 세인을 유린하고 결혼 후에도 찾아가 강박하는 후안무치의 사나이 박석규를 똑똑한 세진(세진은 언니 세인이 형부에게 유린당하고 있음을 알고 있다)을 시켜 통쾌하게 때려눕힌다. 박석규는 세인에 이어 세진까지 소유하려 갖가지 유인책을 써보다가 세진에게 혼쭐이 나고 부인 세라에게도 자칫 덜미 잡힐 실수를 한다. 그럼에도 박석규는 결혼한 세인을 찾아가 줄곧 괴롭히는데, 박석규의 부하인 한동수와 결혼 한 후 처음으로 따뜻한 인간적 사랑을 맛본 세인은 박석규로부터 도망치기 위해 호주 이민을 계획한다. 임신한 세인은 호주 이민이 결정된 날 아이를 낳는데, 묘하게도 아이는 박석규를 꼭 닮은 채 태어난다. 사람들도 이 사실 앞에 아연실색한다. 선량한 한동수의 의심을 풀어주기 위함인지, 자신도 모든 것을 운명에 맡김인지, 세인은 용기를 내서 유전자 검사를 제안한다. 한동수의 마지못한 수락으로 의뢰한 유전자 검사에서 놀랍게도 한동수의 아이에 의심 없음이라는 결과가 나온다. 박석규의 북두칠성 점까지 똑같이 닮은 아이는 박석규의 피와 아무런 관련이 없다는 것이다. 이 역시 미워하는 사람을 닮게 마련이라는 우리나라의 신비한 속설의 증명이자 이규희 작가의 섭리가 적용된 결과이다. 이는 그 의미가 단순히 자연의 신비라거나 섭리에서 그치는 것이 아니다. 타자를 철저히 배제하지만 결국 타자를 닮고 만다는 놀라운 이치, 결국은 서로를 용납하고 화해하는 것만이 온전한 길이며, 이것이 타자의 윤리라는 것을 이 오래된 미래의 작가는 보여주고 있는 것이다.

그것은 또한 집장으로 나타난다. 다 늙은 세라와 명지가 머리를 맞대고 과거를 떠올리며 숱하게 쌓인 애증에 서먹해 하고 있을 때, 세라가 담근 집장이야기를 듣자 명지의 가슴이 찡 저려오며 늘 버겁게 짓눌러오던 그 힘들었던 시절의 애증이 일시에 '애틋하게' 다가온다. 명지 어머니만이 담글 수 있었던 집장은 곁에서 심부름하며 눈에 익힌 세라에게 전수되어 유기농 마을의 풀더미를 보자 문득 흉내 내어 담가보니 되더라는 이야기였다. 그때 세라는 "이 덜떨어진 말썽꾸러기가 바로 큰어머니가 되는 것 같았다"고 한다. 큰어머니 밑에서 꾸중 들으며 자란 거 그게 자기에게 얼마나 소중한지를 알았다고 말한다. 집장으로 하여 명지와 세라는 마법에라도 걸린 듯 그리움의 이녕으로 점점 더 깊이 빠져든다. 화해가 이루어진 것이다. 비록 해결되지 않은 불꽃이 아픔으로 남아 있으나 명지는 세라와 함께 한강 상류 이평, 유기농 마을을 방문하기로 한다. 명지가 환경과 생명과 평화를 위한 일에 연계되어 갈 것이라는 암시는 너무나 당연한 일이다.

동물이 완벽한 소비자인 데 비해 지구 위의 유일한 생산자는 식물이라고 한다. 농촌에 상상력의 근원을 두고 눈앞의 새것보다는 앞뒤를 길게 살펴 장구한 세월 속에 자연스럽게 우러나온 근원적 힘을 생각하고 사유하는 작가 이규희의 작품을 읽는 일은 행복하였다. 삶에 성실하고 작은 진실에 무한한 애정과 관심을 기울이는 진지한 작가를 재발견하며 글을 쓰는 일은 또 얼마만한 기쁨인지 모른다.

작가의 말

　이 소설은 어느 특정한 사람의 이야기가 아니다. 우리 모두의 영원히 이어갈 삶에 관한 것이다. 힘이 들어서, 너무 힘이 들어서 미라가 된 것 같던, 한없이 무력했던 그 시절을 잊으려 하고, 부인하려 하고…… 아주 지워버린 것 같을 수도 있겠지만, 우리들 맥박 안에, 이 땅과 하늘에, 들이쉬고 내어쉬는 공기 속에 녹아 있어, 비록 그 이후의 출생자라 할지라도 그의 인체조직 안에는 유전자처럼 그 특이했던 시절의 삶의 흔적이 각인되지 않을까.

　무엇이 기쁨인지, 무엇이 슬픔인지, 무엇이 진리인지, 무엇이 허위인지를 제대로 분별한다는 것이 쉽지 않다. 기쁨과 슬픔이, 진리와 허위가 전도되는 그 이상의 비극은 없을 것이다. 사람들은 그 비극적인 상황을 질겁해 내동댕이친 줄 알지만 이상하게도 그 전도된 가치 판단은 우매한 우리 생활 가운데로 황사처럼 점점 더 짙게 배어오고 있다는 사실이 우려스럽다.

　나는 이 소설의 구성을 크게 일목요연했던 팔십년대의 압박자계층과 피압박자계층으로 분류하여 독자로 하여금 양 계층을 고루 섭렵할 수 있도록 설계했다. 어디까지나 힘없는 사람들의 세세한 삶을 통해서. 피압박자들은 자지러들어 시들어가고, 압박자들은 무소불위가 되어 썩어 들어가게 되는 것이 역사의 정답이다. 그렇다면 반복되는 역사란 진부할까. 답도 중요하지만 과정이 더욱 중요한 법. 한 시대는 그 시대만의 특징이 있고, 그 특징은 곧 다른 것들과 다르다는 새로움이다. 나는 운명적인 갈등을 등에 지고 태어난 이복자매를 주인공으로 하여 다난했던 그 시대의 사회상을 폭넓게, 면밀하게 담아내 보려 오랜 동안을 두고 노력해 보았음을 밝혀둔다.

모란꽃에도 가슴을 찔리는 사람들이 그 엄청난 시대를 어찌 살아냈을까. 기나긴 어둠의 터널을 매미허물처럼 벗어 내려면 십 년이, 아니, 백 년이 걸려도 어렵지 않을까. 너무 다른 길을 헤매온 명지와 세라 자매는 피차 잘 알아보지 못했다. 두 적수가 서로를 탐색하다가, 바싹 메마른 눈동자에 그리움이 가득 괴어지는 순간 둘은 새로운 세상을 얻은 거였다.

중요하고 어려웠던 건, 어디서 솟았는지 모를 저항의 소용돌이를 헤아리는 작업이었다. 그건 그 누구에 의한 지시나 유혹 따위로 이루어질 수는 없는 범위였다. 그처럼 티 없이 깨끗하고 맑게 솟아오르는 저항정신의 근원은 아마도 인간의 가장 존귀한 내면 그 심저에 있을 거라는 짐작이다.

인간의 가장 존귀한 내면, 그 심저를 어렵게 열어, 보여주신 양경희 님, 이화영 님, 김철미 님, 이총각 님, 이철순 님…… 그 광휘로운 세계 앞에 내가 무릎 꿇었을 때, 당신들은 오히려 위로를 보내주었지요. 기록하는 것도 운동이라고 자유와 정의를 강물처럼 풀어낸 당신들의 영원한 푸르름에 존경과 사랑을 보냅니다.

벼르던 이 소설이 뜸을 들이다가 이처럼 세상 바람을 쐬게 되기까지는 가까운 분들의 은덕의 힘이 컸습니다. 박완서 선생님, 함세웅 신부님, 지식산업사 김경희 사장님, 강숙자 이사님 감사합니다.

2009년 겨울 개운산 아래서
이 규 희